La souffrance des autres

VAL McDERMID

Née en Écosse dans les années 1950, Val McDermid est, à 17 ans, la première élève issue d'une école publique à fréquenter la célèbre université d'Oxford. Elle travaille comme journaliste pendant quinze ans, notamment à Glasgow et à Manchester, avant de vivre de sa plume. Elle est désormais critique de littérature policière pour la presse et participe à des programmes sur BBC Radio 4 et BBC Radio Scotland.

Auteur de trois séries policières d'une grande noirceur, notamment celle mettant en scène l'inspectrice Carol Jordan et le profileur Tony Hill dans *Le chant des sirènes* ou encore *La fureur dans le sang*, elle développe dans ses romans ses thèmes de prédilection de femme engagée et féministe.

Elle a reçu de nombreux prix littéraires anglo-saxons, dont le Gold Dagger Award en 1995 pour *Le chant des sirènes*, le Anthony Award pour *Au lieu d'exécution* en 2001, premier polar anglais à remporter cette récompense américaine, et le Barry Award pour *Quatre garçons dans la nuit* en 2004.

Du même auteur,
aux Éditions J'ai lu

Le tueur des ombres, *J'ai lu* 6778
Au lieu d'exécution, *J'ai lu* 6779
La dernière tentation, *J'ai lu* 7409
Quatre garçons dans la nuit, *J'ai lu* 8025
La fureur dans le sang, *J'ai lu* 8391
Le chant des sirènes, *J'ai lu* 8392

Val McDermid

La souffrance des autres

Traduit de l'anglais par Philippe Bonnet
et Arthur Greenspan

J'AI LU

À Leslie, Sandra, Julia, Jane, Maria, Mel, Margaret, Nicky, Jenni, Mary, Julie, Paula, Jai, Diana, Stella, Shelley, Daphne et Bunty Al – mon formidable régiment de femmes qui a su ramener la blessée du champ de bataille et m'a soignée jusqu'à ce que j'aille mieux.

Avec affection et gratitude.

Titre original :
THE TORMENT OF OTHERS
Publié chez HarperCollins*Publishers*, Londres

Mais la souffrance des autres est une épreuve
À l'état pur, que rien ne vient alléger.
Les gens changent et sourient, mais le supplice demeure.

T. S. Eliot
« The Dry Salvages », *Quatre quatuors*

Lieu de tourments, d'anxiétés, de prodiges et de stupeurs !
Qu'un pouvoir céleste nous mène hors de ce terrible pays !

William Shakespeare
La Tempête

PREMIÈRE PARTIE

Tu n'es pas fou juste parce que tu entends des voix. Il n'y a pas besoin d'être bien malin pour comprendre ça. Et même si ces trucs que tu as commis ont soulevé l'estomac des jurés, tu as assez de jugeote pour savoir que ça ne fait pas de toi un cinglé pour autant. Toutes sortes de gens ont des voix dans la tête, chacun sait ça. C'est comme à la télé. On y croit dur comme fer en regardant, mais on sait que ce n'est pas la réalité. Et un type en a forcément eu l'idée au départ sans finir là où ça t'a conduit. C'est évident, quoi.

Alors, tu n'as pas à te faire de bile. Enfin, pas trop. Bon, d'accord, ils ont dit que t'étais sinoque. Le juge a prononcé ton nom, Derek Tyler, et il t'a accolé l'étiquette « dément ». Ça a beau être un sacré petit futé, ce juge, il ne s'est même pas douté qu'il était tombé dans le panneau. Qu'il t'aidait à éviter la perpète, ce qu'écopent tous ceux qui font ce que t'as fait. Si t'arrives à les convaincre que t'avais une case en moins au moment des faits, alors ce n'est pas toi qui as commis le crime, c'est la folie qui est en toi. Et si t'es fou, et pas un simple criminel, ça signifie qu'on peut te guérir. Ce qui explique qu'on t'ait fourré chez les dingues plutôt qu'en taule. De cette manière, les toubibs pourront farfouiller dans ton cerveau et essayer d'arranger ce qui cloche.

Bien sûr, s'il n'y a rien de détraqué à la base, le mieux, c'est de la boucler. Ne pas leur laisser voir que tu es aussi normal qu'eux. Puis, le moment venu, tu te mets à parler. Eux, ils auront l'impression que leur magie a opéré et qu'ils ont fait de toi quelqu'un qu'on peut lâcher à nouveau dans la nature.

Ça avait l'air simple comme bonjour quand la Voix te l'a expliqué. T'es à peu près sûr d'avoir tout pigé, parce qu'Elle l'a rabâché tellement de fois que tu peux réciter son refrain rien qu'en fermant les yeux et en remuant les lèvres : « Je suis la Voix. Je suis ta Voix. Tout ce que je te dis de faire est pour le mieux. Je suis ta Voix. Voici le plan. Écoute très attentivement... » C'est le déclic. Il n'en faut pas davantage. L'intro qui fait se dérouler toute la bande dans ta caboche. Le message est toujours là, planté au plus profond de toi-même. Et ça tient encore debout. Ou du moins, c'est ce que tu crois.

Sauf que ça fait déjà un bout de temps. Ce n'est pas une sinécure de la fermer jour après jour, semaine après semaine, mois après mois. Mais t'es plutôt fier de la manière dont tu te cramponnes. Parce qu'il y a toutes ces choses qui se mélangent à la Voix. Les séances de thérapie, où tu dois débrancher les antennes quand les vrais mabouls s'y mettent. Les entretiens, où les médecins font des pieds et des mains pour te tirer les vers du nez. Sans parler des cris et des hurlements quand un zèbre pique sa crise. Et puis il y a le vacarme de la salle commune, la télé et la musique qui grésillent dans ton crâne comme de la friture.

Les seules armes dont tu disposes, c'est la Voix et la promesse que le signal viendra au moment propice. Et ensuite, tu seras de nouveau dehors, pour accomplir ce que tu as découvert que tu faisais le mieux.

Tuer des femmes.

Si vous ne le retrouvez pas dans les six heures, vous hériterez d'un cadavre. Si vous ne le retrouvez pas dans les six heures, vous hériterez d'un cadavre. L'éternelle rengaine avec les enfants portés disparus, et elle semblait narguer l'inspecteur Don Merrick. Seize heures s'étaient écoulées et il regardait tourner les aiguilles. Ce que faisaient également les parents de Tim Golding. Ils comptaient chaque seconde qui les éloignait un peu plus de la dernière fois où ils avaient vu leur fils. Ce qu'ils ressentaient, il n'avait aucun besoin de l'imaginer ; il était père et il connaissait cette peur viscérale qui s'empare de tout parent dont le gosse, subitement et de manière inexplicable, ne se trouve pas là où il devrait. Dans la plupart des cas, c'est déjà du passé, une question de minutes avant qu'il ne réapparaisse sain et sauf, un grand sourire aux lèvres devant l'affolement de sa famille. Néanmoins, c'est un passé qui laisse de sacrées traces.

Et quelquefois, il n'y a pas de soulagement. Pas de brusque explosion de colère masquant les ravages d'une terreur indicible lorsque resurgit l'enfant. Quelquefois, cela devient une attente interminable. Et Merrick savait que la peur continuerait à tenailler Alastair et Shelley Golding tant que son équipe n'aurait pas retrouvé leur fils. Vivant ou mort. Il le savait parce qu'il avait été témoin du calvaire vécu par Gerry et Pam Lefevre, dont le fils Guy avait disparu voilà un peu plus de quinze mois. On avait dragué le canal, passé au peigne fin jardins publics et terrains vagues à plusieurs kilomètres à la ronde sans relever le moindre indice.

Dans cette enquête, Merrick avait joué les factotums, ce qui était la principale raison pour laquelle on l'avait affecté à l'affaire Tim Golding. Il en savait suffisamment pour repérer des liens tangibles entre les deux affaires. Mais, au-delà du savoir, son flair lui disait déjà que celui qui avait enlevé Guy Lefevre venait de faire une seconde victime.

Accoudé au toit de sa voiture, il parcourut la longue courbe du talus de la voie ferrée avec les jumelles. Tous les hommes disponibles étaient là, ratissant les broussailles en quête de la moindre trace du gamin de huit ans qui s'était volatilisé la veille au soir. Tim s'était amusé avec deux copains à un jeu assez embrouillé tournant autour d'un superhéros pour lequel, se souvenait Merrick, ses propres fils avaient éprouvé un bref engouement. Les copains avaient été appelés par leur mère et Tim avait déclaré qu'il allait en bas du talus, où l'on pouvait voir passer les trains de marchandises acheminant des pierres depuis une carrière des faubourgs jusqu'à la tête de ligne.

Deux femmes, en marche vers l'arrêt du bus qui devait les emmener au bingo, pensaient avoir aperçu son maillot jaune canari du Bradfield Victoria entre les arbres bordant le haut de la pente abrupte menant aux rails. Il était alors huit heures moins vingt. Personne d'autre ne s'était présenté pour signaler qu'il avait vu le gamin.

Son visage était déjà gravé dans l'esprit de Merrick. La photo de classe avait beau ressembler à des milliers d'autres, il aurait été capable de reconnaître les cheveux blond-roux, le sourire épanoui et les yeux bleus plissés derrière des lunettes à la Harry Potter au milieu de toute une foule. De même en ce qui concernait Guy Lefevre. Cheveux bruns ondulés, yeux marron, des taches de rousseur sur le nez et les joues. Sept ans, plutôt grand pour son âge, il avait été vu pour la dernière fois se dirigeant vers une rangée d'arbres en bordure de Downton Park, à environ cinq kilomètres de l'endroit où se tenait à présent Merrick. Il était autour de sept heures, par une soirée de printemps humide. Guy avait demandé à sa mère s'il pouvait ressortir s'amuser encore une demi-heure. Il était à la recherche de nids d'oiseau, qu'il inscrivait méticuleusement sur une grille où il avait marqué l'emplacement des buissons. On avait retrouvé la grille deux jours plus tard, une boulette de papier froissé à vingt mètres de la rive du canal désaffecté qui reliait jadis la tête de ligne aux filatures depuis longtemps silencieuses. Guy Lefevre n'avait plus jamais fait parler de lui.

Et voilà qu'un autre garçon semblait s'être évaporé. Avec un soupir, Merrick abaissa les jumelles. On avait dû attendre le petit matin pour finir de fouiller le périmètre. Tous s'étaient raccrochés au mince espoir que Tim avait eu un accident, qu'il gisait quelque part, incapable d'attirer l'attention. À présent, cet espoir était mort. La déception de n'avoir aucune piste étreignait chacun. Il n'y avait plus qu'à se rabattre sur les suspects habituels. Merrick savait d'expérience que cela n'aboutirait probablement à rien, mais il n'était pas question de négliger la moindre possibilité.

Il sortit son portable pour appeler son sergent, Kevin Matthews. « Kev ? Ici Don. Commencez à ramasser les pervers.

— Aucun signe, hein ?

— Pas une trace. J'ai même envoyé une équipe dans le tunnel à un kilomètre en aval de la voie ferrée. Sans résultat. Il est temps de se mettre à secouer le cocotier.

— Dans un rayon de combien ? »

Merrick poussa un nouveau soupir. Le secteur de la police municipale de Bradfield couvrait une superficie de cent dix kilomètres carrés, protégeant une population de quelque neuf cent mille personnes. D'après les dernières estimations, cela voulait dire environ trois mille pédophiles actifs dans la région, dont à peine dix pour cent devaient figurer sur la liste des délinquants sexuels. Bref, même pas la partie découverte de l'iceberg. Mais ils n'avaient que ça à se mettre sous la dent.

« Trois kilomètres pour commencer, répondit-il. Ils aiment bien opérer dans la zone de confort. »

Tout en disant cela, Merrick avait parfaitement conscience que maintenant, alors qu'on faisait davantage de trajet pour aller travailler, que bien des employés passaient leur temps sur les routes et que le commerce de proximité avait tendance à devenir un vestige du passé, cette zone de confort, pour la plupart des citoyens, était infiniment plus vaste que pour la génération de leurs parents.

« Il faut bien commencer quelque part », ajouta-t-il d'une voix assombrie par le pessimisme.

Il éteignit son portable et contempla le talus, se protégeant les yeux du soleil qui baignait l'herbe et les arbres d'une lumière dorée. Certes, la clarté rendait les recherches plus faciles. Mais elle avait quelque chose d'indécent, comme si le temps lui-même se moquait de l'angoisse des Golding. C'était sa première affaire importante depuis qu'il avait été promu, et il avait déjà le sentiment qu'il n'arriverait à aucun résultat satisfaisant pour quiconque. Lui encore moins.

Tony Hill posa un paquet de dossiers en équilibre sur son bras tenant l'attaché-case éraflé et ouvrit la porte du secrétariat. Il avait assez de temps avant son séminaire pour prendre son courrier et régler le plus urgent. En entendant la porte se refermer, la secrétaire du département de psychologie surgit du bureau voisin. « Docteur Hill, lança-t-elle d'une voix pleine d'autosatisfaction.

— B'jour, madame Stirrat[1] », marmonna-t-il, laissant tomber dossiers et attaché-case sur le sol tout en avançant la main pour saisir le contenu de son casier. Jamais une femme, se dit-il, n'avait porté un nom plus approprié. Peut-être était-ce pour ça qu'elle avait choisi le mari qu'elle avait.

« Le doyen n'est pas très content de vous, continua Janine Stirrat, les bras croisés sur son opulente poitrine.

— Ah ? Et pour quelle raison ?

— Le cocktail avec SJP hier soir... vous étiez censé être là. »

Le dos tourné, Tony roula les yeux. « J'ai été absorbé par un travail. Je n'ai pas vu le temps passer.

— Ils donnent des sommes importantes pour le programme de recherche sur la psychologie comportementale, répliqua Mme Stirrat d'un ton de reproche. Ils souhaitaient vous rencontrer. »

Tony attrapa la pile de courrier en vrac et la fourra dans la poche de devant de son attaché-case. « Je suis sûr qu'ils ont passé un excellent moment sans moi. »

1. Jeu de mots sur *to stir*, remuer, réveiller ; et *rat*, un rat. *(N.d.T.)*

Ayant récupéré ses dossiers, il fit marche arrière vers la porte.

« Le doyen attend de chaque membre du personnel universitaire qu'il apporte son soutien aux collectes de fonds, docteur Hill. Ce n'est pas beaucoup vous demander que de sacrifier quelques heures de votre temps...

— Pour satisfaire la curiosité obscène des dirigeants d'une société pharmaceutique ? rétorqua Tony d'un ton brusque. Franchement, madame Stirrat, je préférerais me brûler les cheveux et éteindre les flammes à coups de marteau. » Utilisant son coude pour tourner la poignée, il s'enfuit dans le couloir sans attendre de voir la mine outragée du dragon.

Provisoirement à l'abri dans le havre de son propre bureau, il s'affala devant son ordinateur. Bon sang, mais qu'est-ce qu'il fichait là ? Il était parvenu à refouler le malaise que lui inspirait la vie universitaire assez longtemps pour accepter ce poste de chargé d'enseignement à St Andrews, mais, depuis son bref et traumatisant retour sur le terrain en Allemagne, il avait été incapable de retrouver la paix. D'autant moins que, il en était de plus en plus conscient, l'université l'avait surtout engagé parce que son nom faisait chic sur le prospectus. Les étudiants s'inscrivaient pour voir de près l'homme dont les profils avaient permis de pincer quelques-uns des plus célèbres tueurs en série du pays. Et les mécènes avides de plaisirs voyeuristes le courtisaient pour lui soutirer le récit croustillant de ses faits d'armes. S'il y avait bien une chose que lui avait apprise son séjour à l'université, c'est qu'il n'avait pas l'étoffe d'un animal de cirque. Quels que soient ses talents, la diplomatie de pure forme n'en avait jamais fait partie.

Cette rencontre matinale avec Janine Stirrat fut la goutte d'eau qui fait déborder le vase. Tirant le clavier vers lui, Tony se mit à rédiger une lettre.

Trois heures plus tard, il s'efforçait de reprendre son souffle. Il était parti trop vite et maintenant il en payait le prix. Il s'accroupit, toucha l'herbe rugueuse à ses pieds. Suffisamment sèche pour pouvoir s'asseoir, décida-t-il. Il se laissa tomber sur le sol et resta étendu, bras et jambes écartés, jusqu'à ce que son cœur cesse de tambouriner dans sa poitrine. Puis il se redressa pour savourer la vue. Du haut du Largo Law, le Firth of Forth s'étalait devant lui, scintillant dans le soleil de cette fin de printemps. Juste en face se dressait le Berwick Law, dont le cône volcanique était le frère jumeau antédiluvien de son propre perchoir, séparé désormais par des kilomètres de mer bleu pétrole. Il passa ses points de repère en revue : le pouce arrondi du Bass Rock, May Island semblable à un dos de baleine, la masse lointaine d'Édimbourg. Il existait un dicton dans ce coin de Fife : « Si tu vois May Island, c'est qu'il va pleuvoir. Si tu ne la vois pas, c'est qu'il pleut déjà. » Le temps n'avait pas l'air à la pluie. Seuls quelques chapelets de nuages se détachaient sur le bleu du ciel, telle une mie légère arrachée à la brioche du matin. Ça lui manquerait quand il ne serait plus là.

Mais ces paysages magnifiques ne devaient pas lui faire oublier l'essentiel. Il n'était pas un universitaire. Il était d'abord et avant tout un clinicien, et ensuite un profileur. Sa démission prendrait effet à la fin du trimestre, ce qui lui laissait environ deux mois pour imaginer ce qu'il allait faire ensuite.

Ce n'étaient pas les propositions qui manquaient. Certes, ses exploits passés ne l'avaient pas rendu populaire dans les hautes sphères du ministère de l'Intérieur, mais l'affaire sur laquelle il avait travaillé récemment en Allemagne et en Hollande l'avait mis en mesure de contourner la bureaucratie britannique. À présent, Allemands, Hollandais et Autrichiens souhaitaient l'avoir comme consultant. Pas seulement pour les meurtres en série, mais aussi pour d'autres activités criminelles qui traitaient les frontières internationales comme si elles n'existaient pas. L'offre était tentante, avec un minimum garanti qui serait juste suffisant pour vivre. Et il pourrait revoir des patients, même si ce n'était qu'à temps partiel.

Il y avait aussi Carol Jordan. Comme chaque fois qu'elle s'insinuait dans ses pensées, son esprit évita la confrontation directe. Il devait trouver un moyen d'exorciser le cauchemar qu'elle avait vécu, et cela sans qu'elle se doute de ses intentions.

Mais de quelle manière, il n'en avait pas la moindre idée pour le moment.

Deuxième jour. Et toujours pas trace de Tim Golding. Le cœur serré, Merrick se dit qu'ils ne cherchaient plus un enfant vivant. Le matin, il était allé voir Alastair et Shelley Golding, et la brève lueur d'optimisme qu'il lut dans leurs yeux alors qu'il pénétrait dans le coquet petit pavillon mitoyen le glaça jusqu'aux os. Dès qu'ils s'étaient rendu compte qu'il n'avait rien à leur offrir, leur regard était devenu vitreux. La peur les avait rongés à tel point qu'il ne restait plus en eux que de l'espoir à l'état pur.

Merrick avait quitté la maison avec une impression de tristesse et de vide. Il considéra la rue en songeant non sans ironie que Tim Golding avait été, en un sens, victime de l'embourgeoisement. Harriestown, où habitaient les Golding, était restée longtemps une enclave ouvrière. Puis de jeunes couples dynamiques en quête d'un logement abordable avaient commencé à racheter de vieilles bicoques pour les retaper, donnant ainsi naissance à une nouvelle banlieue à la mode. Ce qui avait disparu, c'était une conscience collective. Les amateurs de séries télévisées ne s'intéressaient qu'à leur propre vie, pas à celle de leurs voisins. Dix ans plus tôt, Tim Golding aurait connu la plupart des habitants de la rue, et réciproquement. Par une soirée d'été, ils auraient été dehors, allant cultiver un lopin de terre, rentrant du pub ou bavardant sur le pas de leur porte en profitant des derniers rayons du soleil. Leur seule présence aurait protégé le gamin. Et ils auraient remarqué un inconnu, noté mentalement l'heure de son passage et l'auraient suivi des yeux pour connaître sa destination. Mais, de nos jours, les habitants de Harriestown qui n'étaient pas en train d'essayer une recette exotique proposée par un grand chef à la télé se trouvaient à l'arrière de la maison, séparés de leurs voisins par de hauts murs, à concevoir un jardin méditerranéen ou à soigner leurs herbes aromatiques plantées dans des urnes grecques. Merrick avait lancé un regard mauvais aux portes et aux fenêtres désertes en regrettant une époque plus simple. Il avait repris le chemin de la salle des opérations, éreinté et déprimé à souhait.

Ses hommes avaient travaillé toute la nuit, interrogeant les pédophiles connus dans le secteur. On n'avait découvert aucun indice susceptible de faire progresser l'enquête. Deux quidams avaient téléphoné pour dire qu'ils avaient vu une camionnette Transit blanche roulant à faible allure dans les rues étroites à peu près au moment où Tim avait disparu. Par chance, l'un d'eux s'était rappelé une fraction suffisante du numéro d'immatriculation pour que cela vaille la peine de vérifier dans l'ordinateur central. On avait identifié une demi-douzaine de véhicules possibles dans la région, ce qui avait apporté à chacun un regain d'énergie.

Mais en quelques heures, cette piste s'était écroulée comme un château de cartes. La troisième camionnette de la liste appartenait à une société livrant des légumes bio à domicile. Le chauffeur conduisait lentement parce que, nouveau sur cette tournée, il connaissait mal la disposition des rues. En soi, cela n'aurait pas suffi à le disculper. Mais, argument décisif, il était accompagné de sa fille de quinze ans, qui l'aidait pour se faire un peu d'argent de poche.

Retour à la case départ. Merrick enfonça les mains dans ses poches et jeta un regard maussade au tableau d'affichage. Il était lamentablement nu. D'ordinaire, à ce stade d'une affaire de disparition d'enfant, ils croulaient sous les informations. Il en avait été ainsi dans le cas de Guy Lefevre, même si, au bout du compte, cela n'avait rien donné. Mais pas cette fois-ci. Bien sûr, il y avait eu le lot habituel d'appels inutilisables : on avait aperçu Tim à bord de l'Eurostar en compagnie d'une Asiatique ; ou dans un McDo à Taunton avec un homme aux cheveux gris ; ou encore achetant des jeux informatiques dans un magasin d'Inverness. Merrick savait d'avance que ces témoignages n'aboutiraient à rien. Celui qui avait enlevé Tim Golding ne l'avait sûrement pas exhibé dans les rues.

Il poussa un soupir. Ce qu'il voyait en fermant les yeux n'était plus l'image d'un garçon jouant avec ses copains, mais celle d'un trou peu profond au milieu des bois. L'éclat d'un maillot de foot jaune dans les hautes herbes à la lisière d'un champ. Un enchevêtrement de membres dans un fossé de drainage. Bon Dieu, il ne se sentait vraiment pas à la hauteur !

Il se creusa la cervelle pour trouver un autre angle d'approche, appelant à la rescousse ses anciens chefs, se demandant comment ils s'y seraient pris. Popeye

Cross aurait été convaincu que leur ravisseur était déjà fiché. Il en aurait fait baver aux pervers, déterminé à obtenir des aveux. Merrick avait couvert cet aspect de l'enquête, même si son équipe se gardait bien d'exercer le genre de pression qui avait fait la célébrité de Popeye. Ces temps-ci, c'était à vos risques et périls si vous aviez la main trop lourde. Les tribunaux n'avaient aucune patience avec les officiers de police brutalisant des suspects vulnérables.

Il se mit à penser à Carol Jordan et prit son paquet de cigarettes. Elle aurait suggéré un angle d'attaque inhabituel, ça, il n'en doutait pas. Il n'avait jamais réussi à saisir comment fonctionnait son cerveau. Le sien n'était pas raccordé de la même façon, et jamais, même en un million d'années, il n'aurait un seul de ses éclairs de génie. Mais il y avait une chose que Carol aurait faite et qui était à sa portée.

Respirant un grand coup, il décrocha le téléphone. « Le patron est là ? J'aimerais lui parler de Tony Hill. »

John Brandon sortit de la station Barbican. Les briques jaunâtres semblaient suinter et même le ciment sous ses pieds faisait l'effet d'être chaud et mou. L'air était irrespirable, alourdi par diverses odeurs humaines. Cela augurait mal de ce qui allait être, supposait-il, une conversation difficile.

Il avait eu beau se préparer à sa rencontre avec Carol Jordan, il avait conscience d'ignorer ce qu'il allait trouver. Il était seulement sûr de deux choses : il n'avait pas la moindre idée de l'état dans lequel elle se trouvait ; le travail serait pour elle une planche de salut.

Il avait été horrifié quand on lui avait raconté la mission clandestine foireuse qui s'était soldée par l'agression brutale contre Carol. Son informateur avait souligné l'importance du résultat obtenu, comme si cela pouvait compenser ce que Carol avait subi. Brandon avait coupé court avec impatience à ce raisonnement. Il était parfaitement conscient de ses responsabilités de chef. Il avait passé la majeure partie de sa vie à servir dans la police et il était parvenu au sommet de l'échelle en gardant la plupart de ses principes intacts. L'un d'entre eux était qu'on ne devait jamais exposer un policier à des risques inutiles. Bien sûr, le danger faisait partie du boulot, surtout ces derniers temps où les armes à feu, dans certaines catégories sociales, semblaient être un accessoire à la mode, comme les iPod dans d'autres. Mais il y avait des risques acceptables et d'autres qui ne l'étaient pas. Et, pour Brandon, on avait mis Carol Jordan dans une situation qui comportait des risques disproportionnés, inadmissibles. Il n'arrivait tout simplement pas à croire qu'il y eût des fins justifiant de tels moyens.

Mais se mettre en pétard aurait été peine perdue. Les responsables étaient bien trop protégés pour que même un directeur de police leur inspire des craintes. La seule chose que John Brandon pouvait faire à présent pour Carol, c'était de lui lancer une bouée de sauvetage en lui proposant de réintégrer la profession qu'elle aimait. Elle avait probablement été le meilleur enquêteur jamais placé sous ses ordres et son instinct lui disait qu'elle avait besoin de reprendre le collier.

Il avait fait part de ses projets à sa femme, Maggie : « Qu'en penses-tu ? Tu connais Carol. Tu crois qu'elle sera d'accord ? »

Maggie fronça les sourcils en remuant pensivement son café. « Ce n'est pas à moi qu'il faut poser la question, c'est à Tony Hill. Le psychologue, c'est lui. »

Brandon secoua la tête. « Tony est la dernière personne à qui je poserais des questions sur Carol. De plus, c'est un homme ; seule une femme peut comprendre les implications d'un viol.

— L'ancienne Carol t'aurait arraché la main d'un coup de dents, admit Maggie. Mais qui sait comment elle a réagi à ce viol ? Il y a des femmes qui perdent les pédales. D'autres pour qui c'est un tournant décisif. Certaines enferment ça à double tour et font comme s'il ne s'était rien passé. Ça reste là comme une bombe à retardement prête à leur exploser à la figure. Et d'autres parviennent à y faire face et se remettent à vivre. Si je devais risquer un pronostic, je dirais que Carol essaiera ou bien d'enterrer les choses ou bien de les affronter franchement. Dans le premier cas, il est probable qu'elle applaudirait à deux mains à l'idée de reprendre le travail, pour se prouver à elle-même et au reste du monde qu'elle est tirée d'affaire. Mais si c'est sa seule motivation, elle sera complètement instable, et ce n'est pas ce qu'il te faut. En revanche... (elle marqua un temps d'arrêt) si elle veut s'en sortir, tu réussiras peut-être à la convaincre.

— D'après toi, elle sera capable de remplir sa tâche ? »

De l'inquiétude se lisait dans le regard morose de Brandon.

« Tu sais ce qu'on dit des politiciens ? Ce sont justement ceux qui sont candidats à un poste qui devraient être les derniers à l'occuper. Je ne sais pas, John. Tu te feras une opinion en la voyant. »

Ce n'était guère rassurant. Mais, depuis, il avait reçu un soutien inattendu. La veille, l'inspecteur Merrick était venu lui demander la permission de mettre Tony Hill sur la disparition de Tim Golding. Alors qu'ils discutaient de l'affaire, Merrick avait déclaré, presque nostalgique : « Je ne peux pas m'empêcher de penser que ça irait beaucoup mieux si nous avions encore l'inspecteur principal Jordan dans l'équipe. »

Les sourcils de Brandon s'étaient hérissés. « J'espère que vous ne nous faites pas une crise de confiance, inspecteur. »

Merrick avait secoué la tête. « Non. Je sais que nous faisons le maximum. C'est seulement que l'inspecteur Jordan a une manière de voir les choses que je n'ai jamais rencontrée chez aucun flic avec qui il m'a été donné de travailler. Et dans ce genre d'affaires... eh bien, on a parfois l'impression que les méthodes traditionnelles ne suffisent pas. »

Brandon savait que Merrick était dans le vrai. Raison de plus pour essayer de ramener Carol Jordan parmi les vivants. Redressant les épaules, il mit le cap sur le dédale de béton où elle l'attendait.

John Brandon fut secoué en constatant à quel point elle avait changé. La femme qui se tenait sur le seuil quand il émergea de l'ascenseur ne présentait pratiquement aucune ressemblance avec l'image qu'il avait gardée d'elle. Il aurait pu la croiser dans la rue sans la reconnaître. Sa coiffure, cheveux coupés court avec une grosse mèche ramenée sur le côté, modifiait la forme de son visage. Mais la transformation était plus profonde en réalité. Ses joues semblaient avoir fondu, créant de nouveaux agencements de plats et de creux. Là où son regard avait exprimé une intelligence pénétrante, ce n'était plus qu'un détachement empreint de méfiance. Elle respirait la tension plus que l'assurance coutumière. Malgré la chaleur de cette journée de début d'été, elle portait un pull à col roulé informe et un pantalon baggy, au lieu des tailleurs bien coupés qu'il lui connaissait.

Il s'immobilisa à quelques pas d'elle. « Carol. Cela fait plaisir de vous voir. »

Il n'y eut pas de sourire de bienvenue, juste une légère crispation aux commissures des lèvres. « Entrez, monsieur. » Elle s'effaça pour le laisser passer.

« Inutile de faire des cérémonies, répondit Brandon en prenant soin de maintenir le plus de distance possible entre eux pour entrer dans l'appartement. Cela fait déjà pas mal de temps que je ne suis plus votre patron. »

Sans un mot, Carol le conduisit jusqu'à deux canapés disposés à angle droit d'où l'on apercevait les vitraux de la vieille église se dressant au cœur de l'ensemble immobilier de Barbican. Elle attendit qu'il fût assis et lui offrit à boire. « Café, thé ?

— Quelque chose de froid. Il fait sacrément chaud aujourd'hui. » Il avait commencé à défaire la veste de son complet anthracite. Voyant qu'elle s'était soudain figée, il s'arrêta gauchement au troisième bouton et se racla la gorge.

« Eau minérale ou jus d'orange ?

— De l'eau sera très bien. »

Elle revint avec deux verres d'eau pétillante, en posa un devant Brandon et battit en retraite avec le sien le plus loin possible de lui.

« Comment ça va ? » demanda Brandon.

Carol eut un haussement d'épaules. « Mieux qu'avant.

— J'ai été stupéfait quand j'ai appris ce qui s'était passé. Et bouleversé également. Maggie et moi... j'imagine ce que j'éprouverais si sa fille ou une des miennes... Carol, je ne sais pas comment on peut supporter une chose pareille.

— Il n'existe aucune chose pareille, répondit-elle sèchement en le regardant dans les yeux. J'ai été violée, John. Il n'y a rien qui puisse se comparer à ça, à part la mort, et jusqu'ici personne n'est revenu en parler. »

Brandon encaissa le reproche sans broncher. « Cela n'aurait jamais dû se produire. »

Carol laissa échapper un long soupir. « J'ai commis des erreurs, c'est vrai. Mais la faute, en fait, incombe à ceux qui ont monté l'opération et qui n'ont même pas eu la franchise de me dire de quoi il retournait en réalité. Hélas, tout le monde n'a pas vos scrupules. » Elle tourna la tête et croisa étroitement les jambes « Vous vouliez discuter de quelque chose en particulier ? continua-t-elle, changeant irrévocablement de sujet.

— Exact. Je ne sais pas si vous êtes au courant des changements intervenus récemment dans le Nord ? »

Carol secoua la tête. « Ce n'était pas mon souci majeur.

— Naturellement, dit-il avec douceur. Dans sa grande sagesse, le ministère de l'Intérieur a décidé que le Yorkshire Est constituait une force de police trop petite et qu'il fallait la faire fusionner. Mon escouade étant la moins nombreuse des deux qui sont visées par cette refonte, c'est moi qui ai dû céder le gouvernail. »

Carol montra le premier signe d'animation. « Je suis désolée, John. Vous étiez un excellent directeur.

— Merci. Et j'espère bien continuer. Je retourne dans mon ancien fief.

— Bradfield ? »

Brandon nota que le corps de Carol s'était légèrement détendu. Il avait percé, pensa-t-il, la carapace. « Tout à fait. On m'a proposé la police de Bradfield. » Un sourire plissa son visage lugubre. « Et j'ai accepté.

— J'en suis ravie pour vous, John. Vous y ferez du bon travail. »

Brandon secoua la tête. « Je ne suis pas venu ici pour entendre des compliments, Carol. Je suis venu parce que j'ai besoin de vous. »

Détournant les yeux, elle se mit à contempler la pierre de taille grisâtre de l'église. « Je ne crois pas, John.

— Écoutez-moi. Je ne vous demande pas de vous visser derrière un bureau de la police judiciaire. Je souhaite faire quelque chose de différent à Bradfield. J'envisage de mettre sur pied une structure comme celle dont dispose la police londonienne pour les crimes graves. Deux ou trois groupes d'élite prêts à intervenir en permanence pour attraper les durs de durs. Ne s'occupant que des gros dossiers, des criminels réellement dangereux. Et s'il y a des accalmies, l'équipe pourra toujours reprendre des affaires non résolues et y travailler. »

Elle tourna la tête vers lui et le regarda avec attention, sur ses gardes. « Et vous pensez que je suis la personne qu'il vous faut ?

— Je veux que vous soyez responsable de l'unité et que vous ayez la direction d'un des groupes sur le terrain. C'est ce que vous faites le mieux, Carol. Allier l'intelligence et l'intuition à un solide travail de police. »

Elle se frotta la nuque d'une main refroidie par le contact du verre. « Autrefois, peut-être. Je ne crois pas que cela me corresponde encore. »

Brandon secoua la tête. « Ça ne se perd pas comme ça. Vous êtes le meilleur détective qui ait jamais travaillé pour moi, même s'il vous est arrivé de temps à autre d'être à deux doigts de dépasser la mesure. Mais vous avez toujours eu raison de pousser le bouchon aussi loin. Et c'est ce niveau de compétences et de cran dont j'ai besoin dans mon équipe. »

Carol observait le tapis persan aux couleurs vives comme s'il contenait la réponse. « J'en doute, John. Je traîne un peu trop de valises ces temps-ci.

— Vous n'aurez de comptes à rendre qu'à moi. Pas de petits chefs entre nous. Vous travaillerez avec quelques-uns de vos anciens collègues, Carol. Des gens qui vous connaissent et qui savent ce que vous avez accompli. Pas des crétins qui seraient tentés de porter sur vous des jugements hâtifs basés sur la rumeur et sur des semi-vérités. Des types comme Don Merrick et Kevin Matthews. Des hommes qui vous respectent. »

Le sous-entendu flotta dans l'air. Nulle part elle ne pouvait espérer un accueil semblable et ils le savaient tous les deux.

« C'est très généreux à vous de me faire cette proposition, John. » Carol croisa son regard, un monde de lassitude dans les yeux. « Mais, à mon avis, vous ne méritez pas toutes les complications que vous auriez en m'embauchant.

— Laissez-moi en être juge, répliqua-t-il, son autorité naturelle émergeant soudain de la douceur qu'il avait montrée jusque-là. Carol, votre travail a toujours représenté une grande part de ce que vous étiez. Je comprends que vous ne vouliez pas retourner dans les renseignements et, si j'étais vous, je fuirais ces salauds comme la peste. Pardonnez-moi d'avoir l'air présomptueux, mais je ne pense pas que vous allez vous tirer de là à moins de remonter en selle. »

Les yeux de Carol s'agrandirent. Brandon se demanda s'il était allé trop loin et attendit la repartie cinglante qu'elle lui aurait lancée autrefois, sans tenir compte de son rang.

« Avez-vous parlé à Tony Hill ? » demanda-t-elle.

Brandon ne put cacher sa surprise. « Tony ? Non, je ne l'ai pas vu depuis... ma foi, cela doit faire plus d'un an. Pourquoi ?

— Il dit la même chose, répondit-elle d'une voix neutre. Je me demandais si je ne faisais pas l'objet d'une conspiration.

— Non, c'était entièrement mon idée. Cela dit, Tony n'est pas de mauvais conseil, en général.

— Peut-être bien. Mais ni vous ni lui ne pouvez savoir ce que c'est que d'être dans ma peau à l'heure actuelle. Je ne suis pas sûre que les vieux critères s'appliquent encore, John. Je ne peux pas me prononcer tout de suite. J'ai besoin de temps pour réfléchir. »

Brandon vida son verre. « Prenez tout le temps qu'il vous faut. » Il se leva. « Appelez-moi si vous désirez en parler plus en détail. » Il tira une carte de visite de sa poche et la posa sur la table. Elle la regarda comme si elle allait soudain prendre feu. « Faites-moi savoir ce que vous aurez décidé. »

Carol hocha la tête d'un air las. « Je n'y manquerai pas. Mais ne me placez pas au cœur de vos projets, John. »

Le silence n'existe pas à l'hôpital de haute sécurité de Bradfield Moor. En tout cas, pas là où on te permet d'aller. À en croire les films et les émissions de télé que tu as vus, il doit y avoir des cellules capitonnées qu'aucun son ne peut atteindre, mais il faudrait vraiment que tu sois complètement dingo pour atterrir là. Pousser des hurlements, avoir l'écume à la bouche, expédier au tapis un membre du personnel, ce genre de trucs. Et l'idée d'être au calme a beau être séduisante, il faut bien reconnaître que ça n'augmenterait pas tes chances de libération si tu simulais une crise de démence rien que pour écouter la Voix tranquillement.

Le jour de ton arrivée à Bradfield Moor, tu as essayé de t'endormir dès que tu as su, au déclic du verrou, que tu étais enfermé pour la nuit. Mais ce n'étaient que conversations étouffées, cris et sanglots intermittents, bruits de pas le long du couloir. Tu t'es plaqué le mince oreiller sur la tête et tu t'es efforcé de faire le vide. Ce qui n'a pas servi à grand-chose. Tous ces bruits inconnus te collaient la frousse, tu avais l'impression que ta porte allait s'ouvrir d'un seul coup, te laissant face à Dieu sait quoi. Au lieu de dormir, tu devenais tendu et à cran. Le matin, tu étais épuisé, les yeux bouffis et douloureux, les mains tremblantes comme un foutu ivrogne. Le pire, c'est que, dans cet état, il t'était impossible de te mettre à l'écoute de la Voix. Tu étais trop crispé pour pouvoir faire abstraction du reste.

Ça a pris plusieurs semaines, des semaines terrifiantes, atroces, mais ta cervelle de moineau a fini par comprendre qu'il était sans doute mieux d'aller dans le sens du courant. À présent, quand les lumières s'éteignent, tu es allongé sur le dos, respirant profondément, te disant que les bruits extérieurs ne sont que des bavardages dénués de sens auxquels tu n'as pas à prêter attention. Et, tôt ou tard, ils finissent par s'estomper comme les parasites d'une radio, te laissant seul avec la Voix. Tes lèvres remuent silencieusement alors que tu réentends le message. Et te voilà ailleurs. Et ça fait du bien d'y être.

C'est une chose merveilleuse. Tu peux revivre la lente mise en scène de tes plus grands exploits. Tout est là, étalé devant toi. Le choix d'une victime. La négociation. Le trajet jusqu'à une chambre que tu vas barioler de sang. Leur conviction stupide que cet abruti de Derek ne va pas leur faire de mal. Et l'expression de leurs yeux quand tu te tournes vers elles avec leur pire cauchemar à la main.

Mais en repassant le film, tu n'as jamais droit à la séquence finale. C'est à cause de leurs yeux. Tu revis l'instant où le soupçon s'insinue en elles, la terreur qui les rend livides et ta main autour de ta bite. Ton dos se cambre, tes hanches poussent vers le haut, tes lèvres s'étirent sur tes dents tandis que tu jouis. Et c'est alors que tu entends la Voix, triomphante et mélodieuse, te complimentant pour ton rôle dans le grand nettoyage.

C'est le meilleur moment dans ton petit univers étriqué. Les autres ne sont sans doute pas de cet avis, mais toi, tu sais combien tu as de la chance. À présent, tout ce que tu désires, c'est sortir d'ici, retrouver la Voix. Rien de plus.

DEUXIÈME PARTIE

Dix semaines plus tard

Il n'arrive plus à se rappeler quand il a entendu la Voix pour la première fois. À présent, il a honte de ne pas l'avoir reconnue instantanément. En y repensant, il a du mal à croire que ça lui ait pris si longtemps. C'est qu'elle était si différente des voix de tous les jours. Elle ne se moquait pas de lui. Elle ne lui reprochait pas sa lenteur. Elle ne le traitait pas comme un gosse débile. La Voix lui témoignait du respect. Personne ne l'avait encore fait, ce qui explique probablement qu'il n'ait pas compris tout de suite. Ça lui a pris un certain temps pour comprendre ce qu'on lui offrait.

Aujourd'hui, il ne peut pas envisager de vivre sans elle. C'est comme le chocolat, l'alcool ou les joints. Sans eux, la terre continuerait à tourner, mais qui aurait envie de ça ? Il y a des moments et des endroits où il sait qu'il va l'entendre : la messagerie de son téléphone portable, les minidisques qui apparaissent subitement dans la poche de sa parka quand il est seul dans son lit, tard le soir. Mais, parfois, c'est imprévisible. Un léger souffle dans son cou et c'est elle, la Voix. La première fois que ça s'est produit, il a failli faire dans sa culotte. Ç'aurait été du joli ! Depuis, il s'est habitué.

Maintenant, dans les endroits publics, il sait comment réagir sans que personne ne se doute de rien.

La Voix lui fait aussi des cadeaux. D'accord, on lui en a déjà fait par le passé, mais, en général, c'étaient des cochonneries sans valeur ou des machins dont les gens voulaient se débarrasser. Avec la Voix, c'est différent. La Voix lui donne des choses qui sont uniquement pour lui. Encore dans leurs boîtes ou leurs sacs, achetées et payées recta, et pas des trucs volés. Le baladeur minidisque. Le jean Diesel. Le briquet Zippo orné d'une tête de mort en cuivre qu'il aime bien caresser avec le pouce. Les vidéos qui lui remplissent la tête d'images de ce qu'il aimerait faire aux putains qu'il croise tous les jours.

Quand il a demandé pourquoi, la Voix a répondu que c'est parce qu'il le méritait. Là, il n'a pas saisi. Et il n'a toujours pas saisi, enfin pas vraiment. Elle a ajouté qu'il aurait à gagner les cadeaux, mais elle n'a pas dit de quelle manière, pas pendant une éternité. C'est sans doute sa faute à lui. Il n'a pas l'esprit vif. Il lui faut du temps pour piger.

Mais il aime bien faire plaisir. Du reste, c'est une des premières choses qu'il a apprises. Si tu arrives à satisfaire les gens, à leur accorder ce qu'ils veulent, tu as plus de chance d'éviter une raclée. Alors, il a fait bien attention lorsque la Voix a commencé à lui donner des leçons : il savait que, si elle était contente, il y avait davantage de chance qu'elle reste dans les parages. Et c'est surtout ça qu'il veut, parce qu'elle lui fait du bien. Des choses qui lui ont fait du bien, il n'y en a pas des masses.

Alors il écoute et il essaie de comprendre. Désormais, il a conscience du poison que les filles répandent dans les rues. Il sait que même celles qui se montraient gentilles avec lui ne le faisaient que par intérêt. Ça lui paraît se tenir : il a encore à l'esprit toutes les fois où elles ont essayé de lui en extorquer davantage en usant de flagorneries et combien elles deviennent brutales quand il refuse de leur donner davantage en échange de leurs billets chiffonnés. Il sait maintenant qu'il faut éliminer ces roulures et qu'il est appelé à jouer un rôle dans cette purification.

Il n'y en a plus pour longtemps. Chaque nuit, quand il éteint la lumière, la Voix se met à chuchoter dans le silence, lui décrivant comment ce sera. Au début, ça l'effrayait. Il n'était pas certain de pouvoir tenir devant des murs qui avaient l'air de lui parler. Et il ne pensait pas être capable de faire ce qu'on attendait de lui. Mais maintenant, quand il tend l'oreille, dans ce demi-univers entre sommeil et lucidité, il se dit que c'est peut-être possible. Une étape après l'autre, voilà comment on parvient au but qu'on s'est fixé. C'est ce que prétend la Voix. Et s'il considère les choses étape par étape, ce n'est pas si difficile. Du moins, pas avant la toute fin.

Il n'a encore jamais rien fait de semblable. Mais il a vu les vidéos des tas de fois. Il sait combien c'est chouette de les regarder. Et, d'après la Voix, c'est encore mille fois mieux de le faire pour de vrai. Et ça aussi, ça se tient, parce que, jusqu'ici, tout ce que lui a dit la Voix était la pure vérité. Et maintenant, l'heure est venue. Ce soir, c'est le grand soir.

Il meurt d'impatience.

Carol Jordan lança son attaché-case sur le siège du passager et monta dans le coupé gris métallisé milieu de gamme qu'elle avait choisi précisément pour sa banalité. Elle introduisit la clé de contact, mais ne put se résoudre à démarrer. Bon sang, qu'est-ce qui lui prenait ? Elle avait les mains moites, l'estomac serré par l'angoisse. Comment pourrait-elle entrer dans une salle de brigade et galvaniser ses troupes, avec la bouche si sèche que sa langue collait à ses dents ?

« Allons, secoue-toi, Jordan », marmonna-t-elle tout bas en tournant la clé. Quittant le parking souterrain, elle s'engagea dans la rue.

Tout avait l'air si familier et pourtant si différent. Quand elle avait travaillé à Bradfield, le loft situé dans un ancien entrepôt avait été son chez-soi, une sorte de nid d'aigle qui lui donnait l'impression d'être à la fois dans et à l'écart de la ville où elle maintenait l'ordre. Lorsqu'elle s'était installée à Londres, elle l'avait vendu à son frère et à la petite amie de celui-ci. Et voilà qu'elle était de retour, mais cette fois comme un coucou peu enthousiaste dans un nid créé par Michael et Lucy. Ils avaient presque tout changé, de sorte qu'elle s'y sentait encore moins à sa place. Jadis, elle s'en serait moquée, mais aujourd'hui, elle craignait de se sentir tout autant une étrangère dans un poste de police qu'en dehors.

Bradfield même avait quelque chose de l'inconnu qu'on est sûr d'avoir déjà rencontré. À l'époque, Carol s'était fait un point d'honneur d'apprendre à connaître la ville. Elle avait visité le musée local pour essayer de comprendre les forces qui l'avaient modelée au fil des siècles, faisant du village de bergers et de tisserands un centre commercial dynamique qui avait rivalisé avec Manchester pour être la capitale du Nord de l'empire victorien. Elle avait étudié l'architecture, savouré le charme des influences italiennes visibles sur les vieux bâtiments, s'efforçant d'imaginer ce que les hideux immeubles de bureaux et les galeries marchandes en béton des années 1960 avaient supplanté. Elle avait dessiné le plan de la ville dans sa tête, passant ses journées libres à se promener dans les rues, à sillonner les environs en voiture, au point de pouvoir dire dans quel environnement elle allait se retrouver à partir de l'adresse d'une scène de crime.

Mais ce matin-là, les vieux souvenirs de Carol semblaient s'être éclipsés. Déviations et voies à sens unique avaient poussé comme des champignons pendant son absence, l'obligeant à faire un effort de concentration pour s'orienter. Se rendre à l'hôtel de police aurait dû être un automatisme. Pourtant elle mit deux fois plus de temps qu'elle ne l'avait prévu et c'est avec un vif soulagement qu'elle entra dans le parking. Elle roula lentement en direction des emplacements réservés, ravie de constater qu'au moins une des promesses de John Brandon avait déjà été suivie d'effet. Une des rares places vides portait la mention fraîchement peinte : « INSP. P^{AL} JORDAN ».

Franchir la porte de l'hôtel de police lui-même lui procura une brève sensation de déjà-vu. Ici, au moins, rien n'avait changé. Le hall d'entrée continuait à sentir légèrement la cigarette, à quoi se mêlaient des effluves de graisse rance s'échappant de la cantine à l'étage au-dessous. Si d'autres lieux publics avaient été rafraîchis, aucun décorateur n'avait été chargé de rendre cette entrée plus attrayante. Les murs étaient toujours gris foncé, les tableaux d'affichage couverts de vieilles circulaires jaunâtres. Carol alla au comptoir et salua d'un signe de tête l'agent derrière le bureau.

« Inspecteur principal Jordan, chargée de la Brigade des enquêtes majeures. »

L'homme, la cinquantaine, passa une main dans ses cheveux grisonnants coupés en brosse et sourit. « Bienvenue à bord. Au bout du couloir, prenez l'ascenseur jusqu'au troisième étage. Vous êtes dans la salle 316.

— Merci. » Elle esquissa un mince sourire et se tourna pour pousser la porte. Redressant instinctivement les épaules et le menton, elle longea le couloir d'un pas vif, ignorant les regards intrigués de quelques policiers en tenue.

Le troisième étage avait eu droit à un lifting depuis son départ. Les murs étaient bleu lavande jusqu'à hauteur de taille, blanc cassé au-dessus. Les vieilles portes en bois avaient été remplacées par des cloisons en verre et métal, avec une partie dépolie au milieu pour dissimuler ce qui se passait à l'intérieur. Cela faisait davantage l'effet d'une agence de publicité que d'un poste de police, se dit-elle en atteignant le numéro 316.

Prenant sa respiration, elle ouvrit la porte. Cinq ou six visages intrigués se levèrent vers elle puis s'éclairèrent aussitôt d'un grand sourire. Le premier à se mettre debout fut Don Merrick, récemment promu inspecteur. Il lui avait servi d'estafette lors de sa première enquête sur des meurtres en série, laquelle avait montré aux esprits sceptiques qu'elle faisait largement le poids. Ce cher Don, solide, fiable, pensa-t-elle avec gratitude tandis qu'il traversait la pièce pour lui serrer la main.

« Ça fait plaisir de vous revoir ! » dit-il en lui étreignant l'épaule de son autre main. Elle se sentait toute petite à côté de lui, mais elle fut agréablement surprise en s'apercevant que sa masse ne la mettait en rien mal à l'aise. « Je suis vraiment enchanté de travailler à nouveau avec vous. »

Juste derrière Merrick se trouvait le sergent Kevin Matthews, qui était parvenu à réintégrer ses fonctions après avoir commis une bourde monumentale dont sa carrière avait failli faire les frais. C'était Carol qui avait alors révélé sa trahison, mais elle était contente de le voir réhabilité. Il était trop bon détective pour perdre son temps à faire le boulot de routine d'un simple agent. Elle espérait qu'il ne prendrait pas ombrage de leur nouvelle différence de grade.

« Kevin, ça me fait plaisir de vous voir. »

Sa peau blanche criblée de taches de rousseur vira au rose. « Je suis content que vous soyez de retour à Bradfield », dit-il.

Les autres faisaient cercle à présent. « Ravie de vous voir, chef », lança une voix de femme derrière elle. Se tournant à moitié, Carol vit la frêle silhouette de la constable Paula McIntyre, un sourire jusqu'aux oreilles. Paula avait travaillé avec la brigade criminelle lors de l'arrestation d'un psychopathe ayant égorgé quatre jeunes gens de la ville. Elle n'était alors que stagiaire, mais Carol n'avait pas oublié son souci du détail et sa capacité à mettre les témoins en confiance. D'après Brandon, elle s'était imposée depuis comme une des plus brillantes enquêtrices de la police judiciaire locale. Carol n'ignorait pas l'importance de pouvoir disposer, dans une enquête pour homicide où tout devenait une course contre la montre, de quelqu'un qui sache persuader les gens de vider leur sac à un stade où le temps signifiait parfois des vies humaines.

Paula poussa en avant un métis qui se trouvait à côté d'elle. « Le constable Evans, dit-elle. Sam, voici l'inspecteur principal Jordan. »

Carol lui tendit la main. Evans la prit presque avec réticence, évitant de croiser son regard. Carol le jaugea d'un bref coup d'œil. Il n'était pas beaucoup plus grand qu'elle ; à peine la taille réglementaire, pensa-t-elle. Ses cheveux aux boucles serrées étaient coupés ras, ses traits plus typiques d'un Blanc que d'un Africain. Sa peau était couleur pain d'épice et son bouc crépu lui donnait une apparence de maturité contrastant avec l'aspect juvénile de son visage sans ride. Elle se rappela les commentaires de Brandon sur le jeune détective. « Un type paisible. Mais qui n'a pas peur de se faire entendre quand il a quelque chose à dire. Il est futé et il a le chic pour mettre des informations bout à bout en leur donnant un sens. Il a envie de réussir, même s'il cache bien son jeu. Ce qui signifie qu'il remuera ciel et terre pour vous. » Apparemment, il lui faudrait croire Brandon sur parole.

Un élément était resté à la lisière du groupe. La constable Stacey Chen avait un petit sourire figé aux lèvres. Elle, c'était l'inconnue. Désormais, toute enquête majeure nécessitait un policier informaticien capable de gérer le volume d'informations produit. Carol avait demandé à Brandon de lui recommander quelqu'un et il l'avait recontactée dans les vingt-quatre heures en lui indiquant Stacey. « Elle a une maîtrise en informatique, elle connaît les systèmes sous toutes les coutures et c'est un vrai bourreau de travail. Elle garde sa vie privée pour elle, mais elle est consciente de l'importance du travail en équipe. Et elle a de l'ambition. »

C'était une sensation que Carol n'avait pas oubliée. Même si l'ambition l'avait désertée avec sa dignité à Berlin, elle pouvait encore se rappeler la brûlure intense de ce désir de gravir l'échelon suivant. Elle s'écarta d'Evans et tendit la main à Stacey. « Bonjour. Vous devez être Stacey. Je suis contente de vous avoir dans l'équipe. »

Les yeux marron de Stacey étaient rivés aux siens. « Je vous remercie de cette chance », répondit-elle avec un fort accent londonien.

Carol balaya la pièce du regard. « Il nous manque quelqu'un.

— Ah oui, répondit Merrick. Chris Devine. On a eu un message hier : sa mère est en phase terminale de cancer. Le sergent a demandé à rester à Londres pour le moment. Le patron a accepté. »

Carol secoua la tête avec une pointe d'agacement. « Formidable ! Nous sommes en sous-effectif avant même d'avoir commencé. » Elle regarda autour d'elle, examinant la pièce pour la première fois. Il y avait une demi-douzaine de tables, chacune avec un ordinateur. Des tableaux blancs et d'autres en liège tapissaient un des murs, à proximité d'un rétroprojecteur. Une immense carte plastifiée de Bradfield occupait la plus grande partie de l'espace à côté de la porte. Les fenêtres le long du mur opposé étaient masquées par des stores. Une salle pas trop petite, ni d'une grandeur telle qu'on se sente perdu. Ça irait, décida-t-elle. « Don, où est mon bureau ? »

Merrick montra du doigt le mur du fond, où se découpaient deux portes. « Faites votre choix. Ils sont vides tous les deux. »

Et pas terribles pour ce qui est de l'intimité, pensa-t-elle. Elle jeta son dévolu sur celui qui avait des fenêtres donnant sur la rue et se tourna vers Merrick qui l'avait suivie. « Appelez le responsable du service d'entretien. Je veux des stores sur la vitre de la porte. »

Merrick sourit. « Pas envie qu'on sache quand vous jouez au solitaire, hein ?

— Je préfère le FreeCell, en fait. Donnez-moi une demi-heure pour me poser, puis nous aurons une réunion d'information.

— Ça marche. » Il s'esquiva, la laissant seule. Eh bien, c'était un soulagement ! Elle alluma l'ordinateur. Quelques secondes plus tard, elle vit Evans approcher, les bras chargés d'une montagne de dossiers. Elle se précipita pour ouvrir la porte.

« Qu'est-ce que c'est que tout ça ?

— Des affaires non résolues – les plus récentes. Ça nous a été livré hier vers quatre heures. On est censés y travailler en attendant le prochain gros truc. »

Carol sentit son enthousiasme se réveiller. Enfin, quelque chose qui puisse capter son attention, apaiser ses démons. Ou du moins les museler temporairement.

Aidan Hart observa l'homme assis en face de lui non sans une certaine inquiétude. Bon nombre de ses collègues jugeaient Hart trop jeune, à trente-sept ans, pour diriger l'hôpital de haute sécurité de Bradfield Moor, mais lui-même était suffisamment sûr de ses compétences pour attribuer leur attitude au désappointement et à l'envie. Il savait qu'aucun d'entre eux n'était à la hauteur.

Il en allait autrement de cette nouvelle recrue. Le docteur Tony Hill arrivait avec une réputation à la fois de brio et de maladresse. Il n'obéissait à aucune règle sauf à celles qui lui importaient. Ce n'était pas un joueur d'équipe, à moins que l'équipe en question n'eût été sélectionnée par lui. Il s'était attiré le respect autant que la haine de ceux avec qui il avait travaillé. Aussi, lorsque Tony Hill avait sollicité un poste à temps partiel dans son hôpital, la première réaction d'Aidan Hart avait été de refuser. Une seule personne devait occuper le devant de la scène à Bradfield Moor, lui.

Puis il avait réfléchi. Si Hill n'était là qu'à temps partiel, son travail pourrait être canalisé avec soin. Ses succès contribueraient à accroître la réputation de Hart lui-même, le directeur d'hôpital visionnaire qui aurait réussi à apprivoiser le franc-tireur. C'était une perspective séduisante. Il pourrait se présenter comme l'homme qui avait persuadé l'ambitieux Tony Hill de revenir à la pratique clinique. Et, alors que les patients profiteraient du fameux don d'empathie du célèbre Hill, l'ultime bénéficiaire ne serait autre qu'Aidan Hart lui-même. Son changement d'attitude s'était trouvé conforté lorsqu'il avait rencontré Hill en chair et en os. Aidan Hart s'y entendait dans l'art d'impressionner par l'habillement. En quelques secondes, il constata que Hill avait manifestement négligé cette question pratique. Ce n'était pas ce petit bonhomme sur le siège en face, avec ses cheveux mal coupés, son pantalon noir sur des chaussures marron et sa veste en tweed verdâtre aux manches élimées, qui allait faire des vagues dans le lac où Hart comptait évoluer. Hill avait paru gêné par la notoriété que sa collaboration avec la police lui avait value et il avait bien insisté sur le fait qu'il ne voulait plus se retrouver sous les feux de l'actualité. S'il devait à nouveau s'adonner au profilage, ce serait toutes portes fermées et dans un pays lointain. Il avait tellement envie de s'atteler aux tâches les plus ingrates de l'activité hospitalière que c'en était presque pathétique.

Sur le moment, la suffisance aidant, Hart s'était persuadé que courir le risque avec Tony Hill était la meilleure décision possible. Il n'avait pas discerné le regard plein d'intelligence, le charisme indéniable de l'autre. À présent, il se demandait comment tout cela avait pu lui échapper. Sauf si, bien sûr, Hill avait feint en vue de produire une impression tout autre. Ce qui était une pensée extrêmement désagréable. Il se plaisait à se voir dans le rôle de l'analyste. Que, cette fois, il eût été le jouet d'un maître encore plus habile dans l'art de déchiffrer le comportement humain, voilà qui le mettait mal à l'aise. Il ne pouvait pas s'empêcher de se demander s'il n'était pas devenu le nouvel objet d'étude de ce regard étonnamment bleu qui semblait boire ses réactions. Il n'aimait pas l'idée d'avoir à surveiller chacune de ses paroles et chacun de ses gestes en présence de son nouvel employé. Aidan Hart avait ses secrets et il ne tenait pas à ce que Tony Hill y mette son nez.

Et ce n'était pas de la paranoïa. Hill était là depuis à peine une heure qu'il l'époustouflait déjà. Il avait débusqué la dernière admission et il était maintenant assis en face de Hart, une cheville posée avec nonchalance sur le genou opposé, avançant toutes sortes de raisons pertinentes de tenter le coup avec le nouveau patient. C'était le genre de cas se prêtant à des articles dans les revues scientifiques, et Hill revendiquait déjà un droit sur un territoire que Hart voulait se réserver. « Après tout, dit Hill, comme il s'agit d'une nouvelle admission, ce serait logique que je prenne le dossier en charge. De cette manière, je n'aurai pas à éplucher ce qui a été fait antérieurement. Et personne ne sera vexé parce que je lui retire un patient.

— C'est un cas plutôt extrême pour démarrer, fit observer Hart, prenant un air soucieux. Et cela fait un moment que vous n'êtes plus dans le bain. »

Un demi-sourire étira les lèvres de Tony. « L'extrême, c'est mon rayon, Aidan. Et pour ce qui est de s'occuper d'individus qui tuent pour des raisons que l'on a tendance à mettre sur le compte de la folie, je possède une solide expérience pratique. »

Hart remua sur son siège et leva les mains comme pour décliner toute responsabilité. « À votre guise. J'ai hâte de lire votre premier rapport. »

Appuyée au tableau blanc, Carol attendait que sa nouvelle équipe soit installée. Puis, s'avançant, elle se percha sur le bord du bureau. « Avant de commencer, il faut que je vous dise quelque chose, déclara-t-elle en s'efforçant de paraître plus décontractée qu'elle ne l'était. Je sais que les rumeurs vont bon train dans ce métier et je présume que vous avez tous eu droit à une version quelconque de mes récentes mésaventures. » À la manière dont les hommes faisaient mine de s'intéresser à autre chose, elle comprit qu'elle avait tapé dans le mille.

Don Merrick regardait le sol. « Personne ici n'accorde d'importance aux ragots, marmonna-t-il. Seulement aux résultats. Et vos états de service parlent d'eux-mêmes. »

L'ombre d'un sourire passa sur le visage de Carol. « Merci, Don. Néanmoins, si nous voulons que cette brigade fonctionne, un climat de transparence, de franchise est indispensable. Ce qui m'est arrivé a été le fruit de secrets et de mensonges. Je ne tiens pas à retravailler dans un environnement de ce genre. » Elle lança un regard circulaire, vit qu'elle avait leur attention et continua.

« J'avais été choisie pour une mission clandestine qui me plaçait dans une position extrêmement vulnérable. Parce que mes supérieurs ne m'avaient tenue que partiellement au courant de la situation, je n'ai pas pu ménager mes arrières comme il l'aurait fallu. Le résultat, c'est que j'ai été violée. » Elle perçut un soupir, mais sans pouvoir en identifier la source. « Je n'attends pas qu'on prenne des gants avec moi. Ce qui s'est produit n'affectera en rien la manière dont j'accomplis ma tâche. Si ce n'est que cela m'a rendue extrêmement sensible aux questions de loyauté. Ce groupe ne peut être efficace que si chacun fait passer le travail d'équipe avant le reste. Je ne veux pas d'arriviste ici. Si cela pose un problème à quelqu'un, c'est le moment de demander une mutation. »

Elle parcourut l'assistance du regard. Stacey et Evans avaient l'air surpris, mais les autres acquiescèrent d'un signe de tête. Puis elle se leva et prit le dossier qui se trouvait au sommet de la pile.

« Bien. Pour l'instant, en attendant notre première mission, nous sommes censés nous occuper d'affaires non résolues. On nous a donné deux meurtres, un viol, deux cambriolages à main armée, une série d'incendies criminels et plusieurs enlèvements d'enfant. Dans les jours qui viennent, je veux que chacun de vous ait pris connaissance de trois dossiers différents. Don, vous dresserez une liste, de manière à ne rien oublier. En me comptant dans le lot... puisqu'il nous manque un élément. Pour chaque dossier, vous réfléchirez à des mesures permettant d'avancer. Ensuite, nous nous réunirons pour examiner vos suggestions et voir quelles affaires offrent les perspectives les plus prometteuses quant à de nouvelles investigations. Des questions ? »

Kevin leva la main. « C'est un bureau non-fumeur ? »

Paula poussa un grognement. « Un immeuble non-fumeur, Kevin.

— D'accord, mais ça ne veut pas dire qu'il ne peut pas y avoir de zones fumeurs ? Pourquoi avoir l'air conditionné si ça ne sert à rien ?

— C'est mauvais pour les ordinateurs, fit valoir Stacey.

— On pourrait disposer d'un coin, proposa Evans. Sous le conduit d'aération. »

Alors que la discussion se poursuivait, Carol commençait à ressentir les premiers pincements du retour au foyer. L'adrénaline d'une enquête, certes, mais en l'occurrence, ce genre de querelle lui indiquait qu'elle était de retour là où se trouvait sa place. Se chamailler à propos des menus détails qui rendent la vie supportable, telle était la réalité quotidienne de la police.

« Réglez ça entre vous, dit-elle avec fermeté. Moi, ça m'est égal. J'ai une porte que je peux fermer. Ah, et j'ai un travail pour vous, Sam... »

Il leva la tête, l'air étonné. « Oui, chef ? » Pivotant sur sa chaise, il se mit légèrement de biais. La réaction d'un homme réduisant instinctivement la zone vulnérable et évaluant la situation avant d'opter pour le combat ou la fuite.

« Filez dans un magasin acheter une bouilloire, une cafetière et une douzaine de tasses. » Il mit un moment à comprendre puis son regard se durcit. « Du thé et du café convenable, du lait et du sucre. Et aussi des biscuits pendant que vous y êtes. Nous n'allons pas être très populaires à la cantine, vu qu'on va exhumer ce que d'autres doivent prendre pour un échec personnel. Alors, autant nous retrancher ici.

— On peut avoir de l'Earl Grey ? » L'intervention de Stacey Chen ressemblait plus à un ordre qu'à une requête.

« Pourquoi pas ? » répondit Carol en retournant dans son bureau. Elle avait déjà appris quelque chose. Evans n'aimait pas les tâches subalternes. Soit il considérait que c'était un travail de femme, soit il estimait que c'était au-dessous de ses capacités. Carol enregistra l'information à toutes fins utiles. Elle était devant la porte quand lui parvint la voix ulcérée de Merrick.

« Chef, comment se fait-il que les dossiers de Tim Golding et de Guy Lefevre soient là ? »

Carol fit volte-face. « Qui ça... ? » Le brouhaha avait soudain cessé dans la salle. Paula affichait une expression circonspecte, tandis que celle des autres allait de la surprise à l'incrédulité.

Le visage affable de Merrick s'était crispé. « Tim Golding est le gosse de huit ans qui a disparu il y a environ trois mois. Guy Lefevre s'était volatilisé quinze mois auparavant. Nous avons retourné toute la ville pour les retrouver. Nous avons même demandé à Tony Hill de réaliser un profil, sans résultat. »

Ce fut au tour de Carol d'être étonnée. Tony ne lui avait jamais parlé de profilage, encore moins à Bradfield. Il est vrai que, depuis leur discussion au sujet de la proposition de John Brandon, il avait fait preuve d'une discrétion inaccoutumée. Il l'avait incitée à accepter le poste et, une fois informé de sa décision, ne lui avait plus envoyé que des courriels évasifs et sans intérêt, comme pour l'obliger à voler de ses propres ailes. « Où voulez-vous en venir, Don ?

— C'est moi qui étais chargé du dossier de Tim Golding, répondit-il avec colère. Et j'ai participé à l'enquête concernant Guy Lefevre. Rien n'a été négligé.

— Alors, vous comprenez maintenant pourquoi nous allons être les parias de la maison, dit Carol avec modération. Il y a une demi-douzaine d'officiers haut placés qui doivent l'avoir mauvaise parce qu'on nous a refilé les affaires dont ils n'arrivaient pas à venir à bout. Je ne serais pas surprise qu'on nous ait balancé le dossier de Tim Golding exprès pour nous maintenir sur la brèche. Donc, même si je suis certaine que vous avez fait tout votre possible, nous traiterons ce dossier exactement comme les autres. »

Merrick se renfrogna. « N'empêche, chef...

— Certains ici ne demanderaient pas mieux que de nous voir trébucher. En vous mettant dans tous vos états à cause de cette histoire, Don, vous faites leur jeu, expliqua Carol avec son sourire le plus cordial. J'ai confiance en vous, sinon vous ne feriez pas partie de cette équipe. Mais il peut arriver à chacun de nous de passer à côté d'un détail, même s'il a l'impression de n'avoir rien laissé au hasard. Il ne faut pas que les officiers qui reverront cette affaire gardent leurs réflexions pour eux de crainte de vous froisser. Comme je l'ai dit tout à l'heure : pas de secrets ni de mensonges. »

Carol n'attendit pas la réaction. Elle rentra dans son bureau, laissant la porte ouverte. Était-ce le premier signe que quelqu'un essayait de discréditer l'équipe et, du même coup, son nouveau directeur ? Elle avait conscience de céder un peu trop facilement à la paranoïa ces temps-ci, mais un excès de prudence était préférable à de la naïveté stupide, si l'on cherchait réellement à leur mettre des bâtons dans les roues.

Elle était à peine assise que Don Merrick apparut dans l'embrasure de la porte avec un dossier. « Je peux vous dire un mot ? »

Carol lui indiqua la chaise d'un signe de tête. Don s'installa, le dossier pressé sur sa poitrine.

« Tim Golding, dit-il.

— J'ai compris, Don. Passez-moi ça. »

Il se contenta de le serrer davantage contre lui. « C'est juste que...

— Je sais. Si quelqu'un doit fourrer son nez dans votre enquête, vous aimez mieux que ce soit moi plutôt qu'un des nouveaux. » Elle tendit la main.

À contrecœur, Don se pencha en avant pour lui remettre le dossier.

« On n'aurait pas pu faire plus. On n'a pas cessé de se taper la tête contre les murs. On n'a même pas pu donner à Tony Hill de quoi réaliser un profil valable. Lui-même disait que c'était peine perdue. Mais je ne voyais pas ce qu'on pouvait faire d'autre. C'est pourquoi il a vite fini parmi les affaires non résolues.

— Je m'étais posé la question, en effet. Cela me paraît un peu tôt pour le classer. »

Don poussa un soupir. « Nous n'avions plus aucune piste tout bonnement. Il y a encore deux constables qui ont un œil dessus et qui baratinent la presse chaque fois que l'histoire refait surface. Mais voilà au moins un mois qu'il ne s'est rien passé de concret. » La tristesse de Don se lisait sur toute sa personne, du regard de chien battu aux épaules affaissées.

Carol eut pitié de lui. « Laissez-le-moi, Don. Remarquez, cela m'étonnerait que je trouve quoi que ce soit qui vous ait échappé.

— En fait, dit-il en se levant, je me rappelle très bien avoir regretté, au moment où je travaillais sur l'affaire, que vous ne soyez pas là. Ça m'aurait plu que vous y jetiez un coup d'œil. Vous avez toujours eu le truc pour voir les choses sous un autre angle.

— Vous savez ce qu'on dit, Don ? L'un des risques à trop désirer quelque chose, c'est que votre souhait soit exaucé. »

Par la vitre, Tony Hill observait avec attention un homme, soigné de sa personne, plutôt chauve, recroquevillé sur une chaise rivée au sol. Il paraissait la cinquantaine, bien que son expression placide estompât quelque peu les rides gravées sur son visage. Le temps d'un éclair incompréhensible, Tony se mit à penser à une sucette d'enfant dans de la Cellophane, du papier collant autour d'un bâton.

Le calme de ce type avait quelque chose de surnaturel. La plupart des patients que rencontrait Tony avaient du mal à rester immobiles, sans parler de respirer la tranquillité. Ils s'agitaient, se trémoussaient, tripotaient leurs vêtements. Mais celui-là – il consulta ses notes –, ce Tom Storey, avait presque l'air zen. Tony jeta un nouveau coup d'œil à ses notes et secoua la tête, s'efforçant de dominer sa colère contre ses collègues médecins. Puis il referma le dossier et se dirigea vers la salle d'interrogatoire.

Le trajet avait beau être court, il avait conscience de marcher d'un pas élastique. Pour la plupart des gens, l'hôpital de haute sécurité de Bradfield Moor n'était guère associé à l'idée de contentement, mais c'est exactement ce qu'il éprouvait pour la première fois depuis des mois. Il était de retour sur le terrain, dans le monde des cerveaux détraqués, le monde qui était le sien. En dépit de ses efforts constants pour se fondre dans le décor, il se savait étranger à l'univers s'étendant au-delà des murs lugubres de Bradfield Moor. C'était un sentiment qu'il ne tenait pas particulièrement à approfondir ; il révélait sur lui des choses qui ne le mettaient pas très à l'aise. Mais il était impossible de nier que pratiquer l'empathie était ce qui donnait un sens à sa vie. Rien n'était comparable à ce moment où les portes de l'esprit d'un autre individu s'ouvraient brusquement et lui permettaient de saisir la logique tordue à laquelle il obéissait. Non, vraiment rien.

Il poussa la porte de la salle d'interrogatoire et s'assit en face de son nouveau défi. Tom Storey demeura immobile, seuls ses yeux se déplaçant pour rencontrer ceux de Tony. Dans sa main droite, il tenait un moignon entouré d'épais bandages, là où se trouvait sa main gauche quelques jours auparavant. Tony se pencha, affichant une expression de compassion. « Je m'appelle Tony Hill. Je suis désolé de ce qui vous est arrivé. »

Les yeux de Storey s'agrandirent de surprise. Puis il laissa échapper un petit grognement. « Ma main ou mes gosses ? dit-il d'un ton acerbe.

— Votre fils et votre fille. J'imagine que la main fait l'effet d'une bénédiction. »

Storey ne dit rien.

« "Syndrome de la main anarchique", continua Tony. Répertorié pour la première fois en 1908. Une manne pour les scénaristes de films d'horreur : 1924, *Les Mains d'Orlac* – Conrad Veidt joue le rôle d'un pianiste classique auquel on a greffé les mains d'un assassin après qu'il a perdu les siennes dans un accident de chemin de fer ; 1946, *La Bête aux cinq doigts*, un autre pianiste ; 1987, *Evil Dead II* – le héros tranche sa main maléfique à l'aide d'une tronçonneuse pour l'empêcher de l'attaquer. Frissons garantis. Mais c'est beaucoup moins amusant quand la main en question est la vôtre, n'est-ce pas ? Parce que vous avez beau essayer d'expliquer ce que vous ressentez, personne ne vous prend au sérieux. Personne ne vous a pris au sérieux, n'est-ce pas, Tom ? »

Storey remua sur sa chaise, mais resta silencieux et apparemment calme.

« Votre médecin traitant vous a prescrit des calmants. Du stress, c'est ce qu'il a déclaré, pas vrai ? »

Storey inclina légèrement la tête.

Tony sourit d'un air encourageant. « Mais ça n'a rien fait. Sauf de vous rendre somnolent et de vous abrutir. Et avec une main comme la vôtre, vous ne pouviez pas vous permettre de relâcher votre vigilance. Qui sait ce qui se serait passé ensuite ? C'était comment pour vous, Tom ? Est-ce que vous vous réveilliez toutes les nuits en haletant parce que la main vous serrait le cou ? Est-ce qu'elle vous cassait des assiettes sur la tête ? Vous empêchait de mettre la nourriture dans votre bouche ? » La voix de Tony était douce, fraternelle.

Storey se racla la gorge. « Elle lançait des choses. On était tous en train de prendre le petit déjeuner, j'empoignais la théière et l'envoyais à la tête de ma femme. Ou bien on se trouvait dans le jardin et, brusquement, je ramassais des pierres et les jetais sur les enfants. » Il se laissa aller en arrière, apparemment épuisé par l'effort qu'il avait dû faire pour parler.

« Cela devait être effrayant. Quelle a été la réaction de votre femme ? »

Storey ferma les yeux. « Elle allait me quitter. Prendre les gosses avec elle et ne plus jamais revenir.

— Et vous aimiez vos enfants. Un dilemme infernal pour vous. Vous n'aviez rien à quoi vous raccrocher. Sans eux, la vie ne valait plus la peine d'être vécue. Mais vivre avec eux les exposait à un danger permanent parce que vous ne pouviez pas empêcher votre main de faire ce qu'elle veut. Un sacré dilemme, en effet. » Tony marqua un temps d'arrêt et Storey rouvrit les yeux. « Vous deviez être complètement désemparé.

— Pourquoi me cherchez-vous des excuses ? Je suis un monstre. J'ai tué mes gosses, c'est la pire chose que puisse faire un être humain. On aurait dû me laisser saigner à mort au lieu de me sauver. Je mérite la mort, lâcha Storey dans un débit chaotique.

— Non, vous n'êtes pas un monstre. Je ne pense pas que vos enfants soient les seules victimes ici. Nous allons effectuer quelques examens. Il se pourrait que vous souffriez d'une tumeur au cerveau, Tom. Voyez-vous, le cerveau est constitué de deux parties. Les messages de l'une parviennent à l'autre par l'intermédiaire d'une sorte de pont appelé le *corpus callosum*. Quand celui-ci est endommagé, votre main droite ne sait littéralement plus ce que fait la gauche. Et c'est une chose terrible à vivre. Je ne peux pas vous reprocher d'en être arrivé à penser que tuer vos enfants était la seule manière de les préserver de ce que vous risquiez de leur faire.

— Vous devriez. J'étais leur père. Mon devoir était de les protéger, pas de les tuer.

— Mais vous ne pouviez pas vous faire confiance. Alors, vous avez décidé de mettre fin à leurs jours de la manière la plus humaine possible. En les étouffant dans leur sommeil. »

Les yeux de Storey se remplirent de larmes et il baissa la tête.

« C'est impardonnable, dit-il d'une voix étranglée. Mais personne ne voulait m'écouter. Personne ne voulait m'aider. »

Étendant le bras au-dessus de la table, Tony posa une main sur le moignon entouré de bandages.

« À présent, nous allons vous aider, Tom. Je vous le promets. Nous allons vous aider. »

Le dos arqué, Carol se tourna pour regarder par la fenêtre. De l'autre côté de la rue se dressait un immeuble en pierre blanche au joli portique néoclassique. Avant, il abritait une salle de bingo. Maintenant, c'était une boîte de nuit, des tubes au néon dessinant le mot « Aphrodite » en pseudo-lettres grecques. Des bus passaient avec fracas, faisant de la réclame pour les films et les jeux vidéo sortis récemment. Un contractuel surveillait le parking payant, brandissant son boîtier électronique comme une massue. Un monde vaquant à ses occupations, indifférent aux corvées qui constituaient son lot quotidien. Elle avait tout lu sur Guy Lefevre et elle était sur le point de finir le dossier de Tim Holding. Les mots commençaient à danser devant ses yeux. À part une pause d'une demi-heure à midi, elle avait passé toute la journée à lire. Elle n'était pas la seule. Chaque fois qu'elle relevait la tête, elle pouvait voir que le reste de l'équipe n'était pas moins absorbé. Détail intéressant : leur posture en disait bien plus long sur leur personnalité que les propos embarrassés et circonspects qu'ils avaient échangés à midi en mangeant les sandwichs que Stacey était allée chercher à la cantine.

Don était courbé sur sa table, un bras passé autour de son dossier comme un gamin qui a peur qu'on copie sur lui. Pas l'esprit le plus rapide avec qui Carol eût jamais travaillé, mais d'une ténacité à toute épreuve et d'un dévouement absolu à l'égard de l'équipe. Et s'il y avait quelqu'un sur qui elle pouvait compter, c'était bien Don. Il en avait déjà fourni la preuve par le passé, mais ce matin elle s'était rendu compte combien sa loyauté lui était précieuse.

Kevin, maigre et nerveux, se tenait droit comme un I sur sa chaise, ses papiers bien alignés. Par moments, il s'interrompait, regardait au loin, le temps de fumer une cigarette. Puis il se mettait à gribouiller quelque chose sur un calepin avant de se replonger dans sa lecture. Carol se souvenait qu'il lui avait toujours paru terriblement coincé. Il avait été d'autant plus difficile de croire qu'il avait perdu les pédales. Et comme beaucoup d'individus inhibés, lorsqu'il avait bafoué les règles, il avait été encore plus loin que le pire des casse-cou. Ce qui l'avait conduit à la trahison. Carol se dit qu'il n'était pas près de refaire la même erreur, mais elle rechignait encore à lui accorder sa confiance tout en priant pour que ça ne se voie pas.

Sam Evans travaillait en face de lui, sa veste soigneusement posée sur un cintre accroché à la poignée du tiroir d'un classeur. Sa chemise était d'un blanc immaculé, les plis du fer à repasser encore visibles sur les manches. Kevin et lui avaient délimité un espace fumeur, dans l'angle opposé à Stacey et à ses ordinateurs. Il avait une façon de lire presque nonchalante, comme s'il feuilletait les journaux du dimanche. Son visage demeurait impénétrable. Mais, de temps à autre, sa main furetait dans la poche de son pantalon et en tirait un petit magnétophone. Il marmonnait alors quelques mots puis le faisait disparaître prestement. Il ne devait pas lui échapper grand-chose, pensa Carol.

À l'inverse, Paula était du genre à s'étaler. En moins d'une demi-heure, elle avait couvert sa table d'un tas de papiers tandis qu'elle parcourait le dossier placé devant elle. Mais, en dépit de ce désordre apparent, il était clair qu'elle savait exactement où se trouvaient les choses. Sa main se déplaçait indépendamment de ses yeux, eût-on dit, saisissant avec assurance la feuille dont elle avait besoin. C'était comme si elle possédait une carte mentale de leur disposition, une grille bien ordonnée imprimée dans sa cervelle. Carol se demanda si c'était ainsi qu'elle préparait ses interrogatoires, insérant chaque bribe d'information dans son logement jusqu'à ce que, toutes les ampoules étant reliées les unes aux autres, le tableau tout entier s'illumine.

Stacey n'aurait pas pu être plus différente. Même son style vestimentaire était aux antipodes du jean et tee-shirt décontracté de Paula. Le tailleur de Stacey devait être du sur-mesure et l'élégant pull à col roulé en cachemire. Une tenue étonnamment coûteuse pour une simple constable. S'agissant du travail, c'était comme si elle faisait une allergie au papier. Elle avait posé le dossier sur un des tiroirs coulissants afin de réserver toute la surface du bureau aux interactions avec la machine. Les deux fenêtres à l'écran retenaient la plus grande partie de son attention. Après un bref coup d'œil au contenu du dossier, ses doigts se mettaient à voleter au-dessus des touches, jusqu'au moment où, inclinant la tête sur le côté, passant sa main gauche dans ses cheveux noirs de jais, elle activait la souris. Elle semblait plus assoiffée de virtualité malléable que de réalité.

C'était, songea Carol, un groupe suffisamment divers dans ses talents et ses attributs pour faire face à l'essentiel des besoins. Restait à savoir si elle arriverait à en faire une unité. Tant qu'ils n'auraient pas le sentiment d'appartenir à une équipe, le tout vaudrait moins que la somme de ses parties. Avec un soupir, elle revint au dossier de Tim Golding.

Elle relut la déposition du livreur de légumes biologiques. Eh bien, Harriestown avait sacrément changé durant son absence ! Les anciens habitants de la localité n'auraient vu dans des légumes biologiques que des projectiles potentiels. Elle était si absorbée que le coup brusque donné contre le montant de la porte la fit sursauter. Les feuilles qu'elle tenait retombèrent sur le bureau en voltigeant tandis qu'elle se reculait sur son siège, le cœur battant, les yeux écarquillés. Voilà qui était nouveau. Il en aurait fallu davantage pour flanquer un choc à l'ancienne Carol Jordan.

« Pardon, je ne voulais pas vous faire peur. » La femme dans l'embrasure avait l'air plus amusée que désolée.

C'était une manie chez Carol que de se forger une description des gens qu'elle rencontrait pour la première fois, comme si elle notait ces détails pour la base de données du National Criminal Intelligence Service. Taille moyenne ; aussi mince que Carol. Épaules carrées, forte poitrine, hanches étroites. Cheveux bruns ébouriffés conformément à un style de coiffure à la mode quelques années auparavant, mais qu'elle avait conservé parce qu'il s'accordait avec son visage étrangement angélique. Donnant l'impression d'être sans cesse sur le point de sourire. Seuls ses yeux la trahissaient ; elle avait ce regard éteint des flics qui ont épuisé la palette des vices et des souffrances humaines. Vêtue d'un jean noir, d'un tee-shirt en soie noire et d'une veste en cuir couleur caramel. Carol était sûre de ne l'avoir jamais vue.

« J'étais à des kilomètres, dit-elle en se levant.

— Qui ne le serait pas s'il en avait la possibilité. » Les yeux se plissèrent en un sourire aimable tandis qu'elle s'avançait, la main tendue. « Sergent Jan Shields. Je m'occupe de Temple Fields.

— Inspecteur principal Jordan, répondit Carol en acceptant la poignée de mains cordiale et ferme. Alors, vous êtes des Mœurs ? ajouta-t-elle avec un sourire ironique.

— Et voilà. Il suffit d'une de ces maudites séries télé pour qu'on se retrouve avec une étiquette tout droit sortie du « bon vieux temps ». Oui, je suis des Mœurs. C'est pourquoi nous avons le bureau dégueulasse et vous la suite princière. Comment se passe l'installation ? »

Carol eut un haussement d'épaules, un brin déconcertée par cette manifestation de camaraderie de la part d'un officier d'un rang inférieur bien que probablement du même âge ou à peu près. « On essaie de s'y retrouver. Eh bien, sergent Shields, est-ce une visite de courtoisie ? Ou y a-t-il quelque chose que je puisse faire pour vous ?

— À mon avis, c'est plutôt moi qui peux faire quelque chose pour vous. » Jan agita une mince enveloppe brune avec, cette fois, un sourire espiègle.

Levant les sourcils, Carol revint derrière sa table. « Vraiment ?

— Votre équipe travaille sur les affaires non résolues, c'est bien ça ? En attendant de décrocher un coup fumant ?

— On est en train de jeter un coup d'œil, en effet.

— Une de ces affaires ne serait-elle pas celle de Tim Golding ?

— Vous êtes bien renseignée, sergent. »

Jan haussa les épaules. « Vous savez comment c'est. Les rumeurs vont plus vite qu'une traînée de poudre.

— Et nous sommes l'actualité du jour. » Carol s'assit. Elle tenait à donner une impression d'assurance. « Qu'avez-vous pour moi ?

— C'est une longue histoire, en fait. » Jan montra la chaise en face de Carol. « Je peux ? » Elle s'assit et croisa les jambes avec une assurance naturelle.

Carol se pencha en avant. « Je vous écoute.

— Lors de votre premier passage ici, j'étais détachée auprès d'une équipe du ministère de l'Intérieur menant, en collaboration avec le FBI, une investigation à long terme sur les pédophiles utilisant Internet. Vous avez probablement entendu parler de l'Opération Ore ? »

Carol hocha la tête. Les médias s'étaient jetés sur l'Opération Ore avec l'avidité d'un coyote affamé dans une usine de corned-beef. L'enquête avait ramené dans ses filets, des deux côtés de l'Atlantique, des milliers de délinquants potentiels : des individus surfant sur le Net et se servant de cartes de crédit pour accéder à des sites où ils pouvaient télécharger de la pédopornographie. L'importance même de ces résultats avait fait de l'Opération Ore la victime de son propre succès. Débordés, les services de police avaient levé les bras au ciel devant la montagne de données. Carol avait entendu un de ses collègues déclarer qu'avec les officiers à sa disposition, il lui faudrait neuf ans et demi rien que pour interroger tous les suspects de son secteur, sans parler de saisir et d'analyser leur disque dur. « Vous y avez participé ?

— Aux premières étapes, oui. Cela fait deux ans que je suis de retour ici et, depuis, entre les broutilles habituelles concernant la petite délinquance, j'essaie de donner la priorité à notre liste noire. Voilà six mois, nous avons commencé à appréhender nos candidats de premier choix. On enfonce leur porte à coups de pied et on confisque leur équipement informatique. Après un interrogatoire préliminaire, on les met généralement en liberté sous caution jusqu'à ce que l'analyse ait été effectuée.

— Ce qui peut prendre des semaines, j'imagine ? »

La bouche de Jan se tordit en un demi-sourire. « Si on a de la chance. En tout cas, j'ai reçu un tas de bazar hier des techniciens. Ils sont tombés sur un joli filon venant d'un type que nous avons arrêté il y a quelques mois. » Elle secoua la tête. « Depuis le temps, on pourrait penser que je suis blasée. Le type est cadre supérieur au Service national de santé. Vous avez besoin qu'on vous remplace une hanche ou un genou à Bradfield Cross ? C'est lui que vous rendez responsable de la longueur de la liste d'attente. Joli pavillon de banlieue, femme enseignante, deux gamins. Je me mets donc à fouiller dans ses merdes et voilà ce que je découvre... » Elle ouvrit une chemise d'un geste théâtral et en sortit un agrandissement numérique occupant la majeure partie d'une feuille A4. Elle le passa à Carol. « J'ai reconnu le gosse à cause de tout le battage médiatique. »

Carol examina la photo. L'arrière-plan montrait une formation rocheuse imposante. De minces branches de bouleau zébraient un coin. Au centre de l'image, un enfant maigre se tenait debout, nu, le dos voûté. Cheveux blond-roux, lunettes à la Harry Potter. Des traits qu'elle avait eu le temps de mémoriser au cours de sa longue journée de lecture. Il n'y avait aucun doute possible. C'était bien Tim Golding. Elle ressentit cette excitation familière que provoquait toute nouvelle piste et elle s'en voulut. Il n'y avait pas de quoi se réjouir. Carol le comprenait à présent plus que jamais. « Il y en a d'autres ? » demanda-t-elle.

Jan secoua la tête. « J'ai dépouillé tout le paquet. Rien.

— Et l'autre gosse disparu... Guy Lefevre ?

— Je regrette. C'est la seule. Et ça ne veut pas dire que le type soit celui que vous recherchez. Ces salauds de pervers n'arrêtent pas de se refiler des photos. Le fait qu'il n'y en ait qu'une du fils Golding me donnerait à penser que mon lascar n'est pas le photographe.

— J'aurais tendance à être de votre avis. Mais je tiens néanmoins à lui parler. » Carol dévisagea Jan longuement, posément. « J'aimerais avoir tout de suite son dossier et l'avoir lui dans une salle d'interrogatoire demain matin à la première heure. Désirez-vous que je mette ça au clair avec votre officier supérieur ?

— C'est déjà réglé. Mon chef est d'accord pour vous laisser tenter le coup en premier. Un full l'emporte sur une quinte.

— Merci, sergent. Je vous en suis reconnaissante. » Carol poussa la photo vers Jan. « Ce décor...

vous avez une idée de l'endroit où ça peut se trouver ? » Elle indiqua l'étrange formation rocheuse.

Jan secoua la tête. « Aucune. Moi, je suis une fille de la ville. À plus de cinq kilomètres de Starbucks, je me mets à avoir les grelots.

— Ça m'a l'air assez particulier. Mais, vu mes connaissances en la matière, il pourrait y avoir des rochers semblables de Land's End à John O'Groats.

— Ouais. Et il n'y a qu'un Tim Golding. »

Carol poussa un soupir. « Je crois que vous vous trompez de temps.

— Pardon ?

— À voir cette photo, j'ai l'impression que nous devrions plutôt dire, il n'y *avait* qu'un Tim Golding. »

Ses mains sont moites. Elles glissent et dérapent malgré la fine couche de talc à l'intérieur des gants en latex. Ça complique les préparatifs. Il n'est pas rompu à des tâches plus délicates que de se rouler un joint. Quand ses doigts cafouillent et qu'une lame le coupe à travers le gant, il se met à jurer à cause des gouttes de sang qui suintent de la blessure.

Il est content que la Voix ne soit pas là pour le voir se ficher dedans. Ce qui lui rappelle qu'il a des instructions concernant ce qu'il doit faire si son sang va sur le fourbi. « Mets à part tout ce qui aurait été taché même par la plus infime goutte de sang. Remplace-le et recommence. Un seul sang, voilà ce qu'il faut. Un seul sang. » Les mots résonnent dans sa tête et il fait ce qu'on lui a dit. Il déchire une page du journal du soir et pose le couteau dessus. Puis il retire les gants et les ajoute à la pile. Comme il n'a pas de sparadrap, il arrache un coin du canard et le presse gauchement sur l'endroit où filtre le sang. Après quoi, il prend une nouvelle paire de gants dans la boîte. Et il recommence.

Il tient vraiment à faire ça bien. Il sait que, s'il s'en tire, ce sera ce qu'il aura réalisé de mieux dans sa vie. Il le sait parce que c'est ce que lui a dit la Voix. Et ce que lui dit la Voix s'est toujours révélé exact.

Toute la journée, il a pensé à ce qui va se produire. Toute la journée, ç'a été un tourbillon dans sa tête. Il a tout fait pour le cacher, mais les gens s'en sont aperçus quand même. Il est vrai qu'ils n'attendent jamais grand-chose de lui, de sorte qu'ils l'auront vite oublié. La plupart se sont contentés de lâcher une vanne, même si un ou deux ont profité de sa lenteur ou de sa bêtise pour lui en faire voir. Mais ça aussi, il en a l'habitude. Jusqu'à ce que la Voix lui ait dit qu'il méritait mieux, c'était son pain quotidien. L'arbre sur lequel tous les chiens viennent pisser. Le débile qui donne l'impression que les autres sont de petits génies.

Ce soir, il va leur montrer qu'ils se trompent. Ce soir, il va faire quelque chose dont pas un n'aurait le courage.

Et il va le faire bien.

Pas vrai ?

Le parking était plongé dans l'ombre, entouré de hauts murs de brique surmontés de fil barbelé. Au moment de sa construction, personne n'aurait pu prévoir la montée en flèche du parc automobile, aussi était-il toujours plein, obstrué, un sujet d'irritation pour quiconque devait l'utiliser.

Il était également censé être sous bonne garde. Il fallait lever une solide barrière métallique pour permettre l'entrée ou la sortie, et le policier responsable avait l'obligation de contrôler soigneusement chaque passage. Mais l'homme appuyé à une des voitures s'y entendait pour contourner les règlements. La dernière fois, il avait copiné avec les membres de l'équipe de sécurité, sachant qu'il y aurait peut-être un moment où il aurait envie de revenir sans l'autorisation nécessaire.

Ce moment-là, c'était ce soir. Cela faisait presque une heure qu'il attendait, adossé au capot de la berline gris métallisé, lisant tranquillement les papiers qu'il avait apportés dans son attaché-case, sa vision périphérique attentive à toute personne quittant le grand bâtiment en face du parking. Mais le jour tombait rapidement et l'air piquant annonçait l'hiver. Attendre devenait de moins en moins un plaisir. Il consulta sa montre. Six heures passées. Encore une demi-heure puis il s'éloignerait dans la nuit. Il n'avait pas envie de se tapir dans l'obscurité, pour diverses raisons.

Quelques minutes plus tard, il aperçut l'objet de son attente. Un miroitement de cheveux blonds pris dans les lumières de sécurité de la porte de derrière. Il s'ébranla. Se redressant, il remit le dossier dans l'attaché-case et se déplaça vers l'arrière de la voiture de manière à couper la route à sa cible.

Elle lança un regard par-dessus son épaule, disant au revoir à un collègue. Lorsqu'elle se retourna, il n'était qu'à quelques pas. Peur et stupéfaction se peignirent sur son visage et elle s'arrêta net. Sa bouche s'ouvrit tout grand, mais aucun son n'en sortit.

« Salut, Carol, dit Tony. Qu'est-ce que tu penserais d'un curry ?

— Bon Dieu ! lâcha-t-elle en laissant retomber ses épaules. Tu as failli me flanquer une attaque. Mais qu'est-ce que tu viens faire ici ? »

Il ouvrit tout grand les bras d'un air innocent. « Je te l'ai dit, t'inviter à manger un curry.

— Me faire mourir de peur, plutôt. Qu'est-ce que tu fabriques à Bradfield ? Tu devrais être à St Andrews. »

Il leva un doigt sévère. « Tout à l'heure. Pour l'instant, est-ce que tu comptes ouvrir les portes ? Je gèle. »

L'air perplexe, Carol obéit puis le regarda faire le tour jusqu'au siège du passager. Elle ne put retenir un sourire. Tony Hill ne ressemblait à personne d'autre.

Vingt minutes plus tard, ils avaient déniché une table dans un coin relativement calme d'un bistro bangladi, sympathique et bon marché, à la lisière de Temple Fields, la partie du centre où le village gay bordait le quartier chaud dans une cohabitation malaisée. Les autres clients étaient des étudiants ou des individus en quête d'un peu d'affection dans les lieux les plus mal famés. Carol et Tony avaient découvert ce restaurant quand ils avaient travaillé ensemble pour la première fois, lors d'une enquête se déroulant à Temple Fields. L'endroit leur avait semblé approprié pour ces retrouvailles.

« Je n'en reviens pas que tu sois là », dit Carol tandis que le serveur allait leur chercher deux bouteilles de Kingfisher.

Il lui tendit un bras. « Vas-y, pince-moi. Je suis bien réel. »

Elle se pencha en avant et lui donna un petit coup de poing à l'épaule.

« D'accord, tu es réel. Mais qu'est-ce que tu fais ici ?

— J'ai plaqué l'université. Là-bas, j'étais comme un poisson hors de l'eau. J'avais besoin de renouer avec le travail dans lequel je crois être bon. J'avais déjà eu une proposition pour un boulot de consultant en Europe. Puis, quand John Brandon m'a dit que tu étais de retour à Bradfield, j'ai téléphoné à Bradfield Moor pour demander un poste à temps partiel. » Il lui adressa un grand sourire. « Et me voici.

— Tu es revenu à Bradfield à cause de moi ? » Elle avait pris l'air méfiant. « Je ne veux pas de ta pitié, Tony.

— Ça n'a rien à voir avec la pitié. Tu es ma meilleure amie. Je me doute que ça ne doit pas être facile pour toi à l'heure actuelle. Et je tiens à être dans les parages si tu as besoin de moi. »

Carol attendit que le garçon ait déposé leurs bières avant de répondre. « Je peux me débrouiller, tu sais. Cela fait un bout de temps que je suis flic. Je suis capable d'arrêter des fripouilles sans toi. »

Tony but une longue gorgée de bière tout en se demandant quelle tactique adopter face à son refus de comprendre. « Je ne suis pas ici pour t'aider à faire ton travail. Je suis ici parce que c'est ce que font les amis. » Il eut un sourire contraint. « De plus, ça m'arrange. Tu verrais les cinglés qu'ils expédient à Bradfield Moor. Un rêve pour un zigoto comme moi ! »

Carol s'étrangla, arrosant la nappe en papier de la table. « Salaud ! Tu as attendu que j'aie de la bière dans la bouche pour me faire rire.

— Qu'est-ce que tu crois ? Provoquer des réactions est une de mes spécialités. Eh bien, où loges-tu ?

— Je squatte la chambre d'amis chez Michael, le temps de trouver quelque chose à louer. » Elle entreprit d'examiner le menu.

Tony l'imita tout en sachant qu'il prendrait le poisson pakora, suivi d'un poulet biryani. Il comprenait l'hésitation qui avait poussé Carol à choisir une location plutôt que de vendre à Londres et d'acheter à Bradfield. Elle voulait se ménager une porte de sortie. Néanmoins, il en fut troublé. « Ça doit te faire un drôle d'effet d'être là en invitée alors que l'appartement a d'abord été à toi.

— Ce n'est pas l'idéal. Je doute que ma présence rende Lucy folle de joie. Elle est avocate, tu te souviens ? Elle fait pas mal de pénal, si bien qu'elle a tendance à me considérer comme un éleveur de volailles considère un renard. » Le serveur revint ; ils passèrent la commande. Puis Carol se tourna vers Tony. « Et toi ? Où habites-tu ?

— J'ai eu de la chance. J'ai vendu ma maison de Cellardyke pratiquement du jour au lendemain. Je viens d'en acheter une autre ici. Près de là où je vivais avant. XIXe siècle, mitoyenne. Trois chambres, double living. Les pièces sont grandes, agréables et très lumineuses.

— Ça a l'air pas mal. »

Le serveur posa une assiette de pappadam et un plateau de condiments devant eux. Tony profita de l'occasion pour s'occuper d'autre chose que de Carol. « En outre, il y a un sous-sol. Relativement indépendant. Deux pièces spacieuses, lumière du jour. Toilettes et douche. Et un débarras que tu pourrais facilement transformer en cuisine. » Il leva la tête, la question dans les yeux.

Carol le dévisagea en se demandant à l'évidence si elle ne s'était pas méprise sur le sens de ses paroles. Elle laissa échapper un petit rire timide. « Qu'est-ce que je ferais d'une cuisine ?

— Très juste. Ça te donnerait un endroit pour mettre la machine à laver.

— Tu es sérieux en me proposant ton sous-sol ?

— Pourquoi pas ? Cela résoudrait tes problèmes de logement. Sans compter qu'avec un flic sur place, je me sentirais en sécurité. » Il sourit. « Plus important, Nelson tiendrait les souris à distance.

— Je ne sais pas. Est-ce qu'il y a une entrée séparée ?

— Bien sûr. Je ne voudrais pas compromettre ta réputation. Il y a une porte qui mène au jardin à l'arrière par une volée de marches. Et une autre qui communique avec le rez-de-chaussée, évidemment. Mais il devrait être assez simple de poser une serrure. » Il sourit. « Tu pourrais aussi faire mettre des verrous, si tu le désires.

— Tu y avais déjà pensé, n'est-ce pas ? »

Tony eut un haussement d'épaules « Quand j'ai visité la maison, je me suis dit que ce serait un bon moyen d'en tirer un peu de fric. J'ignorais quels étaient tes projets. En tout cas, l'entrepreneur s'est mis au boulot hier. Et je préférerais que ce soit toi qui vives là plutôt qu'un inconnu. Écoute, ne décide pas maintenant. Réfléchis. La nuit porte conseil. Il n'y a rien qui presse. » Il y eut un silence gêné tandis que chacun cherchait de quoi alimenter la conversation. « Eh bien, demanda Tony pour passer à un sujet moins épineux, comment s'est passée cette première journée de labeur ? Tu travailles sur quoi ?

— En attendant que nous arrive une grosse affaire, nous jetons un coup d'œil à un tas de dossiers restés en suspens, dit-elle au moment où le serveur apportait leurs entrées.

— Ça doit être démoralisant.

— Normalement oui. Mais, de manière assez incroyable, nous avons eu un coup de chance cet après-midi. Par un pur hasard, un policier d'une autre brigade a mis le doigt sur une nouvelle piste. Je ne peux pas m'empêcher d'y voir un présage favorable.

— Excellent début.

— Oui et non, répondit-elle d'un air attristé. Tu te souviens de Don Merrick ? Il fait partie de mon équipe. Et le problème, c'est qu'il a fallu que ça tombe sur un de ses dossiers. Ce qui le rend littéralement malade.

— Quand même pas l'affaire Tim Golding ? »

Carol acquiesça d'un signe de tête. « Celle pour laquelle il t'a mis à contribution. Merci de m'avoir prévenue, Tony », ajouta-t-elle d'un ton ironique.

Il parut embarrassé. « En fait, j'avais peur de brouiller les cartes alors que tu songeais à retourner à Bradfield. Je ne voulais pas t'influencer dans un sens ou dans l'autre.

— Parce que tu penses que ta présence à Bradfield aurait été un tel aimant ? » fit-elle avec un sourire.

Il reposa le pakora qui était à mi-chemin de ses lèvres. « Tu veux la vérité, Carol ? J'avais peur, si tu apprenais que je me trouvais ici, que ce soit le dernier endroit de la terre où tu aies envie d'être. »

L'air sombre et pensif, Don Merrick fixait de ses yeux de labrador l'intérieur de son verre de Newcastle Brown Ale.

« Cesse de mettre en avant le bon côté des choses, Paula, grommela-t-il, parce qu'il n'y a pas de fichu bon côté, d'accord ? »

Paula passa un doigt sur la buée de sa bouteille de Smirnoff Ice. Ils étaient les derniers rescapés de la séance de fraternisation décidée par l'équipe après que l'inspecteur principal Jordan eut décrété : Ça suffit pour aujourd'hui. L'atmosphère n'avait guère été celle d'une fête, à vrai dire. Stacey et Sam étaient partis après la première tournée et Kevin s'était laissé embringuer dans une partie de billard dans l'arrière-salle miteuse du pub. Pour Paula et Merrick, c'était sans importance. Ils travaillaient ensemble depuis suffisamment longtemps pour faire abstraction des questions de rang pendant leur temps libre.

« Comme tu voudras, Don.

— Cette photo... Je ne peux pas m'empêcher de penser à tout ce que ce garçon a enduré avant de mourir. Et ne me dis pas le contraire, poursuivit-il en levant une main pour l'en dissuader. Nous savons tous les deux que le genre de fumier qui ferait ça à un gosse ne laisserait pas de témoin. Tim Golding est mort. Mais il a vécu assez longtemps pour qu'on l'emmène au diable vauvert et qu'on lui fasse subir Dieu sait quel traitement. Cette photo a été prise en plein jour, ce qui veut dire qu'il était encore en vie le lendemain matin. Et c'est ça qui me tue. Si j'avais fait mon boulot, on l'aurait retrouvé. »

Paula avança la main pour lui piquer une cigarette. « Si tu te mets à pleurnicher, il me faut une clope.

— Je croyais que tu avais arrêté.

— Exact. » Elle aspira une longue bouffée. « Ce que tu racontes, c'est de la foutaise. On s'est défoncés sur cette affaire. Arrête de te flageller, Don. Parce que nous, on a besoin que tu gardes la tête sur les épaules. On a déjà un inspecteur principal déglingué. La dernière chose qu'il nous faut, c'est un inspecteur en marmelade également. »

Merrick la regarda avec étonnement. « Tu penses que Carol Jordan est déglinguée ?

— Bien sûr. Elle a été violée, Don. Et ça parce qu'une bande de cols blancs qui n'en avaient rien à cirer d'elle l'ont utilisée comme appât à son insu. Tu auras beau dire, elle n'est plus tout à fait dans la course à présent. Son jugement en a pris un coup. »

Merrick secoua la tête. « Je ne sais pas. Elle m'a eu l'air de mener assez bien sa barque.

— C'est facile de tenir de grands discours quand il n'y a pas la pression. Mais pour ce qui est d'agir, c'est une autre paire de manches. »

Merrick semblait sceptique. « Il est beaucoup trop tôt pour parler comme ça. Carol Jordan est le meilleur chef pour qui j'aie jamais travaillé.

— Moi aussi, c'est ce que je pensais avant. Mais maintenant... ? » Paula avala d'un trait le reste de sa boisson. « On verra si tu es du même avis dans six mois. Bon. Comment ça se passe avec la bleusaille ?

— Ils démarrent tout juste. » Merrick haussa les épaules. « Cette Stacey, question ordis, elle en connaît un rayon, pas de doute.

— J'en suis à me demander si ce n'est pas un ordi elle-même. En tout cas, ce n'est pas la commère du coin. Je n'arrête pas d'essayer de la faire parler, mais les papotages, ce n'est vraiment pas son style.

— Ouais, je la vois mal cancaner sur les hommes ou se maquiller dans les toilettes, admit-il en souriant. Mais si quelqu'un a besoin d'un coup de main concernant les ordinateurs, elle vous règle ça en cinq sec.

— Et sur Sam ? Quelle est ton opinion ?

— Il m'a l'air sans problème. Il n'a pas grand-chose à dire.

— Je ne sais pas sur quel pied danser avec lui. Il me fiche un peu les chocottes, avoua Paula. Une de mes copines a travaillé avec lui à Downton. D'après elle, il a quelque chose de pas très net. Il paraît qu'il n'ouvrait pas la bouche, mais qu'il ne ratait jamais une occasion de casser du sucre sur le dos des autres. Et toujours incroyablement bien renseigné sur ce que fabriquait untel ou untel. Apparemment, il tient à se faire bien voir des chefs, notre Sam.

— Ma foi, tout le monde aime faire bonne impression, répondit Merrick.

— Oui, mais pas nécessairement aux dépens de ses collègues. Oh, et elle a dit aussi qu'il avait toujours l'air mal à l'aise avec elle et avec les autres femmes de la brigade. Elle pensait que c'était un sexiste dissimulé. »

Merrick se mit à rire. « Paula, par les temps qui courent, la seule possibilité qui nous reste d'être sexiste, c'est de le dissimuler, autrement vous nous tombez dessus à bras raccourcis. »

Elle lui donna un coup de poing amical sur le bras. « Tu sais très bien ce que je veux dire. » Elle considéra sa bouteille vide. « Tu en reprends une autre ?

— Il faut que je rentre », répondit-il à contrecœur.

Paula se leva en souriant. « Alors, ce sera la même chose, hein ? »

Ces rues, il les connaît comme sa poche. Il les a parcourues, sillonnées depuis sa plus tendre enfance. Il connaît les visages, les endroits où l'on peut rencontrer certaines personnes à des moments bien précis du jour et de la nuit. Auparavant, il n'en pensait rien de spécial. C'était la vie, en somme. Mais la Voix lui a fait comprendre que savoir, c'est pouvoir, que ce qu'il sait fait de lui le seigneur des rues.

Il marche à pas lents comme toujours, s'efforçant d'avoir son air habituel. Il conclut quelques affaires, une simple couverture, juste pour donner l'impression qu'il s'agit d'un soir comme les autres. La Voix lui a dit que c'était indispensable. De cette manière, lorsqu'on se mettra à leur poser des questions, les gens le resitueront là où il a coutume d'être, faisant les choses qu'il a coutume de faire.

Mais c'est bientôt l'heure. Il sait où la trouver. Là où elle attend toujours entre deux clients. Il se racle la gorge puis va jusqu'à elle. Il lui dit ce qu'il désire. Elle semble étonnée, comme si elle n'en revenait pas qu'il lui demande ça. « Attention, pas de remise aux copains », prévient-elle. Il rougit et se contorsionne. Ça le gêne qu'elle l'appelle un copain. Parce que ce qu'il s'apprête à lui faire n'a rien à voir avec ce que les copains se font les uns aux autres, sûr et certain. Mais elle ne voit pas ce qu'il a en tête. Elle ne voit que ce qu'elle veut bien voir : un micheton qui se sent gauche parce qu'il n'est plus dans son élément.

Il lui dit qu'il préfère aller chez elle. Cette chambre, il en connaissait l'existence bien avant la Voix. Il est plus au courant de ce qui se passe par ici qu'on ne le suppose. Il tourne le coin de la rue à sa suite en direction de la ruelle où elle a sa piaule, non sans avoir jeté un coup d'œil par-dessus son épaule. Personne ne fait attention. Et même dans le cas contraire, il fait trop sombre dans ce coin ; les dealers bousillent si souvent les réverbères que le conseil municipal a renoncé à les remplacer. Et même si quelqu'un avait des yeux de chat, il penserait que c'est lui qui est en train de travailler et pas qu'il la fait travailler pour lui.

Elle grimpe les marches, les fesses serrées dans sa minijupe. C'est dingue, mais il se met à bander à ce spectacle. Il a vu ces filles des milliers de fois ; elles font tellement partie du décor qu'il ne s'en rend même plus compte. Mais ce soir, de voir osciller les hanches de Sandie, ça l'excite. Il se souvient vaguement de ce qu'il est censé faire à ce stade. Il sort l'appareil numérique et la prend à l'improviste. L'éclair du flash la fait se figer et elle se retourne d'un bloc. « Qu'est-ce que tu fous ? »

Il lui agite l'appareil photo sous le nez. « Je voulais juste un petit souvenir de toi », répond-il, les mots appris par cœur sortant de sa bouche presque sans trébucher.

Elle fronce les sourcils une seconde puis éclate de rire. « Ça va te coûter. »

Il prend une autre photo. « J'ai les moyens. » Elle se remet à monter et il la suit. À la porte, elle s'arrête. « Montre la couleur de ton fric. Tu veux me ligoter, tu paies d'avance. »

Il sort l'argent que la Voix lui a laissé avec les instructions et prélève quelques billets. Sandie s'en empare et les glisse dans son petit sac à main. « Les affaires doivent mieux marcher pour toi que pour moi », dit-elle d'une voix aussi amère que le café de chez Stan. Elle ouvre la porte. « Allez, entre, finissons-en. »

Il sourit. Si elle savait ce qu'il lui réserve, elle ne dirait pas ça. Et d'ailleurs, s'il fait ce qu'on lui a dit, elle ne dira plus rien. Non, plus jamais rien.

Temple Fields n'avait guère changé au cours des dernières années, pensa Carol tandis qu'ils regagnaient la voiture. Les mêmes caniveaux jonchés de détritus, le même mélange de chasseurs craintifs en quête de ce qui passe pour du plaisir coudoyant ceux qui l'ont déjà trouvé et qui ont perdu leurs inhibitions en chemin. Son cerveau d'officier de police les cataloguait au passage : les garçons fluets, les putains maussades, les marchands de paradis chimiques aux airs louches et les proies faciles, repérables à leur fausse assurance. Mais la femme, sous l'insigne, frissonnait devant ce trafic de chair humaine et de sottise. Elle préférait ne pas imaginer les actes qui seraient accomplis dans ce kilomètre carré avant le matin. Elle avait l'impression d'avoir perdu une couche de peau quelque part et se demandait combien de temps cela mettrait à repousser.

« Plus ça change..., dit-elle avec accablement. Regarde-les : ils sont persuadés de tenir le bon filon et d'être invulnérables. Ils ne se doutent pas un fichu instant à quel point ils sont fragiles.

— Ils ont tout intérêt à ne pas y penser », répondit Tony en observant le défilé dans les rues qu'éclaboussaient les lumières au néon des bars.

Ils firent le reste du trajet en silence. « Je vais te déposer, dit Carol alors qu'ils approchaient de sa voiture.

— Tu n'as plus besoin de moi. Je préfère marcher. »

Carol haussa les sourcils. « Le quart d'heure de méditation ? »

Tony acquiesça. « J'ai vu quelqu'un aujourd'hui et il faut que je trouve un moyen de tenir la promesse que je lui ai faite.

— Ta nouvelle croisade ?

— C'est ainsi que tu vois ce que je fais ? demanda-t-il, surpris.

— C'est ainsi que toi, tu le vois, me semble-t-il. Une croisade d'un seul homme pour réparer les dégâts. »

Il haussa les épaules. « Si seulement c'était aussi simple. Tu passes demain soir voir la maison ?

— D'accord. J'arriverai peut-être à décider si j'ai envie de jouer le rôle de la folle à la cave. J'apporte une pizza ? »

Il réfléchit. « Des plats chinois, finit-il par répondre.

— D'accord. » Elle était sur le point d'ouvrir la porte. « Tony... merci pour cette soirée. Et d'être là, à Bradfield. »

Il eut l'air étonné. *Qu'est-ce que je ferais ailleurs ? Tout ce dont j'ai besoin est ici.* Au lieu d'exprimer ses pensées tout haut, il lui donna gauchement une tape sur l'épaule. « À demain. »

Elle grimpa en voiture et démarra. Dans les rétroviseurs, elle pouvait distinguer sa silhouette, debout sur le trottoir, la regardant s'éloigner. Elle savait que c'était la culpabilité qui l'avait amené là. Autrefois, ça l'aurait mise mal à l'aise, rendue furieuse. Mais à présent, elle n'était plus la même femme, et celle-là avait appris à accepter les bonnes choses, même si elles lui parvenaient dans un emballage compliqué.

Sam Evans ouvrit tout doucement la porte du bureau. Il n'y avait pas de lampe allumée. Il se faufila à l'intérieur et referma la porte en tirant le loquet. Il pressa alors l'interrupteur. Les tubes fluo clignotèrent un moment, puis leur lumière crue inonda la salle de la Brigade des enquêtes majeures. Passant les tables en revue, il alla droit à celle de Paula McIntyre.

Il s'assit sur sa chaise et nota la disposition des papiers empilés sur la table. Ce serait bientôt à lui d'examiner le dossier sur lequel elle travaillait. Avec précaution, il parcourut chaque tas en s'efforçant de deviner à quelle logique répondait l'alignement choisi. Il feuilleta le bloc, lut les différents points dont elle avait fait la liste. Certains remarquablement perspicaces, pensa-t-il en les gravant dans un coin de sa mémoire pour le jour où on lui remettrait l'affaire.

Il entrouvrit les tiroirs un par un, remuant le contenu avec un stylo afin de ne pas laisser d'empreintes susceptibles de révéler son passage. Il était toujours instructif de voir ce que les gens gardaient hors de vue mais à portée de main. Tout au fond d'un des tiroirs, il découvrit une photo de Don Merrick, un bras passé autour d'une femme dans ce qui ressemblait à un pub ou à une boîte de nuit. En l'examinant de plus près, il s'aperçut à sa grande surprise que la femme en question était Carol Jordan. Elle avait les cheveux plus longs, le visage plus plein, mais c'était indiscutablement elle. Tous deux portaient un toast au photographe avec ce qui était apparemment des flûtes de champagne. Très intéressant, se dit-il. Et probablement utile.

Il referma le tiroir et s'approcha de la table de Kevin Matthews, où il répéta son manège. On dit qu'il est important de bien connaître ses ennemis. Sam Evans croyait aussi à la nécessité de bien connaître ceux qui sont du même bord. Il était, comme s'en était rendu compte John Brandon, ambitieux. Mais il ne voulait pas seulement réussir ; il voulait que personne ne puisse l'éclipser. En aucun cas.

Savoir, c'est pouvoir. Et Evans savait qu'on ne vous fait pas cadeau du pouvoir. Qu'il faut le saisir quand et où c'est possible. Même si ça signifie le voler aux autres. S'ils sont trop faibles pour s'y accrocher, c'est qu'ils ne le méritaient pas.

Contrairement à lui.

Il compare l'image qu'il a devant les yeux avec celle que la Voix et les vidéos lui ont fourrée dans le crâne. Sandie étendue sur le lit, bras et jambes écartés, les poignets retenus au cadre en pin bon marché par des menottes. Ses pieds sont attachés aux montants. Il a dû se servir d'une corde parce que des menottes aux chevilles auraient été trop justes. Ce n'est pas exactement ça, mais il ne peut pas faire mieux. Il remercie la Voix de lui avoir fait penser à emporter une corde en plus des menottes, au cas où le lit poserait un problème.

Il préférerait que la chambre soit plus jolie, mais il n'y peut rien. Au moins, il n'y a pas beaucoup de lumière. Plus facile d'ignorer les traces d'aiguilles sur ses bras et aussi qu'elle est maigre comme un clou. Elle pourrait presque être la fille de rêve d'une des vidéos, le triangle de poils parfaitement dessiné dissimulant les secrets qu'il est sur le point de posséder.

Il pivote et enfile les gants en latex. « Alors ? s'exclame-t-elle. Qu'est-ce que t'attends ? J'ai pas toute la nuit. »

Elle ne croit pas si bien dire. De son sac à dos, il sort un bâillon en cuir rembourré. Il se retourne et elle a soudain l'air inquiète. Comme il s'approche, elle se met à beugler : « Hé là, une minute ! T'as pas parlé de... » Mais elle n'a pas le temps de finir sa phrase qu'il lui enfonce le bâillon dans la bouche tout en la forçant à incliner la tête pour le nouer derrière. Ses yeux lui sortent des orbites tellement elle fait d'efforts pour crier. Mais tout ce qu'on entend, ce sont des grognements étouffés.

Il pense à essuyer les menottes pour faire disparaître toute empreinte, puis il prend la caméra vidéo et l'installe sur le petit trépied en vérifiant que le lit est entièrement dans le cadre. Ensuite, l'ordinateur portable et la webcam. Sandie tire sur ses entraves, mais sans résultat.

Il sort un paquet entouré d'un tas de torchons. Il s'avance dans le champ et le défait lentement. En apercevant ce qu'il tient, Sandie a les veines du cou qui se tendent. Une odeur d'urine envahit la pièce. Il esquisse un sourire. Son sexe est devenu dur, plus dur qu'avec les vidéos. Mais il doit absolument garder son sang-froid. Il faut que la Voix soit fière de lui, ce qui veut dire pas d'indices.

Il avale une goulée d'air pour essayer de calmer les battements de son cœur. Il est en nage ; la sueur lui dégouline dans le cou, mouillant son tee-shirt. Il empoigne fermement son arme. Les lames de rasoir scintillent, tranchantes et féroces, dans la lumière de la lampe. « J'espère que tu es prête, Sandie », déclare-t-il d'une voix suave, comme la Voix lui a dit de le faire.

Puis il s'y met.

Carol contempla à travers le miroir sans tain l'homme dans la salle d'interrogatoire. Ronald Edmund Alexander n'avait rien du stéréotype du pédophile. Il n'était ni fuyant ni moite de sueur. Ni sale ni louche. Il était l'image même du cadre moyen vivant en banlieue avec une femme et deux enfants. Il ne portait pas d'imperméable crasseux, juste un costume gris anthracite sans prétention. Chemise bleu clair, cravate bordeaux ornée d'une fine rayure grise. Cheveux bien coupés, sans vaine tentative pour cacher un début de calvitie. Il avait protesté avec véhémence quand les deux agents de police l'avaient conduit au poste. Ils n'avaient pas le droit, s'était-il écrié, absolument pas le droit de débarquer dans son bureau de Bradfield Cross comme s'il était un vulgaire malfaiteur. Il s'était montré coopératif, non ? Il leur aurait suffi de décrocher le téléphone et il serait venu sur-le-champ. Il était inutile, parfaitement inutile, de le mettre dans l'embarras à son travail.

Carol l'avait observé pendant sa garde à vue sans pouvoir décider si elle le détestait parce qu'elle savait ce qu'il avait dans son ordinateur ou parce qu'il était l'incarnation même de tous les petits bureaucrates qui suscitaient parfois chez elle des envies de violence. Elle aurait aimé s'occuper de lui tout de suite, mais elle avait dû y renoncer, son avocat tardant à venir.

On l'avait donc collé dans une cellule en attendant. Il avait fait montre d'un calme étonnant, songea-t-elle en se demandant ce que Tony en aurait pensé. Il avait jeté un coup d'œil autour de lui, puis s'était assis calmement sur la couchette, les jambes écartées, les bras croisés sur la poitrine, le regard fixe. Flegmatique et possédant l'art de se composer une façade, se dit-elle avec une ironie désabusée.

Finalement, la porte de la salle d'observation s'ouvrit. Paula passa la tête par l'embrasure. « La représentation va commencer, chef. Son avocate est là.

— Qui est-ce ? s'enquit Carol en détachant les yeux d'Alexander.

— Bronwen Scott. »

Carol se souvenait de l'avocate, qu'elle avait connue lors de son premier séjour à Bradfield. Contrairement à la plupart de ses consœurs de l'aide judiciaire, Scott semblait avoir les moyens de s'habiller chez Dolce & amp ; Gabbana, plus chaussures et sac à main assortis de chez Prada. À la voir se pointer aux interrogatoires avec ses cheveux noirs mi-longs impeccablement coiffés et ses ongles vernis sans défaut, Carol avait l'impression de sortir du lit, chaque fois qu'elle la rencontrait. Cela aurait été encore supportable si l'avocate n'avait pas été aussi intelligente et combative qu'elle était luxueusement vêtue. Mais, de l'avis général, si vous aviez les moyens de vous payer Bronwen Scott, c'est que vous étiez sans doute coupable. « Génial ! » répondit Carol en se dirigeant vers la porte.

Dans le couloir, elle tomba nez à nez avec Scott. « Inspecteur Jordan, quelle surprise ! Je croyais que vous nous aviez abandonnés pour des contrées plus séduisantes, dit-elle d'un ton détendu et amusé.

— Inspecteur principal, en fait. Et vous devriez savoir mieux que personne que notre boulot n'a rien de bien séduisant. On y va ?

— Je ne sais pas où vous vous cachiez, inspecteur principal, dit Scott en secouant la tête. Mais ici à Bradfield, il est encore permis aux avocats de s'entretenir avec leurs clients en privé. Et avant que je le fasse, j'aimerais avoir quelques éclaircissements. »

Rien d'extraordinaire à ça, pensa Carol. « Lorsque votre client a été arrêté, son équipement informatique lui a été confisqué pour être analysé par la suite. Il sera dûment interrogé à ce sujet à une date ultérieure. Toutefois, son ordinateur contenait une image ayant un lien direct avec une enquête que je dirige. C'est de cette image que je désire lui parler.

— Cette image étant... ?

— Je serai ravie d'en discuter pendant l'interrogatoire. Et de vous en montrer un exemplaire, à vous et à votre client. »

Scott secoua à nouveau la tête. « Décidément, vous avez oublié vos bonnes manières, inspecteur principal. Pour avoir une conversation sensée avec mon client, j'ai besoin de savoir de quoi il retourne. »

Il y eut un long silence. Carol sentait le regard de Paula fixé sur elle. Il n'y avait rien à gagner à faire des mystères à ce stade. Ron Alexander n'était pas un suspect de premier plan dans la disparition de Tim Golding. Si elle refusait de communiquer la moindre information à Scott, elle se retrouverait avec un interrogatoire style « je n'ai rien à dire », c'était couru. Et si elle attendait l'interrogatoire pour présenter la photo à son client, Scott réclamerait simplement du temps pour lui parler. Carol réfléchit. Elle voulait une coopération. Elle se fichait que cela puisse provoquer ou non une mise en accusation de Ron Alexander. « Nous ferions peut-être aussi bien d'activer les choses, dit-elle. L'ordinateur de votre client contenait une photo de Tim Golding. Le gosse de huit ans...

— Oui, je sais qui est Tim Golding, la coupa Scott avec impatience. Mais, étant donné que la police a disséminé sa photo à travers tout le pays, que mon client en ait eu une dans son ordinateur ne justifie pas d'en faire tout un plat.

— Sauf si la photo en question représente un enfant nu terrifié. » Carol tourna les talons et s'éloigna. « Quand vous serez disposée à discuter, prévenez-moi », lança-t-elle par-dessus son épaule. Puis, quand Paula vint à sa hauteur, elle lui glissa :

« À ce que je vois, Bronwen Scott ne s'est pas adoucie avec les années.

— Dommage que vous ayez dû en lâcher autant, dit Paula en la rejoignant.

— Vous connaissez la règle, Paula. S'ils demandent à avoir accès aux éléments, nous sommes tenus de les communiquer.

— Est-ce que vous n'auriez pas pu taire l'identité du gosse ? Puis la lui balancer au cours de l'interrogatoire ? »

Carol s'arrêta et lança à Paula un regard inquisiteur. « Vous pensez que je me suis dégonflée, c'est ça ? »

Paula prit l'air horrifié. « Jamais je...

— Céder n'est pas toujours un signe de faiblesse, Paula. Faire des cachotteries n'aurait avancé à rien. Je connais bien Scott. Alexander serait resté muet comme une carpe. À présent, si ça se trouve, elle sera tentée de lâcher du lest. » Carol s'en alla, de la tension dans les épaules. Peut-être ne lui faisaient-ils pas confiance autant qu'elle l'aurait supposé.

Il a dormi jusque tard. Il est presque midi quand il se réveille et, malgré ça, il doit se forcer à ouvrir les yeux. Comme si on l'avait bourré de Valium. Il est tellement abruti qu'il lui faut un moment pour comprendre où il est. Chez lui, dans son lit, recroquevillé comme un bébé. Mais, ce matin, dans son corps, c'est une personne différente.

Désormais, il n'est plus le minable dont tout le monde se moque. Il l'a fait. Il a fait exactement ce qui était prévu. Comme le lui avait ordonné la Voix. Et il a eu sa récompense. Il a reçu l'argent, même si, comme il l'a expliqué, ce n'est pas ça qui l'a poussé. Il l'a fait parce qu'il a compris. Ce n'est pas l'argent qui lui donne l'impression d'avoir remporté une victoire. C'est d'entendre la Voix dire des choses positives sur lui. C'est de savoir qu'il a accompli quelque chose dont peu de gens auraient été capables. Quelque chose d'exceptionnel.

Grâce au ciel, il a réussi à cacher ce qu'il éprouvait réellement au moment fatidique. Il était excité, en ébullition, sur le point de décharger dans son froc comme un ado. Mais ensuite, quand il a dû lui enfoncer ce machin encore et encore, il a débandé vite fait. Ce n'était pas le pied. C'était sanglant, atroce et terrifiant. C'était indispensable, il le sait, mais, en fin de compte, ce n'était pas excitant du tout. Seulement sale et triste.

Mais ça, la Voix ne l'a pas vu. Elle a juste vu qu'il avait fait ce qu'il devait faire, et sans se planter.

Alors qu'il se réveille pour de bon, il sent comme un bourdonnement dans ses veines. C'est la fierté, mais aussi la peur. Ils vont se mettre à le traquer. La Voix a promis qu'il ne lui arriverait rien. Mais peut-être qu'elle s'est gourée.

Peut-être qu'il a été moins malin qu'il ne le pensait.

Tom Storey regardait par la fenêtre les feuilles se détachant des arbres, tourbillonnant dans les rafales qui avaient commencé à souffler vers midi. Il était assis, pétrifié, son moignon bandé blotti dans son autre main. Tony l'observa pendant dix bonnes minutes, mais Storey ne fit pas un geste.

Finalement, traversant la salle commune, il tira une chaise près de Storey. Il vit qu'il avait un bleu le long de la mâchoire. D'après l'infirmier qui avait escorté Tony, un des patients avait flanqué un coup de poing à Storey pendant une séance de thérapie de groupe. « Même ces fumiers de barjots ne peuvent pas blairer les tueurs d'enfants », avait expliqué l'homme avec désinvolture.

« Nous avons tous deux personnalités, vous savez, dit Tony sur le ton de la conversation. Chacune dans un hémisphère du cerveau. L'une est la patronne, elle crie après l'autre. Mais coupez les relations diplomatiques et il est impossible de dire ce que fera la plus faible s'il lui vient le goût du pouvoir.

— C'est sans cesse là. Comme un esprit malveillant. Qui ne veut pas me laisser tranquille. En admettant que vous me trouviez une tumeur au cerveau. Et en admettant que je n'en meure pas. Ça continuera à être la guerre dans ma tête, n'est-ce pas ? demanda-t-il sans bouger davantage.

— Je ne veux pas vous mentir, Tom, répondit Tony. Il n'existe pas de remède rapide. Voyez-vous, nous avons le côté gauche du cerveau qui est dominant. C'est lui qui nous permet de lire, écrire et compter. Et il y a le côté droit. Il est illettré, mais il appréhende les formes, la géométrie dans l'espace, la musique. Je le soupçonne d'être frustré parce qu'il a du mal à s'exprimer avec les moyens dont se servent en général les êtres humains pour communiquer. C'est pourquoi cela se met à dérailler quand la partie gauche relâche son emprise. Mais l'histoire ne s'arrête pas là.

— Juste celle de Tom Storey, dit le patient d'une voix amère.

— Pas forcément. Le cerveau est une structure étonnante. Quand il a subi un dommage, il active d'autres zones pour effectuer la tâche dont s'acquittait d'ordinaire l'élément empêché. De plus, il y a un certain nombre de choses que nous pouvons faire pour rééduquer la partie rebelle de votre cerveau. Je peux vous aider, Tom. »

Storey respira profondément, ce qui lui fit hausser les épaules. « N'empêche, vous ne pouvez pas me rendre mes enfants, pas vrai ? »

Tony contempla par la fenêtre le tourbillon de feuilles dorées et écarlates. « Non, je ne peux pas. Mais ce que je peux faire, en revanche, c'est vous aider à supporter leur absence. »

Des larmes jaillirent des yeux de Storey et roulèrent sur ses joues sans qu'il y prenne garde. « Pourquoi feriez-vous ça ? »

Parce que c'est tout ce que je sais faire, pensa Tony. Mais sa réponse fut : « Parce que vous le méritez, Tom. Parce que vous le méritez. »

Carol pénétra dans la salle d'interrogatoire avec une assurance qu'elle ne ressentait pas vraiment. Cela faisait de longs mois qu'elle n'avait interrogé personne, témoin ou suspect, et elle craignait que ses émotions ne s'immiscent dans la sphère professionnelle. D'avoir Paula à ses côtés, la jaugeant, n'arrangeait pas les choses. Au moins, Ron Alexander semblait avoir perdu un peu de son calme. Il fuyait son regard, tripotant continuellement son alliance.

« Très bien, dit Carol en s'installant sur sa chaise. Je suis l'inspecteur principal Jordan et voici le sergent McIntyre. Comme votre avocat a dû vous l'expliquer, monsieur Alexander, nous avons besoin de votre aide à propos d'une autre enquête n'ayant aucun lien direct avec les raisons pour lesquelles vous avez été arrêté au départ.

— Pourquoi vous parlerais-je ? lâcha Alexander. Vous ne feriez que déformer mes propos pour vous en servir contre moi. »

Bronwen Scott posa une main sur son bras. « Rien ne vous oblige à dire quoi que ce soit, Ron. » Elle regarda Carol en face. « Mon client veut s'assurer que sa coopération aura des conséquences favorables sur les poursuites qui pourraient être engagées contre lui par la suite. »

Carol secoua la tête. « Vous savez très bien que cela ne dépend pas de nous, maître. Ce genre de négociation relève du ministère public. Mais je suis prête à effectuer une démarche au moment opportun.

— Ce n'est pas suffisant. »

Carol eut un haussement d'épaules. « C'est tout ce que je peux faire. Votre client aurait peut-être intérêt à considérer les choses dans l'autre sens. S'il nous refuse son aide dans une affaire aussi délicate, personne ne sera tenté de faire preuve d'indulgence à son égard.

— Est-ce une menace, inspecteur principal ?

— Seulement un constat, maître. Vous savez aussi bien que moi combien les émotions peuvent être vives dans le cas de disparitions d'enfants. Les délinquants sexuels en bavent suffisamment dans les prisons sans devoir aggraver leurs problèmes. C'est à vous de décider, monsieur. » Carol examina Alexander, qui s'agita avec gêne sur sa chaise. Elle ouvrit le dossier qu'elle avait apporté, en sortit la photo fournie par Jan Shields et la posa devant lui.

« Nous avons trouvé ceci dans votre ordinateur. Reconnaissez-vous cet enfant, monsieur Alexander ? »

Il jeta un coup d'œil à la photo puis détourna la tête, regardant désespérément le mur comme s'il allait lui fournir la réponse. « Oui, répondit-il d'une voix qui dépassait à peine le murmure.

— Pouvez-vous me dire de qui il s'agit ?

— Son nom est Tim Golding. » Il prit le stylo de Scott, le serrant à deux mains comme s'il voulait le briser. « Son portrait a été reproduit dans les journaux. Et montré à la télévision.

— Quand vous êtes-vous procuré cette photo ? » demanda Carol sur un ton qui se voulait amical, en se penchant légèrement en avant.

Il lança un regard à Scott, qui hocha la tête. « Je ne sais pas au juste. Il y a quelques semaines, je pense. Elle est arrivée en pièce jointe. Ça m'a fait un choc lorsque je l'ai ouverte.

— Parce que vous aviez reconnu Tim Golding ? »

Il acquiesça. « Oui, et à cause... de l'air qu'il avait.

— Pourquoi ? Vous n'êtes pas habitué à recevoir des photos d'enfants nus et terrorisés ?

— Ne répondez pas, Ron, dit vivement Scott. Inspecteur principal, si vous voulez que nous avancions, je vous prie instamment de ne plus poser de questions dont la réponse tendrait à incriminer mon client. »

Bon, d'accord. Carol avala une goulée d'air. Elle tira une seconde photographie de sa chemise. « Reconnaissez-vous ce garçon ? »

Alexander fronça les sourcils. « Ce n'est pas celui qui a disparu l'année dernière ? Guy quelque chose ?

— Guy Lefevre, dit Carol. Vous a-t-on jamais envoyé des photos de Guy Lefevre ?

— Non. » Alexander jetait des coups d'œil d'un côté et de l'autre. Carol n'arrivait pas à décider s'il était en proie à la panique ou s'il mentait. Mais avec Bronwen Scott passant au crible chacune de ses questions, il était inutile d'insister.

« Qu'avez-vous fait en reconnaissant Tim Golding ? demanda-t-elle.

— J'ai jeté immédiatement la photo. Je n'en voulais pas dans mon ordinateur. »

Carol chassa toute trace d'agressivité de sa voix, s'efforçant de paraître compréhensive. « Vous n'avez pas pensé à contacter la police ? Vous auriez pu l'imprimer et nous l'envoyer de façon anonyme. Vous avez vous-même des enfants, n'est-ce pas, Ron ? À votre avis, quel serait votre état d'esprit si l'un d'eux venait à disparaître ? Vous ne seriez pas tenté de croire que quelqu'un possédant des informations susceptibles de faire progresser l'enquête les communiquerait à la police ?

— Je suppose, répondit-il, le front luisant de sueur.

— Il n'est pas trop tard pour bien faire. Qui vous a envoyé cette photo, Ron ? »

Il soupira bruyamment. « Je l'ignore. Les gens ne se servent pas de leur vrai nom pour les courriels, vous savez ! »

Carol le savait. Ils se servaient de pseudonymes et de mélanges de lettres et de chiffres même s'ils n'avaient rien à cacher. Sa propre adresse de courrier électronique était une combinaison de son prénom et des quatre derniers chiffres de son numéro de téléphone précédent parce que, au moment où elle s'était inscrite, « caroljordan » était déjà pris. « D'accord. Vous ne connaissiez pas le nom de l'expéditeur. Mais quelle était son adresse courriel ? »

Il leva les mains. « Je n'en sais rien. Je n'ai pas fait attention. J'ai tout jeté : le message et la pièce jointe.

— Sans doute était-ce quelqu'un qui vous avait déjà envoyé des choses auparavant ?

— Je vous conseille de ne pas répondre à ça, Ron, dit Scott en posant à nouveau une main sur le bras de son client.

— Vous semblez perdre de vue ce qui est en jeu, maître, s'impatienta Carol. Un enfant a disparu. Nous savons l'une et l'autre qu'il y a de fortes chances qu'il soit mort. J'essaie de découvrir ce qui lui est arrivé et c'est tout ce qui m'intéresse.

— Très louable, inspecteur principal. Mais mon souci à moi, ce sont les intérêts de mon client. Et je ne vais pas rester là sans rien faire pendant que vous l'incitez à faire des déclarations qui peuvent se révéler compromettantes. »

Carol se recueillit un instant avant de reporter son attention sur Alexander. « Ron, vous souvenez-vous d'un détail pouvant nous conduire à la personne qui vous a envoyé cette photo ?

— Franchement, si je savais quoi que ce soit d'utile, je vous le dirais. Je ne demande qu'à vous aider. Sincèrement.

— D'accord. Prenons les choses par un autre bout. Pourquoi, à votre avis, vous l'a-t-il envoyée à vous ? Pourquoi aurait-il cru que c'était le genre de chose que vous aimiez voir ?

— Je ne pense pas..., commença Scott.

— Ça va, dit Alexander. Je ne connais pas la réponse à celle-là non plus. Des messages non sollicités, chacun en reçoit. Les filtres antispam ne les arrêtent pas tous. »

Il se laissa aller sur son siège, manifestement plus détendu maintenant qu'il avait une idée de la façon de mener la partie.

Carol sentit la colère monter en elle. « Très bien. Si vous le prenez comme ça, monsieur Alexander, tant pis pour vous. » Elle repoussa sa chaise. « Cet interrogatoire est terminé. Mais j'aime autant vous dire que nous allons passer au peigne fin chaque octet de votre disque dur. Retracer toutes vos interventions sur le web. Vous pensez peut-être avoir fait le ménage dans votre ordinateur, mais nos techniciens vont vous montrer combien vous vous trompez. Vous avez eu votre chance, monsieur Alexander. Et vous venez de la laisser passer. »

Carol sortit de la pièce comme un ouragan et regagna son bureau sans même prendre la peine de vérifier si Paula la suivait. « Stacey ? Venez tout de suite ! » lança-t-elle en traversant la salle de la brigade. Paula et Stacey arrivèrent ensemble. « Qu'est-ce que les techniciens ont déniché dans l'ordinateur de Ron Alexander ? demanda Carol à Stacey en leur faisant signe de s'asseoir.

— Pas autant qu'ils l'auraient espéré. Pour ces trucs-là, les gens sont complètement bouchés. Alexander a cru qu'il avait tout supprimé de son disque dur. Il s'est probablement affolé en lisant les premiers articles de journaux sur l'Opération Ore. Mais comme beaucoup, il s'est imaginé qu'il suffisait de glisser les fichiers dans la corbeille et de vider celle-ci pour qu'ils aient complètement disparu. Et comme beaucoup, il ne s'est pas donné le mal de reformater ni même de défragmenter...

— Défragmenter ? » demanda Paula d'une voix éteinte.

Stacey roula les yeux. « C'est quand on...

— Peu importe, dit Carol. Alors, il restait quelque chose ?

— Oui, bien sûr. Des fragments de fichiers et quelques autres complets. Comme la photo de Tim Golding.

— On peut savoir d'où ça vient ?

— Pas la moindre indication. C'est un fichier sans liens. »

Paula ouvrit la bouche, mais avant qu'elle ait eu le temps de parler, Carol s'empressa de déclarer : « Aucune importance, Paula. On a compris l'idée. Flûte de flûte ! » Elle se frotta l'arête du nez. La piste, qui semblait si prometteuse la veille, était en train de se transformer elle aussi en cul-de-sac. « Et les types de son service de messagerie ? Il y a des chances qu'ils puissent nous aider ? »

Stacey haussa les épaules. « Tout dépend de la date de réception du courriel. Les fournisseurs d'accès ne sont pas vraiment des informaticiens, seulement des épiciers, expliqua-t-elle avec dédain. Tout ce qui les intéresse, c'est de facturer, pas de stocker des messages. La plupart les bazardent au bout d'une semaine. Certains un mois. S'il y a plus d'un mois qu'il a reçu cette pièce jointe, on n'a aucune chance. Et, de toute façon, il nous faut une ordonnance du tribunal pour qu'ils nous communiquent l'information.

— Alors, on l'a dans l'os... » La déclaration morose de Carol flotta dans l'air.

Stacey ramena ses cheveux derrière ses oreilles. Son sourire satisfait et ses yeux noirs en amande lui donnaient l'air d'un chat. « Pas forcément. Les images comme celles-ci en disent bien plus long qu'il n'y paraît. Au sens littéral. On trouve parfois d'autres informations encodées. »

Carol releva la tête. « Comme les coordonnées de l'expéditeur ? »

Le soupir de Stacey frisait l'agacement. « Ce n'est pas aussi simple. On peut obtenir le numéro de série de l'appareil qui a pris la photo. Ou le numéro d'enregistrement du logiciel dont le photographe s'est servi pour traiter l'image électroniquement. Après quoi, il suffit de contacter le fabricant ou le titulaire du brevet du logiciel pour obtenir les renseignements dont ils disposent.

— C'est effroyable ! s'exclama Paula.

— C'est une sacrée bonne nouvelle, corrigea Carol. Eh bien, qu'est-ce qu'on attend ? »

Stacey se leva. « Ça va prendre du temps, prévint-elle.

— Comme le reste. » Carol se laissa aller en arrière. « Si vous avez besoin de quelque chose, Stacey, faites-le-moi savoir. Paula, cherchez qui est le fournisseur d'accès de Ron Alexander et voyez ce qu'ils peuvent nous dire. L'heure est venue de ramener Tim Golding à la maison. »

La sonnette de la porte d'entrée survint comme une délivrance. Tony poussa de côté le texte philosophique sur le problème corps/esprit avec lequel il se débattait et dévala le couloir. Il ouvrit la porte pour trouver Carol appuyée au montant, un gros sac en plastique à la main. « Vous avez commandé des plats à emporter, m'sieur ?

— Vous avez pris votre temps. Cela fait au moins vingt-deux heures que j'ai passé ma commande, répondit-il en s'effaçant avant de la suivre dans le couloir. La cuisine est juste en face. »

Carol regarda autour d'elle, s'attardant sur les éléments en pin et le comptoir de petit déjeuner recouvert de carrelage. « Très années 1980.

— Ah bon ? Tu crois que c'est pour ça que je l'ai payée si peu cher ?

— Peut-être, fit-elle en souriant. En tout cas, ça a l'air en bon état.

— Tous les tiroirs fonctionnent, ce qui est déjà un net progrès par rapport aux endroits où j'ai habité avant. Bon, tu préfères manger d'abord ou jeter un coup d'œil en bas ?

— Ce qui me plairait, en fait, c'est un verre de vin. La journée a été éprouvante.

— D'accord. La maison est bien équipée en vin. » Il prit une bouteille de shiraz-cabernet australien déjà ouverte et remplit deux verres. « Alors à... je ne sais pas, à quoi devrions-nous boire ?

— À la fin des frustrations ? Pour l'un comme pour l'autre ? »

Tony leva son verre et le fit tinter contre celui de Carol. « Ça ou autre chose. À la fin des frustrations. » Il la regarda boire, notant les cernes sombres autour des yeux et la méfiance dans ses gestes. Il lui restait encore un bon bout de pente à remonter. « Alors, tu veux voir la cave... pardon, l'appartement en sous-sol ?

— Pourquoi pas ? »

Elle retourna avec lui dans le couloir. Il ouvrit une porte qui donnait sur un escalier étroit et raide éclairé par une ampoule nue. Il conduisit Carol dans un espace étonnamment haut de plafond. « La salle de séjour », dit-il en la faisant entrer dans une vaste pièce avec deux fenêtres peu profondes, mais larges, percées en hauteur. « Il y a pas mal de lumière. Et, pour plus de sécurité, on pourrait mettre des panneaux en verre à la porte extérieure et construire un petit palier au bas des marches, ajouta-t-il avec enthousiasme J'en ai déjà parlé à l'entrepreneur. Je sais, c'est difficile à imaginer pour le moment, alors qu'il y a encore la brique nue, mais tout sera recouvert de Placo. Avec du plancher en bois, ça aura l'air ravissant. »

Il y avait plein de place pour tout ce qu'il lui fallait, pensa Carol. La chambre à coucher était presque aussi grande que la salle de séjour, avec une baie vitrée tout en longueur. Elle promena son regard autour d'elle, ébaucha un sourire. « Ce n'est pas mal, tu sais. Je me vois bien me réveiller ici. »

Tony regarda par terre, soudain confus. « Bon. Réfléchis. »

En remontant, il lui montra les toilettes et la salle d'eau qui venaient d'être installées. Le carrelage blanc des murs scintillait sous les spots du plafond. *Propre, frais, immaculé. Neuf*, se dit-elle avec une brusque excitation. *Un endroit sans fantômes.*

« Je n'ai pas besoin de réfléchir. Quand est-ce que ce sera prêt ?

— Dans trois semaines, d'après l'entrepreneur. Tu peux tenir le coup chez Michael jusque-là ? » Tony souriait comme un gosse.

Carol s'appuya au comptoir de petit déjeuner. « Je peux supporter n'importe quoi du moment que je sais que ça va finir. Tu crois pouvoir supporter de m'avoir comme voisine du dessous ?

— Seulement si tu me promets d'avoir toujours du lait. Pour ce qui est d'en manquer, je suis champion. »

Carol sourit. « Je ferai des stocks d'UHT. »

Attendre n'est jamais facile. Surtout quand on sait très bien ce qu'on attend. Lorsqu'il est sorti dans la rue aujourd'hui, il pensait voir des flics partout, un ruban jaune de police interdisant l'accès à la ruelle où bossait Sandie. Il pensait qu'il y aurait des petits groupes aux croisements, parlant à voix basse de meurtre et de mutilation. Et des agents, un carnet à la main, demandant aux gens où ils étaient et ce qu'ils faisaient la nuit précédente.

Il se souvient de la dernière fois. Tout Temple Fields faisait l'effet d'avoir forcé sur les amphés. Chacun parlait à toute vitesse comme s'il était pris de délire, même les pauvres connards qui, d'ordinaire, n'avaient jamais de temps à lui consacrer, ni à personne d'autre. Jusqu'au moment où les poulets avaient débarqué. Et alors, soudain, ç'avait été le silence, comme si on avait coupé le courant.

Il se disait que ce serait la même chose cette fois-ci. Mais lorsqu'il est entré chez Stan et qu'il a commandé son sandwich au bacon et sa tasse de thé habituels, c'était absolument comme n'importe quel jour. Quelques-unes des putains étaient agglutinées autour des tables graisseuses, se délassant les pieds une demi-heure. Deux ou trois jeunes pédés buvaient du café. Plusieurs paires d'yeux l'examinèrent en se demandant s'il avait de la camelote. Puis se détournèrent quand il leur fit un petit signe négatif de la tête. Ça allait être des histoires avec Gros Jimmy lorsqu'il se pointerait pour prendre le stock de la journée. Il aurait droit à une engueulade parce qu'il était en retard. Il avait espéré que l'agitation dans la rue lui fournirait une excuse, mais il n'y en avait pas.

Il finit donc son petit déjeuner et partit sans se presser à l'appartement de Gros Jimmy pour les trucs à vendre. Par chance, le gros lard n'était pas là et il eut seulement affaire à ce camé de Drum, qui plane tellement qu'il n'en a rien à secouer de ce que peuvent goupiller les autres. En moins d'une demi-heure, il était de retour à sa place habituelle, faisant son business, en espérant que personne ne se demanderait où il avait passé toute la matinée. Tu parles, la plupart devaient être en train de roupiller.

Mais maintenant, c'est le soir, et les rues sont toujours aussi calmes. Ça le chiffonne. Au point qu'il se dit qu'il a peut-être rêvé. Il a presque envie d'aller voir si Sandie ne se trouve pas à son carrefour, à arpenter comme si de rien n'était.

Il regrette que la Voix ne soit pas là pour lui dire ce qui se passe. Mais, depuis qu'il a tenu parole, il n'a rien entendu. À croire qu'on l'a laissé tomber et que toutes ces belles promesses n'étaient qu'un rêve, elles aussi.

Ce ne serait pas la première fois.

Tony leva son verre et se pencha au-dessus des vestiges des plats chinois. « À un de nos rares repas non orthodoxes. » Ils trinquèrent.

« Non orthodoxes ? répéta Carol avec un froncement de sourcils.

— En général, quand on mange ensemble, c'est au milieu d'une affaire. » Il prit un morceau de galette. « Ceci est mon corps, que j'ai sacrifié pour vous. » Il le mangea puis leva à nouveau son verre en un simulacre de communion. « Et ceci est mon sang, que j'ai versé pour vous. »

Elle eut un hochement de tête « Si ce n'est que, dans notre cas, la confession vient après la communion.

— Seulement si nous avons vu juste. »

Elle fit la moue. « Oui, et si nous avons de la chance. » Elle lui prit son verre des mains et but une gorgée. À cet instant étrangement intense, elle ressentit comme une décharge électrique. Avant qu'elle ait pu lui rendre le verre, leur intimité fut rompue par la sonnerie tenace du portable. « Nom d'un chien ! s'exclama-t-elle en cherchant son sac.

— En parlant de chance..., marmonna Tony.

— Inspecteur principal Jordan. »

La voix familière de Don Merrick résonna à son oreille. « On a un cadavre. J'ai pensé que vous auriez envie de voir celui-là. »

Carol réprima un soupir. « Très bien. Mais il va falloir qu'on vienne me chercher. J'ai bu quelques verres de vin. » Se levant, Tony se mit à fourrer les barquettes en alu dans le sac en plastique.

« Pas de problème. Vous êtes chez vous ?

— En fait, non, Don. Je suis chez le docteur Hill. » Elle croisa le regard de Tony et leva les yeux au ciel tout en donnant l'adresse à Merrick. Elle perçut une conversation étouffée à l'autre bout du fil. Puis Merrick revint sur la ligne.

« J'ai fait le nécessaire.

— Alors, à tout de suite, Don », dit-elle, mettant fin à la communication. Elle vida son verre. « Il semble que nous ayons écopé d'un cadavre. » Elle sauta sur ses pieds. « Ce n'est pas exactement comme ça que j'avais prévu de terminer la soirée. »

Tony ramassa les assiettes sales. « Ma foi, il est sans doute préférable d'en rester à ce que nous savons faire le mieux. »

Les hachures de la pluie d'automne estompaient le clinquant sordide de Temple Fields. Les pneus de la voiture crissaient sur les dalles recouvrant la zone piétonne située au cœur du quartier. Le chauffeur tourna dans une rue étroite. Miteuse, en brique rouge, elle abritait des devantures de boutique peu attrayantes et de petites entreprises avec des chambres meublées aux étages supérieurs. À mi-chemin, le passage était bloqué par deux véhicules de police. De vagues silhouettes s'affairaient un peu plus loin, la tête rentrée dans les épaules pour se protéger des intempéries. Alors que la voiture s'arrêtait, Carol baissa la tête, avala une goulée d'air et sortit.

En s'approchant des voitures, elle vit que l'entrée d'une venelle était fermée par un ruban de scène de crime. Son estomac se souleva à l'idée de ce qu'elle allait trouver. Mon Dieu, faites que ça n'ait rien de sexuel. Elle plongea sous le ruban, donnant son nom et son grade au policier en faction, et aperçut Paula devant une porte crasseuse menant à un escalier. À la vue de Carol, elle interrompit sa conversation avec un agent en uniforme.

« C'est en haut. Pas joli à voir.

— Merci, Paula. » S'immobilisant sur le seuil, Carol enfila une paire de gants en latex. « Qui a découvert le corps ?

— Dee, une des tapineuses. Elle partageait la chambre avec la morte. Juste un endroit où emmener les clients.

— Dee était avec quelqu'un à ce moment-là ? »

Paula lui adressa un petit sourire lugubre. « Selon elle, dès qu'il a compris que ça ne tournait pas rond, il a filé comme un rat d'un navire qui sombre.

— Où est-elle maintenant ?

— Partie au poste faire une déposition. Avec Sam. »

Carol approuva d'un signe de tête. « Merci, Paula. » Elle contourna un expert occupé à relever des empreintes sur l'étroite rampe d'escalier et monta. Au sommet des marches raides et sans tapis, une porte ouverte jetait un maigre rai de lumière sur le palier. Dans l'air flottaient l'odeur cuivrée du sang et celle, plus fétide, d'excréments humains. Bien qu'elle se fût armée de courage, Carol sentit soudain le passé l'engloutir et elle faillit perdre pied. Mais le spectacle des types de l'identité judiciaire faisant tranquillement leur boulot la ramena dans le présent, dissipant le flot d'images qui menaçait de la submerger. *Allez, on y va !*

Comme elle atteignait le seuil, elle vit Merrick et Kevin tourner leur regard vers elle. Tout d'abord, elle ne s'attacha qu'aux détails extérieurs, enregistrant les choses peu à peu avant d'en arriver à ce qui occupait le centre de la pièce. La chambre était austère, tapissée à la va-vite d'un papier bon marché qui avait dû être rose autrefois. Un lit en pin, deux fauteuils paraissant sortir d'une décharge, un évier, une table de jeu et pas grand-chose d'autre. Rien qui puisse distraire son attention du corps sur le lit.

La femme était attachée, jambes et bras écartés en une hideuse parodie d'extase. Ses yeux bleus braquaient un regard vide vers le plafond. Il ne fallait pas faire un gros effort pour y lire de la terreur et de la souffrance. Ses cheveux courts, blonds décolorés, étaient plaqués sur sa tête ; l'épouvante les avait trempés de sueur et ils avaient fini par sécher, formant un casque rigide. Elle était encore habillée, sa jupe pleine de sang remontée sur ses hanches. Le bas de son corps disparaissait dans une mare rougeâtre imbibant le mince matelas défoncé. Carol se racla la gorge et s'approcha. « Quelle boucherie !

— D'après le médecin légiste, elle a perdu une sacrée quantité de sang, dit Merrick. Il pense qu'elle a mis pas mal de temps à mourir. »

Carol lutta pour contenir les émotions qui la taraudaient, s'efforçant de se concentrer sur sa tâche. « Il est déjà parti ?

— Oui. Il se trouve qu'il avait un dîner à Queensbury. On venait tout juste d'arriver quand il a débarqué.

— Et alors, ça donne quoi ? »

Merrick consulta son calepin. « Sandie Foster, vingt-cinq ans, prostituée, condamnée à plusieurs reprises pour racolage et possession de drogue. Mais avant d'aller plus loin, il faut vous dire que ça ressemble comme deux gouttes d'eau à quatre meurtres commis il y a deux ans, peu après votre départ.

— Les victimes étaient également vêtues comme ça ?

— Exactement pareil.

— Eh bien, on va peut-être parvenir à résoudre l'énigme, cette fois-ci. »

Merrick et Kevin échangèrent un regard. Kevin avait l'air légèrement penaud. « Tout le problème est là, chef. C'est déjà fait.

— Pardon ? »

Merrick enfonça ses mains gantées dans ses poches. « On a travaillé sur l'affaire, Kevin et moi. Derek Tyler... il a plaidé coupable. Il se trouve actuellement dans un hôpital de haute sécurité.

— Et si on s'était trompé ? »

Merrick secoua la tête, avançant la lèvre inférieure en un démenti formel. « Aucun doute possible. L'expertise médico-légale a montré qu'il s'agissait de lui. ADN, empreintes digitales et tout le bastringue. Il a même fait des aveux en quelque sorte, prétendant qu'il avait agi pour obéir à des voix qu'il entendait dans sa tête. Et à peine Tyler sous les verrous, les meurtres se sont arrêtés. Preuve supplémentaire, s'il en était besoin. Ils l'ont expédié à Bradfield Moor et, depuis, il refuse d'en dire plus.

— Est-ce qu'on peut vérifier s'il a été relâché ? demanda Carol.

— Je m'en suis occupé. Je viens de passer un coup de fil. Tyler est dans son lit, dormant bien plus tranquillement qu'il ne le mérite, de sorte que ce n'est pas lui.

— Peut-être a-t-on omis quelque chose la dernière fois.

— Les tests le désignaient, insista Merrick.

— On devrait peut-être en parler au docteur Hill. Trouver un sens à ce qui n'en a pas, c'est sa spécialité, non ?

— Bonne idée, Kevin », répondit Carol. Tony se plaignait toujours de ne pas être appelé assez tôt dans les enquêtes criminelles complexes. Elle sortit de la chambre et composa le numéro du portable de Brandon. Lorsqu'il répondit, elle lui résuma brièvement la situation. « A priori, ça paraît impossible. J'aimerais consulter le docteur Hill.

— Ce n'est pas un peu prématuré ?

— Normalement, je serais d'accord avec vous, mais il pourrait s'agir d'une imitation et lui saura nous le dire rapidement. Comme la première fois que nous avons travaillé ensemble. » Carol retint sa respiration pendant que Brandon réfléchissait.

« Bon, allez-y. Nous en reparlerons dans la matinée. »

Au moment où la communication se terminait, Carol s'écarta pour laisser passer l'équipe de la morgue. « Est-ce que le docteur Vernon a été prévenu ?

Celui qui fermait la marche acquiesça. « Oui, il tient à avoir bouclé ça demain matin. Il doit se rendre à un congrès. Il m'a chargé de vous dire qu'il serait prêt à attaquer à sept heures. »

Merrick et Kevin vinrent la rejoindre sur le palier pour laisser davantage de place aux experts qui glissaient le cadavre dans un sac. « Kevin, Sam est en train d'interroger la femme qui a trouvé le corps. Je veux que vous rentriez au poste avec moi pour lui donner un coup de main. Vous avez déjà travaillé sur l'autre affaire. Vous pourrez peut-être faire des rapprochements qu'il ne verra pas. Don, Paula et vous, commencez à organiser le porte-à-porte. Il faut interroger tous les tapins, hommes et femmes sur lesquels nous pourrons mettre la main, sans oublier les employés de bar, les clients, etc. Trouvez où Sandie Foster travaillait. Quelqu'un l'a sûrement vue en compagnie de son assassin. » Elle retira ses gants et glissa ses mains dans ses poches, voûtant machinalement les épaules. « Et tâchons de garder l'esprit ouvert pour le moment. »

Kevin trouva Sam Evans avachi contre un mur à l'extérieur d'une des salles d'interrogatoire. « Ça se passe comment ? demanda-t-il.

— Content de te voir, grogna Evans. Manifestement, cette bonne femme a une dent contre les gens de couleur. Moi, je lâche un mot de travers et je suis accusé de racisme, mais elle me traite de sale bougnoule et ça passe comme une lettre à la poste ! »

Kevin fit la grimace. « Tu veux que je tente le coup ?

— Je t'en prie. » Evans agita la main en direction de la porte. « Je n'arrive pas à lui arracher un mot. Je vais griller une sèche. »

Il tendit une chemise à Kevin et s'éloigna. À l'intérieur, il n'y avait qu'une seule feuille, qui n'apprit rien de plus à Kevin que le nom, l'âge et l'adresse. « Alors, c'était pas une blague, Sam ? » dit-il à voix basse.

Lorgnant à travers le judas, il vit une blonde décolorée vêtue d'une robe noire, courte et moulante. Les notes disaient qu'elle avait vingt-neuf ans, mais, à cette distance, elle paraissait plus près de dix-neuf. Elle serrait sa veste étriquée contre elle comme s'il faisait un froid de canard dans la pièce. Elle fumait et, à en juger par l'atmosphère, ce n'était pas sa première cigarette. Autant pour la politique antitabac de Brandon. Kevin se souvenait de la première fois où il avait essayé de la faire respecter. Le suspect qu'il interrogeait l'avait menacé de porter plainte pour acte de torture ou de barbarie en vertu de la législation sur les droits de l'homme. Il n'était pas près de recommencer avec Dee Smart. Elle était leur seul témoin digne de ce nom et cette affaire était beaucoup trop importante pour courir des risques.

Il entra et la gratifia de son sourire le plus bienveillant. « Purée, enfin, s'exclama-t-elle. Un être humain !

— Vous avez un problème avec mon collègue ? demanda Kevin avec une expression compatissante.

— Il me fout les jetons, marmonna-t-elle. Il a l'air aussi aigri qu'Ali G. C'est parce que je suis noir ? Non, mon pote, c'est parce que t'es un sale connard ! Quelqu'un devrait lui apprendre que, question échelle sociale, même les putains valent mieux que la merde sur ses chaussures. Non mais, des fois, il se prend pour qui à me regarder avec cet air méprisant ?

— Il a quelques lacunes dans le domaine de la convivialité.

— Ça, vous pouvez le dire. » Elle souffla un torrent de fumée et fronça les sourcils. « Alors, vous, vous allez me traiter mieux que lui ? »

Vingt minutes plus tard, ils en étaient presque à se taper dans le dos. Les tasses de thé qu'il avait apportées pour briser la glace étaient vides et ils avaient expédié le plus délicat, à savoir la découverte du corps proprement dite. « Et cet arrangement dure depuis combien de temps ? » demanda Kevin d'un ton détaché.

Dee leva une épaule. « Environ trois mois, je pense. Sandie partageait la chambre avec une autre fille, Mo, mais elle est allée s'installer à Leeds, alors Sandie m'a proposé de venir à sa place.

— Et ça marche comment dans la pratique ? »

Dee ouvrit son paquet de cigarettes et considéra avec dégoût les trois qui restaient. « Si ça continue, il va falloir que vous me trouviez un distributeur.

— Ne vous en faites pas pour ça. Parlez-moi de cet arrangement. » Kevin lui adressa un sourire chaleureux.

Dee se renfrogna. Ce qui fit ressortir les lignes fines de sa peau. Elle parut soudain son âge. « Sandie a le premier quart. En général, elle arrête de bosser vers dix heures. Elle a un gosse. Un petit bonhomme, Sean. La grand-mère s'en occupe. Sandie aime bien rentrer tôt, de manière à être d'attaque le matin quand elle le réveille pour aller à l'école. Après dix heures et demie, la chambre est à moi. »

Kevin s'efforça de ne pas penser à ce que ressentirait Sean le lendemain matin en découvrant que sa mère avait été assassinée. Il se concentra sur les paroles de Dee. « Alors, comment se fait-il que vous ne l'ayez pas trouvée là hier soir ? demanda-t-il.

— Hier soir, je ne travaillais pas. » Elle vit son air surpris. « Si vous tenez à le savoir, j'avais la chiasse. J'ai dû bouffer une saloperie. Je ne pouvais rien faire dans l'état où j'étais. »

Ça tenait debout. Même les putains pouvaient avoir une indisposition, pensa Kevin. « Donc, à votre connaissance, tout était normal ? Quand vous êtes montée avec votre client, vous vous attendiez à trouver la chambre vide ? »

Fermant les yeux, Dee frissonna à ce souvenir. « Ouais.

— Aviez-vous vu Sandie plus tôt dans la soirée ? »

Dee secoua la tête. « Y avait pas de raison, sauf si je travaillais, ce qui n'était pas le cas. J'ai pris deux ou trois verres à Nag's Head avant de démarrer, mais je ne l'ai pas aperçue.

— Où se met-elle d'ordinaire ?

— Au bout de Campion Boulevard. Juste après le mini-rond-point. »

Kevin se représenta les lieux. À cinquante mètres seulement de la rue donnant sur la ruelle où se trouvait la chambre. « Elle avait des habitués ? » demanda-t-il.

Dee perdit soudain contenance. Ses yeux se remplirent de larmes et elle se mit à parler d'une voix étranglée. « Je n'en sais rien. Écoutez, on partageait la chambre et le loyer, mais on ne vivait pas l'une sur l'autre. Je ne sais pas ce qu'elle faisait ni avec qui elle le faisait. »

Kevin se pencha au-dessus de la table et lui prit la main. La stupéfaction l'emporta sur son trouble et elle demeura bouche bée. « Je suis désolé. Pour avoir une chance d'attraper l'assassin, il nous faut explorer chaque possibilité. »

Dee se libéra avec un ricanement moqueur. « À vous entendre, on croirait que c'est une honorable mère de famille qui s'est fait trucider, pas une pute sans importance. »

Kevin secoua la tête d'un air chagrin. « Je ne sais pas ce qu'on vous a raconté, Dee, mais ici, il n'y a pas de victime sans importance. Ma chef ne le tolérerait pas. »

Dee sembla hésiter un instant. « Vous pensez vraiment ce que vous dites ?

— Tout à fait. Dans cette enquête, chacun fera le maximum. Maintenant, je désirerais que vous montiez avec moi pour voir quelques photographies. Vous voulez bien me rendre ce service, Dee ?

— D'accord », répondit-elle. Il aurait été difficile de dire lequel était le plus surpris.

À minuit passé, les lampes fluo du bureau de Carol semblaient briller d'un éclat indécent, donnant à la peau un ton grisâtre. Carol lisait les maigres fichiers informatiques concernant les meurtres de Derek Tyler quand la porte s'ouvrit. Tony entra. « Une absurdité, tu sais », lança-t-il sans préambule.

Accoutumée à son style décousu, Carol ne broncha pas. « Merci d'être venu. Qu'est-ce qui est une absurdité ?

— Les imitations. Ça n'arrive jamais. Ça n'existe pas, pas en matière de crime sexuel. » Il se laissa tomber sur la chaise en face et poussa un soupir.

« Ça veut dire quoi, Tony ? Que Derek Tyler a réussi à être à deux endroits à la fois ?

— Tant que je n'aurai pas lu les dossiers, je ne pourrai rien dire sur Derek Tyler. Mais ce que je sais, en revanche, c'est que, quelle que soit cette histoire, ce n'est pas une imitation. »

Carol s'efforça de donner un sens à ce qu'elle entendait. « Mais si la méthode est la même... ?

— Alors, il s'agit du même assassin. » Il lui adressa un sourire d'excuse puis haussa les épaules.

« Ce n'est pas possible. D'après ce que prétend Don, et ce que je viens de lire, les analyses médico-légales sont formelles. Et Derek Tyler est derrière les barreaux. »

Tirant sa chaise d'un coup sec, Tony s'accouda au bureau. Son visage n'était qu'à quelques centimètres du sien. « Qu'est-ce qu'un crime sexuel ? » interrogea-t-il.

Pour une fois, Carol connaissait la réponse. « Une gratification perverse du désir.

— Bien, bien, fit-il en s'approchant davantage. Tu as eu combien d'amants ? »

Gênée, elle détourna la tête. « Qu'est-ce que ça a à voir ?

— Plus d'un, n'est-ce pas ? » continua-t-il.

Carol préféra capituler. C'était plus facile que le contraire. « En effet.

— Et est-ce qu'ils se comportaient de la même façon au lit ? » demanda Tony, comme si la réponse devait régler un point crucial.

Carol commençait à entrevoir où il voulait en venir. « Non. » Les yeux de Tony, d'un bleu vif, étaient irrésistibles. Cette proximité physique la fit se crisper malgré elle. S'il s'en aperçut, il ne le montra pas.

Baissant la voix, il adopta un ton doux et intime. « Mes besoins particuliers ne peuvent se satisfaire que d'un rituel spécifique. Il faut que tu sois attachée sur un lit, tout habillée, muselée par un bâillon en cuir. Il faut que j'aie tout pouvoir sur toi et que je détruise les manifestations de ta sexualité. » Il respira à fond et s'écarta. « Combien y a-t-il de chances que nous soyons deux à vouloir strictement la même chose ? »

Carol comprit soudain. Elle se détendit, le climat d'intimité étant devenu moins pesant. « Très juste. Mais ça nous laisse néanmoins avec une mise en scène identique. Ce qui est un problème pour moi. »

Tony se laissa aller en arrière et sa voix se transforma. Carol connaissait bien ce genre de changement. À présent, il pensait tout haut, les idées à peine ébauchées se bousculant. Il avait mis du temps à se sentir suffisamment à l'aise en sa présence pour improviser ainsi, mais maintenant, dans ces moments de rêverie verbale, c'était presque comme s'il voyait en elle une extension de lui-même. « À moins, bien sûr, que quelqu'un ait voulu se débarrasser de Sandie en particulier et qu'il ait cru malin de s'y prendre d'une manière qui nous fasse courir dans tous les sens pour rechercher un meurtrier chimérique.

— Ce n'est pas inconcevable, admit Carol de mauvaise grâce.

— Je veux dire, sans le reste, le lien avec des affaires antérieures, ça ne sortirait pas tellement de l'ordinaire. Extrême, mais pas extraordinaire.

— Bonté divine, Tony ! protesta Carol. Ce qu'il lui a fait, tu trouves que ça n'a rien d'extraordinaire ?

— Sépare tes réactions personnelles de tes réactions professionnelles, Carol, répondit-il calmement. Tu as déjà vu pire. Et même bien pire. Celui qui a fait ça a encore beaucoup à apprendre sur le sadisme sexuel.

— J'avais oublié que tu étais si loin de la normalité, dit-elle avec lassitude.

— C'est pourquoi tu as besoin de moi, se contenta-t-il de rétorquer. Le seul aspect vraiment intéressant est sans doute qu'elle n'était pas dévêtue. Si quelqu'un prend la peine et fait la dépense d'aller dans une chambre avec une putain, on pourrait penser qu'il a envie qu'elle retire ses vêtements. Moi, en tout cas, c'est ce que je voudrais. Autrement, on peut aussi bien faire ça à l'arrière d'un véhicule ou contre un mur.

— Et qu'est-ce que ça t'évoque ?

— Le viol. » Le mot plana dans l'espace entre eux. Cela faisait des mois qu'il demeurait inexprimé et inexprimable. À présent, il était à l'air libre. Tony leva les épaules en un geste d'excuse.

Carol eut besoin de toute sa volonté pour ne pas quitter le terrain professionnel. « Pourquoi dis-tu ça ? Il n'y a aucune trace de lutte en l'occurrence. Sandie a dû accepter d'être attachée. Tout comme lui a dû accepter de la payer.

— Absolument. Mais il tenait à ce que ça ressemble à un viol. C'est pour ça qu'il ne veut pas que sa victime soit dévêtue. Pour se donner l'illusion d'être un violeur. »

Carol avait l'air perplexe. « Il veut faire semblant d'être un violeur ? Et ensuite il les tue ? Pourquoi ne pas faire seulement semblant d'être un meurtrier ? »

Tony poussa un soupir. « Ça, je l'ignore encore, Carol. »

Curieusement, il se sent plus calme maintenant que les rues pullulent de flics. C'est bien ce qu'il prévoyait, et c'est toujours rassurant quand ce qu'on prévoit finit par arriver, même s'il s'agit d'une tuile. Parce qu'au moins on sait que ce n'est pas pire.

Il faisait de petites affaires dans les toilettes de chez Stan quand il a vu les éclairs bleus de leurs gyrophares à travers la vitre dépolie. Un, ça aurait pu être n'importe quoi, mais trois en même temps, c'était forcément Sandie. Et il ne s'est pas affolé. Il en est fier. Avant la Voix, probable qu'il aurait pris ses jambes à son cou, juste par principe. Mais à cet instant, il continue à vendre de l'héro au gosse noir qui a l'air sur les nerfs, faisant l'étonné quand celui-ci essaie de presser le mouvement à cause des flics dehors.

Le gosse avait à peine franchi la porte que la conversation a commencé. « Ils l'ont trouvée, a dit la Voix, chaleureuse et caressante. Il va y en avoir partout dans Temple Fields ce soir. Ils voudront poser des questions à tout le monde. À toi aussi. Et c'est très bien. Exactement ce qu'il faut. Tu sais ce que tu vas dire, n'est-ce pas ? »

Il a lancé un regard nerveux vers la porte. « Ouais, je sais.

— Fais-moi plaisir. Répète-le encore une fois, a demandé la Voix d'un ton cajoleur.

— J'ai été à droite à gauche, comme d'habitude. J'suis passé chez Stan, j'ai bu quelques bières au Queen of Hearts. J'ai pas vu Sandie de la nuit. De temps en temps, il m'arrive de l'apercevoir à l'extrémité de Campion Boulevard, mais je l'ai pas vue hier soir.

— Et s'ils te demandent des noms en guise d'alibi ?

— Je me contente de jouer les andouilles. Le type incapable de distinguer un jour d'un autre. Tout le monde sait que je suis un peu lent, alors ils ne trouveront rien à redire.

— Exact. Rester vague, c'est le mieux. C'est à ça qu'ils s'attendent, que tu sois vague. Tu as fait de l'excellent boulot, la nuit dernière. Une séquence magnifique. Quand tu rentreras ce soir, il y aura une petite récompense pour toi.

— Vous n'avez pas besoin de faire ça, a-t-il protesté avec sincérité. J'ai tout ce qu'il me faut.

— Tu le mérites. Tu es un jeune homme tout à fait exceptionnel. »

Il a senti une bouffée de chaleur en lui, une chaleur qui est toujours là. Personne d'autre que la Voix ne lui a jamais rien trouvé d'exceptionnel, mis à part ses éducateurs.

À présent, le voilà dehors, traînassant comme à l'accoutumée. Il jette un coup d'œil aux flics, un mélange d'uniformes et d'inspecteurs en civil, de toute évidence. Ils s'amènent de chaque bout de la rue. Il pourrait retourner chez Stan et attendre qu'ils viennent jusqu'à lui, ou il pourrait aller tranquillement vers eux comme une andouille qui n'a rien à cacher.

Il reconnaît un des inspecteurs pour l'avoir déjà vu, quand ça grouillait dans Temple Fields il y a deux ans. Une espèce de malabar. Même qu'il ne t'avait pas traité comme de la merde. Prenant sur le côté, il s'approche de lui et de la nana qui l'accompagne. Ils sont en train de parler avec un micheton, qui n'a rien à dire et brûle d'envie d'être ailleurs. Il leur a probablement refilé un nom et une adresse bidon et il préfère se tirer avant d'être surpris en flagrant délit de mensonge.

Ils font un pas en arrière et le micheton détale en biais comme un crabe. Le flic lève la tête et l'aperçoit. Il a cet air à la « Toi, ta binette me dit quelque chose, mais je n'arrive pas à te remettre ». Il lance au malabar un sourire niais, assorti d'un bonjour. Le flic lui dit qu'il est l'inspecteur Merrick.

Il se répète le nom deux ou trois fois pour que ce soit bien clair parce que la Voix voudra tout savoir. Il décline son nom et son adresse avant que l'autre ne les réclame, et la fliquette les note. Elle est pas mal. Un peu maigrelette, mais il a appris à les aimer comme ça. Le flic lui demande s'il est au courant à propos de Sandie et il répond que oui, qu'on ne parle plus que de ça. Et il débite les répliques que la Voix lui a gravées dans la cervelle. Il les connaît sur le bout du doigt.

Puis ils lui demandent s'il a vu quelqu'un se comporter de manière bizarre. Il éclate de rire, tel l'idiot du village gay. « Ben, par ici, c'est pas ça qui manque.

— Vous ne savez pas si bien dire, marmonne la fliquette entre ses dents. Est-ce que quelqu'un peut se porter garant de vos allées et venues la nuit dernière ? »

Il a l'air ahuri. « Qui vous a vu dans les parages ? qu'il lui dit M. Merrick. Qui peut confirmer où vous étiez hier soir ? »

Il ouvre des yeux comme des soucoupes. « Chais pas. Hier soir, c'était comme tous les soirs, vous savez. J'ai pas beaucoup de mémoire, m'sieur.

— Pourtant, vous vous souvenez de ne pas avoir vu Sandie », qu'elle lui balance la nana. Chameau !

« Seulement parce que tout le monde en parlait, qu'il répond, un filet de sueur le chatouillant au bas de la colonne vertébrale. C'est un sacré truc, pas une broutille comme qui était au café ou au pub. »

M. Merrick lui donne une tape sur l'épaule. Il sort une carte de sa poche et la lui fourre dans la main. « Si vous apprenez quelque chose, passez-moi un coup de fil, d'accord ? » Et les voilà repartis, se préparant à tailler une nouvelle bavette.

Pas l'ombre d'un doute. Pas le plus petit soupçon. Il les a bien eus. Ils parlaient à l'assassin et ils n'en avaient pas la moindre idée. Alors, c'est qui le crétin maintenant ?

Carol referma doucement la porte pour ne pas déranger Michael et Lucy. Elle n'ignorait pas combien même les plus légers bruits s'entendaient dans le loft haut de plafond. Ôtant ses chaussures, elle se dirigea vers la cuisine, située à un bout de l'immense espace servant de salle de séjour. Les néons encastrés éclairaient le plan de travail, révélant son chat Nelson étalé sur le côté, savourant la chaleur qu'ils diffusaient. Il eut un tic à l'oreille à son approche et fit entendre un grondement rauque qu'un esprit charitable aurait pu prendre pour un signe de bienvenue. Carol lui gratta la tête puis remarqua la feuille de papier qu'il cachait en partie. Elle tira dessus, indifférente à ses tortillements de protestation. « *Salut, sœurette. Lucy a un vol à main armée demain à Leeds et on a obtenu des places à la dernière minute pour l'opéra. Je vais passer la nuit là-bas avec elle. À jeudi soir. Bises, M.* »

Carol froissa le papier et le jeta dans la poubelle non sans une mélancolie passagère à l'idée d'une soirée à l'opéra en bonne compagnie. Tout valait mieux que la perspective de passer une nuit toute seule dans cet appartement. Ouvrant le réfrigérateur pour prendre la boîte de nourriture pour chats entamée, elle fut irrésistiblement attirée par la bouteille de pinot *grigio* rangée dans la porte. Ayant sorti les deux, elle donna à manger au chat et se mit à contempler le vin.

Dans son combat pour se rétablir, elle avait résisté à la consolation facile de la boisson, appréhendant ses fausses promesses d'oubli. Mais ce soir, elle avait besoin de faire table rase. Fermer les yeux et voir défiler les images qu'elle avait ramenées de la morgue lui semblait au-dessus de ses forces. Sans anesthésique, jamais elle n'arriverait à trouver le sommeil. Et sans sommeil, elle ne pourrait pas mener efficacement la chasse au meurtrier de Sandie Foster. Elle fouilla dans le tiroir aux couverts à la recherche d'un tire-bouchon, ouvrit hâtivement la bouteille. Puis, un verre plein à la main, elle s'appuya au plan de travail, les doigts enfouis dans la fourrure de Nelson, contente de sentir les battements de son cœur contre sa peau.

Avant la nuit précédente, Sandie et elle n'avaient absolument rien de commun, sauf d'être du même sexe. Mais ce qui était arrivé à la prostituée l'avait investie d'une sorte de parenté avec la femme chargée de traquer son assassin. Toutes deux possédaient le statut de victime, qui leur avait été conféré parce que toutes deux étaient coupables d'être des femmes dans un monde où certains hommes ne toléraient pas que leur domination puisse avoir des limites. Pas plus que Carol, Sandie n'avait mérité son sort.

Carol buvait sec, remplissant son verre chaque fois que le niveau tombait sous la moitié. Elle comprenait la terreur qu'avait dû ressentir Sandie en se rendant compte qu'il lui était impossible d'échapper à son assaillant. Elle connaissait ce sentiment de détresse totale, cette peur absolue de la proie sans défense contre le prédateur. Mais, en un sens, aussi tordu que cela puisse paraître, Sandie avait eu plus de chance. Elle au moins n'avait pas eu à chercher un moyen de vivre avec ce qu'on lui avait fait.

Tony se tenait à côté de Carol, les yeux fixés sur le visage inanimé de Sandie Foster. Ça ne le dérangeait pas d'assister aux autopsies. Pour être franc, ça l'intriguait de voir le médecin légiste mettre au jour les messages recelés par la mort. Tony lisait les cadavres lui aussi, mais le texte était différent. Ce qu'ils avaient en commun, c'est qu'ils communiquaient tous les deux avec l'assassin par le truchement de sa victime.

Sandie gisait dans une flaque de lumière, au centre de la pièce plongée dans l'ombre. Le docteur Vernon, le médecin légiste, était courbé sur le cadavre, le haut et le bas s'opposant en un horrible contraste. Au-dessous de la ceinture, une croûte de sang coagulé, véritable étude en rouge ; au-dessus, un corps en apparence indemne. Les sacs en plastique couvrant les mains masquaient en partie les bleus des poignets, laissant persister l'illusion de complétude. « Mal nourrie, dit Vernon. Poids insuffisant par rapport à la taille. Signes d'usage de drogue intraveineux... » Il désigna les traces d'aiguille sur les bras.

Il se pencha en avant et lui ouvrit doucement la bouche. « Légères meurtrissures à l'intérieur de la bouche. Sans doute dues au bâillon que nous avons retiré tout à l'heure. Quelques indications d'abus prolongé d'amphétamines.

— Je sais que vous avez horreur qu'on aille plus vite que la musique, dit Carol, mais auriez-vous déjà une idée de la cause du décès ? »

Vernon se tourna et lui lança un regard glacial. « Je vois que vous n'avez pas profité de vos congés pour apprendre la patience, Carol. Jusqu'ici, je n'ai rien trouvé qui contredise l'évidence. Elle a saigné à mort à la suite de blessures infligées au vagin. Dans cette zone, les tissus sont déchiquetés au point d'être méconnaissables. Une mort particulièrement atroce.

— Elle n'est pas morte tout de suite ? » demanda Carol. Tony pouvait sentir l'anxiété qui émanait d'elle. De même que l'odeur d'alcool dans son haleine. Lui-même n'avait dormi que quatre heures ; Dieu seul savait quel repos Carol avait réussi à prendre entre la bouteille et la morgue. Certainement pas assez, à en juger d'après les marques bleuâtres sous ses yeux.

Vernon secoua la tête. « Non. Il n'y a pas d'hémorragie artérielle. Cela a été une lente hémorragie. Elle est restée en vie probablement une heure ou plus, dans des souffrances terribles. »

Il y eut un long silence tandis qu'ils digéraient l'information. Tony espérait que Carol n'était pas trop obnubilée par le martyre de Sandie. Il se secoua mentalement. Il fallait qu'il arrête de se faire du souci pour Carol. Il avait un boulot à effectuer et, quand bien même ce boulot serait plus facile s'il pouvait aider Carol sur le plan personnel, il avait besoin de garder un recul suffisant pour arriver à faire ce pour quoi on le payait. Reconstituer la mentalité d'un meurtrier n'était pas chose facile, et il ne pouvait pas se permettre de passer à côté d'une pareille occasion de lever un coin du voile.

Une agonie lente, interminable, douloureuse. « Il l'a regardée mourir », dit-il à voix basse.

La tête de Carol pivota brusquement. « Quoi ?

— C'est tout l'intérêt d'une mort à retardement. Le meurtrier désire admirer sa besogne. Il l'aura également enregistrée. Probablement en vidéo. Il faudra inspecter la chambre pour voir s'il ne s'y cache pas de caméra à fibre optique. Il est également possible qu'il ait voulu assister à la découverte du cadavre.

— Il est resté là jusqu'à ce qu'elle soit morte ? »

Tony eut un hochement de tête. « Il y a de grandes chances. En voilà un qui n'a pas froid aux yeux. Il était suffisamment au courant des habitudes de Sandie pour penser qu'on ne les dérangerait pas. Je ne serais pas surpris qu'il ait déjà couché avec elle, histoire de tâter le terrain. Il aura été incapable d'avoir des rapports sexuels, mais il aura voulu discuter le bout de gras afin de connaître son emploi du temps. Tu devrais poser des questions ici et là, essayer de voir si elle n'a pas mentionné quelque chose à un de ses partenaires. »

Carol engrangea l'information en prévision d'une action future. Vernon enleva les sacs en plastique des mains de Sandie et commença à prélever des résidus sous les ongles. « Une opinion sur l'heure du décès ? demanda Carol.

— Une science imprécise dans le meilleur des cas, répondit sèchement Vernon. D'après moi, entre minuit et huit heures hier matin.

— Est-ce qu'il y a moyen de savoir si elle a eu des rapports sexuels avant d'être attaquée ?

— Aucun. Les tissus environnants sont dans un tel état que toute contusion *ante mortem* est devenue indécelable. Si cela peut vous consoler, il n'y a aucun signe manifeste de pénétration anale brutale. »

Carol n'avait pas eu le temps de répondre que la porte derrière eux s'ouvrit. Tony jeta un coup d'œil par-dessus son épaule. Ce simple regard lui apprit que la femme qui venait d'entrer était officier de police. Son air d'autorité désinvolte avait quelque chose qui ne trompe pas dans un tel contexte. À voir le long manteau en cuir noir qu'elle portait, le col relevé pour se protéger des bourrasques à l'extérieur, on aurait dit qu'elle passait un casting pour une version féministe de *Matrix*. Elle eut à peine un regard pour le corps sur la table avant de se diriger vers Carol.

« Bonjour, inspecteur principal Jordan, M. Brandon m'a dit que je vous trouverais là. »

Carol dissimula sa surprise, mais pas aux yeux de Tony, qui la connaissait suffisamment bien pour interpréter le léger haussement des sourcils, l'infime élargissement des pupilles. « Sergent Shields, qu'est-ce qui vous amène ici ?

— M. Brandon ne vous a pas appelée ? s'étonna Jan, visiblement consternée.

— Non.

— Ah bon. Il a dû vous laisser un mot sur votre messagerie vocale. J'ai essayé de vous passer un coup de fil tout à l'heure, mais je n'ai pas réussi à vous joindre. Il m'a affectée à votre équipe pour cette enquête. Il paraît que vous êtes en sous-effectif. Il s'est probablement dit que cela pourrait vous être utile d'avoir quelqu'un connaissant bien le terrain.

— Logique », répondit Carol d'une voix quelque peu glacée. Voilà que Brandon reniait déjà sa promesse de lui laisser les coudées franches, et elle n'aimait guère ce que cela disait sur elle-même.

« C'est ce qu'il a eu l'air de croire, dit Jan avant de se tourner vers Tony. Et voilà sans doute l'homme qui lit dans nos pensées. »

Tony prit une expression désabusée. « Seulement si vous êtes un meurtrier en série obéissant à des mobiles sexuels. »

Jan se mit à rire. « Alors, mes secrets sont à l'abri. Je suis Jan Shields », ajouta-t-elle en tendant la main.

Tony la serra. Une main ferme, chaude. Exactement ce qu'il attendait d'une femme qui venait de montrer à quel point elle était sûre d'elle.

Jan se tourna vers Carol. « Encore une qui a mordu la poussière, hein ?

— D'une manière particulièrement déplaisante », répliqua Carol en se contenant.

Avec un haussement d'épaules, Jan fit un pas en avant pour mieux voir ce que faisait Vernon. « Une occupation à haut risque.

— Tout comme le métier de flic. Sauf que, lorsque l'un de nous meurt, il a droit à un peu de respect. »

Jan eut un sourire d'excuse. « Désolée, je ne voulais pas paraître cynique. Mais quand vous avez été aux Mœurs aussi longtemps que moi, elles se mettent toutes à ressembler à de futurs cadavres. »

Pour Tony, l'attitude de Jan n'avait rien de surprenant. Il avait rencontré trop de flics – et de psychologues cliniciens – à deux doigts de craquer pour ne pas considérer avec indulgence les postures défensives qu'ils adoptaient. Il s'écarta, se rapprochant de la table. « C'est vous qui avez pratiqué les autopsies il y a deux ans ? » demanda-t-il.

Vernon acquiesça. « En effet.

— Qu'est-ce que vous en pensez ?

— Si je n'avais pas autant d'expérience, je dirais que cette femme a été victime du même tueur. Le type de blessures est tout à fait caractéristique. Unique, en fait. La seule fois où j'ai vu ça, c'est dans les meurtres pour lesquels Derek Tyler a été reconnu coupable.

— De quoi s'était-il servi ? Un couteau ?

— Pour autant que je m'en souvienne, Tyler n'a jamais rien dit à propos de l'arme. À l'époque, j'ai supposé qu'il s'agissait d'un objet bricolé. À coup sûr, les blessures ne correspondent à aucun instrument que j'aie jamais rencontré. J'ai demandé à un collègue, spécialiste en la matière, de me donner un avis.

— Eh bien, de quoi s'agit-il ? » questionna Carol.

Vernon examina la pointe de son scalpel. « Difficile d'être certain. Les blessures pourraient avoir été causées par une lame mince, flexible. Une lame de rasoir plutôt qu'un cutter. Mais il y a des dizaines, des centaines de coupures. L'hypothèse la plus satisfaisante que nous ayons imaginée, mon collègue et moi, c'est quelque chose comme un godemiché en latex avec des lames de rasoir profondément enfoncées à l'intérieur. »

On entendit Carol retenir sa respiration. « Bonté divine, murmura-t-elle.

— Danger, cinglés à l'œuvre, déclara Jan d'un ton âpre. N'est-ce pas, docteur Hill ? »

Tony fronça les sourcils. Ça n'avait aucun sens. Rien ne tenait debout. Si l'homme que la police avait arrêté n'était pas le bon, le véritable tueur aurait dû réagir en faisant une nouvelle victime sur-le-champ. Les criminels sexuels n'aiment pas que d'autres soient crédités du mérite de leur ouvrage. Attendre deux ans pour remettre ça tenait du délire. Il avait besoin d'en discuter plus à fond. « Carol ? » dit-il doucement.

Mais l'attention de celle-ci était ailleurs. D'un signe de tête, elle indiqua Tony sans le regarder directement. « Jan, le docteur Hill pense que notre homme est déjà allé avec Sandie. Vous serait-il possible de chercher avec qui elle traînait, au cas où elle aurait fait allusion à un client désireux de l'entendre parler d'elle ? Il y a des chances qu'il ne puisse pas maintenir une érection. »

Jan poussa un grognement. « Ce n'est pas ça qui va simplifier les choses. Vous seriez étonnée du nombre de pékins qui n'arrivent pas à bander au moment crucial. C'est pourquoi les filles se font souvent taper dessus. Bon, je vais voir ce que je peux dénicher. » Elle serra le col de son manteau. « Au boulot ! Je vous appelle plus tard. »

Tony la regarda se fondre dans l'obscurité, guettant le bruit de la porte qui se referme pour retourner à côté de Carol. La pièce était silencieuse, mis à part le cliquetis métallique lorsque Vernon troquait un instrument de dissection contre un autre. « Je ne cesse d'en revenir à ce que je t'ai dit tout à l'heure. C'est un scénario impossible. Si Derek Tyler a vraiment commis les meurtres pour lesquels il a été reconnu coupable, il est complètement invraisemblable que quelqu'un d'autre puisse retirer du plaisir d'une réplique aussi fidèle de ses crimes. Cela va contre toutes les vérités psychologiques que je connais. Cette mise en scène a été montée à dessein.

— Mais les analyses...

— J'entends bien, la coupa Tony. Mais il est indispensable que ton équipe examine ces dossiers pour voir s'il n'y a pas une possibilité d'erreur. Et dans ce cas, tu devras rechercher des individus ayant été libérés de prison ou de Bradfield Moor au bout d'une période de deux ans. C'est la seule explication à ce décalage. Parce que je suis prêt à parier ma réputation que celui qui a tué ces femmes il y a deux ans a aussi tué Sandie Foster. »

Carol le regarda fixement, une idée scintillant aux confins de sa conscience. « Tony ? Et si c'était exactement ce qu'espère notre meurtrier ?

— Pardon ? » fit-il, l'air perplexe.

Les mots se bousculaient dans la bouche de Carol tant elle était excitée. « Si la personne qui a assassiné Sandie Foster tablait sur le fait que nous serons forcés d'en arriver précisément à cette conclusion ? Si le meurtre de Sandie était seulement secondaire ? Si le but réel de l'assassin était de faire annuler la condamnation de Derek Tyler ? »

Tony inclina la tête sur le côté, réfléchissant. « Tu crois que ça marcherait ? On pourrait s'appuyer là-dessus pour faire appel du jugement ? En dépit des preuves écrasantes contre Tyler ?

— Ça vaudrait le coup d'essayer. Surtout avec quelqu'un comme toi sur le banc des témoins jouant sa réputation, qui est loin d'être négligeable.

— Ah ! Alors, si je comprends bien, tu ne tiens pas à ce que je crie ça sur les toits.

— Surtout s'il y a des avocats ou des journalistes dans le coin. Mais qu'est-ce que tu en penses ? Ce serait une motivation suffisante ?

— Difficile à dire. Il faudrait que ce soit quelqu'un qui tienne terriblement à Derek Tyler et qui soit assez intelligent pour imaginer un moyen de nous mener en bateau. Ce n'est pas très plausible, mais c'est possible. » Il sourit. « C'est ce qui fait que nous travaillons si bien ensemble. Tu penses comme un détective et moi comme un timbré. »

Après la morgue, se retrouver à Bradfield Moor était presque un soulagement. Le gardien de l'accueil lui dit où trouver Derek Tyler. Parce qu'il avait été jugé non violent, il était autorisé à prendre ses repas dans la salle à manger avec les prisonniers de la même catégorie. C'était une pièce basse, semblable à une étable, où régnait une odeur de friture mêlée à des relents de chou trop cuit. Les murs étaient indigo et jaunes, en vertu de ce que Tony considérait en son for intérieur comme la science de pacotille de la chromothérapie. Les effets bénéfiques qu'aurait pu produire un tel décor étaient probablement compromis par les taches et les éraflures constellant la peinture du sol au plafond. À travers le verre de sécurité des fenêtres, on apercevait un massif d'arbustes, composé essentiellement d'aucubas panachés et de rhododendrons. Si les gars n'étaient pas neurasthéniques en arrivant, pensa Tony, ils ne tarderaient pas à le devenir.

Il demanda à un des surveillants de lui indiquer Tyler puis, prenant un plateau de macaronis au fromage et de petits pois, il s'assit à une table d'où il pouvait observer l'homme qui avait été condamné pour l'assassinat de quatre prostituées en l'espace de six mois, et qui avait mis son désir homicide sur le compte de la voix qu'il entendait. Quelques détenus lancèrent des regards dans la direction de Tony, mais personne ne fit mine de s'approcher.

Tyler était un individu maigre, sec, d'environ vingt-cinq ans. Il était penché sur sa saucisse, son œuf et ses frites comme un avare sur un lingot d'or, la tête inclinée, de sorte qu'on n'apercevait que le sommet de son crâne rasé et les tatouages de ses bras décharnés.

Tony se mit à mastiquer distraitement son déjeuner, faisant passer les aliments insipides à l'aide de thé fort. Tyler ne présentait aucun des tics nerveux des obsessionnels compulsifs. Il mangeait avec une extraordinaire lenteur, comme s'il s'efforçait de faire durer le repas le plus possible. Somme toute, une assez bonne stratégie pour tuer le temps.

Tyler en était à ses dernières bouchées quand Aidan Hart se glissa soudain sur la chaise à côté de Tony. « Je ne m'attendais pas à vous voir aujourd'hui.

— Ça va, je ne réclamerai pas d'heures supplémentaires.

— La nourriture est meilleure au restaurant du personnel, vous savez.

— Je sais. Mais je voulais jeter un coup d'œil à un patient. »

Hart hocha la tête. « Derek Tyler. » Devant la surprise de Tony, il expliqua : « Le gardien à l'entrée m'a averti quand je suis arrivé. Qu'est-ce qui vous intéresse ?

— La police de Bradfield a découvert une femme assassinée hier soir. Ils m'ont demandé de les conseiller dans cette affaire. » En entendant le mot police, Hart se redressa brusquement, une lueur dans les yeux. Tony estima qu'il avait eu raison de ranger résolument Hart dans la boîte marquée « carriériste » dès leur première rencontre. Quel cadeau ! Voilà qu'il allait devoir user à nouveau de cette diplomatie professionnelle pour laquelle il était si peu fait. Il lui faudrait manier cette histoire avec des pincettes. « À première vue, ça a l'air d'une copie conforme des meurtres de Derek Tyler. »

Hart frotta son menton rasé de près. « Intéressant.

— Oh, pour ça, oui ! » Tony finit son thé. « Il a l'air un peu jeune pour ce genre de délit.

— Je suppose que les profils ne marchent pas à tous les coups, dit Hart sans sourciller. Vu que nous travaillons avec la loi des moyennes.

— C'est pourquoi j'avertis toujours les flics qu'il ne s'agit pas d'une science exacte. Alors, que pouvez-vous me dire à son sujet ? »

Hart regarda Tyler, lequel, son repas terminé, contemplait son assiette vide. « Très peu. C'est un des patients les moins dociles que j'aie jamais eus. Entendons-nous bien. Il n'a rien d'un perturbateur, c'est même le contraire. Il est totalement passif. En un sens, il n'est pas un problème du tout. Mais, d'un autre côté, il est complètement intraitable. Il refuse de participer à quelque aspect que ce soit du régime thérapeutique. Il ne veut pas parler. Il n'est pas catatonique. Simplement, il préfère la boucler.

— Vous n'avez jamais eu d'ennuis avec lui ?

— Une seule fois. Ils peuvent écouter la radio dans leurs chambres. Ils ont le choix entre une dizaine de chaînes présélectionnées. Nous en profitons pour diffuser des annonces. Derek n'utilise jamais la sienne, mais, pour une raison ou une autre, elle s'est brusquement détraquée. La radio s'est mise en marche toute seule et pas moyen de l'éteindre. Derek a perdu les pédales. Il a tout cassé, a agressé les infirmiers. Il a fallu lui donner des sédatifs. Il ne voulait pas réintégrer sa chambre tant qu'on n'aurait pas enlevé la radio. »

Tony esquissa un sourire. « Intéressant », dit-il. Si Hart comprit l'allusion, il s'abstint de réagir.

« Mais guère éclairant. »

Tony ne releva pas. Il n'était pas disposé à partager ses réflexions avec qui que ce soit, encore moins avec quelqu'un pour qui il éprouvait une méfiance naturelle. « On a des renseignements sur lui avant les meurtres ? »

Tony observa le mouvement des yeux de son interlocuteur ; Hart était en train de chercher dans sa mémoire et non de mentir. « Pas grand-chose, répondit-il après un bref temps d'arrêt. À la limite de l'arriération mentale. D'après le rapport du médecin généraliste, il était extrêmement influençable, désireux de plaire et quasiment obsessionnel. Mais rien qui nécessitait un traitement. Ni qui laissait supposer qu'il s'orientait vers une carrière de serial killer. Il est vrai que ces généralistes... qu'est-ce qu'ils y connaissent ? » Il afficha un sourire complice, de spécialiste à spécialiste, comme pour conclure une alliance. Tony prit la chose pour ce qu'elle était et se cabra instinctivement. Hart repoussa sa chaise. « Vous voulez rencontrer Derek ?

— Si vous pouviez arranger ça, je vous en serais reconnaissant. Ce serait bien que je lui parle dans sa chambre. »

Hart eut l'air surpris. « Ce n'est pas la procédure normale. D'habitude, les entretiens ont lieu dans les salles aménagées à cet effet.

— Je sais. Mais je préférerais le voir sur son propre terrain. J'aimerais qu'il ait l'impression d'avoir en partie la maîtrise de la situation. Du reste, vous avez dit vous-même qu'il n'était pas violent. »

Tony sentit que Hart pesait le pour et le contre et décidait qu'il était paré. « D'accord. Je vous ferai appeler quand tout sera prêt. Mais vous perdez votre temps, vous savez. Il n'a pas parlé à un seul membre du personnel médical depuis le jour de son arrivée. »

Alors que Hart s'en allait, Tony garda les yeux rivés sur Derek Tyler. « Tu aimes la voix, hein, Derek ? dit-il tout bas. Tu aimes l'écouter. Tu ne veux pas que quoi que ce soit interfère avec elle. Alors, qu'est-ce que je dois faire pour que tu aies envie d'écouter la mienne ? »

Lorsqu'elle s'était réveillée trois heures seulement après s'être effondrée dans son lit, Carol avait imputé son triste état au manque de sommeil. Mais, à mesure que la matinée s'écoulait, il était devenu évident qu'elle avait la gueule de bois. Elle avait l'impression qu'on lui sectionnait le crâne avec un fil à couper le beurre après avoir augmenté l'éclairage de plusieurs centaines de watts. Malgré tout, cela en valait presque la peine pour la stupeur sans rêve qui avait tenu en échec les images de cauchemar de la mort de Sandie Foster. Elle but à même une bouteille d'eau et inspecta son équipe. Ils avaient tous l'air beaucoup plus frais qu'elle. Elle sortit de son bureau et prit position devant le tableau blanc déjà orné de photos de Sandie, morte ou non.

« Bonjour, lança-t-elle avec une énergie forcée. Sandie Foster est décédée entre minuit et huit heures mardi matin. Ce qui veut dire qu'elle a probablement été attaquée entre dix heures du soir et quatre heures du matin. Étant donné qu'elle finissait en général à dix heures, on peut supposer qu'elle se trouvait en compagnie de son assassin plus tôt dans la soirée. D'après le docteur Vernon, elle a saigné à mort et il est probable qu'elle a mis au moins une heure à passer de vie à trépas. Le docteur Hill, qui travaillera avec nous sur cette affaire, pense que l'assassin a assisté à son agonie. De sorte que nous recherchons quelqu'un ayant dans son emploi du temps deux ou trois heures dont il est incapable de rendre compte. » Elle se tourna vers le tableau blanc et inscrivit les repères cruciaux.

« Les premiers examens n'ont pas donné grand-chose permettant d'aller de l'avant. Il y a des tas d'empreintes, mais aucune sur les menottes ni sur le bois du lit. Elles ont été essuyées. La table était recouverte d'un tapis vert, donc rien pour nous là non plus. Les empreintes qui subsistent sont vraisemblablement celles de clients n'ayant rien à voir là-dedans. Toujours est-il que, si nous arrivons à identifier certaines d'entre elles, il nous faudra suivre cette piste. Jusqu'ici, on n'a relevé aucune trace de sperme. Les gars du labo sont à la recherche de sang qui ne soit pas celui de Sandie, mais les chances sont minces. »

Carol se percha sur le bord du bureau, s'appliquant à mettre de l'ordre dans ses idées. « Je sais que vous avez tous conscience des similitudes existant entre cette affaire et une série de meurtres survenue il y a deux ans. Cependant, rien ne laisse supposer que Derek Tyler ait été condamné à tort. J'ai lu les dossiers et, même sans ses aveux, cette affaire est claire comme de l'eau de roche. Aussi, tout en traitant ce cas séparément, nous devons garder à l'esprit que Derek Tyler a très bien pu avoir un fan à l'époque. Un malade qui se croit appelé à reproduire les crimes de son modèle. Il est même possible que quelqu'un essaie de faire sortir Derek Tyler de Bradfield Moor et considère que c'est la meilleure façon d'y parvenir. En établissant un lien entre les meurtres, vous accréditez du même coup la thèse de l'erreur judiciaire.

— Vous ne trouvez pas ça un peu tiré par les cheveux ? fit observer Don Merrick.

— À ce stade, je n'exclus rien, aussi absurde que cela puisse paraître. » Carol s'aperçut que Paula adressait à Merrick un petit signe de tête, comme pour dire que sa supérieure avait perdu la sienne. Ou Carol était-elle tout bonnement paranoïaque ? Peut-être Paula témoignait-elle en fait de son esprit d'équipe en signalant qu'il n'était pas bon de mettre en doute le jugement de la patronne en présence des autres. Carol s'éclaircit la voix et continua. « Nous savons tous qu'il ne s'agit pas d'un meurtre banal, à cause des ressemblances avec ceux qui ont précédé. Mais je tiens à ce que cette information ne sorte pas de cette pièce. Que personne ne parle à la presse. Laissez-nous ce soin, à M. Brandon et à moi. Et maintenant, où en êtes-vous ? »

Plutôt maigre, songea pitoyablement Carol en écoutant les membres de l'équipe résumer les principaux points des résultats obtenus jusque-là. Personne n'avait vu Sandie avec un client après neuf heures. La mère, bouleversée, n'était pas au courant des détails de l'autre vie de sa fille ; d'un commun accord, elles ne parlaient jamais de ce que faisait Sandie pour assurer leur subsistance. La seule piste dont ils disposaient était que Sandie avait été aperçue montant dans un 4 × 4 Freelander vers huit heures et demie. Une prostituée obligeante avait noté les trois derniers chiffres de la plaque minéralogique.

« D'accord, soupira Carol. Kevin, occupez-vous du numéro d'immatriculation. Il y a peu de chances pour qu'il s'agisse de notre homme, mais, si au moins on pouvait savoir à quel moment il l'a déposée, cela réduirait d'autant le créneau horaire qui nous intéresse. Don, Paula, je veux que vous fassiez la synthèse des déclarations de la nuit dernière. En vous faisant aider par Stacey, dressez un tableau de qui était à quel endroit et quand. Nous aurons ainsi une idée des personnes que cela vaudrait la peine d'interroger à nouveau. Stacey, continuez à travailler sur les fichiers informatiques de Ron Alexander également. Ne perdez pas de vue nos autres priorités. Jan, vous restez avec moi. Sam, vous pourriez vous mettre à rechercher les fréquentations connues de Derek Tyler. Les autres, dans les rues de Temple Fields, couverture intensive. Je veux que tous ceux qui se trouvaient dans les parages lundi soir soient interrogés. »

La pièce se remplit du brouhaha des conversations tandis que les policiers s'organisaient. Se frayant un passage, Jan Shields rejoignit Carol au moment où celle-ci s'apprêtait à pénétrer dans son bureau. « Qu'est-ce que vous avez en tête pour nous ? dit-elle avec détachement en suivant Carol à l'intérieur.

— Kevin a fait du bon boulot avec Dee Smart, mais il est possible qu'elle n'ait pas totalement vidé son sac. On ne risque rien à tenter une autre approche.

Et je me suis dit que vous connaissiez sans doute quelques-uns des leviers à actionner. »

Jan s'appuya au chambranle. « Bien sûr. Nous perdons sans doute notre temps, mais on ne sait jamais.

— Ça vaut mieux que de tourner en rond. » Carol ouvrait et refermait ses tiroirs à la recherche du paracétamol qu'elle était certaine d'avoir rangé là. Aucune trace. Elle allait être obligée de s'en passer.

« Vous pensez vraiment que quelqu'un essaie de tirer Derek Tyler du guêpier ? » demanda Jan.

Carol leva la tête. « Je n'en sais rien. Mais, pour tout vous dire, c'est encore l'idée la plus rassurante de toutes. »

Tony frappa à la porte ouverte et attendit. Silence. Ça valait quand même la peine de tenter le coup, pensa-t-il, guère surpris que la tactique n'ait pas marché. Il passa la tête par l'embrasure. Derek Tyler était assis sur son lit, les genoux pliés, les bras autour des jambes. « Puis-je entrer ? »

Tyler ne bougea pas. « Alors, je prendrai ça pour un oui. » Tony s'avança dans l'espace exigu, les yeux fixés sur Tyler. Il aurait tout le temps d'examiner la pièce sans que l'homme ait l'impression que son environnement était soumis à un examen. « Puis-je m'asseoir ? » continua Tony en se dirigeant vers l'unique chaise en bois, poussée contre une table nue.

Il tira la chaise puis la tourna afin d'être assis en biais par rapport à Tyler. Il choisit à dessein une position détendue, le corps étalé, dénué de toute menace. Tyler bougea la tête de manière que Tony soit hors de son champ de vision. Tony aperçut un visage maigre aux yeux bleus profondément enfoncés dans les orbites. Il avait le sentiment que Tyler était parfaitement capable d'établir le contact, mais qu'il préférait l'éviter. « Je m'appelle Tony Hill. Je travaille ici à l'hôpital. Mais je travaille également avec la police. C'est pourquoi je voulais vous parler. » Il attendit, frappé par la nudité de la pièce. On aurait dit une cellule de monastère. Pas de livres, pas de portraits de famille fixés aux murs, pas de filles nues découpées dans des magazines. Le seul objet personnel était une grande photo noir et blanc encadrée de Temple Fields, représentant la rue piétonne vue de haut avec le canal d'un côté.

Après quelques longues minutes, Tony décida qu'il était temps de passer aux choses sérieuses. Sa stratégie n'avait rien de très original, il le savait. Mais, dans un premier temps, avec un patient qu'il ne connaissait pas le moins du monde, c'est tout ce qu'il avait trouvé. « Je comprends que vous n'ayez pas très envie d'en parler. Qui peut savoir ce que c'est que de faire les choses que vous avez faites ? »

Tyler bougea légèrement, mais son visage osseux demeura résolument tourné. Tony baissa la voix, la rendant chaleureuse et affable. « Mais ce n'est pas le principal problème, pas vrai ? L'ennui, c'est que, si vous vous mettez à parler, chacun va vouloir vous parler à son tour. Et, du coup, vous ne pourrez plus entendre la voix, n'est-ce pas, Derek ? »

Tyler tourna brusquement la tête, une lueur de surprise dans les yeux. Ce fut si fugace que Tony crut presque avoir rêvé. « Elle est toujours là, c'est ça ? » Puis il patienta deux bonnes minutes avant de reprendre la parole : « Vous pouvez l'entendre quand je me tais ? »

Rien de Tyler. Néanmoins, ce seul coup d'œil avait appris à Tony qu'il était sur la bonne voie. « Mais elle ne peut vous parler que de choses d'avant. Elle ne peut pas vous dire ce qui se passe actuellement, au-dehors. Pour ça, vous devez vous fier à moi. Et vous savez pourquoi ? Vous savez pourquoi il ne se passe plus rien ? C'est parce que votre voix parle désormais à quelqu'un d'autre. »

Pivotant d'un bloc, Tyler fit face à Tony. Il était tout ouïe à présent, ses yeux gris-bleu à demi cachés sous ses épais sourcils. Tony leva les mains en un geste conciliant. « Je regrette, Derek, mais c'est ainsi. Enfermé entre ces quatre murs, vous n'êtes plus d'aucune utilité. Je vous ai dit que je travaillais avec la police. La raison pour laquelle je suis ici, c'est que quelqu'un est en train de faire exactement comme vous, Derek. Et c'est forcément parce que la voix ne vous parle plus. Que c'est à lui qu'elle parle. »

De la colère brilla dans les yeux de Tyler. Ses mains s'étreignirent avec plus de force, les veines de ses bras maigres saillant comme des cordes. Tony se demanda si l'équipe d'Aidan Hart avait jamais déclenché une telle violence larvée chez Tyler. Il en doutait. S'ils avaient vu ce qu'il voyait à cet instant, Taylor n'aurait sans doute pas bénéficié du régime général. « Je n'invente rien, Derek, dit Tony d'un ton raisonnable. La voix vous a quitté pour un autre. Tout ce qui vous reste, ce sont des souvenirs. »

Brusquement, Tyler se leva d'un bond et se précipita vers le seuil en passant devant Tony. Il pressa le bouton d'appel sur le mur puis donna un coup de poing dans la porte pour faire bonne mesure.

Tony fit comme si de rien n'était. « Je n'ai pas raison ? La voix n'est plus là pour vous. Aussi, vous auriez peut-être intérêt à parler. »

Un infirmier en blouse blanche apparut dans le couloir. Tony vit qu'Aidan Hart rôdait derrière lui. Tyler se tenait humblement près de la porte.

« Qu'est-ce qui est arrivé ? » demanda l'infirmier.

Tony sourit. « Je pense que Derek a envie d'aller réfléchir à ce que je lui ai dit. N'est-ce pas, Derek ?

— Ça va, doc ?

— Très bien. En pleine forme. »

L'infirmier regarda Tony puis Tyler et inversement, incapable de comprendre ce qui s'était passé. « Alors, venez, Derek, on va vous emmener à la salle commune. » Il le saisit par le bras.

Sur le pas de la porte, Tyler se tourna et grogna d'une voix engourdie par le manque de pratique : « Vous n'êtes pas la voix. Vous ne pourrez jamais être la voix. »

Aidan Hart resta bouche bée. Sans un mot, il regarda Tyler descendre le couloir, la tête haute, ses épaules étroites rejetées en arrière. Tony se leva et remit la chaise à sa place. « Eh bien, c'est un début », dit-il gaiement en passant devant son nouveau patron d'un pas allègre.

Stan's ne figurait dans aucun des guides touristiques de Bradfield. Même les sites Internet indépendants qui se piquaient d'offrir une connaissance authentique accessible uniquement aux autochtones n'auraient pas suggéré un rade fréquenté essentiellement par les putains, les tapins mâles, les sans-abri et les dealers. Au contraire de certains établissements un peu louches qui arrivaient à se glisser dans les guides alternatifs, personne n'allait chez Stan pour la nourriture. On venait là parce que c'était un endroit où s'abriter du froid et de la pluie. Lorsque Temple Fields était devenu l'équivalent du « Village » dans les années 1990, les propriétaires de bar avaient commencé à devenir plus regardants quant à la clientèle, surtout si c'était le genre à passer des heures devant un demi. Le seul bénéficiaire de cette politique plus stricte fut Stan's. Son patron, Bobby, se moquait bien de savoir qui occupait les sièges en vinyle déchirés et poisseux du moment qu'on lui achetait à manger, à boire et des clopes.

Ce matin-là, une demi-douzaine de tables étaient occupées. Deux jeunes Asiatiques avalaient des œufs brouillés sur toasts, une trousse de bijoutier en velours contenant des montres au rabais à demi étalée devant eux. C'étaient à l'évidence des frères, avec les mêmes traits acérés et durs, la même bouche veule maculée de sauce tomate. Après chaque bouchée, ils débattaient des prix et du boniment. Un adolescent dégingandé, appuyé contre une machine à sous, regardait d'un air renfrogné les cylindres tourner et s'immobiliser sous l'effet des pièces de monnaie qu'un garçon trapu, à l'air ténébreux typiquement irlandais, introduisait dans la machine. « Pourquoi qu'tu continues si tu gagnes pas ? demanda celui qui observait.

— Qui ne risque rien n'a rien. Et puis dégage, tu me colles la poisse. »

Dee Smart était affalée à une table dans un coin près des toilettes, le dos à la porte, fumant une cigarette. Elle avait les paupières boursouflées et lourdes, les lèvres serrées. Elle regardait fixement sa tasse de café grisâtre, l'air accablé. Un grand dadais au visage mou sortit des toilettes et l'aperçut. Il se glissa sur le siège en face. « T'es triste à cause de Sandie ? » demanda-t-il. Il avait un problème d'élocution qui donnait à tout ce qu'il disait un accent traînant.

Dee tira une bouffée de sa cigarette. Jason Duffy n'était pas vraiment ce qu'il lui fallait à cette minute. « Ouais, Jason, je suis triste à cause de Sandie. »

Il lui tapota gauchement la main. « T'as besoin de te remonter ? J'ai du shit de première.

— C'est pas une bonne idée pour le moment, Jason. J'ai rendez-vous avec un flic, expliqua Dee avec lassitude. D'ailleurs, tu sais très bien que c'est pas à toi que j'achète. »

Le visage de Jason se convulsa d'anxiété. Il se leva à toute vitesse, trébuchant presque dans sa hâte.

« Alors, à la prochaine. » Il fila vers la porte sans se retourner.

Abandonnant son poste, l'adolescent devant la machine à sous se traîna jusqu'au comptoir pour commander un thé. La porte de la rue s'ouvrit soudain et Jason Duffy faillit rentrer dans Carol Jordan. Celle-ci fit un pas de côté puis pénétra dans la salle, l'estomac aussitôt retourné par l'atmosphère enfumée et moite. Graisse rance de bacon et vinaigre se mêlaient en des miasmes infects qui lui firent regretter une fois de plus ses excès de la veille. Jan la suivait, parcourant la salle des yeux à la recherche de Dee Smart. « Là-bas, dit-elle avec un signe de tête dans sa direction. Vous prendrez un café ? »

Carol fronça le nez. « Vous voulez rire ?

— La maison ne fait pas dans l'eau minérale, répondit Jan d'un ton acide. Un Coca calmera peut-être vos maux d'estomac. »

Carol s'efforça de dissimuler sa surprise. « Je vous demande pardon ?

— Vous êtes livide depuis ce matin. Ça doit être l'effet de la morgue. » Jan se faufila entre les tables jusqu'au comptoir. Carol lui emboîta le pas, inspectant la salle. Elle aurait aussi bien pu être invisible pour la quantité de regards qu'elle croisait. Chaque fois qu'elle examinait quelqu'un, il détournait systématiquement la tête. « Qui est qui ? » demanda-t-elle.

Jan balaya la pièce des yeux. « Le type à la machine à sous, c'est Tyrone Donelan. Il fauche des bagnoles. » Comme s'il avait entendu, Donelan jeta un coup d'œil par-dessus son épaule et mit le cap sur les toilettes.

« Les deux Orientaux : Tariq et Samir Iqbal. Fausses montres de luxe, DVD pirates, ce genre de trucs. Leur paternel est un gros bonnet de la contrefaçon. Je crois qu'il a eu un pépin il y a environ un an et qu'il a purgé trois mois. » Les Iqbal semblèrent se désintéresser tout à coup de leurs assiettes ; ils ramassèrent leur trousse pleine de montres et s'empressèrent de déguerpir.

« Et le gosse qui m'a presque renversée quand on est entrées ?

— Jason Duffy. Un petit dealer de bas étage. Héro et amphés principalement. Et avec ça, légèrement demeuré sur les bords, notre cher Jason. Son seul titre de gloire, c'est que sa mère a été la première personne à Bradfield à se faire arrêter pour avoir vendu du crack. » D'un mouvement de la tête, elle désigna l'adolescent dégingandé. « En voilà un autre du même acabit : Carl Mackenzie. Il vend surtout aux prostituées. Un cran au-dessus de Jason, mais pas beaucoup plus futé. Pour ce qui est du type que nous recherchons, l'un et l'autre seraient encore moins utiles qu'une poêle à crêpes. »

Carol acquiesça. « Merci. » S'avançant avec nonchalance, elle s'installa en face de Dee. Celle-ci leva la tête et la dévisagea sans vergogne. Carol nota les cheveux raides teints au henné, l'expression lasse et méfiante.

« Qui vous êtes ?

— Bonjour, Dee. Je regrette de ne pas avoir pu vous rencontrer hier. Je suis l'inspecteur principal Jordan. Carol Jordan. » Avec un sourire, Carol lui tendit la main.

Manifestement déconcertée, Dee passa sa cigarette dans sa main gauche avant d'accepter de la serrer. « Je vois. Alors, vous savez qui je suis.

— Je suis désolée à propos de Sandie.

— Pas autant que moi.

— Naturellement. Elle n'était pas mon amie. Mais je tiens à vous assurer que je poursuivrai celui qui l'a tuée avec autant d'énergie que si elle l'avait été. »

La sincérité dans la voix de Carol sembla percer la carapace de Dee. « C'est ce que m'a dit l'autre type. Que vous prendriez la chose au sérieux. » Elle avait l'air étonnée.

Jan revint, une boîte de Coca dans chaque main. Elle posa les boissons sur la table et se laissa tomber sur une chaise perpendiculaire aux deux femmes.

« Dee, voici..., commença Carol.

— Je sais qui c'est », s'exclama Dee. Ses manières avaient retrouvé leur agressivité de tout à l'heure.

« Bonjour, Dee. Comment va ? demanda Jan.

— À votre avis ? » Elle se détourna de Jan.

Ouvrant son Coca, Carol but une gorgée. Sucre, caféine et bulles l'assaillirent, lui donnant un coup de fouet immédiat. « Je sais que c'est un moment difficile pour vous, mais nous avons absolument besoin de votre aide. »

Dee poussa un soupir. « Écoutez, comme je vous l'ai dit au téléphone, j'ai raconté tout ce que je savais à ce type hier soir. »

Jan secoua la tête. « Il reste toujours des choses, Dee. C'est bien connu. Des détails dont on pense qu'ils sont sans importance, d'autres dont on pense qu'ils en ont trop. Elle s'approvisionnait chez qui ? »

Dee parut s'affoler. Ses yeux pivotèrent vers le comptoir où était appuyé Carl Mackenzie, une tasse à la main, bavardant avec la serveuse. « J'en sais rien, marmonna-t-elle.

— Bien sûr que si. » Jan suivit son regard juste à temps pour voir Carl se diriger vers la porte avec un coup d'œil inquiet dans sa direction. « C'est bien Carl Mackenzie qui vient de sortir ?

— J'ai pas des yeux dans le dos. Et puis après ? C'est encore un pays libre ? Les gens ont bien le droit de boire une tasse de café quand ils en ont envie, non ? » Dee parlait trop, pensa Carol.

Jan était manifestement du même avis. « Sandie achetait à Carl, pas vrai ? »

Dee poussa un grognement de mépris. « Sandie n'était pas une fille glauque. Je ne sais pas qui elle utilisait, mais ce n'était pas Carl, d'accord ? Fichez-lui la paix, il est inoffensif.

— Alors, c'est qu'il fait des affaires avec toi ? répliqua Jan d'une voix lasse.

— Allez vous faire voir ! Écoutez, ça se peut qu'elle ait eu un peu de came par Jason Duffy de temps à autre, mais c'est tout ce que je sais.

— Est-ce qu'elle avait un mac ? » demanda Carol.

Dee secoua la tête. « Il y a moins de souteneurs à Temple Fields que vous ne le pensez. Ses collègues s'en occupent, répondit-elle avec un geste du pouce vers Jan.

— On a dégagé une bonne partie des macs il y a déjà un moment, expliqua Jan à Carol. On leur a fait clairement comprendre qu'on saisirait leurs revenus en vertu de la législation sur le produit des crimes et délits. » Elle se tourna vers Dee. « J'aurais cru que vous nous seriez reconnaissantes de vous avoir débarrassé de cette bande de parasites.

— On l'aurait sûrement été davantage si vous n'aviez pas chassé les clients par la même occasion, laissa tomber Dee d'une voix amère. C'est à cause de vous si on a dû fiche le camp des grandes rues pour aller dans les ruelles. Et maintenant, voilà que ça recommence. »

Carol sentit la relation qu'elle avait amorcée avec Dee lui filer entre les doigts. « Nous voulons empêcher que ça ne recommence, affirma-t-elle.

— Ouais, eh ben, je vous ai dit tout ce que je pouvais. » Dee repoussa sa chaise.

Carol fit une dernière tentative. « Si vous vous souvenez de quoi que ce soit, aussi insignifiant que ça en ait l'air, cela pourrait être important pour notre enquête, Dee. Nous sommes là pour aider.

— Ce qui est sûr, grogna Dee, c'est que ça m'aide pas à gagner ma vie d'être assise chez Stan à parler à de la flicaille devant tout le monde. Bon, je me tire. »

Elle ôta sa petite veste en coton du dossier de la chaise et sortit. Carol la suivit du regard, à la fois exaspérée et perplexe. « Elle était beaucoup plus coopérative avec Kevin hier soir. »

Jan eut un haussement d'épaules. « Elle préfère peut-être les hommes.

— Elle avait l'air à cran à propos de Carl Mackenzie.

— C'est lui qui la ravitaille, répondit Jan avec une expression d'ennui. Elle n'a pas envie qu'on le retire de la circulation. Il ne ferait pas de mal à une mouche. Âge mental : environ dix ans. Les filles le traitent comme un petit chien.

— Vous croyez qu'elle disait la vérité ? En prétendant que Sandie ne se servait pas de lui ? »

Jan réfléchit, roulant son verre entre ses paumes. « Probablement. Si Sandie achetait à Jason, elle n'avait pas aussi recours à Carl. Ce sont tous deux de petits revendeurs travaillant pour le même intermédiaire. De plus, qu'est-ce que Dee gagnerait à mentir ?

— Comme vous l'avez dit, de continuer à avoir sa source d'approvisionnement dans la rue, là où elle en a besoin », fit remarquer Carol.

Jan arbora un air incertain, genre moue de nain de jardin maussade. « Ça me paraît peu probable. Mais, si vous voulez, je vérifierai la liste des personnes interrogées cette nuit, au cas où on lui aurait parlé.

— Ce serait pas mal. Dans le cas contraire, vous pourriez peut-être aller le voir. » Elle-même avait parcouru les rapports dans la matinée, mais elle ne s'en souvenait pas dans le détail. « Même chose pour Jason Duffy. »

Carol avait conscience de se raccrocher à des fétus de paille, ce qui était toujours la tentation quand une enquête ne débouchait pas dès le départ sur des pistes solides. Le meurtre de Sandie Foster commençait à lui faire mauvaise impression. Il montrait tous les signes d'une affaire qui ne va nulle part. Si ça ne s'arrêtait pas rapidement, l'équipe de Carol, au départ grand espoir de la brigade, deviendrait vite un bouc émissaire. Et, pour l'heure, c'était une idée à laquelle elle ne se sentait pas à même de faire face.

Il tient la vedette. En première page du journal du soir. Il ne lit pas très bien, mais il peut se débrouiller avec les gros titres. Il ne s'attendait pas à ça, pas avec une simple putain comme Sandie. Les flics doivent faire une sale tête, se dit-il. Un meurtre à la une, ce n'est pas bon pour leur image.

À les voir arpenter les rues, parlant à tous ceux qu'ils peuvent accrocher, il devine qu'ils tournent en rond. Qu'ils cherchent désespérément ce qu'il sait ne pas être là. Vu qu'il a fait exactement ce qu'on lui disait.

Il est fier de lui. Il ne se souvient pas d'avoir jamais éprouvé un sentiment semblable. Il y a sûrement eu une fois où il a fait quelque chose de bien, quelque chose l'incitant à marcher la tête haute. Mais il a beau fouiller dans ses fichus souvenirs, rien ne lui vient.

La Voix comprend tout ça. De plus, la Voix est fière de lui. Il le sait parce que, à son retour hier soir, il y avait une récompense. Un petit paquet posé sur son combiné TV/vidéo, enveloppé dans un joli papier holographique brillant, avec un ruban doré autour. C'était si beau qu'il avait presque envie de ne pas l'ouvrir. Il aurait voulu faire le tour du quartier avec pour qu'on sache qu'il est du genre à recevoir des cadeaux somptueux. Cependant, il s'est retenu. Il savait que ce serait stupide. Et ces jours-ci, il fait tout son possible pour ne pas être stupide.

Au lieu de ça, il est resté assis sur son lit une éternité, à le tourner et le retourner. Finalement, il s'est décidé à le défaire pour voir ce qu'il contenait. Il avait bien une petite idée, mais il voulait en être sûr. D'abord, il a enlevé le ruban, forçant ses doigts maladroits à défaire le nœud patiemment plutôt que de le trancher avec les dents ou de le couper avec son couteau suisse. Puis il a replié soigneusement papier et ruban avant de les ranger dans un tiroir.

À l'intérieur se trouvait la récompense qu'il espérait. Une vidéocassette. Les mains moites, il l'a glissée dans la fente de l'appareil tout en prenant la télécommande pour allumer le poste. Et c'était là, dans toute sa splendeur. Sa première mission, sa première purification.

Cette fois-ci, il est resté en érection jusqu'au bout.

TROISIÈME PARTIE

Trois semaines plus tard

Quand il était gosse, il avait fréquemment des cauchemars. Voilà des années qu'il n'y pensait plus ; ils se sont arrêtés le jour où il s'est mis à fumer des pétards. Il n'arrive plus à se souvenir de la dernière fois où il est allé se coucher sans au moins un joint bourdonnant dans ses veines, de même qu'il lui est impossible de se rappeler la dernière fois qu'un mauvais rêve l'a fait se réveiller en poussant des cris et en tremblant entre les draps. Mais il se souvient très bien qu'il y avait toujours quelqu'un penché sur lui, ouvrant et fermant la bouche, vomissant des invectives. Il paraissait rapetisser sous l'assaut tandis que la silhouette hurlante grossissait comme un monstre dans un manga. Il ne comprenait pas le sens de ce qu'on lui disait, mais les mots semblaient l'écorcher vif.

Le pire, c'est qu'il n'avait rien pour se consoler au réveil. Pas d'images de douceur ou de bonté à opposer au bruit et à la fureur de son cauchemar.

C'est incroyable combien les choses ont changé. Maintenant, il s'endort bercé par le rythme de la Voix. Il serait prêt à parier que, s'il laissait tomber l'herbe, il dormirait comme un bébé en ce moment. Non qu'il ait envie d'essayer. Il aime trop la vie sans cauchemars pour courir le risque.

Ce soir, il dresse des plans. Dans sa tête, la Voix lui dit que c'est le moment de s'y remettre. D'aborder un nouveau chapitre de la leçon. De refaire du ménage.

Demain soir, il rentrera chez lui pour trouver son matériel bien aligné sur le lit. Demain soir, il se préparera, tout comme la fois précédente. Il s'efforce de ne pas penser à la cible comme à un être humain. Ça lui évitera de perdre les pédales, comme c'est arrivé avec Sandie à la toute fin, quand l'idée l'a soudain effleuré qu'il avait peut-être tort de lui ôter la vie, que les choses se sont embrouillées et que seul le souvenir de la Voix l'a poussé à continuer.

Cette fois, il ne verra pas en elle quelqu'un avec un nom. Juste un déchet dont il faut se débarrasser avant qu'il ne pollue l'univers dans lequel il est forcé de vivre. Puis il enfourchera le dragon et en route pour la gloire. Il sera un héros, exactement comme dans les films. Le sang et la gloire. Le sang, la gloire et la Voix.

Il fut un temps où la seule façon, pour les honnêtes gens, de se procurer des accessoires lubriques était de se faire envoyer ce que les catalogues décrivaient avec une étrange pudeur comme un « vibromasseur fonctionnant sur piles ». Mais, en cette première décennie du XXIe siècle, presque chaque ville relativement importante du Royaume-Uni possédait au moins une boutique dédiée à la réalisation de quasiment tous les fantasmes sexuels possibles et imaginables. Elles avaient commencé avec des devantures minables aux vitres teintées en noir devant lesquelles se rassemblaient régulièrement des manifestants allant des chrétiens évangéliques aux femmes revendiquant le monopole de la nuit. Mais elles s'étaient rapidement développées, faisant place à des temples du commerce bien éclairés et engageants dont les étagères offraient de tout, depuis d'étranges menottes en fausse fourrure jusqu'à des instruments dont la fonction échappait par bonheur à la majorité des clients uniquement en quête de nuits conjugales pimentées.

Il régnait en général dans ces endroits une gaieté implacable. Le Pink Flaming-O en était un exemple typique. Il occupait une boutique à double vitrine qui avait abrité jadis, ironie du sort, un magasin de jouets, à l'extrémité la moins chic de la principale rue commerçante de Firnham, une des cinq ou six villes satellites entourant Bradfield. Les vitres étaient peintes dans un épouvantable rose opaque pour ne pas offenser les citoyens qui persistaient à ignorer ce qu'il y avait à l'intérieur. Étant donné que les commerces à ce bout de Deansgate avaient le plus souvent une espérance de vie de six à huit mois et que le Pink Flaming-O prospérait depuis quatre ans, force était de constater que la ville comptait suffisamment d'habitants attirés par les rivages sauvages du sexe pour compenser les pudibonds.

En tout cas, ce n'était pas la clientèle qui manquait en ce dimanche après-midi de fin d'automne. Deux adolescentes gloussaient en observant avec incrédulité un étalage de godemichés gigantesques, mais la demi-douzaine d'autres clients prêtait une attention beaucoup plus grave à des articles aussi variés que des anneaux de pénis, des kits de sexe anal, de l'équipement de bondage, des poupées gonflables et des extenseurs de verge.

Alors que les adolescentes allaient admirer l'assortiment de stimulateurs de clito, leur place près des godemichés fut prise par un client qui venait de parcourir une rangée de cassettes vidéo. Une main gantée de cuir noir s'avança vers un des modèles exposés, un faux pénis en latex d'un rouge atroce. Des doigts robustes le tâtèrent puis, satisfaits, le reposèrent sur l'étagère. La main s'empara d'un spécimen emballé et le transporta jusqu'au comptoir, saisissant au passage deux paires de menottes et des entraves de chevilles.

Il n'y avait rien d'alarmant dans la transaction en espèces, rien qui puisse éveiller la méfiance du vendeur, nettement plus intéressé par les chances du Bradfield Victoria dans le match de la soirée que par la vie sexuelle supposée de ses clients. Il valait d'ailleurs mieux, pour sa tranquillité d'esprit, qu'il ne lui vînt pas à l'idée que, dans moins de quarante-huit heures, ses marchandises se transformeraient en attirail de meurtre.

Le client sortit de la boutique et tourna dans une rue transversale menant à un supermarché. Quinze minutes plus tard, une caissière au regard vide enregistra distraitement un panier d'achats. Un pain complet coupé en tranches. Une demi-douzaine de saucisses de porc premier choix. Quatre rouleaux de papier toilette. Une bouteille de vodka. Et trois paquets de lames de rasoir.

La Voix était prête.

Carol contempla le tas de cartons, sa bonne humeur s'évaporant. Sur le moment, cela lui avait paru une bonne idée de commander en ligne le mobilier pour son nouvel intérieur. Mais elle était à présent devant la vingtaine de paquets plats et elle savait que ce qui l'attendait, c'était une interminable soirée d'ongles cassés et de jurons étouffés. Quand même, se dit-elle, ça en valait la peine. L'entrepreneur avait réussi à métamorphoser le sous-sol en un appartement agréable. L'odeur âcre de la peinture fraîche continuait à flotter dans l'air, mais c'était un minuscule prix à payer pour disposer à nouveau de son propre espace.

Elle déboucha une bouteille de viognier, se servit un verre. C'était devenu une sorte de rituel à la fin de la journée. Une fois Michael et Lucy partis se coucher, elle s'installait près de la fenêtre, Nelson enroulé autour de ses jambes. En compagnie de sa bouteille et de son verre, elle passait en revue le travail accompli tout en s'efforçant de ne pas songer à ce qui se cachait dans ses ténèbres personnelles. Elle avait conscience d'être de plus en plus dépendante du réconfort que procure l'alcool, mais c'était ça ou les séances de divan, et elle doutait fort de pouvoir trouver un thérapeute suffisamment compétent pour qu'elle lui fasse confiance. Bien sûr, il y avait Tony. Mais elle avait trop besoin de son amitié pour le transformer en psy.

Elle vida son verre, le remplit puis se mit au boulot. Le lit d'abord. Carol se battait pour mettre en place les lattes du sommier quand retentit le son inconnu de la sonnette à sa porte. Elle sourit. Plus vite les règles du jeu seraient fixées, mieux ce serait. Elle traversa la salle de séjour et alla ouvrir. Tony se tenait au bas des marches, une bouteille de champagne à la main. « J'aurais bien acheté des fleurs, mais je ne savais pas si tu avais un vase. »

Elle s'effaça en lui faisant signe d'entrer. « Deux, en fait. Ils sont dans la cuisine, pleins de lis pour masquer l'odeur de peinture. »

Il lui tendit la bouteille. « Bienvenue dans ton nouveau foyer. »

Carol lui posa une main sur l'épaule et l'embrassa sur la joue. Cela faisait des mois qu'ils ne s'étaient pas trouvés si près l'un de l'autre, et l'odeur familière de sa peau déclencha en elle un flot de sentiments obscurs. « Merci, murmura-t-elle. Tu n'as pas idée de ce que ça signifie pour moi. »

Il lui donna gauchement une tape dans le dos. « C'est toi qui me rends service. T'avoir pas très loin va peut-être m'éviter de devenir un vieil ermite farfelu. »

Carol se mit à rire, s'écartant de lui alors que cette proximité devenait trop oppressante. « Je n'en mettrais pas ma main au feu. »

Il se tourna vers les cartons appuyés contre le mur. « Alors, on s'y met, dit-il en retroussant les manches de son sweat-shirt. Je te préviens, je suis au bricolage ce que George Bush est à l'éloquence.

— À ce point-là ? Je sais que ce n'est pas dans ta nature, mais tout ce que tu as à faire, c'est de suivre les instructions. »

Deux heures plus tard, ils avaient assemblé les meubles de la chambre à coucher, deux bibliothèques et trois chaises de la salle à manger. Épuisés, ils étaient affalés sur deux d'entre elles, serrant un verre de champagne dans leurs doigts raides et meurtris. « Ouh là là, j'ai mal dans des muscles dont j'avais même oublié l'existence, gémit Carol. Je n'arrête pas de me répéter que, si c'est pour avoir à nouveau un endroit à moi, ça vaut largement la peine. Michael a été très gentil, mais c'est tellement usant de rentrer du boulot et d'être obligée de faire la conversation. »

Tony grimaça. « Tu étais obligée de faire la conversation ? Ça tombe indéniablement dans la rubrique des actes de torture ou de barbarie.

— C'était ça ou écouter Lucy déblatérer sur l'incompétence, la bêtise et la brutalité de la police.

— Pas exactement ce qu'il te faut, admit Tony.

— Surtout quand il semble qu'elle n'ait pas tout à fait tort. Mon prétendu groupe d'élite a deux affaires en cours et on n'avance sur aucune. En ce qui concerne Tim Golding, c'est le point mort. Stacey a réussi à repêcher le numéro de série de l'appareil qui a pris la photo, mais la personne qui l'a acheté a payé en liquide dans une grande surface de Birmingham et n'a jamais rempli le certificat de garantie. Rien de neuf non plus à propos de Guy Lefevre. Les techniciens de l'Opération Ore sont en train d'éplucher tout ce qu'ils ont dans l'espoir de dénicher d'autres images de l'un ou l'autre garçon, mais, selon eux, c'est comme chercher une aiguille dans une meule de foin. Demain matin, je dois faire le bilan des trois semaines passées sur le meurtre de Sandie Foster, et ça va être un cauchemar. On a dépensé énormément d'énergie et un fric fou, et qu'est-ce que ça a donné ? Des nèfles. Une poignée d'impasses et pas la moindre idée neuve pour redorer notre blason. Quadriller Temple Fields ne nous a menés nulle part. Rechercher les fréquentations de Derek Tyler non plus. Idem pour les analyses du labo. » Carol croisa les jambes et serra les bras contre sa poitrine. « Nous avons interrogé Jason Duffy, le gosse auquel elle achetait sa drogue. Il prétend que cela faisait deux jours qu'il ne l'avait pas vue, et rien ne permet de faire le rapprochement entre elle et lui ce soir-là. Donc, nouvelle impasse. Nous avons réussi à identifier le 4 × 4 dans lequel Sandie est montée un peu plus tôt dans la soirée, mais le client a un solide alibi à partir de neuf heures. » Elle mourait d'envie de lui dire que le client en question n'était autre que son nouveau patron, Aidan Hart, la fine fleur de la psychiatrie. Comme il était une des rares personnes à avoir accès à tous les détails des crimes de Derek Tyler, Carol avait retenu un moment son souffle, persuadée d'avoir l'assassin dans le collimateur. Mais son alibi avait été vérifié. Pendant que Sandie Foster subissait les sévices atroces auxquels elle avait succombé, Aidan Hart soupait dans un restaurant huppé en compagnie d'un haut fonctionnaire et d'un membre du Parlement. Selon Sam Evans, qui l'avait interrogé, le médecin chef aliéniste de Bradfield Moor avait failli faire dans sa culotte en comprenant que la femme qu'il avait payée pour qu'elle lui taille une pipe était la victime du tueur dont Tony Hill était en train de dresser le profil. Mais c'était une information qu'elle savait devoir garder pour elle.

« Désolé de n'avoir pu fournir grand-chose en fait de profil, dit Tony, s'immisçant dans ses pensées de manière inquiétante.

— Ce n'est pas ta faute. Cela tient à la nature même de ce que tu fais. Tu as besoin de données pour travailler et une seule affaire n'en procure pas suffisamment. »

Tony se leva et se mit à faire les cent pas. « Non, en effet. C'est ce qu'il y a de pire dans ce boulot. Plus un délinquant marche sur la corde raide en se pavanant, plus il est facile de saisir les aspects importants de ses forfaits. Avec un seul épisode, il est impossible de séparer le bruit de fond du message proprement dit. Mais plus il persévère, plus ses actes deviennent parlants. Ce qui me range parmi les parias : lorsqu'il frappe à nouveau, je suis le seul à en bénéficier. Pas étonnant que tes collègues me regardent comme un pestiféré.

— Peut-être qu'il ne frappera plus, dit Carol d'une voix manquant de conviction.

— C'est déjà fait, Carol. J'ai profilé ce meurtre comme s'il s'agissait d'un cas unique, mais en réalité c'est le cinquième de la série. »

Elle secoua la tête. « J'ai étudié la première affaire, Tony. La culpabilité de Derek Tyler ne fait aucun doute. Et rien ne permet de penser qu'il ait eu un complice. C'est toi-même qui me l'as dit : dans tous les cas où des tueurs agissent de pair, il y a un fort degré de dépendance et de proximité entre eux. Ils sont inséparables. Or il n'existe personne de cet acabit dans la vie de Derek Tyler. Sam Evans l'a passée au peigne fin. Tyler était un enfant de l'assistance publique. Il vivait seul. Il n'avait pas de petite amie. Ni de petit ami, du reste. Il n'avait même pas d'amis intimes. Ce qui veut dire aussi qu'il n'y a personne qui tienne à lui au point de réitérer ses crimes pour le blanchir en appel. »

Tony s'appuya au mur. « J'entends bien, Carol. Et je n'ai rien de réconfortant à t'offrir. En fait, je pédale dans la semoule. Je ne vois aucune théorie exploitable qui ne soit battue en brèche par tout ce que je sais de l'homicide sexuel.

— Tu n'as pas d'autre idée ? »

Il fit un signe de tête négatif. « Ce que j'ai trouvé de mieux, c'est ce que je t'ai dit tout au début. Ton assassin prend son pied avec la notion de viol. Mais il lui confère une portée qui va bien au-delà de l'acte lui-même. Il tient à être le violeur suprême, le modèle qu'auront à égaler tous ceux qui lui succéderont. C'est ainsi qu'il se considère. Pouvoir et colère, voilà ce qui est en jeu, et non une simple gratification sexuelle. »

Carol poussa un grognement. « Il n'y a jamais rien de simple dans un crime sexuel. »

Tony fit un grand geste avec la main, renversant du champagne sur son bras. Déconcerté, il frotta les gouttes avec irritation. « Mais si, Carol, c'est simple. Tout se résume à la réalisation d'un fantasme. Démêle le fantasme et tu as le ressort du crime. Quatre-vingt-dix-neuf fois sur cent, il s'agit essentiellement de s'en payer une tranche. Mais dans le cas présent, cela va bien plus loin. Ce dont il s'agit, c'est de l'affirmation du pouvoir absolu. Et pour une partie, de nous manipuler. Gouverner nos réactions et diriger l'ensemble de la mise en scène. » Il s'arrêta, soudain perdu dans ses pensées. Carol savait d'expérience qu'il était préférable de ne pas l'interrompre. Elle sirota son champagne en attendant qu'il continue.

« Quelque chose me tracasse à propos de ce profil, dit-il en se décollant du mur pour reprendre ses allées et venues. La typologie du viol a été établie dans les années 1970 par Nicholas Groth, et, même si elle a été affinée depuis, elle demeure fondamentalement la même. Si l'agresseur de Sandie Foster ne l'avait pas tuée, on aurait affaire à un cas classique. Un type recherchant le pouvoir. Un planificateur. Le bondage donne à son assaut un caractère infaillible. Il veut que sa victime soit soumise dès le départ. Plutôt que d'en kidnapper une dans la rue, notre type a utilisé une prostituée qu'il a payée pour qu'elle se laisse attacher. Avec ce genre de violeurs, il n'y a pas de caresses, pas de baisers, pas de prélude – ce qui, je parie, a été le cas ici. Il lui a retiré juste assez de vêtements pour pouvoir faire ce qu'il voulait ; c'est son idée du prélude. Il n'y a aucun signe qu'il ait embarqué des souvenirs, même si je le soupçonne d'avoir filmé ses actes. Rien que de très banal jusque-là. Mais ensuite il la tue. Et ça, c'est totalement en dehors du schéma du violeur assoiffé de pouvoir. Tout ce que nous savons sur cette catégorie nous dit qu'ils n'usent de la force que pour parvenir à leurs fins. Ce ne sont pas des sadiques à proprement parler. Tel est le premier problème. Le second problème est beaucoup plus important pour nous. » Il interrompit son mouvement incessant pour remplir son verre. « Le violeur recherchant le pouvoir possède un énorme ego. Il est sûr de sa virilité. Il opère dans sa zone de confort et ne doute pas de sa capacité à entraîner sa victime dans une situation qui lui permette d'affirmer son pouvoir. C'est plus qu'une probabilité. C'est pratiquement une certitude. » Il fixa Carol avec toute l'intensité de son regard bleu magnétique. « Est-ce que ça ressemble à Derek Tyler, d'après toi ? »

Carol ramena en arrière ses courts cheveux blonds. « Tu sais bien que non. Mais ça ne suffit pas à remettre en cause les analyses médico-légales. Tu crois que ça servirait que tu retentes le coup avec Derek Tyler ? »

Tony se laissa tomber sur sa chaise. « C'est fait. Mais, à part ce qu'il a dit la première fois, il n'a pas prononcé un mot. C'est comme s'il avait appris à faire abstraction de ma présence. Si tu y tiens, je peux essayer à nouveau. Mais n'espère pas grand-chose.

— À ce stade, Tony, je n'ai plus que toi. »

La constable Paula McIntyre roulait lentement le long de la rue inconnue à la recherche du Penny Whistle. Des petites maisons étroites datant des années 1960 se serraient les unes contre les autres, arborant les signes indubitables du rachat d'anciens logements municipaux : porches minables, portes affreusement bon marché, fenêtres à carreaux en losange incongrus. Deux ans auparavant, Paula n'aurait été appelée dans Kenton que pour une nouvelle fusillade dans la guerre de la drogue qui ravageait les faubourgs du centre urbain. Depuis peu, Kenton avait émergé de son statut de zone de non-droit grâce non pas à une politique de prévention, mais à sa proximité de l'hôpital de Bradfield Cross et de l'université. Le quartier avait été colonisé du jour au lendemain par de jeunes professionnels de santé.

Ce n'était pas pour autant un coin où Paula avait l'habitude de se rendre. Elle connaissait deux femmes qui y avaient acheté un logement, mais pas suffisamment pour aller les voir. Ce n'était pas non plus l'endroit de prédilection de Don Merrick, et elle avait été encore plus surprise par le choix du lieu que par le coup de fil la priant de venir le rejoindre pour prendre un verre.

Même si, en dehors des heures de travail, l'amitié entre eux effaçait la différence de grade, il leur arrivait rarement de se donner rendez-vous ou de parler de leur vie privée. Ils allaient souvent boire un verre après le travail, mais d'autres intérêts accaparaient la majeure partie de leur temps libre. Lorsqu'il avait appelé pour l'inviter, son premier réflexe avait été de refuser. Elle avait prévu de retrouver des amis dans un pub de campagne. Mais quelque chose dans la voix de Merrick l'avait intriguée, et elle avait accepté. En se garant devant un pub des années 1960 énorme et hideux, elle en était déjà à le regretter.

Comme elle poussait la porte, elle reçut une bouffée de fumée, de bière éventée et de transpiration masculine. Les seules autres femmes dans la salle occupaient leur propre table, l'air usées par la misère et les enfants en dépit de leurs efforts pour le dissimuler. Plusieurs hommes au bar se tournèrent pour la regarder, alertés par les coups de coude de leurs copains. « Par ici, mon chou ! lança l'un d'eux.

— Tu rêves, espèce de minable », marmonna Paula.

Elle aperçut Merrick assis dans un coin, contemplant d'un air morose un demi à moitié vide. Il avait le dos voûté, la tête inclinée. La musique country passant en fond sonore et la cacophonie électronique des machines à sous auraient aussi bien pu ne pas exister. Ignorant les tentatives pitoyables des buveurs pour attirer son attention, Paula se dirigea vers le bar et commanda deux boissons.

Merrick ne leva même pas la tête quand son ombre se profila sur la table. Elle posa une bouteille de Newcastle Brown Ale près de son verre. « Tiens, dit-elle en se glissant sur la banquette à côté de lui.

— Merci », soupira-t-il.

Elle avala une gorgée de Smirnoff Ice en se demandant ce qui avait bien pu se produire. « Bon, qu'est-ce qui ne va pas, Don ? »

Merrick croisa les bras sur sa poitrine. Il avait l'air de quelqu'un qui ne sait pas par où commencer. « Pourquoi faudrait-il qu'il y ait quelque chose ? On ne peut pas juste prendre un verre simplement, pour le plaisir ?

— Bien sûr que si. Mais c'est loin d'être notre point d'eau habituel. Sans parler de la tête de deux pieds de long que tu fais. Et parce que je suis détective, ces deux éléments me disent qu'il y a quelque chose. Alors, tu me dis ce que c'est, ou on reste là dans cette charmante auberge comme deux potiches ? À toi de choisir. » Se penchant en avant, elle lui prit une cigarette. La flamme du briquet dansa sur ses cheveux blonds décolorés, lumineux contre le bois sombre du mur.

« Lindy m'a flanqué à la porte », dit-il sans préambule.

Paula se figea, la cigarette à mi-chemin de ses lèvres. *Et merde*, pensa-t-elle. *Des ennuis en perspective.* « Quoi ?

— J'ai emmené les gamins à la piscine cet après-midi et, quand je suis rentré, elle avait rempli deux valises. M'a dit qu'elle voulait que je fiche le camp.

— Bon sang, Don, s'exclama Paula. C'est un sale coup.

— Tu peux le dire. Je ne pouvais même pas discuter, pas en présence des gosses. Dans le couloir, elle leur a dit que papa devait s'absenter quelques jours à cause de son travail. Et cette expression sur son visage... on aurait dit qu'elle me mettait au défi de la contredire. »

Paula secoua la tête, s'efforçant d'imaginer ce que cela avait dû être et y renonçant. « Et alors, qu'est-ce que tu as fait ?

— J'ai attrapé mes affaires et je suis parti. J'ai pris la voiture, roulé un moment. Je n'arrivais pas à y voir clair, tu comprends ? J'ai essayé d'appeler Lindy, mais elle n'a pas décroché. Je me suis garé et j'ai fait un tour dans le centre. Puis je t'ai téléphoné. » Il leva son verre et vida d'une traite la moitié qui restait.

« Je suis vraiment désolée, Don.

— Moi aussi, Paula. » Il prit la bouteille pleine et se servit lentement, regardant avec attention la bière s'éclaircir et former une couche de mousse.

« Et la raison, tu la connais ? »

Il fit un bruit de gorge. « À ton avis, quand on est flic ?

— Le boulot, dit Paula d'une voix pesante.

— Le boulot, approuva Merrick. Tu sais comment c'était ces dernières semaines. On a tous trimé du matin au soir, et ensuite une bière pour se détendre, parce qu'on a besoin d'un peu de temps. Tu ne peux pas retourner au bercail sans avoir mis une certaine distance entre toi et la journée, sinon tu ramènes toute cette merde à la maison. Et quand tu rentres enfin, c'est pour qu'on te fasse la tête. Ça ou bien : « Tu n'es jamais là, tu ne vois jamais les gosses, tu ne sais pas ce que c'est que de s'occuper de tout, je pourrais aussi bien être une mère célibataire. » Depuis que j'ai eu ma promotion, ça n'a pas arrêté.

— Tu as essayé d'en parler ? »

La bouche de Merrick se tordit piteusement. « Parler des sentiments, ce n'est pas mon fort, Paula. Je suis un mec. J'ai tenté d'expliquer les choses, à quel point ce que je faisais était important pour moi, mais elle s'est bornée à déformer mes paroles, comme quoi je pensais que le boulot passait avant elle et les gosses. Ça couvait depuis un bon moment, mais cette affaire a été la goutte d'eau qui fait déborder le vase. Elle m'accuse de préférer passer mon temps à discuter avec des putains plutôt qu'avec elle. »

Paula posa une main sur son bras. « D'après ce que tu me racontes, je ne te ferais pas de reproches si c'était le cas. Et aller voir un conseiller conjugal ? Tu y as pensé ? »

Penchant la tête en arrière, Merrick contempla le plafond. « Ce qu'il y a, Paula, c'est que je ne suis même pas sûr d'avoir envie de rentrer. Je ne suis plus le même homme que celui qui a épousé Lindy. Je suis allé dans une direction et elle dans une autre. On n'a plus rien en commun. Tu sais qu'elle reprend des cours à la fac ? Elle veut devenir psychologue scolaire. Incroyable, hein ? Côté psychologie, ce qu'elle a surtout appris, c'est comment me rabaisser.

— Alors, tu restais peut-être au pub un peu plus longtemps que tu n'aurais dû ? » Paula ne savait pas trop où allait cette conversation, ni à quel point elle avait envie d'y participer.

« Peut-être. Mais quoi qu'il arrive entre Lindy et moi, je ne veux pas perdre les enfants. J'adore mes gosses, tu le sais.

— Je sais, Don. Mais quitter Lindy ne signifie pas pour autant que tu perdes tes gosses. Même si tu ne vis pas avec elle, tu seras toujours leur père. Tu pourras encore les emmener à un match de foot, aller à la piscine avec eux et même les prendre pour les vacances. »

Merrick poussa un grognement. « Parce que tu crois que c'est facile avec ce turbin ? Combien de fois est-ce qu'on s'arrête à l'heure prévue ?

— Tu es inspecteur à présent. Tu n'as plus d'horaires par roulement, tu n'es plus forcé de te taper des heures sup, tu peux faire de la place à tes gamins dans ta vie. Si tu le veux vraiment, tu y arriveras. »

Il lui lança un regard suppliant. « Tu crois ?

— Naturellement. » Paula jeta un coup d'œil au bar, où une bande de lascars d'une vingtaine d'années discutaient bruyamment de football. Elle prit subitement une décision qu'elle espérait ne pas avoir à regretter. « Drôle de boui-boui que tu as choisi. Tu as un endroit où crécher ? »

Il détourna les yeux. « Je pensais descendre à l'hôtel.

— Ne sois pas stupide. Si c'est fini avec Lindy, tu vas avoir besoin de tous tes sous. Je te laisse ma chambre d'amis, dit Paula sur un ton bourru.

— Vraiment ? » Il avait l'air sincèrement étonné.

« Si ça ne te dérange pas de la partager avec la plus grosse pile de linge à repasser de toute la planète. »

L'ombre d'un sourire passa sur le visage de Merrick. « Tu ne savais pas que j'étais un virtuose du fer à repasser ?

— Parfait. Simplement, ne te sers pas de mon rasoir, d'accord ? »

Sam Evans baissa la fenêtre de sa voiture pour laisser s'échapper un filet de fumée. Le bon côté des planques dans les quartiers chauds, c'est que personne ne faisait attention à un type seul à bord d'une bagnole. Personne excepté les tapineuses, mais elles s'étaient barrées après qu'il eut montré sa carte à la première qui l'avait accosté. Il avait précisé qu'il ne s'intéressait pas à elles, et elles lui avaient fichu la paix.

L'alibi d'Aidan Hart avait peut-être été suffisant pour Carol Jordan, mais, en interrogeant le psychologue, Sam Evans avait eu l'impression d'un type qui a quelque chose à cacher. Il était curieux de savoir ce que c'était tout en se disant qu'il tenait peut-être là une chance inespérée. Coincer Aidan Hart pour meurtre ferait assurément monter sa cote.

Il s'était donc mis à le surveiller chaque fois qu'il en avait l'occasion. Une chose n'avait pas tardé à apparaître : Hart et sa femme menaient des existences quasiment séparées. Il ignorait si c'était un choix commun ou la simple conséquence de ses activités, mais Hart semblait rentrer chez lui uniquement pour dormir. Il passait habituellement ses soirées dans des bars et des restaurants avec des types à son image :

prospères, tirés à quatre épingles et imbus d'eux-mêmes.

Mais il y avait une autre face cachée de la vie d'Aidan Hart dont même ses compagnons de beuverie ne devaient avoir aucune idée, Evans en était sûr. Les soirs où il n'était pas absorbé par ses plans de carrière ou ses amitiés masculines, il ramassait des femmes pour baiser. De toute évidence, le choc qu'Evans lui avait flanqué en abordant la question n'avait pas suffi à calmer ses ardeurs. Il s'était borné à changer de terrain de chasse.

Au lieu de ratisser Temple Fields, Hart était allé voir plus loin. Manningham Lane à Bradford, Whalley Range à Manchester et maintenant Chapeltown à Leeds. D'après ce que Sam avait pu recueillir, il cherchait des femmes ayant un endroit où aller plutôt que de se contenter d'une pipe dans son 4 × 4 noir rutilant. À deux reprises, il était parti remettre ça après avoir fait la pause dans un restaurant indien.

Le goût manifeste de Hart pour les prostituées ne dérangeait nullement Evans sur le plan moral. Lui-même avait couché avec quelques-unes au fil des ans. Mais cela l'incitait à s'interroger sur ce qui se passait dans la tête de Hart. Au minimum, cela lui fournissait des indications susceptibles d'être utiles. Tout le monde sait que les criminels sexuels fréquentent les prostituées, que le contact avec des comportements extrêmes provoque une sorte d'insensibilité. Hart commençait à prendre gentiment figure de suspect, même si Carol Jordan l'avait écarté du tableau.

Evans tenait à ce que la Brigade des enquêtes majeures soit la prochaine étape dans son ascension. Et si, pour y parvenir, il lui fallait faire passer Carol Jordan pour quelqu'un d'incompétent, eh bien, tant pis.

Après tout, il était le seul à savoir. Et le savoir, c'est le pouvoir.

Le coup frappé à la porte de son bureau avait la désinvolture coutumière du personnel de l'hôpital.

« Entrez », cria Tony.

Un des infirmiers passa la tête par l'embrasure. « Vous avez demandé à voir le patient ici, c'est bien ça ? Pas dans une salle d'interrogatoire ?

— Exact. »

L'infirmier haussa les sourcils en une expression dubitative, comme pour se décharger de toute responsabilité quant à ce qui pourrait advenir. « Bon, alors je vais vous le chercher. »

Pendant qu'il attendait, Tony se demanda quelle tactique adopter. Réfléchir de manière non conformiste était une de ses spécialités, mais, en règle générale, il n'abusait pas de la vulnérabilité des gens pour leur imposer ses idées farfelues. Les arguments contre étaient suffisamment puissants pour qu'il n'ait pas besoin de les énumérer : c'était non professionnel, cela risquait de mettre le patient en danger et c'était contraire à tous les principes de traitement que de lui demander quelque chose n'ayant pas de rapport avec son régime thérapeutique. D'un autre côté, il avait de bonnes raisons. La possibilité de sauver des vies devait l'emporter sur toute autre considération. Le patient ne courrait aucun danger physique dans la mesure où il s'agissait d'un environnement sous contrôle. Et le meilleur service qu'il pouvait rendre à ce patient en particulier était de rehausser l'image qu'il avait de lui-même en lui confiant une tâche faisable. Évidemment, on pouvait contester que la tâche en question fût effectivement faisable, aussi Tony devrait-il prendre bien soin de montrer qu'il la jugeait quasiment impossible, que c'était le dernier espoir.

Ce qui était le cas, bien entendu.

Il n'y avait plus le temps pour de nouvelles conjectures. L'infirmier poussa la porte et se recula pour laisser passer Tom Storey. Ce dernier s'avança sur le seuil d'un pas hésitant avant de s'immobiliser. Il paraissait encore plus voûté qu'auparavant, nota Tony. Storey regarda autour de lui, une expression légèrement étonnée sur ses traits placides. Ses yeux gris balayèrent les étagères déjà pleines à craquer de livres, de boîtes d'archives et d'enveloppes matelassées aux coins cornés. Puis ils revinrent se poser sur Tony, qui, ayant pivoté sur son siège, tournait le dos à la table jonchée de papiers et faisait face à la pièce. « Entrez, Tom, dit-il en se levant. Asseyez-vous. » Il désigna un des deux fauteuils bas disposés dans un coin.

Storey fronça les sourcils. « D'ordinaire, on ne se rencontre pas ici, dit-il d'une voix indécise.

— Non, en effet.

— Est-ce que ça veut dire que vous avez de mauvaises nouvelles pour moi ? »

Tony se demanda un bref instant si une tumeur au cerveau opérable était une bonne ou une mauvaise nouvelle pour un homme dans la situation de Tom Storey. « J'ai des nouvelles pour vous, c'est exact. Mais si nous sommes là, c'est aussi parce qu'aujourd'hui j'ai besoin de votre aide. Venez vous asseoir. » Prenant le vieil homme par le coude, il le mena jusqu'à un des fauteuils puis s'installa dans l'autre.

« Comment ça va, Tom ? » demanda-t-il.

Storey baissa les yeux et considéra l'endroit où s'était trouvée sa main. La montagne de bandages avait été remplacée par un pansement plus léger, qui lui faisait comme une vieille poupée de chiffon au bout du bras. « Vous aviez raison. Il paraît que j'ai une tumeur au cerveau. » Storey fit tourner sa tête comme pour se débarrasser d'un torticolis. « C'est drôle, il n'y a pas si longtemps, ça m'aurait semblé le pire qui puisse arriver.

— Ce n'est jamais une bonne chose. Quelle serait votre réaction si je vous disais que la tumeur est opérable ? »

Une fine pellicule de sueur apparut sur le crâne chauve de Storey. Il fixa Tony d'un regard lugubre. « C'est affreux à dire, mais je voudrais qu'on m'opère. Je voudrais vivre. Je sais bien que, les trois quarts du temps, j'ai le sentiment qu'il ne me reste plus rien à espérer, mais, si vous me demandez si je suis prêt à courir un risque pour pouvoir m'en tirer, je vous répondrai que oui. »

Tony ne put s'empêcher de ressentir de la pitié à la pensée de l'existence gâchée de Tom Storey. Gâchée de manière tellement inutile et définitive. Tellement absurde, alors que Storey était manifestement un homme intelligent qui avait à présent une compréhension dévastatrice de son état. « Vous vous sentez coupable à cause de ça, n'est-ce pas, Tom ? En plus de tout le reste, vous vous sentez coupable aussi d'avoir envie de vivre ? »

Des larmes scintillant dans ses yeux, Storey hocha la tête. « Je suis un lâche, balbutia-t-il. Je... je n'arrive pas à accepter l'idée de ce que je leur ai fait.

— Vous n'êtes pas un lâche, Tom. C'est mourir qui serait de la lâcheté. Vivre avec vous-même, c'est ça qui demande du courage. Vous ne pouvez pas rendre ce que vous avez ôté, mais vous pouvez passer le restant de vos jours à essayer de faire le bien.

— Alors, elle est opérable, hein ? Cette tumeur, ils peuvent l'enlever ? »

Tony acquiesça. « C'est ce qu'ils m'ont dit. Comme je vous l'ai déjà expliqué, cela ne guérira pas ce qui ne marche pas dans votre cerveau, mais nous pouvons contribuer à vous faciliter les choses. Vous avez déjà dû remarquer une différence avec les médicaments qu'on vous a prescrits ? »

Storey opina. « Je me sens beaucoup plus calme. Beaucoup plus maître de moi. »

C'était, pensa Tony, une bonne nouvelle pour ses projets. « Et cela devrait continuer à s'améliorer. Ce que fera l'opération, c'est de vous donner un avenir. Et je suis persuadé que vous saurez en profiter, Tom. Vraiment. »

Storey se frotta les yeux avec le dos de sa main valide. « Jamais on ne me laissera sortir d'ici, n'est-ce pas ?

— Ce n'est pas impossible, Tom. Cela dépend en grande partie de vous. Et en grande partie de nous.

— Vous voulez écrire sur moi, hein ? Vous faire un nom en me soignant ? C'est comme ça que je dois vous aider ? » Il y avait une note de ressentiment dans sa voix, imperceptible mais non moins réelle.

Décontenancé, Tony s'en voulut d'avoir cru s'être taillé dans l'estime de Tom Storey une place plus solide qu'elle ne l'était en réalité. « Je suis navré que vous nous pensiez capables d'exploiter vos souffrances, Tom, dit-il, s'efforçant de regagner un terrain qu'il n'avait même pas eu conscience de perdre.

— Ce n'est pas de cette façon que les gens comme vous font leur chemin ? En nous mettant sous un microscope pour faire des articles et des bouquins. »

Tony secoua la tête. « Ce n'est pas ma manière de fonctionner, Tom. Il m'arrive de consigner certains cas, bien sûr, mais pas par carriérisme. » Il écarta les mains, englobant toute la pièce. « Cela vous paraît être le cadre d'un carriériste ? »

Storey regarda à nouveau autour de lui, cette fois avec plus d'attention. Il n'y avait ni brevet ni diplôme sur les murs, pas de livre portant le nom de Tony posé bien en évidence, aucun signe que celui-ci cherchât à impressionner quiconque par sa position ou ses réussites. « Pas trop, répondit-il. Alors, pourquoi est-ce que vous faites ça si ce n'est pas pour vous faire mousser ?

— Ce qu'on apprend de quelqu'un comme vous peut permettre à mes collègues de mieux soigner ceux qui viennent leur demander de l'aide, voilà pourquoi. C'est d'ailleurs uniquement pour ça que je prends la peine de lire ce que les autres médecins ont à raconter. Si je finis par écrire sur vous – et, à ce stade, cela ne figure pas dans mes projets parce que j'ignore comment les choses vont tourner en ce qui vous concerne –, ce sera pour donner une meilleure connaissance de votre état afin que le prochain Tom Storey obtienne l'assistance dont il a besoin plus rapidement que vous ne l'avez eue. » Tony parlait avec fougue et sincérité, et Storey se détendait visiblement à mesure que les mots pénétraient dans sa tête.

« Vous dites vouloir mon aide. Ça veut dire quoi au juste ?

— J'ai observé la manière dont vous vous comportez avec les autres. Vous vous débrouillez à merveille. Vous avez visiblement le truc pour établir des contacts avec des individus ayant parfois des réactions difficiles à l'égard du personnel. »

Storey eut un haussement d'épaules. « J'ai toujours eu de bons rapports avec les gens avant de...

— Avant de tomber malade ?

— Avant de devenir fou, vous voulez dire. Pourquoi ne pas appeler les choses par leur nom ? Personne ne prononce jamais le mot ici. Personne ne nous qualifie de dingues, de timbrés, ni même de patients. Vous êtes tous à marcher sur des œufs comme si on ne savait pas pourquoi on est là. »

Tony sourit, s'efforçant de désamorcer l'irritation de Storey. « Vous préféreriez ça ?

— Ce serait plus franc. Vous nous demandez de faire preuve de franchise pendant la thérapie, mais vous, vous maquillez notre univers sous des euphémismes. »

Tony jaugea le moment. S'il devait faire des entorses au règlement, c'était bien maintenant. « Entendu, je vais essayer d'être plus direct. Vous êtes très bon avec les dingues. Ils ont confiance en vous. Ils vous apprécient. Ils vous voient comme un des leurs, ils ne se sentent pas menacés par vous.

— C'est parce que je suis un des leurs, dit Storey.

— Mais la plupart du temps, vous êtes encore celui que vous étiez avant que votre corps ne vous trahisse. Et c'est ce qui me fait croire que vous pouvez m'aider. » Tony respira à fond et se laissa aller en arrière dans son fauteuil. « J'ai un autre boulot. Quand je ne suis pas ici, je donne un coup de main à la police. J'analyse le comportement des délinquants et je suggère des pistes permettant de les arrêter avant qu'ils ne récidivent.

— Vous êtes un profileur, c'est ça ? Comme Cracker ? »

Tony tressaillit. « Pas vraiment comme Cracker. Et encore moins comme Jodie Foster. Ce que je fais n'a rien de très prestigieux. Mais oui, je suis un profileur. En ce moment, je travaille avec la police de Bradfield. Il y a un tueur qu'on doit épingler avant qu'il ne fasse de nouvelles victimes. »

Storey avait l'air déconcerté. « Qu'est-ce que ça a à voir avec moi ?

— Un patient se trouvant ici a été condamné il y a deux ans pour le meurtre de quatre femmes. Il n'existe aucun doute quant à sa culpabilité. L'expertise médico-légale était irréfutable et lui-même a reconnu ses actes. Mais aujourd'hui, une autre femme est morte exactement de la même manière. Celui qui l'a tuée connaît tout sur les crimes précédents, y compris des détails qui n'ont jamais été rendus publics.

— Et vous pensez que l'homme qui est ici est innocent ? Et vous voudriez que je vous aide à le prouver ? » Storey semblait enthousiaste, son visage animé.

« Je ne sais pas s'il est innocent, Tom. Tout ce que je sais, c'est qu'il a des informations enfermées dans le crâne qui pourraient nous aider à empêcher que d'autres femmes meurent. Or il ne veut pas me parler. Il ne veut parler à personne. C'est à peine s'il a ouvert la bouche depuis qu'il est arrivé à l'hôpital. Ce que je vous demande, c'est de le persuader de me parler. »

Storey avait à nouveau l'air indécis. « Moi ? Vous croyez qu'il me parlerait à moi ?

— Je n'en sais rien non plus. Mais j'ai tout tenté pour le rendre loquace et je n'y suis pas parvenu. Alors, je suis prêt à essayer n'importe quoi, aussi insensé que cela puisse paraître.

— Insensé est bien le mot. » Storey laissa échapper un petit grognement amusé. « Les fous ont pris le contrôle de l'asile, quoi. »

Tony eut un haussement d'épaules. « D'une partie seulement. Eh bien, qu'en dites-vous ? Vous êtes partant ? »

Carol se passa les poignets sous l'eau froide pour se calmer après sa réunion avec Brandon sur les affaires en cours. Elle l'avait toujours considéré comme un patron honnête, n'ayant pas oublié ce qu'était le travail de terrain. Mais aujourd'hui, elle se sentait démoralisée et sans inspiration. Elle savait qu'il avait été déçu par sa prestation. Elle ne pouvait pas lui en vouloir : elle était déçue également.

Au moins, elle avait réussi à persuader Brandon de ne pas faire de coupes budgétaires ni de réduire le niveau de l'enquête sur Sandie Foster à sa propre petite équipe. Elle pourrait continuer à faire appel à d'autres officiers chaque fois qu'il lui manquerait des effectifs. Mais c'était exaspérant de sentir chez lui une frustration égale à la sienne et d'être incapable de suggérer une initiative pour y remédier. Elle savait avoir réussi en tant que détective grâce à sa capacité à adopter une optique différente, à imaginer un angle auquel personne d'autre n'avait songé. Mais, dans ces deux affaires, elle avait l'impression d'être prisonnière d'une conception traditionnelle, incapable de voir au-delà.

Et cela tenait en partie à ce qu'un de ses dons s'était changé en fléau. Carol se souvenait toujours parfaitement de ce qu'on lui disait. Ce qui la rendait magistrale dans les salles d'interrogatoire, lui permettant de piéger ses victimes en leur renvoyant leurs propres paroles. Mais ces jours-ci, la bande qui ne cessait de repasser dans sa tête n'avait rien à voir avec son travail. Elle déployait de tels efforts pour ne pas entendre les bribes de dialogue franchissant ses défenses qu'il n'y avait plus de place dans son esprit pour ces trouvailles de son subconscient qui faisaient avancer une enquête.

Elle pressa son front contre la glace froide et ferma les yeux. Ce qu'un verre de vin lui aurait fait du bien à cet instant !

La porte des toilettes s'ouvrit brusquement et Paula se précipita à l'intérieur. Carol se redressa d'un seul coup, les yeux rivés sur le reflet de sa subordonnée dans la glace. « Bonjour, Paula », fit-elle avec lassitude. Paula avait été encore plus distante que de coutume à la réunion d'information du matin. Carol s'était efforcée de ne pas le prendre pour elle, tâchant de se persuader que Paula avait été grincheuse avec tout le monde. Mais elle n'y avait pas réussi.

« Eh bien, chef, dit Paula en s'arrêtant sur le chemin des toilettes. Comment s'est passé le rapport ? »

Carol se ressaisit, arborant l'air d'autorité tranquille dont elle savait avoir besoin vis-à-vis d'une subordonnée qu'elle soupçonnait d'être à deux doigts de la balancer aux profits et pertes. « Comme on pouvait s'y attendre. Personne ne se réjouit d'une absence de progrès aussi criante dans deux enquêtes extrêmement onéreuses. Mais au moins on ne va pas nous couper les vivres tout de suite. » Carol laissa passer Paula et se dirigea vers la porte. Mais Paula n'en avait pas encore fini avec elle.

« J'ai regardé à nouveau le dossier de Tim Golding, dit-elle, déjà sur la défensive.

— Quelque chose vous a frappée ? » Carol s'appliqua à garder une voix aussi neutre que possible.

« Cette photo, chef. Je ne m'y connais pas beaucoup en rochers et autres géomachins, mais le décor m'a l'air plutôt original. Je me demandais si on n'arriverait pas à quelque chose en effaçant l'image du garçon et en demandant aux magazines sur la montagne de l'imprimer. Peut-être qu'un lecteur reconnaîtra l'endroit ? »

Carol acquiesça. Autrefois, ça lui serait venu à l'esprit. À présent, elle avait la cervelle brouillée par trop de mauvais souvenirs. *Et trop de vin*, murmura une petite voix dans sa tête. « Bonne idée, Paula.

Demandez à Stacey de nous arranger ça, après quoi le bureau de presse se chargera de l'expédier. » Carol avait fait trois pas en direction de la porte quand les paroles de Paula réveillèrent un vague souvenir. Elle se tourna à moitié au moment où Paula ouvrait la porte d'un cabinet. « Paula ? Que savez-vous de la géologie forensique ? »

— La géologie forensique ? répéta celle-ci, perplexe. Jamais entendu parler, chef.

— Il en a été question à la radio voilà quelques mois. Je n'écoutais qu'à moitié, mais je suis sûre qu'il s'agissait de géologie forensique. Je me demande si quelqu'un comme ça ne pourrait pas nous aider à identifier le site. » Carol réfléchissait à voix haute plutôt qu'elle ne s'adressait à Paula, et elle fut soudain sidérée de voir son visage rayonner de gratitude. On aurait pu penser que c'était le moment qu'elle attendait depuis des semaines. Carol aurait dû être ravie de voir enfin se dissiper les doutes à son sujet. En fait, cela l'attrista de constater combien était grand l'écart la séparant de ce qu'elle était auparavant.

« C'est une idée splendide, chef, s'exclama Paula en levant le pouce.

— Peut-être, répondit Carol. Pour ce que j'en sais, ces types se bornent à jouer les Sherlock Holmes en examinant la boue sur votre pantalon et en vous révélant dans quel champ vous vous êtes fait asperger. Mais ça vaut la peine d'essayer. »

Elle regagna la salle de la brigade, non sans dire à la petite voix réprobatrice en elle que le vin blanc ne lui avait pas totalement grillé les neurones. « Sam ! appela-t-elle en traversant la pièce. Allez sur le site de la BBC et voyez ce que vous pouvez glaner sur la géologie forensique. »

Sam leva la tête de son bureau, surpris par la vigueur inhabituelle dans la voix de Carol. « Pardon ?

— Le site de la BBC, la géologie forensique. Imprimez ce que vous aurez récolté puis trouvez-moi quelqu'un sur place à qui parler, dit Carol par-dessus son épaule. Il doit bien y avoir quelqu'un au département des sciences de la terre de la fac qui peut nous aiguiller. » Elle referma la porte, occultant la pièce principale derrière les stores récemment installés. Puis elle se laissa tomber sur sa chaise et posa la tête dans ses mains, les doigts moites de sueur. Bon Dieu, ce qu'elle avait mis du temps à venir, cette petite inspiration providentielle ! Ça ne suffisait pas à résoudre quoi que ce soit. Mais c'était toujours un début. Et elle avait le temps de l'explorer.

Il regarde les outils de ce qui est devenu son métier disposés devant lui. Les menottes, les entraves de chevilles. Le bâillon en cuir. Le godemiché en caoutchouc flexible. Les lames de rasoir. Les gants en latex. Les caméras. L'ordinateur portable. Le téléphone mobile. Il ne lui reste plus qu'à insérer les lames dans le godemiché puis à l'entourer de Sopalin pour ne pas se couper les doigts.

Il presse la touche « marche » de son lecteur minidisque et la Voix le submerge, lui répétant les instructions une fois de plus. Non qu'il ait besoin qu'on lui rappelle ce qu'il doit faire ; il le sait par cœur. Mais il aime l'écouter. Personne ne l'a jamais mis dans cet état de bien-être, et ce qu'il fait en retour semble un prix bien modique pour une chose aussi précieuse.

La Voix lui dit qui choisir, lui mâche la besogne. Rien n'est laissé au hasard. Ce soir, il la trouvera non loin de l'hôtel minable dans Bellwether Street où ils louent des chambres à l'heure aux créatures de son espèce. Elle sera appuyée contre la grosse poubelle en fer, probablement. Et probablement aussi, elle se mettra à se gondoler quand il lui dira ce qu'il veut. Les femmes n'attendent rien de lui, si ce n'est, en général, de la bonne dope. Il est juste un type planté là. Il fait partie du paysage. Rien qui mérite l'attention.

Mais ce soir, elle fera attention. Ce sera la dernière parcelle d'attention qu'elle accordera à qui que ce soit. Mais c'est à lui qu'elle l'accordera, et c'est ça qui compte.

Les réverbères flottaient telles des sucettes lumineuses dans la fine brume de ce début de soirée. L'heure d'affluence à Bradfield s'était développée comme une panse de quadragénaire, même pendant les quelques années où Tony avait été absent. Mais ce soir-là, il ne pensait à rien en traversant la ville pour regagner son nouveau domicile. Il roulait en pilotage automatique. Le lecteur de cassettes déversait de la musique ; il n'avait aucune idée de ce que c'était. Quelque chose de relaxant, de minimaliste et de répétitif. Un de ses étudiants à St Andrews lui en avait fait cadeau. Il ne se rappelait plus pourquoi – quelque chose à voir avec les ondes du cerveau. Il l'aimait bien parce qu'elle étouffait les bruits de la route, les moteurs des autres automobiles, le grondement tamisé de la vie urbaine.

Il songea à la tâche qu'il avait confiée à Tom Storey. N'était-ce pas trop demander à un homme profondément endommagé ? Storey allait-il se sentir sous pression au point de péter à nouveau les plombs ? Tony ne le pensait pas, mais comment savoir ? En tout cas, il avait largement dépassé les limites cette fois-ci, et il savait combien il se sentirait mal si cela devait avoir un effet néfaste sur Storey.

Il lui vint à l'esprit que se sentir mal risquait d'être le cadet de ses soucis. Aidan Hart serait fou de rage s'il découvrait ce qu'avait fait Tony. C'était contraire à tous les traitements thérapeutiques prônés par les textes, mais, de l'avis de Tony, ces textes avaient été rédigés par des gens ayant au moins autant de problèmes que ceux qu'ils prétendaient soigner. Il était bien placé pour le savoir. Ses propres difficultés relationnelles, l'impuissance qui l'avait harcelé la majeure partie de son existence, son incapacité à donner une forme concrète à ses sentiments pour Carol, autant d'indices de sa proximité avec les personnalités anéanties dont il s'occupait en tant que clinicien.

Au moins, il savait pouvoir faire son travail avec un semblant de compétence. Son empathie avec leurs dysfonctionnements lui permettait de concevoir des thérapies utiles. Si cela lui donnait de temps à autre un sentiment de complicité gênant, eh bien, c'était une contrepartie supportable.

Ce qu'il n'arrivait pas à concilier, c'était la culpabilité qu'il éprouvait à l'égard de Carol. Pour l'instant, le meilleur moyen de faciliter sa guérison semblait être de l'aider à faire son boulot. Et la clé en l'occurrence était Derek Tyler. Ce qui lui fournissait en bonne partie une justification pour ce qu'il avait mis en branle.

« Ah, Derek, Derek, Derek. Tu es avide de silence parce que, de cette manière, tu peux continuer à entendre la voix, dit-il tout haut, poursuivant un dialogue qu'il avait avec lui-même depuis son départ de l'hôpital. La voix fait quoi ? » Il s'interrompit, réfléchissant, appelant son imagination à la rescousse, avant de donner lui-même la réponse : « Elle te rassure. Elle te dit que ce que tu as fait est bien. Si tu ne l'entendais pas, il te faudrait envisager l'idée que ce que tu as fait était peut-être mal. Donc tu as besoin de l'entendre. Et tu ne parles pas parce qu'ainsi personne ne te parle. Alors, qui est la voix ? »

Quittant la grand-rue, il tourna dans une rue transversale. C'est seulement en ne trouvant pas de place pour se garer qu'il comprit qu'il s'était trompé. Qu'il était dans la rue où il avait habité la dernière fois qu'il avait travaillé à Bradfield. Son pilote automatique l'avait conduit dans le mauvais quartier.

Jackie Mayall pénétra dans le vestibule de l'hôtel. Ce n'était pas vraiment un hall de réception ; tout au plus une grande pièce avec une alcôve coupée par un comptoir arrivant à hauteur de la poitrine. Et sur le sol, le genre de moquette dont les visiteurs devinent qu'elle leur collera aux pieds. Se penchant par-dessus le comptoir, elle allongea le bras pour attraper une clé. « C'est Jackie, cria-t-elle pour couvrir les beuglements de Sky Sport provenant d'une pièce à gauche du meuble en Formica crasseux. J'ai pris la 24.

— D'accord. Il est six heures dix, répondit une voix. Je le note, ça évitera qu'on se paie ma tête.

— Comme si... », marmonna-t-elle en se dirigeant vers les marches étroites et usées menant à la chambre située au premier étage qu'elle ne connaissait que trop bien. Une fois à l'intérieur, elle s'efforça d'oublier le décor. C'était l'endroit le moins alléchant pour faire l'amour qu'on puisse imaginer. Il aurait pu servir à illustrer la définition de miteux, débectant ou pouilleux. Une vieille courtepointe bleue recouvrait le lit défoncé. Le placage de la table de toilette bon marché était fendillé et s'écaillait. Une chaise était posée près d'un lavabo sale.

Jackie se regarda dans la glace piquetée. Il était temps qu'elle se teigne à nouveau les cheveux. Même si, personnellement, elle se fichait des quelques centimètres de noir visibles aux racines, elle reconnaissait la nécessité de soigner les apparences. Sa jupe moulante, son haut dos nu, ses bottes montant jusqu'aux genoux la faisaient paraître plus chic que la plupart des filles. Ce qui lui permettait, estimait-elle, de demander suffisamment pour amener là ses clients, au lieu de tirer un coup sur le seuil des boutiques ou de faire des pipes à l'arrière des voitures. Avec impatience, elle se détourna et lança son sac sur la courtepointe. S'asseyant au bord du lit, elle se demanda si elle devait ôter ses bottes ou s'il préférerait s'en charger. Après tout, il payait bien. Il méritait ce qu'elle avait de mieux à offrir.

Un coup timide frappé à la porte la fit se relever. Elle l'ouvrit d'un geste énergique pour éviter qu'elle ne coince comme elle avait tendance à le faire. Puis elle l'examina de haut en bas, une lueur sardonique dans les yeux. « Allons, viens, le compteur tourne, déclara-t-elle en pivotant et en se dirigeant vers le lit. On ne va pas y passer la nuit. »

Tony avait à peine franchi la porte qu'il composa le numéro de Carol. « Qui est la voix, Derek ? dit-il en écoutant distraitement la sonnerie.

— Carol Jordan, fit-elle tout à coup.

— Qui est la voix, Carol ? demanda-t-il à brûle-pourpoint. Ça ne colle pas. Ça ne colle avec aucune des voix habituelles.

— Ravie également de te parler, répondit-elle avec un humour empreint de fatigue.

— Ce truc des voix, c'est un peu comme les régressions.

— Pardon ?

— Quand les gens font une régression, ils ne sont jamais valet d'écurie ni ouvrier métallurgiste. Ils sont toujours Cléopâtre, Henri VIII ou Emma Hamilton. C'est la même chose avec ceux qui entendent des voix. Ils n'entendent pas le laitier ou la femme qui est assise derrière eux le matin dans le bus. Ils entendent la Vierge Marie, John Lennon ou Jack l'Éventreur.

— C'est qu'il est difficile d'imaginer le laitier donnant des instructions détaillées en vue de commettre un crime sexuel », remarqua sèchement Carol.

Tony s'interrompit un instant. Puis il se mit à sourire. « Alors, si j'ai bien compris, tu optes pour la Vierge Marie ? » Carol pouffa. Tony en éprouva une pointe de fierté. Il avait fait quelque chose de très humain. Il l'avait fait rire. Il y avait si longtemps que ça n'était plus arrivé qu'il avait presque oublié combien il aimait la sonorité de son rire. « Bon, quoi qu'il en soit, continua-t-il pour cacher ce manque de sérieux momentané, ce que j'essaie d'expliquer, c'est qu'il s'agit de voix grandioses. Ces voix n'existent que dans la tête de celui qui les entend et elles sont dynamiques. Ce qu'elles disent varie selon les circonstances. Le silence n'est pas un souci. Il n'y a pas besoin de silence parce que la voix se moque du bruit. Elle se fait entendre quand elle veut, chaque fois que c'est opportun. Enfin, opportun pour la personne entendant la voix et non, d'ordinaire, pour le reste d'entre nous, s'empressa-t-il d'ajouter.

— Et tu dis que la voix de Derek Tyler n'est pas comme ça ?

— Exactement. C'est comme s'il avait peur de la perdre. Peur qu'elle ne disparaisse dans le bruit ambiant. Je ne suis jamais tombé sur quoi que ce soit de ce genre, ni dans la réalité ni dans la littérature savante. C'est comme si... Il faut que je fasse de nouvelles recherches. Quelqu'un en a sûrement parlé... Ou alors nous nous trouvons en territoire vierge, dit-il d'une voix plus sourde.

— Tony ?

— Je te rappellerai. J'ai besoin d'y réfléchir. Merci de m'avoir écouté. » Ce qu'elle répondit fut perdu car il raccrocha. Il n'avait jamais rien rencontré qui ressemble à la voix de Derek Tyler. Si elle bafouait toutes les règles, il était sans doute temps pour lui de faire de même. Au lieu du vraisemblable, il devrait peut-être se mettre à examiner l'invraisemblable. Il monta à son bureau en marmonnant : « Six choses impossibles avant le petit déjeuner. »

Le sergent Kevin Matthews se tenait derrière le bureau de réception du Woolpack Hotel, carnet en main. Il n'y avait pas beaucoup de place de l'autre côté du comptoir, de sorte qu'il était désagréablement près de l'individu répugnant qui avait déclaré être Jimmy de Souza, veilleur de nuit. Malgré l'odeur de transpiration, de cigarette et de pizza rance enveloppant l'individu, Kevin préférait encore ce spectacle à ce qu'il y avait en haut dans la chambre 24. Un bref coup d'œil lui avait suffi pour comprendre qu'interroger l'homme qui avait découvert le corps n'était pas le mauvais lot. Mieux valait être là, en bas, où il n'y avait rien de plus dérangeant à voir qu'un veilleur de nuit infect et une horde d'experts et de flics entrant et sortant.

De Souza était trapu, avec un ventre rond mettant à rude épreuve son maillot de corps crasseux et la ceinture de son pantalon de survêtement. Ses cheveux noirs gominés coiffés en arrière et sa bouche en cerise sur un menton rond et dodu lui donnaient l'air irascible. « Écoutez, je vous le répète, dit-il, un léger reste de contrées lointaines pointant sous son accent de Bradfield. Je ne viens que si quelqu'un se sert de la sonnette. Les gens aiment bien leur tranquillité. C'est pour ça qu'ils paient.

— À l'heure, fit remarquer Kevin d'une voix acide.

— Et après ? Ce n'est pas interdit par la loi de louer des chambres à l'heure, non ? Les gens ont des besoins. » De Souza fit mine de se curer le nez puis se ravisa en voyant la grimace de dégoût de Kevin.

« Quand exactement avez-vous loué la chambre 24 ? »

De Souza indiqua un gros registre ouvert sur la tablette sous le comptoir. « Tenez. Six heures dix. »

Kevin jeta un œil. L'heure avec un nom gribouillé à côté d'une main malhabile. « Et à qui l'avez-vous louée ? Je me suis laissé dire corrigez-moi si je me trompe que ce n'était pas Margaret Thatcher.

— Une pute appelée Jackie. Maigrichonne avec des cheveux blonds décolorés. Elle venait généralement plusieurs fois par jour.

— Vous ne connaissez pas son nom de famille ? »

De Souza le regarda de travers. « Vous voulez rire ? Ça intéresse qui ?

— Avec qui était-elle ?

— J'en sais rien. J'étais derrière, à regarder le foot. Elle a crié qu'elle prenait la clé et j'ai simplement noté l'heure. Elle paierait en redescendant. J'aime bien laisser un peu de latitude aux bons clients.

— Ainsi, vous n'avez pas vu qui était avec elle ? demanda à nouveau Kevin.

— Je ne sais même pas s'il était avec elle. Souvent, les types restent en retrait quelques minutes, pour pas qu'on les voie. Les filles leur disent juste à quelle chambre monter.

— Très pratique, dit Kevin avec amertume. Eh bien, qu'est-ce qui vous a fait aller là-haut ?

— Elle avait largement dépassé l'heure. Normalement, elle ressort au bout d'une demi-heure environ. Comme je vous l'ai dit, elle paie en redescendant et je vais changer les draps. Quand le match a fini, vers huit heures, la clé était là au crochet. J'étais emmerdé, je pensais qu'elle avait mis les voiles, alors je suis monté voir si elle n'avait pas laissé le fric à l'intérieur. Je suis allé à la 24 et je suis entré... » Pour la première fois, de Souza parut mal à l'aise. « Merde alors, je ne vais pas pouvoir relouer cette piaule avant un moment ! »

Kevin le regarda comme s'il avait envie de le frapper. « Vous allez me faire pleurer. » Du bout de son stylo, il décrocha la clé de la chambre 24. Puis il la glissa dans un sachet à indices qu'il fourra dans sa poche. « On va devoir garder ça pour l'instant. Mais comme vous l'avez dit vous-même, vous n'allez pas en avoir besoin de sitôt. »

Cette déclaration piqua de Souza au vif. « Combien de temps que vous allez nous empêcher de bosser ?

— Le temps qu'il faudra. Maintenant, c'est une scène de crime, mon pote », répondit Kevin avec un sourire doucereux.

Tandis qu'il parlait, la porte de la rue s'ouvrit à nouveau et Carol Jordan entra à grands pas. « Où est-ce que ça se passe, Kevin ? demanda-t-elle.

— Premier étage, chef. Chambre 24. Don est là-haut avec Jan et Paula. Et les types du labo.

— J'y vais. »

Tom Storey n'avait pas menti en disant qu'il savait s'y prendre avec les gens. Son travail au bureau d'allocation de logement était parfois lourd de menaces de violence, aussi bien verbales que physiques. Jusqu'à ce que son attitude fantasque aboutisse à sa mise en congé pour raison de santé, il avait toujours été celui sur qui les patrons peuvent compter pour empêcher le client difficile de se laisser aller à un geste irréparable. C'est pourquoi la mission que lui avait assignée Tony Hill lui semblait moins un fardeau qu'un véritable défi qu'il pensait être en mesure de relever.

Enfermé à Bradfield Moor, tenaillé à la fois par une culpabilité écrasante et par la peur de cet envahisseur inconnu qui lui rongeait la cervelle, il avait essayé de se distraire en observant ses codétenus. Fixer son attention sur quelque chose d'extérieur l'aidait à rester maître de lui. Bien entendu, les prisonniers disposant d'une certaine liberté de mouvement étaient ceux qui passaient pour inoffensifs, dans le sens où ils n'allaient pas se mettre à courir comme des fous une fourchette à la main : les obsessionnels compulsifs, qui étaient surtout un danger pour eux-mêmes ; les schizophrènes sous médicaments légers ; les maniaco-dépressifs assagis par le lithium. D'une certaine façon, Tom les trouvait plus intéressants que les violents parce qu'il était plus facile de comprendre comment ils avaient franchi les limites de la normalité. Il n'aimait pas penser à ceux qui avaient une personnalité déséquilibrée ; il avait rencontré suffisamment de sociopathes au cours de sa vie professionnelle pour en être rassasié jusqu'à la fin de ses jours.

Lorsque Tony lui avait décrit Derek Tyler, Storey avait tout de suite deviné de qui il s'agissait. Il avait déjà remarqué son immobilité muette, ce qui n'était pas monnaie courante dans l'établissement. Même ceux qui étaient drogués jusqu'aux oreilles avaient tendance à être agités. Mais Tyler semblait évoluer dans une petite oasis de paix. Non qu'il y eût chez lui quoi que ce soit de paisible. Il dégageait au contraire un climat de tension qui incitait les autres à la prudence.

Il ne participait à rien non plus. C'était un autre de ses traits distinctifs. Il ne montrait aucun intérêt pour des activités sociales, et sa résistance passive à tout ce qui pouvait présenter un caractère collectif était d'autant plus impressionnante que Storey ne le croyait pas très intelligent.

Autant de choses qui le rendaient facilement identifiable. Mais plutôt difficile à atteindre. Ce n'était pas une affaire simple que Tony lui avait collée sur le dos. Storey avait passé la plus grande partie de la journée à observer discrètement Tyler chaque fois qu'il en avait l'occasion, essayant d'imaginer un moyen de percer la carapace. Il n'en était rien sorti.

En début de soirée, alors que la plupart de ceux qui étaient encore lucides regardaient les feuilletons à la télé, il le vit seul dans un coin de la salle commune. Sous l'impulsion du moment, il alla prendre un des puzzles entassés sur les étagères et s'approcha de la table de Tyler. Il s'assit sans demander la permission, s'escrima à ouvrir la boîte d'une seule main et finit par y parvenir. Il sortit les pièces, se demandant au passage combien il en restait et qui soient en bon état sur les cinq cent cinquante que contenait le jeu.

Aucune réaction. Tyler sembla se retirer encore plus profondément en lui-même. Mais, malgré lui, ses yeux étaient attirés par le fouillis de morceaux de carton découpés, comme le nota Storey. Celui-ci se mit à trier gauchement les pièces, à la recherche de bords et de ciel. « Les plus faciles et les plus difficiles ensuite, expliqua-t-il. Une fois qu'on a le ciel, le reste a l'air simple. »

Tyler ne dit rien. Le silence persista tandis que Storey assemblait la bordure de l'image. C'était une vue des Alpes, un funiculaire gravissant une montagne où la prairie se changeait en calotte glaciaire. Il commit sciemment deux ou trois erreurs, mais Tyler ne réagit pas. Il effectua alors la modification et continua :

« Ce soir, je me sens gai comme un pinson, dit-il en prenant soin de regarder uniquement le puzzle. Je vais subir une opération, mais après ça, je crois que je sortirai d'ici. » Il leva la tête vers Tyler. « Vous savez ce que j'ai fait, je parie ? » Rien d'étonnant. L'équipe médicale avait beau se démener pour éviter que les patients ne cancanent sur les antécédents des autres, les nouvelles à Bradfield Moor se répandaient aussi vite que des rats dans un égout. « J'ai tué mes gosses. » Il ne put se retenir ; des larmes lui montèrent aux yeux. Il les essuya précipitamment. « Je pensais que c'était cuit. Que jamais je ne reverrais le monde extérieur. Pour être honnête, ça me paraissait normal. Je veux dire, comment est-ce qu'on pourrait avoir confiance en moi ? Comment est-ce que je pourrais avoir confiance en moi-même ? Si je suis capable d'ôter la vie aux êtres qui me sont le plus chers, qui donc serait en sécurité ? »

Tyler ne semblait pas avoir entendu un traître mot. Storey s'obstina. D'ailleurs, il ne débordait pas d'occupations. « Et, à la manière dont me traite le personnel, je sens bien que, derrière tout leur professionnalisme, ils me jugent irrécupérable. Ils ont l'habitude d'avoir affaire à des malades. Mais j'ai quand même l'impression d'être une anomalie, comme si ce que j'ai fait me mettait en dehors du genre humain. Tuer ses propres enfants, c'est une chose que personne ne pardonne. Ou du moins, c'est ce que je pensais. Puis j'ai parlé avec ce nouveau toubib qu'ils ont engagé. » Il sourit. « Le docteur Hill. Il n'est pas comme les autres. Il essaie de me sortir d'ici. Il m'a fait comprendre que ce n'est pas impossible de remonter la pente. De repartir de zéro. Croyez-moi, si vous voulez vous tirer de ce trou, c'est lui que vous devez voir. »

Tyler tendit un doigt hésitant et poussa une pièce vers Storey. C'était la suivante dans une série de morceaux grisâtres qui se révéla finalement être un glacier, tout près du bord de gauche. Storey s'efforça de ne pas montrer sa satisfaction. « Merci, mon vieux », dit-il avec nonchalance. Il continua en silence pendant quelques minutes.

« Bon Dieu, si seulement j'avais rencontré le docteur Hill il y a quelques mois ! finit-il par s'exclamer, parlant du fond du cœur avec une amertume sincère. Il a tout de suite compris ce qui ne tournait pas rond chez moi. Si mon généraliste ne s'était pas contenté de me refiler un flacon de pilules, s'il m'avait envoyé voir quelqu'un qui sait ce qu'il fait, je n'en serais pas là à l'heure actuelle. Mes gosses seraient toujours en vie et moi, je ne serais pas enfermé. »

Tyler changea de position, s'écartant de la table. Storey sentit qu'il était en perte de vitesse avec l'homme muet. « Mais, grâce au docteur Hill... j'ai compris que ma vie n'était pas finie. Qu'il m'était possible de sortir et de prendre un nouveau départ. Et que, la prochaine fois, je pourrais faire mieux. Que, peut-être, j'arriverais à m'en tirer. Qu'avec un coup de main, j'arriverais à m'en tirer. »

Storey ne savait pas trop si c'était ce qu'il avait dit, mais quelque chose avait fait tilt. Tyler se rapprocha de la table. Il examina les pièces, en prit une et l'inséra. Son regard croisa celui de Storey, une lueur d'émotion indéfinissable dans les yeux. Il hocha lentement la tête puis se leva. En passant près de Storey, il s'arrêta pour lui donner une tape sur l'épaule. Puis, telle une ombre silencieuse, il traversa la pièce et disparut dans le couloir.

Storey se laissa aller en arrière sur sa chaise avec un sourire quelque peu perplexe. Il n'était pas sûr d'avoir réussi, mais il avait le sentiment d'avoir marqué des points auprès de l'homme qui était en mesure de le libérer, à la fois de Bradfield Moor et de sa propre prison mentale.

Ayant jeté un coup d'œil à la scène de crime, Carol avait appelé Tony. À présent, il se tenait près du lit, la tête inclinée, l'air de se recueillir. Il paraissait ne pas avoir conscience de la vague écarlate qui avait englouti la vie de la morte, tellement son attention semblait concentrée sur le visage bâillonné. Elle-même ne pouvait pas s'offrir ce luxe. Le cadavre sur le lit lui faisait l'effet d'un affront personnel, d'un rappel délibéré que son équipe ne s'était pas montrée à la hauteur du défi que représentait la précédente victime du tueur. Intellectuellement, elle savait qu'il n'en était rien ; que les individus commettant ce genre de meurtre étaient beaucoup moins soucieux de leur public que du contenu de leur cerveau malade. Mais, à un niveau affectif, c'était comme un camouflet.

« Il n'y a aucun doute, n'est-ce pas ? » demanda-t-elle tout bas à Tony.

Il releva la tête, son regard indéchiffrable dans la maigre lumière de l'ampoule de soixante watts sous l'abat-jour poussiéreux. « Absolument aucun. Celui qui a tué Sandie a aussi tué celle-ci. »

Carol se tourna vers Jan et Paula, debout sur le seuil, attendant des ordres. « On sait qui c'est ? »

Jan acquiesça. « Jackie Mayall. Elle est relativement nouvelle dans le quartier. Une camée, mais qui se défendait plutôt bien.

— Elle avait un souteneur ?

— Plus maintenant. Au début, elle travaillait pour Lee Myerson. Mais il purge cinq ans pour trafic d'héroïne. Quand on l'a embarqué, on a fait savoir aux membres de sa bande qu'ils avaient intérêt à laisser les filles tranquilles s'ils ne voulaient pas goûter au même traitement. Depuis qu'on a commencé à faire jouer la loi sur le produit des crimes et délits, un tas de petits macs minables ont été forcés de refourguer leurs bagnoles de luxe.

— Bon. Jackie travaillait donc en solo. Mais elle devait avoir des copines. Jan, Paula, vous interrogerez tout le monde. Allez parler à ces femmes. Cherchez qui d'autre utilisait cet hôtel borgne. Qui était ici ce soir. Qui a vu Jackie un peu plus tôt. Si elle avait des clients réguliers. Vous connaissez la musique. »

Les deux femmes étaient déjà en route. « Paula, où est Don ? » leur cria Carol.

Paula se retourna, éberluée. « Je ne sais pas, chef », fit sa voix, mais son expression était une version circonspecte de : *Pourquoi est-ce que vous me demandez ça à moi ?*

— Il était là tout à l'heure, répondit Jan. Il a chargé Kevin d'interroger le veilleur de nuit. Il nous a dit, à Paula et à moi, de jeter un coup d'œil aux autres chambres. Naturellement, personne n'a rien vu ni entendu, même quand on les a menacés de mettre leurs épouses au courant. Puis, comme le médecin légiste en avait fini avec les premières constatations, Don a dû sortir avec Sam pour voir ce qu'ils pouvaient récolter dans la rue. »

Carol dissimula son irritation. Si Don Merrick voulait qu'on le prenne au sérieux comme inspecteur, il avait intérêt à se comporter comme tel. Ratisser les rues était un boulot de sous-fifre. Il aurait dû être là en train de coordonner le reste du groupe, au moins jusqu'à ce qu'elle arrive, au lieu de filer dans la nuit. « Je veux le voir à l'autopsie. Dites-lui de se mettre en contact avec l'équipe du docteur Vernon. »

Tony s'était éloigné du lit pour permettre aux techniciens de l'identité judiciaire de se livrer à leurs rites mystérieux. Carol vint se placer à son côté, tout près mais sans le toucher. « On dirait qu'elle a perdu jusqu'à sa dernière goutte de sang. Il ne sait plus ce qu'il fait.

— Il sait très bien ce qu'il fait. C'est de l'acharnement, certes, mais un acharnement tout à fait particulier. Une question de pouvoir. De l'abus de pouvoir à la puissance n.

— Et il va recommencer, dit-elle lourdement.

— Aucun doute là-dessus. Il y prend trop de plaisir pour s'arrêter maintenant. Et, à mon avis, il a de plus en plus d'assurance. »

Le visage de Carol se plissa de dégoût. « Comment ça ?

— Souviens-toi que, d'après Vernon, Sandie a dû mettre au moins une heure à mourir. Cependant, il a perpétré celui-là dans une chambre louée à l'heure. Il courait le risque de dépasser le temps. Il devait se sentir suffisamment sûr de s'en tirer si tel était le cas. »

Carol secoua la tête. « Ç'aurait été un sacré risque. Il multipliait les chances d'être vu, non ?

— Exact, reconnut Tony. Et pourtant, il ne semble pas enclin à prendre des risques. L'affirmation du pouvoir, tu te souviens ? Réduire les dangers au minimum. Peut-être que cela a plus à voir avec son degré de confiance. Peut-être qu'il se croit maintenant suffisamment fort pour se dire qu'en cas de pépin il pourra s'en sortir en tuant. »

Carol avala une goulée d'air. « Je n'aime pas beaucoup ça.

— Non. Mais c'est quelque chose qu'il te faut prendre en compte.

— Qui est ce type, Tony ? Qu'est-ce que tu peux me dire à son sujet ? »

Il fronça les sourcils. « C'est un homme, blanc, ayant entre vingt-cinq et trente-cinq ans. Il supporte mal l'autorité – il pense que tout le monde le sous-estime. S'il possède un emploi, il sera mal vu par son patron. Mais il est plus probable qu'il travaille à son propre compte, encore que sans véritables qualifications. Il loue ses services ponctuellement à qui a du boulot pour lui, mais il ne reste jamais longtemps avec le même employeur parce qu'il croit tout savoir – ce qui n'est pas le cas. En société, il se débrouille. Il n'a pas de bons amis, mais il dispose d'un cercle de connaissances. Il est très improbable qu'il ait une relation avec une femme. » Tony fit la moue. « Et il est impuissant, sauf quand il fait ça... » Il eut un haussement d'épaules. « Pas grand-chose d'intéressant, j'en ai peur.

— C'est un début, répondit Carol, sachant combien avec Tony les débuts peu prometteurs pouvaient conduire à des développements féconds. Et Dieu sait qu'en ce moment je ne peux pas me permettre de faire la fine bouche. »

Il se sent bien ce soir. Il a tenu la promesse qu'il s'était faite. Cette fois, ça a marché. Il a été fort. Il a été un homme. À présent, assis dans le bar à siroter une bière, se comportant comme s'il s'agissait d'une soirée quelconque et qu'il buvait un demi bien mérité, il se délecte de son secret, sachant que lui seul est responsable du remue-ménage dans la rue.

Celle-là, ils l'ont dénichée plus vite, exactement comme l'avait prévu la Voix. D'accord, le temps qu'ils ont mis à trouver Sandie avait travaillé en sa faveur. Il s'était écoulé des heures et les éventuels témoins s'étaient dispersés aux quatre vents, ne laissant que les habitués qui ne le remarqueraient même pas. N'empêche que ç'avait été usant pour les nerfs d'attendre en se posant des questions. Mais rien de tout ça cette fois-ci. Il savait que Jimmy de Souza grimperait les esca-

liers tel un rat sortant de son trou dès qu'il se rendrait compte que la clé était à nouveau sur son crochet et qu'il n'avait pas eu son fric. Sale petit rapiat ! Tant mieux si le spectacle lui coupait l'appétit pendant des semaines. Il se souvient encore de De Souza se payant sa tête, il y a de ça des années. Ça fait du bien de régler ses comptes. D'une pierre deux coups.

Mais ça fichait la frousse d'être dans la chambre d'hôtel avec la nana qui saignait à mort. On aurait dit que ça n'en finissait pas et, même si ça l'a drôlement excité, il avait l'impression d'être à découvert dans cette piaule, encore plus qu'avec Sandie. Il y avait d'autres gens dans l'immeuble. Il fallait penser à ce grippe-sou de Jimmy. Mais la Voix lui avait dit quoi faire si jamais on l'apercevait. Ça ne l'avait pas réjoui, l'idée de dégainer son couteau pour le plonger dans le bide du premier venu. Ça sentait plutôt le sauve-qui-peut, tout le contraire de leur nettoyage minutieusement planifié. Mais la Voix lui avait expliqué qu'il se pourrait qu'un jour ce soit nécessaire, et il s'était dit qu'il y était prêt, qu'il en était capable.

Il regarde dans la rue à travers la grande baie vitrée du bar. Ils sont là, les flics, carnet en main, notant des noms et des adresses qui seront du pipeau une fois sur deux. Demandant aux gens ce qu'ils ont vu, où ils étaient. Cherchant des alibis, cherchant des témoins, cherchant un tueur qui se trouve sous leur nez. Mais ils ne le sentent pas. Il est hors de leur portée, sain et sauf dans le pub avec son demi. Il sourit et se souvient d'un jeu de son enfance. « Cours, cours aussi vite que tu peux, je suis le bonhomme en pain d'épice et tu ne m'attraperas pas. » C'est lui, sûr et certain. Le bonhomme en pain d'épice.

Jan et Paula décidèrent de commencer à proximité de l'hôtel. Il y avait deux ou trois bars dans Bellwether Street près de l'étroite ruelle menant au Woolpack Hotel. Alors qu'elles descendaient la rue, Jan se mit à frissonner dans la brume nocturne et enfila ses gants. « Ça caille drôlement ce soir ! Ça ne va pas être Byzance pour les filles.

— Quelle existence effroyable », dit Paula avec attendrissement en relevant le col de son manteau pour se protéger de l'étreinte glacée du brouillard.

« Et vivre avec Don Merrick, c'est comment ? » demanda Jan sur le ton de la conversation.

Paula lui jeta un regard surpris. « Eh bien, les nouvelles vont vite.

— Dans un poste de police, il n'y a pas de secrets.

— Par conséquent, vous savez que je ne vis pas avec lui au sens biblique, fit observer sèchement Paula. Il couche dans la chambre d'amis. En attendant de trouver autre chose. »

Jan éclata de rire. « Alors, il est là pour un bout de temps. C'est bon, Paula, je sais que vous n'êtes pas collée avec Don. »

Son ton avait quelque chose qui mettait Paula mal à l'aise. « Parfait. Dans ce cas, ça ne vous dérangera pas d'empêcher les autres de se méprendre sur ce point.

— C'est ce que vous voulez ? Vous voulez vraiment que je raconte à tout le monde pourquoi je suis tellement certaine que vous ne partagez pas plus votre lit que votre micro-ondes avec Don ? » Il y avait maintenant de la taquinerie dans sa voix.

Paula s'arrêta net. « Qu'est-ce que c'est censé vouloir dire ? » demanda-t-elle, l'estomac serré.

Jan pivota pour lui faire face, un sourire changeant son visage joufflu en une image de l'innocence. « Le Rainbow Flesh, à Leeds. La piste de danse. On passait, si je me souviens bien, un morceau de l'album *Central Reservation*, de Beth Orton. Votre partenaire était très mignonne. Avec un serpent tatoué sur l'épaule. »

Paula essaya de ne pas montrer le choc qui irradia ses muscles. « Ce n'était pas moi », dit-elle automatiquement, sans même prendre le temps de voir que les propos de Jan constituaient à eux seuls un aveu de sa part. Elle se remit à marcher. « Si vous sortez en boîte, c'est que vous avez plus de temps libre que moi, manifestement », ajouta-t-elle, s'efforçant d'alléger ce moment où sa pire crainte avait brusquement revêtu la forme de la réalité. Elle se sentait malade.

« Ça va, Paula, je ne dirai rien, lança Jan en lui emboîtant le pas. Réfléchissez. J'ai autant à perdre que vous. Nous savons l'une comme l'autre que, malgré tout ce que racontent les huiles, les flics de la rue ne vont pas être nos copains s'ils apprennent que nous sommes lesbiennes.

— Il n'y a rien à dire », répliqua Paula d'un ton brusque. Elle voulait avoir du temps pour y penser et ne pas se laisser entraîner dans une fausse camaraderie avec quelqu'un qu'elle ne connaissait pas assez pour lui faire confiance. Elle traversa la rue sans prendre la peine de vérifier si Jan la suivait. « Il y a une femme là-bas, on dirait qu'elle fait le tapin. Allons jeter un coup d'œil. »

Jan suivait effectivement, son sourire angélique toujours aux lèvres.

Le lendemain matin, la brume s'était transformée en un linceul lugubre, gris clair mêlé de jaune. Les voitures avançaient au pas dans les rues sulfureuses, et l'animateur de Bradfield Sound commençait à montrer son irritation pendant les infos de plus en plus longues sur le trafic routier. Normalement, cela n'aurait pas dû affecter Tony, qui en aurait profité pour se perdre dans ses pensées. Mais ce matin-là, il était impatient d'arriver au travail.

Il était revenu de l'horreur de la chambre 24 du Woolpack pour trouver un message d'Aidan Hart sur son répondeur. Lorsqu'il avait rappelé, son patron avait eu l'air à la fois stupéfait et légèrement agacé. « Derek Tyler veut vous voir.

— Il l'a demandé ? » Qu'est-ce que Tom Storey avait bien pu faire pour que Tyler rompe ses vœux de silence ?

« Il n'a pas utilisé ses cordes vocales, si c'est ce que vous voulez dire. Il a écrit un mot qu'il a donné à l'un des infirmiers. « Je veux voir le docteur Hill. » C'est tout ce qu'il y avait de marqué. Mais l'infirmier a estimé qu'il s'agissait d'un progrès suffisamment important pour m'appeler sur mon portable, ajouta-t-il avec humeur.

— Désolé que votre soirée ait été interrompue, dit Tony sans se donner le mal de glisser la moindre note de regret dans sa voix. Voilà une excellente nouvelle. Merci de m'en avoir fait part.

— Je vous ai pris un rendez-vous avec lui à neuf heures demain matin », continua Hart.

Navré, Carol, pensa-t-il. « Très bien. J'y serai.

— Dans la salle d'interrogatoire avec le hublot d'observation, ajouta Hart. Je tiens à voir ça par moi-même. »

Tony maudit le temps et la circulation en regrettant de ne pas connaître assez bien Bradfield pour quitter la grand-rue et faire des crochets. À ce rythme-là, il allait être en retard et il avait le sentiment qu'Aidan Hart en serait absolument ravi.

Soudain, sans raison apparente, les véhicules devant lui se mirent à avancer à ce qui devait friser la limite de vitesse. Tony s'élança, adressant des prières de remerciement au dieu qui gouvernait le trafic capricieux de Bradfield. *Sûrement un fichu vicelard*, pensa-t-il avec irrévérence.

Il arriva à l'hôpital avec sept minutes d'avance. Il ne prit pas la peine d'aller à son bureau ; il mit le cap directement sur la cabine d'observation derrière la salle d'interrogatoire. Alors qu'il tournait dans le couloir, il se heurta à un des infirmiers. « Pardon », dit-il en chancelant.

L'infirmier le saisit par le coude pour l'empêcher de perdre l'équilibre. « Il n'y a pas de mal, doc. Vous venez voir Tyler, hein ?

— C'est ça. Il n'a pas changé d'avis ? » demanda-t-il, pris d'une brusque appréhension.

L'infirmier eut un haussement d'épaules. « Qui sait ? Tyler n'ouvre pas la bouche. Votre patron a tenté sa chance hier soir, mais ça n'a rien donné.

— Le docteur Hart lui a parlé hier soir ? »

L'infirmier acquiesça. « Dès qu'il a eu le message, il s'est ramené ici pour dire à Tyler que ce serait un gain de temps pour tout le monde s'il discutait avec lui plutôt qu'avec vous. »

La politique, songea Tony. *Il veut s'attribuer le mérite d'avoir fait parler Tyler.* Il écarta les mains en un geste d'innocence et ouvrit la porte de la pièce d'observation. Hart était déjà là, assis dans un fauteuil, une cheville se balançant sur l'autre genou. « Content que vous ayez réussi à venir.

— La circulation, dit Tony. Le brouillard.

— Oui, je me félicite d'être parti un quart d'heure plus tôt que d'habitude, répondit-il d'un ton suffisant. Eh bien, c'est un sacré revirement. Je croyais que Tyler vous avait remis à votre place la dernière fois que vous vous êtes entretenu avec lui. Mais il semble vouloir en dire plus. Comment avez-vous fait ? » Il se redressa et se pencha en avant. Il avait vraiment envie de le savoir. Mais maintenant qu'il connaissait la tentative d'ingérence de Hart la veille, Tony était bien décidé à ne rien dire.

« Le charme naturel, Aidan. Le charme naturel. » Il esquissa un sourire puis sortit. Il attendait dans la salle d'interrogatoire quand la porte s'ouvrit et que Derek Tyler entra. Il marchait le dos voûté, ce qui le faisait paraître plus vieux que son âge. Le crâne noueux scintilla dans la lumière tandis qu'il s'installait en face de Tony, qui lui adressa un regard engageant. « Bonjour, Derek. Ça fait plaisir de vous revoir. »

Rien. Mais cette fois au moins, Tyler le regardait en face au lieu de faire comme s'il était tout seul dans la pièce. Tony allongea les jambes, les croisa et mit ses mains derrière sa tête. Une position aussi décontractée que le permettait une chaise en plastique dur. « Eh bien, de quoi désirez-vous parler ? »

Rien. « D'accord, dit Tony. C'est moi qui vais commencer. Je pense que vous êtes sur le point de laisser tomber. Vous avez gardé la foi. Vous êtes demeuré fidèle à la voix dans votre tête. Mais vous vous demandez à présent si c'était bien la peine. Comme je vous l'ai déjà dit, quelqu'un a repris votre boulot. Il est là, dehors, faisant ce que vous faisiez. Et il est plus malin que vous car, lui, on ne l'a pas encore attrapé. »

Tyler cligna plusieurs fois des yeux. Ses lèvres s'entrouvrirent et le bout de sa langue passa d'un côté à l'autre. Mais il ne dit rien.

« À mon avis, la voix vous a lâché. »

Les yeux de Tyler s'étrécirent et il entreprit de frotter ses pouces contre l'extrémité de ses index.

« Parce que vous ne pouvez plus donner satisfaction, n'est-ce pas, Derek ? Vous ne pouvez plus éliminer ces garces qui font le trottoir. »

Tyler secoua la tête. Il semblait frustré. Puis sa bouche s'ouvrit et les mots jaillirent, secs et éraillés. « Je sais très bien ce que vous essayez de faire. Vous ne voulez pas m'aider, vous voulez que ce soit moi qui vous aide. Mais vous ne pouvez pas m'enlever la Voix. Elle m'appartient. Je ne fais que ce qu'elle me dit de faire. Et tant qu'elle ne m'aura pas dit de vous parler, ça m'est impossible. » Il repoussa sa chaise et se leva brusquement. Puis il s'approcha de la porte et frappa pour qu'on le laisse sortir.

Il ne regarda pas derrière lui. Sans quoi il aurait vu un grand sourire s'étaler lentement sur le visage de Tony.

Adossée au mur de la morgue, Carol regardait le docteur Vernon procéder à un premier examen des restes de Jackie Mayall. L'odeur âcre de produits chimiques mêlée aux effluves écœurants exhalés par le cadavre lui emplissait les narines. C'est du moins ainsi qu'elle s'expliquait son mal de crâne. Vernon prélevait des raclures sous les ongles de la victime quand Don Merrick entra en trombe. « Désolé, chef, dit-il en prenant son air de chien battu. La circulation était un cauchemar. Le brouillard...

— Le brouillard est le même pour tout le monde, Don, fit observer Carol.

— Je sais, mais... » Il n'acheva pas sa phrase. Il ne pouvait pas lui dire qu'il avait mal calculé le trajet parce qu'il n'avait pas l'habitude des bouchons là où habitait Paula. Pas sans déballer tout le reste.

« Et hier soir, continua-t-elle à voix basse pour que le personnel de la morgue ne l'entende pas engueuler Merrick. Qu'est-ce vous avez fichu ? Vous étiez le seul officier supérieur sur les lieux et vous avez filé pour faire un boulot incombant à de simples constables ou à des agents en tenue. Lorsque je suis arrivée,

Paula et Jan tournaient en rond sans savoir si elles devaient aller ratisser les rues ou m'attendre.

— Je leur ai demandé d'interroger tous ceux qui se trouvaient dans l'hôtel, répondit Merrick, sur la défensive.

— Ce qui ne leur a pas pris longtemps, vu que seules deux autres chambres étaient occupées, et par des loustics s'intéressant davantage à leurs propres activités qu'à ce qui pouvait se passer autour d'eux. Don, vous n'êtes plus sergent. J'ai besoin de savoir que vous avez la situation en main quand je ne suis pas là. Vous ne pouvez pas fiche le camp de la scène d'un crime et vous attendre à ce que les autres fassent ce qu'il faut. »

Merrick inclina la tête. « Désolé. Cela n'arrivera plus.

— Ce serait préférable. J'ai déjà suffisamment de pain sur la planche sans avoir à rattraper vos bévues. »

La dureté du ton de Carol fit tressaillir Merrick. Il espérait que les informations qu'il était à même de fournir lui permettraient de redorer quelque peu son blason. « On a au moins une adresse pour la victime, dit-il. Cela a pris du temps, mais on a suivi sa trace jusqu'à une chambre meublée dans Comb Moss. On a tiré le proprio du lit à trois heures du matin et on a fouillé la piaule de fond en comble. »

L'expression de Carol perdit un peu de sa sévérité. « Et alors, qu'est-ce que vous avez appris ?

— Jackie Mayall s'est installée à Bradfield il y a environ dix-huit mois. Elle venait de Hayfield. J'ai parlé à un des flics là-bas en rentrant. L'histoire habituelle. Famille de quatre enfants, parents en chômage de longue durée. A quitté l'école à seize ans, pas beaucoup de boulot dans les environs. Elle a fait des remplacements dans une des usines, mais n'a jamais réussi à obtenir un poste à plein temps. Apparemment, la ponctualité n'était pas son fort. Elle a glissé dans l'héroïne et ensuite dans la prostitution pour payer la drogue. Dans un trou comme Hayfield, ça ne risquait pas de passer inaperçu, alors elle a mis le cap sur la grande ville. Le proprio savait qu'elle se shootait, mais ça ne le dérangeait pas parce que c'était une locataire sans histoires. Je n'avais encore jamais vu de crèche de camée aussi minuscule ni aussi propre, c'est moi qui vous le dis. » Merrick revit à cet instant la chambre : un lit double soigneusement fait, deux fauteuils bon marché dont le tissu élimé était dissimulé par des plaids ; un coin-cuisine immaculé équipé d'un four luisant comme un sou neuf ; des vêtements accrochés méticuleusement à une tringle ; télé et vidéo sans un grain de poussière et une demi-douzaine de romans à l'eau de rose en édition de poche posés sur la cheminée. Vraiment pitoyable. Un triste simulacre de vie normale se dissimulant derrière une porte délabrée dans un des quartiers les plus misérables de la ville. « Vous parlez d'une vie ! » conclut-il.

Carol poussa un soupir. « N'empêche, c'était la sienne. Et un salopard est venu la lui prendre. » Elle s'éclaircit la voix et fit un pas en avant. « Qu'est-ce que vous en pensez, docteur ? Le même assassin ? »

Vernon lui jeta un coup d'œil. « Elle a été tuée de manière identique. Ses blessures sont peut-être encore plus graves. Je dirais que son meurtrier a utilisé cette fois-ci un instrument plus long. Les dommages internes vont davantage en profondeur. Il y a des chances pour qu'elle n'ait pas vécu aussi longtemps que Sandie Foster. La douleur a dû être insupportable. Elle a sans doute perdu connaissance peu après l'attaque initiale. »

Carol fut parcourue d'un frisson. « Quel genre d'individu serait capable d'une chose pareille ?

— C'est au docteur Hill qu'il faut poser la question, pas à moi. Tout ce que je peux vous dire, c'est la manière dont il a agi, pas pour quelle raison. Si ce n'est que ça lui procure manifestement une sorte de plaisir sexuel.

— Rien de bien nouveau », marmonna Merrick.

Vernon lui lança un regard acéré. « Je travaille dans le domaine des faits, inspecteur, pas dans celui des théories. Si je parle de plaisir sexuel, c'est parce qu'il y a des traces de sperme sur le ventre de Jackie Mayall. »

Chez Stan, la buée sur l'intérieur des vitres donnait toujours l'impression que du brouillard flottait le long du canal. Le sergent Kevin Matthews entra, passant de la brume glacée à une chaude pestilence. Il n'était pas sûr que ce fût un progrès. Tirant de sa poche une feuille A4 pliée, il s'installa à la première table près de la porte. Le jeune homme au regard vague portant un sweat à capuche qui était déjà assis là eut l'air surpris, comme si Kevin avait transgressé une règle tacite. Dépliant la feuille, ce dernier révéla un tirage informatique réalisé à partir d'un instantané de Jackie Mayall que Merrick avait trouvé chez elle. Il représentait Jackie levant un verre en direction de l'objectif, ses cheveux blonds décolorés blanchis par la lumière du flash. Merrick avait bricolé la photo de manière à enlever les yeux rouges. À présent, les pupilles avaient simplement l'air exagérément dilatées. « Sans doute pas si loin de la réalité », avait grommelé Sam en ramassant son exemplaire et en partant faire la tournée avec Kevin. Ils s'étaient séparés, Sam s'arrangeant pour prendre le magasin et le fast-food de la rue d'à côté.

« Ça va, mon vieux ? » demanda Kevin.

Le jeune homme acquiesça avec empressement. « Ouais. Ça va. Je m'appelle Jason. »

Et tu es une tête de nœud, pensa Kevin, refoulant son mépris. « Salut, Jason, je m'appelle Kevin. Je suis policier. »

Il lui montra la photo de Jackie. Jason la regarda puis leva les yeux vers Kevin. « Pourquoi que vous avez une photo de Jackie ? C'est votre petite amie ? Vous l'avez perdue ?

— Vous la connaissiez ?

— Jackie ? Ben oui, je connais Jackie. Elle vient souvent ici boire un chocolat chaud.

— Je suis désolé d'avoir à vous dire que Jackie est morte. Elle a été tuée hier soir. »

Jason resta bouche bée. « Non. Pas Jackie, c'est pas possible. Jackie est une brave fille. Vous devez vous tromper. »

Kevin secoua la tête. « Pas d'erreur, malheureusement. Je regrette.

— C'est absurde. Jackie était une brave fille, répéta-t-il.

— Vous lui avez déjà parlé ? »

Jason eut l'air confus. « Pas vraiment. Pas parler parler. Juste « Bonjour, comment ça va ? » »

Avant que Kevin ait pu en savoir davantage, deux jeunes se décollèrent des machines à sous et vinrent s'installer à la table. « Vous êtes flic ? » questionna l'un d'eux.

Kevin acquiesça. « Et vous êtes ? »

Le plus costaud redressa les épaules en une démonstration de virilité pitoyable. « Moi, je suis Tyrone Donelan.

— Et qu'est-ce que vous faites, Tyrone ? demanda Kevin en s'efforçant de ne pas prendre un ton ironique.

— Environ huit litres au cent. » Il rit bruyamment de sa propre plaisanterie. « Je suis mécanicien. Pour tout ce qui concerne les bagnoles, je suis votre homme. »

Y compris les bagnoles volées, pensa Kevin avec cynisme. « Et votre copain ? »

Donelan désigna d'un signe de tête l'autre garçon. « Lui, c'est Carl. Carl Mackenzie. Dis bonjour au gentil policier, Carl. »

Mackenzie grommela quelque chose puis se mit à regarder ailleurs en traçant des lignes dans le sucre éparpillé sur la table. « Et vous, qu'est-ce que vous faites, Carl ? » demanda Kevin.

La bouche de Mackenzie se tordit comme s'il ne savait pas trop ce qu'on attendait de lui. « Pas grand-chose », fit-il.

Kevin poussa la photo de Jackie vers eux. « L'un de vous connaissait-il Jackie Mayall ? » Ils n'eurent pas le temps de répondre que la porte s'ouvrit sur Dee Smart. Elle regarda autour d'elle, aperçut Kevin, vint droit à la table et se campa devant lui. Les garçons semblèrent s'animer en la voyant. « Dee. Je te présente Kevin, récita Jason comme un enfant fier de montrer qu'il a appris les bonnes manières.

— Je connais Kevin, répliqua Dee avec aigreur en le fixant d'un regard dur. Je croyais que vous alliez prendre soin de nous ? Qu'on n'était pas de vulgaires rebuts ! » Sa voix était suffisamment forte pour attirer l'attention des tables voisines.

Kevin rougit jusqu'aux oreilles, ses taches de rousseur paraissant s'assombrir. « En effet, dit-il calmement.

— Alors comment se fait-il qu'il y en ait encore une à la morgue ? Et que vous n'ayez rien de mieux à faire que de harceler un gamin innocent ? Pourquoi ne pas soulever votre cul de cette chaise et aller chercher qui a tué mes copines ? » Pivotant sur ses talons, Dee se dirigea vers le comptoir d'un pas vacillant.

Jason sourit d'un air peiné tandis que Carl laissait échapper un ricanement. « On dirait que Dee ne vous aime pas beaucoup », railla Tyrone.

Kevin considéra les regards hostiles braqués sur lui. « Je crois qu'elle n'est pas la seule, Tyrone. » Il se leva avec lassitude, sachant qu'il n'y avait rien à gagner à rester là tant que Dee était dans cette humeur.

Ce matin-là, il était impossible de ne pas remarquer la présence de la police dans Temple Fields. Tony reconnut plusieurs officiers en traversant rues et ruelles. Le brouillard se dissipait lentement, laissant subsister çà et là des poches de turbulence qui semblaient engloutir les passants. On aurait dit que le temps se calquait sur le sinistre pressentiment qui tenaillait le cœur sombre de la ville.

Tony s'arrêta devant sa destination. La vitrine était brillamment éclairée, son contenu en grande partie inoffensif, ce qui donnait à penser que la sexualité n'était qu'une simple distraction. Il poussa la porte et entra. Il était déjà allé dans des sex-shops, mais pas depuis un bon moment. Ce qui l'étonna, ce fut de constater combien tout paraissait banal. On entendait de la musique techno en fond sonore. Il n'y avait rien de dissimulé ni d'hypocrite dans la présentation des articles ; chacun était étalé pour permettre au client de faire son choix. Le message étant que, du moment que cela se passait en privé entre adultes consentants, il n'y avait rien à redire.

Il fit le tour, examinant les étalages. Il y avait là des choses dont il pouvait juste deviner la fonction, ce qu'il trouva quelque peu gênant, vu son domaine de compétence. Il s'immobilisa près d'un rayon consacré aux accessoires de bondage : chaînes, menottes, bâillons, crochets pour les seins et divers objets mystérieux regroupés comme des variétés de haricots dans un supermarché. Tony prit des entraves de chevilles qui avaient l'air de ressembler à celles qu'il avait vues sur Jackie. Il regarda le prix et haussa les sourcils. « Qui que tu sois, tu ne fais pas dans le bas de gamme. Le pouvoir a son prix et tu es prêt à casquer », dit-il tout bas, mais pas suffisamment pour ne pas attirer l'attention du type au comptoir. Abandonnant son poste, celui-ci s'approcha de Tony.

« Puis-je vous aider ? »

Tony releva la tête pour voir une silhouette grande, maigre, portant un gilet de cuir sur une peau brune et tatouée. Une rangée de diamants brillait à chacune de ses oreilles. « Vous en vendez beaucoup, de ces machins-là ?

— Plus que vous ne le pensez. Les gens adorent pimenter leur vie amoureuse. » Le regard dont il gratifia Tony semblait dire qu'il imaginait fort bien que la vie de celui-ci avait besoin de piment.

Tony caressa distraitement les menottes. « C'est peut-être pour ça que je me débrouille si mal. Quelle sorte de gens en achète ?

— De toutes les sortes. » Le vendeur parut hésiter.

Tony essaya l'air innocent. « Mon intérêt est purement professionnel. Je suis médecin psychologue », expliqua-t-il d'un ton d'excuse.

Le vendeur leva les yeux au ciel comme si plus rien ne pouvait l'étonner. « De toutes les sortes, je vous le répète. Vous avez les sadomasos manifestes, cuir noir et piercings, mais aussi les bourgeoises de banlieue friquées.

— Le sexe. Le grand melting-pot. Merci. Je prendrai ceci. » Il tendit les entraves de chevilles et ajouta une paire de menottes en métal. « Dans l'intérêt de la science uniquement. » Il se dirigea vers la caisse, se retournant pour jeter un coup d'œil au vendeur, qui le surveillait l'air de dire qu'on n'aurait jamais dû le laisser sortir de l'asile. Ce n'était pas la première fois qu'il surprenait de tels regards. Il ne trouvait pas ça humiliant ; il était bien plutôt impressionné par leur perspicacité. *Passer pour humain*, pensa-t-il. *Sauf que je ne réussis pas toujours.*

Il émergea quelques minutes plus tard, non sans se demander s'il ne pourrait pas se faire rembourser par la police de Bradfield en invoquant une dépense légitime. Tout bien réfléchi, il préférait ne pas essayer. Carol comprendrait peut-être, mais certains employés à la comptabilité risquaient de ne pas avoir autant d'ouverture d'esprit. Surtout quand ils découvriraient, comme c'était probable, où habitait Carol en ce moment.

Il repartit vers sa voiture. Comme il tournait un coin de rue, il aperçut le sergent Jan Shields parlant à une femme court-vêtue, manifestement une prostituée. L'attitude de la femme montrait clairement que la conversation ne l'enchantait guère. En le voyant venir, Jan coupa court à l'entretien et regarda la femme filer en vitesse. Alors qu'il se rapprochait, elle indiqua le sac qu'il avait à la main. « Eh bien, qui est l'heureuse élue ? »

Tony eut l'air médusé. Baissant les yeux vers le sac, il vit le logo du sex-shop étalé sur le côté. Il eut un haussement d'épaules. « De simples jeux de l'esprit. J'ai besoin de comprendre les règles du tueur. Cela aide parfois de jouer avec les mêmes jouets.

— Parce que vous trouvez que c'est un jeu ? Des femmes se font étriper comme des gorets et vous, vous trouvez que c'est un jeu ? » Son ton était plus amusé qu'indigné.

« En tout cas, lui le pense. N'oubliez pas que certaines personnes prennent leurs jeux très au sérieux.

Une affaire de vie ou de mort, comme dit Bill Shankly. »

Jan hocha la tête. « Et votre boulot, c'est de le battre à son propre jeu ? »

Tony réfléchit. « Non. Mon boulot, c'est d'arriver à piger les règles. C'est vous qui disputez la fin de partie. Comment ça se passe ? »

Elle fit un geste vague. « Doucement. À vrai dire, il nous faudrait un coup de veine. Quelqu'un a sûrement vu quelque chose. Tout le problème, c'est de trouver qui avant qu'il ne mette lui-même la main dessus. »

Tony la regarda, surpris. C'était une idée à laquelle il ne s'attendait pas. « Je crois que vous avez raison. Il est tout prêt à continuer. »

Oscar's, songea Paula, était un de ces bars qui n'ont jamais été autre chose qu'un bouge. Elle pouvait en lire les signes. Même le jour où il avait rouvert ses portes après son dernier changement de look, il devait ressembler exactement à ce qu'il était : une version bon marché de tout ce qui pouvait avoir un semblant de style. Cela empestait la petite économie. L'éclairage chiche n'empêchait pas de voir les endroits où des traînées de vernis maculaient le pin dans une vaine tentative pour lui donner l'apparence d'un bois de luxe. Des écriteaux éparpillés sur les murs annonçaient des offres spéciales sur la bière, l'alcool et le deuxième verre gratuit pendant les *happy hours*.

Paula balaya la salle du regard à la recherche de sa cible. Sa prospection dans les rues n'avait pas rapporté la moindre pépite jusque-là. Une des filles travaillant au sauna en bordure de Temple Fields lui avait raconté que Jackie Mayall bossait parfois en tandem avec une jeune pute se faisant appeler

Honey. « À cette heure-ci, vous la trouverez probablement chez Oscar. Vous ne pouvez pas la rater. C'est celle en robe de latex rouge qui boit un Bacardi Breezer », avait précisé la fille en jetant des coups d'œil craintifs par-dessus son épaule pour s'assurer que personne ne la voyait refiler un tuyau à un flic.

La description collait parfaitement avec la gosse assise à une table de coin, lampant sa boisson à même la bouteille. Ses cheveux noirs étaient striés de magenta ; une nuance qu'une des amies de Paula avait qualifiée de « violet pute » à la suite d'un échec avec sa propre teinture. Paula eut un pincement au cœur devant la jeunesse manifeste de Honey. Pas l'âge de boire ça dans un lieu public, en tout cas. Paula alla jusqu'au bar, où les premiers clients de midi berçaient leur demi avec morosité. Elle commanda une bouteille d'eau minérale et un autre Bacardi Breezer puis se dirigea vers la table. Elle posa les boissons et s'assit. L'étonnement de Honey ne tarda pas à se changer en une méfiance hostile. « Un flic ! s'exclama-t-elle d'un ton railleur.

— Un flic avec un verre pour vous, dit Paula.

— J'ai l'air si fauchée ? » répliqua Honey avec mépris.

Paula eut un sourire. « Je ne suis pas venue ici pour chercher la bagarre. Je suis venue parce qu'une de vos amies est morte. »

Honey lui lança un regard de pure haine. « Vous n'en avez rien à fiche de nous. À vos yeux, on n'est que des sacs à merde. Jackie ne serait pas morte si vous autres feignasses faisiez le boulot pour lequel on vous paie et si vous nous protégiez comme vous protégez les gens chicos dans leurs baraques chicos.

— C'est ce que nous essayons de faire, mais ce n'est pas facile quand tout ce qu'on a, c'est le silence et des mensonges. Je n'en ai pas après vous. Je m'efforce de vous protéger, vos collègues et vous. C'est pourquoi j'ai besoin de votre aide. »

Honey poussa un grognement. « Collègues ? Tiens, c'est un nouveau terme pour putains. »

Paula se pencha en avant, l'air furibond, les yeux dans ceux de Honey. « Il faut choisir, Honey. Vous ne pouvez pas nous engueuler en prétendant que nous nous payons votre tête et puis en remettre une couche quand nous essayons de vous témoigner un peu de respect. Le fait est que je ne pense pas que vous soyez un sac à merde. Je garde ça pour les ordures qui se servent de vous et vous maltraitent. Et je ne pense pas que vous méritiez ce que vous récoltez la plupart du temps. Le salaud qui a tué Jackie, je veux le faire boucler jusqu'à la fin de ses jours. Alors, parlez-moi. »

La véhémence de Paula toucha quelque chose chez Honey. Elle détourna la tête et marmonna : « Qu'est-ce que vous voulez savoir, poulette ?

— Je m'appelle Paula. Quand avez-vous commencé à travailler avec Jackie ?

— Qui est-ce qui vous a raconté ça ? » C'était le baroud d'honneur. Paula put voir que le cœur n'y était pas.

« Ce n'est pas précisément un secret d'État. »

Honey se mit à gratter l'étiquette sur sa boisson. « La première fois que j'ai fait le tapin, il y a de ça six mois. Elle m'a prise sous son aile, si vous voyez ce que je veux dire. Remarquez, je connaissais que dalle. Je me suis juste pointée là, j'étais une proie facile. Et elle m'a évité les emmerdes.

— Alors, vous attendiez ensemble dans la rue ? Et après le boulot, Honey ? Elle s'occupait également de vous ?

— Où voulez-vous en venir ? Ce n'était pas une fichue gouine. »

Paula secoua la tête. « Ce n'est pas ce que je voulais dire. »

Honey la reluqua. « Ni moi non plus.

— Ça m'est complètement égal, soupira Paula. Est-ce que Jackie vous aidait à vous débrouiller ? »

Honey croisa ses bras autour de sa frêle carcasse. « Elle m'a dégoté une chambre dans le même meublé qu'elle. C'était comme une grande sœur, voilà tout. On s'amusait bien toutes les deux, vous savez.

— Et quand vous travailliez ensemble ? »

Honey lui lança un regard oblique, comme pour évaluer jusqu'où elle pouvait se taire. « Vous me faites penser à elle. »

Comme manœuvre de diversion, ce fut un succès. Surprise, Paula faillit renverser son verre. « Comment ça ? Je lui ressemble ?

— Un peu. Mais c'est plus... je ne sais pas, vous avez l'air de m'écouter au lieu de me traiter comme une môme. »

Paula n'était pas sûre que Honey soit sincère, mais cela pourrait éventuellement lui délier la langue. « Alors, racontez-moi comment ça se passait quand vous travailliez ensemble. »

Honey attira son paquet de cigarettes vers elle et en alluma une. « De temps en temps, lorsqu'un client voulait se payer une partie à trois, on l'emmenait à l'hôtel. Vous savez, le Woolpack, là où... elle est morte. »

Paula s'efforça de cacher son émotion à l'idée d'arriver enfin à quelque chose. « Il y avait des habitués parmi eux ? »

Honey sourit. En même temps, son cynisme s'évanouit, laissant réapparaître l'adolescente qu'elle avait dû être avant que le trottoir ne lui donne des années en plus. « Certains venaient en redemander, ouais. On était vachement bonnes, vous savez.

— Des brutalités ?

— C'est inévitable, répondit Honey, son visage s'assombrissant. Ce sont les risques du métier.

— Quelqu'un en particulier ? »

Elle eut un haussement d'épaules. « Ceux qui se montraient brutaux, Jackie ne retournait pas avec eux.

— Nous pensons que l'homme qui l'a assassinée avait déjà été avec elle.

— Ce n'est pas ça qui va vous aider, dit sèchement Honey. Elle était douée, vous savez. Les hommes qui allaient avec elle, c'était fréquent qu'ils reviennent.

— Et l'un d'eux l'a peut-être tuée. Nous devons essayer de les identifier. Voir si l'un d'entre eux avait des antécédents de violence avec les femmes. Est-ce que vous accepteriez de venir au poste regarder quelques photos ?

— Moi ? Aller au poste ? Vous rigolez ? Vous voulez que je reparte avec vous ? Vous tenez à me flanquer dans le pétrin jusqu'au cou ? C'est déjà suffisamment craignos que je vous parle. Je descends la rue avec vous et je suis fichue. »

La drogue, pensa Paula. *Elle a peur que son dealer ne la voie avec un flic et cesse de la fournir.* Elle se mit à cogiter à toute vitesse. « Très bien. Vous connaissez le parking du Campion Centre ? »

Honey acquiesça d'un air soupçonneux.

« Retrouvez-moi à l'étage du haut dans une demi-heure. Je vous conduirai au poste et je vous ramènerai ensuite. Personne ne vous verra arriver ni repartir. Qu'en dites-vous ? »

Honey réfléchit. « D'accord, répondit-elle à contrecœur. Mais vous avez intérêt à tenir parole, Paula. » Elle prononça le nom comme si c'était une insulte.

Paula sourit gentiment. « Je tiens toujours parole, Honey. Je suis connue pour ça. »

Honey la transperça du regard. « Je parie que vous n'êtes pas connue que pour ça. Comme je disais, vous me faites penser à Jackie. »

Paula tiqua. C'était pousser l'insinuation trop loin. Se levant, elle répéta d'un ton bourru : « Dernier niveau du parking du Campion Centre. Dans une demi-heure. »

Elle sentit le regard de Honey rivé sur elle jusqu'à la porte. Ça n'avait rien de rassurant.

Au moment où Carol entra, Stacey Chen était seule dans la salle de la brigade. Elle leva la tête de son écran d'ordinateur. « Le patron vous cherchait il y a un instant. Il a demandé que vous l'appeliez à votre retour.

— Merci. Prévenez-le que je suis dans la maison », répondit Carol. Exactement ce qu'il lui fallait pour faire passer le goût de l'autopsie de Jackie Mayall. « Est-ce que le docteur Hill s'est manifesté aujourd'hui ?

— Je ne l'ai pas vu. Et j'ai été là toute la matinée.

— Essayez de le trouver quand vous aurez une minute.

— Je m'en occupe tout de suite. Ah, et Sam a laissé un mot au sujet du géologue forensique », ajouta Stacey.

Comme si elle n'avait pas assez à faire, songea Carol avec lassitude en s'installant derrière son bureau. Ayant déniché la bouteille de Paco Rabane dans le premier tiroir, elle s'en vaporisa la gorge et les poignets pour se débarrasser de l'odeur qu'elle sentait accrochée à elle. Si Brandon venait la voir, elle ne tenait pas à empester la morgue et le bar à vins.

Carol saisit la note posée sur son bureau. Griffonné par Sam d'une petite écriture serrée, on pouvait lire :

J'ai parlé au département des sciences de la terre. Ils ont un type qui a déjà collaboré avec la police, mais comme il est spécialisé dans les échantillons de sol, il ne peut pas nous servir à grand-chose. Toutefois, il m'a donné le numéro du Pr Jonathan France, qui est apparemment le grand manitou du calcaire. Et c'est bien de calcaire qu'il s'agit. Il travaille à Sheffield, mais il vient à Bradfield cet après-midi. Je lui ai demandé de passer à trois heures. Souhaitez-vous que je le voie ou préférez-vous vous en charger ?

Carol réfléchit un moment. Cela ne faisait jamais de mal de flatter un expert en lui donnant le sentiment de sa propre importance. D'ailleurs, elle avait grandement besoin d'avancer sur au moins une de ses affaires. Elle alluma son ordinateur et envoya ce message à Stacey : « Dites à Sam que je m'occuperai du professeur France quand il arrivera. »

Elle avait à peine fini que Brandon entra d'un pas vif sans y être invité. Carol leva la tête, stupéfaite. Depuis le temps qu'elle travaillait avec John Brandon, jamais elle ne l'avait vu manquer aux règles de la politesse. Son irruption lui signifia clairement qu'il était en butte à des pressions dont elle ne pouvait que pressentir l'origine. Il lança sur le bureau le journal du soir. UNE DEUXIÈME PROSTITUÉE DE LA VILLE TUÉE SAUVAGEMENT, proclamait le gros titre. Et en caractères plus petits : LA POLICE A-T-ELLE ARRÊTÉ LE VÉRITABLE ASSASSIN IL Y A DEUX ANS ?

« Il se moque de nous, Carol. Deux meurtres en trois semaines, et nous n'avons strictement rien.

— Ce n'est pas tout à fait ce que je dirais.

— Ah non ? Vous avez un suspect ? Vous avez une idée de la manière d'en trouver un ? » Son visage en lame de couteau était crispé par la frustration.

« Le docteur Vernon a trouvé du sperme sur la seconde victime. Souillé de sang, mais il a bon espoir que le labo parvienne à en extraire l'ADN. » Carol s'efforçait de garder son calme, mais son cœur battait à toute allure et de la sueur lui picotait le cou.

« À moins qu'il figure dans la base de données, ça ne nous servira pas à grand-chose tant que nous n'aurons pas un suspect sérieux. Vous avez du nouveau de ce côté-là ? »

Carol se leva, tâchant de réduire la distance entre eux. « Nous essayons d'identifier autant que faire se peut les nombreux contacts des femmes assassinées, mais ce n'est pas facile. Les hommes ne reconnaissent pas volontiers qu'ils fréquentent les prostituées. »

Brandon prit le journal et l'agita en direction de Carol. « Les journaux sont en train de nous voler dans les plumes. Ils nous accusent carrément d'avoir fait porter le chapeau à Derek Tyler il y a deux ans. La télévision m'a déjà demandé une déclaration pour les infos du soir. Nous devons absolument faire des progrès tangibles, Carol.

— Le docteur Hill travaille à un profil, dit-elle, se creusant la tête pour fournir à Brandon quelque chose à quoi se raccrocher.

— Pas suffisant. Il faut que nous passions à l'offensive. Que nous tentions de le débusquer. Je pense que nous devrions lui tendre un piège. »

Carol n'en revenait pas. Sachant ce qu'elle avait enduré, Brandon ne pouvait envisager sérieusement d'exposer un de ses officiers dans une opération clandestine risquée. Elle avait envie de lui crier après, de lui dire qu'il ne valait pas mieux que les types auxquels il prétendait avoir voulu l'arracher. Envie de le gifler pour lui remettre les idées en place, de lui rappeler qu'elle-même avait failli tout perdre à cause d'une opération semblable. Elle parvint tant bien que mal à se contrôler et se contenta de dire : « Il est quand même beaucoup trop tôt pour en arriver là.

— Trop tôt ? Il a déjà deux victimes à son palmarès, Carol. Et ça, si l'on exclut tout lien avec les quatre meurtres pour lesquels Derek Tyler est incarcéré. On ne peut pas rester là à attendre qu'il frappe à nouveau en espérant qu'il commette une imprudence.

— On peut renforcer la sécurité dans Temple Fields. Augmenter le nombre de patrouilles à pied. De caméras de surveillance. »

Brandon secoua la tête, exaspéré. « Carol, vous savez aussi bien que moi que ce genre de mesures ne fait que déplacer le problème. Si nous rendons Temple Fields trop risqué pour lui, il ramassera sa prochaine victime dans un autre quartier de la ville. Comme l'Étrangleur du Yorkshire, qui a fini par s'attaquer à des victimes soi-disant « innocentes » : la police l'empêchait d'opérer dans les quartiers chauds. Je ne veux pas avoir ça sur la conscience. » Il ouvrit une chemise qu'il avait apportée et en étala le contenu. Carol se trouva devant les portraits agrandis de six femmes à l'air bien plus épanoui que ne l'aurait justifié leur style de vie.

« Les voilà, dit Brandon. Regardez ces photographies. Il a une prédilection pour un type bien précis. Le même type auquel s'en prenait Derek Tyler. »

Carol détourna les yeux des photos, troublée à l'idée de ces vies brutalement interrompues, des vies que ses collègues et elle n'avaient pas réussi à sauver. Et, pendant un instant, elle fut ramenée à une époque où elle ignorait pendant combien de temps elle se cramponnerait à sa propre existence. « Je ne dis pas le contraire. Mais... »

Brandon l'interrompit. « Et nous avons un officier qui correspond à son type. »

Paula, pensa instantanément Carol. *Mince, cheveux courts blond décoloré, yeux bleus.* « La constable McIntyre.

— Exact. Elle serait parfaite. »

Carol sentit son estomac se retourner. Le sentiment de déjà-vu était écrasant. « J'ai l'expérience de ce genre de choses, dit-elle d'un ton aussi officiel et ferme qu'elle en était capable. Ce serait lui faire courir un risque énorme. »

Brandon sembla hésiter, comme s'il venait de se rappeler à qui il parlait. « C'est précisément à cause de votre expérience que tout sera fait pour le mieux, j'en suis convaincu. Je pense que vous êtes capable de maîtriser ce risque. Et que, si nous en parlons à McIntyre, elle saisira la chance qui lui est offerte de contribuer à mettre ce salaud sous les verrous. »

Tout comme moi. « Je n'en doute pas. »

Brandon rassembla nerveusement les photos. « Vous avez une autre suggestion ? »

Elle n'avait rien à proposer et ils le savaient tous les deux. Elle tergiversa du mieux qu'elle put. « Nous devons être certains qu'une telle stratégie peut marcher. Je pense qu'il faut mettre le docteur Hill dans le coup.

— Pour la phase organisationnelle. Naturellement, concéda Brandon.

— Nous devons lui en parler dès maintenant. Avant de mettre en danger la vie d'un officier, il faut que nous soyons absolument sûrs d'obtenir le résultat escompté. »

La clé, c'est toujours l'empathie, croyait Tony. Chaque meurtrier opérait selon sa propre logique. En trouvant la logique, il était possible de trouver le tueur. Le seul problème était de déchiffrer les symboles extérieurs et de traduire leur signification. Tout était lié aux fantasmes du tueur et chaque fantasme avait ses racines dans une vision déformée de la réalité. Parfois, Tony arrivait à se frayer un chemin dans ce labyrinthe grâce aux mots ; d'autres fois, il lui fallait quelque chose de plus palpable.

Il avait rapporté ses achats chez lui pour travailler à sa propre version du jeu du tueur. Il s'était attaché les chevilles à une chaise de cuisine avec les entraves, laissant les menottes sur ses genoux. À présent, il en passa une à son poignet et en éprouva la résistance. « Attache-moi, ligote-moi. De cette manière, tu seras forcé de faire ce que je veux. Être maître de toi sans ton consentement. Voilà ce dont j'ai besoin. »

Il se mit à jouer avec l'autre menotte, l'enfilant sans l'attacher vraiment. Mais la sonnerie du téléphone le fit sursauter et, avant qu'il puisse s'arrêter, ses doigts se crispèrent sur la menotte, qui claqua autour de son poignet. « Merde ! » s'écria-t-il tandis que le répondeur se déclenchait.

Il entendit sa propre voix déclarer : « Je ne suis pas disponible pour le moment. Laissez-moi un message après le signal sonore. »

Un long bip puis la voix de Carol : « Tony, appelle-moi dès que tu entendras ceci. J'ai absolument besoin de te parler. Si je suis prise, demande qu'on m'interrompe. »

Il regarda la machine avec ahurissement puis éclata de rire. « Si *toi*, tu es prise ? » D'un air maussade, il considéra la clé, posée sur la table à quelques mètres de lui. Ses orteils touchaient à peine le sol. Il fit osciller sa chaise d'arrière en avant, essayant de prendre appui sur le sol en carrelage. Au bout de quelques minutes, furieux et en nage, il réussit à s'approcher suffisamment de la table pour attraper la clé des menottes avec la main droite. Il fallut cinq ou six tentatives, mais il finit par la glisser dans la serrure. Il tourna et sentit bouger le mécanisme. Il tira sur la menotte et, ô miracle, sa main gauche se libéra.

La clé aussi, malheureusement. Volant à travers la pièce, elle atterrit dans l'évier. Une série de tintements métalliques puis un son plus sourd. « Ah non, gémit-il. Espérons qu'elle n'est pas tombée dans le broyeur à ordures. »

Il se hâta de défaire les lanières en cuir des entraves de chevilles et se rua vers l'évier. Pas de clé en vue. Mais la gueule ouverte du broyeur à ordures le narguait de toute sa voracité. « J'aurais voulu le faire exprès que je n'y serais pas parvenu », marmonna-t-il.

Il contempla le téléphone. « Ces femmes ! » s'exclama-t-il. Décrochant le combiné, il composa le numéro de Carol. « Tu voulais me parler ? dit-il quand ils furent en communication.

— Oui. Mais pas ici.

— D'accord. Que dirais-tu du jardin dans Temple Fields ?

— Pourquoi là-bas ?

— Je dois aller dans un sex-shop. Je t'expliquerai lorsqu'on se verra. Une demi-heure ? »

En quittant le bureau de Carol, Brandon décida de se rendre à la salle des opérations. Montrer aux troupes que l'on se soucie de leur travail ne pouvait pas faire de mal. En allant de table en table, il eut un mot d'encouragement pour chacun, manifestant ainsi son intérêt pour leurs recherches. Il n'avait aucunement conscience que Sam Evans l'avait à l'œil.

Lorsqu'il se tourna vers lui, le constable tapait des notes sur son écran d'ordinateur. « Comment ça se passe, Sam ? demanda-t-il.

— Doucement, monsieur.

— Vous travaillez sur quoi ? »

Evans s'agita sur son siège, l'air embarrassé. « Je... euh... »

Brandon se déplaça pour voir l'écran. « Vous montez une surveillance autour du docteur Aidan Hart ? » dit-il, éberlué.

Evans se racla la gorge. « Pas officiellement, monsieur.

— Expliquez-vous, répliqua Brandon, une pointe de sévérité dans la voix.

— Eh bien, nous avons découvert que le docteur Hart se trouvait avec Sandie Foster le soir où elle a été tuée. Mais il a un alibi après neuf heures, et le docteur Vernon estime que l'agression a eu lieu ensuite. De sorte que l'inspecteur Jordan a décidé qu'il était hors de cause.

— Et vous n'êtes pas d'accord ?

— Je prends sur mon temps libre, dit Evans pour se défendre. C'est juste qu'il ne m'inspire pas confiance, comme s'il n'était pas tout à fait réglo. »

Brandon fronça les sourcils. « Et ?

— Il va voir des prostituées. Au moins deux fois par semaine. Mais plus à Bradfield. Il fait les autres grandes villes à présent. »

Une partie de Brandon était tentée de féliciter Evans pour sa persévérance. Mais les éventuelles conséquences d'une surveillance organisée en contradiction avec les ordres de Carol le gênaient trop. Où avait-elle la tête pour mettre un suspect potentiel aussi facilement hors de cause ? « Informez-en l'inspecteur Jordan à la première occasion, dit-il d'un ton lugubre. Bravo, Evans. Suivre ses intuitions n'est jamais mauvais. » Même si ça laissait Brandon avec un problème sur les bras.

Lorsque Carol arriva dans le carré de verdure rabougrie qui passait pour un jardin public, Tony donnait du chocolat aux pigeons et se frottait le poignet. Elle l'observa un moment avant de s'approcher par-derrière et de lui toucher l'épaule. Il se retourna, interloqué.

« Je sais que je ne vais pas aimer la réponse, mais pourquoi avais-tu besoin d'aller dans ce sex-shop ? » demanda-t-elle en venant s'asseoir à côté de lui sur le banc.

Pour elle, il avait transformé sa mésaventure en anecdote et, lorsqu'il en arriva à son retour au sex-shop, elle était pliée de rire.

« Alors je suis entré, et le type derrière le comptoir m'a lancé un drôle de regard. Du genre, *j'espérais bien ne jamais vous revoir*. De toute évidence, il n'a pas cru un mot de mon histoire. Mais il a fini par accepter d'ouvrir un autre paquet de menottes et il m'a délivré. » Il sortit la paire de menottes incriminée et la balança devant lui.

« À mon avis, c'est pousser le profilage un peu loin.

— Tu ne crois pas si bien dire. Alors, tu voulais me parler ? »

Soudain sérieuse, Carol se leva. « Marchons. »

Tony la suivit le long de l'allée qui ramenait à la rue. Comme elle ne disait rien, il déclara pour meubler le silence : « Nous sommes complètement entourés d'ondes radio. L'air est plein de voix que nous n'entendons pas. Pourquoi le tueur en entend-il une et pas les autres ? Comment son cerveau est-il câblé pour qu'il perçoive le monde autrement que toi et moi ? C'est comme les prédateurs sexuels... là où nous voyons un endroit pour se promener, eux voient un endroit pour voler du sexe. À quoi est-ce que ça tient ? »

Carol frissonna. « À cette minute, moi, je vois autre chose : un bistro... Je gèle. Mais pas à Temple Fields. Mes hommes sont partout. Viens, allons au Starbucks, dans le Woolmarket. »

Dix minutes plus tard, ils étaient calés dans un coin tranquille, des cafés exotiques devant eux. « Tu te souviens de l'époque où un café était juste un café ? déclara Tony avec mélancolie. Si j'emmenais certains de mes patients ici, rien que d'avoir à décider quoi boire leur collerait une dépression.

— Brandon veut que nous le démasquions en utilisant un appât », lâcha Carol tout à trac.

Tony en resta comme deux ronds de flan. Cela faisait pas mal de temps qu'il connaissait Brandon et jamais il ne l'aurait cru capable d'une telle insensibilité. « Il veut que tu exposes quelqu'un à ce genre de péril ? fit-il, incrédule.

— Oui. Il pense que Paula est le type même du tueur.

— Dieu nous préserve des éclairs de génie des patrons.

— Alors, toi aussi, tu penses que ce n'est pas une bonne idée. » Les yeux de Carol contenaient un appel à l'aide.

« Psychologiquement, ça pourrait marcher. Nous savons tous les deux qu'il s'agit d'une stratégie à haut risque. Et nous connaissons le prix de l'échec : tu te souviens du fiasco de l'affaire de Wimbledon Common ? Cela a ramené la cause du profilage dix ans en arrière. L'assassin de Rachel Nickell est toujours en liberté. Toute considération personnelle mise à part, cela m'a rendu extrêmement méfiant à l'égard des pièges quels qu'ils soient. »

Carol secoua la tête. « Un juge ne rejetterait pas celui-là. Nous ne parlons pas d'une campagne systématique visant un suspect en particulier.

— L'opération en question ne serait pas tenue pour un piège ?

— Tu as vu trop de films américains. Sur le plan légal, il n'y a aucun problème. C'est la dimension morale qui me tracasse. Sachant ce que je sais, ai-je le droit d'envoyer Paula au casse-pipe ? »

Tony était de tout cœur avec elle. Il n'avait rien à objecter à sa position. Mais il avait aussi le sens des réalités. « Carol, si Brandon y tient absolument, ni ton expérience ni ton avis ne le feront changer d'idée. L'opération aura lieu.

— Et si tu lui dis que ça ne marchera pas ? » Elle jouait avec sa tasse, évitant de croiser son regard.

« Il ne me croira pas, répondit Tony d'une voix désolée. Tu sais ce que vaut l'opinion d'un profileur en cas de désaccord sur le plan opérationnel.

— Bon Dieu ! Avec ce qui m'est arrivé, ils n'ont pas encore appris qu'on ne peut pas savoir ce que donnera la guerre une fois qu'on l'a portée sur le territoire de l'ennemi !

— Ils croient toujours qu'avec eux ce sera différent, fit observer Tony. Je suppose qu'il n'y a aucune chance que Paula refuse ?

— D'après toi ? » L'expression de Carol était sombre, sa voix résignée.

Tony prit ses mains dans les siennes. « Alors, on a intérêt à ne pas se planter. »

Avant qu'elle ait eu le temps de répondre, son téléphone se mit à sonner. « Carol Jordan, fit-elle avec impatience.

— C'est Chen, dit Stacey. Le professeur France est arrivé. Le géologue. »

Carol roula les yeux. « Je suis là dans dix minutes, Stacey. Excusez-moi auprès de lui, voulez-vous ? » Elle bondit sur ses pieds, son café presque intact. « Il faut que j'y aille. Un géologue de Sheffield m'attend au bureau. »

Tony eut l'air médusé. « Ça doit être l'ésotérisme féminin, dit-il en la suivant. Tu peux me ramener avec toi ? Je parlerai à Brandon de son idée d'opération clandestine. »

Elle lui lança un bref regard de gratitude par-dessus son épaule. « Merci. Mais pas de pitié, tu te souviens ?

— Entendu. Pas de pitié. »

Le docteur Jonathan France ne ressemblait à rien de ce qu'avait imaginé Carol. Grand, mince, trente ans et des poussières, il portait une combinaison de motard en cuir bleu nuit, la fermeture Éclair à demi baissée révélant un tee-shirt blanc qui mettait en valeur d'admirables pectoraux. Il était installé dans le bureau de Carol, aussi à l'aise que s'il s'agissait de sa propre salle de séjour. Il avait des cheveux châtains coupés en brosse et des yeux bleu foncé nichés au milieu de rides d'expression. Pour la première fois depuis des mois, Carol réagit à un homme séduisant par de l'intérêt plutôt que de la lassitude. Le choc fut tel qu'elle s'abrita aussitôt derrière une attitude formaliste. « Inspecteur principal Jordan, dit-elle en tendant la main.

— Ravi de vous rencontrer. Je m'appelle Jonathan France. » *Jolie voix également*, songea-t-elle en distinguant ce qui avait l'air d'une légère trace d'accent du Sud-Ouest. Il regarda autour de lui en prenant son temps. « Pas vraiment ce à quoi je m'attendais.

— Moi ou la pièce ? » demanda Carol. *Bon sang, voilà que je suis en train de flirter*, pensa-t-elle, horrifiée.

« Les deux. Je n'avais pas compris que vous étiez...

— Une femme ? » coupa-t-elle, se forçant à prendre un ton froid.

Il sourit. « J'allais dire, si jeune. Quel terrible cliché, n'est-ce pas ? »

Assiégée et désarmée, Carol trouva refuge derrière son bureau. « J'ignore ce qu'on vous a dit.

— Presque rien. Seulement que vous aviez une photographie que vous vouliez que je vous aide à identifier. »

Carol ouvrit le dossier Tim Golding et en sortit la photo agrandie. Avant de la lui tendre, elle demanda : « Avez-vous déjà travaillé avec la police ? »

Il secoua la tête. « Jamais.

— Pas de problème. Mais je dois attirer votre attention sur une chose : tout ce dont nous discuterons est confidentiel. De même que votre collaboration avec nous. Il s'agit d'une enquête en cours. Il est essentiel de ne fournir au coupable aucune indication quant à l'orientation de nos recherches. Les avis que vous seriez amené à formuler resteront entre nous. Vous y voyez un inconvénient ? »

Il fronça les sourcils. « Il est possible que je sois obligé de consulter un collègue. Mais je peux le faire sans avoir à donner de détails sur la raison de ma démarche.

— Ce serait mieux. Naturellement, si nous procédions à une arrestation et qu'il y ait un procès, il se pourrait que vous soyez appelé à comparaître à titre de témoin, avec la publicité qui s'ensuit. Est-ce que cette éventualité vous gêne ?

— Absolument pas. » Il désigna sa combinaison d'un geste. « Vêtu autrement, je présente plutôt bien. Et je suis heureux d'avoir la possibilité de montrer aux gens que la géologie n'a rien de rasoir. »

Le fait est qu'il y a peu de chances qu'ils te trouvent rasoir. « Pour mémoire, pourriez-vous me rappeler vos qualifications ?

— J'ai obtenu une licence avec mention très bien en Sciences de la terre à Manchester, suivie d'une année de travail sur le terrain aux grottes de Carlsbad. J'ai fait mon doctorat à Munich, avant de revenir enseigner à Sheffield, où je suis assistant de géologie. Ma spécialité, ce sont les formations de calcite dans le calcaire. Cela vous va ? »

Carol leva la tête des notes qu'elle était en train de prendre. « Impressionnant. » Elle reprit la photo. « Le garçon sur cette photo s'appelle Tim Golding. Il a été enlevé voilà environ quatre mois. De toutes les pistes dont nous disposions, il ne reste que celle-là. Si vous parveniez à localiser l'endroit où elle a été prise, cela nous permettrait peut-être de découvrir ce qui lui est arrivé. »

Il prit la feuille de papier, la leva dans la lumière et l'examina. « C'est une image numérique, n'est-ce pas ?

— Elle a été expédiée en pièce jointe.

— Et vous avez le courrier original ? » Il parlait distraitement, approchant de son visage la photographie puis l'éloignant.

« Oui.

— Bien, dit-il en souriant. Pouvez-vous le transmettre à ma messagerie ? J'ai un logiciel formidable conçu spécialement pour améliorer les photos de spécimens géologiques. Il me donnera une image un peu plus exploitable.

— Vous pensez pouvoir nous aider ? » Carol avait presque oublié le goût de l'espoir.

Il inclina la tête, réfléchissant. « C'est possible », répondit-il au bout d'un moment. Il se redressa sur sa chaise. « Oui, c'est possible. On peut se retrouver ce soir pour dîner ?

— Vous aurez déjà quelque chose ? » demanda-t-elle, surprise.

Il éclata de rire, un rire chaud et grave. « J'ai bien peur que non. Mais même les inspecteurs principaux sont forcés de manger. Qu'est-ce que vous en dites ? Pizza, curry, chinois ? À vous de choisir.

— Vous m'invitez ? » demanda-t-elle sans pouvoir dissimuler son incrédulité.

Il écarta les mains. « Pourquoi pas ? Je suis jeune, libre et célibataire, et si ce n'est pas votre cas, il vous suffit de dire non. »

Elle aurait été incapable d'expliquer pourquoi, mais il n'y avait absolument rien de menaçant chez Jonathan France. L'idée d'être assise en face de lui dans un restaurant ne la faisait pas flipper le moins du monde. Pour la première fois depuis le viol, il lui semblait possible d'avoir ce qui ressemblait à une vie normale. « Je ne sais pas à quelle heure j'aurai terminé ici », hasarda-t-elle, ne se faisant toujours pas suffisamment confiance.

Il tira une carte d'une poche intérieure de sa combinaison. « Pas de problème. J'ai deux ou trois rendez-vous un peu plus tard dans l'après-midi, après quoi je brancherai simplement mon portable pour bosser un peu en attendant que vous soyez prête. » Il posa la carte sur le bureau. « Envoyez-moi un SMS quand vous serez libre. » Il se leva, détendu et imperturbable.

Carol le raccompagna dans la salle de la brigade. « Merci de votre aide, dit-elle.

— C'est un plaisir. »

Stacey leva la tête de son écran d'ordinateur. « Le patron veut vous voir dans son bureau. Il est avec le docteur Hill. »

Carol retomba brutalement sur terre. Paula. Il fallait s'occuper de Paula. Et comment diable allait-elle expliquer Jonathan France à Tony ?

Tony était allé directement dans le bureau de Brandon, ignorant les tentatives de la secrétaire pour l'arrêter. Assis à sa table, le directeur dictait une note dans un enregistreur numérique qu'il avait à la main. Il s'interrompit, stupéfait, au milieu d'une phrase. « Tony, s'exclama-t-il. Je ne m'attendais pas à...

— Je sais », répondit Tony d'un ton sec. Tandis que Carol le ramenait à l'hôtel de police, sa rage n'avait cessé de croître, même s'il n'en avait rien montré. Au cours de sa vie professionnelle, il avait appris à mettre ses réactions personnelles en veilleuse. Mais plus il pensait à la suggestion de Brandon, plus il était indigné. Traversant la pièce avec raideur, il s'appuya sur le bord de la table, les poings serrés. « John, qu'est-ce qui vous a pris de demander à Carol d'embarquer un de ses officiers dans une opération clandestine ? »

Brandon se leva. « Vous êtes tout à fait en dehors de vos attributions, Tony. Mes décisions opérationnelles ne vous concernent pas.

— Inutile de vous cacher derrière le protocole. Vous me payez pour vous faire profiter de mes connaissances psychologiques. Et c'est exactement ce que je suis en train de faire. Carol Jordan a été abandonnée à son sort par des gens ayant les mêmes supérieurs que vous. Je comprends que vous subissiez des pressions politiques pour résoudre ces affaires, mais c'est aussi une pression politique pour obtenir des résultats qui motivait les salauds ayant jeté Carol en pâture à Berlin. Vous ne voyez donc pas que, pour elle, vous agissez exactement comme eux ? Vous lui avez offert ce boulot comme une planche de salut, et voilà que, maintenant, vous lui demandez de mettre un jeune officier dans la même situation que celle qui a failli la détruire. » Les mots s'échappaient de la bouche de Tony comme un torrent impétueux.

Une rougeur sombre s'éleva du col blanc immaculé de la chemise de Brandon, grimpant le long de son cou et de son visage. « Ce n'est pas votre rayon, Tony.

— Si. Je vous affirme qu'en la forçant à organiser cette opération, vous allez causer un dommage psychologique grave à un de vos meilleurs inspecteurs. »

Brandon bondit. « Alors, ce n'est pas l'opération que vous désapprouvez ? Seulement le fait que je demande à Carol de la superviser ? »

Tony leva les bras au ciel d'exaspération. « Cette opération est contestable. Ça ne marchera que si vous mettez les médias à contribution. Mais oui, mon objection primordiale est le danger potentiel pour l'inspecteur principal Jordan.

— Vous croyez peut-être que je n'y ai pas songé ? répliqua Brandon en haussant le ton. Pour être franc, j'ai déjà des doutes sur sa confiance en elle. Je pense que cela affecte son jugement. »

Tony resta interdit. « Que voulez-vous dire ? »

Brandon dédaigna la question. « Rien dont je sois disposé à discuter avec vous. Mais, à votre avis, cela aurait quel effet sur son amour-propre si je chargeais un autre officier de s'en occuper ? C'est son dossier, Tony, et il lui faut absolument montrer qu'elle est à la hauteur. C'est elle qui a la responsabilité de cette enquête. Si je confiais l'opération à quelqu'un d'autre, elle penserait que je ne la crois pas capable de faire son boulot. Et pire encore, son équipe le penserait également. Si nous optons pour cette stratégie, Carol doit se trouver aux commandes. Cela ne m'enchante pas, mais je ne vois pas d'alternative. »

Tony abattit ses paumes sur le bureau. « Alors, patientez un peu. Donnez-leur une chance d'avancer à l'aide des méthodes habituelles. Laissez-moi essayer de tirer davantage de Derek Tyler. Il est à deux doigts de me lâcher quelque chose, j'en suis certain. »

Brandon secoua la tête. « Cela fait deux ans que Tyler se tait. Pourquoi se mettrait-il subitement à parler aujourd'hui ?

— Il m'a parlé ce matin.

— Il a quoi ? répliqua Brandon, stupéfait.

— Il m'a parlé.

— Qu'est-ce qu'il vous a raconté ? »

Tony se sentit coincé. Il savait que Brandon écarterait l'idée d'obtenir des informations de Tyler s'il lui avouait la vérité. Mais un mensonge ne ferait que créer de nouveaux problèmes à long terme. « Qu'il ne me parlerait pas tant que la voix ne lui en aurait pas donné la permission, répondit-il avec un soupir.

— Eh bien, fit observer Brandon d'un ton triomphant, ce n'est guère un progrès !

— Bien sûr que c'en est un, dit Tony tout en sachant d'après l'expression et la posture de Brandon qu'il avait déjà perdu. Mais cela prendra du temps.

— Nous ne pouvons pas nous payer ce luxe. Du temps signifie que d'autres femmes mourront. Vous devriez le savoir mieux que quiconque. Alors, dites-moi, qu'est-ce que je dois faire avec les médias ? »

Tony se frotta le visage comme pour effacer sa colère et sa peur et les remplacer par du professionnalisme. Il fixa le sol. Lorsqu'il reprit la parole, sa voix était froide et distante. « C'est un violeur cherchant le pouvoir. Il se targue d'avoir la maîtrise de la mise en scène. Il est persuadé d'avoir tout prévu. Il faut donc dire à la presse que ce second meurtre a fourni des pistes intéressantes. Que le tueur n'est pas aussi prudent qu'il l'imagine. Que vous croyez pouvoir l'arrêter avant qu'il ne fasse une nouvelle victime. De cette façon, vous piquez sa vanité, vous le mettez au défi de prouver que vous avez tort. Et alors, il est possible que votre scénario fonctionne à brève échéance. » Il se redressa et regarda Brandon dans les yeux. « Car c'est bien ce que vous voulez, n'est-ce pas, John ? Un gentil petit résultat propre et rapide. »

Brandon tendit le bras vers l'Interphone. « Priez l'inspecteur principal Jordan de monter me voir, voulez-vous ? » Tournant le dos à Tony, il ajouta : « Oui, Tony. C'est ce que je veux. Un gentil petit résultat propre et rapide. Et je pense que Carol est capable de nous décrocher ça avec une opération clandestine.

— Dans son intérêt, j'espère que vous avez raison. »

Merrick pénétra dans la salle de la brigade, un sandwich en équilibre sur un gobelet de thé. Peu d'activité en cette fin d'après-midi. À l'exception de Stacey, la pièce était vide. Il lança un salut, obtint un grognement en réponse et gagna sa place. Il était content du calme qui régnait ; il avait passé la tête par la porte de la salle des opérations, vu qu'elle était bondée et décidé d'aller rédiger ses notes d'enquête à son propre bureau. Il sirota son thé, se frotta les yeux. Il avait du mal à dormir. Rien à voir avec le lit de la chambre d'amis de Paula et tout avec la déprime qui le rongeait. L'absence de ses enfants était comme une douleur physique. Il lui était souvent arrivé de passer plusieurs jours sans les voir, mais ne pas avoir le droit d'être avec eux était une expérience totalement différente.

Lindy ne lui manquait pas le moins du monde, et c'était presque aussi perturbant. Comment ne s'était-il pas aperçu combien leurs sentiments s'étaient fanés et racornis ? Ce n'était pas comme s'il y avait quelqu'un d'autre. Il n'avait même pas été tenté de disséquer la proposition de Paula. D'ailleurs, il n'avait rien vu dans son attitude que de purement amical, même s'il avait été prêt à envisager la possibilité d'une consolation. Pour l'instant, constater la mort des sentiments qui le liaient à sa femme le plongeait dans un curieux état d'affliction.

Poussant un soupir, il réactiva son ordinateur qui était en mode veille. Il avait à peine commencé à taper les misérables résultats de ses interrogatoires quand Paula entra. « Salut, Stacey ! Salut, Don ! » lança-t-elle avant d'aller à sa table et de se percher sur un coin. « Alors, qu'est-ce que ça donne ? »

Il fit la grimace. « De la connerie, en fait. Une fois les affectations terminées, j'ai passé la matinée dans les rues, mais j'aurais aussi bien pu rester ici à lire le journal pour ce que ça m'a rapporté. Je tape ce que j'ai recueilli puis je m'attaquerai au reste des rapports dans la salle des opérations. » Il feuilleta son calepin. « Ah, j'ai tout de même bien rigolé ! Je parlais à ce jeune type, Rent, tu sais ? Et voilà qu'il me sort : "Il paraît que maintenant les filles refusent de jouer à des jeux de bondage avec leurs clients. Peut-être que je devrais en faire autant, vous ne croyez pas ?" J'arrivais à peine à garder mon sérieux. "Je ne crois pas que tu sois son type, fiston", que je lui ai répondu.

— Au moins, tu t'es amusé, dit Paula. Moi, je viens de passer une heure à regarder les photos de l'identité judiciaire en compagnie d'une gamine surnommée Honey. Elle travaillait de temps à autre avec Jackie. Je pensais qu'elle pourrait peut-être identifier certains de leurs clients, mais manque de pot. L'ennui, c'est que ce milieu est tellement cachottier. Ce sont des existences qui se nourrissent de secret. D'après Jan, ces gens-là sont tellement habitués à fermer les yeux qu'ils finissent par ne même plus faire attention.

— Elle doit en savoir quelque chose, la reine des Mœurs, remarqua Don sur un ton légèrement acide.

— Tu ne l'aimes pas beaucoup, hein ?

— C'est une petite maligne. Et tu sais ce qu'on dit ?

— Personne n'aime les petites malignes », récitèrent-ils en chœur.

Paula se leva. « Bon, il faut que je m'y mette. » Au même moment, la porte s'ouvrit. Carol entra avec Tony. En voyant Paula, ils échangèrent un bref coup d'œil.

« Paula, dit Carol, pouvez-vous venir dans mon bureau ? J'aimerais vous dire un mot. »

Paula lança un regard perplexe à Merrick et leur emboîta le pas. Dans le bureau de Carol, Tony s'adossa au mur, bras croisés. Carol s'assit et fit signe à Paula d'en faire autant. La tension dans la pièce était palpable. Paula se demandait ce que tout ça signifiait. Elle n'était pas nerveuse ; après tout, elle n'avait aucune raison de l'être. Elle n'avait qu'un secret dans sa vie, et ce n'était pas le genre de chose pour lequel Carol l'aurait convoquée dans son bureau. Surtout pas devant Tony Hill.

Carol se mit à tripoter un stylo, évitant le regard de Paula. « Paula, le directeur a eu une idée. Il m'a demandé de vous en parler. »

Soudain, ce fut l'étincelle. Les paroles de Honey. Le malaise de Carol. La présence de Tony. « Vous voulez que je me mêle à la faune de la rue. Que je sois un appât », balbutia Paula.

Carol releva la tête, abasourdie. Du coin de l'œil, Paula vit l'expression légèrement amusée sur le visage de Tony.

« Comment le savez-vous ? Qui vous l'a dit ? » s'exclama Carol.

Paula eut un haussement d'épaules. « Personne. J'ai trouvé ça toute seule. Une des filles que j'ai interrogées m'a dit que je lui rappelais Jackie et, brusquement, j'ai compris que, si je faisais le trottoir, je serais exactement son type. Alors, comme nous n'arrivons à rien avec les méthodes ordinaires, quand vous avez dit que M. Brandon avait eu une idée... ça paraissait logique, voilà tout.

— Et qu'est-ce que vous en pensez ? C'est à vous de décider, Paula. Il s'agit d'une opération risquée, dangereuse. Vous n'êtes pas forcée d'accepter si cela vous déplaît. »

Paula ne put se contenir. Elle sourit largement. « Je trouve ça superbe, chef. » L'occasion pour elle de briller, de montrer de quoi elle était capable. Même le regard inquiet de Tony ne réussit pas à entamer son enthousiasme. « Eh bien, quand est-ce qu'on commence ? »

Ce soir, il surveille les rues. Il a eu une rude journée ; ce n'est pas facile de gagner sa vie comme il le fait quand le coin est bourré de flics. Mais ses clients ont besoin de ce qu'il a à proposer, alors ça marche quand même. Il déplace la came, s'en remettant à ce sixième sens pour flairer les ennuis qui lui a toujours permis de s'en tirer jusqu'ici.

Cela a quelque chose d'apaisant, de traîner dans ce quartier qu'il connaît comme sa poche, maintenant transformé par ses propres actions. Jamais il ne se serait cru capable de modifier le monde autour de lui, et pourtant il l'a fait. Les gens se comportent différemment. Il a conscience des coups d'œil nerveux que jettent les passants à tous ceux qu'ils croisent. Ils se demandent s'il n'y a pas un tueur parmi eux, et ils ont la trouille.

Il a presque envie de se planter au milieu de la rue et de hurler : « C'est moi dont vous avez tous peur ! » Rien que pour voir leurs regards incrédules. Parce qu'ils ne s'attendent pas à ce que ce soit lui. Il n'est pas un monstre. Il ne flanque même pas la frousse. Il a l'air quelconque.

C'est ce qu'il y a à l'intérieur qui compte. Et ils n'ont pas la moindre idée de ce qu'il y a à l'intérieur de lui. Ils n'ont jamais entendu la Voix. Ce sont eux qui sont quelconques. Mais lui, il est devenu hors du commun. Et ce n'est qu'un début.

Le grondement sourd de la moto rompit le silence de la paisible rue de banlieue. Comme ils arrivaient à la hauteur de la maison de Tony, Carol écarta son bras de la taille de Jonathan pour lui taper sur l'épaule. La moto s'arrêta en douceur et le moteur s'éteignit, laissant un écho fracassant dans sa tête. Carol mit pied à terre, le cœur encore battant, et ôta le casque que lui avait passé Jonathan.

Debout à côté d'elle, il posa son propre casque sur la selle en cuir rembourrée. « Pas trop terrifiant, j'espère.

— Cela faisait des années que je n'étais pas montée sur une moto, répondit-elle en lui tendant le sien. J'avais oublié combien c'était grisant. »

Jonathan ouvrit le coffre à l'arrière pour y ranger le casque. « Il n'y a rien de mieux. » Il se rapprocha. Instinctivement, elle plaqua une main contre sa poitrine, sentant sous ses doigts la laine rêche de sa veste. Tous ses sens semblaient plus aiguisés, en alerte maximale. Elle pouvait distinguer la saveur piquante de l'hiver, la chaude odeur masculine s'élevant du corps de Jonathan. Il posa ses mains sur les hanches de Carol et elle sentit une brûlure sur sa peau même à travers ses vêtements.

« Merci pour cette charmante soirée, dit-elle d'un ton brusque. Ça m'a fait très plaisir.

— À moi aussi. » Il se pencha pour l'embrasser.

Elle détourna la tête de sorte que les lèvres balayèrent sa joue. Son pouls tambourinait dans sa gorge, sa langue sèche collait à son palais. Les images qui scintillaient dans sa tête n'étaient pas de Jonathan France. Elle avait beau se répéter que la situation n'avait rien de menaçant, elle ne parvenait pas à se libérer de son passé. Elle savait que ce n'était pas juste de sa part ; leur conversation avait été drôle et frivole, mais cela se passait dans l'environnement protecteur d'un restaurant bien éclairé et plein de monde. Là, à cette minute, elle n'arrivait plus à maintenir la fiction qu'elle était une femme comme les autres.

Il sentit sa tension et s'écarta, une lueur perplexe dans les yeux. « J'ai dit quelque chose qu'il ne fallait pas ? » demanda-t-il sur un ton léger et taquin.

Carol souffla la bouffée d'air qu'elle n'avait pas eu conscience de retenir. « Ce n'est pas vous », marmonna-t-elle, les yeux rivés sur la manche de sa veste. Elle avait été surprise qu'il ne soit pas venu en combinaison de cuir, mais il avait expliqué qu'il se déplaçait toujours avec des vêtements de rechange quand il travaillait. La tenue de motard avait fait place à une veste en tweed BCBG, un jean délavé et un pull en coton ras du cou.

« Qu'est-ce qui ne va pas, Carol ? » Sa voix était douce, dénuée de toute accusation.

« Je suis désolée, je... » Elle ne savait pas quoi dire, à part la vérité, et ça elle ne savait pas le faire. Il la tenait encore par la taille. Elle avait besoin de toute son énergie pour ne pas échapper à ce qui lui faisait l'effet d'une invasion.

Comme s'il devinait son malaise, il la lâcha. Elle avait toujours une main sur sa poitrine, et il couvrit doucement ses doigts avec les siens. « Ça va. Je m'en vais. » Il recula, continuant à lui tenir la main.

Carol ferma les yeux. « J'ai été violée. » Les mots planèrent entre eux. Son étreinte ne changea pas. Elle ouvrit les yeux, s'attendant à voir surprise, colère, pitié ou avidité.

Mais tout ce qu'elle put lire sur son visage, ce fut de l'inquiétude. Leurs yeux se rencontrèrent en silence. Puis, timidement, il dit : « Alors, c'était plutôt courageux de votre part de sortir ce soir avec moi. Merci de m'avoir fait confiance. »

Elle en resta déconcertée. Sa réaction ne ressemblait à rien de ce qu'elle connaissait. « Courageux, je ne sais pas. Mais je ne pense pas que ce soit très juste. »

Il secoua la tête, la lumière des réverbères jouant dans ses cheveux qui semblèrent étinceler. « Ne soyez pas dure avec vous-même. C'est la première fois que vous sortez avec quelqu'un depuis que c'est arrivé ? »

Carol acquiesça. « Avec quelqu'un que je ne connaissais pas avant ? Oui. » Elle avala une goulée d'air, la gorge frémissante. « Il y a de ça sept mois et je m'en souviens avec plus de netteté que de tout ce que j'ai fait aujourd'hui.

— Alors, vous devriez être fière de vous. Jamais je n'aurais deviné que vous étiez rongée par autre chose que le travail. » Il lui sourit. « Bon. Il vaut probablement mieux en rester là pour le moment. » Il lui lâcha la main, fit un pas en arrière. « Puis-je vous appeler ?

— Ça me ferait plaisir. » Prise d'une soudaine impulsion, elle s'élança et se haussa pour l'embrasser. Les lèvres de Jonathan étaient sèches et fraîches, et il n'essaya pas de la prendre dans ses bras. Ils restèrent là, un peu gauches, se souriant. « Bonsoir », murmura-t-elle. Elle avait eu de la chance ce soir. De la chance de tomber sur un homme qui ne l'avait pas repoussée comme une marchandise avariée, qui n'avait pas cherché à se venger d'elle et qui ne s'était pas non plus reculé avec une grimace de dégoût. Il ne l'avait pas abreuvée de pitié ou d'indignation, n'avait pas demandé comment une chose pareille avait pu arriver à une femme comme elle. Une série de négations qui représentait au total le premier pas en avant depuis le viol. C'est ainsi que Tony aurait réagi, supposa-t-elle, s'il n'avait pas été aussi tenaillé par la culpabilité.

« Bonsoir, Carol, dit-il en prenant son casque. Je vais attendre que vous soyez à l'intérieur. »

Elle ouvrit la grille et remonta l'allée, remarquant soudain de la lumière dans la pièce du haut, dont n'importe qui d'autre aurait fait la chambre principale mais que Tony avait transformée en bureau. Son cœur fit une embardée. Elle pria pour qu'il n'ait pas vu le petit drame qui venait de se jouer.

Assis à sa table, le regard flou, Tony retournait ce dont il avait été témoin un instant plus tôt. Normalement, il aurait eu quatre-vingt-dix-neuf chances sur cent de passer à côté. Même si ses capacités d'observation constituaient le pivot de son gagne-pain, il ne passait pas son temps derrière sa fenêtre à espionner l'univers des autres. Et quand il travaillait, occupé à lire, à écrire ou à analyser, il aurait fallu plus que le bruit insolite d'une moto pour distraire son attention.

Si ce n'est qu'au moment où Jonathan France avait tourné dans la rue, Tony était debout près de la baie vitrée, parcourant les rangées de livres à la recherche d'un bouquin qu'il savait être là quelque part. C'était l'ennui avec les déménagements ; les livres n'atterrissaient jamais à la bonne place sur les nouvelles étagères.

Aussi, lorsque la moto avait stoppé devant sa grille, il n'était pas dans sa bulle coutumière. Intrigué, il avait jeté un coup d'œil par la fenêtre juste au moment où Carol ébouriffait ses cheveux libérés du casque. Sa première réaction avait été de se détourner, de respecter son intimité. Mais, en la voyant tendre la main vers le grand gaillard qui avait mis pied à terre, il avait été incapable de faire un mouvement. Il s'était dit qu'il ne regardait que pour s'assurer qu'elle était en sécurité. Il savait que c'était faux, mais il ne voulait pas reconnaître les émotions confuses qui s'agitaient sous la surface. Il avait vu qu'elle esquivait le premier baiser, vu que l'homme s'écartait, vu qu'ils se parlaient et que Carol avait pris soudain l'initiative.

Mortifié, il avait laissé échapper un grognement de dédain et s'était reculé dans l'ombre tandis que Carol pivotait vers la maison. Il s'était laissé tomber dans son fauteuil et était resté là, prostré, le visage dans les mains. Au bout d'un moment, il avait levé la tête en battant des paupières pour refouler ses larmes.

Jaloux. Il était si jaloux qu'il pouvait en sentir le goût de bile dans sa gorge. Il l'aimait ; cela faisait déjà longtemps qu'il le savait. Mais c'était comme si le fossé entre eux s'était creusé au point de devenir infranchissable. En dépit de tous ses efforts, il semblait que Carol eût choisi son propre chemin vers le salut. Et il n'en faisait pas partie.

Dans la salle des opérations régnait un climat d'impatience fébrile. Les discussions à mi-voix allaient bon train, les policiers se demandant pourquoi l'inspecteur principal Jordan les avait réunis.

« Moi, je m'en fiche, du moment que ça nous évite d'avoir à discuter avec des putes sous la flotte, confia Sam Evans à Kevin Matthews. Là-bas, c'est motus et bouche cousue.

— Avec Jordan, on ne sait jamais, répondit Kevin. S'il y a quelqu'un qui est capable d'avoir une idée originale, c'est bien elle.

— Mais est-ce qu'elles aboutissent, ses idées originales ? » demanda Evans.

Kevin ôta un fragment d'aliment séché qu'il venait d'apercevoir sur son pantalon. « Elle a un sacré flair. Je l'ai entendue sortir des trucs que même Tony Hill jugeait à côté de la plaque. Et ensuite, il s'est révélé qu'elle avait mis dans le mille.

— Ouais, mais après ce qui lui est arrivé... peut-être qu'elle n'a plus assez de cran pour prendre des risques », fit observer Evans. Ses fouilles clandestines des bureaux de ses collègues n'avaient rien donné. Carol Jordan semblait ne pas confier grand-chose au papier, encore moins à son ordinateur. Or, pour atteindre son objectif, il avait besoin de savoir ce qu'elle pensait, et cela tardait. Jusque-là, il s'était arrangé pour éviter de l'informer qu'il surveillait Hart. Il espérait que Brandon lui en parlerait le premier, ce qui la mettrait sur la défensive tout en la rendant vulnérable. Mais, apparemment, ça ne s'était pas encore produit.

« Je ne parierais pas là-dessus », marmonna Kevin alors que le silence se faisait soudain dans la salle. Il se tourna pour voir Carol traverser les rangs serrés des policiers. Don Merrick la suivait de près. Cela faisait des semaines qu'elle n'avait pas paru aussi en forme, se dit Kevin. Elle avait une mine rayonnante et le regard brillant.

Carol s'arrêta près du panneau où étaient affichées les photographies de Sandie Foster et de Jackie Mayall. Elle contempla leur visage, se fit une promesse muette puis se tourna face aux inspecteurs. Depuis sept heures du matin, elle s'était terrée dans son bureau pour mettre au point les détails de l'opération clandestine et réprimer son anxiété, mais elle se sentait encore fraîche et lucide. Après avoir quitté Jonathan, elle était allée se coucher directement, sans boire. Et elle avait dormi d'une traite jusqu'à ce que la sonnerie la réveille à six heures. Pas de cauchemars, pas de sommeil agité. Et presque pas d'alcool. Trois verres de vin au dîner comptaient à peine, au regard de sa consommation récente. Même si elle n'avait pas soulevé les montagnes, elle avait peut-être pris un virage prometteur.

« Bonjour tout le monde, lança-t-elle d'une voix claire et vigoureuse. D'abord, je tiens à vous remercier pour votre travail ardu tout au long de ces dernières semaines. Ce n'est la faute de personne dans cette pièce si nous avons fait si peu de progrès. Nous avons affaire en l'occurrence à un tueur intelligent et organisé, et nous n'avons bénéficié d'aucun de ces coups de chance qui permettent de boucler un dossier. Il est donc temps d'adopter une autre stratégie. »

Il y eut un murmure d'assentiment dans la salle. Elle vit des signes de tête approbateurs parmi sa propre équipe. Ravalant ses doutes et ses craintes, elle poursuivit. « C'est une opération à haut risque. Ce qui veut dire qu'elle demandera un effort maximum de chacun d'entre vous. Mais je pense que cela peut nous apporter des résultats que nous n'obtiendrions pas autrement. »

Elle sortit d'une chemise les photographies des quatre victimes de Derek Tyler. Elle les fixa sur le panneau derrière elle puis se tourna vers l'assistance. « Je sais qu'il y a eu pas mal de spéculation dans les médias à propos d'un lien entre ces deux derniers assassinats et les meurtres en série commis il y a deux ans. Jusqu'à présent, il n'existe aucun doute sérieux quant à la culpabilité de Derek Tyler. Cependant, une chose est claire : ses crimes servent de modèle à celui qui est responsable des assassinats récents. Il est inutile de se demander pourquoi. À ce stade, cela ne nous ferait pas avancer d'un pouce. Il nous faut simplement l'accepter comme un fait. En revanche, cela nous fournit une idée assez précise du type physique qu'affectionne notre tueur. Ces femmes ont toutes des cheveux blonds coupés court. Toutes sont minces. Toutes ont à peu près la même taille et la même carrure. Ce sont ses victimes de prédilection. » Carol redressa les épaules. « Avec cela à l'esprit, nous avons décidé de monter une opération clandestine afin d'amener notre tueur à se jeter dans nos filets. » Du brouhaha menaça soudain de recouvrir ses paroles. Elle haussa la voix d'autant. « La première phase de cette stratégie s'est déroulée hier soir, lors de la conférence de presse du directeur. Ses remarques, inspirées par les conseils du docteur Hill, avaient pour but d'inciter notre assassin à passer à l'action. »

Elle lança un regard à Paula et hocha la tête. Paula se leva. « Pour ceux qui ne la connaissent pas, voici la constable Paula McIntyre. Elle jouera le rôle d'appât. »

Paula sourit à la salle. Le cœur de Carol se serra. Elle se souvenait de cet enthousiasme naïf, et où ça l'avait menée. C'était insupportable de penser que quelqu'un d'autre allait s'embarquer dans la même galère. Mais, au moins, elle pouvait faire en sorte que Paula ait l'appui nécessaire, ce dont elle-même avait dû se passer.

Sentant de l'électricité dans l'air, elle tint à tempérer aussitôt l'enthousiasme collectif. « Je le répète, il s'agit d'une stratégie à haut risque. Nous allons remplir la zone de policiers en civil pour assurer la sécurité de Paula. C'est notre souci primordial. Si Paula courait le plus petit danger, nous abandonnerions. Je tiens à ce que ce soit bien clair pour tout le monde. » Elle jeta un coup d'œil à Paula. « La première chose, c'est de lui donner l'aspect du rôle.

— Hé, Paula, attention de ne pas piquer au truc ! lança Kevin.

— Allons, sergent Matthews, gardez cet humour de potache pour les toilettes hommes, dit Carol avec lassitude. Sergent Shields, vous irez avec Paula dans un des sex-shops de Manchester ; trouvez-lui l'accoutrement adéquat. Il n'est pas question d'acheter quoi que ce soit par ici, on pourrait vous reconnaître. Après quoi, nous posterons Paula dans la rue ce soir avec tout le soutien indispensable. Don, pouvez-vous nous exposer les détails techniques ? »

Merrick s'avança. « Paula sera équipée d'un micro, naturellement. Nous disposerons également des caméras de surveillance supplémentaires à chaque bout de la rue principale de Temple Fields et au bas de Campion Boulevard, là où elles sont difficilement repérables. Il y aura une équipe à bord d'une fourgonnette et d'autres en civil dans la rue. Nous resterons en contact radio étroit. Et nous sommes en train de chercher un moyen pour que la transmission soit aussi captée dans les voitures afin que vous sachiez ce qui se passe. »

Carol reprit la parole. « Comme je l'ai dit, la priorité ici est la sécurité de Paula. Je veux que vous ayez bien ça à l'esprit. C'est elle qui prend tous les risques. Il faut qu'elle puisse se dire que nous veillons sur elle, que nous faisons tout notre possible. Il y aura une réunion d'information complète à six heures. Un certain nombre d'entre vous – pour l'essentiel ceux qui s'occupent des dépositions et l'unité Holmes – continueront ce qu'ils étaient en train de faire. D'autres pourront prendre le reste de la journée. L'inspecteur Merrick a vos affectations. » Carol parcourut la pièce d'un regard paisible. « C'est probablement notre meilleure chance de retirer ce salaud de la circulation avant qu'il ne tue à nouveau. Je compte sur vous. »

Elle n'attendit pas questions ou commentaires. Tout ce qu'elle avait besoin d'entendre lui serait retransmis par Merrick, ses yeux et ses oreilles parmi la trentaine de policiers de l'équipe. Elle ne pensait qu'à quitter la salle avant que son assurance de façade ne se lézarde.

Elle avait à peine retrouvé le calme de son propre bureau, les stores tirés formant un rempart contre le monde extérieur, qu'on frappa à la porte. *Si c'est ce maudit Brandon, je me mets à crier.* « Entrez », dit-elle avec résignation.

La porte s'entrouvrit de quelques centimètres et la tête de Jonathan France apparut. « Vous avez une minute ? »

Troublée et surprise, Carol balbutia : « Oui, entrez. » Il poussa discrètement la porte et la referma derrière lui. « Je ne m'attendais pas à vous revoir si vite, murmura-t-elle. Avez-vous quelque chose pour nous ?

— Pas professionnellement. Cela va prendre un peu plus de temps. » Il tira un sac en plastique de sa poche de veste. Carol reconnut le logo d'une librairie de la ville. Il lui tendit le sac. « J'ai pensé que ça pourrait vous intéresser. »

Curieuse, Carol le prit. Elle fit glisser le livre du sac. *Lucky* d'Alice Sebold. Elle releva la tête, perplexe.

« C'est le récit de sa propre expérience de viol, expliqua Jonathan. Sans vouloir paraître présomptueux, je me suis dit que cela pourrait peut-être vous être utile. » Il avait l'air gauche, comme s'il ne savait pas trop où il mettait les pieds. « Ce n'est pas un roman de gare. Rien de sensationnel ni de sentimental. Et c'est très bien écrit.

— Vous l'avez lu ? » demanda Carol. Ce n'était pas vraiment la question qu'elle voulait poser, mais ça alimentait la conversation.

Il sembla légèrement penaud. « Ne le dites pas à mes collègues de granit. » Il enfonça ses mains dans les poches de son jean. « Ma sœur travaille au ministère de la Culture. Elle m'envoie toutes sortes de choses. J'aime bien les bouquins qui me font réfléchir. »

Carol retourna le livre et lut le texte de présentation. « Merci. C'est très gentil.

— Je vous en prie. » Il recula vers la porte. « Bon, alors, je m'en vais. Nous avons tous les deux du boulot. Passez-moi un coup de fil, hein ? »

Plus touchée qu'elle ne pouvait l'exprimer, Carol hocha la tête. « C'est promis.

— Je vous téléphonerai pour l'autre chose... la photographie. » Il lui adressa un dernier sourire avant de disparaître.

Carol contempla la porte un long moment, essayant de savoir ce qu'elle ressentait. Sa gentillesse était d'autant plus remarquable qu'il la dispensait avec une grâce qui lui ôtait toute condescendance. Elle aimait bien sa compagnie, le trouvait séduisant. Mais, pour une raison quelconque, son cœur demeurait indifférent. Peut-être n'était-elle pas prête. Peut-être était-il encore trop tôt.

Ou peut-être n'était-ce pas lui qu'elle voulait, tout simplement.

Elle n'eut pas le temps de creuser davantage. Un nouveau coup à la porte la dérangea. « Entrez », soupira-t-elle.

Sam Evans se tenait dans l'encadrement, le visage inexpressif. « Je peux vous dire un mot ? »

Elle lui désigna la chaise. « Asseyez-vous. »

Il s'installa, affichant une attitude de détente sereine. « J'ai pensé qu'il valait mieux que je me soulage la conscience avant que M. Brandon ne vous mette au courant », dit-il sans préambule.

Carol fronça les sourcils. « De quoi parlez-vous, Sam ?

— D'Aidan Hart.

— Aurais-je raté une marche ? En tout cas, vous n'êtes pas très clair.

— Je sais que vous avez décidé de rayer Aidan Hart de la liste des suspects à cause de son alibi, mais je n'étais pas convaincu. Alors je l'ai suivi. » Evans croisa son regard, la bouche tordue en ce qui pouvait passer pour une moue d'excuse. « En prenant sur mon temps.

— Quoi ? » Carol semblait incrédule.

« Lorsque je l'ai interrogé, j'ai eu le sentiment qu'il ne jouait pas franc jeu. Et j'avais raison, ajouta-t-il. C'est un habitué des prostituées. Deux ou trois fois par semaine, il paie des filles de la rue. »

Carol le dévisagea, stupéfaite. Elle ne savait pas par quel bout le prendre. Elle était furieuse qu'il ait agi de son propre chef. Mais le doute s'était emparé d'elle également. Avait-elle été imprudente en excluant Hart ? Était-elle en train de perdre la main ? Avec impatience, elle mit ces considérations de côté. « Et qu'est-ce que M. Brandon vient faire là-dedans ? »

Evans eut un haussement d'épaules. « Il m'a surpris alors que je rentrais les données dans mon ordinateur. Il a voulu savoir pourquoi je suivais Hart. J'ai dû lui expliquer. »

Carol sentit un abîme glacé s'ouvrir en elle. « Vous avez raconté au directeur que vous suiviez une piste que j'avais écartée ? » répliqua-t-elle d'une voix sèche et tendue.

Il leva les sourcils. « Je ne l'ai pas dit comme ça. Pas exactement. »

Espèce de salaud ! Elle craignait de se dévoiler en parlant. L'écho de la trahison résonnait en elle. « Je veux un rapport complet sur vos activités. Qu'il soit sur mon bureau dans une heure. Et je ne veux plus rien entendre de la sorte venant de vous. Ce n'est pas OK Corral, ici. Nous formons une équipe. Vous ne m'avez rien dit de vos doutes à propos de Hart. Si vous l'aviez fait, j'aurais peut-être hésité à le mettre hors de cause. Je ne tolérerai pas ce genre de comportement sournois parmi mes coéquipiers. Cela nous amoindrit tous. Considérez cela comme un avertissement, constable Evans. Maintenant, disparaissez ! »

Il se leva et sortit, le dos droit, la tête haute. Carol ne vit rien de son sourire entendu.

Un soleil délavé avait percé la grisaille, répandant une maigre lueur sur les rues de Temple Fields. Le reste de la ville s'affairait, mais, à dix heures du matin un jour de semaine, le quartier avait l'air abandonné ; ceux qui travaillaient là en étaient à essayer de se remettre de la nuit précédente. Un homme en costume cravate, son imperméable claquant au rythme de ses pas, promenait un bull-terrier le long du chemin de halage du canal. Deux femmes en jean et veste de cuir descendaient la rue bras dessus bras dessous, enfermées dans une bulle d'autosatisfaction. Et Tony Hill se tenait au coin de la rue, s'escrimant avec l'index d'un plan de Bradfield et une feuille de papier.

J'aurais dû faire ça avant, se dit-il tandis qu'il essayait de trouver l'ordre logique pour se rendre aux six adresses qu'il avait notées quand le spectre d'un meurtrier imitateur était apparu pour la première fois. Il feuilleta l'indicateur, s'efforçant de repérer l'emplacement des scènes de crime et de l'inscrire sur sa carte mentale du secteur. Ainsi, il pourrait se faire une idée de la vision qu'avait le tueur de son univers.

Comme il n'avait pas choisi ses victimes au hasard, il y avait de bonnes chances pour qu'il ait utilisé une zone qu'il connaissait bien, un plan gravé dans son esprit. Chacun a sa propre topographie du territoire qu'il appelle le sien, esquissé par ses itinéraires personnels, défini par ses besoins, dont certaines portions qu'il ignore complètement. Le Temple Fields du tueur serait uniquement à lui, et découvrir en quoi consistait son domaine pourrait permettre à Tony de mieux comprendre qui il était. Ou, du moins, qui il n'était pas.

Il avait eu besoin d'activité ce matin-là. Il savait que Carol était en train de mettre ses officiers au courant de l'opération clandestine. Ce qui l'arrangeait car il ne se sentait pas encore prêt à la voir. Toute la nuit, il avait été assailli par des images d'elle et de l'homme à la moto. Il s'en voulait de la violence de sa réaction et il n'avait pas envie que cela gâche leur prochaine rencontre.

Finalement, il eut un trajet clair en tête. Il se mit en route, s'engageant dans la multitude de ruelles quadrillant le cœur de Temple Fields. Après avoir tourné dans une venelle, il s'arrêta devant une porte. Il examina la façade de l'immeuble en brique crasseux, se demandant quelle fenêtre correspondait à la pièce où la première victime de Derek Tyler s'était vidée de son sang. D'après les notes, il arrivait souvent à Lauren McCafferty d'emmener des clients dans la chambre meublée qu'elle louait. Elle pensait que c'était plus sûr que dans leur voiture ; et donc qu'elle avait la maîtrise de la situation, avec d'autres chambres alentour dont les occupants entendraient si les choses tournaient mal et qu'elle devait appeler à l'aide. Elle ne s'attendait pas à tomber sur un tueur qui en savait plus long sur le contrôle d'autrui qu'elle n'en avait jamais su.

Tony demeura là quelques instants, laissant son cerveau tourner en roue libre, avant d'aller au deuxième site figurant sur sa liste. Une demi-heure et quatre emplacements plus tard, il se retrouvait devant le Woolpack Hotel. « Qu'ont-ils en commun, ces endroits à toi ? dit-il à voix basse. Ils font partie d'un réseau invisible pour la plupart de ceux qui viennent à Temple Fields prendre un verre ou chercher un partenaire sexuel. Mais c'est là que tu te sens à l'aise. Alors, peut-être que tu y vis ou que tu y travailles ? Peut-être fais-tu des livraisons ? Un coursier ? Un postier ? Les sites sont tous proches de rues populeuses, sans s'y trouver directement. Tu as besoin de discrétion, mais tu veux que tes victimes soient découvertes avant qu'il ne se soit écoulé trop de temps. Tu restes avec elles jusqu'à ce qu'elles soient mortes puis tu t'en vas, sachant qu'on ne tardera pas à les trouver. Est-ce que tu ne supportes pas de les savoir seules ? »

Il descendit lentement la ruelle en direction de Bellwether Street, grouillant à cette heure de la journée de gens faisant leurs courses et de membres de ce quart-monde pour qui la perspective de centres commerciaux représentait un progrès plutôt que l'inverse. « Non, marmonna-t-il. Tu t'en fiches, d'elles. Pour toi, ce ne sont pas des êtres humains mais de simples Kleenex. Tu tiens à ce que nous voyions tes mises à mort alors qu'elles sont encore fraîches pour nous éblouir de ton art. Ç'a été un hasard que Dee n'ait pas pu travailler ce jour-là et qu'il ait fallu si longtemps pour découvrir Sandie. » Il releva la tête avec un sourire radieux. « Tu crânes, un point c'est tout. Il te faut absolument montrer tes talents. Le faire sous notre nez. Tu cherches la reconnaissance, les éloges, et tu n'as pas envie d'attendre. »

Tony quitta Bellwether Street pour Woolmarket, où il s'assit sur un des bancs bordant la place pleine de monde. Déchiffrer le message implicite des actions du tueur était seulement le premier pas, mais un pas indispensable. Il lui fallait remonter la piste avant de pouvoir émettre des hypothèses sur la manière dont de telles motivations profondes façonnaient le comportement de l'homme commettant ces actes barbares. Jusqu'à ce qu'il y soit parvenu, il ne serait pas d'une grande utilité pour Carol. Ni pour les futures victimes, d'ailleurs. « Tu as toujours été assoiffé de louanges, reprit-il silencieusement, ses lèvres remuant à peine. Mais tu n'en as jamais eu assez, n'est-ce pas ? On ne t'estimait pas à la valeur que tu croyais être la tienne. Tu désirais le pouvoir que t'aurait procuré l'admiration des autres, et ça ne s'est pas produit. Alors, comment gagnes-tu ta vie ? Tu auras choisi quelque chose qui t'offre la possibilité de regarder de haut le reste d'entre nous. Tu aurais aimé l'armée ou la police ou le service des prisons, mais tu ne dois pas être suffisamment discipliné pour ça. Vigile peut-être ? Videur de boîte de nuit ? Ce n'est pas ça qui manque à Temple Fields. En tout cas, un travail qui te confère un certain ascendant. » Il leva les yeux et promena son regard sur l'échantillon humain vaquant à ses occupations. À l'autre extrémité de la place, une femme en uniforme bleu foncé tapait sur un boîtier électronique avec son stylo. « Ou un agent de la circulation, murmura Tony. Ils connaissent bien le quartier. »

Il se leva avec impatience. Il avait l'impression de tourner en rond. Pour une raison quelconque, l'esprit du tueur semblait aussi glissant que ces feuilles d'automne trempées qui se désagrègent entre les doigts avant qu'on puisse les examiner. Il était incapable de saisir les fils directeurs qui le guideraient à travers le labyrinthe. Cela ne lui était encore jamais arrivé, et il ne comprenait pas pourquoi ça se produisait maintenant, avec cette affaire. Était-ce parce qu'il était trop obnubilé par sa propre culpabilité et son besoin de protéger Carol ? Ou était-ce quelque chose chez le tueur qui le mettait à part des autres esprits tordus que Tony avait rencontrés ?

Il avait passé trop d'années à travailler avec des délinquants en série – violeurs, meurtriers, pyromanes et pédophiles – pour les voir comme un groupe homogène. Certains étaient extrêmement doués. D'autres, comme Derek Tyler, semblaient à peine assez intelligents pour avoir commis leurs crimes. Certains possédaient un minimum d'aptitudes sociales. D'autres avaient l'air de toqués à cent mètres. Certains étaient presque contents de se faire prendre, d'être soulagés du fardeau de leur compulsion. D'autres se glorifiaient d'une célébrité qu'une culture médiatique perverse s'obstinait à leur accorder. Une chose était certaine : leurs actes portaient l'empreinte unique de leur tournure d'esprit particulière, et telle avait toujours été la route que Tony avait réussi à suivre avec eux.

Mais cette fois, c'était différent. Cette fois, cela paraissait impossible.

Peccadilloes se cachait dans une petite rue du quartier nord de Manchester, une partie rénovée du centre-ville où l'industrie de la confection avait été asphyxiée peu à peu par le coût élevé de la main-d'œuvre et remplacée par des ateliers d'artisanat, des HLM et des boutiques dans le vent. Serrés les uns contre les autres, maisons en brique rouge, monolithes victoriens restructurés et architecture populaire moderne formaient un mélange qui peinait à paraître à sa place dans ces étroites rues pavées. Jan Shields naviguait à travers les sens uniques comme une autochtone. Elle indiqua du doigt leur destination lorsqu'elles passèrent enfin devant.

« Vous avez l'air de bien connaître le coin », commenta Paula alors qu'elle négociait un carrefour délicat conformément aux instructions de Jan.

« Cela fait des années que je fais mes achats de Noël dans le village des artisans. C'est sympa d'offrir quelque chose d'un peu original qu'on ne voit pas à Bradfield. Et il y a deux ou trois restaurants convenables où l'on peut se détendre après les courses. » Elle désigna à Paula un petit parking payant où elles trouvèrent un emplacement.

Le voyage à travers les collines avait été calme. Jan avait passé la majeure partie du trajet plongée dans un échange de SMS qui semblait la divertir considérablement. Elle n'avait pas partagé la plaisanterie avec Paula. Pratiquement, leur seule conversation avait porté sur le fait de savoir si Carol Jordan était ou non à la hauteur de son boulot. Paula avait défendu sa supérieure en dépit de ses propres doutes. C'était une chose de se poser la question avec Don, mais Jan Shields ne faisait pas vraiment partie de l'équipe. La solidarité exigeait que Paula soutienne Carol à fond. Voyant qu'elle n'arrivait à rien, Jan avait abandonné pour se rabattre sur son portable.

Comme elles approchaient de Peccadilloes, Jan devint plus animée. « Ça va être rigolo, annonça-t-elle. Il n'y a rien de plus excitant que de jouer la comédie.

— Facile à dire, marmonna Paula. Ce n'est pas vous qui allez rester à un coin de rue à vous geler les fesses et à palabrer avec des michetons crasseux. »

Jan eut un gloussement. « Non, je devrai me contenter d'observer de loin. » Elle poussa la porte. L'intérieur de Peccadilloes était moins tape-à-l'œil que son homologue de Bradfield. L'éclairage était plus faible, la marchandise exposée plus discrètement. Derrière le comptoir, une femme leva la tête vers elles. Une bonne trentaine, cheveux multicolores avec épis et boucles maintenus par du gel. Bizarrement, elle portait un cardigan fauve qui aurait mieux convenu à la propriétaire d'un magasin de laine. Paula soupçonna la coiffure outrée d'être une tentative pour détourner l'attention de la tache de vin barrant un côté du visage, comme si l'on avait fait glisser un pinceau chargé de glace à la fraise le long de la joue.

Ayant jeté un coup d'œil autour d'elle, Jan conduisit Paula à un rayon de vêtements au fond de la boutique. Elle farfouilla dans les cintres et sortit une minuscule robe noire en latex. « Dites donc, ma jolie, vous leur en mettriez plein la vue au Rainbow Flesh, avec ça sur le dos.

— Comment voulez-vous que je sache, mentit Paula, sa vie privée à nouveau en butte aux certitudes de Jan Shields. Du reste, ce n'est pas pratique. Je ne pourrais pas porter un micro là-dessous. »

Jan sourit, une espièglerie incongrue se peignant sur son visage angélique. « Constable, vous ne pourriez rien porter là-dessous. »

Elle remit la robe et poursuivit son inspection. Sa trouvaille suivante était une minijupe écarlate en vinyle. « Génial ! C'est parfait pour Temple Fields. Don Merrick va en baver dans son thé.

— C'est censé être un argument de vente ? » Paula émit un petit rire, mais, prenant la jupe, elle la pressa contre ses hanches pour voir si elle était à sa taille.

— Il vaudrait mieux que vous l'essayiez. Et que vous ayez un autre avis », conseilla Jan.

Paula la toisa d'un regard glacial. « Je ne pense pas que ce soit nécessaire », répondit-elle, réagissant à ce qui faisait l'effet d'une insinuation. Elle passa devant Jan et attrapa un haut en lurex argenté dégageant le cou. « Ceci devrait faire l'affaire. »

Jan haussa les sourcils. « Ma parole, vous commencez à y prendre beaucoup trop de plaisir, constable McIntyre. »

Cette fois, Paula fut troublée par le ton malicieux de Jan, dont la voix semblait receler une note d'admiration sincère. Elle se demanda brièvement comment ce serait de passer du temps avec Jan en dehors du travail. « J'aime bien faire mon boulot correctement », dit-elle, conjurant cette pensée. Avoir des relations avec les collègues était toujours une très mauvaise idée. De plus, Jan Shields n'était pas son type. En revanche, si Carol Jordan devait lui faire des avances... Paula pivota, se reprochant mentalement de perdre de vue la raison de leur présence là.

« Bien sûr. Mais, une fois que tout sera terminé, vous pourriez peut-être me faire un petit défilé de mode pour moi toute seule ? » La voix de Jan était douce, son souffle chaud sur le cou de Paula.

« Bon sang, Jan, vous êtes aussi vicelarde que les mecs, dit-elle avec lassitude.

— Croyez-moi, Paula, je les surpasse tous. » Elle lui posa une main sur l'épaule et sourit lorsque Paula sursauta. « Pour essayer, c'est là-bas », dit-elle en montrant une cabine munie de rideaux. Elle s'effaça pour la laisser passer.

Cinq minutes plus tard, Paula s'examinait dans le miroir. Même sans maquillage et sans les chaussures adéquates, elle savait que ses meilleurs amis auraient eu du mal à la reconnaître. C'était incroyable à quel point ce changement superficiel pouvait la rendre méconnaissablc. Un frisson d'inquiétude lui donna la chair de poule. Elle se déshabilla en hâte, soulagée de revêtir à nouveau sa propre personnalité en même temps que son jean noir et son chemisier blanc. Elle repoussa le rideau, tenant les vêtements à bout de bras. « Ça ira », déclara-t-elle.

Jan lui tendait un blouson d'aviateur en vinyle qui était presque assorti au chemisier. « Que diriez-vous de ceci pour compléter le tout ? Il va faire sacrément froid ce soir. »

Paula secoua la tête. « Jackie et Sandie ne portaient pas de blouson. Je suis supposée leur ressembler le plus possible. Mais, par contre, j'ai besoin de pompes de pute.

— Vous avez besoin de ce blouson, insista Jan. Pour cacher le fil qui vous descendra dans le dos et la bosse que fera l'émetteur.

— Exact. Je n'y avais pas pensé. » Paula apporta ses achats au comptoir et remit sa carte de crédit. Heureusement, aucun de ses proches ne verrait le relevé mensuel.

« Bon Dieu, il y a vraiment des trucs bizarres ! s'exclama Jan en reluquant des accessoires de bondage dans une vitrine.

— Il faut de tout pour faire un monde », rétorqua sèchement la femme derrière le comptoir.

Jan lui lança un regard glacial. « Apparemment. » Elle se détourna. « Je vous attends dehors. »

Lorsque Paula la rejoignit, Jan, adossée à un mur, roulait une cigarette. « Je ne savais pas que vous fumiez.

— Seulement quand j'ai un mauvais goût dans la bouche.

— Je croyais que ça vous amusait d'aller là-dedans ? »

Jan lécha le papier et termina l'opération avec dextérité. « Vraiment ? Je voulais me donner du courage, c'est tout. » Son expression était indéchiffrable, mais sa voix était plus douce que Paula ne l'avait jamais entendue. « Ce soir, vous vous trouverez dans la ligne de mire. Probablement la chose la plus effrayante qui puisse arriver à un flic. »

Paula poussa un soupir. « Merci. Et moi qui essayais de me persuader que vous alliez me protéger, vous autres. »

Le sourire de Jan semblait forcé. « En effet. N'en doutez pas. Mais il y a des moments, Paula, où il est raisonnable d'avoir peur. Et ce soir en est un. »

La journée s'écoulait inexorablement. Dans la salle des opérations se dressait une montagne de paperasses que Carol aurait pu écumer, mais il y avait des gens pour ça. Des équipes pour lire les dépositions et les rapports, et remplir des fiches sur les actions à poursuivre, des enquêteurs pour dépouiller le courrier arrivé dans leurs corbeilles, des policiers pour produire davantage de paperasses à l'intention de ceux qui lisaient les dépositions. Sans oublier Don Merrick pour en retirer les éléments cruciaux qu'elle avait besoin de connaître. Le volume de données dans une affaire comme celle-ci était terrifiant, d'autant plus qu'elles semblaient ne mener nulle part.

L'opération clandestine la minait littéralement. Chaque pressentiment de ce qui pourrait mal tourner prenait des proportions démesurées, remuant les sombres souvenirs de sa propre opération ratée. Et puis il y avait Sam Evans. Elle n'arrivait pas à décider si c'était juste un ambitieux ou s'il cherchait délibérément à la torpiller. Dans tous les cas, il avait sûrement semé le doute dans l'esprit de Brandon, et cela au moment où elle pouvait le moins se le permettre. Elle ne tenait pas à ce qu'il se demande si sa malheureuse expérience n'allait pas affecter la mission de Paula. Elle s'efforça d'écarter ces pensées empoisonnées, mais elles resurgissaient sans cesse. Elle finit par abandonner. Si elle ne pouvait pas évacuer le passé, peut-être devait-elle essayer de l'affronter. Elle prit sur son bureau le livre que lui avait donné Jonathan et l'ouvrit avec précaution. Elle n'avait jamais été une grande lectrice en dehors de domaines précis et, depuis le viol, elle avait évité tout ce qui sentait les remèdes miracles. Mais ça, c'était différent. En dépit de ses réserves, elle se retrouva entraînée dans une histoire qui, même si elle offrait peu de ressemblance avec la sienne, semblait néanmoins lui parler à un niveau que rien ni personne n'avait encore approché.

Au bout de quarante pages, elle avait reposé le livre. Ses mains tremblaient et elle se sentait au bord des larmes. Son corps réclamait de l'alcool, mais elle était bien résolue à ne pas lui en donner. Pour la première fois, elle comprit que, là où elle en était sur le chemin de la survie, il ne faisait plus de doute qu'elle irait jusqu'au bout. La Carol Jordan qui sortirait de ce qui lui était arrivé aurait beau être extrêmement différente, elle redeviendrait elle-même. Meurtrie mais pas détruite. Fêlée mais pas brisée. Elle regretta que Tony ne fût pas là, non qu'elle eût envie de lui en parler, mais parce qu'il verrait le changement en elle, qu'il serait sensible au pas qu'elle avait franchi.

Comme pour répondre à son souhait, on frappa à la porte. « Entrez », dit-elle en se hâtant de cacher le livre sous des papiers. Mais ce n'est pas Tony qui apparut. Jonathan France était de retour, une chemise serrée sous un bras. « Deux fois en une journée, déclara Carol, ça va faire jaser. » Elle était bêtement heureuse de le voir, bien plus qu'elle ne s'y attendait.

Il s'assit, se carrant sur la chaise, les jambes allongées. « Malgré tout le plaisir que me procure votre compagnie, il s'agit d'une visite purement professionnelle. J'ai des nouvelles pour vous. » Il avait l'air content de lui, tel un chien d'arrêt apportant le journal trempé dont il sait qu'il fera le bonheur de quelqu'un.

L'intérêt de Carol s'accrut soudain. Quelle que fût son envie de voir Jonathan pour des raisons personnelles, jamais ce désir ne l'emporterait sur ses objectifs professionnels. « Vous avez identifié l'emplacement ? »

Il hocha la tête. « Dès que j'ai vu la photographie, je me suis dit que je savais où c'était. Pas précisément, pas avec exactitude. Mais quand j'ai grossi les détails dans mon ordinateur, je me suis rendu compte que je le connaissais. » Il ouvrit la chemise, en sortit deux agrandissements de fragments de rochers et les passa à Carol.

Elle considéra les photos d'un air ébahi. Pour elle, ce n'étaient que des dalles rocheuses, grises avec une légère teinte rougeâtre et parsemées de ce qui ressemblait à des taches gris clair. « Qu'est-ce que c'est que ça ? » demanda-t-elle, regrettant presque aussitôt la question. Elle savait pourtant combien il est périlleux d'inviter des experts à parler de leur spécialité.

« On appelle ça des stromatactis, répondit Jonathan avec enthousiasme. Une des énigmes persistantes de l'époque dévonienne. Pour le commun des mortels, c'est une cavité à fond plat avec un couvercle en calcite fibreux. En termes géologiques, c'est une formation régionale provoquée par la séparation partielle de sédiment non lithifié. Quant à la manière dont elle s'est constituée, les avis divergent. Vous voyez comme elle imite la structure d'un récif de corail ? Pour certains géologues, c'est le résultat de l'entassement d'organismes de récifs, les stromatoporoïdes. L'eau aurait rempli les interstices et, sous la pression, des stromatactis se seraient formés. D'autres sont persuadés qu'il s'agit essentiellement de fossiles d'organismes à corps mou comme les éponges. D'autres encore pensent que c'est le produit d'algues marines, les cyanobactéries. » Il sourit. « Et pour les créationnistes, ils ont été vomis du fond de l'océan au moment du Déluge.

— Tout cela est fascinant, mais... » Carol esquissa un sourire amusé bien que narquois.

« Je sais, je sais... allez à l'essentiel, c'est ça que vous voulez, pas vrai ? dit tristement Jonathan. Très bien. On trouve ces formations dans le calcaire. Le Peak District en possède plusieurs spécimens remarquables. Ils apparaissent le plus souvent en groupes. Et il y a quelques endroits comme le White Peak qui font littéralement saliver les férus de la pierre comme moi. Lorsque j'ai vu les gros plans, j'ai pensé pouvoir cerner un endroit précis. Mais je voulais vérifier d'abord. En vous quittant ce matin, je me suis rendu là-bas. Et je ne me trompais pas. C'est un morceau de récif calcaire d'un éperon rocheux près de Chee Dale. »

Carol n'arrivait pas à cacher son excitation. « Vous l'avez identifié ? De façon catégorique ? »

Jonathan acquiesça. « C'est absolument typique... »

Ce qu'il avait l'intention de dire ensuite fut coupé par l'ouverture de la porte. Tony parla dès l'entrée sans s'apercevoir que Carol n'était pas seule. « Carol, je pense qu'il travaille à Temple Fields. Peut-être comme vigile, ou comme videur dans un bar ou une boîte de nuit.

— Tony », dit Carol pour l'avertir tout en indiquant d'un signe de tête Jonathan, à moitié masqué par la porte ouverte.

Tony allongea le cou. Sa voix était plutôt amicale, mais son visage sembla perdre brusquement toute animation. « Oh, pardon. Je ne m'étais pas rendu compte... Je reviendrai plus tard. »

À sa réaction, elle comprit qu'il avait vu quelque chose la veille au soir. Et elle le connaissait suffisamment pour savoir qu'il n'y ferait pas la moindre allusion. Pas ici, pas maintenant. Et sans doute même jamais, vu sa capacité à s'esquiver quand il était question de sentiments. « Ça va, dit-elle. Entre. Voici le professeur Jonathan France. Il est géologue. Jonathan, je vous présente le docteur Tony Hill. » Jonathan se leva et lui serra la main, le dominant de tout son haut. « Tony est psychologue clinicien. Nous avons beaucoup travaillé ensemble.

— Un géologue », murmura Tony en s'éloignant prestement de Jonathan. Il se percha sur un coin du bureau de Carol. Elle le soupçonna de s'être rapproché délibérément d'elle pour montrer leur connivence et faire de Jonathan l'étranger. « Cela doit être reposant de travailler avec des choses qui bougent à la lenteur d'une plaque tectonique.

— Ça me force à sortir », dit Jonathan en se rasseyant.

Tony sourit. « C'est ce que disent certains de mes patients à propos de leur état psychiatrique. »

Jonathan sembla légèrement déconcerté, comme s'il se demandait si l'on se payait sa tête. « Pas les agoraphobes en tout cas », répondit-il.

Tony concéda ce point. Anticipant une nouvelle pique, Carol intervint : « Jonathan a identifié le lieu où a été photographié Tim Golding. »

L'instinct professionnel de Tony se réveilla soudain. « Vraiment ? Dites-m'en davantage.

— Comme je l'expliquais au moment où vous êtes entré, les traits géologiques à l'arrière-plan de l'image sont tout à fait typiques. J'ai visité le site plus d'une fois lors d'études de terrain. C'est un exemple de stromatactis particulièrement frappant.

— Quel genre d'endroit est-ce ? demanda Tony. Isolé ? Fréquenté par les promeneurs ? »

Jonathan tira une autre feuille de la chemise. « J'ai photocopié la partie utile de la carte. » Il l'étala sur le bureau, se penchant pour illustrer ses commentaires. « Voici Chee Dale. Taillé dans le calcaire par la Wye. » Il suivit le contour sinueux sur la carte. « Comme vous le voyez, il y a un sentier public qui descend dans la ravine. C'est une promenade très prisée, au point que le Parc national a fait mettre des pierres de gué là où la rivière sort de son lit et recouvre le sentier. » Il tapota la carte d'un doigt effilé. « Et ce petit éperon ici s'appelle Swindale. L'entrée est très étroite, il est facile de la rater. Mais, une fois le goulet franchi, la ravine s'élargit et grimpe sur environ quatre cents mètres. Il n'y a pas de sentier à proprement parler, et je parierais que quatre-vingt-dix-neuf personnes sur cent ne remarquent même pas que l'on peut passer.

— Et c'est là que se trouvent ces stroma-je-ne-sais-quoi ? demanda Tony en regardant la carte avec attention.

— Oui. À peu près à mi-chemin de la montée, sur la gauche.

— C'est donc relativement retiré ? Pas l'endroit où l'on irait faire un pique-nique ? »

Jonathan secoua la tête. « Sauf si l'on aime la boue, les ronces et l'absence de panorama. C'est une des caractéristiques du Peak District : il y a des tas de coins dissimulés. Ça attire des milliers de personnes les jours fériés et l'on peut quand même se perdre.

— Alors, qui y va ? demanda Carol.

— Des géologues, professionnels et amateurs. Une fois, j'ai vu trois types faire de l'escalade, mais ce n'est pas très haut et il y a de meilleures parois aux alentours. C'est à peu près tout. Je vous le répète, ce n'est pas vraiment ce qu'il y a de plus joli comme paysage.

— Celui qui y a amené Tim Golding pouvait donc être à peu près sûr de ne pas être dérangé, dit Tony d'un ton songeur. Ce qui veut dire qu'il connaissait le terrain. » Il leva la tête. « À quelle distance peut-on laisser une voiture ?

— Il y a un parking à un kilomètre et demi, à l'ancienne gare de Miller's Dale.

— Ce n'est pas une petite affaire avec une victime non consentante, murmura Tony. Je suppose qu'il n'y a pas moyen de dire à quel moment de la journée a été prise la photo ? »

Jonathan sortit le tirage original de la chemise. « Tout dépend de la période de l'année. Quand le garçon a-t-il disparu ?

— La deuxième semaine d'août », répondit Carol sans hésiter.

Jonathan examina la photo. « Cette partie de la ravine est orientée à l'est. Il faut un bon moment avant que le soleil ne monte assez haut pour éclairer la falaise en face. Je dirais vers neuf ou dix heures du matin. »

Se levant brusquement, Tony se détourna en se pressant les tempes comme s'il avait la migraine. « Quand tu iras, Carol, emmène une équipe technique et scientifique au complet. Ce que tu cherches, c'est une tombe. Peut-être même deux.

— Tu penses que Guy aussi pourrait être là ? »

Tony laissa retomber ses mains. « Tout bien pesé, oui. Il y a de fortes chances pour que Tim et Guy aient été enlevés par le même homme. Nous le savons tous les deux. S'il a suffisamment d'assurance pour avoir diffusé cette photo, c'est sans doute parce qu'il a déjà utilisé cet endroit comme lieu d'exécution au moins une fois. »

Carol vit l'expression consternée de Jonathan. On oubliait trop facilement combien les horreurs que les flics acceptaient sans sourciller pouvaient bouleverser les autres. Face à l'impitoyable réalité à laquelle Tony et elle avaient eu si souvent affaire, les non-combattants de la lutte contre le chaos étaient sans défense. « Il est encore trop tôt pour le dire », murmura-t-elle tout en sachant en son for intérieur qu'il avait raison.

Tony se retourna brusquement, les traits pâles et tirés. Oubliant Jonathan, il appuya ses poings sur le bureau de Carol et plongea son regard dans le sien. « Il sera arrivé au parking peu après le petit jour. Tim avait très certainement absorbé un sédatif léger. Suffisant pour le rendre groggy, afin qu'il n'offre aucune résistance. Dans cet état, il lui aura fallu un moment pour l'amener à Swindale. Après quoi, il aura fait ses petites affaires. Ce qui aura demandé du temps également. Et il aura pris ses photos de trophée. Bon, qu'est-ce qu'il fait ensuite ? Il ne va pas courir le risque de retourner sur un sentier fréquenté avec un gosse traumatisé sur les bras. Il l'a tué, Carol, et il s'est débarrassé du corps sur place. Une tombe de fortune sous les ronces de Jonathan. » Il ferma les yeux et marmonna quelque chose qu'elle ne comprit pas.

« Quoi ?

— J'ai dit, au moins, tu peux le ramener chez lui maintenant. »

Un long silence. Jonathan avait rentré la tête dans les épaules, les paupières plissées comme s'il s'efforçait de bloquer l'image qu'avaient fait naître les paroles de Tony. *Trop de détails pour lui*, pensa Carol. Elle s'éclaircit la voix. « Nous ne le saurons que lorsque nous irons là-bas. » Elle repoussa son fauteuil et se leva.

« Jonathan, nous ne pouvons rien faire aujourd'hui. La nuit tombe déjà. Mais il faut que nous mettions à profit vos informations le plus tôt possible. Je sais que nous abusons de votre temps, mais serait-il envisageable que vous emmeniez quelques-uns de mes hommes demain à Swindale et que vous leur montriez l'endroit où la photo a été prise ? »

Il écarquilla les yeux, les implications de ce qu'il venait d'entendre continuant à retentir dans sa tête. « Je... je ne sais pas.

— Vous n'auriez pas besoin de rester », dit-elle avec douceur. Elle s'approcha de lui, posa une main sur son épaule. « Il s'agit simplement de nous conduire là-bas et de nous indiquer la formation géologique qui correspond à la photo. Ensuite vous serez libre de vous en aller. Je vous en donne ma parole.

— Vous y serez ? » Sa voix était neutre, mais elle sentit son désarroi. Ce n'était pas trop demander, pas après ce qu'il avait déjà fait pour elle.

« Je ne peux pas le promettre, répondit-elle. Je suis au milieu d'une autre enquête importante. Tout dépend de ce qui se passera ce soir. Si nous procédons à une arrestation, on aura besoin de moi ici. Mais autrement... oui, j'y serai. Si vous pouvez revenir à huit heures demain matin, nous réglerons la question à ce moment-là. »

Il hocha la tête, comprenant à sa voix qu'elle le congédiait « Merci, Carol. » Il se leva.

« C'est nous qui devrions vous être reconnaissants, Jonathan. C'est notre première piste sérieuse depuis la disparition de Tim. Si nous parvenons à le rendre à sa famille, c'est à vous qu'ils devront des remerciements. » Elle lui donna une tape sur le bras. « À demain. »

S'immobilisant sur le seuil, Jonathan esquissa un sourire. « Enchanté d'avoir fait votre connaissance, docteur Hill. »

Tony le salua d'un signe de tête. Comme la porte se refermait, il murmura : « Je ne compte plus le nombre de fois où j'ai entendu ce bobard. »

Carol secoua la tête avec un agacement affectueux. « Il va falloir que tu apprennes à ne pas jouer les épouvantails.

— Il y a des cas où ça peut être utile.

— Si nous trouvons ce que tu prévois, peux-tu venir jeter un coup d'œil ? demanda Carol.

— Si tu penses que ça peut servir.

— Merci. » Elle hésita un instant, se demandant si elle pouvait soulever le sujet d'Aidan Hart avec lui et de quelle manière.

« Eh bien, comment est-ce que tu t'en tires ? » demanda-t-il avant de retourner se percher sur le bord du bureau. En s'asseyant, il bouscula la pile de papiers, révélant les mémoires d'Alice Sebold. Il fronça les sourcils, prit le livre. « Tu lis ça ?

— Non, je m'en sers comme presse-papiers, rétorqua-t-elle d'un ton mordant. Qu'est-ce que tu en penses ? »

Il haussa les sourcils. « Ça peut aider.

— Tu l'as lu ?

— Carol, je crois avoir lu presque tout ce qui a été écrit de sérieux sur le viol. » Comme elle ouvrait la bouche pour parler, il leva un doigt pour l'arrêter. « Et non, pas à cause de toi. À cause de mon travail.

— Alors, si tu pensais que *Lucky* pouvait m'être utile, pourquoi ne pas m'avoir conseillé de le lire ? » Elle savait qu'elle avait l'air agressive, mais elle s'en moquait.

« Tu m'aurais écouté ? répondit-il doucement. Tu ne m'aurais pas dit d'aller me faire voir et de te laisser t'occuper de ça comme tu l'entends ?

— C'est Jonathan qui me l'a donné, lâcha-t-elle abruptement. Lui n'a pas eu peur qu'on lui dise d'aller se faire voir. »

La tête de Tony eut un mouvement de recul comme pour esquiver un coup. « Tu en as parlé à Jonathan ? »

Totalement à côté, pensa Carol avec amertume. « Oui. »

Tony hocha la tête. « Probablement plus facile. Le fait qu'il soit un étranger. Pas de valises. Je suis désolé, Carol. Si j'avais pensé que tu m'écouterais, je te l'aurais suggéré. Je me suis trompé. » Il se leva subitement. « Bon. Eh bien, je m'en vais.

— Tu ne viens pas à la réunion d'information ? » Il secoua la tête. « Et tu ne vas pas revoir l'opération avec Paula ?

— À quoi bon ? Ce n'est pas mon rayon. C'est le tien.

— Tu pourrais nous donner une opinion.

— Tu as eu mon opinion de la journée. Je pense que le tueur travaille à Temple Fields. Qu'il est vigile, videur ou peut-être même contractuel. À part ça, je n'ai rien à t'offrir pour le moment. » Tendant le bras, il posa la paume de sa main sur l'épaule de Carol.

Elle sentit sa poitrine se serrer sous l'effet de la panique, comme si un poing lui broyait les poumons, l'empêchant de respirer. « Tu pourrais aider Paula.

— Je ne pense pas, Carol. Tu n'as pas besoin de moi pour ça. C'est du travail de flic, pas de l'extrapolation. Rien ne vaut l'expérience. Et personne ne possède une expérience plus rigoureuse de la clandestinité que toi. Tu n'as vraiment pas besoin de moi. »

Paula trouva Merrick à la cantine, buvant une tasse de thé. Elle se glissa sur le siège en face de lui, lorgna son expression maussade. « Tu fais une tête comme si tu voulais concurrencer Bourriquet.

— J'ai reçu une lettre de l'avocat de Lindy. Elle veut divorcer.

— Sapristi, elle ne perd pas de temps ! »

Merrick poussa un soupir. « N'empêche, elle a raison. Au fond, on sait très bien l'un et l'autre que c'est fini. Ce sont les mecs qui sont censés être les durs, mais quand il s'agit de couper les liens, vous autres, les femmes, êtes sans pitié.

— Pas toutes », répondit Paula en repensant à son propre passé calamiteux. Deux relations au cours des six dernières années, auxquelles elle avait continué à se cramponner bien après la date de péremption. Cela lui rappela un poème qu'elle avait lu un jour, comme quoi l'amour est un cerf-volant qu'il est impossible de lâcher tant qu'on ne vous propose pas mieux. Même si elle n'appréciait guère le chagrin que lui avait causé sa femme, elle ne pouvait s'empêcher d'envier le pragmatisme de celle-ci.

Merrick était trop plongé dans ses propres problèmes pour noter l'amertume de Paula. « Au moins, une fois les choses officialisées, je saurai où j'en suis pour ce qui est de voir les gosses. À supposer que ce fichu métier m'en laisse le loisir.

— Si nous avons un peu de chance ce soir, nous pourrons enfin souffler », fit-elle observer en s'efforçant de ne pas penser à ce que signifierait pour elle "avoir un peu de chance".

Message reçu. Merrick leva la tête, une lueur d'intérêt dans son regard triste. « Comment tu te sens ? »

Paula enroula une courte mèche de cheveux autour de son doigt. « Je suis un peu nerveuse, reconnut-elle.

— Tout se passera très bien, dit-il pour la rassurer.
— Tu crois ça ? Et quand tu étais à la poursuite du Tueur homo, tout s'est bien passé aussi ! » lança-t-elle d'un ton sarcastique. À l'époque, elle n'était qu'un simple adjoint officiant à la lisière de l'enquête, mais elle se souvenait parfaitement du bandage en turban autour de la tête de Merrick lorsque sa propre mission sous identité d'emprunt avait dérapé.

Merrick parut gêné. « C'était ma faute. Je m'étais mis dans de sales draps. Je pensais avoir la situation bien en main et je me trompais. Alors, profite de mes erreurs : ne prends pas de risques, ne laisse rien au hasard. Dans le doute, abstiens-toi. Mieux vaut rater une occasion d'arrêter l'assassin plutôt qu'il t'arrive quoi que ce soit. »

Mal à l'aise devant son inquiétude manifeste, Paula dit : « En fait, ce que je crains, ce n'est pas qu'il m'arrive quelque chose. Je suis certaine de disposer d'un appui. Après ce qu'a enduré Jordan, jamais elle ne me laissera à découvert. Elle risque plutôt de le faire détaler par excès de prudence.
— Alors, quel est le problème ? Parce que je vois bien que quelque chose te tracasse.
— Ça a l'air idiot. Mais je ne sais pas si j'en suis capable. Si j'ai l'étoffe du rôle. Je ne pense pas avoir le genre d'imagination qui convient.
— Je ne suis pas sûr de saisir, dit Merrick en fronçant les sourcils.
— Je suis un flic jusqu'au bout des ongles, Don. Je vois le monde en noir et blanc. Je ne possède pas cette fichue empathie dont Tony Hill ne cesse de nous rebattre les oreilles. Moi, je n'attrape pas les crapules en raisonnant de la même manière qu'eux. Je les attrape parce qu'ils sont stupides et que je suis dégourdie. Parce que je suis du bon côté de la barrière et pas eux. Alors, comment une fille comme moi

fait-elle pour se planter à un coin de rue et persuader un enfoiré de psychopathe qu'il a affaire à une pute ? » dit Paula brutalement.

Merrick s'escrima à trouver une réponse. « Ben, tu as l'attirail, non ?

— Ouais, j'ai l'attirail, répondit-elle d'un ton las. Pour choisir les fringues de merde qu'il faut, Shields n'a plus rien à apprendre. Mais j'ai l'impression d'être une gamine qui joue à faire semblant. Comme lorsqu'on s'habille pour sortir : on choisit quelque chose qui change un peu de l'ordinaire, et on se dit : « Ouais, super, ce soir, voilà qui je vais être. » Tu vois ? »

Merrick la regarda comme si elle parlait grec. « Pas du tout. Ça ne m'est jamais arrivé.

— Alors, crois-moi, c'est comme ça. Mais quand j'enfile ces trucs, la seule chose que je me dis, c'est : "Je n'ai aucune envie d'être cette nana." Ce qui me fait peur, ce n'est pas que vous me laissiez tomber. C'est que moi, je vous laisse tomber. »

Carol retrouva John Brandon dans la salle de presse, en grande conversation avec quelqu'un des relations publiques. Il leva les yeux en la voyant entrer, la salua d'un signe de tête. « Carol, nous étions justement en train de parler de Tim Golding et de Guy Lefevre. Shaheed a eu un des journaux du dimanche au téléphone. Apparemment, ils prévoient de revenir sur les deux affaires ce week-end. » Il poussa un soupir. « À les entendre, on croirait que ça fait quatre mois qu'on se tourne les pouces. »

Carol se força à sourire. « J'ai peut-être des nouvelles pour vous à ce sujet, monsieur. » Elle passa brièvement en revue les informations que lui avait données Jonathan.

Le visage lugubre de Brandon s'illumina. « Mais ce sont d'excellentes nouvelles, Carol. Qui a eu l'idée de faire appel à un géologue ?

— Moi, monsieur. » Qu'elle soit pendue si elle refusait le mérite de la seule bonne chose qu'elle ait faite depuis un moment.

« Bravo. Bien joué. Tenez-moi informé de la suite. Et Shaheed également. » Il se leva.

« Si je pouvais vous dire un mot ? » murmura-t-elle en l'entraînant à l'écart.

Brandon haussa un sourcil. « Allez-y.

— Il paraît que le constable Evans vous a dit qu'il suivait une direction d'enquête non officielle concernant le docteur Aidan Hart ? »

Brandon redressa les épaules. « En effet. Et je suis très surpris, je dois l'avouer, que vous ayez éliminé cette piste. Ce n'est pas comme si vous étiez inondée de suspects pour ces meurtres de prostituées. Je sais bien que Hart travaille avec Tony, mais...

— Cela n'a rien à voir avec ma décision, monsieur, l'interrompit Carol. J'ai rayé le docteur Hart de la liste parce qu'il possède un alibi pour l'intervalle de temps durant lequel Sandie Foster aurait été tuée, selon le rapport médical. »

Brandon secoua la tête. « Ce n'est pas suffisant, Carol. Nous savons tous que l'heure du décès est loin d'être une donnée sûre.

— Néanmoins, le minutage ne colle pas. Il l'aurait accostée à huit heures et demie. Il lui aurait fallu quelques minutes pour aller à sa chambre. Puis il l'aurait attachée et brutalisée à plusieurs reprises. Après quoi il aurait traversé la ville en voiture, trouvé une place de parking et il serait arrivé au restaurant à neuf heures sans la moindre trace de sang sur lui. Ce n'est tout simplement pas possible, monsieur, quelles que soient les lubies de Sam Evans. »

Brandon se renfrogna. « Dans ce cas, vous devriez tenir la bride plus serrée à vos officiers. Bon, je suis sûr que vous avez du pain sur la planche en prévision de la soirée. » Il se dirigea vers la porte, laissant Carol indignée par l'injustice de ses dernières remarques. S'était-elle trompée sur le compte de Brandon ? Quand la pression pour obtenir des résultats était à son comble, différait-il vraiment des types qui l'avaient laissée choir ? Une chose était certaine : lorsque tout ça serait fini, il y aurait des remaniements de personnel dans la Brigade des enquêtes majeures. Mais pour l'instant, elle devait ravaler sa fierté et retourner travailler.

Carol comprenait la déception qu'elle pouvait lire sur le visage de Kevin Matthews et de Sam Evans. C'était la première véritable montée en ligne depuis l'inauguration de leur soi-disant unité d'élite, et elle les renvoyait chez eux pour une bonne nuit de sommeil. Mais si Tony avait raison à propos de ce qui se cachait à Swindale, elle voulait des officiers responsables attentifs à toutes les possibilités. Elle ne tenait pas à ce qu'un indice vital leur glisse entre les doigts parce qu'ils avaient le cerveau embrumé par la fatigue, ou, au contraire, parce qu'ils étaient surexcités à cause du succès obtenu dans une autre affaire.

Lorsqu'elle les avait convoqués, il était clair qu'ils s'attendaient à ce qu'elle leur assigne une tâche précise dans le cadre de l'opération. Ils trépignaient d'impatience comme deux ados ayant la permission de minuit. Elle avait bien essayé de les dégonfler en douceur, mais il n'y avait pas moyen de dorer la pilule. Ils voulaient être là-bas, aux côtés de leurs camarades, et pas au lit en vue du travail du lendemain, aussi crucial qu'il puisse être. Peu importait leur soif de découvrir ce qui était arrivé à Tim Golding et à Guy Lefevre ; au final, les flics veulent toujours être dans le feu de l'action. Et ce soir, l'action se situerait à Temple Fields.

« Je croyais que nous avions besoin de tous les éléments disponibles sur le terrain pour cette opération, avait protesté Evans sans même lui laisser le temps d'aller jusqu'au bout de ses explications.

— Je ne doute pas de votre bonne volonté, Sam, répondit-elle en s'efforçant d'éviter que son animosité personnelle n'imprègne sa réaction à ce qui frisait l'insubordination. Mais ici, c'est moi qui décide des priorités. Et en ce qui me concerne, trouver ce qu'est devenu Tim Golding n'est pas moins important que d'attraper l'individu qui a tué Sandie Foster et Jackie Mayall avant qu'il ne fasse de nouvelles victimes.

— Même si cela veut dire faire courir davantage de risques à un policier ? » De l'avoir trahie auprès de Brandon semblait avoir donné à Sam du goût pour l'enfoncer. Elle devait y mettre bon ordre immédiatement avant que cela ne crée des problèmes avec les autres.

« Croyez-moi, votre absence n'augmentera pas d'un iota les risques pour la constable McIntyre. Vous n'êtes pas indispensable à ce point. L'équipe de ce soir est au grand complet. Ce dont j'ai besoin, c'est d'être sûre que l'opération de demain matin sera traitée avec autant de minutie. » La voix de Carol était aussi tranchante et froide qu'un glaçon. Evans regarda ses chaussures et murmura quelque chose qu'elle était prête à prendre pour des excuses.

« Quelle est la marche à suivre demain, chef ? » demanda Kevin, à la fois désolé pour son collègue et désireux de dissiper le mécontentement de Carol.

« Le professeur France, l'expert géologue, pense avoir établi l'endroit où a été prise la photo de Tim.

C'est une ravine déserte, bien que pas particulièrement isolée, dans le Derbyshire. D'après le docteur Hill, il est fort possible que Tim ait été assassiné là et son corps abandonné sur place. Ce n'est donc pas à une simple balade à la campagne que je vous convie. Cela pourrait être le progrès le plus significatif réalisé jusqu'ici dans ces affaires. Vous serez accompagné d'une équipe de scène de crime au complet et vous traiterez la zone comme telle. Si j'ai besoin d'officiers de votre calibre, c'est parce qu'il est essentiel que nous ne passions pas à côté d'un indice susceptible d'éclairer le sort de Tim et l'identité du coupable.

— Est-ce que les gars du coin savent que nous serons sur leur secteur ? demanda Kevin.

— Oui, je leur en ai parlé. Stacey a les coordonnées des personnes à contacter si vous dénichez quelque chose. » Elle se leva. « Je sais que vous êtes tous les deux déçus à propos de ce soir, mais si je vous ai choisis, c'est parce que j'ai confiance dans vos capacités à trouver ce qu'il y a à trouver à Swindale. Aussi passez une bonne nuit puis partez là-bas demain et prouvez-moi que j'ai raison. »

Ils sortirent l'un derrière l'autre sous le regard maussade de Carol. *Tu es en train de les perdre*, se dit-elle en s'efforçant de ne pas paniquer. *Tu es en train de les perdre et ils savent pourquoi.*

Les règles ont changé. Cette fois-ci, ça va être différent, parce que la Voix l'a dit. Les règles, ce n'est pas lui qui les fixe, il se contente de les suivre. Et si elles changent, il doit y avoir une raison. Laquelle, ça ne le gêne pas de ne pas le savoir. Il le saurait, il ne comprendrait probablement pas. Mais la Voix, elle, comprend. De sorte que, même si les choses sont différentes cette fois, tout se passera bien.

Parce que ça va être différent, qu'il a de nouvelles choses à apprendre, la Voix lui laisse plus de temps pour se préparer. Il a un nouveau scénario à assimiler, une nouvelle série d'instructions à retenir. Il a même eu droit à un nouveau manteau pour avoir un autre air.

Il a vaguement l'impression que ces changements veulent dire danger. Qu'il va prendre plus de risques, ce qui lui ficherait les boules s'il n'avait pas la Voix pour lui donner confiance. Ce soir, il est resté à la maison, pour s'assurer qu'il sait ce qu'il aura à faire sans avoir besoin de réfléchir. Assis dans sa chambre, il écoute la Voix mielleuse sur le minidisque débiter sa rengaine une fois de plus. Il a allumé un joint, de la marchandise de premier choix qu'il gardait pour une occasion spéciale.

Tandis que les mots s'enfoncent dans son crâne, répandant leur chaleur et leur réconfort, il sait qu'il a eu raison de s'en rouler un. Comme occasion spéciale, on ne peut pas trouver mieux.

Tony était assis dans la flaque de lumière projetée par la lampe de table. Comme tant d'autres objets dans l'hôpital de Bradfield Moor, elle ne valait pas grand-chose même neuve et cela faisait belle lurette qu'elle avait fait son temps. Les deux seules positions qu'elle acceptait durablement étaient ou trop haute ou trop basse pour un usage efficace. Mais, à cet instant précis, Tony n'avait aucunement conscience de ce qui l'entourait.

Le tueur continuait à lui échapper. Une voix désincarnée qu'il ne parvenait pas à entendre, mais qui semblait capable de le mener par le bout du nez. Pas plus maintenant que le matin après le meurtre de Sandie Foster, lorsqu'il avait parlé à Carol de viol, de meurtre et de pouvoir, il n'avait vraiment idée de qui était ce tueur.

Il avait essayé de reparler à Derek Tyler, mais Tyler avait refusé de sortir de sa cellule. Lorsque Tony était allé le voir, il s'était roulé en boule sur son lit, le visage tourné vers le mur. Il n'y avait rien d'ambigu dans ce geste. Il avait donc regagné son bureau pour parcourir le dossier que Carol avait fini par lui envoyer. Elle avait eu raison. Il n'y avait rien à redire. Sauf à avoir un frère jumeau possédant le même ADN, Derek Tyler était indubitablement coupable. Or, il n'était mentionné nulle part qu'il eût des frères et sœurs, encore moins un jumeau.

« Comment se fait-il que tu y trouves ton compte ? dit-il, se laissant aller en arrière et regardant le plafond. Qu'est-ce que ça t'apporte de reprendre le crime d'un autre ? » Il n'était pas loin de douter de ce qu'il avait toujours considéré comme une des rares vérités établies dans ce qu'il faisait, à savoir qu'en matière d'homicide sexuel, il n'y a pas deux personnes qui réagissent de la même manière sous l'effet d'une impulsion. Et si cette affaire se révélait être l'exception qui confirme la règle ?

Une fois, à un congrès de sciences forensiques, un éminent auteur de romans policiers avait prononcé le discours de fin de repas. Il revoyait l'homme penché nonchalamment sur le pupitre, son léger accent gallois conférant à ses paroles un caractère rassurant et inoffensif. À l'encontre de Carol, Tony ne possédait pas le don d'enregistrer à la lettre tout ce qu'on lui disait, mais il se souvenait de l'essentiel parce que cela concordait parfaitement avec sa propre opinion. L'écrivain évoquait une question posée fréquemment par les lecteurs : ne craignait-il pas que quelqu'un se serve de ses crimes imaginaires pour commettre des crimes réels ? Ça ne l'empêchait pas de dormir, prétendait-il, et cela pour deux raisons. D'abord, les chances qu'il puisse exister un individu ayant les mêmes motifs d'agir que les personnages du livre étaient négligeables. Et, même dans le cas très improbable où cela arriverait, l'écrivain n'en était toujours pas responsable. La personne commettant le crime devait déjà y être prédisposée ; reprocher à l'écrivain le crime du meurtrier serait comme reprocher à un couteau à pain d'avoir tué une épouse lors d'une dispute avec son mari.

Et s'ils se trompaient tous les deux, l'écrivain et Tony ? Si une congruence de fantasmes meurtriers n'était pas aussi improbable que l'avaient toujours pensé ses collègues et lui ? S'il existait quelqu'un d'assez galvanisé par les crimes de Derek Tyler pour se dire que la seule manière de réaliser son propre rêve de perfection était d'exprimer ce qu'il prenait également pour son fantasme ?

C'était tiré par les cheveux. Cela lui vaudrait les railleries de ses collègues. Il voyait déjà le petit sourire d'Aidan Hart, persuadé que Tony Hill avait fini par perdre totalement la boule.

Et puis, ça ne tenait tout simplement pas debout. Parce que Tyler avait avoué, que l'expertise médicolégale avait paru inattaquable, qu'il avait été jugé fou et non pas mauvais, le récit complet des meurtres de Tyler n'avait jamais été entendu en séance publique. Certains détails des crimes étaient restés ignorés de l'opinion, seulement connus de Tyler lui-même, des avocats des deux parties et de ceux qui, comme Tony, étaient chargés de son traitement psychiatrique. L'un d'entre eux aurait pu se transformer en assassin, mais ce n'était pas le genre de théorie qui risquait d'inspirer confiance à Carol ou à Brandon.

À vrai dire, lui-même n'y croyait pas. Rien que de s'entendre évoquer cette hypothèse montrait à quel point elle était invraisemblable.

Il recula son siège pour s'éloigner de la lumière, sa tête effleurant les étagères de livres derrière lui. Avait-il vraiment perdu la main ? Était-il resté hors circuit pendant trop longtemps ? Ne valait-il pas mieux que ces crétins imbus d'eux-mêmes qui dénigraient le profilage ?

C'était une idée effrayante. S'il n'était même plus bon dans ce qu'il pensait savoir faire le mieux, alors que restait-il ? Il ne pouvait même pas se consoler en se disant qu'il avait été en mesure d'utiliser ses talents professionnels pour aider Carol. Il avait fallu un passionné de pierres pour voir au moins quelque chose dont elle avait besoin et pour passer aux actes.

Il continua sur ce mode pendant encore quelques minutes avant de se redresser brusquement. « Des jérémiades..., dit-il tout haut. Pas spécialement ragoûtantes. » Et ayant peu de chances de déboucher sur un comportement dont il puisse être fier. Il avait fui l'opération de ce soir non pas parce qu'il pensait sincèrement n'être d'aucune utilité, mais par un mélange de dépit et de sentiment aigu de l'échec. Il s'était dégonflé. Plus important, il avait peut-être nui à Paula McIntyre. Et ça, Carol aurait bien plus de mal à le lui pardonner que son rôle dans sa propre faillite.

« Et merde ! » s'exclama-t-il en s'extrayant de son fauteuil pour attraper son manteau. Il était temps de cesser de s'apitoyer sur soi-même. Si ça se trouve, il pourrait encore empêcher que quelque chose de vraiment désagréable arrive à Paula McIntyre.

Carol regarda les policiers sortir de la salle de réunion les uns après les autres dans un bruit de murmures confus. Elle avait réuni un peu plus de trente hommes et femmes pour couvrir l'incursion de Paula dans l'univers du tueur. La plupart seraient en civil, s'efforçant de se fondre dans la clientèle habituelle de Temple Fields. Certains seraient dans des voitures garées un peu à l'écart de la grand-rue, hors de vue de Paula mais en contact radio avec la fourgonnette de surveillance. D'autres seraient postés à des points stratégiques du dédale de ruelles, prêts à stopper toute tentative de fuite. Carol elle-même se trouverait dans la fourgonnette avec Don Merrick, Stacey Chen, Jan Shields et deux techniciens, en butte à l'angoisse, les yeux fixés sur les écrans des caméras vidéo, à l'écoute de tout ce que capterait le micro porté par Paula.

Carol essaya de se convaincre qu'elle avait pleinement confiance dans une issue heureuse. Elle pensait avoir atteint la couverture maximum ; des policiers supplémentaires n'auraient pas manqué de modifier l'atmosphère de manière significative. Elle savait que les meurtriers comme celui-ci étaient particulièrement sensibles à leur terrain de chasse. Il était important de ne pas altérer l'environnement au point d'éveiller les soupçons. Toutes choses qu'elle avait apprises de Tony au fil des années. Elle aurait pu bénéficier de sa contribution cet après-midi. Non qu'elle doutât de sa propre capacité à organiser une opération importante ; simplement, elle aurait aimé avoir un autre regard sur le dispositif qu'elle avait arrêté. Et Tony l'aurait vu avec les yeux du gibier plutôt qu'avec ceux du chasseur. Paula servirait de leurre ; Carol ne tenait pas à ce qu'elle finisse en agneau sacrificiel, mais elle ne tenait pas non plus à ce que le loup flaire quelque chose et prenne peur.

Tony se conduisait bizarrement, songea-t-elle. Avec tout le souci qu'il s'était fait pour elle depuis qu'elle était revenue à Bradfield, elle se serait attendue à ce qu'il soit collé à ses basques ce soir. Il était difficile de ne pas interpréter son absence comme un reproche.

Alors que le dernier membre de l'équipe quittait la salle, elle jeta un ultime coup d'œil aux tableaux d'affichage où étaient esquissées les grandes lignes de la stratégie. Le moment était venu d'aller rassurer Paula.

Elle trouva la jeune constable assise dans son bureau en compagnie de Jan Shields. Paula était accoutrée et prête à entrer en scène. Elle faisait étrangement pitié dans sa tenue de pacotille, ses jambes nues ayant déjà la chair de poule au-dessus des talons aiguilles à lanières que Jan avait achetés pour une bouchée de pain sur un étal de marché. Son visage arborait le maquillage outré des filles des rues, avec khôl autour des yeux et lèvres écarlates. Elle paraissait aussi à l'aise qu'une souris dans un nid de vipères.

Carol la regarda de haut en bas. « Je sais que ça a l'air horrible, mais vous avez tout à fait la tête de l'emploi. Enfin, à une certaine distance du moins. De près, vous semblez beaucoup trop alerte et en bonne santé.

— Merci, chef », dit Paula avec ironie.

Carol lui posa la main sur l'épaule, sentant contre ses doigts la rigidité froide du vinyle. « Nous serons tout près, à chaque instant. Nous vous surveillerons. Il y aura des policiers dans les rues de même que dans des voitures. On vous a déjà installé le micro ? »

Paula acquiesça, pivotant sur sa chaise en relevant le bas de sa veste. Le top à reflets argentés laissait sa taille nue, mais le blouson lui arrivait en haut des hanches, cachant le fil qui sortait du micro entre ses seins, suivait le contour du soutien-gorge puis descendait le long de son dos pour aboutir à l'émetteur, fixé juste en dessous de la ceinture de la jupe. On n'avait pas attaché le fil avec du ruban adhésif ; il y avait suffisamment de jeu pour qu'il ne s'arrache pas par accident si elle devait se pencher ou s'accroupir afin de parler à un conducteur de voiture.

« Ça ne se voit pas, ni quand elle se tient debout ni quand elle marche, affirma Jan. On a vérifié.

— Bien, répondit Carol. Et un écouteur ? »

Paula secoua la tête. « Les techniciens disent que ce serait trop visible avec mes cheveux courts.

— Ça ne vous ennuie pas ? Que nous ne soyons pas en mesure de vous parler ? »

Paula eut un haussement d'épaules « Ça ira.

— Si nous devons renoncer, l'un de nous passera devant vous. Vous avez bien compris le reste de la marche à suivre ? » demanda Carol.

Elle acquiesça d'un air malheureux. « Si un client s'approche, je tourne le coin de la rue avec lui et je me renseigne sur ce qu'il veut. S'il ne demande que du banal, je sors ma carte et je lui dis de disparaître avant de se retrouver au poste.

— Exact. Les représentants de commerce minables ne nous intéressent pas ce soir. On garde ça pour Jan et ses collègues.

— Merci, dit Jan, sarcastique.

— Et si j'ai quelqu'un qui veut du sadomaso, je vais avec lui ? »

Carol vit Paula faire un effort pour garder un air bravache. Mais elle connaissait la peur qui la rongeait comme un ver. Parce qu'elle avait vécu avec suffisamment longtemps pour ne plus avoir envie de recommencer. « Tout à fait. Puis vous lui demandez ce qu'il a dans la tête au juste. S'il a un endroit où aller ou s'il veut venir chez vous. Que nous pensions que c'est l'assassin ou pas, c'est alors que nous intervenons. Ou bien pour lui dire en termes clairs qu'il a intérêt à fiche le camp ou bien pour l'embarquer. Nous serons juste derrière vous. Il faudra lui lâcher un peu la bride, mais nous aurons l'œil sur lui de manière que rien ne puisse aller de travers. »

Paula rassembla visiblement ses forces. « Mais rien ne va aller de travers. N'est-ce pas ?

— Non. » La voix masculine venait de derrière eux. Les trois femmes se tournèrent pour voir le directeur dans l'embrasure de la porte. « J'ai entièrement confiance en vous et en votre équipe, inspecteur principal Jordan. Vous ne pouvez pas être en de meilleures mains, constable McIntyre. Je suis sûr que nous allons arriver à un résultat. Sinon ce soir, du moins très bientôt. »

Carol sentit Paula se raidir sous sa main. Elle se rendit compte que cette dernière n'avait pas compris que cela pourrait ne pas être la seule fois. « Merci, monsieur, dit-elle.

— J'aimerais vous parler un instant, inspecteur Jordan. »

Jan et Paula les laissèrent. « Nous attendrons dans la salle de réunion, dit Jan en refermant la porte.

— Comment ça va, Carol ? demanda Brandon, une ride barrant son front.

— Très bien, monsieur », répondit-elle d'un ton sec ne réclamant ni sympathie ni indulgence. Après leur rencontre précédente, elle avait du mal à croire que sa sollicitude fût sincère. « Ce n'est pas moi qui prends les risques ce soir.

— Non, mais cela ne doit pas être facile pour vous d'envoyer un officier dans une opération comme celle-ci. Après ce que vous...

— Je fais mon travail, monsieur, l'interrompit Carol. Si je pensais que mes propres sentiments pouvaient compromettre l'opération, je vous aurais demandé de me relever de mon commandement. »

Brandon parut embarrassé. « Ce n'est pas du tout ce que je voulais dire, Carol. Et ce n'est pas ce que j'ai laissé entendre la dernière fois que nous nous sommes parlé. Simplement, je comprends très bien que cela vous rappelle des souvenirs désagréables. »

Carol lutta pour garder son sang-froid contre la vague de frustration et de colère qui l'envahissait. « Avec tout mon respect, monsieur, cela me regarde. »

Piqué au vif, Brandon se détourna. « Absolument. Est-ce que Tony est dans la maison ?

— Non, monsieur. Le docteur Hill estime avoir fait tout ce qu'il pouvait. Il a indiqué qu'à son avis les dispositions que j'avais mises en place étaient suffisantes. » *Contrairement à vous,* pensa-t-elle avec amertume. Soudain, il lui vint à l'esprit que l'absence de Tony pouvait ne pas être une réprimande. Que c'était peut-être une façon de lui montrer qu'il la jugeait en pleine possession de ses moyens, aussi efficace qu'auparavant.

Si c'est ça, il ne peut pas se tromper davantage. Cela faisait longtemps qu'elle n'avait pas été aussi anxieuse. Mais elle préférait être pendue que de le laisser voir à Brandon. Elle accrocha un sourire à ses lèvres. « Si vous voulez bien m'excuser, monsieur, il faut que je retourne auprès de Paula. Il est temps de se mettre au boulot. »

Brandon s'écarta pour la laisser passer. « Alors, bonne chance, Carol. »

Elle se retourna. « Si nous l'attrapons, ce ne sera pas de la chance, monsieur. Ce sera du travail de police bien fait. »

Temple Fields un soir de semaine. Un air nocturne piquant avec un brin de pollution urbaine prenant à la gorge. Voilà deux générations, cela avait été la fumée provenant de milliers de poêles à charbon.

Maintenant, c'étaient les gaz à effet de serre des pots d'échappement des voitures et les exhalaisons rances des centaines de gargotes de la ville, des fast-foods aux bars à champagne Bollinger. Les néons criards formaient des taches floues à travers les lentilles du système de vidéosurveillance. Les quatre caméras qui transmettaient des images à la fourgonnette étaient toutes braquées sur Paula selon des distances et des angles divers, la montrant sur fond de rue animée où il y en avait pour tous les goûts. Les gens faisaient des courses au libre-service situé juste au coin, entraient et sortaient des pubs, des snacks et des restaurants. Les travailleurs du sexe, de tout genre et de toute espèce, traînassaient, leur impatience d'attraper un client quelque peu anesthésiée par l'alcool et la drogue. Des voitures maraudaient, certaines cherchant des places de stationnement, d'autres en quête de plaisir. Ce que leurs conducteurs ne savaient pas, c'est que chaque plaque minéralogique était enregistrée par une autre série de caméras installées aux principales voies d'accès du secteur. Si le tueur ne se décidait pas à dévoiler ses batteries, il faudrait alors rendre visite à chaque propriétaire, une routine longue et fastidieuse dans laquelle chacun d'eux serait soupçonné d'avoir quelque chose à cacher jusqu'à ce qu'il fournisse la preuve du contraire. Des mariages pourraient sombrer à la suite de l'opération de ce soir.

Carol Jordan s'en moquait. Elle savait qu'à prendre continuellement des risques on finit par le payer tôt ou tard et elle avait peu de sympathie pour ceux qui s'offraient de telles gratifications mercantiles. Elle contempla les écrans, observant Paula avec attention. La jeune constable s'était approprié une encoignure près d'un mini-rond-point. Elle avait vite appris, adoptant l'attitude et le style des autres prostituées de la rue. Maintenant, elle paradait comme le reste d'entre elles. Quelques pas dans un sens, un coup de hanches, un regard insolent à la circulation. Puis retour au point de départ.

En prenant position, elle s'était heurtée à l'hostilité d'une autre femme dont elle avait envahi le territoire par inadvertance. Exhiber sa carte aurait réglé le différend, mais aurait pu compromettre tout le stratagème. Aussi Paula avait-elle passé un marché. Sa rivale céderait la place en échange d'un billet de vingt livres. C'était un pot-de-vin plutôt modeste, mais Paula avait mis dans ses paroles une menace suffisante pour que l'autre s'éloigne de plusieurs mètres sans protester davantage. Carol en avait été impressionnée. Étant donné l'état de nervosité de Paula un peu plus tôt, c'était un numéro de bravoure.

« Elle s'en est bien sortie, avait dit Jan. Heureusement qu'on a dégagé les macs. Il n'y a pas si longtemps, elle aurait fait un truc pareil, elle se serait retrouvée avec un couteau dans la gorge en moins de cinq minutes. Mais les femmes ne réagissent pas pareil.

— Elles ne se soutiennent pas entre elles ? » demanda Stacey en levant les yeux de l'écran où elle vérifiait les numéros de voitures dans l'ordinateur central de la police.

« Jusqu'à un certain point. Mais elles ne forment pas exactement ce qu'on appellerait un syndicat », répondit Jan d'un ton sardonique.

Du côté des putes, c'était une soirée plutôt calme. Mais il était encore tôt. D'après Jan, l'activité augmenterait après dix heures, pour atteindre un pic entre minuit et une heure du matin. Carol, cependant, avait déjà décidé de clore l'opération à minuit. Les victimes du tueur, que l'on en compte deux ou six, avaient toutes été ramassées entre six et dix heures. Manifestement, le meurtrier n'aimait pas faire la nuit.

À huit heures et demie, Paula n'avait pas encore eu de touche sérieuse. L'équipe dans la fourgonnette avait assisté à une douzaine de transactions sur le trottoir, mais aucune des femmes concernées ne semblait correspondre de près ou de loin au type du tueur, de sorte qu'ils avaient laissé faire sans s'en mêler.

Tout à coup, Jan pointa un doigt vers un des écrans. « Tiens, tiens, tiens. Regardez qui est là. »

La tête basse et le col de veste relevé, la silhouette impossible à confondre de Tony Hill descendait la rue en direction de Paula. Carol se pencha, les yeux rivés sur l'écran, tandis qu'il passait devant Paula sans même la regarder. Puis il s'engouffra dans le premier pub venu. Qu'est-ce qu'il pouvait bien mijoter ? Une partie de Carol était tentée de sauter de la fourgonnette pour se lancer à ses trousses. Mais sa raison lui disait qu'elle ne devait pas bouger de son siège. S'il devait se produire quelque chose, sa place était là, dominant la situation et non courant à travers les rues en se demandant à quoi jouait Tony. De plus, il était contraire à toutes les règles de surveillance d'entrer et de sortir du véhicule, au risque d'attirer l'attention sur sa présence.

Elle n'eut pas à le regretter. Une voiture s'arrêta lentement près de Paula. « Attention, un client ! » s'écria Merrick. La tension dans la fourgonnette grimpa de manière palpable.

Paula se pencha pour parler par la vitre baissée. La voiture cachait son visage, mais la caméra derrière elle montrait qu'elle était libre et hors de danger, et le micro livra un rendu grésillant mais compréhensible de la conversation.

« Tu turbines ? demanda le conducteur.

— Qu'est-ce que tu veux ? » demanda Paula avec dans la voix une dureté évidente malgré les défauts de transmission.

« Tu te fais enculer ? dit l'homme.

— Pour m'enculer, ça te coûterait plus de fric que tu n'en as. Allez, tire-toi, espèce de vicieux ! grommela Paula.

— Sale connasse ! » riposta le conducteur en repartant le long de la rue.

Paula s'écarta du trottoir. « J'ai dû demander trop cher.

— Bravo, Paula. Vas-y, continue comme ça », dit doucement Carol. Ils s'étaient tous laissés aller en arrière, s'accordant un instant de répit.

« Il est assis à la devanture, déclara Jan.

— Quoi ? » Carol en était encore à repasser dans sa tête la rencontre de Paula.

« Le docteur Hill », répondit Jan en indiquant un des écrans. On distinguait un visage qui pouvait être celui de Tony. « Il vient de s'asseoir. Il a un verre devant lui... regardez. Il a trouvé une place d'où il peut observer la rue.

— Pourvu qu'il ne bouge pas de là », marmonna Carol.

Il s'écoula encore quinze minutes sans incident. Puis Merrick remarqua : « Ce type, ça fait la troisième fois qu'il passe. » Il montrait avec son stylo un homme au crâne dégarni, la cinquantaine, trapu mais légèrement voûté. « Il reluque Paula. Regardez. »

Il avait raison. L'homme ralentit en approchant de Paula, sa tête se levant et s'abaissant tandis qu'il l'examinait par-derrière et de biais. Il passa devant elle avant de traverser la rue. Arrivé au coin, il fit demi-tour. Il se dirigea à pas lents vers Paula puis, alors qu'il était presque à sa hauteur, il traversa à nouveau la rue en accélérant l'allure.

« Ouh là ! » lança Jan comme il atteignait le trottoir, bousculant Paula, qui dut faire un pas en arrière.

« On peut peut-être s'entendre. » Dans leurs casques, la voix de l'homme faisait l'effet d'un grondement assourdissant.

« Qu'est-ce que tu veux ? » demanda Paula, reculant malgré elle à mesure qu'il avançait.

« Que tu me suces », répondit-il sans relâcher la pression, entraînant Paula vers une brèche entre les immeubles où une étroite ruelle menait à des arrière-cours.

« Équipe A ! » hurla Carol. Aussitôt, quatre passants aux allures de flâneurs se mirent à converger vers l'endroit où se trouvait Paula.

À présent, ils étaient dans la ruelle. Il était difficile de voir ce qui se passait, mais ils entendirent un bruit sourd, suivi d'un cri de protestation de la part de Paula. « Hé, doucement, salopard ! beugla-t-elle.

— Ta gueule, grogna l'homme.

— Équipe A, tenez-vous prêts », dit Carol. Les quatre policiers encadrèrent l'ouverture de la ruelle. Carol distingua des bruits de mouvements dans son casque. Puis un jappement de douleur. Et ensuite la voix de Paula. « Ça, c'est une carte de police, connard.

— Qu'est-ce que...

— Ouais, je suis flic. » Carol pouvait entendre la respiration haletante de Paula. « Maintenant, barre-toi avant que je ne sois tentée de te coffrer pour coups et blessures, espèce d'enfoiré. »

Carol éclata d'un rire sonore. « Équipe A, fin d'alerte. »

Le type sortit précipitamment de la ruelle et s'éloigna au petit trot. Il faillit trébucher en jetant un coup d'œil par-dessus son épaule, tous ses traits exprimant l'affolement. Derrière lui, Paula émergea de la ruelle, lissant sa jupe.

« Elle est bien », commenta Jan.

Carol essuya la sueur luisant sur sa lèvre supérieure. « Elle est très bien. Espérons seulement que le tueur sera du même avis. »

Tony avait son verre à mi-chemin de sa bouche quand une main se posa sur son épaule. Il sursauta, renversant de la bière sur sa chemise. « Merde ! » s'exclama-t-il en se reculant brusquement et en essuyant avec impuissance la tache qui s'élargissait. Il leva les yeux. « D'où est-ce que tu sors ? »

Carol désigna d'un signe de tête l'arrière du bar. « La petite porte. » Elle posa deux bouteilles de Stella sur la table.

« Tu m'as fichu la frousse », se plaignit Tony. S'emparant d'une des bouteilles, il remplit son verre presque vide.

« Je suis censée fiche la frousse aux gens. Je suis un flic. » Carol s'assit, but une gorgée. « Comme tu l'auras remarqué, nous venons juste d'arrêter pour ce soir. La fourgonnette m'a déposée au carrefour.

— J'avais remarqué. Je finissais mon verre et je m'apprêtais à aller attraper un bus de nuit. »

Carol sourit. « Ton raffinement ne cessera jamais de me surprendre. Pourquoi pas un taxi ?

— Les bus de nuit fournissent des cinglés de meilleure qualité. Ça me va très bien. »

Elle n'avait rien à répondre à ça. « Eh bien, qu'est-ce que tu fais ici ? Je croyais que tu te lavais les mains de l'opération. »

Il secoua la tête. « Ce n'est pas ce que j'ai dit. Seulement que je ne pensais pas pouvoir être utile. » Il lui adressa un regard pénétrant. « Mais depuis, j'ai changé d'avis. »

Elle haussa les sourcils d'un air interrogateur.

« Ça ne marchera pas, Carol », dit-il tout net.

De quelqu'un d'autre, cela aurait pu paraître comme un affront. Mais elle le connaissait trop bien. « Quel est le problème ? Tu penses que la stratégie de Brandon ne permettra pas de lever le gibier ? »

Tony fit la moue. « L'idée était bonne. Le problème, c'est l'appât.

— Paula ne fait pas assez pute ? Je me disais justement que Jan avait bien choisi ses fringues. Ou est-ce qu'elle n'est pas suffisamment son type, d'après toi ? »

Il secoua à nouveau la tête. « Elle a tout à fait le genre. Et aussi son type. Ce n'est pas ça. Paula est parfaite. Ce qui ne va pas, c'est ce que vous fabriquez avec elle. Carol, cet énergumène est un familier de Temple Fields. Comme je te l'ai dit tout à l'heure, il y a de fortes chances pour qu'il travaille ici. C'est son fief. Ce qui veut dire qu'il connaît ces rues, qu'il connaît les femmes qui font le trottoir. Alors, s'il a vu Paula ce soir, il sait que c'est une nouvelle. Et qu'est-ce qu'elle a fait, Paula ? »

Carol réfléchit un instant. « Ce que font toutes les putains. »

Tony reposa lourdement son verre. « Non. Carol, elle n'est pas allée avec un seul client. Comme prostituée, elle a été un bide total. Et si notre homme l'observait, il a eu le choix entre deux conclusions. Soit elle n'est qu'un leurre, auquel cas c'est raté. Soit elle est complètement novice dans le métier, elle fait beaucoup trop de chichis. Auquel cas, il ne va pas prendre le risque de l'aborder. »

Carol ferma les yeux. Avec tout ce que Tony lui avait appris sur la nécessité de se mettre à la place de l'ennemi, comment n'y avait-elle pas pensé ? Elle s'était laissé aveugler par ses propres réactions. Sa priorité avait été la sécurité de Paula et non de rendre l'hameçon le plus alléchant possible. « Alors, qu'est-ce que je fais maintenant ? demanda-t-elle avec lassitude.

— Tu retournes dans la rue avec Paula demain soir. Et tu fais rentrer dans la danse de faux clients. Deux ou trois types en voiture, deux ou trois autres à pied. Arrange-toi pour qu'elle donne l'impression d'avoir mis de l'eau dans son vin. Qu'elle ait l'air de racoler au lieu de rester plantée comme un morceau de fromage dans une souricière. » Il sourit. « C'est tout ce que je voulais dire. Bon, tu me ramènes chez moi ou est-ce que je dois prendre le bus ? »

Un crachin déprimant tombait d'un ciel gris acier, ôtant toute couleur au paysage du Derbyshire. Ayant quitté Bradfield dans le sens inverse de la marée montante de l'heure de pointe, leur petit cortège était arrivé au parking de la vieille gare ferroviaire de Miller's Dale un peu après neuf heures. Le grès brun des murs semblait suinter l'humidité. Carol se tourna vers Jonathan France, assis à côté d'elle sur la banquette arrière, le visage blême. « Ça va ? »

Ils n'avaient guère discuté pendant le trajet. Carol était plongée dans ses préparatifs concernant la prochaine étape de l'opération clandestine. Mais, même sans cela, la présence de Sam Evans au volant de la voiture de police banalisée aurait maintenu la conversation dans d'étroites limites. En l'occurrence, Jonathan n'avait pas manifesté une grande envie de parler. La plupart du temps, il avait regardé droit devant lui, comme hypnotisé par le mouvement des essuie-glaces.

« Je suis prêt, si c'est ce que vous voulez savoir », répondit-il, une profonde inspiration soulevant ses épaules. Il prit le ciré qu'il avait posé sur le siège entre eux, ouvrit la porte et descendit.

Carol le rejoignit. « Je vous suis très reconnaissante pour votre aide. Dès que vous aurez identifié le site, je vous ferai reconduire à Bradfield. »

Il hocha la tête. « Je ne sais pas comment vous faites pour vous occuper de ce genre de truc du matin au soir, avoua-t-il. Moi, rien que d'y penser, j'en ai des frissons.

— Tenir ses promesses vis-à-vis des morts. C'est ainsi que Tony appelle ça. » Carol regarda autour d'elle. L'équipe se rassemblait, chacun portant la tenue blanche habituelle, destinée à éviter toute contamination d'indices. Kevin et Sam se débattaient pour la mettre, se plaignant tous les deux à mi-voix du manque de confort. « On devrait en faire autant », dit Carol. En allant chercher les deux costumes dans la camionnette des techniciens, elle en profita pour dire un mot à Kevin et à Sam : « Je n'avais pas prévu d'être ici. Mais le professeur France a le trac. C'est votre opération, je ne suis là qu'en observatrice. Je ne resterai pas longtemps. »

Kevin lui adressa un petit sourire. « Merci, chef. »

Lorsque tout le monde fut prêt, ils se mirent en route le long de ce qui avait été la voie ferrée. À présent, c'était un sentier public, la pierraille rendant la marche malaisée. Au temps où les trains à vapeur desservaient cette ligne, le voyage devait être à couper le souffle, songea Carol. Même par un misérable matin d'hiver, avec une lumière chétive et une visibilité pire encore, le caractère spectaculaire du paysage était manifeste. Des falaises et des récifs calcaires striés se dressaient au-dessus d'eux, des touffes de végétation intrépides poussant ici et là dans les fissures. Parsemés de plus de nuances de gris qu'elle ne pouvait les compter, les gigantesques promontoires s'élançant vers le ciel semblaient vouloir se refermer au-dessus de leur tête. Elle s'efforça de ne pas penser combien Tim Golding avait dû trouver ça sinistre.

Après une courte distance, ils abandonnèrent l'ancienne voie ferrée et descendirent une pente raide en direction d'une prairie. Quelques moutons trempés broutaient tristement l'herbe terne tandis que d'autres se blottissaient sous les branches nues d'un bouquet d'arbres. Le sol était transformé en gadoue. Carol sentit ses bottes s'alourdir avec la boue qui lui collait aux semelles. Il leur fallut quarante interminables et fatigantes minutes pour atteindre l'entrée de Swindale. Ils se regroupèrent près de ce qui ressemblait à une crevasse dans la roche, d'un mètre cinquante de large tout au plus. Carol transpirait sous sa combinaison, mais elle avait les pieds glacés. Même des bottes de bonne qualité ne pouvaient empêcher l'eau de pénétrer quand il fallait traverser une rivière en crue. Elle se tourna vers Jonathan. « Les spécialistes de scène de crime marcheront en tête. Ils traceront avec des bandes un mince chemin en avançant. Ce sera le chemin que nous utiliserons pour aller et venir à partir de maintenant. Alors, si vous voulez bien les suivre de près et les diriger vers l'endroit qui nous intéresse... »

Il eut un hochement de tête. Baissant sa fermeture Éclair, il sortit la photo agrandie de la formation rocheuse. Il l'avait plastifiée, sage précaution contre les intempéries. Carol le talonnait tandis qu'il suivait les experts à travers l'étroit couloir de la ravine. À sa grande surprise, au bout de quelques mètres, les parois s'écartèrent brusquement, révélant un vallon d'environ quinze mètres de large. Sur le sol, la végétation sauvage s'éclaircissait çà et là, créant un vague sentier. Ils continuèrent, Jonathan les guidant de temps à autre à l'aide de quelques mots. « Juste là à droite », finit-il par dire. Carol consulta sa montre. Huit minutes depuis l'entrée de la ravine. Elle vint se placer près de lui et compara la photo qu'il avait à la main avec le rocher devant elle. Même à ses yeux de néophyte, il n'y avait guère de place pour le doute. Mais Jonathan tint à lui montrer les différents points de similitude. « Il me paraît inimaginable qu'il puisse exister deux blocs de formations de stromatactis présentant les mêmes configurations », conclut-il.

Carol demanda au photographe de prendre une première série de photos, puis elle héla un des agents en uniforme qu'elle avait réquisitionnés pour les recherches. « Bryant ? Vous allez ramener le professeur France à Bradfield. Après quoi, vous reviendrez me chercher. Je vous retrouverai au parking de la gare à une heure. » Elle se tourna vers Jonathan. « Je vous tiendrai au courant, dit-elle en posant une main sur son bras. Et ne pensez pas trop à tout ça. »

Il lui adressa un sourire morose. « Je vais essayer. »

Elle pivota à nouveau et vit Kevin se mettre à la tâche. « Bon, dit-il à l'équipe qui attendait. On se déploie en éventail à partir d'ici. Un mètre d'intervalle. Au premier signe de sol retourné, de plantes arrachées... Vous savez ce qu'on cherche. Allons-y. »

Carol demeura où elle était, s'efforçant de s'abriter sous le couvert du promontoire, à quelques mètres du site de la photo. Les policiers avançaient lentement, gênés par les ronces qui serpentaient à travers les broussailles épaisses. Pendant qu'elle attendait, elle sortit son téléphone et se mit à passer des coups de fil afin de réorganiser l'opération clandestine de la soirée. Elle avait à peine fini de parler à Paula qu'un cri partit d'un des officiers à l'extrémité droite de la rangée. « Ici ! »

Aussitôt, chacun se figea. Deux des experts qui étaient restés en arrière accoururent, déroulant au fur et à mesure du ruban de scène de crime pour délimiter un autre couloir d'accès. Il leur fallut quelques instants pour parvenir jusqu'au policier qui avait appelé, puis encore deux ou trois minutes angoissantes pour examiner ce qu'il avait trouvé. C'est alors que l'un d'eux se tourna vers Carol et lui fit signe, le pouce levé.

Elle atteignit l'endroit presque en même temps que Kevin. Ils s'accroupirent pour mieux voir ce qu'on leur désignait. Sous les ronces, des fougères mortes avaient été entassées en une vaine tentative pour dissimuler le renflement caractéristique d'une tombe. Sur un côté, la terre avait été remuée, probablement par un renard ou un blaireau. À première vue, on aurait dit qu'on avait jonché le sol de petits morceaux de bois blanchâtres. Mais Carol savait qu'il n'en était rien, savait à quoi ressemblaient des ossements de doigts épars.

Elle se redressa, la tête inclinée, la pluie lui zébrant le visage. Apparemment, ils avaient fini par retrouver Tim Golding. Ou Guy Lefevre.

Ou les deux.

Minuit. Carol frotta des yeux rougis par les heures passées à scruter les écrans de vidéosurveillance et poussa un soupir. Ils avaient fait tout ce qu'avait suggéré Tony. Mais ils n'étaient pas plus avancés que lorsque Brandon avait insisté pour tenter une opération clandestine. Carol se demanda combien de temps encore il autoriserait le niveau de dépenses et de personnel qu'un tel dispositif exigeait. Avec la découverte dans la ravine, ils avaient maintenant deux enquêtes majeures sur les bras. Si la presse avait vent du nombre d'hommes mobilisés pour les meurtres de prostituées, ce serait un tollé général. Des protestations hystériques pour demander que davantage de policiers soient affectés aux crimes pédophiles, pour dire que sauver des enfants était plus important que sauver des putains. Pourtant, à ce stade, il était logique d'accorder plus d'attention aux meurtres de Temple Fields. L'assassin était toujours aussi dangereux alors que le meurtrier pédophile semblait s'être assoupi. Mais la logique était toujours la première victime quand la presse partait en croisade. Il leur fallait un résultat rapide, à la fois pour le moral de la brigade et pour montrer qu'on avait tout fait pour retrouver l'assassin de Tim Golding. S'ils n'y parvenaient pas, ce serait Carol qui porterait le chapeau aux yeux de ses collègues et de ses subordonnés. Ce n'était pas le genre de départ dont avait besoin une prétendue unité d'élite, même si beaucoup ne manqueraient pas de se délecter de son échec.

Elle pressa le bouton de transmission de sa radio et dit : « À toutes les unités, fin d'alerte. Tango Charlie deux trois, allez récupérer la constable McIntyre. Réunion de bilan demain après-midi à quatre heures. » Un homme émergea du snack-bar derrière la fourgonnette et grimpa à l'intérieur pour les reconduire à la base. Personne ne parlait. Lorsqu'ils arrivèrent au poste, les autres descendirent, laissant Carol et Merrick tassés sur leur siège.

Merrick lui lança un regard. « Ça ne mène nulle part, n'est-ce pas ? »

Carol eut un haussement d'épaules. « Au moins, il a cessé de pleuvoir. Vous avez d'autres idées ?

— Nous devrions nous concentrer sur l'assassin de Tim. Nous savons l'un et l'autre qu'il va recommencer à tuer si nous ne le retrouvons pas. Et je ne tiens pas à avoir le sang d'un autre gosse sur les mains.

— Le type qui a zigouillé Sandie Foster et Jackie Mayall va tuer à nouveau, lui aussi. Et il frappe à un rythme beaucoup plus rapide. Les femmes qui font le trottoir méritent notre protection tout autant que les gosses. Nous n'avons pas le droit de créer une hiérarchie des victimes méritantes. Laissons ça à la presse. Nous les traitons de la même façon et nous utilisons nos ressources là où il y a le plus de chances d'obtenir un résultat. »

À son expression, Carol vit bien que Merrick n'était pas de cet avis. « On ne peut pas continuer indéfiniment, dit-il.

— Et si Tony a raison, ce ne sera pas nécessaire. Dès que notre homme aura accepté Paula comme faisant partie du décor, il mordra à l'hameçon », répondit Carol avec plus de confiance qu'elle n'en éprouvait.

Merrick pinça les lèvres. « Et jusque-là, on continue à expédier Paula en première ligne ? »

Carol saisit sa veste et se leva. « C'est à elle de décider. Si elle veut arrêter, elle n'a qu'à le dire.

— Mais elle ne le dira pas, n'est-ce pas ? répliqua Merrick d'un ton de défi. Elle est ambitieuse, elle a envie de bien faire. Elle tient à ce que vous ayez une bonne opinion d'elle. À ses yeux, renoncer équivaudrait à avoir la frousse.

— Vous semblez très au courant de ce que pense Paula. Elle vous a dit qu'elle souhaitait arrêter ? »

Merrick se troubla. « Pas de façon aussi claire, non. Mais c'est ce que j'ai compris. »

Carol poussa un soupir. Parfois, elle ne pouvait s'empêcher de penser qu'on avait propulsé Merrick à un échelon trop élevé. Il avait fait un excellent sergent, mais il n'avait pas l'étoffe d'un inspecteur. « Don, vous n'avez probablement pas tort. Mais nous n'avons pas le droit de desservir Paula. On lui a demandé de faire quelque chose – demandé et non ordonné – et jusqu'à ce qu'elle dise qu'elle est à bout, il serait injuste de lui saper le moral en faisant des suppositions fumeuses sur ce qu'elle a dans le crâne. Par conséquent, à moins que vous n'estimiez qu'elle représente un danger soit pour elle-même soit pour quelqu'un d'autre, on maintient le cap. »

Le regard sombre de Merrick devint boudeur. « Si vous le dites, chef.

— Absolument, Don. Et maintenant, je rentre me coucher. Ç'a été une journée infernale et, demain matin, je commence par une réunion avec l'équipe Tim Golding. » Ces mots s'étaient à peine échappés de ses lèvres que Carol s'en voulut.

« J'allais justement vous en parler, dit Merrick. J'aimerais que vous me remettiez sur cette enquête. »

Elle secoua la tête. « Non, Don. J'ai besoin de vous pour cette affaire-ci. Il est indispensable qu'il y ait un inspecteur qui s'occupe des dépositions et des affectations. Quelqu'un doit avoir une vue d'ensemble.

— Alors, désignez un autre officier, répondit-il avec impatience. Tim Golding était mon enquête. J'ai aussi travaillé sur la disparition de Guy Lefevre. Personne n'a mis plus d'énergie à retrouver ces garçons. J'ai passé des nuits blanches, je me suis crevé au boulot. Je connais les dossiers par cœur. Je connais les parents. Et eux me connaissent. Quelqu'un d'autre partirait de zéro. Et pour lui, ce ne serait qu'une affaire parmi d'autres. »

Carol considéra la manière diplomatique et la rejeta. Elle était trop fatiguée pour prendre des gants. De plus, ce serait probablement peine perdue avec Merrick. « C'est en grande partie la raison pour laquelle vous ne serez pas muté. La donne a complètement changé et je veux quelqu'un sans idées préconçues pour diriger la boutique. » Merrick recula comme si elle l'avait giflé. Mais Carol enfonça le clou. « L'autre raison, c'est que les affaires Foster et Mayall sont des affaires en cours. Mettre quelqu'un à votre place l'obligerait à reprendre tout le dossier et à suivre en même temps le déroulement de l'enquête, ce qui serait absurde. » Elle s'efforça d'adoucir sa réaction. « Don, je sais combien vous prenez ces disparitions à cœur. Et ce n'est pas une mauvaise chose. Cela veut dire que vous avez fait le maximum pour Tim et Guy. Mais à présent, il est temps de jeter l'éponge. Sandie et Jackie avaient des parents, elles aussi. Ils ne méritent pas moins des réponses que les Golding et les Lefevre. Et dans cette affaire, j'ai besoin de vous à mes côtés. »

Merrick sembla un instant vouloir discuter. Puis ses épaules s'affaissèrent et il se leva, se courbant pour ne pas se cogner la tête contre le plafond de la fourgonnette. « À demain matin, chef », dit-il avec amertume avant de s'éclipser, la laissant seule face à ce nouveau témoignage de sa mauvaise gestion du personnel.

« Quelle foutue journée », laissa-t-elle tomber à voix basse en regagnant sa voiture. Elle s'était recueillie sur la tombe d'un enfant, puis elle s'était rendue au domicile des Golding pour les informer que, selon toute probabilité, c'était celle de leur fils. Après quoi, elle avait annoncé la nouvelle à Jonathan pour qu'il ne l'apprenne pas par la radio ou la télévision. Ensuite, quatre heures à rester clouée à l'intérieur d'une fourgonnette dans une atmosphère tendue. Et voilà qu'elle avait vexé son bras droit. Elle avait les nerfs à vif. Il lui fallait un remontant, et de toute urgence.

La dernière chose à laquelle elle s'attendait en arrivant, c'est de trouver Jonathan penché sur sa moto. Elle leva la tête vers les fenêtres de Tony, rassurée de voir qu'il n'y avait pas de lumière. Réprimant un grognement, elle descendit de voiture. Comme elle s'avançait, il mit pied à terre, étirant ses longs membres et redressant le dos. Elle ne put s'empêcher d'admirer le spectacle. « Quelle surprise !

— Je suis désolé. Je ne pensais pas que vous resteriez travailler aussi tard. Mais, comme j'avais déjà attendu une heure... » Il haussa les épaules, écarta les mains.

« Je ne peux rien vous dire de plus, Jonathan. L'identité n'a pas encore été établie, sans parler de la cause du décès...

— Je ne suis pas venu pour avoir davantage d'informations. Je suis venu parce que... euh, je n'arrivais pas à me concentrer. Tout ça me trotte dans la tête et je me suis dit que ça devait être encore pire pour vous. Alors, j'ai pensé que ça nous aiderait peut-être tous les deux... » Il vit l'expression de son visage et fit mine de se détourner. « Manifestement, je me trompais.

— Non, non, dit-elle précipitamment. C'est inattendu, c'est tout. Je ne suis pas habituée à ce que... » Sa voix s'éteignit.

« ... Les gens vous considèrent comme un être humain ? »

Elle poussa un soupir. « Quelque chose de ce genre. Maintenant que vous êtes là, voulez-vous entrer prendre un verre ? »

Il parut hésiter. « Il est tard, vous avez sans doute envie de vous reposer.

— Ces deux propositions sont vraies, mais la première chose que j'avais prévu de faire, c'est de me verser un grand verre de vin. Si ça vous dit, vous êtes le bienvenu.

— Vous êtes sûre ? »

Carol secoua la tête avec une fausse irritation. « Est-il indispensable de faire attendre la bouteille en discutaillant dehors ? »

Les plafonds de son appartement lui avaient semblé relativement hauts, mais Jonathan n'avait que quelques centimètres de marge. Il s'assit à la hâte, parcourut du regard la salle de séjour et sourit. « Vous n'êtes pas là depuis longtemps, n'est-ce pas ? »

Carol fit la moue. « Ça a l'air tellement inoccupé ?

— Ce n'est pas ça, c'est juste qu'il n'y a pas de fouillis. Chez moi, il me faut à peine trois jours pour que ça ressemble au naufrage de l'*Hesperus*.

— Je ne suis pas très portée sur le bric-à-brac. Mais ce qu'il y a se trouve dans mon appartement de Londres, dit-elle par-dessus son épaule en se dirigeant vers le réfrigérateur. Vin blanc, bière ?

— Vin, s'il vous plaît. Et vous avez l'intention de le vendre ? » lança-t-il dans sa direction.

Carol revint avec la bouteille et deux verres. « Je ne sais pas encore. Pour l'instant, ça paraît un peu trop définitif. » Elle servit Jonathan. Puis, allumant le lecteur de CD, elle mit *Alina* d'Arvo Pärt et s'assit près de lui. Mais suffisamment loin quand même pour que ce geste ne fût pas lourd de sens. Les notes chatoyantes du piano et du violon étaient propices à la conversation.

« Comment est-ce que vous faites ? demanda-t-il.

— J'ouvre la bouche et j'avale, plaisanta Carol. Ce n'est pas si mauvais ?

— Ce n'est pas ce que je veux dire, vous le savez bien. D'accord, parlons d'autre chose.

— Pardon. J'ai tellement pris l'habitude de la désinvolture et de l'humour noir qu'il est parfois difficile de s'en débarrasser. Vous avez attendu des heures dans le froid, vous méritez une réponse. Sauf que je n'en ai pas vraiment. Certains flics boivent trop.

D'autres se focalisent tellement sur l'arrestation du coupable qu'ils finissent par perdre de vue la victime. Certains serrent leurs enfants dans les bras en rentrant chez eux. D'autres s'en prennent à leur femme. Et certains pètent les plombs.

— Et vous ? »

Carol regarda dans son verre. « J'essaie de transformer la colère en énergie positive, d'y puiser de la force, de m'en servir pour aller jusqu'à la limite de l'épuisement, et même au-delà.

— Ça marche ? »

Carol sentit des larmes lui picoter le fond des yeux. « Je ne sais plus. Il y a un tas de choses que je ne sais plus. Des choses que je prenais pour des certitudes. Maintenant, elles ont quelquefois l'air de ces contes de fées que je me racontais pour ne pas avoir peur dans le noir. »

Il lui passa un bras autour des épaules. Sans hésitation, elle se laissa aller contre lui. « Vous êtes toujours la même. Vous êtes quelqu'un de chic. Et un bon flic.

— Qu'est-ce que vous en savez ?

— Je vous ai vue là-bas aujourd'hui. Diriger l'opération sans que personne ne s'en rende compte. Et avec tout ce qui se passait, vous avez encore trouvé le temps d'être gentille avec moi. Et voilà que vous l'êtes à nouveau. »

Carol poussa un soupir, une bouffée d'air qui semblait venir du tréfonds d'elle-même. « Il ne vous est pas venu à l'idée que la personne avec laquelle je suis gentille, c'est moi-même ? Jonathan, je n'ai pas envie d'être seule cette nuit. »

Elle sentit les muscles de celui-ci se tendre. « Vous voulez dire... ? »

De nouveau un profond soupir. « Oui, c'est ce que je veux dire. Mais, Jonathan... » Elle s'écarta pour voir son visage. « Seulement si vous êtes absolument certain de ne pas être amoureux de moi. »

Il était cinq heures du matin lorsque Tony abandonna le combat inégal contre l'insomnie. Il avait passé un certain temps à dormir puis à se réveiller, troublé par la pensée de Tim Golding. Et de Guy Lefevre, l'enfant à moitié oublié dans toute cette effervescence. Le message de Carol l'informant de la découverte à Swindale ne réclamait pas explicitement son aide, mais il lui avait promis de jeter un coup d'œil sur les lieux et il avait l'impression d'être en reste envers la police de Bradfield. Dans la première phase de l'enquête, lorsque Don Merrick lui avait demandé un profil, il n'avait su fournir qu'une ébauche. Ce n'était pas sa faute ; il avait déclaré dès le départ qu'il avait besoin de plus de données pour être efficace. Mais à présent, il possédait des informations supplémentaires, et un voyage dans le Derbyshire lui en procurerait davantage. Il devait être possible de pondre quelque chose d'un peu plus détaillé.

Il était allongé sur le dos, les bras croisés derrière la tête. La pièce était sombre, mais ça lui convenait. Il n'avait pas besoin de ses yeux pour penser. Il récapitula ce qu'il croyait savoir de l'individu qui avait enlevé Tim Golding avant de le tuer. Et qui en avait probablement fait autant à Guy Lefevre. C'était vraisemblablement un homme. Il existait un doute minuscule sur ce point. De fait, on n'était jamais que dans le domaine des probabilités. Et il était indispensable de garder l'esprit ouvert en raison de la nature très particulière de l'homicide sexuel ; il s'agissait en effet d'appétits trop peu fréquents pour se prêter à des comparaisons chiffrées.

Donc, un homme. Pour l'âge, entre la fin de la vingtaine et le début de la quarantaine. Un certain mûrissement était nécessaire pour faire éclore ce genre de tueur. Les adolescents et les jeunes gens au début de la vingtaine constituaient fréquemment des prédateurs sexuels, mais ils poussaient rarement la chose jusqu'au point de non-retour. Il arrivait qu'ils deviennent des meurtriers presque par accident, quand les supplices qu'ils faisaient subir à leurs victimes allaient trop loin. Qu'ils y prennent goût et, la fois suivante, ce ne serait plus un accident. Un nouveau serial killer courrait les rues. Mais, en général, cette première fois était déjà délibérée. Et cela prenait un certain temps avant que les fantasmes d'un homme engendrent une force impérieuse le conduisant à ôter la vie. Si bien qu'on pouvait tabler sur un âge minimum plus élevé que pour le viol ou l'agression sexuelle. La limite supérieure n'était pas arbitraire non plus. Vers le milieu de la quarantaine, la rage dévorante de la jeunesse était retombée ou avait été émoussée par l'alcool. S'ils ne s'étaient pas encore mis à tuer, il y avait des chances qu'ils ne fassent jamais le saut.

L'enfance gâchée était plus ou moins une évidence, elle aussi. Bien entendu, il était possible de présenter tous les symptômes sans basculer pour autant dans les ténèbres. Tony ne le savait que trop bien ; son propre passé comportait toute une série d'indices qui, chez un autre, auraient été les premiers pas sur la route tortueuse de la psychopathie. En l'occurrence, ils avaient été le fondement de son empathie avec ceux qui avaient pris cet autre chemin. Il ignorait où s'était situé au juste le carrefour fatidique, mais il était devenu un chasseur d'un genre différent. Et, tout comme le serial killer possédait un flair infaillible pour choisir ses victimes, lui-même possédait apparemment un sixième sens pour traquer sa proie. Il avait beau déclarer en public qu'il s'agissait d'une démarche scientifique, il était parfaitement conscient que ses idées les plus déterminantes provenaient tout droit du puits de l'intuition. Il était rompu à camoufler cet aspect de son travail. Carol était probablement la seule personne à comprendre et à le lui pardonner.

Alors, qu'était-il prêt à affirmer à présent sur le ravisseur de Guy Lefevre et de Tim Golding ? Sexe, âge. Probablement un solitaire, probablement avec des aptitudes sociales superficielles, mais une incapacité à établir des relations personnelles profondes. Il se sentait chez lui à la campagne ; il connaissait un endroit suffisamment isolé pour y commettre un meurtre et il connaissait suffisamment bien le secteur pour se dire qu'il pouvait se garer en toute sécurité sur un parking public et porter le gamin pendant un kilomètre et demi jusqu'à la destination finale. De plus, il devait savoir qu'il y aurait peu de gens dans les parages à cette heure de la matinée. Mais il se sentait également à l'aise aux abords de la ville puisqu'on pensait qu'il avait enlevé Tim dans une rue en plein jour.

À ce stade, les pensées de Tony trébuchèrent. Les suppositions n'étaient pas des faits. Il n'y avait eu aucun témoin. Les flics avaient eu bien du mal à croire que cela ait pu arriver sans que personne n'ait rien vu, même s'il existait des précédents dans ce type d'affaire. Robert Black, ravisseur et meurtrier d'enfants notoire, avait capturé au moins deux de ses victimes à l'insu de tout le monde. Mais si ça ne s'était pas passé de cette façon ?

Tony passa en revue les témoignages. Guy était allé en forêt chercher des nids d'oiseau. On ne l'avait jamais revu, mais on avait découvert sa carte des nids près du canal. Tim avait déclaré à ses copains qu'il allait au remblai de la voie ferrée pour regarder les trains de marchandises. Plusieurs femmes à l'arrêt de bus pensaient avoir aperçu son maillot de football jaune entre les branches. Et si l'assassin n'avait pas été à bord d'un véhicule dans les rues ? S'il s'était trouvé sur le remblai ou dans les bois, en train d'attendre, avec une histoire toute prête susceptible de séduire un jeune garçon et de le faire venir de son plein gré ? Un nid particulièrement insolite, par exemple, ou un engin ferroviaire quelconque ? Curieusement, les deux sites étaient reliés par des moyens de transport aux montagnes du Derbyshire, distantes d'environ une vingtaine de kilomètres de Swindale, même s'il ne s'agissait pas de transports qu'aurait pu utiliser l'assassin. Le canal menait à une tête de ligne avec une voie ferrée descendant directement vers les ravines. Et cet embranchement conduisait à une carrière en bordure du Peak District.

Galvanisé par cette pensée, Tony bondit hors du lit, saisit sa robe de chambre et gagna en hâte son cabinet de travail. Il voulait noter quelque chose sur l'écran, mettre ses idées noir sur blanc de manière à pouvoir les présenter à Carol avant la réunion du matin qu'elle devait présider. Ils pourraient en discuter devant un petit déjeuner.

En attendant que l'ordinateur s'allume, il dévala l'escalier pour faire du café. La tasse à la main, il remonta et s'approcha de la fenêtre pour jeter un coup d'œil au ciel tout en réfléchissant à la façon d'exprimer ses idées.

Mais ce ne fut pas le ciel qui attira son regard comme un aimant. Ce fut la moto de Jonathan, seule incongruité dans une rue dont le paysage était déjà devenu familier à Tony. La moto était plantée entre la voiture de Carol et le minibus du voisin, imposant sa présence avec toute l'agressivité d'un char dans les rues de Bagdad. Tony eut l'impression qu'on lui coupait le souffle, le laissant comme vidé.

Puis l'émotion déferla, brute, implacable. C'était plus que de la jalousie ; c'était une douleur aiguë, le déchirant telles des griffes acérées. *C'est ta faute. Parce que tu n'as pas su lui donner ce dont elle avait besoin. Que tu n'es pas un homme digne de ce nom, mais un pauvre type qui l'a poussée dans l'antre du lion sans pouvoir l'en sortir. Que l'amour ne vaut rien si les actes ne sont pas en accord avec les paroles.*

Il lança sa tasse contre la porte, aspergeant de café la peinture fraîche et les livres à proximité. « Et merde ! » s'écria-t-il. Puis il se jeta dans son fauteuil et attira le clavier à lui.

Don Merrick en était à sa seconde cigarette de la matinée quand Paula poussa la porte de la cuisine. Ses cheveux rebiquaient d'un côté de sa tête, ses yeux étaient bouffis de sommeil et une traînée de dentifrice maculait le revers de sa robe de chambre bleu marine. « Bon sang, comment est-ce que tu fais pour avoir l'air aussi nickel dès le matin ? grommela-t-elle en se dirigeant vers la bouilloire.

— Ça doit être le rasage, répondit-il. Même quand on se sent à chier, une fois rasé on a déjà meilleure mine.

— Il faudra que j'essaie un de ces jours, marmonna Paula.

— Tu ne dors pas ? » demanda Merrick.

En toussant, Paula versa de l'eau bouillante sur le café instantané. « Dès que je m'endors, ça va. Mais ça a l'air de mettre un moment. » Elle renifla, ajouta du lait dans sa tasse et s'assit brusquement à la table en face de lui. Elle avança la main vers les cigarettes de Merrick qui les expédia prestement hors de sa portée.

« La pente savonneuse, Paula. Tu te mets à taper des clopes dès le réveil, tu vas te retrouver à deux paquets par jour en un rien de temps, dit-il en agitant un doigt dans sa direction.

— Grrr, fit-elle en montrant les dents. Je ne m'étais pas rendu compte que j'allais héberger ma mère.

— Ta mère n'aurait pas de clopes à piquer. Alors, qu'est-ce que tu as au programme ? »

Elle eut un haussement d'épaules. « Sais pas. Peut-être aller au gymnase nager un moment, voir si je ne peux pas me faire masser. Il faut que je trouve quelque chose pour me remettre en forme, après deux nuits de tapin.

— Tu n'es pas obligée de le faire, tu sais. »

Paula lui lança un regard en coin. « Qu'est-ce que tu racontes ?

— Que tu pourrais très bien dire que tu en as assez. Que ça te fait flipper. »

Paula poussa un grognement. « Ouais, c'est ça. Excellent plan de carrière. »

Le visage de Merrick exprimait un mélange d'inquiétude et de compassion. « Jordan comprendrait. Elle sait ce que c'est. C'est elle qui a trinqué quand ça a foiré l'autre fois. Elle ne t'en voudra pas.

— Même si tu avais raison, ce dont je suis loin d'être convaincue, soit dit en passant, Jordan serait le seul officier sur terre que ça ne changerait rien. Si je me tire de ce truc, je serai toujours la fille qui s'est dégonflée.

— Ça vaut mieux que de finir barjo comme Jordan. » Il examina la table. « S'il t'arrivait quoi que ce soit, Paula, je ne me le pardonnerais pas. »

Paula redressa les épaules. « Laisse tomber, Don. C'est mon problème, pas le tien. Moi, je tiens le coup. Alors, je peux le faire. » Elle repoussa la chaise, dont les pieds crissèrent sur le carrelage. « Et cesse de jouer les preux chevaliers. Tu ne peux pas sauver le monde, Don. Essaie plutôt de te sauver toi-même. » Elle regarda la pendule en se levant. « Il n'est pas l'heure que tu partes ? Il n'y a pas une réunion d'information sur Tim Golding à neuf heures ?

— Je ne suis pas invité à la fête, grogna Merrick. Jordan tient à ce que je continue à m'occuper des meurtres de putains. Elle veut un regard neuf sur Tim Golding. »

Paula eut pitié de lui. Elle savait combien il s'était investi dans ces recherches pour retrouver l'enfant. « Je suis désolée, Don. Mais cela vaut peut-être mieux ainsi. Cette affaire t'en a réellement fait baver. »

Il leva la tête vers elle. « Alors, tu penses toi aussi que je l'ai loupée ?

— Bien sûr que non. S'ils réussissent maintenant, ce sera grâce au boulot que tu as abattu. Je ne sais pas si Jordan a raison. Mais je suis ton amie, et je suis contente que tu ne retournes pas là-bas. » Elle se pencha pour le serrer dans ses bras, ses seins se balançant contre la poitrine de Merrick. Vivement, elle s'écarta, gênée par la soudaine expression d'intérêt mêlée de surprise qu'elle vit sur son visage. « Bon, alors, on se retrouve à la réunion de cet après-midi. »

Merrick la regarda s'éloigner, attentif au mouvement de ses hanches sous la robe de chambre. Il avait tenté de se discipliner, s'interdisant de prêter attention à son corps, à l'impression de sensualité contenue qu'elle dégageait. Mais à présent, il commençait à se demander s'il n'avait pas un ticket avec elle après tout, si son offre de chambre d'amis était vraiment le geste désintéressé d'une copine ou quelque chose de plus. Une pensée réconfortante pour se blinder contre l'atmosphère sinistre de la salle de la brigade criminelle.

Carol entra d'un pas dansant dans l'hôtel de police, consciente que son humeur n'était guère appropriée au contenu de sa journée. Pour le moment, elle s'en moquait. La nuit précédente, elle avait réalisé des miracles, remis son univers sur son axe, et elle allait savourer ce sentiment aussi longtemps qu'elle le pourrait. Non que Jonathan eût été un amant exceptionnel ; il avait été trop prudent, trop scrupuleux, trop soucieux de ses pas dans la danse rituelle. La réaction cynique du flic ne se fit pas attendre : peut-être avait-il puisé sa technique dans le livre qu'il lui avait donné. Même si c'était le cas, cela n'avait pas vraiment d'importance. La seule chose qui comptait, c'est qu'elle avait franchi la ligne intangible, invisible, qui l'avait séparée d'une partie cruciale d'elle-même. Elle n'avait pas exorcisé le viol. Mais elle s'était délivrée de son emprise. Son corps était de nouveau à elle.

Jonathan avait filé peu après six heures, et elle n'avait pas été navrée de le voir partir. Il avait essayé de lui soutirer un autre rendez-vous, mais elle s'était défilée adroitement, invoquant son travail. Elle l'aimait bien, mais elle n'avait pas envie de se laisser embarquer dans une quelconque relation avec lui. Ce n'était pas avec lui qu'elle voulait être ; mais elle avait toujours su que ce ne serait pas Tony qui la ramènerait à la sexualité. C'était un voyage qu'elle devrait accomplir sans lui. Et de l'avoir fait leur ouvrait des possibilités qui étaient demeurées fermées depuis Berlin.

Elle monta les marches quatre à quatre et pénétra dans la salle de la brigade, pleine d'assurance et de bonne humeur. Stacey leva négligemment la tête de son ordinateur puis regarda une seconde fois de manière si flagrante que c'en était presque comique. « Bonjour, Stacey, lança-t-elle joyeusement.

— B'jour, chef, répondit machinalement Stacey.

— Je sens que ça va être une bonne journée. Vous savez comment c'est, il y a des jours où l'on a l'impression qu'il va se passer quelque chose, que l'on va enfin pouvoir avancer. » Stacey hocha la tête. « Eh bien, c'est exactement ce que j'éprouve ce matin.

— Le docteur Hill a envoyé un document en fichier pour vous », dit Stacey, ne sachant comment répondre à ce qui ressemblait à un optimisme injustifié. Avec les machines, elle savait y faire ; mais les êtres humains la laissaient démunie, essayant constamment de les gérer avec autant de maîtrise que s'il s'agissait du monde virtuel.

Carol se rembrunit subitement. « Qu'est-ce que c'est ? demanda-t-elle.

— Il a fait un profil pour l'affaire Tim Golding. Je l'ai tiré. Il est sur votre table.

— Merci. » Carol se dirigeait déjà vers son bureau. Elle prit la feuille tout en enlevant son manteau et se mit à lire. D'emblée, elle reconnut les formules d'usage en guise de préliminaire :

Concerne : Tim Golding

Le profil de délinquant qui suit constitue seulement une indication et ne saurait être considéré comme un portrait-robot. Il est peu probable que chaque détail soit conforme à la réalité, même si je m'attends à ce qu'il existe de fortes similitudes. Les déclarations ci-dessous expriment des probabilités et des éventualités, non des faits purs et avérés.

'auteur d'homicides sexuels laisse des traces et des indices dans Ll'accomplissement de ses crimes. Chacun de ses actes répond à une intention, consciente ou non, faisant partie intégrante d'un schéma. Mis au jour, ce schéma implicite nous révèle la logique du tueur. Il peut ne pas nous paraître logique, mais, pour lui, il est d'une importance primordiale. Parce que sa logique est extrêmement particulière, les méthodes classiques sont inefficaces. Il est unique, aussi les moyens pour le capturer, l'interroger et reconstituer ses faits et gestes doivent-ils l'être également.

Ceci est un complément à l'ébauche de profil que j'ai réalisée précédemment à la requête de l'inspecteur Merrick. Comme je l'ai déjà indiqué, le coupable est vraisemblablement un individu de sexe masculin ayant entre 27 et 42 ans. Il vit probablement seul. Même s'il possède des aptitudes sociales en surface, il est sans doute incapable d'entretenir des amitiés suivies avec l'un ou l'autre sexe. Dans cette affaire, compte tenu de l'âge de la victime, je doute qu'il ait jamais eu de relation sexuelle avec un adulte. Il aura des traits personnels compulsifs et peut-être un intérêt pour des passe-temps conduisant à dresser des listes, tels que la philatélie, l'observation des trains ou des oiseaux. Il est probablement assez intelligent et efficace pour posséder un emploi, mais qui n'implique pas un travail d'équipe. Il préférera un rôle qui lui procure au moins l'illusion de l'autonomie et, dans l'idéal, la possibilité de passer seul la plus grande partie de sa journée de travail.

Je crois que le même individu est responsable de l'enlèvement et vraisemblablement du meurtre de Guy Lefevre. Cependant, étant donné que seul le corps de Tim Golding a été retrouvé à cette date, je me limiterai dans un premier temps aux détails de cette affaire.

Il est clair que le tueur connaît très bien la scène de crime. Il savait que le parking serait désert à l'heure où il a choisi d'arriver, qu'il pourrait transporter Tim Golding à Swindale en toute tranquillité, qu'il serait en mesure d'accomplir ses desseins sans être interrompu. Par conséquent, le secteur devait lui être extrêmement familier. En amenant Tim Golding à ce lieu précis, le tueur signale qu'il s'agit de son domaine, un endroit à part pour lui. Lors de la recherche de suspects, une fouille de leur domicile/lieu de travail/ordinateur devrait produire des photographies ou même des peintures de la ravine. Je suggérerais d'interroger les universités pour savoir si elles effectuent leurs études de terrain à Swindale ; les sociétés géologiques amateurs des environs ; les clubs d'escalade ; les passionnés de vieux chemins de fer ; et, naturellement, les rangers du Parc national de Peak, qui, outre leur parfaite connaissance de la zone, doivent savoir quels autres groupes fréquentent Chee Dale et Swindale. Je conseillerais également d'éplucher les publications : guides, magazines de montagne. Si cette recherche se révèle négative, cela accroît les présomptions à l'encontre de tout suspect potentiel ayant une familiarité certaine avec le terrain.

Il y a fort à parier que le tueur a déjà tenté d'attirer des victimes à Swindale. Il serait bon de vérifier auprès de la police locale si des mineurs ont été abordés par des inconnus dans cette zone. Pour les inciter à le suivre, le tueur a très bien pu jouer sur la curiosité naturelle des enfants à l'égard de l'environnement (voir ci-dessous).

De nouvelles remarques concernant la manière dont Tim Golding a été enlevé me sont venues à l'esprit. Étant donné l'absence de témoins pour étayer la thèse selon laquelle il aurait été kidnappé dans la rue, et puisque nous savons maintenant que nous avons affaire à un criminel qui se sent à l'aise dans un environnement plus rural, je suggère que le tueur a pris contact avec la victime APRÈS que celle-ci eut quitté la rue pour aller au remblai de la voie ferrée. Vu sa connaissance de la campagne, il lui aura été facile d'inventer un prétexte crédible, par exemple quelque chose à lui montrer : un terrier de renard ou de blaireau, un nid d'oiseaux. (Les probabilités sont encore plus grandes dans le cas de Guy Lefevre, qui cherchait des nids d'oiseaux au moment de sa disparition.) Ou bien, jouant sur l'intérêt du garçon pour les trains, il a pu se faire passer pour un passionné ou un employé des chemins de fer et promettre de lui montrer quelque chose. Il existe un certain nombre d'endroits plus loin sur la ligne où il aurait été facile d'emmener un enfant depuis la voie jusqu'à une voiture en stationnement avec peu de chance d'être vu. À l'appui de cette affirmation, je rappelle que ces lignes de trains de marchandises partent de Bradfield en direction du Peak District. Le terminus ne se trouve qu'à une vingtaine de kilomètres à vol d'oiseau de Swindale. La ligne va de ce que nous savons être à présent le territoire du meurtrier au territoire habituel de Tim Golding. C'est une piste qui ne doit pas être ignorée. Pour cette raison, il faut aussi envisager la possibilité que le meurtrier soit un cheminot ou un passionné de trains, d'autant plus qu'une partie du trajet qu'il a dû faire avec Tim Golding correspond à une ancienne voie ferrée.

Il y a davantage de chances qu'il vive près de l'endroit où il s'est débarrassé du corps que de celui où il a ramassé Tim Golding. Il se sent plus à l'aise à la campagne que dans un environnement urbain.

Le meurtrier dispose en outre d'un accès privé à un ordinateur. Compte tenu du fait que la photo de Tim Golding a atterri dans la messagerie d'un pédophile connu, cela vaudrait la peine de se mettre en rapport avec les collègues engagés dans les investigations sur la pédopornographie sur Internet. Il est possible qu'ils aient des affaires en souffrance impliquant d'autres individus ayant vu des images de Tim Golding. Ces délinquants seront éventuellement prêts à divulguer leurs sources en échange d'un traitement de faveur. Il se peut également que le nom de notre homme se trouve parmi l'énorme masse d'informations recueillies à la faveur de l'Opération Ore mais non encore dépouillées. Il serait intéressant de comparer les noms apparus dans l'enquête Tim Golding à ceux qui figurent dans la base de données de l'Opération Ore.

Pour finir, j'aimerais revenir sur la disparition de Guy Lefevre. Comme je l'ai déjà mentionné, il existe à mon avis de fortes chances pour que la personne responsable du rapt de Tim Golding soit la même que celle qui a enlevé Guy Lefevre. Si tel était le cas, on peut s'attendre à ce que le corps de Guy Lefevre soit également retrouvé à Swindale. Le tueur est manifestement sûr de son choix du lieu où déposer les cadavres et de sa capacité à y faire venir ses victimes. Il est probable qu'il en a déjà fait l'essai avec Guy. Lorsque les restes de Tim auront été exhumés, je suggère de creuser plus profond au même emplacement. Si cela ne donnait aucun résultat, je conseillerais d'étendre les recherches au reste de la ravine.

Carol relut le profil. « Merci, Tony », dit-elle à voix basse. Comme toujours, sa concision et sa perspicacité avaient permis de progresser. Elle pourrait aller à la réunion de la matinée avec une série de propositions concrètes. Fournir à des enquêteurs des orientations précises facilitait toujours le travail.

Une seule chose la chiffonnait : qu'il ait choisi de lui envoyer le profil par courrier électronique plutôt que de le lui remettre en mains propres et de le parcourir avec elle. Ils avaient toujours jugé plus fructueux de mettre ses hypothèses à l'épreuve du débat et de la discussion. De plus, il n'était fait aucune mention d'une visite à la scène de crime. Cela entama sa bonne humeur et la mit mal à l'aise.

Écartant cette pensée, elle décrocha son téléphone. « Stacey, pouvez-vous voir qui s'occupe de l'équipe de scène de crime avec qui nous avons travaillé dans le Derbyshire ? J'ai besoin qu'ils retournent à Swindale chercher un autre corps. »

Evans paraissait content de lui. « Au moins, c'est un début », dit-il. Ils étaient assis dans un salon de thé de Tideswell, une pile de petits pains beurrés dans une assiette devant eux à côté de deux tranches de tarte au citron et à la meringue. Kevin venait de superviser les nouvelles fouilles de la tombe de Tim Golding. À moins de cinquante centimètres des premiers ossements, d'autres restes humains avaient été découverts. Carol Jordan avait fait mouche, pensait Kevin, satisfait que son patron ait visiblement retrouvé la forme.

À présent, Swindale était passé au peigne fin. Deux douzaines de flics en combinaison de protection continuaient à avancer à quatre pattes au milieu de la végétation. Kevin avait le sentiment de mériter ces douceurs après deux heures passées sous la pluie à capter les ondes de haine déversées sur eux par les policiers du Derbyshire qu'on leur avait prêtés, mais Evans semblait indifférent aux délices disposés sur la table.

« Allez, raconte, dit Kevin.

— D'accord. J'ai mis la main sur un des trois rangers qui couvrent le périmètre. Nick Sanders, qu'il s'appelle. Il m'a dit que, l'été dernier, des promeneurs lui avaient signalé un exhibitionniste au bout de Chee Dale, près de l'entrée de Swindale. Ils l'avaient vu se dénuder devant une bande de gamins et ils l'avaient pourchassé. Mais ils l'avaient perdu. Paraît qu'il s'était comme volatilisé. Ce qui, bien sûr, colle parfaitement avec l'entrée de Swindale. Un peu plus tard dans l'après-midi, Sanders est tombé sur les jeunes au cours d'une patrouille de routine et ils lui ont fourni une description. » Evans feuilleta son calepin et lut à haute voix. « Début de la trentaine. Environ un mètre soixante-dix, mince, cheveux châtains, le sommet du crâne dégarni. Portant un tee-shirt des Leeds Rhinos, un jean et des baskets.

— C'est un début, en effet, dit Kevin en saisissant un petit pain. Mais on ne va jamais pouvoir l'épingler sur la base de cette description.

— N'empêche, on pourrait la communiquer à la presse. Quelqu'un le reconnaîtrait peut-être. »

Kevin semblait sceptique. « Est-ce que Sanders a averti les flics ? »

Evans eut une moue de dédain. « Non. Il dit qu'il en avait l'intention, mais que ça lui est sorti de la tête.

— Super ! Ils ont de sacrés numéros dans le coin.

— Mais il l'a consigné dans son rapport quotidien. Il va m'en envoyer une copie par courriel. En même temps que des photos de Swindale et de Chee Dale prises en juillet.

— Comment se fait-il qu'ils aient pris des photos là-bas ?

— Ce n'est pas seulement là-bas. Ils ont effectué un relevé photographique de toute cette partie de la Wye Valley. Lui et les deux autres en charge du secteur proposaient des aménagements des sentiers. Ils avaient besoin de documents photo montrant l'utilité des travaux qui avaient été effectués par le passé. Et les endroits où il fallait en faire maintenant. Il a dit aussi qu'une équipe d'écologistes avait travaillé dans cette partie de la ravine en mai. Il n'avait pas les noms, mais, d'après lui, on devrait pouvoir se les procurer au pavillon des rangers.

— Vachement serviable, ton Nick Sanders, dit Kevin. Si seulement les crétins que nous a expédiés le Derbyshire avaient été aussi zélés.

— Il paraissait sincèrement peiné à propos de Tim et de Guy, continua Evans. Presque aussi peiné qu'à l'idée que quelqu'un esquinte son précieux parc.

— Bon boulot, Sam. Et alors, tu as demandé aux deux autres d'attendre leur tour pour un petit entretien ? »

Evans consulta sa montre. « C'est arrangé. Je dois en rencontrer un dans une demi-heure. À un endroit appelé la Colline aux asticots. Ça n'a pas l'air très appétissant. L'autre a son jour de repos aujourd'hui ; je le harponnerai demain matin à la première heure.

— Alors, tu ferais bien de manger un peu. On ne peut pas bosser l'estomac vide. »

Evans prit un petit pain. « Ce serait chouette de pincer celui-là. Ça rattraperait le ratage de l'opération à Temple Fields. »

Kevin poussa un grognement. « Une opération ? C'est en train de devenir le plus grand gaspillage de temps et d'argent depuis l'enquête sur l'Éventreur du Yorkshire. J'en connais quelques-uns qui vont sauter après cette histoire. Crois-moi. Oui, qui vont sauter. »

« Il fait un froid de canard. » Les paroles de Paula grésillèrent dans les oreilles de Carol. Elle compatissait avec la jeune constable. Il était difficile d'imaginer une pire nuit pour être dehors. Un brouillard polaire planait sur le canal, envoyant des panaches de brume glacés dans les rues de Temple Fields. Une bruine trop fine pour mériter le nom de pluie transperçait les vêtements. Il y avait peu de piétons, et ils passaient à vive allure, la tête inclinée, s'abritant sous un parapluie. Carol savait qu'elle ne pouvait pas obliger Paula à rester là pendant quatre heures. Elle se promit de jeter l'éponge à dix heures.

« J'aime mieux être à ma place qu'à la sienne, murmura Jan Shields.

— La minijupe ne vous irait pas aussi bien, commenta Merrick.

— Mais mieux qu'à vous, Don », fit observer Carol. Elle pouffa subitement. « Dites donc, vous vous souvenez quand vous aviez à surveiller ce club gay lors de l'affaire Thorpe ? Vous faisiez un pédé en cuir si mignon, Don.

— D'accord, d'accord, vous avez gagné, grommela-t-il.

— Attendez, je crois qu'il va y avoir de l'action », dit Jan d'un ton tranchant.

L'homme descendait la rue, la capuche d'une parka dissimulant son visage. Ce qui n'était guère surprenant par une nuit semblable. Mais, en approchant de Paula, il ralentit l'allure. Il arriva sur le côté, se déplaçant manifestement de façon si discrète qu'elle ne l'avait pas entendu venir. Tendant une main gantée, il la toucha, un doigt sur son bras.

« Bonté divine, tu cherches à me flanquer une attaque ? » s'écria Paula d'une voix forte et claire. Elle se tourna pour lui faire face.

« Tu es libre ? » La voix de l'homme était à peine audible. Elle semblait assourdie, comme s'il parlait à travers une écharpe.

« D'après toi ?

— Je voudrais quelque chose d'un peu inhabituel. Tu es partante ?

— Tout dépend de ce que t'as en tête.

— Je suis prêt à casquer. D'avance. » Sa main émergea de sa poche. À l'écran, il était impossible de voir ce qu'il tenait.

« Avec ça, de l'inhabituel, tu as de quoi t'en payer à tire-larigot. Mais tu ne m'as toujours pas dit ce que tu voulais. Tu dois utiliser un préservatif, tu sais ça ?

— Ce n'est pas un problème. Écoute, j'ai une piaule. Tu me laisses t'attacher et je te file deux cents livres. Tout de suite. »

La bouche de Carol devint sèche. Elle pressa le bouton de son micro et lança d'une voix rauque : « Toutes les unités, en alerte ! L'aigle rôde. Je répète, toutes les unités, en alerte ! »

Paula continuait à parler. « Deux cents ? D'avance ? Maintenant ? » Même par le truchement de la caméra, le geste était sans ambiguïté. Il compta des billets et les lui passa.

Carol avait pratiquement le nez sur l'écran et, malgré ça, il lui était impossible de distinguer les traits de l'homme. « Merde ! On ne voit pas son visage.

— Ça a l'air d'être du sérieux, dit Jan avec fébrilité.

— À toutes les unités, avancez jusqu'aux positions d'approche ! Avancez jusqu'aux positions d'approche ! Bouclez le secteur ! Je répète, bouclez le secteur ! » Le pouls de Carol battait à tout rompre, le sang lui martelant les tympans. Sur l'écran, Paula tournait le coin, la main de l'homme sur son épaule. Dans la rue, d'autres silhouettes convergeaient vers eux. Ça allait marcher. Dieu soit loué, ça allait marcher !

L'adrénaline tenait Paula sous son emprise. Elle avait le souffle court, le cœur qui tambourinait dans la poitrine. Au moment où ils tournaient le coin de la rue, elle sentit qu'on la poussait dans une venelle entre des immeubles. « Où est-ce qu'on va ? » questionna-t-elle.

Pour toute réponse, il l'attira dans une étreinte, lui agrippant brutalement la poitrine d'une main, encerclant son dos de l'autre. Son attention absorbée par la douleur dans ses seins, Paula ne remarqua même pas qu'une pince coupante tranchait net le fil reliant son micro au bloc d'alimentation.

Elle le repoussa. « Hé là ! Je croyais que t'avais une piaule ? »

Il la fit pivoter en la tenant par le bras. « C'est juste là. » Passant devant elle, il ouvrit une petite porte dans le mur, si crasseuse qu'elle était presque invisible au milieu de la brique noircie. Il la mena à l'intérieur puis abaissa la clenche, refermant prestement derrière eux. Après quoi il poussa Paula vers la porte arrière d'un immeuble.

Nerveuse, mais persuadée à tort qu'elle continuait à émettre, Paula déclara avec ironie : « Hmm, quelle charmante arrière-cour. Qui aurait pensé que cette porte banale dans le mur cachait un endroit aussi ravissant ? Alors, on va dans cet immeuble ? C'est là que tu crèches ?

— Ouais, répondit l'homme. Allez, grouille-toi. On n'a pas que ça à faire. »

Carol sauta sur ses pieds. « On ne reçoit plus Paula. Rien ne nous parvient. » Elle se tourna vers les deux membres de l'assistance technique. « C'est de notre côté ou du sien ? »

Trente secondes d'un suspense insupportable. Les uns et les autres retenant leur souffle. Formant des prières. Croisant les doigts. Puis un des techniciens secoua la tête. « Ce n'est pas de notre côté. Elle n'émet pas. »

Aussitôt, ce fut le chaos. Carol hurla : « Foncez ! Je répète, Foncez ! L'aigle est posé ! À toutes les unités, poursuivez-le, poursuivez-le !

— Bon Dieu de merde, bon Dieu de merde... », n'arrêtait pas de ressasser Merrick en tirant sur la porte latérale de la fourgonnette. Il bondit dans la rue tandis que Carol arrachait son casque et s'élançait à sa suite, Jan dans leur sillage. Stacey les regarda bouche bée, ne sachant pas si elle devait rester là pour garder la boutique ou les imiter. Elle choisit de refermer la porte de la fourgonnette et de prendre l'équipement radio abandonné par Carol. Il fallait quelqu'un pour suivre ce qui se passait. Ça ne la dérangeait pas. Qui contrôle la technologie contrôle le monde, se dit-elle. C'était une option bien plus intéressante que de cavaler en tous sens dans les rues. Il ne se produirait rien sans qu'elle en soit informée.

Carol dévalait le trottoir, des visions de cauchemar tourbillonnant dans sa tête. « Non, non et non », grommela-t-elle d'une voix hachée en couvrant les vingt mètres jusqu'au carrefour où elle avait vu Paula pour la dernière fois. Comme elle tournait le coin, elle rentra dans le dos d'un autre policier. Ils en eurent le souffle coupé tous les deux. Carol chancela avant de retrouver son aplomb. Elle continua et vit d'autres policiers tournant en rond dans la venelle où Paula avait disparu avec l'homme. Elle se fraya un chemin, la parcourant jusqu'au bout. Elle menait dans une autre rue que croisaient des ruelles, des passages et des cours. C'était un labyrinthe.

« Déployez-vous ! cria Carol. Couvrez le secteur ! Ils n'ont pas pu aller loin, bordel !

— C'est une taupinière par ici. Ils pourraient être n'importe où, répondit Merrick, le visage hagard, la voix rauque.

— Alors, cherchez-les au lieu de rester là à discuter. Et que quelqu'un ouvre cette porte, ajouta-t-elle en tapant du poing dessus. Voyez où ça mène et ratissez le périmètre. » Elle passa une main dans ses cheveux. De la base de son crâne montait une douleur aiguë. Comment cela avait-il pu arriver ?

Merrick parlait précipitamment dans sa radio. « À toutes les unités. Mettez-vous à fouiller le secteur immédiat. Un officier disparu. Je répète. Un officier disparu. » Il lança un regard à Carol. « Vous voulez qu'on fasse du porte-à-porte ? »

Elle hocha la tête. « Jan, occupez-vous de ça. Et commencez par ce qu'il y a derrière celle-ci. » Carol se détourna, étouffant de rage. Tandis que les policiers autour d'elle se dispersaient, elle se demanda ce qu'elle aurait bien pu faire d'autre. Le pire, c'est qu'elle ne voyait vraiment pas quoi.

Celle-là, il va la garder. Il ne sait pas pourquoi, seulement qu'il doit en être ainsi. Les décisions, c'est la Voix qui les prend, elle qui sait ce qui est le mieux, et jamais elle ne lui a fait faux bond.

Elle ressemble à toutes les autres, elle ressemble à une putain, mais celle-là, c'est un flic. Rien que d'y penser, il a les jetons, mais ça ne l'empêche pas de faire ce qu'il a à faire. Il n'en revient pas que ç'ait été aussi simple. Exactement comme l'avait prévu la Voix. La Voix avait dit qu'elle irait avec lui, docile comme un agneau, gentille comme un cœur, et c'est ce qui s'est passé.

Il l'a cueillie dans la rue le plus facilement du monde. Encore plus facilement que les autres en un sens, parce qu'il ne la connaissait pas avant. Ce n'était pas difficile de la considérer comme une sale traînée parce qu'elle n'avait rien fait pour lui donner une autre image. Il l'a emmenée dans la venelle puis il a coupé le fil comme il s'y était exercé tout l'après-midi. Clic, clic, et voilà. Elle n'y a vu que du feu.

La cour puis la porte et l'escalier. Elle ne marque pas le moindre temps d'arrêt, n'arrête pas de jacasser, pensant qu'il y a quelqu'un qui l'entend fournir des indications pour trouver la chambre qu'il lui a préparée.

Elle n'a même pas une hésitation devant la double porte sur le palier qui a l'air d'être celle d'un placard. Mais elle en parle, s'imaginant qu'elle passe le message. Lorsqu'il lui ordonne de s'allonger sur le lit bras et jambes écartés, elle obéit. Il sent l'anxiété qui se dégage d'elle, mais elle n'a pas peur, pas vraiment en tout cas. Viennent ensuite les menottes et, là encore, il est visible qu'elle s'attend à ce que la cavalerie enfonce brusquement la porte pour la sauver. Elle ne donne même pas de coups de pied quand il fixe les entraves de chevilles.

Mais quand arrive le tour du bâillon, c'est une autre histoire. Visiblement, elle n'aime pas ça, mais alors pas du tout. Elle écarquille les yeux et une rougeur va de ses nibards ronds et moelleux jusqu'à son front. Tout à coup, il lui est apparu que ça n'allait peut-être pas se passer comme elle le pensait. Que c'est lui qui commande et pas elle et ses collègues débiles. Il lui sourit alors, du sourire triomphant, détendu, du vainqueur.

« Ils ne viendront pas, dit-il. Tu es toute seule. » Se penchant, il glisse une main sous elle. Il retire l'émetteur de sous la chemise. Puis il tire le micro et son fil dissimulés à la naissance des seins. Il balance le bout coupé devant ses yeux. « Tu te parlais à toi-même. Ils n'ont pas la plus petite idée de l'endroit où tu te trouves. Tu pourrais être n'importe où dans Temple Fields en ce moment. Tu croyais pouvoir nous rouler, mais tu te gourais. T'es foutue. »

Il se tourne, indifférent aux miaulements qui s'échappent du bâillon. Il prend le godemiché qu'il a préparé un peu plus tôt. La lumière fait scintiller le bord tranchant des lames de rasoir. C'est d'une cruauté sublime, cet engin de mort. Il pivote sur la plante des pieds pour lui faire face. Lorsqu'elle aperçoit le godemiché, toute couleur disparaît de son visage, laissant sa poitrine vilainement marbrée. Il s'avance, remonte la jupe puis arrache le slip. Il lui agite le godemiché sous le nez avec un sourire.

C'est alors qu'elle se met à pisser. Ce qui l'ennuie parce que ça va sentir dans la pièce et que ce n'est pas très agréable. Parce que celle-là, il va la garder.

QUATRIÈME PARTIE

Il y a des livres qui changent la vie des gens, c'est un fait bien connu. Quelqu'un me demanderait lequel a bouleversé la mienne, il serait sacrément surpris de la réponse. Je me souviens encore du coup que ça m'a flanqué quand j'ai lu Les Trois Otages *de John Buchan.*

J'étais en vacances avec ma famille dans les Norfolk Broads. Mes parents, on aurait dit qu'ils connaissaient l'idée de vacances, mais qu'ils ne savaient pas quoi en faire. Les autres passaient la semaine à se balader en bateau, à sillonner les rivières et à expérimenter une façon de vivre entièrement différente de leur train-train habituel : écluses, marais, gibier d'eau, et cette étrange sensation d'irréalité quand on pose le pied sur la terre ferme après des journées entières à naviguer. Mais pas nous. Mes parents avaient loué une caravane sur un camping, perdue au milieu de centaines d'autres boîtes en métal alignées en rangs serrés le long d'une petite falaise qui surplombait les eaux gris-bleu de la mer du Nord. La camionnette dans laquelle nous avions atterri n'avait même pas le bénéfice du panorama. Tout ce que nous pouvions apercevoir des fenêtres, c'étaient les autres caravanes. C'était encore moins bien que chez nous. Même dans un logement social de deux pièces, il y avait plus d'espace et d'intimité que dans cette boîte en fer-blanc de neuf mètres de long. Je la détestais, j'en voulais aux autres gosses que leurs parents avaient emmenés prendre de vraies vacances et je comptais les heures avant la fin du séjour.

Le temps n'aidait pas non plus. Une semaine d'été typiquement anglaise, un crachin grisâtre alternant avec des journées de soleil délavé, où les occupants des caravanes se rendaient tous sur la plage de galets, enfilaient leur maillot de bain, sautaient à cloche-pied au-dessus des pierres coupantes pour arriver au bord de l'eau. Là, ils poussaient des cris à cause de la température, faisaient demi-tour et retraversaient la plage à cloche-pied jusqu'à des Thermos de café insipide et des sandwichs aux œufs.

Un après-midi, alors que la pluie était particulièrement pugnace, mes parents décidèrent d'aller jouer au bingo au foyer-snack-bar installé dans un bloc en béton au milieu des caravanes. Je dus les accompagner car, à douze ans, je n'avais pas l'âge légal pour rester sans surveillance. Et mes parents avaient un respect écœurant de la loi. J'étais hors de moi, je les suivis à contrecœur, écumant de rage. J'aurais préféré passer du temps avec Amanda, la belle blonde d'à côté, plutôt que de regarder une bande de vieux schnocks jouer au bingo.

Papa m'acheta un Coca et un paquet de chips, et m'envoya dans la direction de la table de ping-pong en me disant de m'amuser une heure ou deux et de ne pas m'écarter. Comme si j'avais trois ans. Fumasse, j'y allai en martelant le sol. La salle de ping-pong était pleine de gosses qui me regardèrent comme si je venais d'une autre planète. Je filai dans le coin le plus éloigné et c'est alors que j'aperçus une étagère de livres dépenaillés. J'en pris quelques-uns, mais ils n'avaient rien de captivant. Puis je m'emparai de Trois Otages, avec son évocation d'un milieu social qui m'était complètement étranger, et je n'en décrochai pas.

Jusque-là, je n'avais jamais imaginé qu'il fût possible d'établir une totale domination sur la volonté de quelqu'un. Trois Otages *me parlait de deux choses auxquelles j'aspirais par-dessus tout : une supériorité absolue et l'accès à un monde de pouvoir et de réussite. La seconde était hors de ma portée en raison de ma naissance, mais si je parvenais à conquérir la première, j'aurais quelque chose de presque aussi précieux.*

Trois Otages *représenta la première étape d'un long voyage jusqu'au fond de l'esprit d'autrui. Qu'un tel contrôle fût possible, je n'en doutais pas. Que je sois capable de l'acquérir, je n'en doutais pas non plus. Que je puisse m'en servir pour changer le monde qui m'entourait, voilà qui restait à voir. Mais, à tout prendre, je pensais pouvoir y arriver.*

Au début, je ne savais pas quel chemin suivre. Je choisis la voie de l'information, recueillant tout ce que je pouvais sur l'hypnose, les états altérés, le lavage de cerveau et le contrôle de la pensée. Et plus j'apprenais, plus je tâchais de me faire la démonstration de mes capacités. Je m'entraînais sur des camarades de classe, je m'immisçais dans la tête des jeunes amoureux. Je m'y essayais même sur mon lieu de travail. Je compris bientôt que mes talents n'étaient pas tout à fait à la hauteur de ce que j'avais espéré. Parfois, j'obtenais des résultats remarquables. Mais j'échouais le plus souvent. La plupart des esprits demeuraient résolument inaccessibles. J'avais beau faire, je ne parvenais pas à franchir l'obstacle.

Puis je découvris qu'il existait une catégorie d'esprits faibles qui n'offrait que peu de résistance à mes techniques. Des individus que le reste de la société considérait comme lents et stupides pouvaient se plier à ma volonté. Ce n'était peut-être pas l'effet fracassant dont j'avais rêvé, mais cela offrait d'autres possibilités.

La question se posa alors de savoir ce que je ferais du pouvoir que je comptais exercer. Comment pourrais-je amplifier ce que j'avais à portée de la main ?

La réponse jaillit comme par miracle. Le pouvoir à la puissance deux.

Si le savoir est le pouvoir, alors la manière de le répandre est le pouvoir en action. Aussi Sam Evans était-il toujours disposé à lâcher un peu pour avoir beaucoup. Il est étonnant de voir combien les gens sont prêts à vendre la mèche pour peu qu'ils vous croient sincères. Il en allait ainsi de Kevin. En échange de quelques broutilles, glanées ici et là, concernant le passé de Stacey Chen, Evans avait recueilli une masse d'informations sur Don, sur Paula et sur Kevin lui-même. Tout à fait le genre de chose qui pouvait servir de points de pression si jamais il avait besoin de les déstabiliser.

Ils étaient assis dans un pub de campagne à quelques kilomètres de Swindale, rechargeant leurs batteries grâce à une bière bien méritée après une journée longue et frustrante à se bagarrer avec les flics du coin et à mener des interrogatoires laborieux. Ils étaient censés proposer un plan d'action pour la matinée, mais, d'un commun accord, ils avaient laissé tomber le sujet, estimant qu'ils avaient déjà suffisamment broyé du noir avec la mort des enfants. Les commérages du poste étaient bien plus attirants.

Kevin racontait une anecdote quand son portable se mit à sonner, signalant l'arrivée d'un SMS. Il regarda l'écran avec incrédulité. « Elle blague ou quoi ? » s'exclama-t-il en tournant le téléphone pour qu'Evans puisse lire.

En face de « MOBILE STACEY » était écrit : « Tueur a capturé Paula. Elle a disparu. »

Evans secoua la tête. « Pas Stacey. Pas son style. »

Kevin formait déjà le numéro. Il était à peine en ligne qu'il grommelait : « Qu'est-ce que vous voulez dire par le tueur a capturé Paula ? C'est quoi, ce canular à la con ?

— Je ne plaisanterais pas avec une chose pareille, répondit Stacey, manifestement offusquée. C'est tout à fait sérieux. Il a embarqué Paula. Il l'a emmenée dans une ruelle et elle s'est volatilisée. Ça s'est passé il y a environ une demi-heure et, depuis, on n'a pas trouvé trace ni de l'un ni de l'autre.

— Merde ! beugla Kevin. On arrive. On sera là dans moins d'une heure. » Il coupa la communication et se tourna vers Evans. « Elle ne rigolait pas. Pendant qu'on était ici à siroter une bière, nos fichus collègues se la coulaient douce et laissaient le tueur enlever Paula sous leur nez. » Il sauta sur ses pieds. « Allez, viens, on retourne à Bradfield. »

Abandonnant son verre à moitié vide, Evans se dirigea vers la porte. « Comment est-ce que ça a bien pu se produire ?

— Je n'en sais rien. Carol Jordan était tellement sûre d'avoir paré à toute éventualité. »

Haussant les sourcils, Evans suivit Kevin jusqu'à la voiture. S'il arrivait quelque chose à Paula, ce serait bonsoir et adieu la compagnie pour Carol Jordan. Il n'était pas mécontent de n'être pour rien dans la débâcle de la nuit, de travailler sur une affaire offrant de meilleures perspectives de résolution. Dans ce bas monde, c'était chacun pour soi. Ceux qui pensaient autrement étaient des proies en puissance. Et les proies finissaient toujours par se faire manger.

Il n'avait pas l'intention d'être le prochain repas de quiconque.

Il était trois heures du matin lorsque Carol finit par rentrer. Cela faisait un peu plus de six heures que Paula McIntyre avait disparu. Chaque porte avait reçu un déluge de coups de poing, chaque occupant avait été questionné. Ils avaient fouillé les salons de massage et les bordels, accosté les tapins, filles et garçons, fait des descentes dans les bars et les boîtes de nuit. Sauf à enfoncer toutes les portes closes de Temple Fields – boutiques, bureaux, appartements, chambres meublées et Dieu sait quoi encore –, ils avaient fait tout leur possible pour retrouver Paula. Mais c'était comme si son assaillant et elle s'étaient envolés. Le dédale de ruelles, d'arrière-cours et de passages n'avait rien livré en matière d'indices. Avec une équipe, Jan Shields avait franchi la petite porte dans le mur et s'était rendue dans le bâtiment du fond, qui semblait surtout servir de stockage à une imprimerie du quartier. Ils n'avaient rien trouvé indiquant une présence récente.

Finalement, Carol avait déclaré forfait. Plusieurs officiers avaient protesté, exprimant leur volonté de poursuivre les recherches, mais elle s'y était opposée. On ne pouvait rien faire d'utile avant le lever du jour. Le meilleur service à rendre à Paula pour l'instant était de prendre un peu de repos. Ce qu'aucun d'entre eux n'était prêt à formuler, c'était leur conviction qu'il était déjà trop tard.

Dans un silence accablé, Carol avait regagné la fourgonnette de surveillance en compagnie de Jan Shields et de Don Merrick. En arrivant, Jan avait secoué la tête. « Je ne rentre pas tout de suite. J'ai encore des contacts dans le coin. Il faut que je leur parle. Vous seriez surpris de voir combien se rangent de notre côté quand ils savent qu'un flic est porté disparu. Ils n'auront pas moins envie que nous que ce soit réglé dare-dare.

— Mauvais pour les affaires, hein ? dit Merrick avec aigreur.

— Oui, c'est à peu près ça. » Jan releva le col de sa veste en cuir. « Je vous verrai pour le rapport. »

Carol ne fit rien pour l'arrêter. Ils la regardèrent se fondre dans la brume. « Je lui ai dit ce matin qu'elle n'était pas forcée d'accepter », laissa tomber Merrick.

Carol sentait son hostilité, mais elle était trop lasse pour discuter. « Elle le savait déjà, Don. C'est elle qui a choisi », répondit-elle d'un ton pesant. Elle tira la porte de la fourgonnette et grimpa à l'intérieur. « Je vais me coucher. Je vous conseille d'en faire autant plutôt que de passer la nuit à tourner en rond. » Elle n'attendit pas sa réponse. Au bout de vingt secondes, comme il ne l'avait pas suivie, elle claqua la porte et ordonna au chauffeur de les ramener.

Elle remercia Stacey d'avoir gardé la boutique, puis se fit repasser la séquence de la rencontre. Ils la regardèrent une demi-douzaine de fois durant le trajet, mais sans rien découvrir de nouveau. De retour au poste, elle demanda aux techniciens de faire tout ce qu'il pouvait pour améliorer le son et l'image. Puis elle se dirigea vers sa voiture, si harassée que c'est à peine si elle arrivait à mettre un pied devant l'autre.

Une fois à sa porte, elle tremblait de fatigue et de désarroi. Elle ressentit une gratitude pitoyable en apercevant de la lumière dans le bureau de Tony. Elle appuya sur sa sonnette. Il vint ouvrir, vêtu d'un pantalon de jogging et d'un tee-shirt, l'air perplexe.

« Il tient Paula », déclara-t-elle. On aurait dit qu'on lui arrachait les mots de la bouche. Elle ferma les yeux, pencha la tête en arrière. S'avançant sur le seuil glacial, Tony la prit dans ses bras. Pendant quelques secondes, elle demeura rigide. Puis elle pressa soudain sa tête contre son épaule, les joues ruisselantes de larmes. Tony ne dit rien. Il la soutint, la laissant s'appuyer sur lui, sentant son corps frémir tandis qu'elle donnait libre cours à son chagrin.

Finalement, la tempête se calma. Carol s'écarta légèrement, vit son regard inquiet. « Ça va, dit-elle d'une voix frémissante.

— Je n'en ai pas l'impression. » Il la conduisit à l'intérieur et l'aida à s'asseoir. « Tu bois quelque chose ? »

Elle hocha la tête en essuyant ses larmes. « Si tu veux. »

Il partit dans la cuisine, en rapporta deux verres de vin blanc, lui en tendit un avant de s'asseoir à côté d'elle. « Tu as envie d'en parler ? »

Carol avala une gorgée de vin. Il avait un goût étrange, comme si un produit chimique avait altéré ses papilles. « Appelle ça une activité de substitution si ça te chante, mais il m'est impossible de parler de Paula avant de savoir où nous en sommes l'un par rapport à l'autre.

— Alors, c'est à toi de me dire ce qu'il faut que je sache. »

Carol but encore un peu de vin. Cette fois, le goût était plus proche de celui auquel elle s'attendait. « Depuis le viol, j'avais l'impression que mon corps ne m'appartenait plus. J'ai mis un moment à comprendre que j'avais besoin d'une expérience sexuelle qui me montrerait que je contrôlais encore mes réactions. Il fallait que ce soit juste pour moi, et sans complications. » Elle posa la paume de sa main sur son dos, sentant la chaleur de sa peau à travers le tee-shirt.

« Ce qui m'excluait dans les deux cas », lâcha-t-il, contrarié.

Elle lui adressa un demi-sourire qui avait valeur d'assentiment. « Et, tout à coup, Jonathan a fait son apparition. Compréhensif, généreux, séduisant et absolument pas quelqu'un dont je pourrais tomber amoureuse. Alors, je me suis servie de lui. Je n'en suis pas particulièrement fière, mais tu n'as aucune raison d'être jaloux. Je suis plus présente pour toi chaque jour que je ne l'ai jamais été avec lui.

— Mais je suis jaloux. Jaloux que ce soit si facile pour lui et si difficile pour moi.

— J'espérais que ce serait plus facile pour nous deux ensuite.

— Je sais. Mais ça risque de ne pas se produire de sitôt, n'est-ce pas ? Que nous soyons à l'aise l'un avec l'autre, toi et moi ? demanda-t-il d'une voix qu'elle trouva plus triste que jamais.

— Je ne sais pas. Tout ce que je sais, c'est que je...

— Ne le dis pas. » Il l'interrompit avec rudesse. « J'éprouve la même chose. Mais ce n'est jamais le moment, hein ? Il y a toujours quelque chose de plus important qui nous tient à distance. Et pour le moment, c'est Paula. Eh bien, raconte-moi ce qui s'est passé. »

Carol lui résuma les événements de la soirée. « Elle est morte. Et c'est ma faute. Sachant ce que je sais sur la façon dont les choses peuvent mal tourner, j'ai néanmoins laissé faire. »

Tony se leva et se mit à arpenter la pièce. « Je ne pense pas qu'elle soit morte. Ce tueur tient à ce qu'on découvre ses victimes, et rapidement. Il s'arrange pour qu'elles soient retrouvées, or Paula n'a pas été retrouvée, donc la logique voudrait qu'elle soit encore en vie.

— Mais pourquoi changerait-il de méthode ? s'étonna Carol.

— Bonne question. Peut-être parce qu'il a compris que Paula était un flic. Si tu te souviens, je t'ai dit après la première nuit qu'il avait très bien pu s'apercevoir qu'elle servait d'appât.

— Et après, qu'est-ce que ça change ?

— Il aime le pouvoir. Il est possible qu'il la garde en vie parce que d'avoir un flic à sa merci lui procure un pouvoir encore plus grand. Un pouvoir sur elle en même temps qu'un pouvoir sur nous. Il est le metteur en scène, le chef d'orchestre. Nous devons faire ses quatre volontés si nous voulons récupérer Paula vivante. »

Carol fronça les sourcils. « Qu'entends-tu par « ses quatre volontés » ? »

Tony agita la main avec impatience. « Je l'ignore encore. Soit il nous le fera clairement comprendre, soit nous devrons le deviner. » Il s'arrêta brusquement et pivota pour lui faire face. « Carol, comment savait-il qu'elle avait un micro ?

— Tu as déjà donné la réponse. Il a dû se dire qu'il s'agissait d'un piège et qu'elle porterait un micro caché. C'est sans doute pour cette raison qu'il s'est mis à la tripoter aussitôt après l'avoir entraînée dans la ruelle.

— Beaucoup trop subtil pour Derek Tyler, marmonna-t-il.

— Mais ce n'était pas Derek Tyler hier soir. Derek Tyler est enfermé à Bradfield Moor.

— Je sais, je sais. Mais il s'agit des mêmes crimes, conçus par un même cerveau. Et ce n'est pas celui de Derek Tyler. Il n'est pas assez intelligent, pas assez maître de lui. L'individu qui se trouve derrière tout ça ne se contente pas de nous manipuler. Il manipule également le tueur », déclara-t-il en fixant Carol d'un regard chargé d'une énergie nouvelle.

Elle secoua la tête avec obstination. « Je n'y crois pas. Les gens ne tuent pas parce qu'on le leur demande. Il n'y a que les tueurs à gages pour agir ainsi. Et si c'est un tueur à gages, il le fait sur l'ordre de quelqu'un qui veut envoyer à Derek Tyler un bon de sortie. Il faudra réexaminer son passé à la loupe, chercher qui pourrait vouloir le faire sortir et pourquoi.

— Tu te trompes, Carol, soupira Tony. Mais si tu tiens à aller dans cette voie, il vaudrait mieux fouiller le passé de ses victimes plutôt que celui de Tyler. »

Carol vida son verre et se leva. « Ses victimes ?

— Si j'aimais quelqu'un qui a été assassiné et que son meurtrier n'ait même pas écopé de la perpétuité, qu'on l'ait seulement envoyé dans un hôpital psychiatrique d'où, en théorie, il peut être relâché à tout moment, je n'aurais probablement pas l'impression que justice ait été faite. Je voudrais tenir l'assassin en mon pouvoir. Étant donné le genre de cercle dans lequel évoluaient ses victimes, il n'est pas totalement impossible que quelqu'un aimant l'une d'elles ait engagé un tueur à gages pour reproduire de tels crimes, dans l'espoir de provoquer la libération de Tyler. » Il eut un haussement d'épaules. « Il y a là une certaine logique.

— Une logique ? balbutia Carol en le dévisageant.

— Non. En fait, c'est de la foutaise. S'il y avait quoi que ce soit de vrai dans ce que je viens de suggérer, la personne ayant engagé le tueur à gages aurait aussi envoyé un avocat à Tyler pour le convaincre de faire appel. Et ça ne s'est pas produit.

— Il y a encore le temps. Il essaiera peut-être d'utiliser Paula comme monnaie d'échange.

— Carol, si jamais le tueur vous offre Paula contre la reconnaissance que Derek Tyler a été condamné à tort, je veux bien t'inviter à dîner tous les soirs pendant un an.

— Marché conclu.

— Et maintenant, dit-il en vidant son verre, je crois qu'il est l'heure d'aller se coucher. Nous avons tous les deux des choses importantes à faire... » Il jeta un coup d'œil à sa montre, grogna. « Et ça dans pas longtemps.

— Je ne t'ai pas remercié pour le profil dans l'affaire Tim Golding, dit-elle en le suivant jusqu'à la porte d'entrée. Cela a été très utile.

— De rien. Tu n'en avais pas eu pour ton argent la fois précédente.

— Tu jetteras un coup d'œil sur les lieux ? »

Il écarta les mains en un geste d'impuissance. « Je comptais y aller demain. Mais, avec la disparition de Paula...

— Cela peut probablement attendre.

— Qui est-ce que tu as chargé de l'enquête ?

— Kevin et Sam. Et Stacey fera la liaison avec l'unité pédophile. Don voulait reprendre le dossier, mais, franchement, je ne suis pas certaine qu'il soit à la hauteur. Une fois que tout ce cirque sera terminé, je vais demander à Brandon de le réaffecter ailleurs. Peut-être que Chris Devine sera alors en mesure de venir dans le Nord. Elle ferait un excellent inspecteur. » Son visage s'assombrit. « Bon sang, quand je pense que je me réjouissais tellement de cette mission. Je croyais que ce serait ma planche de salut. Mais, en ce moment, ça a plutôt l'air du dernier clou dans le cercueil. »

Stacey Chen adorait son travail. Ses parents avaient adopté avec enthousiasme la technologie informatique à la fin des années 1980. Ils possédaient une chaîne de supermarchés chinois et la capacité des machines à suivre stocks et transactions les enchantait. Stacey arrivait à peine à se souvenir d'un moment où il n'y ait pas eu d'ordinateurs dans sa vie. Enfant unique, elle s'était entichée de la puce électronique comme d'autres s'entichent des poupées Barbie ou des livres. Frustrée par les limites de ces premiers ordinateurs du commerce, elle avait appris la programmation et créé ses propres jeux, destinés à des appareils conçus pour le simple traitement de texte et le calcul. À l'époque où elle avait commencé à étudier l'informatique à l'université de Manchester, elle avait déjà gagné de quoi s'acheter un loft dans le centre-ville, grâce à un gentil petit bout de code qu'elle avait vendu à un géant américain des logiciels et qui protégeait leur système contre les incompatibilités potentielles. Ses enseignants lui prédisaient une carrière fulgurante dans l'univers pointcom. Lorsqu'elle avait annoncé son intention d'entrer dans la police, ils en étaient restés pantois.

Cependant, aux yeux de Stacey, c'était un choix parfaitement cohérent. Elle se délectait de débrouiller les problèmes. Elle adorait s'introduire dans les systèmes des autres. En le faisant pour la police, elle pouvait assouvir ses envies sans violer aucune loi. De plus, cela lui laissait suffisamment de temps pour mener des activités commerciales sans les conflits qui auraient pu surgir si elle avait travaillé dans une entreprise. Quelle importance si son salaire de flic était misérable comparé à ce qu'elle gagnait pendant ses heures de loisir ? Son boulot lui fournissait un motif légitime de s'immiscer dans les secrets d'autrui, et c'était une satisfaction suffisante.

Elle n'avait même pas besoin d'être au bureau. Le système qu'elle avait mis sur pied chez elle lui donnait accès à toutes les machines utilisées par la Brigade des enquêtes majeures. Et, parce qu'elle s'était instituée l'opérateur du serveur, elle n'avait pas à se fatiguer à saisir leurs mots de passe. Elle pouvait naviguer comme bon lui semblait dans leurs ordinateurs. C'est ainsi qu'elle connaissait le goût de Kevin pour les sites de pornographie soft qui ne demandaient aucun détail personnel. De même qu'elle connaissait le penchant de Don Merrick pour le base-ball américain, l'engouement de Paula pour les infos et l'habitude qu'avait Jan de commander des livres à une librairie féministe en ligne de York. Elle avait été intriguée par la réticence de Carol Jordan à se confier à sa machine, jusqu'au moment où elle avait découvert que son frère travaillait dans l'informatique. Manifestement, Carol n'était que trop consciente des empreintes que laisse toute manœuvre dans un ordinateur.

Elle était également au courant des explorations nocturnes de Sam Evans. Assise dans son appartement, elle avait remarqué ses manipulations, l'avait vu essayer d'ouvrir les fichiers de ses collègues et se heurter chaque fois à la barrière du mot de passe. Elle aurait dû le considérer comme une âme sœur, mais elle le méprisait pour son incompétence. Il aurait mieux fait d'en rester à ces sites d'autopsie abjects qu'il aimait tant. C'était davantage dans ses cordes. Mon Dieu, comme ces flics étaient bizarres !

Ce soir, toutefois, elle était seule sur le système. Où qu'il fût, Sam ne rôdait pas dans les locaux pour essayer d'avoir une longueur d'avance sur les autres. Et il n'y avait rien de nouveau qui l'intéresse sur le disque dur. Elle se demanda ce qui se passait du côté de Temple Fields. Quelques commandes au clavier, deux ou trois clics de souris et elle put voir ce que les caméras transmettaient à l'ordinateur.

Se versant une autre tasse de café de la Thermos posée sur la table, elle s'installa en prévision d'une observation longue et attentive.

Paula aurait été bien en peine de dire depuis combien de temps elle gisait dans cette pièce morne et étouffante, avec son ampoule nue donnant à chaque objet un éclat brutal. Au début, tout ce qu'elle avait ressenti, c'est un soulagement et une gratitude immenses d'être encore en vie. Pourquoi devait-il en être ainsi, elle n'en avait pas la moindre idée ; elle savait qu'il avait attaqué ses victimes précédentes peu de temps après les avoir enlevées dans la rue. Lorsqu'il avait sorti cet instrument abominable, monstrueux, elle était sûre qu'elle allait subir le même sort. Mais non. Il s'était contenté de braquer la caméra sur le sexe de Paula, de brandir le godemiché mortel et de pouffer de rire. Puis, ayant vérifié qu'elle était bien attachée, il avait fait quelques pas en arrière, en se tripotant à travers le coton décoloré de son pantalon baggy. Elle avait cru alors qu'il allait la violer, mais cette crainte ne s'était pas concrétisée non plus. Il l'avait dévorée des yeux pendant quelques minutes, caressant son membre en érection comme s'il s'agissait d'un hamster. Puis il avait vérifié le bon fonctionnement de la caméra vidéo et de la webcam, et il était parti.

Depuis, elle était seule. Elle avait essayé de se débattre pour se libérer, mais elle avait vite renoncé en comprenant qu'elle ne faisait que gaspiller une énergie dont elle pourrait avoir besoin plus tard. Elle avait tenté d'appeler à l'aide, mais le bâillon plaqué sur sa bouche était beaucoup trop efficace pour laisser passer autre chose que des gémissements. Il n'y avait rien à faire sinon rester allongée là, à frissonner de froid et de peur. La flaque d'urine avait pénétré dans le mince matelas, lui donnant encore plus froid.

Paula essaya de se convaincre qu'ils n'allaient pas tarder à venir. Jamais Carol Jordan ne l'abandonnerait. Le fait qu'il l'ait laissée en vie, se disait-elle, montrait qu'il se sentait serré de près. Il avait fichu le camp parce qu'il ne pensait pas avoir le temps de la regarder mourir une fois qu'il l'aurait mutilée. Mais les heures s'écoulant, elle commença à perdre la foi. À un moment, il lui sembla entendre de légers bruits de pas et une conversation étouffée. Mais, en tendant l'oreille, elle eut vite l'impression que les sons s'estompaient et elle se demanda si elle n'avait pas rêvé.

C'était entièrement sa faute. Comment avait-elle pu ne pas s'apercevoir qu'il coupait le fil ? Si elle s'était concentrée sur sa mission au lieu de baliser parce qu'il lui avait pincé le bout du sein, elle aurait compris qu'elle était toute seule. Ensuite, une fois dans la chambre, quand elle avait eu la confirmation de ce qu'il mijotait en voyant les outils disposés sur la table, elle aurait pu le prendre par surprise et l'agrafer. Mais elle avait raté le coche. Elle s'était focalisée sur ses propres réactions et maintenant elle en payait le prix.

Cependant, elle était toujours vivante. Et tant qu'il en serait ainsi, elle pouvait croire à sa délivrance. S'il le fallait, Carol Jordan ferait enfoncer chaque porte de Temple Fields. Elle savait ce que c'était que d'être jetée en pâture par ses supérieurs, et jamais elle ne permettrait que cela arrive à Paula. Quel qu'en soit le coût, Carol la retrouverait.

Les minutes s'égrenaient inexorablement. Épuisée, Paula flottait dans un état de torpeur proche du sommeil, mais sans jamais sombrer complètement. Au moment où la porte s'ouvrit, elle crut tout d'abord qu'elle rêvait. Son cœur fit un bond dans sa poitrine. Ils l'avaient retrouvée !

L'espoir se dissipa en quelques secondes lorsqu'elle aperçut la silhouette cruellement familière. Il avait troqué la parka contre un sweat à capuche, sans doute pour ne pas être reconnu. Mais elle ne savait que trop bien qui il était. « Ce n'est que moi, dit-il. Je suis venu changer la cassette. La webcam n'est pas terrible, alors on a aussi besoin de la vidéo. Pour jouir de tes souffrances. »

En allongeant le cou, elle le vit passer derrière la caméra vidéo pour retirer la cassette. Il la fourra dans sa poche puis, se penchant, il trifouilla la webcam. Après quoi il lui lança un regard concupiscent. « Je ne suis pas censé te toucher. D'après la Voix, je dois attendre le moment propice. Mais la Voix n'a pas l'œil partout. »

Il s'avança vers elle en se masturbant d'une main. Avec des gestes gauches, il grimpa sur le lit. Paula perçut une odeur de cannabis refroidie mêlée à des relents âcres de bière alors qu'il s'agitait sur elle. Il était lourd et gauche, la fermeture Éclair de sa veste meurtrissait la peau tendre de son ventre. Soudain, elle sentit la surface lisse du latex entre ses lèvres, tâtonnant en direction de son vagin. Elle se crispa à ce contact et il poussa un grognement. « Arrête ou ça va aller encore plus mal pour toi, pauvre connasse », marmonna-t-il à son oreille. Elle se mit à se tordre pour se dégager, mais ses liens étaient trop serrés et il était trop lourd.

Puis il fut en elle, fourrant ses doigts à l'intérieur tandis qu'il chevauchait ses cuisses. Elle pouvait sentir sa queue rigide à travers les vêtements. Paula mordit le bâillon, retenant ses larmes. Elle ne voulait pas qu'il voie l'effet qu'il lui faisait. Elle essaya de se dissocier de ce qui arrivait à son corps, mais ça ne marcha pas.

Dieu merci, ce fut vite fini. Sa main la martela, ses hanches poussèrent ses cuisses plus profondément dans le matelas en même temps qu'il accélérait. Sa tête s'inclina en arrière et il glapit comme un chiot auquel on flanque un coup de pied. Puis il s'affaissa sur elle et retira les doigts de son vagin meurtri. Il roula sur le côté avec un grand sourire. « Une salope bien étroite. J'aime ça. Ce sera encore plus chouette quand je te réglerai ton compte. »

Il descendit du lit, rabattit sa veste de manière à couvrir la tache humide sur son pantalon. Il glissa une nouvelle cassette dans la caméra vidéo, remit la webcam en marche et se dirigea vers la porte. « À plus tard, ma mignonne », lança-t-il en lui faisant un signe de la main avant de s'en aller.

La porte claqua. C'est alors seulement que Paula se mit à pleurer.

Carol était dans son bureau, prenant des notes pour la réunion, quand Kevin et Sam arrivèrent. « Chef, est-ce qu'on peut vous dire un mot ? » demanda Kevin.

Avec un hochement de tête résigné, elle les invita à s'asseoir. Elle s'y attendait à moitié. Encore une discussion alambiquée qui lui ferait l'effet d'être une aveugle dans un concours de tir à l'arc. « Laissez-moi deviner. Vous voulez aider à retrouver Paula ?

— Elle est des nôtres. Vous avez dit au début que nous devions former une équipe. Le constable Evans et moi, on se sent plutôt mal dans notre peau de travailler sur autre chose alors qu'un des membres de la brigade est en danger, expliqua Kevin.

— Je comprends ce que vous ressentez. Mais j'ai besoin de savoir que j'ai les meilleurs officiers possibles pour mener l'enquête sur Golding et Lefevre. Vous avez dû voir les journaux de ce matin : ils savent que l'on a découvert deux cadavres. Ils se posent des questions. Les hystériques de l'antipédophilie ont à nouveau le vent en poupe et nous sommes en plein sur leur chemin. Nous devons avoir l'air de tout mettre en œuvre pour retrouver l'assassin.

— Mais ces gosses sont morts et il est possible que Paula soit encore en vie, protesta Evans.

— Ils ont beau être morts, ils n'en sont pas moins importants. Et celui qui les a tués est toujours en liberté, préparant peut-être son prochain crime.

— On ne prétend pas qu'ils ne sont pas importants, chef, intervint Kevin. Ce que veut dire Sam, c'est qu'il y a moins d'urgence.

— Oui, ça ne changerait rien de mettre ça de côté un jour ou deux, juste le temps que durent les recherches pour retrouver Paula, insista Evans.

— J'entends bien. Malheureusement, c'est impossible, que ça vous plaise ou non. » Elle tapa du doigt sur un dossier posé devant elle. « Deux identifications positives : Tim Golding et Guy Lefevre. Selon toute probabilité, la cause du décès, dans l'un et l'autre cas, est une strangulation manuelle. Nous ne pouvons pas cacher ça à la presse. Vous avez déjà commencé à attiser le feu en interrogeant le personnel du parc et les groupes qui auraient pu venir à Swindale. À moins que notre homme ne soit sourd et aveugle, il va savoir que nous sommes à ses trousses. Je ne tiens pas à lui laisser la possibilité de nous filer entre les doigts. Il nous faut absolument maintenir la pression. Désolé, les gars. Vous restez avec Tim et Guy. »

Les deux hommes n'en démordaient pas. « Mais, chef..., commença Kevin.

— Kevin, la meilleure chose que vous puissiez faire pour Paula, c'est d'obtenir un résultat rapide dans cette affaire. Comme vous le savez, cela remontera le moral de l'équipe, confortera chacun dans l'idée qu'il est possible de ramener Paula saine et sauve et d'attraper son ravisseur. Il n'y a pas besoin d'être très doué pour faire du porte-à-porte ou pour éplucher des rapports officiels, ce qui est plus ou moins tout ce que nous avons à faire ce matin. Je vous en prie, utilisez vos talents pour nous rapporter quelque chose de positif. » Carol se surprit quelque peu elle-même. C'était le genre de raisonnement auquel elle aurait eu recours sans même y penser quelque temps auparavant. Qu'il lui soit venu aussi facilement à cette minute lui rendit une partie de la confiance qu'elle avait perdue durant la nuit.

Kevin au moins tomba dans le panneau. Il se rengorgea visiblement, savourant les flatteries de Carol. « Nous ferons de notre mieux », répondit-il en se levant.

Evans le regarda puis regarda de nouveau Carol. Il secoua la tête avec incrédulité, avant de suivre Kevin hors de la pièce. Alors qu'ils s'en allaient, elle l'entendit chuchoter : « Je ne comprends pas que tu aies pu te laisser avoir par ces conneries. »

Carol était déjà à la porte. « Evans ! cria-t-elle. Revenez ici. Tout de suite. » Ahuri, il se retourna. « Kevin, je vous enlève Evans. Ne me décevez pas. » Elle foudroya Evans du regard. « Dans mon bureau. Immédiatement. »

Elle referma la porte derrière eux. « Nous sommes tous à bout de nerfs, mais cela ne saurait justifier l'insubordination. Je veux que mes officiers se donnent corps et âme à leur tâche et, visiblement, vous ne tenez pas plus que ça à soulager la douleur de deux couples dont les fils ont été assassinés.

— Ce n'est pas juste, s'insurgea Evans.

— Taisez-vous, constable, riposta Carol en détachant chaque syllabe d'un ton glacial. Si vous tenez à rester dans cette brigade, vous feriez mieux de vous fourrer dans le crâne que je me moque de vos préférences personnelles. Je croyais vous l'avoir déjà expliqué clairement. Je choisis les gens pour des tâches précises parce que j'estime qu'ils sont aptes à les remplir. Vous êtes un détective de talent, Evans, mais cela ne signifie pas pour autant que vous ayez le droit de contester mes décisions, surtout en ma présence. Je vous réaffecte à l'enquête Temple Fields. Mais ne croyez pas que vous ayez gagné. À partir de maintenant, vous êtes le numéro un sur ma liste noire et il faudra que vous en mettiez un sacré coup pour vous sortir de là. »

Une lueur d'arrogance passa sur le visage d'Evans. « Vous n'aurez pas à attendre longtemps, Madame. »

Carol secoua la tête avec irritation. « Cessez de faire l'enfant, Evans. À présent, disparaissez de ma vue avant que je ne vous remette à la circulation. » Elle le regarda s'éclipser et poussa un soupir. Un pas en avant, deux pas en arrière. Il était temps de changer la danse, se dit-elle avec amertume. Temps de passer à la vitesse supérieure et de résoudre l'affaire.

Sur l'écran de télévision géant, Paula se tenait une nouvelle fois à un coin de rue brumeux. L'homme en parka s'approcha et lui toucha le bras. Le dialogue éclata, toujours grésillant mais plus clair qu'il ne l'avait été dans le casque de Carol la veille. Paula et l'homme tournèrent le coin puis l'écran se décolora. La bande – son continua avant de s'interrompre avec la brusquerie d'une gifle. Il régnait un silence absolu dans la pièce lorsque la lumière revint. La plupart des membres de l'équipe se sentaient aussi piteux que Carol elle-même. *C'est l'heure, en scène*, se dit-elle en redressant les épaules et en tendant les mains comme un pianiste. « Bien. Voilà ce que nous avons vu de Paula en dernier. Depuis, nous sommes sans nouvelles. Notre tâche, c'est de la dénicher. D'après le docteur Hill, il y a de grandes chances qu'elle soit toujours en vie. Ce tueur tient à ce que l'on découvre ses victimes alors que le meurtre est encore tout frais. Le fait que nous n'ayons pas retrouvé Paula laisserait supposer qu'elle n'est pas encore une victime. Nous devons donc lui mettre la main dessus avant que les choses ne changent. Reconnaissez-vous cette voix ? Avez-vous déjà vu cet homme ? Telles sont les questions que nous allons devoir poser. Il y a des photos de Paula au fond de la pièce. Des images de la vidéo sont également à votre disposition. Et nous possédons un certain nombre de lecteurs à microcassette avec des enregistrements de la voix de l'homme. Vous pourrez les faire entendre aux gens qui traînent à Temple Fields, au cas où il serait possible d'obtenir une identification par ce biais. Des lecteurs supplémentaires devraient être disponibles un peu plus tard dans la journée. Je vais vous scinder en trois groupes. L'inspecteur Merrick restera ici pour collationner les informations à mesure qu'elles arrivent *via* les agents chargés des dépositions et les opérateurs du groupe Holmes. Le sergent MacLeod s'occupera du groupe qui épluchera les registres des impôts locaux de Temple Fields. Le sergent Shields, de celui qui interrogera les locataires et propriétaires du secteur sur la base des informations fournies par le sergent MacLeod. Retournez chaque pierre. Nous avons là-bas un officier qui dépend entièrement de nous. Et nous n'allons pas le laisser tomber. » La voix de Carol exprimait une confiance qu'elle n'éprouvait pas entièrement. Mais c'était son boulot de motiver ses troupes et elle était bien décidée à y parvenir. Alors qu'ils s'en allaient, elle appela : « Inspecteur Merrick, sergent Shields et constable Chen, un instant, je vous prie. »

Ils se rassemblèrent autour d'elle. « Vous avez tous travaillé étroitement avec Paula. Y a-t-il quelqu'un qu'il faudrait mettre au courant de ce qui s'est passé ? Parents ? Partenaire ?

— Son père et sa mère habitent Manchester, répondit Merrick. Je peux avoir l'adresse. Vous voulez que j'aille leur parler ?

— Non, ça ira, Don. Donnez-la-moi, je m'en chargerai. » *Si quelqu'un doit se faire botter les fesses, il est normal que ce soit moi.* « Alors, c'est tout ? Des parents et pas de partenaire ?

— Elle n'a pas de petite amie en ce moment », dit Jan distraitement.

Merrick pivota vers elle avec colère. « Qu'entendez-vous par petite amie ? »

Jan lui adressa un regard de pitié. « Un être cher, une tendre moitié, appelez ça comme vous voudrez. Qui se trouve être du genre féminin dans le cas de Paula.

— Des bobards ! rugit Merrick. Paula n'est pas une gouine. »

Jan éclata de rire. « Alors que vous vivez sous son toit, vous n'avez même pas remarqué qu'elle était lesbienne ? Et vous vous prétendez détective ? »

Carol resta interdite. Son inspecteur vivait avec un de ses constables ? Qui se trouvait être gay ? Et elle n'en avait rien su ? Il y avait vraiment quelque chose qui clochait avec le téléphone arabe dans cette brigade. Il lui faudrait rectifier ça une fois qu'ils auraient trouvé Paula et que la situation serait redevenue un tant soit peu normale. Non que Carol fût avide de ragots juteux ; simplement, pour que la brigade travaille comme il faut, elle avait besoin de connaître la dynamique de chacun.

« Vous rêvez, Shields. Vous racontez n'importe quoi », laissa tomber Merrick d'un ton méprisant.

Jan secoua la tête avec une expression amusée. « Si vous le dites, inspecteur. » Frustré, Merrick lui lança un regard furieux.

Stacey, qui avait assisté à l'échange tel un spectateur de Wimbledon, prit soudain la parole. « Quelle importance avec qui elle préfère coucher ? Si elle a été enlevée, ce n'est pas parce qu'elle est gay ou hétéro, c'est parce qu'elle est flic et que nous l'avons fourrée dans ce pétrin. Et moi, je retourne à mon ordinateur faire mon possible pour l'en sortir. Chef ? » Elle regarda Carol.

« Je n'aurais pas pu m'exprimer mieux, Stacey. Pour l'amour du ciel, vous deux, concentrez-vous sur le travail. On a du pain sur la planche. Alors, est-ce qu'on peut s'y mettre ? »

Tony contempla l'homme recroquevillé sur le lit, le dos à la pièce. De nouveau, Tyler avait refusé de se rendre au bureau de Tony ou dans une salle d'interrogatoire. Mais, cette fois, Tony n'avait pas l'intention d'en rester là. Il était bien décidé à lui arracher quelques-uns de ses secrets. Si Paula McIntyre n'en sortait pas vivante, il savait que plus jamais Carol ne travaillerait comme officier de police, et, aussi séduisante que lui parût cette idée, il savait aussi qu'il ne pouvait pas rester à ne rien faire alors qu'elle était en train de perdre ce qui avait façonné l'image qu'elle avait d'elle-même.

Tirant une chaise près du lit, il se pencha en avant, les coudes sur les genoux. Puis il rassembla ses pensées, se concentra et se mit à parler sur le ton de la conversation. « Ce n'est pas très agréable, n'est-ce pas, de savoir qu'on s'est fait larguer pour quelqu'un d'autre ? » Tyler ne bougea pas.

« Je veux dire, quand on entend des voix, la moindre des choses, c'est qu'elles vous restent fidèles. Qu'elles ne vous balancent pas comme une vieille chaussette sous prétexte que l'on n'est plus en mesure de tenir ses promesses. » La jambe de Tyler se contracta.

« Je vois bien que cette idée vous tracasse. Et ce n'est pas étonnant. À votre place, cela me tracasserait également. On vous a laissé tomber, Derek. Vous pensiez que la voix allait vous tirer de là, pas vrai ? Je parie que c'est pour ça que vous avez joué au « fou mais pas méchant », parce que la voix vous a conseillé de la boucler. De sorte qu'un jour vous pourriez vous remettre à parler, ce qui nous amènerait à la conclusion que vous étiez guéri. » Une réaction manifeste, se dit Tony. Les épaules s'étaient crispées, les jambes repliées un peu plus.

« C'est curieux, mais j'ai remarqué, au fil du temps, que les gens qui entendent des voix s'en servent en général comme alibi. Moi, par exemple, si je pensais que la Vierge Marie m'ordonne de tuer des prostituées, je ne le ferais pas, parce que je n'ai aucun désir profond de tuer des prostituées. Mais un homme qui serait intimement convaincu que les prostituées sont un mal s'abriterait derrière cette voix pour faire ce qu'il estime être juste. Comme Peter Sutcliffe quand il essayait de jouer au « fou mais pas méchant ». »

Tony baissa le ton, lui insufflant davantage de chaleur et de compassion. « Mais je ne pense pas que ce soit votre cas, Derek. Je ne pense pas que vous vous serviez de la voix. Je pense plutôt que c'est la voix qui se sert de vous. Et, en ce moment, elle se sert de quelqu'un d'autre. Regardez les choses en face, Derek, vous n'êtes pas aussi exceptionnel que vous le supposiez. »

Subitement, Tyler se déploya puis roula sur lui-même. Il s'assit au bord du lit, son visage à quelques centimètres de celui de son visiteur. Tony garda son expression apitoyée et inquiète. Le moment pour lui d'abattre son as. « Vous avez été loyal envers la voix, mais elle vous a lâché. Elle vous laisse moisir ici. Elle a trouvé quelqu'un d'autre pour exécuter ses ordres.

Elle vous a trahi, Derek. Vous seriez parfaitement en droit de lui rendre la monnaie de sa pièce. »

Le silence flotta entre eux pendant une longue minute. Puis Tyler se pencha davantage. Tony pouvait sentir la chaleur de son souffle sur sa peau. « Je vous attendais », coassa-t-il.

Tony hocha doucement la tête. « Je sais, Derek. »

Ses yeux s'ouvrirent si grand que l'iris sembla dessiner un cercle parfait sur le fond blanc. « Il paraît que je suis lent. Tous ces toubibs, ils sont censés avoir quelque chose dans le crâne, n'est-ce pas ? Et pourtant, ils n'ont rien pigé.

— Je sais.

— Ils croyaient que c'était la voix de Dieu ou un truc de ce genre. Mais je ne suis pas stupide. Je suis peut-être lent, mais pas stupide.

— Je sais ça aussi. Alors, de qui est-ce la voix ? »

Les lèvres de Tyler se retroussèrent en un ricanement de triomphe. « Le Creeper[1].

— Le Creeper ? » Tony s'efforça de ne pas montrer sa déception. « Qui est le Creeper ? »

Tyler s'écarta légèrement et se donna une tape sur le côté du nez. « Vous qui êtes si malin, devinez ! » Puis, d'un mouvement fluide, il se remit dans sa position fœtale, face au mur.

S'ils en avaient eu l'idée plus tôt, cela aurait pu être un jour faste pour les délinquants avisés de Bradfield. Tous les policiers disponibles étaient dans les rues, en un kaléidoscope d'interrogatoires.

À un carrefour près d'un sex-shop, décourageant les clients potentiels, le constable Danny Wells :

1. Quelqu'un, ou quelque chose, qui donne la chair de poule. (*N.d.T.*)

« Avez-vous vu cette femme au cours des dernières vingt-quatre heures ? » La photo de Paula, souriant à l'objectif lors d'une soirée entre filles avec ses collègues. « Cet homme vous rappelle-t-il quelque chose ? » Une image de la vidéo. *À vrai dire, ça pourrait être n'importe qui,* pensa Wells. « Écoutez cette voix. Est-ce que vous la reconnaissez ? » Lecture, arrêt, retour en arrière.

Chez le marchand de journaux en bas de la rue où s'était trouvée Paula, le sergent Jan Shields. L'Asiatique derrière le comptoir se parait d'une indignation vertueuse. « Avez-vous vu cette femme ? » La photo de Paula posée sur une pile de journaux du matin. Un signe négatif de la tête. « Connaissez-vous cet homme ? » L'image vidéo vint rejoindre celle de Paula. Un haussement d'épaules.

« Comment voulez-vous que je sache ? Ça pourrait être n'importe qui. Vous, par exemple, répondit-il avec insolence.

— Vous êtes propriétaire de la boutique ?

— Non, je la loue.

— La boutique uniquement ? Et les étages supérieurs ?

— Des appartements. Rien à voir avec moi.

— Très bien. Il va me falloir le nom et les coordonnées de votre proprio. »

Le commerçant se renfrogna. « En quoi est-ce que ça vous concerne ? Il y a un problème ?

— Ouais, il y a un problème, mais ce n'est probablement pas le vôtre. Je peux voir votre arrière-boutique ? »

Ses fanfaronnades laissèrent brusquement place à de l'inquiétude. « Pourquoi ça ? C'est juste une réserve. »

N'étant pas d'humeur à discuter, Jan se pencha sur le comptoir. « Écoutez, je me moque comme de l'an quarante que ce soit bourré de clopes de contrebande ; ce n'est pas ça que je cherche. Je veux juste jeter un coup d'œil, d'accord ? Ensuite, je m'en vais. Sans quoi, j'appelle les douanes sur-le-champ, mon vieux. »

Le type lui lança un regard noir puis leva l'abattant. « Je peux vous expliquer... »

Et dans les bureaux de la mairie de Bradfield, le sergent Phil MacLeod se présentait, à la tête d'un groupe de cinq policiers, à la réception du service des impôts locaux. La préposée parut hésiter. « Aujourd'hui, c'est samedi. Nous fermons à midi.

— Non, pas aujourd'hui. Il s'agit d'une enquête pour homicide. »

Elle parut à la fois perplexe et effrayée. « J'ignore quelle est la règle.

— Ça n'a rien de confidentiel. Tout ce dont j'ai besoin, c'est du registre des résidents des rues suivantes. » Le sergent MacLeod sortit une liste de rues de Temple Fields.

« Il va falloir que je consulte mon chef.

— Comme vous voudrez. Mais faites vite », répliqua MacLeod d'un ton cassant.

Et dans une maison dont l'ancienne splendeur victorienne avait été convertie en un agrégat de chambres meublées, la constable Laura Blythe. Elle frappa à une porte. Pas de réponse. S'avançant dans le couloir où flottait une odeur de curry et de chou, elle frappa à la porte suivante. Un jeune homme aux yeux ensommeillés, en caleçon et tee-shirt, lui ouvrit. Blythe exhiba sa carte. « Constable Blythe, police de Bradfield. Nous recherchons une femme qui a été enlevée. Je peux jeter un coup d'œil dans votre appartement ?

— Quoi ? » Il avait l'air sidéré.

« J'ai juste besoin de m'assurer qu'elle n'y est pas.

— Vous pensez que j'ai kidnappé quelqu'un ? » Incrédulité et confusion.

« Non, mais elle a disparu pas loin d'ici et, dans l'enquête que nous menons, c'est mon boulot de procéder par élimination. Alors, je peux jeter un coup d'œil ?

— Vous avez un mandat ? »

Baissant la voix, Blythe se fit menaçante. « Ne m'obligez pas à en demander un. J'ai eu une sale journée. » Elle sortit la photo de Paula. « Je ne m'intéresse à rien d'autre. Juste à elle. »

Il eut un hochement de tête médusé et écarta la porte, révélant un fouillis infect. « Elle n'est pas mon type, mon chou », dit-il avec ironie.

Carol se tenait sur le seuil du bureau de Tony à Bradfield Moor. C'était comme partout où il travaillait : si encombré de livres et de papiers qu'il était impossible de discerner une architecture de base. On aurait dit un écureuil bâtissant année après année le même nid autour de lui. « Tu as laissé un message sur mon répondeur ? Ça avait l'air urgent. »

Il leva la tête de son ordinateur et sourit. « Merci d'être venue. Je pensais que tu te contenterais de donner un coup de fil.

— J'étais déjà en route. J'allais voir les parents de Paula. » Elle entra et s'assit.

« Ah !

— Absolument. Eh bien, qu'est-ce que tu as pour moi ?

— Tyler a parlé.

— Tu veux rire !

— Ne t'emballe pas. » Il lui raconta la conversation puis attendit.

Elle passa une main dans ses cheveux. « Le Creeper ? C'est ça ? »

Il acquiesça avec impatience. « Je t'avais bien dit que Tyler n'était pas assez intelligent pour commettre de sa propre initiative des crimes aussi minutieusement préparés. Ces meurtres n'étaient pas l'idée de Tyler. Il n'a rien à voir là-dedans.

— Alors, nous voilà revenus à ta théorie du marionnettiste pilotant Derek Tyler ? Et maintenant, il refait des siennes ?

— C'est effectivement une possibilité. Cela voudrait dire qu'il a trouvé quelqu'un d'aussi influençable que Tyler, ce qui n'a pas dû être du gâteau. Ou peut-être a-t-il passé ces deux dernières années à trouver le courage de le faire lui-même.

— Seigneur Dieu, gémit-elle. Tu sais que ça a l'air complètement dingue ?

— Oui, je sais. Mais c'est la seule chose qui colle avec toutes les informations que nous possédons. Ou bien Monsieur Loyal contrôle à nouveau quelqu'un ou bien il le fait lui-même. »

Une pensée inquiète s'insinua dans l'esprit de Carol. « Quelle sorte d'individu serait capable d'avoir un tel degré de contrôle sur autrui ? » demanda-t-elle presque à contrecœur.

Tony fronça les sourcils. « Quelqu'un possédant une forte personnalité. La capacité de charmer les autres, de se glisser dans leur peau. Ainsi qu'une solide connaissance des techniques de lavage de cerveau. Et ayant probablement acquis des compétences en matière d'hypnose.

— Quelqu'un comme toi, en fait ? » Elle s'efforça en vain de donner l'impression d'une taquinerie.

Tony la regarda d'un drôle d'air. « Sauf qu'il lui faudrait être plus sociable que moi, fit-il observer avec ironie. Mais oui, un psychologue clinicien en exercice pourrait sans doute y parvenir. » Il inclina la tête sur le côté. « Carol, qu'est-ce que tu me caches ?

— Rien », répondit-elle avec un rire nerveux. Ce n'était pas le moment de mentionner l'obsession d'Evans au sujet d'Aidan Hart. D'abord, elle tenait à mettre de l'ordre dans ses idées. « Il faut que je trouve le lien avec Tyler. Quelle que soit l'identité du Creeper, il était déjà présent dans son existence. Et il faut que je demande aux équipes de voir si quelqu'un en a entendu parler. »

Tony l'observa un long moment, perplexe. Puis, se levant, il saisit son manteau. « Et moi, j'ai besoin de réfléchir. Je retourne à l'endroit où Paula a disparu. » Il s'immobilisa avant d'avoir atteint la porte. « Elle est toujours en vie, Carol. J'en suis sûr. »

Et le kaléidoscope se déplaçait. À l'intérieur d'un pub chic avec chambres aux étages, le constable Sam Evans. Le patron, la trentaine, le crâne rasé, un gilet en cuir sur son torse nu et un pantalon également en cuir, essuyait des verres avec un torchon. Questions, photos, cassette. Le patron haussa les épaules. « Ça ne me dit rien, mon vieux.

— Combien de chambres avez-vous ?

— Huit doubles et deux simples.

— J'aimerais jeter un coup d'œil.

— Il y en a quatre occupées. » Le patron posa son torchon.

« À celles-là en particulier. »

Le patron le lorgna. « Dites donc, vous ne seriez pas un peu voyeur, mon biquet ? »

Evans s'appuya au bar. Il dévisagea le patron d'un air menaçant. « À quelle date tombe le renouvellement de votre licence, monsieur ? »

Et dans une chambre à moins de cinquante mètres du pub, Paula gisait sur un lit, le regard vitreux, une mouche capturée par une araignée. Sa bouche était si sèche que ses lèvres collaient au bâillon. Son ravisseur était encore revenu changer la cassette, mais cette fois il l'avait laissée tranquille, se contentant de brandir le godemiché devant elle. Elle n'avait jamais eu aussi peur de sa vie. Son esprit commençait à dérailler, d'étranges idées se télescopant dans sa tête. Et si c'était sa punition pour avoir douté de Carol Jordan ? Et si c'était sa punition pour être lesbienne ? Plus rien n'avait de sens. À présent, tout ce qu'elle désirait, c'était que la porte s'ouvre et qu'il ne soit pas derrière.

Et dans les rues formant la toile autour de la proie de l'araignée, la vie continuait selon des rites trop profondément enracinés pour être modifiés par le poids oppressant de la présence policière. Les gens se montraient plus prudents que d'ordinaire, mais les transactions habituelles n'en persistaient pas moins. Dee avait déjà retrouvé une piaule pour divertir ses clients ; cet après-midi-là, elle s'agitait de façon mécanique sur un représentant en fournitures de bureau dont l'épouse ramenait leurs deux enfants de l'école tandis que lui-même poussait des grognements de plaisir. Honey achetait une dose d'héroïne à Carl Mackenzie, tous deux parfaitement conscients que cela aurait été un kilo de blanche chinoise pure, les flics grouillant dans le quartier s'en seraient fichus éperdument.

Et pendant ce temps-là, un tueur arpentait avec assurance les rues de Temple Fields, drapé dans un sentiment d'invulnérabilité dédaigneux.

Seule dans la salle de la brigade d'élite, Stacey Chen nota l'arrivée d'un nouveau courriel. Voyant qu'il comportait une pièce jointe, elle le soumit à son antivirus puis, satisfaite, l'ouvrit. Il était de Nick Sanders, un des rangers du Parc national de Peak, et contenait son livre de bord depuis juillet ainsi qu'une vingtaine de photographies de Chee Dale et de Swindale. Tandis qu'elle les parcourait, un autre logiciel s'activa. Stacey avait installé un programme de capture analysant tous les fichiers jpeg que rencontrait son ordinateur et les classant en fonction du numéro de série de l'appareil. Elle envisageait de l'offrir à l'unité d'investigation pédophile afin de repérer d'éventuels liens entre des individus différents, mais il lui fallait d'abord être sûre qu'elle avait fait disparaître tous les bugs.

Comme elle revenait aux fichiers sur lesquels elle travaillait précédemment, un des officiers de scène de crime entra. « L'inspecteur principal Jordan est dans les parages ? demanda-t-il.

— Elle est allée à Manchester. Je peux vous aider ? »

Il laissa tomber un dossier sur la table. « On a réussi à extraire l'ADN de l'échantillon souillé prélevé sur Jackie Mayall. Il n'est pas en parfait état – pas suffisamment fiable pour vérifier s'il existe un équivalent dans la base de données nationale, mais certainement assez pour procéder à des éliminations. Ça ne confondra pas votre lascar de manière absolue, mais ça vous donnera un solide indice si vous mettez la main sur le bon.

— Bravo. Je m'arrangerai pour qu'elle le trouve dès son retour », répondit distraitement Stacey, l'esprit déjà ailleurs.

Lorsqu'elle regarda à nouveau l'écran, elle eut la surprise de voir une fenêtre clignoter au centre : < Appareils identiques >. Elle poussa un soupir. Probablement le même vieux truc qu'elle essayait de corriger depuis maintenant une semaine ou deux. Au lieu de regrouper les images provenant de la même source, il les prenait individuellement et lui indiquait qu'elles se rattachaient à un numéro de série déjà présent dans le système. Elle pensait avoir résolu le problème, mais elle s'était manifestement trompée. Tout ce qu'il lui dirait, c'est que les photos du courriel de Sanders avaient été prises avec le même appareil. Rien de renversant. Il lui faudrait se creuser davantage la cervelle pour régler ça avant de laisser quelqu'un d'autre se servir du logiciel. Sans grand espoir, elle cliqua sur la fenêtre. C'est à peine si elle put en croire ses yeux.

« Nom d'un chien ! » marmonna-t-elle en saisissant le téléphone.

Tony avait mis plus longtemps qu'il ne l'aurait souhaité pour se rendre à Temple Fields. Au moment où il quittait Bradfield Moor, Aidan Hart l'avait accroché pour une réunion au sujet d'un de ses patients. « Pas maintenant, Aidan, avait-il répondu avec impatience.

— Si, Tony. Après tout, c'est un des matins où vous vous êtes engagé à travailler ici, avait rétorqué Hart, implacable.

— Il s'agit d'une pure formalité, vous le savez très bien. Je fais mes heures – bon sang, je fais même plus que mes heures – quand cela me convient, à moi et à mes patients. »

Hart avait esquissé un sourire conciliant. « Qu'est-ce qu'il y a donc de si important que ça ne puisse pas attendre un moment ? »

Tony passa une main dans ses cheveux. « Il s'agit du tueur de prostituées. Il a kidnappé une femme policier. Je pense qu'elle est toujours en vie.

— C'est sûrement le rayon des flics. Ils ne s'attendent tout de même pas à ce que vous vous lanciez à sa recherche, fit observer Hart sur un ton qui se voulait espiègle.

— Non. Mais Tyler m'a confié quelque chose. J'ai besoin de comprendre dans quelle mesure cela nous permet d'avancer. »

Hart parut stupéfait. « Tyler vous a parlé ?

— Un peu. Nous avons un surnom pour le tueur. Ou du moins l'individu qui se cache derrière le tueur. »

Les yeux de son interlocuteur s'agrandirent. « Un surnom ?

— Je ne peux rien vous dire, Aidan, c'est encore confidentiel. »

Hart passa sa langue au coin de sa bouche. « Je crois savoir ce qu'est la confidentialité, Tony.

— N'empêche...

— D'accord, d'accord. Mais que voulez-vous dire par « l'individu qui se cache derrière le tueur » ? »

Tony fronça les sourcils. « Je n'ai pas le temps pour l'instant, Aidan, il faut que j'aille en ville. »

Hart lui posa une main sur l'épaule. « Désolé, Tony, j'ai besoin de vous à cette réunion. » Il le força à rebrousser chemin. « Alors, c'est quoi, cette histoire d'individu derrière le tueur ?

— Une idée comme ça. Je ne suis pas vraiment prêt à en parler », répondit Tony d'un ton vague, gêné par ce qui commençait à ressembler à une intrusion dans l'autre partie de sa vie professionnelle. Il n'avait plus dit un mot et avait assisté à la réunion, agacé, mais conscient que son devoir exigeait qu'il aide son patient de son mieux.

Finalement, il avait réussi à s'échapper. À présent, il était de retour dans les rues de Temple Fields, reconstituant l'itinéraire du ravisseur de Paula, essayant de savoir d'où il pouvait bien venir. Tandis qu'il marchait, ses lèvres remuaient, mais il ne prêtait aucune attention aux regards que lui lançaient les passants. Deux fois, il fut arrêté par des policiers brandissant des photos de Paula, des policiers quelque peu confus lorsqu'il expliquait qui il était et ce qu'il faisait là.

« Eh bien, où est-elle ? Pourquoi ne nous l'as-tu pas rendue ? Tu nous as livré toutes les autres. Pourquoi pas Paula ? Nous savons que tu as le pouvoir. Qu'essaies-tu de démontrer ? » dit-il à voix basse en continuant son chemin, les questions formant des cercles bien plus petits que ceux tracés par ses pieds sur les trottoirs et dans les ruelles.

Il obliqua à un coin de rue et tomba sur Jan Shields et Sam Evans, en grande conversation sous l'auvent d'un bureau de pari. « Le Creeper, qu'est-ce que ça vous évoque ? » demanda-t-il à brûle-pourpoint.

Evans haussa les épaules. « Virginia Creeper ? Les chaussures à semelles crêpe ? »

Jan secoua la tête. « Aucune idée. On dirait un surnom, mais ça ne me dit rien. »

Tony acquiesça. « Les macs portent bien des surnoms, n'est-ce pas ?

— Certains, oui. Mais, comme je me tue à le répéter, il n'en reste plus beaucoup, répondit Jan.

— Vous serait-il possible de poser des questions à droite à gauche, au cas où on l'aurait déjà entendu ?

— Bien sûr. Mais quel rapport ? » demanda Evans.

Tony regarda autour de lui comme si la réponse se cachait dans un des immeubles proches.

« Tony ? insista Jan.

— C'est quelqu'un que Derek Tyler connaissait, dit-il, se ressaisissant. Quelqu'un qui est probablement en mesure de jeter un peu de lumière sur ces meurtres.

— Je ne me rappelle pas avoir vu ça dans son dossier, remarqua Evans.

— Ce n'est pas dans son dossier. Je le tiens de lui. » Tony continuait à observer les parages, songeant déjà à autre chose.

« Vous avez fait parler Tyler ? » demanda Evans, incrédule.

Distrait, Tony s'écarta d'un pas. « Pas encore assez, marmonna-t-il. Et je doute qu'il m'en dise davantage tant que je n'aurai pas fait la preuve que je le mérite. »

Il s'éloigna sans remarquer leurs regards stupéfaits. Il continua jusqu'au bout de la rue puis se faufila à travers les ruelles jusqu'à l'endroit où Paula avait été vue pour la dernière fois. « C'est bien ce que je pensais, dit-il. Il doit y avoir un lien. »

Il s'appuya contre la petite porte, sans avoir la moindre idée de son importance. « Tu aimes bien nous envoyer des messages. Alors, pourquoi avoir arrêté ? Tu es le Creeper. Tu adores le son de ta propre voix. Alors, pourquoi est-ce que tu ne nous parles plus ? Est-ce à cause de quelque chose que nous avons fait ? Que nous avons dit ? Ou l'inverse ? » Poussant un grognement, il se prit la tête dans les mains. « Si seulement j'arrivais à savoir ce qui se passe. »

Kevin attendait déjà Carol lorsqu'elle regagna son bureau. Elle était revenue de Manchester en proie à des sentiments contradictoires. Sa rencontre avec les parents de Paula avait été déchirante. Le père, un électricien travaillant à son compte, s'était déjà mis à paniquer lorsqu'elle avait demandé à les voir, convaincu qu'elle venait leur annoncer la mort de sa fille. Mme McIntyre avait semblé pétrifiée, comme si elle essayait de retenir le temps pour ne pas avoir à absorber ce qu'on lui disait.

Une fois la situation exposée, l'angoisse du père s'était changée en colère, bien évidemment. Il voulait des réponses que Carol était incapable de lui fournir et il avait besoin de s'en prendre à quelqu'un. Carol avait affronté la tempête, fait son possible pour les rassurer et s'était esquivée du morne pavillon mitoyen de trois pièces en promettant de les avertir dès qu'elle aurait du nouveau.

Mais l'entrevue l'avait laissée à plat et avec la conscience coupable. L'excitation produite par les nouvelles de Stacey n'avait fait qu'augmenter sa culpabilité ; comment se réjouir de quoi que ce soit alors que Paula était aux mains d'un tueur sans pitié qui avait trop le goût de la mort pour lui permettre de vivre indéfiniment.

Comme si ce n'était pas assez, il y avait l'épineux problème Aidan Hart. Si l'étrange hypothèse de Tony était juste et qu'un maître de la manipulation avait incité quelqu'un d'autre à commettre ses crimes, elle ne pouvait pas ignorer ce que Sam Evans avait découvert sur le directeur aliéniste de Bradfield Moor. Personne n'était mieux placé pour connaître tous les détails des meurtres de Derek Tyler. Il avait été vu à Temple Fields juste avant l'assassinat de Sandie Foster. Et il possédait précisément le genre de compétence que Tony avait déclaré nécessaire.

Elle savait qu'elle devait en parler avec Brandon, mais, tant qu'elle n'aurait rien de plus convaincant à lui apporter, elle ne voulait pas courir le risque de s'enfoncer davantage. Elle aurait aimé en discuter avec Tony, mais elle craignait un éventuel conflit d'intérêt. Elle n'avait jamais rencontré Hart et ignorait à peu près tout des relations qu'entretenaient les deux hommes. Elle savait qu'ils n'étaient pas proches ; personne n'était proche de Tony. Sauf peut-être elle. Mais elle ne voulait pas le mettre dans une position difficile si jamais Hart lui inspirait de la sympathie et de l'estime.

D'où sa satisfaction que Kevin soit là : ainsi, elle avait quelque chose de concret à faire, qui ne laissait pas de place aux ruminations. « Bonne nouvelle, hein ? dit-elle en jetant son manteau sur le haut du classeur.

— Drôlement étonnante, cette Stacey, admit-il. Ça ne me serait jamais venu à l'idée.

— Moi non plus. Mais, où est-elle ?

— Elle est allée chercher un vase. Apparemment, on n'en a même pas. »

Carol le regarda, éberluée. « Un vase ?

— Vous savez, un truc allongé pour mettre des fleurs dedans. » Il arborait un sourire effronté.

« Merci, Kevin. Et pourquoi avons-nous besoin d'un truc allongé pour mettre des fleurs dedans ?

— Parce que vous avez un bouquet, répondit-il, visiblement ravi de marquer un point aux dépens de son chef.

— J'ai reçu un bouquet ? répéta-t-elle, se sentant stupide. Où ? »

Il indiqua du pouce la pièce principale. « Stacey l'a mis dans sa corbeille à papier en attendant de trouver un vase. »

Carol était repartie vers la salle de la brigade. Elle fit le tour de la table de Stacey et s'arrêta net devant une énorme botte de roses et de lis appuyée contre le montant. « Ah, merde ! » s'exclama-t-elle en saisissant la carte accrochée à la Cellophane.

Elle l'ouvrit à la hâte et eut un serrement de cœur en lisant ces mots : *Heureux que vous soyez de retour dans ce monde. Vous êtes une femme tout à fait exceptionnelle. Affectueusement, J.* « Merde, merde, merde », marmonna-t-elle, faisant une boulette avec la carte et pensant *in extremis* à la fourrer dans sa poche plutôt que de la jeter dans la corbeille. Regagnant son bureau, elle adressa à Kevin un sourire forcé. « Alors, où en sommes-nous ?

— Ben, au bouquet de fleurs, répondit-il sans s'apercevoir de son changement d'humeur.

— Ça suffit avec les fleurs. Montrez-moi ce que vous avez », dit-elle sèchement.

Kevin étala sur le bureau les sorties d'imprimante que Stacey lui avait données, les répartissant en quatre groupes. « Ce sont les photos que Nick Sanders nous a envoyées par courrier électronique. Elles ont été prises par quatre appareils différents. Celles qui nous intéressent sont ces trois-là... » Il désigna du doigt un trio de clichés que Carol reconnut aussitôt comme représentant Swindale. « D'après Stacey, elles auraient été faites par le même appareil photo que celui qui a pris le portrait de Tim Golding qu'on a trouvé dans l'ordinateur de Ron Alexander. »

Un sourire de satisfaction se dessina lentement sur le visage de Carol. « Alors, on peut raisonnablement penser qu'un des trois rangers du parc a pris cette photo de Tim ?

— Ça en a tout l'air.

— Comment souhaitez-vous procéder ?

— Nous savons que l'appareil en question a été payé en liquide à Birmingham. Il est peu probable qu'il s'agisse d'un de ceux qui appartiennent au Parc national. J'allais demander à la police du Derbyshire d'effectuer une perquisition simultanée de leur domicile et de leur bureau et d'embarquer tous les appareils photo qui s'y trouveraient pour voir si celui que nous cherchons en fait partie. »

Carol réfléchit. « Trop risqué. Perquisitionner, c'est avertir le tueur que nous sommes sur sa piste, ce qui lui laisserait le temps de concocter un alibi, ou même de disparaître. Non. Procurez-vous leurs adresses auprès du Parc national. Emmenez trois équipes dans le Derbyshire, localisez-les et, quand vous serez prêts, épinglez-les en même temps. Bouclez-les pour présomption de meurtre. Après quoi vous demanderez à la police du Derbyshire de perquisitionner pendant que vous les interrogerez ici. Je veux que ce type ait les foies, qu'il ne soit pas sur son terrain habituel, qu'il transpire un bon coup.

— Où est-ce que je vais prendre trois équipes ? demanda Kevin.

— Allez voir l'inspecteur Merrick de ma part. Dites-lui de vous prêter cinq gars. » Elle leva un doigt pour le mettre en garde. « Mais pas Sam Evans. »

Kevin fronça les sourcils. « Mais c'est grâce à lui que Sanders nous a envoyé les photos.

— Exact, sauf que ça ne l'intéressait pas suffisamment pour aller jusqu'au bout. Qu'il reste en dehors de la fin de la partie. Peut-être que ça lui mettra un peu de plomb dans la cervelle. » Elle savait qu'elle était dure, mais elle voulait contenir le côté franc-tireur de Sam Evans, faire en sorte qu'il travaille pour lui et non contre lui. C'était une leçon que comprenait Carol, celle qu'elle avait eue le plus de mal à assimiler au début de sa carrière. Prendre des risques, c'était très bien, mais encore fallait-il apprendre à distinguer une branche robuste d'une pourrie. Et elle soupçonnait Evans d'être encore loin de le savoir.

Je savoure chaque minute, je l'avoue : les flics tournant en rond parce que j'ai fait disparaître un des leurs ; les gros titres en première page du journal du soir, avec un éditorial stigmatisant la direction pour avoir mis un officier en danger sans l'appui adéquat. Bien sûr, ce n'est pas l'incompétence qui leur a coûté Paula McIntyre, c'est ma supériorité. Mais je pardonne aux médias ce manque de perspicacité, parce que cela ne fait qu'accentuer l'impuissance de la police. Or le pouvoir, de même que l'énergie, est une chose finie. Qu'un groupe le perde, quelqu'un d'autre en profite. Et en l'occurrence, c'est moi. J'ai le pouvoir de les manipuler, de les contrecarrer et de les tourner en ridicule.

Mon pouvoir se manifeste partout. Même quand je suis entre mes quatre murs, les miracles de la technologie moderne me permettent d'observer en direct la terreur et les souffrances de Paula. Et mon singe savant m'apporte les vidéos numériques à intervalles réguliers. Je peux la regarder, avilie et sans défense, sur mon écran de télévision ou celui de mon ordinateur tandis que, sur le canapé, mon corps nu est étalé dans toute sa splendeur. Je peux faire d'elle tout ce que je veux. Je me caresse, imaginant sa bouche sur moi, obéissant à mes ordres, son regard dans le mien, avide de plaire. L'imagination peut être tellement supérieure à la réalité, qui déçoit si souvent. Non que je renâcle à prendre mon plaisir quand il se présente. J'ai toujours eu le goût et le don de faire faire aux femmes tous mes caprices. Mais, comparé à cet exercice de complète domination, ce n'est qu'un amuse-gueule. Bientôt, les lames trancheront l'intérieur de sa chatte, le sang se mettra à couler, formant une mare entre ses jambes, et son corps se cambrera et se tordra sous l'effet de la douleur fulgurante.

Parfois, je mets une des autres vidéos, une de celles où cela va jusqu'au bout. Mais elles me font jouir trop vite et il faut alors que je recommence avec Paula.

La seule chose qui m'inquiète, c'est comment faire encore mieux.

Kevin parti, Carol n'avait pas réussi à se calmer. Elle avait essayé d'appeler Tony, mais elle n'avait obtenu que sa messagerie vocale et son répondeur.

Elle avait bu un café avec Stacey, la félicitant pour son coup de génie et insistant pour qu'elle accepte les fleurs de Jonathan. Elle avait passé une demi-heure dans la salle de la Brigade criminelle, de plus en plus déprimée à la vue des dizaines de noms que le ratissage des rues avait octroyés à leur ravisseur. Finalement, elle avait décidé de faire ce qu'elle avait reproché auparavant à Merrick ; elle avait besoin de sortir de là, d'avoir l'impression de faire quelque chose de plus constructif que de passer en revue le travail des autres.

Tout d'abord, elle se contenta d'arpenter les rues de Temple Fields, parlant aux policiers qui continuaient le porte à porte et l'interrogatoire des passants. Cela ne pouvait nuire de prodiguer aux troupes des paroles d'encouragement, de leur montrer que vous faisiez des heures, tout comme eux. Elle bavardait avec un agent en uniforme quand elle vit Dee Smart franchir un seuil bien éclairé juste en face. Coupant court à la conversation par une tape dans le dos éloquente, elle traversa la rue et pénétra chez Stan.

Dee était déjà installée seule à une table avec une tasse de thé et une cigarette. Carol s'assit sur le siège opposé et lui adressa un sourire. « Salut, Dee. »

Dee leva les yeux au ciel. « Écoutez, je vous ai dit tout ce que je savais, vous me connaissez mieux que mon ex-mari. Vous faites du tort au commerce, vous savez ça ?

— Et je vous suis reconnaissante de votre aide, Dee. Mais un élément nouveau est apparu dont je voulais vous toucher un mot. Est-ce que Sandie a jamais fait allusion à un individu appelé le Creeper ? »

Dee la regarda fixement, sa bouche ouverte révélant des rangées peu ragoûtantes de plombages et de dents tachetées. « Le Creeper ? »

Carol eut un haussement d'épaules piteux. « Je sais, ça a l'air ridicule. Mais est-il arrivé à Sandie de mentionner quelqu'un de ce nom ? »

Dee secoua la tête avec une expression d'incrédulité. « *Vous* me demandez si *moi*, je connais le Creeper ? »

L'attention de Carol s'accrut. Ce n'était pas la réaction à laquelle elle s'attendait. L'incrédulité de Dee n'était pas provoquée par le surnom lui-même, mais par le simple fait que Carol lui pose la question. « Vous savez de qui je parle », dit-elle, convaincue d'avoir raison.

Dee poussa un grognement. « Et vous pensez que je vais vous le dire, à vous ? »

Ça n'avait aucun sens. « Comment ça, à moi ? »

Dee ne répondit pas. Elle se déplaça sur sa chaise comme pour mettre une distance ostensible entre Carol et elle.

Carol s'obstina. Il lui aurait été impossible de faire autrement. « Dee, si vous savez quoi que ce soit, vous feriez mieux de me le dire. La vie d'une femme est en danger. Je ne plaisante pas. Si je dois vous arrêter pour obstruction à la police, je n'hésiterai pas une seconde. »

Dee écrasa sa cigarette et se leva. « Vous croyez me faire peur avec vos menaces ? Écoutez, flic, il y a dehors des gens qui me collent bien plus les jetons que tout ce que vous pourriez me faire. Je ne sais absolument pas ce que vous cherchez, compris ? »

Carol sauta sur ses pieds, essayant de se placer entre Dee et la porte. Mais Dee l'écarta et se précipita vers la sortie. « Dee ! » cria Carol. Le silence se fit dans le café tandis que chaque paire d'yeux se tournait vers elles.

« Allez vous faire foutre ! Je n'ai rien à vous dire ! » hurla Dee par-dessus son épaule en franchissant la porte comme un ouragan.

Carol devint écarlate, consciente d'être le centre de l'attention générale. Sentant qu'on lui touchait le bras, elle se retourna, prête à en découdre avec quiconque lui chercherait des noises. « Tony ? s'exclama-t-elle, décontenancée. Je ne t'avais pas vu. Tu me suivais ? » Pendant un instant, elle se demanda s'il n'avait pas pour mission de la protéger.

« Non, Carol. Je me suis baladé tout en réfléchissant. » Il la conduisit à la table du fond où il buvait un café et humait l'atmosphère lorsqu'elle était arrivée. « Tu n'avais d'yeux que pour la femme avec qui tu discutais.

— C'était Dee Smart.

— Celle qui partageait la chambre avec Sandie ? »

Carol croisa les bras sur sa poitrine. « Je me suis bien foutue dedans. » Elle serra les lèvres, furieuse contre elle-même. « Elle sait quelque chose à propos du Creeper. Dès que j'en ai parlé, elle s'est mise à paniquer. Elle sait quelque chose, mais elle n'est pas près de cracher le morceau, plus maintenant.

— Qu'est-ce qu'elle t'a dit au juste ? »

Carol ferma les yeux, faisant appel à son étonnante mémoire. « Elle a déclaré : « Vous espérez que je vais vous le dire, à vous ? » Et ensuite : « Vous croyez me faire peur avec vos menaces ? Écoutez, flic, il y a dehors des gens qui me collent bien plus les jetons que tout ce que vous pourriez me faire. »

— Intéressant, commenta Tony.

— Ce qui signifie ?

— Je n'en suis pas encore certain. Je ne suis pas loin de mettre le doigt sur quelque chose, mais ce n'est pas encore ça », répondit-il lentement. Carol savait qu'il était inutile de le pousser. Ses hypothèses paraissaient parfois aberrantes, mais il n'en faisait jamais état avant qu'elles n'aient pris une certaine cohérence. Il faudrait attendre qu'il soit prêt, aussi frustrant que cela puisse être, alors qu'une vie était en jeu.

« Ce serait gentil si tu pouvais te dépêcher, grommela-t-elle.

— Veux-tu que je fasse un brin de causette avec Dee ? »

Carol réfléchit. Ce n'était sans doute pas une si mauvaise idée. « Tu crois pouvoir obtenir un résultat ? »

Il écarta les mains en un geste d'autodénigrement. « Ma foi, je ne suis pas un flic. Ni une femme. »

Elle ne put résister. « J'avais remarqué. »

Il fit la moue. « Peut-être que Dee aussi. » Il repoussa sa chaise.

« Tony... » commença Carol.

Il lui lança un regard narquois. « Oui ? »

Elle poussa un soupir. « Rien. Je t'en parlerai plus tard. Pas ici. »

Il balaya la salle du regard « Je vois. Alors, à plus tard. »

Elle le suivit des yeux en se demandant à quel moment elle pourrait lui dire qu'elle soupçonnait son patron d'être un serial killer.

Sam Evans ne croyait pas à la chance. Ça, c'était bon pour les gogos. Lui croyait qu'il fallait travailler dur, préparer le terrain et sauter sur l'occasion. C'est ce qui faisait toute la différence entre les cracks et les tocards. Il ne fallait pas attendre qu'une occasion se présente ; il fallait la devancer. Et c'est ce qu'Evans avait fait toute la journée. Il voulait absolument disparaître de la liste noire de Carol Jordan. Couler celle-ci ne le dérangeait nullement, mais il ne tenait pas à ce qu'elle lui en fasse autant. Attirer l'attention de ses chefs ne lui déplaisait pas, mais pas ce genre d'attention. Il avait besoin de redorer son blason, et vite. Si bien qu'en dépit de l'ingratitude de la besogne, il s'était mis en quête de ce petit quelque chose sortant de l'ordinaire. Le compte rendu de Tony Hill à propos de Tyler et du Creeper semblait offrir l'opportunité qu'il cherchait. Ce ne serait pas mal de trouver quelqu'un qui fasse l'affaire.

Les rues de Temple Fields étaient déjà sombres et froides qu'il n'avait pas encore déniché le moindre indice à se mettre sous la dent. Mais, alors qu'il avait presque perdu tout espoir, il sentit un picotement le long de la nuque qui lui dit qu'il avait tiré le bon numéro. Il avait arrêté une jeune prostituée au regard vitreux et lui avait fourré la photo de Paula sous le nez. Elle avait détourné la tête un peu trop vite en tressaillant. Evans était prêt à parier que ce n'était pas à cause de l'air froid de la nuit.

« Allons boire un verre tous les deux », dit-il avant de la prendre par le coude et de l'entraîner vers le pub le plus proche. Heureusement pour lui, l'endroit était suffisamment crapoteux pour que personne ne s'offusque du choix de sa compagne. Il trouva une table au fond de la salle et lui demanda ce qu'elle voulait boire.

Lorsqu'il revint avec le Bacardi Breezer et son propre verre de Guinness, elle était toujours là. « Comment se fait-il que vous connaissiez Paula ? » demanda-t-il.

Elle avala une gorgée à même la bouteille, s'essuya la bouche du revers de la main. On lui aurait donné douze ans. « Elle a été sympa avec moi après la mort de Jackie. Elle me faisait penser à elle, vous savez. Gentille, quoi. Mais, avec ça, pas le genre à se laisser marcher sur les pieds.

— Paula tout crachée. Comment vous appelez-vous ? » Il posa une main sur sa poitrine. « Moi, c'est Sam.

— Salut, Sammy. Et moi, c'est Honey. Alors, il a eu Paula, hein, le mec qui a tué Jackie ? » Elle sortit ses cigarettes et lui en offrit une.

« Ça en a l'air.

— Vous allez vraiment mettre le paquet pour l'attraper ?

— On a toujours tout fait pour ça. C'est sûrement ce que Paula vous a dit. »

Honey haussa une épaule. « Ouais. Mais je me doutais bien que vous n'alliez pas remuer ciel et terre pour deux putains refroidies.

— Vous connaissiez Jackie ? »

Honey souffla un mince filet de fumée. « C'est pour ça que Paula voulait me parler. Pour avoir des tuyaux sur celui qui l'a zigouillée. Elle m'a même fait regarder des photos de mecs. Mais j'en connaissais aucun. »

Evans était résolu à ne pas en rester là. « Depuis, vous avez eu le temps de réfléchir. Est-ce que vous vous souvenez si Jackie avait peur de quelqu'un ? »

Honey lui lança un regard moqueur. « Dans ce boulot, il faudrait être débile pour ne pas avoir la pétoche la moitié du temps.

— Mais est-ce qu'elle craignait quelqu'un en particulier ? » Evans fit tournoyer son verre avec nonchalance, la mousse adhérant aux parois.

« Après avoir parlé à Paula, je me suis rappelée qu'un jour Jackie m'avait mise en garde contre un client. J'allais monter dans sa bagnole quand elle m'en a pratiquement arrachée de force. Paraît qu'il lui avait flanqué des beignes et qu'il s'était barré sans payer. »

La porte du bar s'ouvrit sur Jan Shields. Evans l'aperçut du coin de l'œil et secoua doucement la tête. Ou bien elle ne vit pas le geste ou bien elle avait quelque chose qui ne pouvait pas attendre. Elle se dirigea vers eux. « Quel genre de voiture ? demanda rapidement Evans.

— Un de ces espèces de gros 4 × 4. Noir. »

Le lien se fit aussitôt dans l'esprit d'Evans : *ce fumier d'Aidan Hart !* Il avait eu raison et Jordan tort. Si Hart correspondait au portrait du Creeper tracé par Tony Hill, son alibi ne suffirait plus à l'innocenter. « Vous ne sauriez pas la marque ? demanda-t-il d'une voix pressante. Quel modèle ? »

Honey leva les yeux au ciel. « Est-ce que j'ai l'air de m'y connaître en bagnoles ? »

Jan arriva à la table et s'assit. Honey sursauta comme si elle avait reçu une décharge électrique. Elle saisit ses cigarettes et commença à se glisser hors de la banquette. Jan leva une main pour l'arrêter. « C'est bon, Honey, je ne porte pas ma casquette des Mœurs. Rien d'aussi trivial. »

Honey plongea sous la main. « Ouais, eh ben, il faut que je gagne mon loyer. À la prochaine, Sammy.

— Merde ! dit-il tandis que Honey disparaissait à nouveau dans les rues. Je pensais bien arriver à quelque chose avec celle-là. »

Jan prit un air penaud. « Navré, mon vieux. Mon boulot aux Mœurs a ses bons et ses mauvais côtés. Comment ça marche ? »

Evans repoussa son verre. Il n'avait aucune envie de partager ses idées avec quiconque. « Comme ci comme ça. Et de votre côté ?

— Même chose. Personne n'a entendu parler du Creeper de Tony Hill. Aucune pute, aucun mac, aucun client. Une perte de temps, si vous voulez mon avis. »

Evans se leva. « Toujours pareil, quoi ! Bon, allons cuisiner d'autres clampins. »

Jan lui emboîta le pas. « Je n'arrête pas de revoir le visage de Paula. Une véritable hantise. Comme si je l'avais laissée tomber.

— Il y a combien de chances qu'on la retrouve vivante, à votre avis ? »

Jan ferma un instant les yeux, comme sous l'effet d'une douleur aiguë. « Vous voulez une réponse franche ?

— Oui.

— Je pense que Tony se fourre le doigt dans l'œil. À mon avis, elle est déjà morte. »

Kevin referma la porte de la salle d'interrogatoire. Il venait de passer quarante minutes avec le dernier des trois rangers du Parc qu'on avait arrêtés sur présomption d'homicide. Il était décidé à les interroger tous les trois lui-même, en dépit des récriminations de leurs avocats, obligés d'attendre. Mais il n'avait pas relevé la moindre incohérence dans leurs récits. Nick Sanders, Callum Donaldson et Pete Siveright niaient tous avoir pris les photographies de Swindale.

Ils avaient bien voulu identifier leurs autres clichés, mais ils affirmaient catégoriquement ne pas avoir photographié le vallon retiré. De même qu'ils prétendaient n'avoir jamais vu Tim Golding ni Guy Lefevre, sinon par le truchement des médias. Leur emploi du temps, proclamaient-ils, montrerait qu'ils se trouvaient à des kilomètres de Bradfield le jour de l'enlèvement. Ce qui, en soi, ne valait pas grand-chose. Ils finissaient de travailler à six heures alors que les deux garçons avaient été kidnappés après sept heures. Plein de temps pour aller de Peak Park à Bradfield.

Bronwen Scott le suivit hors de la pièce. Rien que la vivacité de l'avocate avait de quoi vous flanquer la déprime. « Vous n'avez aucune preuve contre mon client, déclara-t-elle. Je vais présenter une demande officielle pour que Callum Donaldson soit relâché. »

Kevin s'appuya au mur. Comme toujours lorsqu'il était fatigué, sa peau avait pris une teinte laiteuse, ses taches de rousseur faisant l'effet de minuscules stigmates. « Personne ne va nulle part jusqu'à ce que nous ayons le résultat des perquisitions effectuées en ce moment par la police du Derbyshire.

— Cela risque de prendre des heures, protesta-t-elle.

— Alors, rentrez chez vous. On vous appellera lorsqu'on connaîtra l'issue des recherches et que l'on sera prêts à procéder à un nouvel interrogatoire, dit-il sans prendre la peine de dissimuler son hostilité. L'un de ces hommes a enlevé et tué deux jeunes garçons. Aussi votre commodité n'arrive pas très haut sur ma liste des priorités, maître Scott. »

Elle haussa les sourcils. « J'avais espéré que l'inspecteur principal Jordan aurait introduit la notion de courtoisie dans cet endroit. Visiblement, je me trompais. » Passant rapidement devant lui, elle fila vers les cellules de détention préventive. Alors qu'elle atteignait la porte, le sergent de garde l'ouvrit brusquement.

« Kevin ! cria-t-il. J'ai un constable de Buxton au bout du fil pour vous. »

Bronwen Scott se retourna tandis qu'il dévalait le couloir. À voir la forme de sa bouche, on aurait dit qu'elle venait de manger un cornichon. Kevin ne put retenir un sourire jusqu'aux oreilles en la croisant. « En fin de compte, vous n'aurez peut-être pas à attendre longtemps. » Il s'empara du téléphone. Pendant quelques minutes, il écouta, se contentant de répéter : « Oui... oui... » Finalement, il déclara : « Redonnez-moi la marque, le modèle et le numéro de série. » Il saisit un stylo et du papier et se mit à griffonner. Puis : « Merci, mon vieux. Je vous revaudrai ça. Envoyez-moi votre rapport dès que possible. »

Il reposa le combiné et se tourna vers Bronwen Scott pour la faire profiter de sa mine réjouie. « La police du Derbyshire vient de m'informer qu'elle a trouvé un appareil photo dont le numéro de série correspond à celui de l'engin qui a pris les photos de Swindale ainsi que celles de Tim Golding. Devinez où ? »

Scott fit une moue de dédain. « Je vous écoute, sergent.

— Dans la chambre à coucher de votre client. » Il s'appuya contre le comptoir de réception et croisa les bras. « J'ai dans l'idée que vous n'êtes pas près de partir, n'est-ce pas, maître ? »

Rouler en voiture dans Temple Fields était tout autre chose que d'être un piéton, pensait Tony. En circulant à pied, vous étiez certes frappé par le spectacle de la prostitution, mais il n'était pas difficile de l'ignorer. Au volant, l'amour vénal vous sautait littéralement à la figure ; ses étals étaient faits pour la circulation automobile, pas pour les piétons.

À son premier passage, Tony était si absorbé par l'atmosphère particulière des rues la nuit qu'il rata Dee. La seconde fois, il l'aperçut à un carrefour, au bord du trottoir, jambes écartées, se penchant vers la chaussée. Il ralentit avant de s'arrêter à côté d'elle. Comme il baissait la vitre, elle s'approcha puis se courba, laissant voir la naissance de ses seins. « Qu'est-ce qui te plairait ?

— Vous êtes Dee ?

— Exact. On t'a parlé de moi, hein, mon chou ? Eh bien, t'as frappé à la bonne porte. Qu'est-ce que tu désires ? »

Tony ressentit un léger trouble. C'était tellement plus compliqué dans la réalité. « Je ne suis pas un client. Je veux juste parler avec vous. »

Elle fit un pas en arrière tout en continuant d'exhiber sa poitrine. « Vous êtes un flic ? » demanda-t-elle d'un ton soupçonneux.

D'un geste, il indiqua la voiture puis lui-même. « C'est l'impression que ça vous fait ? Non, je ne suis pas un flic.

— Dans ce cas, même pour la tchatche, il faudra payer. »

Tony eut un hochement de tête. Cela paraissait raisonnable. Des gens payaient pour lui parler, après tout. « Très bien. Je paierai. Vous voulez monter ? »

Dix minutes plus tard, il s'arrêtait devant un bar élégant à la lisière du quartier de la bourse. Dans la voiture, Dee avait tenté d'engager la conversation, mais il lui avait demandé d'attendre. « Je ne suis pas très bon pour naviguer et discuter en même temps. On risque de se retrouver au diable. »

Ils marchèrent ensemble jusqu'à l'entrée où, au grand étonnement de Dee, il lui tint la porte ouverte. Comme il pénétrait à l'intérieur, la silhouette massive, impossible à confondre, d'un videur s'approcha d'eux. « Attendez une minute, où est-ce que vous croyez aller ? demanda-t-il, plein de morgue et d'agressivité.

— Qu'est-ce que ça peut te faire, andouille ? répliqua Dee d'un ton sec.

— Nous ne voulons pas de créatures dans votre genre ici », dit le videur.

Tony intervint avec une onctuosité dont il était seulement capable lorsqu'il ne se sentait pas concerné personnellement. « Et de quel genre s'agit-il ?

— Occupez-vous de vos oignons, lui conseilla le videur.

— Cette dame est avec moi. Nous sommes venus boire tranquillement un verre, répondit poliment Tony.

— Pas ici. »

Dee posa une main sur son bras. « Laissez, Tony. On ira ailleurs. »

Il lui donna une tape sur la main. « Non, Dee. » Il se tourna vers le videur, tout glace et acier. « Vous n'avez aucune raison d'interdire l'entrée à mon amie. Elle est habillée non moins discrètement qu'au moins trois autres femmes dans cette salle ; elle ne racole pas les clients à la différence des hommes d'affaires qui se trouvent au bar et, à la différence aussi d'une bonne partie de vos consommateurs, elle ne va pas se servir des toilettes pour prendre de la drogue. De sorte que, à moins que vous n'ayez un motif probant de vous y opposer, nous allons nous asseoir à une de vos tables pour boire et bavarder un peu. » Il adressa un signe de tête poli au videur et fit passer Dee devant lui.

Déconcerté, le videur les regarda s'éloigner comme un taureau qui vient de manquer le matador. Tony choisit une table, tira un siège pour Dee et s'installa en face d'elle. Elle le gratifia d'un sourire. « Comment avez-vous fait ? »

Tony sembla peiné. « Charisme naturel ? »

Dee éclata de rire, un rire grave, rauque, évoquant l'Embassy Regal et une foule de nuits blanches. « Des couilles en béton, je dirais plutôt.

— Mais voilà, le problème de toutes ces dernières années... » Il leva la tête alors qu'une serveuse posait sur la table un bol de biscuits salés japonais. Il soupçonna sa promptitude d'être due au désir de voir l'homme qui avait rivé son clou au videur. Tony lui sourit gaiement. « Bonsoir. Mon amie aimerait... ? » Il regarda Dee d'un air interrogateur.

« Un rhum cassis.

— Et pour moi, ce sera un verre de votre shiraz-cabernet. Merci. » La serveuse s'éclipsa après leur avoir jeté un dernier coup d'œil intrigué.

Dee s'enfonça dans le fauteuil en cuir, savourant le confort. « Eh bien, de quoi vouliez-vous me parler ?

— Je pense que vous le savez. »

Dee inclina la tête en arrière et poussa un soupir, l'air de dire que c'était trop beau pour être vrai. « Est-ce que ça a quelque chose à voir avec les questions que m'a posées cette femme flic ? »

Tony ne dit rien, se contentant d'attendre, les yeux fixés sur elle.

Tout à coup, Dee se pencha vers lui par-dessus la table. « Qu'est-ce qu'elle est pour vous ? Pourquoi est-ce que vous faites son sale boulot à sa place si vous n'êtes pas flic ? demanda-t-elle brutalement.

Je suis psychologue.

— Un psy ? Vous allez me faire allonger sur un divan pour vous raconter mon enfance ? dit-elle d'un ton méprisant.

— Je n'ai pas de divan. »

Dee lui fit un sourire équivoque « Dommage. Ça ne m'aurait pas ennuyée de me coucher sur un divan pour vous.

— La vie est pleine de déceptions. Pourquoi avez-vous si peur du Creeper ?

— Qui vous a dit ça ? » Son air de défi semblait tellement factice que c'en était presque comique.

« Sinon, pourquoi refuseriez-vous de nous dire ce que vous savez quand la vie d'une femme est en jeu ? Je ne crois pas que vous vous taisiez par loyauté. »

Dee détourna la tête. « Pourquoi est-ce que je devrais me mouiller pour un flic ? » Elle se déplaça avec impatience sur son siège. « Vous ne savez absolument pas à quoi vous avez affaire, n'est-ce pas ?

— Dans tous les cas, nous pouvons vous protéger. Qui est le Creeper, Dee ? »

À présent, elle était en colère, dissimulant sa frayeur sous une crise de rage. « Vous ne comprenez donc pas ? Peut-être bien que vous n'êtes pas un flic, mais vous faites quand même partie de la bande. Vous défendez vos copains, un point c'est tout. Ouais, j'ai peur. Et j'ai bien raison. Aucune de vos promesses n'y changerait rien. » Elle fut soudain debout, attrapant son sac.

« Attendez, Dee ! » insista-t-il. Mais elle s'en alla sans se retourner. « Vous n'avez même pas bu votre... » La serveuse s'approcha, balançant un plateau à hauteur de l'épaule « ... rhum cassis », soupira-t-il.

Il resta là un long moment à regarder son vin rouge et, de temps à autre, le verre de rhum cassis en face de lui. Des pensées allaient et venaient dans sa tête tandis qu'il s'efforçait d'ordonner en une suite logique ce qu'il savait et ce qu'il présumait. La foule de début de soirée se dispersa. Au bar, c'étaient les heures creuses en attendant la prochaine vague après neuf heures. Alors qu'il ne restait pratiquement plus que lui dans la salle, il prit son téléphone et composa le numéro familier.

« Carol Jordan, entendit-il.

— C'est moi. On peut parler ?

— Je suis au bureau. Tu veux venir ? »

C'était bien le dernier endroit où il avait envie d'avoir cette conversation. « Je ne pense pas. Tu peux me rejoindre ?

— Je suis occupée. Je crois qu'on est à deux doigts de résoudre l'affaire Tim Golding et Guy Lefevre.

— Excellente nouvelle. Mais il faut vraiment que je te parle, et pas au bureau. »

Il l'entendit soupirer. « Accorde-moi une heure. Je te retrouverai chez toi. Et, Tony... ?

— Oui ?

— Tu as intérêt à ce que ça en vaille la peine. »

Sous la pression de leurs avocats, Kevin avait relâché Nick Sanders et Pete Siveright. Une fois qu'il leur eut communiqué les informations auxquelles ils avaient droit, à savoir que les perquisitions n'avaient fourni aucune preuve contre eux, il ne lui restait pas beaucoup le choix. Bronwen Scott l'ayant averti qu'elle avait fini de se concerter avec Callum Donaldson, il avait attendu encore quelques minutes pour se préparer. Scott allait sûrement conseiller à Donaldson de ne pas dire un mot, mais il ne voulait prendre aucun risque.

Kevin sentait dans ses veines ce léger frémissement qui se manifestait toujours quand il était si près d'un résultat qu'il aurait pu le toucher. Ces temps-ci, chaque arrestation, chaque condamnation lui semblait un pas de plus vers la réhabilitation. C'était comme si sa désastreuse erreur précédente était une tache indélébile, un graffiti fait par un vandale. Et tout ce qui se passait bien était un coup de pinceau supplémentaire sur la flétrissure. Un jour, il n'y aurait plus qu'un mur repeint à neuf, et il serait à nouveau en piste.

Callum Donaldson semblait le bon client. Il avait exactement le profil. Il vivait seul dans une petite maison isolée entre Chapel-en-le-Frith et Castleton. C'était un passionné d'ornithologie, qui emmenait fréquemment des groupes scolaires dans Peak Park pour leur montrer comment vivent les oiseaux. Il était équipé d'un ordinateur dernier cri et d'un bip qui l'avertissait automatiquement de l'arrivée d'une espèce rare au Royaume-Uni. Kevin l'avait trouvé gauche et mal à l'aise lors de l'interrogatoire préliminaire et, s'il avait dû désigner un tueur parmi les trois, c'est Donaldson qu'il aurait choisi.

Il rassembla ses papiers puis entra dans la salle d'interrogatoire. Il avait à peine mis le magnétophone en marche et expédié les formalités que Bronwen Scott annonça : « Mon client souhaite faire une déclaration. »

Kevin ne put cacher sa surprise, se demandant si ça allait vraiment être aussi facile en définitive. « Très bien. J'écoute. »

Scott percha une paire de lunettes sans montures au bout de son nez et s'éclaircit la voix : « Je m'appelle Callum Donaldson et je suis employé comme ranger au Parc national de Peak. Je désire faire une déclaration à propos d'un appareil photo numérique Canon Elph actuellement en ma possession. J'ai acheté cet appareil aux alentours du 15 septembre de cette année à mon collègue Nick Sanders. »

S'interrompant, Scott leva la tête. Kevin comprit qu'elle se délectait de lui couper l'herbe sous le pied et il fit un effort pour demeurer impassible. Elle s'autorisa un petit sourire et poursuivit : « Je lui ai versé cent cinquante livres pour l'appareil. J'ai réglé cette somme par chèque. La transaction a eu lieu au pub du Lion-Rouge à Litton. Parmi les personnes présentes se trouvaient David Adams, de Litton Mill, et Maria Tomlinson, également de Litton Mill. J'accepte de donner accès à mes comptes bancaires pour que soit vérifiée cette transaction et je ne doute pas que David Adams et Maria Tomlinson se souviendront de la circonstance, dans la mesure où nous avons tous pris des photos avec l'appareil dans le pub ce soir-là. »

Scott lui tendit la déclaration, rédigée de son écriture méticuleuse. « Dûment signée et certifiée authentique. Dans combien de temps comptez-vous relâcher mon client ? »

Kevin contempla la feuille d'un air maussade, voyant sa nuit de félicité s'envoler sous ses yeux. Il savait qu'il aurait tout de même dû poser les questions qu'il avait préparées, mais le temps était devenu soudain l'essentiel. « Il faudra que j'en parle à l'inspecteur principal Jordan, répondit-il d'un ton fuyant. Interrogatoire terminé à dix-neuf heures quarante-trois. » Se levant, il sortit en toute hâte.

Il se rendit en courant aux cellules de garde à vue. « Quand avez-vous laissé partir Sanders ? demanda-t-il au sergent.

— Quand vous me l'avez dit. Il y a trois quarts d'heure environ.

— Qui l'a emmené ?

— Ils ont tous deux décliné l'offre d'être reconduits. Prétendaient qu'ils nous avaient assez vus pour la journée et qu'ils aimaient mieux rentrer par leurs propres moyens.

— Bordel de merde ! explosa Kevin.

— Il y a un problème ?

— Et comment ! Nous avons laissé filer celui qu'il ne fallait pas », grommela-t-il. Il empoigna le téléphone. « J'ai besoin de parler à la police judiciaire de Buxton », dit-il au standard. Lorsqu'il eut la communication, il déclina son identité puis : « Je voudrais le constable Thom... Comment ça, il est rentré chez lui ? » Après une conversation interminable qui l'obligea à passer par trois policiers différents, Kevin arracha la promesse qu'ils iraient à la maison de Nick Sanders à Chelmorton et qu'ils l'arrêteraient à nouveau dès son arrivée. À condition que Kevin puisse obtenir l'aval d'un officier supérieur.

Il grimpa les marches quatre à quatre et trouva Carol dans son bureau, réglant des paperasses. Il lui résuma brièvement ce qui s'était passé. « Bon sang ! s'exclama-t-elle sans essayer de cacher sa consternation. Ce n'est pas votre faute, Kevin, mais... bon sang ! Laissez-moi m'en occuper, j'appellerai le Derbyshire. Et vous feriez bien de relâcher Donaldson avant que

Bronwen Scott ne se mette à nous agiter cette fichue loi sur les droits de l'homme. »

En regardant Kevin sortir, elle pensa : *En fait, c'est ma faute*. Ils auraient dû attendre d'avoir les résultats des perquisitions pour interroger les trois hommes. Mais Kevin désirait vivement avancer et il craignait que le Derbyshire ne fasse traîner les choses rien que pour emmerder le monde. Or, selon la loi, ils ne pouvaient pas retenir un suspect plus de trente-six heures avant de le présenter à un magistrat, lequel n'aurait probablement rien compris aux indices complexes se rapportant à l'appareil photo et aurait donc rejeté la demande de prolongation de la garde à vue. Kevin lui avait dit que les gars du Derbyshire supportaient de moins en moins d'avoir à faire le sale boulot pour les superflics de la grande ville. Si bien que, à contrecœur, elle avait donné son accord à des interrogatoires préliminaires.

Carol se pinça l'arête du nez. Elle faisait beaucoup trop d'erreurs. Ça ne lui ressemblait pas. Et avec la vie de Paula en jeu, il y avait de quoi s'inquiéter. Fiche la pagaille était déjà suffisamment dommageable en soi, mais se ronger les sangs à cause de cette pagaille risquait de la faire hésiter de manière fatale ; dans une affaire aussi sensible, ne pas arriver à prendre une décision pouvait être aussi dangereux que de prendre la mauvaise. Elle poussa un soupir et passa le coup de fil à la police du Derbyshire. Puis elle prit son manteau. Il était temps d'aller voir ce que Tony avait de si mystérieux à lui dire. Et peut-être qu'elle pourrait se débarrasser d'au moins un de ses soucis par la même occasion.

Elle fit un arrêt dans la salle de la brigade, où Merrick continuait à éplucher les dépositions, les paupières lourdes, le dos voûté. Il leva les yeux au moment où elle entrait et secoua lentement la tête.

Carol fit le tour de la pièce avec un mot d'encouragement pour chacun. Elle finit près de lui, posa une main sur son épaule. « On la retrouvera, Don. Pourquoi ne pas rentrer vous reposer ? »

Son visage se plissa de douleur. « Rentrer ? J'habite chez elle, chef. Ça ne ferait qu'empirer les choses. J'aurais l'impression d'un reproche. »

Carol s'en voulut de son manque de tact. « Vous ne pouvez pas retourner avec Lindy et les gosses ? Juste pour quelques nuits ?

— Trop tard. Elle ne m'adresse même plus la parole. »

Carol lui pressa l'épaule. « Allez à l'hôtel. Vous passerez la note sur les frais de l'enquête. Mais je vous en prie, reposez-vous. »

Il lui adressa un sourire contraint. « Je suivrai votre exemple, chef.

— Touché. Mais moi, au moins, je quitte ce bâtiment maintenant, Don. Vous devriez faire de même. »

Elle avait parcouru la moitié du couloir, perdue dans ses pensées, quand la silhouette familière de Jonathan France venant vers elle en tenue de motard la fit sursauter. Il sourit et allongea le pas sans prêter attention à l'expression glaciale sur le visage de Carol.

« Qu'est-ce que vous faites ici ? Comment êtes-vous entré ? »

Son pas et son sourire vacillèrent. « Je voulais vous voir. Le type à la réception s'est rappelé que j'étais déjà venu, alors il m'a laissé monter. » Il paraissait blessé. « Je pensais que vous seriez contente de me voir », ajouta-t-il plaintivement.

Pour toute réponse, Carol ouvrit la porte la plus proche, qui donnait sur une salle de réunion vide. « Là », dit-elle avec un signe de tête. Il la suivit, ragaillardi par l'idée de se retrouver seul à seul, en dépit des contre-indications. Carol referma la porte derrière eux et lui lança un regard noir. « Qu'est-ce qui vous a pris d'envoyer ces fleurs ici ? »

Sous le choc, le sourire se décomposa. « Je croyais que ça vous ferait plaisir.

— Alors, pourquoi ne pas les avoir envoyées chez moi ? »

Il eut un haussement d'épaules. « Vous n'y êtes jamais.

— Le fleuriste les aurait laissées à un voisin. Mais non, vous les avez envoyées ici. Est-ce qu'il vous est venu à l'esprit qu'un poste de police était un moulin à ragots ? Que ma vie privée est maintenant un sujet de spéculation depuis la cantine jusqu'au bureau du directeur ?

— Je ne pensais pas...

— Non, bien sûr. Je m'occupe de deux enquêtes criminelles importantes et la dernière chose dont j'ai besoin, c'est de ce genre de divertissement. »

Piqué au vif, il pivota vers elle. « Divertissement ? C'est comme ça que vous me voyez ? Un divertissement ? » Carol haussa les épaules. Il avait les joues en feu. « Vous vous êtes servie de moi, dit-il, ayant enfin compris. Vous vous êtes servie de moi pour vous prouver que vous étiez capable de surmonter ce viol. »

Elle leva les sourcils. « Vous avez eu aussi ce que vous vouliez – une image de vous-même en sauveur héroïque et sensible. Mais ce n'était pas encore assez pour vous, n'est-ce pas ? Vous vouliez que cela me touche au plus profond, vous vouliez être l'homme qui guérirait mon cœur. Eh bien, Jonathan, j'ai une nouvelle pour vous ! Vous ne l'avez jamais effleuré, parce que quelqu'un d'autre l'a pris en premier. »

Comme cela arrive bien souvent au plus fort d'une dispute sentimentale, il se raccrocha à l'élément le moins important. « Vous m'avez dit que vous ne voyiez personne d'autre. Le soir où nous avons dîné ensemble, c'est ce que vous m'avez déclaré. »

Carol serra les poings. « En effet, je ne vois personne d'autre. Du moins, pas dans le sens où vous l'entendez. Mais on ne peut pas réduire les relations humaines à de simples jeux de cour de récréation.

— Vous avez été malhonnête, répliqua-t-il amèrement. Vous n'étiez pas vraiment disponible. »

Elle secoua la tête avec véhémence. « Je n'ai jamais dit que je l'étais. Vous vous l'êtes imaginé. Vous avez vu ce que vous aviez envie de voir et vous avez imaginé le reste.

— Je ne mérite pas ça », dit-il, la voix tremblante.

La colère de Carol retomba aussitôt, la laissant dans un état de vide et d'épuisement. « Non. Probablement. » Elle ouvrit la porte. « Je ne suis pas ingrate, Jonathan. Et j'aurais souhaité que nous soyons amis. Mais ce n'est plus possible à présent. »

Il fit un pas pour sortir. « Je ne l'envie pas, cet homme que vous aimez, laissa-t-il tomber d'un ton âpre.

— C'est la première chose sensée que vous dites ce soir, répondit tristement Carol. Au revoir, Jonathan. »

Elle le regarda partir, sentant les dernières traces d'adrénaline l'abandonner. Bonté divine, qu'est-ce que la soirée lui réservait encore ?

Assis à son bureau, Tony contemplait le paysage urbain dévalant la colline vers le centre de Bradfield. Au loin, les tours du quartier des affaires dessinaient des carrés de lumière discontinus semblables à des cartes de loto partiellement remplies. « Tu es là quelque part, dit-il à voix basse. Dressant tes plans, te demandant comment nous amener à jouer ton jeu, décidant quoi faire de Paula. » Une image du personnage se cachant derrière ces crimes commençait à se former dans son esprit. Cela n'avait pas été facile de saisir la pensée obscure de ce maître de la manipulation, mais il avait fini par rassembler les morceaux, dégageant peu à peu une logique du fatras d'informations dont il disposait. Convaincre Carol serait infiniment plus ardu, songea-t-il.

Il vit sa voiture s'arrêter et se précipita en bas pour lui ouvrir. Elle paraissait tellement recrue de fatigue que cela lui fit un choc. Ses yeux étaient cernés, sa peau flasque et blême. « Tu as l'air éreintée », dit-il en s'effaçant pour la laisser entrer.

« Je me suis fichue dedans pour les interrogatoires Tim Golding. Nous avons relâché le bon et retenu le mauvais. Kevin pense que le suspect est suffisamment confiant pour rentrer à son domicile, où nous pourrons lui remettre la main dessus. Mais je n'en suis pas si sûre. Quant aux recherches concernant Paula, ça n'avance pas. Don et Jan se crêpent le chignon, Jan prétendant que Paula est lesbienne et Don affirmant le contraire. Et Sam Evans croit avoir été désigné pour remplacer Dieu. Il n'y a que Stacey qui ne me prenne pas la tête, vu qu'elle ne parle qu'aux machines. » Elle enleva son manteau et le jeta sur le pilastre au pied des marches. « Où en sommes-nous ?

— Tu veux boire quelque chose ? Ou tu travailles encore ?

— Oui et oui. J'attends un coup de fil de Kevin, mais je ne retourne plus au bureau ce soir à moins qu'il y ait du nouveau au sujet de Paula.

— Alors, allons dans la cuisine. »

Pendant que Tony ouvrait une bouteille, Carol s'assit à la table. « Je viens d'envoyer promener Jonathan », déclara-t-elle.

Tony lui tournait le dos, ce dont il se félicita ; elle ne pouvait pas voir l'étincelle de joie dans ses yeux ni le sourire illuminant son visage. « Et tu te sens comment ? »

Carol s'étrangla de rire. « Ah, Tony, tu es vraiment un enfoiré de psy ! »

Il lui jeta un coup d'œil par-dessus son épaule. « Désolé. Ce n'était pas une question de psy. Juste une demande amicale.

— J'en ai assez qu'il me mette au pied du mur. Il m'a envoyé un bouquet de fleurs absolument ridicule au bureau puis il s'est pointé ce soir. S'il avait laissé les choses comme elles étaient, on aurait pu être amis. Mais c'est cette espèce de présomption, tu comprends ? »

Tony apporta les verres. « Je comprends. Vous avez couché avec moi, alors comment pourriez-vous ne pas m'aimer ?

— Exactement. Et tu sais comment je suis quand je me sens acculée. »

Il fit la grimace. « Pas beau à voir.

— J'ai été odieuse avec lui, admit-elle. Mais je ne voulais pas qu'il subsiste la moindre ambiguïté. Je n'ai ni le temps ni l'énergie pour ça en ce moment. » Elle but une gorgée avec reconnaissance. « J'espère seulement ne pas l'avoir dissuadé de témoigner comme expert.

— Je ne pense pas. Étant donné son attitude jusque-là, il cherchera à t'impressionner par sa magnanimité. Et, naturellement, il voudra se convaincre qu'après un peu de temps tu te rendras compte à côté de quelle affaire en or tu es passée. Ne t'en fais pas, Carol, il reviendra. » Tony leva son verre.

Elle poussa un grognement. « Parfois, je te déteste.

— Tu vas me détester encore plus quand tu entendras ce que j'ai à te dire.

— Ah, oui ! Je suis là pour une raison précise, n'est-ce pas ? Eh bien, je t'écoute ! »

Il n'était pas doué pour la communication. Direct, mal à l'aise, sans fioritures... Même avec Carol, il n'arrivait pas à se montrer diplomate. « Quelque part au cœur de cette enquête, tu devrais trouver soit un flic soit un individu qui leur est étroitement lié. Un technicien de scène de crime, par exemple. »

La main de Carol s'immobilisa. Lentement, elle reposa son verre sur la table. « C'est une sacrée allégation.

— C'est la seule explication logique. Je suis certain que Derek Tyler n'aurait jamais pu concevoir de tels crimes. Il est peu intelligent. Têtu, mais aussi influençable. S'il avait voulu tuer une prostituée, il ne s'y serait pas pris comme ça. Cela aurait eu lieu dans la rue, à l'aide d'un couteau ou d'un morceau de brique. Il y aurait eu des indices à la pelle et tu l'aurais coffré le soir même. Ce n'est pas un joueur astucieux comme notre tueur. Alors, il nous reste le Creeper. Car il y a là un fait psychologique incontournable : Derek Tyler aurait été incapable d'imaginer des crimes semblables. Il s'agit du fantasme de quelqu'un d'autre. Quelqu'un qui tirait les ficelles.

— Et si c'est Tyler qui les tirait actuellement ? Qui incitait un autre à commettre les crimes pour ne pas avoir à purger sa peine ? » Elle n'ignorait pas qu'elle aurait dû lui parler de Hart. Mais elle voulait savoir jusqu'où il poussait le raisonnement sans être influencé par ses soupçons.

Tony secoua la tête. « Crois-moi, Carol, j'ai passé du temps avec lui. Il n'est pas assez malin, tout simplement.

— Alors, si c'est le Creeper le cerveau, pourquoi attendre deux ans pour recommencer ? »

Tony ferma les yeux et posa ses mains à plat sur la table. « Parce que je suis prudent. Pour que les choses se tassent. Parce que ce n'est pas facile de trouver un autre Derek Tyler. Parce que je n'ai pas envie de me salir les mains. Parce que le plaisir tient au fait d'exercer doublement le pouvoir. Pas seulement le pouvoir sur la victime, mais également le pouvoir sur le tueur. Et, cette fois-ci, le pouvoir sur la police. » Il ouvrit les yeux. « Mais surtout, parce que je ne veux pas être pris et que cela demande du temps de concocter un plan en béton.

— D'accord. Ce n'est pas totalement dénué de sens, reconnut Carol avec mauvaise grâce. Ce que je ne vois pas, c'est en quoi cela désigne un flic.

— J'ai parlé à Dee ce soir.

— Et ?

— Elle refuse de nous dire ce que nous voulons savoir sur le Creeper. Et cela parce qu'elle ne nous fait pas confiance pour la protéger. Ce qui suggère un flic ou quelqu'un sur qui les flics ont le devoir de veiller. Un membre de l'équipe. Ou même un informateur... ? »

Carol secoua la tête. « Non, désolée, je ne marche pas. Il est aussi vraisemblable que le Creeper lui paraisse assez puissant pour battre en brèche toutes les protections que nous pourrions lui offrir. Ça ne signifie pas un flic pour autant. Ça pourrait être aussi bien un mac ou un dealer.

— Elle n'a pas de mac. Jan affirme qu'ils ont viré la plupart des souteneurs. Et pourquoi s'imaginer qu'un dealer puisse déjouer la protection d'un témoin ? »

Carol lui lança un regard cynique. « Parce que tout le monde sait que les brigades antidrogue sont pleines de flics ripoux, qu'on ne peut pas devenir un dealer de haut vol sans avoir un policier dans sa manche. »

Tony se laissa aller en arrière. Il avait fait de son mieux, mais il ne s'attendait pas vraiment à ce qu'elle marche. « Fais-moi plaisir. Garde ça en tête. »

Elle prit la bouteille pour se resservir. « Je te remercie sincèrement de tes efforts. Mais je pense que tu te trompes sur toute la ligne.

— Admettons.

— Non pas en ce qui concerne la théorie. Qui me paraît plus que brillante. Quant à la direction que tu indiques, c'est là où tu es à côté de la plaque.

— Qu'est-ce que j'ai oublié ?

— Quelqu'un capable de faire un lavage de cerveau. Quelqu'un ayant accès à Derek Tyler et qui puisse s'arranger pour qu'il se taise. Quelqu'un qui se trouvait à Temple Fields le soir où Sandie Foster a été assassinée. »

Les yeux de Tony s'agrandirent. « Qu'est-ce que tu racontes ?

— Qu'Aidan Hart colle à ton profil bien mieux que n'importe quel flic.

— Aidan Hart ? Tu plaisantes !

— Aidan Hart a eu des relations sexuelles avec Sandie Foster le soir de sa mort. Nous avons identifié sa voiture et il a reconnu les faits. Mais, comme il possédait un alibi pour l'heure du meurtre, je n'ai pas cherché plus loin. Contrairement à Sam Evans, qui a découvert que Hart va voir les putes deux ou trois fois par semaine. Là non plus, je n'ai pas pensé que c'était un motif suffisant pour le soupçonner. Mais si tu as raison et que la même personne a orchestré les deux séries de meurtres, alors l'alibi ne vaut rien et le reste devient beaucoup plus significatif. »

Tony secoua la tête, incrédule. « Non, c'est impossible. Ce type n'est qu'un bouffon. Un bouffon carriériste.

— Ou peut-être s'y entend-il à donner le change ? »

Tony avala une gorgée de vin, réfléchissant. « Ça ne tient pas, Carol. Ça ne concorde pas avec ce qu'a déclaré Dee. Il n'y a aucune raison qu'elle sache qui est Hart, sans parler d'avoir peur de lui.

— Vraiment ? Que sait-on de sa santé mentale ? Un homme avec le pouvoir de Hart pourrait la déclarer paranoïaque, la mettre en HP, au minimum. La faire enfermer pour toujours. »

Tony semblait sceptique. « Je ne sais pas... » Il se leva et se mit à faire les cent pas. « Attends une minute ! lança-t-il d'un ton triomphant. Il y a deux ans. Quand Derek Tyler sévissait. Hart n'était pas là. Il était encore à Rampton. Cela fait moins d'un an qu'il est en poste ici. Il ne peut pas être l'homme qui se cache derrière les crimes de Derek Tyler. Et si tu admets que Tyler n'aurait pas pu concevoir tout seul ces meurtres, il te faut aussi admettre que le même individu est responsable de l'une et l'autre série. Ce qui exclut Aidan Hart. »

Carol le dévisagea. « Tu es sûr de ça ? Il n'aurait pas pu être détaché ici ?

— Aussi sûr que deux et deux font quatre. Mais il ne te sera pas difficile de contrôler. Je suis désolé de te priver d'un suspect. Mais ce détail pratique mis à part, je ne vois pas Hart dans ce rôle. Il n'a tout simplement pas l'étoffe nécessaire. »

Elle poussa un soupir, pas entièrement convaincue mais incapable de trouver un argument. « Et merde ! Enfin, au moins, je ne vais pas me ridiculiser auprès de Brandon. » Elle finit son verre. « J'ai besoin de sommeil. Ç'a été une fichue journée.

— Tiens-moi au courant, hein ? » Il la raccompagna jusqu'à la porte d'entrée.

Au moment de sortir, elle pivota, posa une main sur son épaule avant de se pencher pour l'embrasser sur la joue. « Merci.

— De quoi ? » demanda-t-il, surpris.

Elle sourit. « C'est toi le psychologue, alors réfléchis. »

L'instant d'après, elle avait disparu, le laissant seul pour continuer le voyage dans les espaces noirs de l'esprit d'un autre.

Une journée qui commence avec du soleil pour une fois, et j'imagine que, pour ces abrutis de flics, il s'agit d'un présage de bon augure. C'est ça, les superstitions. Les crétins qui y croient ne semblent jamais considérer que, par leur nature même, les présages sont nécessairement aveugles. Ils regardent par la fenêtre de leur chambre, voient un superbe arc-en-ciel et décident que ça annonce de la chance pour eux, sans penser que ça a exactement le même sens pour leur voisin qui est leur ennemi juré. Ce qui fait que, si une matinée ensoleillée est de bon augure pour mes ennemis, elle l'est fatalement pour moi aussi.

Je vérifie à nouveau la webcam. La fréquence de balayage n'est pas terrible, même avec le haut débit, mais au moins je peux garder un œil sur Paula en temps réel. Sauf quand ce crétin a appuyé par mégarde sur le bouton de pause la première fois qu'il a changé la cassette vidéo. Enfin, il s'en est aperçu et a rectifié son erreur avant de s'en aller. Il n'est pas près de recommencer ; je lui ai fait part de mon mécontentement, et il s'est mis à ramper lamentablement, désireux de regagner mes bonnes grâces.

La voilà donc étendue comme je la veux. Ce spectacle commence à m'exciter, mais, comme je n'ai pas le temps d'y prendre plaisir, je me force à penser à des choses plus pratiques. Jamais encore je n'en ai gardé une aussi longtemps, ce qui pose forcément un certain nombre de problèmes. Je sais qu'elle peut se passer assez longtemps de nourriture, mais combien de temps peut-elle tenir sans eau, je l'ignore. Je me contrefiche qu'elle se mette à délirer, mais je n'ai pas envie qu'elle meure. Pas avant que je l'aie décidé. Et quand le moment sera venu, elle crèvera selon mon bon vouloir et pas par manque d'eau. Je me dis que je vérifierai sur le Net dès que j'aurai une minute.

La laisser boire ne sera pas simple. S'il lui enlève le bâillon, elle se mettra à crier. Il devrait être possible de lui faire couler de l'eau goutte à goutte dans la bouche, mais il n'est pas certain que ce babouin soit capable de s'acquitter d'une tâche aussi délicate. Il faudra peut-être que je m'en charge personnellement. Ce qui est loin d'être idéal. Non qu'elle risque de raconter son histoire, mais parce que, si elle me voyait, ça enlèverait toute la dimension mystique.

Rien que de la regarder, je ne peux pas m'empêcher de me lécher les babines. On en mangerait.

Encore une fantaisie à mettre de côté pour plus tard. Pour l'instant, j'ai à faire.

Paula n'avait pas conscience de l'aube. Dans sa prison à l'éclairage cru, il n'y avait ni jour ni nuit. Quand elle fermait les yeux, la lumière devenue écarlate transperçait ses paupières, lui faisant penser à la mare de sang dans laquelle baignaient Sandie Foster et Jackie Mayall. Elle avait mal à la tête, une migraine tenace qui avait commencé à la base du crâne pour s'élancer ensuite, telle l'avant-garde d'une armée ennemie, au point de lui donner l'impression que sa cervelle allait éclater.

Elle n'arrivait plus à maîtriser ses pensées. Quelque chose lui venait à l'esprit, mais avant qu'elle ait eu le temps de l'examiner, cela disparaissait ou se transformait en autre chose. Les souvenirs s'enchaînaient et se mêlaient les uns aux autres, des gens lui apparaissant dans des lieux où elle ne les avait jamais vus, de leur bouche sortaient des paroles qu'ils n'avaient jamais prononcées. Des maîtresses empruntaient les traits de collègues, de vieilles connaissances de classe s'évanouissaient pour resurgir sous la forme de quasi-étrangers. C'était exaspérant.

Parfois, c'est tout juste si elle pouvait se rappeler qui elle était et comment elle avait atterri là. Ses membres semblaient lourds, comme s'ils appartenaient à quelqu'un de plus corpulent et de plus mou. Mais c'était plus supportable que les crampes atroces qui vrillaient ses bras et ses jambes soudainement.

La seule certitude à laquelle Paula arrivait encore à se raccrocher, c'est que quelqu'un viendrait. Qui, elle n'en avait plus la moindre idée ; mais elle savait que, tôt ou tard, d'une manière ou d'une autre, tout cela finirait.

Tony referma la porte d'entrée derrière lui et resta un instant à savourer le soleil sur sa figure. Il avait mieux dormi qu'il ne l'aurait espéré, mais il préférait ne pas en chercher la raison. Brusquement, le visage de Paula McIntyre s'était imposé à lui et, aussitôt, sa bonne humeur s'était envolée. Il souhaitait ardemment avoir raison, qu'elle fût toujours en vie.

Il monta en voiture, tourna la clé de contact. Le moteur crachota, hoqueta et se tut. Avec un froncement de sourcils, Tony fit une nouvelle tentative. Il y eut un déclic puis plus rien. Il regarda autour de lui comme si la réponse se trouvait dans la voiture. Ce qui était le cas, bien sûr. Après que Carol fut retournée au bureau, il était allé chez un traiteur chinois. Et il avait laissé les phares allumés. « Espèce d'andouille », murmura-t-il. Il n'avait pas le temps d'attendre qu'on vienne le dépanner. Et Carol était déjà partie.

De fort méchante humeur, il mit le cap sur l'arrêt de bus. Il savait qu'il y en avait un qui passait à proximité de Bradfield Moor, mais, à en croire les lamentations des visiteurs, l'arrêt se trouvait à un kilomètre et demi des grilles de l'hôpital.

Quarante minutes plus tard, le bus s'arrêtait au milieu de nulle part et Tony en descendit. Il prit un moment pour s'orienter puis s'engagea dans une petite rue toute proche. Délivré du confinement moite du bus et de la présence gênante des passagers, il donna libre cours à ses réflexions.

« Deux sortes d'individus sont attirées par le pouvoir : ceux qui l'ont et ceux qui ne l'ont pas, murmura-t-il en marchant. C'est de là qu'il faut partir. En ce qui concerne ceux qui ne l'ont pas, cela tient d'ordinaire à une bonne raison. Peut-être ne sont-ils pas assez intelligents, ou pas très motivés, ou encore pas très organisés. Ça ne te ressemble pas, hein ? »

Il demeura un instant silencieux, à ruminer. « Il s'ensuit que tu as sans doute accès à un certain degré de pouvoir. Ce qui cadre parfaitement si tu es un flic – encore que Carol pense que je me plante sur ce point. Ce qu'il y a avec le pouvoir, c'est que ceux qui le possèdent en veulent toujours davantage. Le pouvoir absolu corrompt de manière absolue. Et tu aimes la corruption, n'est-ce pas ? Son goût et son odeur. Si tu es un flic, tu es un flic véreux. » Il s'interrompit pour digérer les implications de cette idée. « C'est pourquoi Dee a tellement peur de toi. Parce qu'elle sait déjà que tu ne joues pas selon les règles. » Il fut tiré de sa rêverie par un gros véhicule tout-terrain de couleur noire qui s'arrêta près de lui. La vitre teintée du côté du passager s'abaissa et Tony se retrouva à contempler le visage suffisant d'Aidan Hart. Étant donné ce qu'il avait appris sur les goûts sexuels de Hart, la tentation était forte de glisser une allusion qui lui ferait passer à jamais l'envie de sourire.

« Vous marchez pour le plaisir ou je peux vous déposer quelque part ? lui demanda son patron.

— Tout bien considéré, je crois que je préfère marcher », répondit Tony avec un grand sourire.

« Ça va devenir une habitude, dit Carol en entrant dans son bureau, Kevin sur ses talons. Les gens vont se mettre à jaser.

— Je ne pense pas. Tout le monde sait que je suis trop pingre pour envoyer des bouquets princiers.

— Kevin ! lança-t-elle, sévère.

— Pardon, chef, fit-il tristement.

— Eh bien, où en sommes-nous ?

— Sanders n'est pas rentré chez lui hier soir. Après être parti d'ici, il a complètement disparu. Selon Siveright, Sanders lui a dit qu'il allait voir des amis à Bradfield et qu'il repartirait à pied. Nous savons qu'il a retiré de l'argent au distributeur de Woolmarket dix minutes environ après avoir quitté le poste de police. Nous avons parlé à ses collègues au Parc et j'ai alerté les ports et les aéroports, mais il n'y a encore rien.

— Bon sang ! Il faudrait envoyer d'urgence sa photo à la presse. Je veux qu'on le retrouve, Kevin. Je n'ai pas envie qu'il se réfugie dans quelque réseau pédophile clandestin. Il doit avoir des contacts. Des gens qui seraient prêts à le cacher. À lui procurer moyen de transport, argent et abri. »

Avant que Kevin ait pu répondre, on frappa à la porte. « Entrez », dit Carol avec impatience.

Stacey se figea sur le seuil. « Excusez-moi de vous interrompre, mais je viens de faire une trouvaille à propos de Nick Sanders qui vous intéressera peut-être tous les deux. »

Carol lui fit signe d'approcher. « Dites-moi que vous savez où il est !

— Non. Mais j'ai quelque chose qui renforce les présomptions contre lui. Vous savez, cet extrait de registre datant de juillet qu'il nous a envoyé, avec le rapport sur le prétendu exhibitionniste ?

— Quand il s'est montré si « obligeant », dit Kevin.

— Eh bien, j'ai creusé un peu plus. Et vous savez quoi ? Le registre a été modifié dans l'heure qui a suivi les premiers comptes rendus faisant état de la découverte d'un corps à Swindale. Sanders a rédigé cette entrée pour détourner notre attention. » Elle avait l'air contente d'elle-même.

« Merci, Stacey, c'est vraiment très utile. Bien joué. » Tandis que Carol parlait, Don Merrick passa la tête par la porte.

« Je peux entrer ? » demanda-t-il. Carol hocha la tête. « En fait, je cherchais Kevin. » Il consulta une feuille de papier. « Nous avons reçu un coup de fil anonyme d'un type qui prétend être un ancien ami de Nick Sanders. Il a rompu les ponts quand il a surpris Sanders prenant des photos de son jeune fils dans la baignoire. Il n'a rien dit sur le moment pour éviter à son gosse l'épreuve d'une enquête, mais lorsqu'un de ses copains travaillant pour Peak Park lui a raconté que Sanders était suspect et qu'il avait filé, il a décidé de se manifester. Quoi qu'il en soit, il pense que Sanders, qui connaît les techniques pour vivre des ressources naturelles, se planque en pleine nature. Apparemment, il y a un endroit dans le Sutherland, dans le nord-ouest de l'Écosse... Achmelvich Bay. Voilà quelques années, Sanders a été responsable de l'auberge de jeunesse. Nous avons vérifié, soit dit en passant. Cela figure sur le CV qu'il a remis à l'administration du parc. Toujours est-il que, d'après notre correspondant, Sanders aurait parlé d'un truc appelé le Château de l'Ermite. Il ne se souvenait plus de grand-chose, si ce n'est qu'un énergumène de Londres l'avait bâti sur un promontoire. Genre blockhaus en béton, en un peu plus petit. Il y a vécu un an, sans parler à âme qui vive. Le correspondant dit que Sanders pourrait se rendre là-bas. À mon avis, cela vaudrait la peine de s'en assurer, conclut Merrick avec fébrilité.

— Les chances qu'il y soit sont minimes », répondit Carol.

Kevin eut un geste évasif. « On pourrait demander aux collègues du coin d'ouvrir l'œil.

— S'il a travaillé là, il les connaît probablement, fit observer Merrick. Je pense que Kevin devrait y aller. Il y a un vol pour Inverness à midi. »

Carol réfléchit un moment puis secoua la tête. « Trop incertain. Kevin, parlez à la police locale. Demandez-leur d'aller vérifier. Mais discrètement, d'accord ? S'il y a la moindre trace de Sanders, nous prendrons le relais. Entre-temps, nous lancerons un appel à l'échelle nationale. Maintenant, si vous voulez bien m'excuser, j'ai une réunion à préparer. »

À la réunion du matin, le nombre d'éléments nouveaux à communiquer était pitoyablement mince. Et tous le savaient. La détermination de la matinée précédente était à présent teintée de désespoir. Les chances de retrouver Paula vivante diminuaient à vue d'œil au fil des heures.

« Nous continuerons à dépouiller les données des impôts locaux, déclara Carol en s'efforçant de garder une voix énergique. Je veux que l'on parle à chaque propriétaire et locataire dans la zone de recherche marquée sur cette carte. Certes, c'est ratisser large, mais tant que nous n'aurons rien de plus précis, nous ne négligerons aucune piste pour retrouver Paula. L'inspecteur Merrick a les assignations de la journée. En outre, lors de chaque interrogatoire, je veux que vous demandiez à votre interlocuteur s'il a jamais entendu parler de quelqu'un surnommé le Creeper. » Elle eut conscience d'un mouvement de surprise dans la salle.

« Cela peut sembler bizarre. Mais il s'agit d'une information précieuse. Cela fait deux ans que Derek Tyler n'a pas dit un mot. Il nous fait peut-être marcher, mais le docteur Hill ne le juge pas assez astucieux pour nous abuser sur ce point. Alors, gardez ça en tête. La bonne nouvelle, c'est que nous avons bel et bien de l'ADN. Malheureusement, l'échantillon n'est pas d'une qualité telle qu'on puisse le comparer avec les spécimens figurant dans la base de données nationale. » Grognements alentour. « Toutefois, continua-t-elle en élevant la voix, il est assez fiable pour permettre d'exclure des suspects. Et il paraît qu'une fois que nous aurons trouvé le bon, il y aura assez de similitudes pour que cela constitue une preuve. »

Se tournant, elle indiqua la carte à grande échelle de Temple Fields. « Elle est là quelque part. Alors, tâchons de la retrouver. »

Les policiers se dirigèrent ensuite par petits groupes vers Don Merrick, qui avait l'air de ne pas avoir dormi de sa vie. « Sam ! » appela Carol par-dessus le brouhaha. Il pivota et lui adressa un regard interrogateur. « Un instant, s'il vous plaît. »

Il fendit le flot jusqu'à elle. « Oui, chef ? dit-il vivement.

— Je veux que vous ressortiez les dossiers d'il y a deux ans.

— Les meurtres de Derek Tyler ?

— Exact. Une fois Tyler sous les verrous, tout a été interrompu. Nous allons avoir, vous et moi, une matinée rébarbative à passer en revue les actions envisagées qui sont restées sans suite. »

Evans essaya de paraître enthousiaste. Ce n'était guère convaincant. Avant que Carol ait pu ajouter quoi que ce soit, elle aperçut la silhouette familière de Brandon se frayant un chemin à travers la cohue. Il venait droit vers elle. « Au boulot, Sam », dit-elle d'un ton ferme.

Brandon la rejoignit et l'entraîna dans un coin. « Carol, Tony est-il totalement au courant de l'enquête ?

— Oui, monsieur.

— Il faut qu'il nous établisse un profil en bonne et due forme. J'ai une conférence de presse à midi et j'aimerais leur fournir quelque chose qui donne à penser que nous avançons. Surtout après avoir laissé échapper Nick Sanders », ajouta-t-il d'une voix acide.

Elle s'efforça de ne pas s'irriter de la critique implicite. « On ne pourrait pas leur refiler une partie de la séquence vidéo ? Au cas où quelqu'un reconnaîtrait l'homme ?

— Je n'y vois pas d'objection. Quel usage ils en feront, c'est une autre affaire. Les médias se soucient beaucoup moins que nous qu'un officier de police soit en danger. Un serial killer se baladant parmi eux les excite davantage que de sauver la constable McIntyre. » Brandon s'éloigna, prenant le temps de dispenser quelques paroles d'encouragement tout en regagnant la paix relative de son bureau.

Carol appela l'officier le plus proche. « Jan ? »

Celle-ci leva les yeux d'une liasse de papiers, croisa le regard de Carol et s'approcha. « Quelque chose pour moi ?

— Pouvez-vous dénicher le docteur Hill et lui demander de venir ?

— Bien sûr. Vous avez son numéro de portable ? »

Carol saisit un bout de papier et expliqua : « De toute façon, s'il ne l'a pas éteint, il fera la sourde oreille. Je vous donne également son adresse chez lui. Je crois qu'il a dit qu'il y serait ce matin.

— Et s'il n'y est pas ? »

— Essayez Bradfield Moor », répondit Carol avec un haussement d'épaules.

Jan sourit. « Qui se ressemble... »

Carol se retint. C'était exactement le genre de pique qu'elle-même aurait lancée à Tony. Mais c'était le privilège des amis et non le style de réflexion qu'elle avait envie d'entendre de la part d'officiers subalternes. « Nous avons besoin de lui plus qu'il n'a besoin de nous, sergent. Ne l'oubliez pas, d'accord ? »

Jan haussa les épaules en signe d'excuse et se mit en route. S'avançant vers Carol, Merrick passa une main dans ses cheveux crasseux. Les yeux profondément cernés, il la regarda d'un air sombre par-dessus le bord de sa tasse, une jambe agitée d'un tic. « Je n'arrête pas de me dire qu'il doit y avoir autre chose à faire, déclara-t-il d'une voix enrouée par la fatigue.

— Je sais. Mais il est difficile d'imaginer quoi. Et vous taper la tête contre les murs ne rendra service à personne, Don », répondit-elle avec douceur.

Elle vit de la colère briller dans ses yeux. « Paula n'est pas seulement un de mes officiers, dit-il d'une voix crispée. C'est une amie. Je sais que cela peut sembler étrange. Je sais que la plupart des gens n'arrivent pas à concevoir qu'un homme et une femme puissent être simplement copains. Mais c'est comme ça. »

Et pourtant, tu ne savais même pas qu'elle était lesbienne, pensa Carol. Ce qui en disait probablement autant sur la prudence instinctive de Paula que sur le manque de perspicacité de Merrick. « Je vous crois, Don. Et je comprends que ce soit encore plus dur pour vous.

— Vraiment ? » Il secoua la tête. « Elle sautait littéralement de joie quand elle a été mutée à la brigade. Elle était tout excitée à l'idée de travailler avec vous. Depuis l'affaire Thorpe, vous étiez son héroïne. Si elle a accepté cette mission alors qu'elle crevait de trouille, c'est qu'elle voulait se faire bien voir de vous. Elle voulait prouver que tout ce que vous pouviez faire, elle le pouvait aussi. »

Carol avait beau savoir qu'il se défoulait pour alléger le poids de sa propre culpabilité, ces remarques la piquèrent au vif. « Je pense qu'elle l'a fait pour elle-même, Don. Non pas pour m'impressionner, mais pour être fidèle à l'image qu'elle s'est forgée de ce que doit être un flic. Cependant, quels qu'aient été ses motifs, il ne sert à rien de blâmer tel ou tel. Nous devons nous appliquer à la retrouver.

— Vous croyez peut-être que je ne le sais pas ? Ça veut dire quoi au juste, s'appliquer à la retrouver ? Il y a là des centaines de bouts de papier qui racontent tous la même chose. C'est comme si elle s'était envolée en fumée.

— L'enquête avance. Nous ne cessons de réduire les possibilités. Nous avons passé au peigne fin une bonne partie de Temple Fields. Selon vos propres chiffres, nous avons visité plus de soixante-quinze pour cent des propriétés du secteur. C'est une question de temps et de méthode. »

Il poussa un soupir. « Je n'ai plus la tête d'aplomb. Écoutez, chef, si ça ne vous ennuie pas, je crois que je vais aller dormir un peu. Je prendrai une chambre dans un motel, histoire de m'allonger quelques heures.

— Bonne idée, Don. Une fois que vous serez reposé, les choses vous apparaîtront sous un autre jour. »

Se détournant, il s'éloigna en traînant les pieds. Il n'était que neuf heures et demie, et Carol avait l'impression d'avoir déjà fait toute une journée. Lorsqu'elle avait relevé le défi d'une brigade spécialisée, elle n'avait jamais imaginé que ce serait aussi harassant d'essayer de tenir la bride à une bande de flics dont les aptitudes naturelles les rendaient aussi intraitables et assommants qu'elle l'avait été elle-même à ses débuts. Parfois, elle regrettait presque de ne pas être à la circulation.

Le parc de Bradfield Moor répondait au seul dessein d'un entretien facile. Mais, par un matin d'hiver, avec les arbres sans feuilles, on apercevait les landes au nord à travers la haute clôture de grillage. Il était possible d'ignorer la ville au-dessous, de se détacher du bourdonnement urbain. En général, se promener là avec un patient n'était pas une option recommandée par le personnel, mais Tony avait décidé qu'un bref instant de répit hors de l'atmosphère étouffante de l'hôpital ne pourrait qu'être profitable à Tom Storey. Cela faisait presque une heure qu'ils étaient dehors, faisant l'inventaire des soucis les plus pressants de Tom.

Ils s'étaient arrêtés entre des bouleaux, près de la clôture, et observaient, de l'autre côté de la vallée, le scintillement d'un réservoir dans la lande. Tony consulta sa montre. « Nous devrions rentrer. J'ai un autre patient à voir dans un quart d'heure. »

Après un dernier coup d'œil au panorama, ils firent demi-tour vers l'affreuse bâtisse néogothique. « Je suis content que vous soyez venu aujourd'hui, dit Storey.

— Nous avions rendez-vous. Où vouliez-vous que je sois ?

— Je pensais que vous seriez peut-être retenu par vos activités avec la police.

— Mes patients passent en premier. Même si je travaille avec la police, ça ne lui donne pas pour autant le pouvoir de me dicter mes faits et gestes. »

Storey lui lança un regard étrange. « Drôle de façon de dire ça.

— N'est-ce pas. C'est sans doute parce que j'ai beaucoup pensé au pouvoir ce matin. »

Ils marchèrent en silence quelques minutes, puis Tony demanda : « Quelle est votre opinion sur le pouvoir, Tom ? »

Deux rides se formèrent entre les sourcils de Storey tandis qu'il s'efforçait d'exprimer ce qu'il ressentait. Il trouvait moins facile de communiquer ses pensées à présent. « On le prend où on peut, répondit-il. C'est une question de circonstance. Le pouvoir d'un homme suppose l'humiliation d'un autre. »

Tony s'arrêta net. Il n'aurait su dire comment, mais les paroles de Storey lui avaient donné une idée. Il parla si doucement que son patient dut faire un effort pour l'entendre. « Considérer celui qui est opprimé permet de remonter directement à l'oppresseur. » Tony leva le visage vers le ciel. « Trouvez le fil et vous avez l'assassin. » Il se tourna vers Storey et sourit béatement. « Merci, Tom. Merci pour cette admirable pensée. Je crois que je commence à y voir clair. »

Mais la clarté devrait attendre. Comme il l'avait expliqué, Tony avait un autre patient à voir, un patient dont la psychose réclamait toute sa concentration. Une heure plus tard, il émergeait enfin de son bureau, la tête basse, sans prêter la moindre attention à ce qui l'entourait. Il se rendait vaguement compte des silhouettes qu'il croisait, mais il était presque au bout du couloir quand quelque chose pénétra sa conscience. Il s'immobilisa, les sourcils froncés, et jeta des coups d'œil autour de lui tandis qu'une voix répétait une imitation de Bugs Bunny.

Jan Shields était appuyée au mur, devant la porte de son bureau, souriante. « J'ai dit : « Nya... Quoi de neuf, doc ? » »

Il éprouva une brusque appréhension, qu'il chassa aussitôt. S'il s'était produit un événement désagréable, elle n'aurait pas été là à faire le pitre. « Attendez un peu avant de vous recycler, répondit-il en revenant dans sa direction.

— Jamais de la vie. J'aime trop mon boulot. »

Il se rapprocha. « Il est arrivé quelque chose ? »

Elle se décolla du mur. « Non. C'est bien ça l'ennui. M. Brandon désire un profil. Pour avoir de la pâtée à servir aux vautours. Je suis venue vous chercher. On y va ? » Elle indiqua d'un geste le couloir principal et se mit à marcher à côté de lui.

« Comment saviez-vous où j'étais ? Et que je n'avais pas ma voiture ? »

Elle lui adressa un clin d'œil. « Je suis détective.

— Il est vrai que ma vie n'est un mystère pour personne. Vous avez demandé à Carol... »

Jan sourit. « Comme votre voiture était à la maison et pas vous, je l'ai appelée. Elle m'a dit que vous aviez probablement laissé les phares allumés. Ou que vous étiez en panne sèche. Alors, j'ai téléphoné ici. »

En arrivant au parking, Tony fut étonné de voir qu'ils se dirigeaient non pas vers une berline ordinaire, mais vers un coupé de sport japonais surbaissé. « Ravi de voir que la police judiciaire de Bradfield ne lésine pas sur le salaire de ses fonctionnaires, dit-il en se pliant en deux pour se glisser sur le siège.

— Vous avez vraiment un curieux sens de l'humour, docteur Hill, remarqua Jan.

— Tony, je vous prie. » Il retint son souffle tandis qu'elle écrasait l'accélérateur et s'engageait à toute allure dans la rue étroite.

« Eh bien, qu'est-ce qui vous attire là-dedans ? demanda-t-elle en passant promptement les vitesses.

— Dans quoi ? répondit-il, déconcerté.

— Les cinglés de Bradfield Moor. Pourquoi vous embêter ? Vous pourriez employer votre temps à faire des profils et à enseigner. Pourquoi gagner un salaire de misère en vous occupant de rebuts de la société ? »

Il réfléchit un moment. « L'espoir, dit-il finalement.

— C'est tout ? L'espoir ?

— Ne sous-estimez pas la puissance de l'espoir. De plus, je suis doué pour ça. Il y a une satisfaction à se livrer à une tâche que l'on sait faire mieux que la plupart de ses collègues. Vous ne trouvez pas ? »

Elle prit un virage sur les chapeaux de roues, le projetant contre la porte. « Merci pour le compliment implicite. Et est-ce qu'ils vous aident dans vos affaires de profilage, vos cinglés ?

— Vous n'allez pas me croire, répondit-il avec un sourire, mais je fais davantage confiance à mon propre jugement. Ce qui ne veut pas dire qu'ils ne me fournissent pas des idées de temps à autre.

— Et aujourd'hui ? »

Tony secoua la tête. « Juste un rappel opportun que j'aurais vraiment dû m'intéresser davantage aux victimes. Et à ce qui les relie.

— Facile. C'étaient toutes des putains.

— À l'exception de Paula. »

Jan s'arrêta à un croisement avec la grand-route et en profita pour lui lancer un coup d'œil perplexe. « Mais, au regard de tout le monde, c'était aussi une putain.

— Si les regards pouvaient tuer... » Il sourit devant son expression abasourdie. « Il y a autre chose qu'elles ont en commun.

— Quoi donc ?

— Si votre objectif, en tant qu'assassin, était de nettoyer les rues, vous penseriez probablement que se débarrasser des flics est aussi utile socialement que de se débarrasser des prostituées. Mais, bien sûr, ça n'aurait de sens que si Paula était un flic pourri...

— Il n'y a pas qu'une manière d'être pourri.

— Ah oui, c'est vrai. C'est à vous qu'on doit ce scoop. Qui semble avoir chagriné quelque peu Don Merrick. »

Cette fois, il n'y avait aucune chaleur dans le sourire de Jan. « La réaction classique, n'est-ce pas ? Une jolie fille pareille, comment pourrait-elle être une gouine ?

— N'empêche que vous, vous vous en êtes rendu compte. Naturellement.

— Ce qui veut dire ?

— Quand un voleur rencontre un autre voleur. Ce n'est pas ce qu'on prétend ? »

Elle se tourna brièvement vers lui. « Qu'est-ce qui vous fait penser que je suis lesbienne ?

— C'est un secret ? »

Jan fit un bruit de dérision. « Les psys sont des petits malins. Répondez donc à la question : pourquoi pensez-vous que je suis lesbienne ? »

À cause de la façon dont tu te comportes avec Carol, pensa-t-il, mais sans être disposé à le dire, en raison de ce que cela aurait révélé sur lui-même. Il marqua un temps d'arrêt, cherchant une autre manière d'exprimer la chose. « À cause de la façon dont vous vous comportez avec les hommes.

— Vous croyez que je les déteste ? Quel cliché !

— Je n'ai pas dit ça. Vous nous traitez tous avec le même mélange d'amusement, de charme et de dédain. Peu importe que nous soyons beaux ou laids, intelligents ou stupides, vous ne faites pas la différence. Votre curiosité à notre égard ne dépasse pas les rapports professionnels. Il se peut que vous fassiez partie de ces gens que les rapports sexuels avec l'un ou l'autre sexe n'intéressent tout bonnement pas, mais j'en doute. Je sens là un certain magnétisme sexuel. Est-ce que cela répond à votre question ? »

Elle ralentit et le regarda en face. « Merci pour le sérieux de l'explication. Vous avez raison en l'occurrence. Et j'ai raison au sujet de Paula.

— Et ça ne vous a pas gênée de dévoiler son homosexualité ? demanda Tony, plus curieux que combatif.

— Ce n'est pas vous qui avez dit qu'il fallait prendre en considération chaque aspect des victimes ? Vous croyez que ça change quelque chose, qu'elle soit lesbienne ?

— Je n'y ai jamais songé un seul instant. Ça ne m'a pas paru très significatif, répondit-il d'une voix neutre.

— Cela peut rendre vulnérable. À moins de réussir à le tourner à son avantage. Et on ne peut compter sur personne pour le faire à sa place. Bien sûr, ce n'est pas la seule différence qui rende vulnérable. D'autres peuvent avoir le même effet : race, infirmité... Toutes choses que les gens doivent compenser. »

À chacune de ses explorations dans la mentalité criminelle, Tony avait rencontré un moment où un élément crucial se mettait soudain en place, donnant un sens à l'ensemble. Il n'y aurait pas prêté attention s'il n'avait pas autant pensé au pouvoir et à la vulnérabilité ce matin-là, mais parce que son esprit était déjà lancé dans cette direction, cela revêtit la signification exacte. Enfin, il crut avoir compris. Et il savait aussi qu'il n'y avait pas le plus petit espoir de convaincre Carol ni qui que ce soit d'autre. Ne voulant rien laisser voir à Jan, il se mit à regarder par la fenêtre du passager. « Sûrement. Ça doit être dur aussi pour Evans et pour Chen, remarqua-t-il avec nonchalance.

— Comment le saurais-je, je ne leur ai jamais posé la question.

— Vraiment ? Pas de solidarité entre les minorités ?

— Je n'ai rien contre eux. Mais nous n'avons rien en commun non plus. Je ne peux donc pas m'attendre à ce qu'ils montent au créneau pour moi.

— D'accord. Alors, je présume que Brandon veut ce profil dans la seconde qui suit ? Ce qui expliquerait qu'on ait pris la peine d'envoyer quelqu'un me chercher ?

— Probablement. Il ne reste plus que ça. Carol est même en train d'examiner les anciennes affaires Derek Tyler avec Sam, au cas où des pistes abandonnées mériteraient d'être poursuivies. » Elle avança la main et alluma le lecteur de CD. Bonnie Raitt se mit à chanter que l'amour est sans fierté.

« Vous espérez pouvoir ramener Paula vivante ? demanda Tony.

— Sincèrement ?

— Sincèrement.

— Je pense qu'elle est déjà morte. Je pense qu'il joue avec nous. »

Plus que tout ce que Tony avait entendu au cours de la journée, ces mots lui glacèrent le cœur.

Immobilisant son index sur une ligne, Evans leva la tête. « Je n'arrive pas à trouver le nom de Paula sur la liste de la première enquête. »

Carol réfléchit un instant. « Elle n'en faisait probablement pas partie. Elle était enquêtrice stagiaire dans l'affaire Thorpe, une affectation de six mois. Elle avait sans doute endossé à nouveau l'uniforme à cette époque-là. Vous pensez que ça a une importance ?

— Dans ce cas, j'ignore laquelle. On se raccroche à ce qu'on peut. » Ils reprirent leur besogne, la tête penchée, l'esprit en alerte, fouillant la montagne de papiers.

Une demi-heure de silence plus tard, ils furent interrompus par un officier de scène de crime :

« Vous êtes l'inspecteur principal Jordan ?

— Oui. » Carol s'efforça de contenir son émotion. Elle ne pouvait plus se permettre de faux espoirs.

« On a passé les poubelles de la zone de recherche au peigne fin et on a découvert le micro et l'émetteur que portait la constable McIntyre », expliqua-t-il, l'air satisfait.

Carol devint soudain tout ouïe. « Et ? » C'est à peine si elle remarqua l'arrivée de Jan et de Tony tant son attention était concentrée sur son interlocuteur.

« Le fil reliant le micro à l'émetteur a été sectionné. Il y a deux empreintes partielles sur l'émetteur. On y travaille en ce moment. On devrait savoir rapidement s'il y a quelque chose qui corresponde dans l'AFIS. »

Tony restait discrètement en arrière, mais Jan se rapprocha après avoir déposé sac et manteau près de sa table.

« Pourquoi est-ce que ça a été si long de les dénicher ? interrogea Carol. Qu'est-ce que vous avez fichu depuis deux jours ? »

Il eut l'air vexé. « On les a trouvés à deux cents mètres de l'endroit où elle a été vue pour la dernière fois. Ça fait un sacré paquet de détritus à se taper.

— Voilà ce que c'est quand on travaille de neuf à cinq. Jan, voyez qui est disponible pour vous accompagner. Faites des recherches à partir de l'endroit où ils ont récupéré le micro. Sam, allez-y également. »

Sans perdre de temps à discuter l'ordre, Jan se dirigea vers la porte. Evans reboucha un stylo-plume qu'il glissa dans sa poche intérieure avant de lui emboîter le pas. Pendant ce temps, assis avec désinvolture à la table de Jan, Tony paraissait attendre que Carol en ait terminé.

« Combien de temps pour avoir un résultat de l'AFIS ? » demanda-t-elle à l'officier de scène de crime.

Sans être vu, Tony se pencha et ouvrit d'une chiquenaude le sac de Jan. Il farfouilla à l'intérieur à la recherche de son trousseau de clés, referma la main dessus, le retira discrètement et le fourra dans sa poche.

« Difficile à dire, répondit le technicien. Tout dépend du volume d'activité sur le système. »

Tony se leva. « Je vais chercher un café. »

Carol nota à peine ce qu'il disait. « On ne peut pas indiquer que c'est prioritaire ?

— C'est déjà fait », dit le technicien tandis que Tony sortait du bureau.

Il dévala les escaliers, traversa la réception du poste de police. Il fit un arrêt à l'accueil. « Savez-vous où se trouve le plus proche talon-minute ? »

Le fonctionnaire réfléchit. « Dans la galerie marchande au coin de la rue, il y en a un au sous-sol, tout au fond. »

Tony partit au trot. Il était hors d'haleine lorsqu'il atteignit la boutique. L'odeur de colle et de solvants le prit à la gorge et lui fit venir les larmes aux yeux. Par chance, personne n'attendait pour se faire servir. Il posa le trousseau de clés sur le comptoir. Avec les clés de voiture, il y avait une Chubb à mortaise, une paire de Yale et deux petites clés anonymes. « J'ai besoin d'un double de toutes, sauf les clés de voiture, expliqua-t-il. Et malheureusement, je suis pressé. »

Le jeune derrière le comptoir examina rapidement les clés. « Pas de problème. Dix minutes, ça vous va ?

— Super ! Je reviens tout de suite. » Il se précipita hors de la boutique, courut le long de la succession d'éventaires jusqu'à la cafétéria près des escaliers mécaniques. Là encore, l'énervement d'avoir à faire la queue lui fut épargné. « Un grand macchiato à emporter, s'il vous plaît. » Il se mit à tambouriner des doigts sur le comptoir pendant que l'employé, d'une affligeante lenteur, s'escrimait avec les appareils. Il saisit le gobelet et retourna à grands pas au talon-minute.

Cinq minutes plus tard, il marchait d'un pas nonchalant jusqu'à la voiture de Jan. Posant le café sur le sol, il déverrouilla la voiture et glissa les clés dans le contact. Puis, s'efforçant d'avoir l'air d'un homme qui n'a pour seuls soucis qu'un café et le profil d'un serial killer, il regagna la salle de la brigade.

À son entrée, Jan était en train de vider le contenu de son sac sur la table. Elle releva la tête avec une expression agacée. « Vous ne sauriez pas ce que j'ai fait de mes clés par hasard ? »

Tony se gratta la tête, le front plissé dans un effort de mémoire. « Ma foi, je ne me souviens même pas que vous ayez fermé la voiture.

— Zut ! » Jan remit les affaires dans son sac, attrapa sa veste et sortit de la pièce en courant. Comme il la suivait d'un pas plus paisible, Evans le regarda d'un air interrogateur.

Tony eut un haussement d'épaules. « Que voulez-vous ? Voilà l'effet que je fais aux femmes. »

Honey – dont le vrai nom était Emma Thwaite – commençait à se considérer comme affranchie. Cela faisait seulement quelques mois qu'elle avait quitté le logement social sordide de Blackburn pour ne plus avoir à élever ses trois jeunes frères : sa mère passait ses journées au pub, à se faire offrir à boire par des hommes qu'elle ramenait ensuite à la maison pour se les envoyer sur le canapé de la salle de séjour. Mais cela donnait l'impression d'une éternité. C'est à peine si Honey arrivait à se souvenir de ce qu'elle était à cette époque.

Elle se rendait compte qu'elle avait eu de la chance de se retrouver sous l'aile protectrice de Jackie. Elle avait été assez naïve pour croire que ce qu'elle avait appris dans cette situation de relative sécurité lui suffirait pour se débrouiller toute seule. Or, ces derniers jours lui avaient fait comprendre qu'elle était beaucoup moins capable d'affronter ce monde qu'elle ne l'avait supposé. Elle aurait bien aimé que quelqu'un prenne la place de Jackie, quelqu'un qui contribuerait à chasser la peur et la solitude.

Si bien que, lorsqu'elle entra chez Stan cet après-midi-là, elle se dirigea droit vers la table où Dee, seule, fumait une cigarette et regardait par la fenêtre. « Salut, Dee. Tu reprends un thé ? »

Dee la regarda de haut en bas, comme pour deviner ce que cachait cette générosité. « Ouais, d'accord », répondit-elle avec un léger soupir.

Honey s'éloigna dans le claquement de ses hauts talons et revint avec deux tasses et deux biscuits au chocolat. « Tiens. » S'asseyant en face, elle se mit à défaire l'emballage de son biscuit.

Dee continuait à contempler la rue. « Des bon Dieu de flics partout ! Ils collent la pétoche aux clients.

— Plus vite ils attraperont celui qui a fait ça, mieux ça vaudra pour nous. »

Dee lui jeta un regard méprisant. « Ce n'est pas demain la veille.

— Tu penses ? » Honey essaya de ne pas montrer son anxiété.

« J'en suis sûre. Tu t'imagines peut-être que le Creeper ne tire pas les ficelles ? »

Le nom prit Honey au dépourvu. Elle n'avait jamais eu l'idée de le rattacher aux crimes qui venaient de rendre son univers pénible et menaçant. « Ça a quelque chose à voir avec le Creeper ?

— Évidemment, répliqua Dee avec impatience. Même qu'ils n'arrêtent pas de me bombarder de questions. Est-ce que je connais le Creeper ? Est-ce que quelqu'un avait une dent contre Sandie ? Et patati et patata.

— Et tu ne leur as pas dit ? » Honey n'arrivait pas à concevoir que Dee ait pu garder le silence à propos d'une chose aussi importante.

Dee plissa les yeux. « T'es folle ? J'ai pas envie d'être la prochaine sur la liste. »

Honey fronça les sourcils. Elle savait qu'elle n'était pas précisément une lumière, mais ce que racontait Dee ne lui semblait pas faire sens. « Il n'y aura plus de liste si le Creeper est sous les verrous », objecta-t-elle.

Dee fit tomber la cendre de sa cigarette d'un geste exaspéré. « Grandis un peu, Honey. Jamais ils ne toucheront au Creeper.

— Tout de même... »

Dee secoua la tête avec vigueur. « Ôte-toi ça de l'idée. Ou ce sera ton enterrement, ma fille. » Elle repoussa son thé, comme si le boire lui créerait trop d'obligation. « Je pensais que tu avais tiré la leçon de ce qui est arrivé à Jackie. Si tu ne tiens pas à finir comme elle, te mêle pas des affaires du Creeper. »

Honey la regarda s'en aller. Ça la mortifiait qu'on ait repoussé ses avances, mais elle était encore plus déroutée par la raison que par le fait lui-même. Peut-être que Dee était dans le vrai, qu'il valait mieux la boucler et ne pas faire de vagues. Mais si elle se trompait ?

Don Merrick décida qu'il n'aimait pas les Highlands. Il n'avait jamais été dans un endroit aussi désert. Il se souvenait d'un voyage qu'ils avaient fait, Lindy et lui, avant la naissance des gosses, un safari en 4 × 4 dans le Sahara. Comparé à cette solitude hostile, c'était une vraie fourmilière. Les quelques kilomètres qu'il avait parcourus après avoir quitté l'aéroport d'Inverness en voiture de location, ça allait encore, mais, lorsqu'il avait abandonné la route à grande circulation pour se diriger vers l'ouest, il n'avait pas tardé à se retrouver au beau milieu du néant absolu. D'après la carte, c'était censé être une nationale, mais on aurait dit une de ces petites routes de campagne du Peak District.

Il y avait de quoi devenir dingue, pensa-t-il. Rien que de la roche grise et de la végétation brun-vert. Ou plutôt : rien que de la roche grise, de la végétation brun-vert et, de temps à autre, un lac gris-brun. Parfois, un rocher se métamorphosait en un pignon écroulé, vestige de ce qui avait été jadis une maison ou une ferme. Mais les signes de vie humaine étaient rares. Les seules créatures vivantes qu'il pouvait apercevoir étaient des moutons. En une heure de trajet, il n'avait croisé que deux véhicules, tous deux allant en sens opposé : une Land Rover et un minibus rouge avec le blason de la poste sur le côté. Il y en avait sans doute qui aimaient le grandiose et la solitude, mais lui avait hâte de retrouver l'effervescence et le vacarme de la ville.

En examinant la carte, il s'était dit qu'aller jeter un coup d'œil à la tanière supposée de Nick Sanders était l'affaire de quelques heures. Qu'il en aurait probablement fini avant même qu'on se soit aperçu de son absence. Il capturerait le fugitif, et ses blessures d'amour-propre s'en trouveraient guéries. Après quoi, la gloire ferait qu'on lui pardonnerait son insubordination. S'il ramenait Nick Sanders avant la tombée de la nuit, Carol serait bien forcée de rendre hommage à ses talents.

Mais ici, le jour disparaissait plus vite également. On n'était encore qu'en milieu d'après-midi et il avait l'impression que le crépuscule s'annonçait déjà. Il aurait de la chance s'il atteignait Achmelvich avant la nuit, sans parler de rentrer à Bradfield. Il regretta de ne pas avoir emporté une lampe de poche. Quelque chose lui disait que les lampadaires ne devaient pas être légion à Achmelvich. S'il traversait à nouveau un endroit un tant soit peu civilisé, il achèterait quelques denrées de base.

Il se demanda s'ils avaient du chocolat, dans un coin pareil.

Tony avait choisi de s'asseoir à la table normalement occupée par Kevin Matthews pour la bonne raison que, de son bureau, Carol ne pouvait pas voir ce qu'il fabriquait. Elle était toujours au téléphone, ce qui lui laissait le loisir de consulter l'annuaire. L'oreille dressée, il parcourut les colonnes du doigt. Bon sang, ça devenait de plus en plus difficile de lire les petits caractères ! se dit-il. Il était grand temps de consulter un ophtalmo.

La communication de Carol semblait sur le point de se terminer. « Oui, je sais, tout le monde pense que sa requête est prioritaire. Mais un de mes officiers a été enlevé par un tueur... » Un silence. « Bien, je vous remercie. »

Juste à temps, il trouva le renseignement qu'il cherchait. Il le nota sur un bout de papier qu'il glissa dans sa poche au moment précis où Carol, émergeant de son bureau, se dirigeait vers lui. « Est-ce que Jan t'a mis au courant ? demanda-t-elle.

— Jan ? Au courant de quoi ?

— Brandon veut un profil. Il a déjà déclaré lors de la conférence de presse de midi qu'il avait fait appel aux services d'un profileur psychologique. Les médias locaux en déduiront naturellement qu'il s'agit de toi.

— Oh, ça. Elle m'en a touché un mot, en effet », répondit-il, conscient de son trouble et comptant que Carol l'attribue à son étourderie coutumière. « Bien entendu, tu ne veux pas que je fasse allusion à ce dont nous avons parlé hier soir ? » ajouta-t-il en guise de diversion, avec l'espoir qu'elle ne remarquerait rien d'inhabituel dans son attitude.

Carol haussa les sourcils. « Pas si tu veux que Brandon continue à te prendre au sérieux.

— Et toi ? Tu y as réfléchi ? »

Elle passa une main dans ses cheveux. Elle avait l'air éreintée, pitoyable. « Oui, et je ne suis pas plus avancée. Désolée, Tony, mais, à moins que tu n'aies quelque chose de concret, je n'ai pas de temps pour ça. »

Il se leva. « D'accord. Je comprends. Je rentre chez moi. Je travaillerai mieux là-bas.

— Parfait. On en reparle plus tard », dit-elle distraitement. Elle était déjà passée à autre chose, le téléphone à l'oreille, les doigts sur les touches.

Dans la rue, Tony héla un taxi. Tirant le papier de sa poche, il donna l'adresse au chauffeur. Il se laissa aller contre le siège et se mit à regarder au loin. Il était si absorbé par ses pensées que, lorsqu'il se mit à parler tout haut, il ne s'en aperçut même pas. Pas plus qu'il ne capta le regard inquiet du chauffeur dans le rétroviseur. La seule chose qui l'intéressait, c'était le mécanisme mental d'un tueur.

« Tu n'as pas eu ce que tu désirais, marmonna-t-il. Une méchante fée, le jour de ta naissance, t'a refilé une part minable, et assez de jugeote pour comprendre à quel point elle était minable. Alors, tu as appris à saisir le pouvoir, à masquer la vulnérabilité. Et en premier lieu à te venger. À camoufler ta faiblesse derrière un étalage de force. Mais un jour ou l'autre, les fissures commencent à apparaître. Tu cesses de croire à ta propre esbroufe. Il te faut trouver une manière de te rassurer. De te donner encore plus de pouvoir. Tu deviens la voix. » Il hocha la tête avec satisfaction. Cela tenait debout. Cela avait l'ossature d'un enchaînement logique. Une logique complètement braque, mais une logique tout de même.

« D'abord, tu tires ton pouvoir des faibles. Tu trouves en Derek un auditeur. Tu le forces à exécuter tes ordres. Tu l'envoies capturer ta proie et tu règles chaque mouvement du spectacle de marionnettes. Mais Derek fiche tout en l'air et te voilà de retour à la case départ. Et cela prend du temps pour plier une volonté à la tienne. Mais tu finis par y parvenir. Tu rencontres un autre cerveau que tu puisses contrôler, une autre tête dans laquelle te nicher. Et cela recommence. Jusqu'à ce que se présente la possibilité de te mesurer à quelqu'un du même gabarit que toi. Et alors, tu ne peux pas résister, n'est-ce pas ? »

Sa rêverie fut soudain interrompue par la voix inquiète du chauffeur. « Ça va, mon vieux ? »

Tony se pencha en avant. « Pas vraiment. Mais j'espère que ça va bientôt s'arranger. »

Une des raisons de mon succès est ma capacité à agir sur le moment, à adapter mes plans en fonction des changements de situation. Vu le temps que ça m'a pris de le former, j'aurais espéré que ce babouin me ferait davantage d'usage, mais il apparaît de plus en plus clairement que quelqu'un finira par le dénoncer – ce qui représente un risque que je n'ai aucune envie de prendre. Je ne doutais pas de Tyler, ne doutais pas qu'il garderait la foi, parce qu'il avait tant à gagner dans la tâche que je lui avais assignée. Mais celui-là est plus faible. Il me trahira sans même le savoir.

Je m'arrête au coin de la rue où se trouve son trou à rat. Il commence à faire nuit, et chacun est trop pressé d'aller se mettre au chaud pour se soucier de rien d'autre. Je jette un coup d'œil dans les rétroviseurs, pour m'assurer que personne n'observe, puis je sors le pistolet de la boîte à gants, savourant son poids dans ma main.

Lorsque la voie est libre, je descends, la tête baissée, et me rends rapidement à destination. J'ai une clé de la porte de la rue et je grimpe les marches jusqu'au premier étage. Deux portes vertes crasseuses s'ouvrent sur le palier. J'avance une main gantée et frappe au numéro quatre.

Je sens les battements de mon cœur s'accélérer. Je n'ai encore jamais fait ça face à face, et je me demande quelle impression ça produit. Les secondes passent puis la porte s'écarte de quelques centimètres. Carl regarde par l'interstice, seulement vêtu d'un vieux caleçon grisâtre et d'un tee-shirt chiffonné. On dirait qu'il vient juste de se lever. Il a une expression méfiante, mais, en me voyant, son visage s'illumine. « Salut, dit-il, un sourire niais sur son visage luisant. Je ne vous attendais pas. »

Il s'efface pour me laisser entrer. La chambre est froide et en désordre. Lit défait, vêtements en tas, poster de Britney Spears sur le mur. Il règne une odeur de sueur et de masturbation. Chaque fois que je viens ici, ça me déprime de penser que je n'ai pas pu faire mieux.

Carl balbutie quelque chose, mais, cet après-midi, je n'ai pas de temps à perdre en bavardages. Je devrais être ailleurs. Je sors le pistolet et prends plaisir à voir la panique envahir son visage. Il a beau ne pas être futé, il sait ce que signifie une arme à feu quand elle est appuyée contre son crâne. Je l'oblige à reculer vers le lit.

« J'ai fait ce que vous vouliez. Je n'ai rien dit à personne », gémit-il. Ses jambes heurtent le rebord et il s'effondre en arrière. Il rampe jusqu'à la tête de lit. À présent, il sanglote. « Je vous le jure, jamais je ne vous laisserai tomber. »

Je retrouve la voix en moi. Celle à laquelle il est dressé à obéir. « Couche-toi, Carl. Couche-toi et tout ira bien. Je suis la Voix. Je suis ta Voix. Tout ce que je te dis de faire est pour le mieux. Je suis la Voix, Carl. Couche-toi. » Et ça marche. Son subconscient surmonte sa panique et il fait ce qu'on lui demande. Il tremble, transpire, mais il s'exécute.

Prenant l'oreiller, je le lui plaque sur le côté de la tête. Puis j'enfonce le canon du pistolet dedans. Ses yeux grands ouverts s'en remettent à moi. « Je suis la Voix, dis-je à nouveau. Je suis ta Voix. » Et je presse la détente.

Carol leva la tête du dossier qu'elle était en train de lire. L'homme qui venait d'entrer dans la salle de la brigade travaillait au service des empreintes. « On a un résultat de l'AFIS.

— Qui est-ce ? » demanda-t-elle en se levant et en lui arrachant la feuille des mains. « Carl Mackenzie. Vingt-six ans. Possession de cannabis, d'ecstasy, outrage à la pudeur...

— Je le connais, c'est un dealer à la petite semaine, expliqua Kevin. Il traîne en général chez Stan.

— Dernière adresse connue : 7, Grove Terrace, à Bradfield, appartement 4, continua Carol. Venez, Kevin, allons-y. » Elle passa devant l'expert en empreintes, appela Merrick.

« Il est parti se coucher, lui rappela Kevin. Je peux essayer de le joindre sur son portable. »

Carol secoua la tête. « Inutile. Stacey, attrapez votre manteau ! » cria-t-elle à travers la pièce.

Immobile sur le seuil du bureau de Carol, l'expert les regarda s'en aller. « Merci pour vos efforts, les gars », singea-t-il avec ironie.

Carol, Kevin et Stacey galopèrent ensemble dans le couloir.

« Prenons ma voiture, cria Kevin, j'ai un gyrophare. »

Carol approuva d'un signe de tête tandis qu'ils dévalaient les escaliers. Ils s'entassèrent dans la voiture, et Carol ouvrit la boîte à gants pour en tirer la lampe. Elle s'escrima avec le câble, réussit finalement à l'enfoncer dans la prise de l'allume-cigare, baissa la vitre et planta le gyrophare sur le toit.

Ils étaient déjà bloqués dans la circulation, au milieu des embouteillages de l'heure de pointe. Kevin pressant le klaxon, le gyrophare lançant des éclairs, les autres conducteurs eurent peu à peu l'idée de libérer le passage. Mais ça ne donnait toujours pas l'impression d'avancer beaucoup.

Carol mâchonnait ses cuticules. *Mon Dieu, je vous en supplie, faites que nous retrouvions Carl Mackenzie ! Et aussi, par pitié, qu'il nous mène à Paula !*

Tony régla le taxi et resta un long moment à contempler la maison qui se dressait devant lui. C'était un pavillon moderne dans un de ces lotissements en brique affreusement insipides qui commençaient à se répandre dans les faubourgs. Situé au bout d'une impasse, il occupait l'emplacement central, avec une vue dégagée sur toute voiture remontant la rue. Tony n'en fut pas étonné le moins du monde. Le Creeper devait être maître de tous les aspects de son environnement.

La maison de Jan Shields était encore plus dénuée d'originalité que celles de ses voisins, si c'est possible. Murs peints en blanc, porte d'entrée blanche, porte de garage également blanche. Dallage d'une banalité affligeante pavant l'allée et le sentier. Une pelouse bien entretenue entourée, à intervalles réguliers, d'arbustes et de conifères, le tout témoignant d'un goût de l'ordre obsessionnel. Ce qui ne surprit pas davantage Tony.

Il remonta le sentier et essaya la clé à mortaise. Tout d'abord, elle rechigna à tourner, mais Tony la secoua légèrement et le pêne se déplaça. La première Yale ne correspondait pas, mais la seconde s'enfonça sans problème. Comme la porte s'ouvrait, il entendit le bip insistant de la sonnerie d'un système d'alarme. Il chercha la boîte de commande, finit par l'apercevoir derrière lui. Il continuait d'être verni ; c'était un dispositif commandé par une clé et non par un code. Il farfouilla avec les deux petites clés, les mains moites, tandis qu'il faisait pivoter la serrure avec la première.

Le silence retomba. Il essuya des deux mains son visage en sueur et se tourna pour examiner ce qu'il pensait être le repaire du Creeper. Ses arguments à l'appui de cette conviction n'étaient pas du genre à convaincre un flic. Il imaginait déjà la tête de Carol. « C'est la façon dont elle parlait du pouvoir et de la vulnérabilité. Son mépris pour les faibles. » Après quoi il verrait sur son visage le désir de le croire le disputer à son besoin viscéral de preuves palpables. En fait, il y avait autre chose, mais qui n'était pas moins impalpable. Depuis le début, il avait été troublé par l'histoire du fil coupé. Si Paula l'avait senti venir, elle aurait rué dans les brancards. Qu'elle n'ait rien remarqué signifiait que ça n'avait pas été fait à l'aveuglette. Et si ça n'avait pas été fait à l'aveuglette, celui qui l'avait enlevée n'avait pas tablé sur la chance. Il avait dû le savoir à l'avance. Ce qui réduisait les possibilités à Carol et à son équipe.

Dans un premier temps, ses soupçons s'étaient portés sur Chen et Evans. C'étaient les candidats les plus plausibles en raison de leurs origines ethniques. Il n'était pas difficile d'imaginer les ressentiments s'accumulant au fil des années tandis qu'ils se sentaient au bas d'une hiérarchie implacablement structurée pour maintenir le pouvoir entre d'autres mains que les leurs. Chen l'avait plus particulièrement intrigué à cause de son obsession des machines. Elle n'avait pas le contact facile avec les gens, ce qui, si elle était l'assassin, avait pu l'inciter à utiliser un intermédiaire. Il y avait également chez Evans une froideur, une distance qui pouvaient donner à penser qu'il aimait se servir des autres à ses propres fins.

C'est alors qu'il s'était rendu compte que, en plus de constituer une troisième candidate, Jan présentait un lien unique avec Paula. Aussi avait-il orienté la conversation ce matin dans une direction dont il espérait qu'elle lui en apprendrait davantage à son sujet. Ce qui n'avait pas manqué. Et il s'était brusquement souvenu que Carol avait mentionné que Jan était allée avec Paula choisir ses vêtements. Personne n'était mieux placé pour s'assurer que le fil se trouvait à l'endroit adéquat. Et voilà qu'il était chez elle, jouant le tout pour le tout sur son flair.

Il alluma dans l'entrée. C'était un risque, mais cela ne servait à rien de rester dans le noir. Aussi loin que l'œil puisse voir, le sol était couvert d'une épaisse moquette crème. Elle se prolongeait dans la salle de séjour et le long de l'escalier, et elle était immaculée. Pas d'enfants ni d'animaux ici. Il regarda à ses pieds et vit une paire de pantoufles à côté de la porte d'entrée. Il n'était pas question que quiconque vienne souiller cet endroit.

Gagnant la salle de séjour, il s'immobilisa sur le seuil, enregistrant tout, passant d'une première impression à un examen minutieux. La pièce était vaste, une voûte séparant l'espace salon de la salle à manger. Deux grands canapés occupaient la première partie de la pièce, avec quatre coussins en velours bordeaux méticuleusement disposés sur chacun. En face de l'un d'eux, une table basse en verre et bois. Dessus, un numéro de *Radio Times* et le journal du matin, parfaitement alignés. Les murs étaient peints dans un crème un ton plus foncé que la moquette. Au-dessus d'un feu de cheminée factice était accrochée une reproduction d'un tableau de Mondrian. Un téléviseur à écran plat se dressait dans un coin, avec dessous lecteurs de DVD et de vidéos.

De l'autre côté de la cheminée, on avait installé des étagères encastrées dans le mur. Tony s'approcha pour regarder, puis se ravisa en apercevant un ordinateur portable sur la table de la salle à manger. Il l'ouvrit, pressa le bouton pour l'allumer. En attendant qu'il se mette en marche, il retourna aux étagères. « Il doit y avoir quelque chose », murmura-t-il.

Les étagères du bas contenaient des vidéos, celles du haut des livres. La plupart des livres étaient de la littérature lesbienne, romans de gare ou œuvres plus sérieuses d'auteurs tels que Sarah Waters, Ali Smith ou Jeanette Winterson. De manière inattendue, une demi-douzaine de thrillers de John Buchan dans une édition cartonnée. Sur l'étagère supérieure, des ouvrages de droit, des manuels de police. Il se pencha pour examiner les vidéos. Les séries policières américaines, comme *CSI, NYPD Blue, Law & Order*, dominaient, même si l'on trouvait aussi quelques classiques lesbiens : *Bound, Show Me Love*. Il prit deux cassettes au hasard, mais le contenu correspondait aux couvertures.

« Il doit y avoir quelque chose », répéta-t-il. Il retourna à l'ordinateur et y jeta un coup d'œil. Le problème, c'est qu'il n'avait rien d'un spécialiste. Il savait exécuter les programmes qu'il désirait et c'était à peu près tout. Il lui fallait Stacey Chen. Mais c'était aussi vraisemblable pour le moment que de marcher sur la Lune. « Ça ne va pas être là. Tu es bien trop intelligente pour ça. Tu sais ce que sont capables d'accomplir les gens comme Stacey. Non, ça doit être quelque chose de tangible, quelque chose auquel tu puisses accéder sans te compromettre. » Il parcourut la pièce des yeux. Il n'y avait aucun endroit où cacher quoi que ce soit. Si la marionnettiste conservait des traces de ses exercices de pouvoir, ce n'était pas là.

Avec détermination, il se dirigea vers l'escalier. Il ne craignait pas d'être dérangé ; les officiers de Carol travaillaient tous vingt-quatre heures sur vingt-quatre. Jan ne serait pas de retour avant des heures. Largement le temps de jeter un sérieux coup d'œil.

Les trois flics s'engouffrèrent dans les escaliers faiblement éclairés du 7, Grove Terrace, ignorant l'étudiant bouche bée qui les avait fait entrer et qui s'exclamait à présent : « Hé, qu'est-ce que c'est que ce... »

Ils arrivèrent en se bousculant sur le palier devant l'appartement 4. Carol cogna du poing contre la porte. « Police, ouvrez ! » cria-t-elle, déchargeant toute la colère, la peur et la frustration des jours précédents.

Pas de réponse. Kevin s'avança et martela le panneau en bois avec une telle brutalité que celui-ci se fendit. « Ouvrez, Carl ! La fête est finie !

— Enfoncez-la », ordonna Carol.

Se reculant, Kevin se lança de tout son poids contre la porte. Elle trembla, mais sans céder. Alors qu'il s'apprêtait à faire une nouvelle tentative, Stacey intervint : « Laissez-moi essayer. »

Kevin faillit éclater de rire. « Vous ? »

Mais Stacey s'était déjà placée en biais, respirant à fond. Elle sembla se replier sur elle-même, puis elle se détendit comme un ressort, lançant une jambe, qui atteignit la porte juste à côté de la serrure. On entendit le bois éclater et la porte s'ouvrit.

« Ça alors ! » fit Kevin.

Carol lança à Stacey un regard perplexe. « Eh bien, vous êtes pleine de surprises », dit-elle avant de pousser le battant. Le spectacle auquel ils furent confrontés dissipa ce moment d'euphorie. Carl Mackenzie gisait allongé sur le lit, du sang et de la cervelle maculant les couvertures ainsi que le mur derrière lui. L'air était lourd, chargé de cette odeur salée et métallique du sang. De la main droite, il tenait un pistolet, les doigts entourant mollement la crosse.

« Blessure par balle à la tempe droite. Arme dans la main, dit machinalement Carol.

— Oh non ! s'écria Kevin. Tu ne pouvais pas nous donner Paula d'abord, espèce d'enfoiré ?

— Ça m'a tout l'air d'un suicide », dit Stacey.

Carol se pencha pour regarder plus attentivement le corps sur le lit. « Sauf que je ne vois pas de brûlures causées par la poudre autour de la plaie. » Elle avança la main et toucha du revers le bras inerte. « Il est encore chaud. Sacrément commode. »

Stacey fronça les sourcils. « Commode pour qui ?

— Pour celui qui veut nous faire croire que Carl Mackenzie était suffisamment intelligent pour projeter une série de meurtres et kidnapper un flic.

— Je ne comprends pas. Ses empreintes se trouvaient sur le bloc d'alimentation de Paula. Vous voulez dire qu'il travaillait avec quelqu'un ? »

Carol poussa un soupir. « Pas avec quelqu'un, Stacey. Pour quelqu'un. »

Ce n'était pas si désagréable après tout. Pas aussi jouissif que de faire faire le boulot par les autres, mais excitant tout de même. Posséder le pouvoir d'ôter la vie et avoir le cran de s'en servir. Comment est-ce que ça pourrait ne pas être le pied ?

Je me demande combien de temps tiendra le scénario du suicide. Tout dépend s'ils le trouvent parce qu'ils le recherchent pour les meurtres ou juste comme ça. Si c'est la blonde de glace et sa bande de roquets, ils ne mettront pas longtemps à comprendre que Carl n'était pas seul lorsqu'il est mort. J'aurais préféré ne pas utiliser l'oreiller, mais je n'avais pas de silencieux, après quoi il fallait déguerpir. À m'attarder pour peaufiner les détails, je risquais de me faire repérer par un voisin curieux.

J'aurais peut-être dû raconter que je l'interrogeais quand, soudain, il a empoigné le pistolet et s'est tiré une balle. J'aurais pu être la vedette du jour. Mais ç'aurait été une stratégie à haut risque et, si j'ai réussi jusque-là, ce n'est pas en prenant des risques inutiles. J'ai toujours mis toutes les chances de mon côté. Comme avec ces primates : j'ai toujours prévu ce qu'il faut pour qu'ils dépendent de moi avant d'appuyer sur le bouton pour les faire danser. Avec Derek, c'étaient les preuves du viol que j'ai opportunément fait disparaître. Avec Carl, c'était la drogue.

À présent, il est temps de finir le nettoyage. En sillonnant les petites rues à quelques kilomètres de la chambre de Carl, je guette ce dont j'ai besoin. Et voilà que je l'aperçois dans une ruelle. Une benne d'entreprise du bâtiment, remplie de bouts de bois, de meubles déglingués et de gravats. Je m'arrête à l'entrée de la ruelle, attrape l'oreiller fichu. Je le glisse sous une vieille plaque de contreplaqué et regagne la voiture en un clin d'œil.

Il faut que je me montre à nouveau, mais je veux la voir avant. J'en meurs d'envie ; cela fait pas mal de temps depuis ce matin, et Carl n'apportera plus les vidéos. Je vais devoir aller là-bas remplacer la cassette et jeter un coup d'œil. Enfoncer moi-même un godemiché garni de lames de rasoir dans le vagin d'une femme sera nettement moins satisfaisant. Le faire faire par quelqu'un d'autre, ça en vaut la chandelle. Mais me salir les mains n'a jamais fait partie du plan.

N'empêche qu'il n'y a pas d'autre issue. Abandonnée à elle-même, elle mettrait trop de temps à mourir. Ils auront découvert où je la cache bien avant que ça ne se produise. Et même s'il n'y a rien qui puisse me désigner, je préfère qu'elle soit morte lorsqu'ils la retrouveront.

Bien sûr, ce serait plus amusant si elle restait en vie... La voir aux prises avec les dégâts que mon pouvoir lui aura infligés ne serait pas dénué de piment. De quoi me distraire pendant que je cherche un autre primate à former.

Oui. Peut-être que, pour une fois, l'exercice de la miséricorde pourrait être une voie plus divertissante.

Mais d'abord, je veux la voir souffrir encore un peu.

La moquette crème immaculée recouvrait aussi l'étage supérieur de la maison. La pièce juste devant était manifestement la chambre principale. Elle était aussi parfaitement rangée que la salle de séjour – pas de vêtements sur les chaises, lit fait avec soin, coiffeuse non moins ordonnée que le plateau d'instruments du docteur Vernon dans le laboratoire de pathologie –, mais ce n'était pas ce à quoi il s'attendait. Derrière l'effet d'ensemble volontairement austère, la pièce avait été indéniablement conçue pour être un boudoir. Les rideaux pêche et crème s'harmonisaient avec les draps de lit ; il y avait plus de volants et de fanfreluches que Tony n'en avait jamais vus en dehors du rayon literie d'un grand magasin.

« Qui essaies-tu d'être ici ? demanda-t-il à haute voix. Qui amènes-tu ? Est-ce que tu cherches à les endormir dans une fausse sécurité ? À leur faire croire que tu n'es pas un requin ? » S'approchant de la commode, il ouvrit le tiroir du haut, ayant la désagréable impression de se comporter comme les pervers sexuels qu'étaient ses patients. Il était bourré de lingerie hyper féminine comme on n'en trouve que dans certaines boutiques de luxe, et encore. Mais, même ici, l'ordre prévalait. Soutiens-gorge d'un côté, slips tout ce qu'il y a de mini de l'autre. Il déplaça doucement sa main parmi la dentelle et la soie. Ses doigts ne rencontrèrent rien de fâcheux.

Le tiroir suivant renfermait des tee-shirts soigneusement pliés, la plupart en soie, et un assortiment de bas. Le dernier tiroir était rempli de pulls. Il le referma, n'ayant rien trouvé à part des vêtements.

Il regarda vers le lit. Immense, avec une tête en métal peint couleur crème, style rétro. Cela donnait la mesure de son investissement intellectuel dans la perversion, se dit Tony, qu'il ne puisse contempler ce genre de lit sans songer automatiquement au bondage. De chaque côté, il y avait une table de chevet et une lampe. Impossible de dire de quel côté dormait Jan.

Il jeta un coup d'œil dans le tiroir de la table de chevet la plus proche de la porte. Vide. L'autre contenait deux livres d'érotisme lesbien, dont un à thème sadomaso, un godemiché et une petite sonde anale. Rien de très remarquable. « Naturellement, il est possible que je me trompe à ton sujet, encore que ça m'étonnerait, marmonna-t-il. Et si c'est le cas, cela pourrait être très embarrassant. » Il ferma le tiroir et regarda autour de lui avec insistance.

Un des murs de la chambre était entièrement constitué de portes. Tony essaya la première et se retrouva dans une petite salle d'eau. Pas de cachette en vue. La suivante ouvrait sur une penderie qui courait sur toute la longueur de la pièce. Il s'avança lentement, passant les vêtements en revue. Tailleurs, pantalons, vestes, corsages, deux ou trois tenues de soirée. Le tout propre et bien repassé, quelques articles encore dans la housse du pressing. Il s'agenouilla pour regarder derrière les chaussures. Elle avait, estima-t-il, ce qui serait apparu à Carol comme un penchant déprimant pour les bottes de cow-boy.

Comme il farfouillait parmi les bottes, ses doigts sentirent le froid de l'acier. Tâtonnant sous les chaussures, il découvrit une boîte en métal poussée dans un recoin du mur. « Eurêka », souffla-t-il. Il la tira au jour et essaya la dernière clé.

La serrure tourna avec l'onctuosité qu'assure un usage fréquent. Espérant davantage qu'une simple cache à pornographie, il leva le couvercle.

Sur le palier de Grove Terrace, Carol regardait les officiers de scène de crime se livrer à leur fastidieuse alchimie. La voix de Stacey lui parvenait de l'étage au-dessus.

« Vous connaissiez Carl Mackenzie ? »

Puis une femme répondit : « Je ne dirais pas que je le connaissais. On se parlait dans les escaliers, ce genre de chose. Mais ça n'allait pas plus loin. Il avait une case en moins, le pauvre.

— Avez-vous jamais vu des gens entrer ou sortir de chez lui ?

— Non, personne. Un solitaire, le Carl. Serviable, mais pas du genre que vous auriez envie d'avoir sans cesse sur les talons.

— Et vous n'avez rien entendu cet après-midi ?

— Moi, non. Je regardais la télé. »

Kevin remonta de l'étage inférieur. Il secoua la tête. « Personne n'a entendu le moindre bruit. »

Carol poussa un soupir. « Vraiment, ou ça les arrange ?

— Je crois qu'ils disent la vérité, répondit-il d'un ton désespéré. En bas, il y a une petite vieille qui aurait adoré avoir entendu ou vu quelque chose. Elle n'a pas eu autant d'émotions fortes depuis la guerre des Boers.

— Si Carl Mackenzie s'est suicidé, Kevin, je veux bien être mutée à la circulation. Faites venir des agents pour fouiller les poubelles.

— Les poubelles ? On cherche quoi ?

— Regardez le lit. Qu'est-ce qui cloche dans le tableau ? »

Kevin regarda, mais ne vit rien à part le cadavre refroidissant peu à peu sur les draps souillés. Il haussa les épaules.

« Il n'y a pas d'oreiller. Vous arrivez à dormir sans oreiller, Kevin ? »

Cela fit tilt. « Un oreiller avec un trou au milieu... »

Sam Evans en avait sa claque. Il ne savait pas trop ce qu'il devait faire. Jan Shields était repartie avec une demi-douzaine d'entre eux à Temple Fields pour ratisser ce qui était, à sa connaissance, du déjà-fait. Ils avaient reçu l'ordre d'effectuer une nouvelle prospection de la zone située immédiatement autour de la poubelle où l'on avait retrouvé l'émetteur. Ils étaient partis chacun de leur côté et il n'avait pas revu Shields depuis. Il avait frappé aux portes qu'on lui avait assignées, posé les mêmes questions, obtenu les mêmes réponses négatives.

Il décida de faire un bref arrêt chez Stan. Le café était infect, mais l'atmosphère un tantinet moins déprimante qu'au poste de police. Comme il descendait la rue en direction du rade, il aperçut Honey en bordure du trottoir, essayant de racoler. « Hé, comment ça marche, ma jolie ? demanda-t-il tranquillement.

— Salut, Sam. De la merde, oui ! Vous êtes en train de tuer le métier, vous autres.

— Ça vous dirait, un café ? » Au pub, il l'avait crue à deux doigts de vider son sac, mais, en voyant arriver Jan Shields, elle s'était refermée comme une huître. Peut-être parviendrait-il de nouveau à l'amadouer.

« C'est vous qui payez ?

— C'est moi qui paie.

— Dans ce cas, vous m'offrirez bien un petit déjeuner qui fasse la journée. »

Il sourit. Il avait toujours admiré le culot. « Eh bien, allons-y. »

Quelques minutes plus tard, Honey attaquait un monstrueux plat de saucisses, œufs, bacon et frites avec l'ardeur d'un chien affamé. La bouche pleine, elle marmonna : « Super, Sammy !

— Ça va vous tuer, ces cochonneries, dit-il sévèrement. Vous boucher les artères, vous rendre obèse. »

Elle secoua la tête. « Moi, je ne prends jamais un kilo. »

Evans lui lança un regard ironique. « Je me demande à quoi ça tient. »

Elle lui fit un clin d'œil. « Tout cet exercice.

— Sans compter les drogues douces... »

Elle sembla déçue. « Oh, Sammy, ne gâchez pas tout.

— Que voulez-vous, je suis un flic, Honey, c'est plus fort que moi. » Elle accueillit sa réponse avec une triste torsion de la bouche. « Vous savez, l'autre jour, quand nous bavardions... » continua-t-il. Elle eut un hochement de tête. « J'ai eu l'impression que vous étiez sur le point de me dire quelque chose. Puis le sergent Shields s'est pointée et vous avez mis les voiles. »

Honey avala, se donnant un peu de temps pour réfléchir. Puis elle déclara : « Celle-là, elle me dégoûte. »

Il haussa les épaules. « Elle ne fait que son boulot. Tout comme moi. »

Honey lui lança un regard dubitatif. « Parce que vous appelez ça du boulot ? »

Ce n'était pas exactement ce qu'il avait espéré, mais Evans savait écouter, surtout si cela pouvait grossir son stock d'informations. « Ce qui signifie ? »

Honey leva les yeux au ciel. « Allons, Sammy, ne me dites pas que vous n'êtes pas au courant au sujet des Mœurs et de leurs extras ? »

Tout d'abord, il ne saisit pas. « Vous voulez dire que Jan Shields en palpe ? »

Elle retira un morceau de couenne d'entre ses petites dents pointues. « Pas dans le sens où vous l'entendez. Pas du fric. » Elle comprit son silence : il voulait qu'elle le dise clairement, comme si c'était plus facile à croire de cette manière. « Elle le prend en nature. Elle oblige certaines filles à coucher avec elle. »

Evans n'aimait pas beaucoup Jan, mais il la considérait comme un bon policier. C'était elle qui avait découvert la photo de Tim Golding. Et elle s'était mise en quatre pour essayer de retrouver Paula. Il préférait ne pas la voir telle que la décrivait Honey. « À d'autres ! protesta-t-il. Ce sont juste des ragots qu'on répand sur un flic parce que c'est une cible facile. »

Honey posa ses couverts. Elle avait un air à la fois sérieux et misérable. « Elle m'a eue. La tête plaquée contre une table, en coup de vent. Elle m'a fait un fist. Je n'ai pas pu marcher droit pendant plusieurs jours. Une autre fois, elle m'a bourré le cul avec une bouteille de Coca. Vous avez idée à quel point ça peut coller la frousse, quelqu'un qui vous enfonce une bouteille en verre à l'intérieur ? Tels sont les plaisirs de votre précieux sergent. »

Il savait reconnaître la vérité quand il l'entendait, mais il n'était pas encore prêt à l'accepter. « Ça me paraît difficile à croire, Honey. »

Elle eut une moue amère. « C'est pour ça qu'elle s'en tire depuis si longtemps. Quand il s'agit d'un des vôtres, vous préférez fermer les yeux sur ce genre de saletés.

— Vous auriez dû porter plainte.

— Ouais, c'est ça. Comme si quelqu'un allait croire qu'une jolie femme policier s'amuse à brutaliser une roulure comme moi. » Sur ce, elle attaqua une tranche de pain grillé, la plongeant dans le jaune d'œuf avant de la croquer avec rage.

« C'est arrivé avec d'autres femmes ?

— Quelques-unes seulement, pour autant que je sache. Madame est difficile à satisfaire. Et nous savons qu'il vaut mieux la boucler à moins d'avoir envie de se retrouver avec une inculpation sur le dos. Nous la haïssons toutes. Elle nous bave dessus, nous force à l'embrasser. Et ça, même avec les clients, on refuse de le faire. C'est à vomir. Sans compter qu'on ne sait jamais si elle ne va pas venir en redemander. Brusquement, la voilà qui apparaît. » Elle lui jeta un regard oblique, sachant qu'elle allait porter le coup de grâce. « C'est pour ça qu'on l'appelle le Creeper. »

Il la dévisagea, bouche bée d'horreur.

« Vous voyez, je savais bien que vous ne me croiriez pas, dit-elle avec une sorte de triomphe morose.

— Comment l'appelez-vous ? » Evans prononça les mots avec peine.

« Le Creeper. C'est comme ça que l'ont surnommée les filles qu'elle s'envoie. »

Il lui lança un regard dur comme en ont habituellement les flics. « Vous avez intérêt à ce que ce soit la vérité, Honey, dit-il en repoussant sa chaise.

— Je n'ai pas de raison de mentir, Sammy », répondit-elle d'un ton froissé.

Evans se leva et laissa tomber de la monnaie sur la table. « Très bien, Honey. Debout. Vous venez avec moi. » Il l'entraîna vers la porte tandis qu'elle protestait, sortant en même temps son portable.

Le premier objet à émerger de la boîte fut un mince paquet de photographies. Tony reconnut immédiatement celle du dessus. Jackie Mayall étendue, bras et jambes écartés, sur le lit où elle avait succombé. Mais il n'y avait pas autant de sang que dans son souvenir. Les deux suivantes en comportaient davantage. Au bord des deux dernières, on apercevait du ruban de police ; sur une, un technicien se tenait près du lit, règle à la main. En comprenant ce qu'il avait devant les yeux, Tony sentit son estomac se retourner. Des clichés officiels de scène de crime... et très officieux aussi.

Avec un geste de dégoût, il les posa sur le côté et poursuivit son exploration. Il y avait d'autres photos, cette fois de Sandie Foster. Relevant des deux mêmes catégories : officielle et officieuse à la fois. En dessous, il trouva une poignée de DVD-ROM. Assis sur ses talons, il se mit à les contempler. « Des souvenirs », murmura-t-il à voix basse.

Il avait eu raison. Il avait mis trop de temps pour arriver jusque-là, mais il avait eu raison. Il songea à téléphoner à Carol, mais le besoin de savoir, d'être certain, l'emporta. Il rassembla tout avant de redescendre et de se diriger vers la table de la salle à manger.

S'installant devant l'ordinateur portable, il ouvrit le compartiment des CD/DVD. Vide. Il s'apprêtait à insérer un des disques quand il se dit que ça valait peut-être la peine de voir quels sites web Jan avait indexés. Il cliqua sur le logiciel de navigation puis sur l'icône des favoris. Sa banque. Le site de la BBC. Un machin appelé lesbiout.co.uk. Et un autre appelé simplement « webcam ». « Merde ! »

À toute vitesse, il s'assura qu'un câble reliait l'ordinateur portable à une ligne téléphonique, puis il cliqua sur l'icône pour être en ligne. Tandis qu'un gazouillis de modem se faisait entendre, il étala les photos sur la table autour de lui. « Bienvenue. Vous avez des messages », fit une voix enjouée.

Ignorant cette invitation à accéder à la boîte de réception, il cliqua sur le lien webcam. L'écran devint noir. Puis il se remplit d'une image brouillée. Quelques secondes plus tard, les pixels se figeaient et, avec une définition parfaite, Paula McIntyre apparut sur l'écran. « Nom de Dieu ! » s'exclama Tony.

À première vue, il aurait été incapable de dire si elle était morte ou en vie. Il n'y avait pas de sang, ce qui était plutôt bon signe. Il fixa l'écran avec un froncement de sourcils, se demandant comment modifier l'image, s'il était possible de zoomer ou pas, s'il y avait un moyen d'en connaître la provenance. Il était si absorbé par sa tâche qu'il ne remarqua même pas la traînée de phares remontant l'impasse ni le bruit de moteur s'éteignant à quelques mètres seulement de la maison.

Dès qu'elle tourna dans sa rue, elle comprit qu'il y avait un sérieux accroc. Sa maison était un torrent de lumière, en haut et en bas. Pendant un instant, elle songea à prendre la fuite. Elle aurait une longueur d'avance et elle avait déjà tout prévu dans la perspective d'une telle éventualité. Toutefois, réfléchit-elle, s'il s'agissait de ses collègues, elle aurait remarqué quelque chose d'inhabituel dans les messages radio. Or, pendant tout l'après-midi, la radio de la police dans sa voiture avait débité les mêmes balivernes que de coutume. Rien qui sorte de l'ordinaire. Elle avait entendu la demande de renforts lorsque le corps de Carl Mackenzie avait été découvert et elle s'était félicitée d'avoir eu la bonne idée de se débarrasser de lui avant qu'on identifie ses empreintes. En outre, si c'étaient ses collègues qui étaient chez elle maintenant, Jordan la vierge de glace aurait pris soin de l'éloigner en la chargeant d'une tâche mineure à l'autre bout de la ville.

Donc, si ce n'étaient pas les flics, cela ne pouvait être que Tony Hill. Le matin, alors qu'elle était en voiture avec lui, elle avait eu un pressentiment qu'elle avait mis sur le compte de sa paranoïa. À présent, il semblait que sa nervosité instinctive ait été justifiée. Soudain, ce fut le déclic. Il lui avait probablement barboté ses clés et les avait fait dupliquer. Elle jura à voix basse. Ce n'était pas un moment d'étourderie de sa part. Il l'avait possédée. Une vague d'indignation la submergea et elle sut qu'elle n'allait pas s'enfuir. Elle n'avait jamais été la risée de personne. De personne !

Si c'était Hill et qu'il était seul, elle n'aurait aucun mal à s'en sortir. Se débarrasser de lui, déménager ses souvenirs là où on ne les trouverait pas, exprimer d'affreux remords pour avoir tué le psychologue en le prenant dans l'obscurité pour un cambrioleur. Au pire, elle écoperait de deux ans.

Mais cela ne pouvait marcher que si elle donnait l'impression d'être rentrée chez elle normalement. À une trentaine de mètres, elle coupa les phares et arrêta le moteur, s'engageant dans l'allée en profitant de son élan comme à l'accoutumée. Elle descendit de voiture, ferma la portière en douceur. Depuis la pénombre de l'allée, elle apercevait la salle de séjour dans toute sa longueur.

Il était effectivement là, cet enfoiré. Assis à la table de la salle à manger, se servant de son ordinateur portable comme s'il était Boucle d'Or et elle les trois ours. Eh bien, ça ne faisait plus de doute, elle irait jusqu'au bout.

Elle gagna l'arrière de la maison, passant devant la fenêtre de la salle manger en se baissant. Puis elle s'adossa au mur près de la petite porte, fouilla dans son sac pour trouver la clé, qu'elle rangeait à part au cas où elle perdrait son trousseau. Admirable, la planificatrice avisée, mais qui aurait dû se rendre compte plus tôt que Carl n'était pas son seul problème.

Elle glissa la clé dans la serrure et tourna avec d'infinies précautions. Le bruit fut à peine audible. Elle enleva ses chaussures, entrouvrit la porte, se faufila par l'ouverture, et s'immobilisa, l'oreille tendue. Elle se sentait merveilleusement alerte, frétillant à l'idée qu'elle contrôlait la situation et que ce salaud de psy ne se doutait de rien. À travers la porte séparant la cuisine de l'espace salle à manger, elle entendait le cliquetis de la souris et des touches.

Elle était si tendue qu'elle tressaillit lorsque le son d'une voix rompit le silence. « Où es-tu ? Allons, dis-le-moi. Où es-tu, Paula ? » Le rythme de son cœur retomba dès qu'elle comprit qu'il s'adressait à l'image sur l'écran et non à elle.

Elle aspira une goulée d'air. Dans le faible rougeoiement de la ville filtrant par la fenêtre, elle pouvait distinguer les contours de sa cuisine moderne, aseptisée, bien rangée. Une des femmes qu'elle avait ramenées pour baiser avait déclaré que, dans un cadre pareil, le micro-ondes ne devait pas chômer. Elle n'avait pas été invitée une seconde fois. Près de la cuisinière se trouvait le râtelier à couteaux, dont le contenu, rarement utilisé, était aussi tranchant qu'à sa sortie de l'usine. Elle dégagea doucement un couteau à désosser à longue lame, puis marcha sans bruit vers la porte de la salle à manger.

Carol s'appuya au mur de sa main libre, comme pour ne pas chanceler sous le poids des informations qui lui parvenaient au bout du fil. « Vous êtes sûr, Sam ? » dit-elle, sachant en son for intérieur qu'il avait raison, que Tony avait eu raison, que c'était là le pire des scénarios possibles pour Paula McIntyre. Avec cette dernière donnée, les morceaux épars qui la troublaient depuis plusieurs jours s'étaient mis à former un tout cohérent.

« On ne peut plus sûr, répondit Evans avec solennité.

— Où est-elle en ce moment ? » demanda Carol. Kevin, qui descendait l'escalier, s'immobilisa, alarmé par son air abattu, la sombre résignation dans sa voix.

« Je ne sais pas. Cela fait des heures que je ne l'ai pas vue.

— Il faut absolument lui mettre la main dessus. Allez dans les rues et essayez de retrouver sa piste. Demandez qui l'a aperçue. Mais pas de messages radio, c'est compris ?

— Compris.

— Bon travail, Sam », dit Carol, sachant que personne d'autre ne le remercierait pour ce qu'il avait accompli. Elle coupa la communication. Elle aurait voulu se rouler en boule et pleurer, mais cela devrait attendre plus tard.

« Chef ? » s'enquit Kevin. Elle savait que ce n'était pas vraiment pour elle qu'il se tourmentait, mais elle ne lui en voulait pas.

« Le Creeper. Sam a obtenu un signalement par une des prostituées. »

Le visage de Kevin s'illumina. « Mais c'est une nouvelle sensationnelle.

— Non », répondit Carol tout net. C'était comme si elle ne pouvait pas se résoudre à le lui dire. Elle pivota et se mit à dévaler les marches. « Stacey ! Et vous aussi, Kevin ! cria-t-elle. Venez avec moi, tout de suite ! »

Kevin la rattrapa à la voiture, Stacey sur ses talons. « Qui est-ce ? questionna-t-il. Qui est-ce ? »

Le visage de Carol se plissa brièvement de douleur. « Jan Shields. »

Kevin recula comme s'il avait reçu un coup de poing en pleine figure. Il laissa échapper un petit rire incrédule. « Des boniments. Quelqu'un qui a un compte à régler.

— Sam prétend que non, répondit-elle gravement. J'aurais dû écouter Tony, ajouta-t-elle en passant une main dans ses cheveux. De grâce, Kevin, on peut y aller ? »

Hébété, il déverrouilla la voiture et ils s'entassèrent à l'intérieur. « Stacey, appelez le poste de police pour avoir l'adresse de Jan Shields, lança Carol par-dessus son épaule. Bon Dieu, j'aurais dû écouter Tony !

— Quoi ? Il a dit que c'était Jan Shields ?

— Il a dit qu'il y avait un flic derrière tout ça. Je n'ai pas voulu le croire.

— Où est-ce que je vais ? » dit Kevin tandis que Carol plaquait brutalement le gyrophare sur le toit.

Du siège arrière, Stacey cria l'adresse. « C'est dans le lotissement de Micklefield.

— Pour l'instant, on n'a que la parole d'une pute, fit observer Kevin en se frayant un passage à travers la circulation. Et ça n'a aucun sens. »

Carol poussa un soupir comme si elle portait le poids du monde sur ses épaules. « Au contraire. C'est même la première chose qui ait un sens depuis que toute cette foutue affaire a commencé. »

Tony cliqua sur une autre icône dans l'espoir que cela lui fournirait une indication sur l'emplacement de la webcam. Il avait enlevé l'image, incapable de supporter le spectacle de la vulnérabilité de Paula. Au moins, elle était toujours en vie. Il savait qu'il était temps d'appeler Carol. Stacey Chen était mieux équipée que lui pour cette besogne.

Il chercha son portable. Il avait à peine sorti la main de sa poche qu'il entendit une voix basse dans son dos qui lui donna la chair de poule.

« Vous êtes un cambrioleur. Je suis parfaitement dans mon droit. »

Il se figea puis se retourna lentement. Jan Shields se trouvait à quelques centimètres de lui, bien campée sur ses jambes, une lame scintillante serrée presque avec nonchalance dans sa main. Son regard était glacé et ferme, toute son attitude exprimant une violence soigneusement contenue. « Laissez tomber ce téléphone par terre », ajouta-t-elle.

Il fit ce qu'on lui disait. Il ne doutait pas un instant qu'elle l'eût égorgé sans hésitation s'il n'avait pas obéi. « La légitime défense sera peut-être un peu difficile à invoquer. Je veux dire, tout le monde sait que je suis une mauviette. »

Elle fit une moue de mépris. « Je ne pense pas avoir à le faire. Parce que personne ne sait que vous êtes là, n'est-ce pas ?

— Carol est au courant », dit-il négligemment en s'efforçant d'avoir l'air convaincant.

Elle secoua la tête. « J'en doute. Elle ne plaisante pas avec le règlement, la chère Carol. Jamais elle ne vous aurait laissé jouer les francs-tireurs. Je crois au contraire que vous êtes tout à moi, docteur Hill. »

Elle était tellement habituée à dominer, se dit-il. La seule manière de l'atteindre était de lui enlever le pouvoir. Ce qui était très bien en théorie. Le seul problème, c'est qu'il manquait cruellement de levier. « Ce n'est pas votre style, Jan... », essaya-t-il pour commencer.

Cela eut le don de l'amuser. « Vraiment ?

— Vous salir les mains ! Vous préférez que quelqu'un d'autre fasse le sale boulot. »

Elle haussa un sourcil. « Insinuez-vous que j'ai quelque chose à voir avec ces meurtres ? dit-elle, un air d'innocence outragée sur son visage de chérubin.

— Ce sont vos meurtres, Jan. Vous devriez être fière. Du travail remarquable.

— Possible. Mais ça n'a aucun rapport avec moi, docteur Hill. Derek Tyler a tué quatre femmes. Et un demeuré du nom de Carl Mackenzie a perpétré trois meurtres identiques avant de se flinguer, pris de remords, cet après-midi seulement. C'est ce qu'indiquent les témoignages. »

Seigneur Dieu, elle a tué de ses propres mains ! Cette certitude frappa Tony avec la force de la foudre. Il sentit ses propres chances se réduire en cendres. Pourtant, il devait essayer. « Allons, Jan, il ne sert plus à rien de mentir. Carl Mackenzie n'a pas commis trois meurtres. Paula McIntyre est encore en vie.

— Manifestement, vous en savez plus que moi. Peut-être que c'est vous qui êtes derrière tout ça. Peut-être que vous avez monté un coup contre moi. Peut être que c'est vous qui m'avez envoyé toutes ces images. »

Il secoua la tête, s'efforçant de paraître déçu. « Ça ne marchera jamais. Carol Jordan me connaît trop bien pour tomber dans ce panneau.

— Je peux faire en sorte que ça en ait l'air. Vous mort et les détails s'accordant entre eux, qui voudra écouter votre blonde favorite ? Chacun sait qu'elle a pété les plombs. Allons, reconnaissez-le, docteur Hill, vous avez perdu la partie. »

Kevin vira dans le lotissement et s'arrêta au bout de la rue où habitait Jan Shields. « Et maintenant ? C'est un cul-de-sac. Si elle est aux aguets, elle va nous voir dès que nous aurons tourné le coin.

— Votre voiture est assez banale. On n'a qu'à remonter l'impasse et se ranger dans l'allée d'une maison voisine. Il n'y a pas beaucoup de lumière et ce n'est pas comme si on faisait quelque chose de louche. »

Kevin s'avança lentement dans l'impasse. Presque aussitôt, il reconnut la voiture de Jan. « On dirait qu'elle est là.

— On fait ce qu'on a dit, dit Carol. Là, il y a une allée à deux portes de chez elle. Si nous nous garons en haut, la maison l'empêchera de nous voir.

— Et ensuite ? demanda Kevin. On pourrait la confronter. L'arrêter comme suspect et effectuer une fouille. »

Une idée s'insinua dans la tête de Carol. « Est-ce que quelqu'un sait où se trouve Tony ?

— Il a dit qu'il rentrait chez lui rédiger le profil », lui rappela Stacey.

Carol prit son téléphone et composa automatiquement le numéro du domicile de Tony. Cela sonna plusieurs fois avant que le répondeur ne se mette en marche. Elle attendit le bip. « Tony, c'est Carol. Si tu es là, décroche. C'est urgent. » Elle patienta trente secondes puis coupa la communication. Elle essaya son portable, mais il sonnait interminablement sans répondre. « Ah merde ! s'exclama-t-elle, en proie à une terrible appréhension.

— Il n'y a pas de raison de supposer qu'il est là, dit Kevin d'une voix tendue.

— Mise à part la petite comédie avec les clés perdues de Jan tout à l'heure. » Carol sentit les pièces s'emboîter, le tableau prenant forme dans son esprit. « Quelle petite comédie ?

— Jan a égaré ses clés. Et Tony a abandonné un instant son rôle de savant distrait pour lui dire qu'elle n'avait pas verrouillé sa voiture. Comme si c'était plausible, dans un cas comme dans l'autre. Mais je n'ai pas compris sur le moment. » Sa gorge se serra. « Il est là, Kevin. Avec elle.

— Nous ne le savons pas.

— Il faut s'en assurer. Restez ici », ordonna Carol en ouvrant la porte de la voiture sans se soucier de l'expression consternée de ses deux collègues. Elle marcha jusqu'à l'angle du bâtiment et jeta un coup d'œil furtif. Elle se trouvait de biais par rapport à la maison de Jan. Elle pouvait voir une partie de la salle de séjour, qui était vide. La fenêtre de devant au premier étage était brillamment éclairée elle aussi. De là où elle se tenait, quelqu'un en train de guetter à l'intérieur serait parfaitement visible. C'était le moment de prendre le risque.

Elle longea la façade en courant, franchit une haie basse et traversa le jardin de la maison voisine. Ce qui l'amena à la lisière de l'allée de Jan, près de sa voiture de sport. Une grande fenêtre à l'arrière déversait de la lumière sur les dalles de l'allée, éclaboussant le côté du garage. Si elle réussissait à dépasser la fenêtre sans se faire repérer, elle pourrait, sous le couvert du garage, voir à travers les vitres d'assez loin pour qu'on ne la remarque pas.

Elle contourna la voiture et s'aplatit contre le mur. Arrivée à la fenêtre, elle parcourut quelques mètres en se baissant sous le rebord avant de se redresser. Elle était sortie du halo de lumière. Prenant sa respiration, elle franchit en quelques secondes la distance la séparant de l'arrière du garage.

Comptant sur la masse d'ombre pour la cacher, elle pivota et se haussa sur la pointe des pieds. Elle avait une vue dégagée de la salle à manger. Elle pouvait apercevoir le haut du corps de Jan. Et, un peu sur le côté, la nuque de Tony. Sa poitrine se serra. *Bon Dieu, pourquoi ne pas m'avoir appelée ?* Tandis qu'elle observait, la main droite de Jan apparut dans ce qui donnait l'impression, à cette distance, d'un geste anodin.

Mais il n'y avait rien d'anodin dans le trait brillant que dessinait la lumière autour du couteau et qui sembla transpercer Carol au plus profond d'elle-même.

Le gazouillis insistant du portable de Tony cessa aussi brusquement qu'il avait commencé. Jan hocha la tête. « Brave garçon ! Vous n'avez même pas essayé de répondre.

— C'est ça que vous aimez, n'est-ce pas ? Le moment de pouvoir. De suprématie. Le monde plié à vos volontés. »

Elle inclina la tête sur le côté. « Si vous le dites.

— Je le dis parce que je le sais. C'était une magnifique idée. Se servir d'individus mentalement influençables, en faire vos instruments. Une double dose de pouvoir. Vous les manipulez et eux manipulent la victime en fonction de votre scénario. Je vous tire mon chapeau. Ça n'a pas dû être facile de façonner de tels pantins. »

Elle sourit. « Je sais ce que vous essayez de faire. Et ça ne marchera pas. À quoi bon gagner du temps alors que la cavalerie ne sait même pas où vous êtes ? »

Il se leva. « Je ne cherche pas à gagner du temps.

— Asseyez-vous ! ordonna-t-elle.

— Je préfère pas. Vous savez très bien que vous n'avez aucun moyen de vous en tirer. »

Elle plissa les yeux. « Je vous l'ai dit. Je ferai croire que vous avez essayé de me faire porter le chapeau. Je vous ai pris sur le fait, nous nous sommes battus, vous êtes mort.

— Sous-estimer l'adversaire. Telle est la première erreur qui mène les gens à leur perte. »

Elle poussa un grognement de dérision. « Qu'y a-t-il à sous-estimer ? Nous savons l'un et l'autre de quel côté réside le pouvoir. Je suis un flic. Et vous ? Un drôle de petit bonhomme infiltrant le cerveau des dingues.

— Non, non, vous m'avez mal compris. Ce n'est pas moi votre problème. Mourir m'est égal, en fait. Non, votre problème, c'est Carol Jordan. Je lui ai fait part de mes soupçons. Certes, elle s'est moquée de moi. Mais si jamais il m'arrive quelque chose, elle vous tombera dessus.

— Carol Jordan ne me fait pas peur.

— C'est ce que je voulais dire par sous-estimer l'adversaire. Elle devrait vous faire peur. Parce que, contrairement à ce que vous imaginez, elle ne craint pas de se salir les mains, elle. Elle ne se cachera pas derrière un pauvre ballot comme Derek Tyler ou Carl Mackenzie. Elle vous démolira, et ce ne sera pas beau à voir.

— Je cours le risque. »

Il se détourna. « Je ne pense pas. Vous êtes trop accoutumée à ce que d'autres les prennent à votre place.

— Où croyez-vous aller ? » hurla-t-elle, perdant brusquement son sang-froid.

Il lui lança un regard par-dessus son épaule. « J'en ai assez de parler. Vous êtes finie et je rentre chez moi. »

Électrisée, elle bondit en avant, le saisit par le bras et le fit pivoter. Puis le couteau s'éleva dans l'air, scintillant entre eux, cherchant la chair.

Dès qu'elle vit le couteau, Carol comprit qu'il n'y avait plus une seconde à perdre. Elle courut jusqu'à la petite porte à l'arrière de la maison et à son grand étonnement la sentit céder sous sa main. Elle faillit trébucher et se rua vers la cuisine. Comme dans un arrêt sur image, elle vit Jan s'approcher de Tony, l'arme masquée par leurs corps. La bouche de celui-ci s'ouvrit en un cri de douleur. « Lâchez ce couteau ! » hurla Carol à tue-tête tandis qu'elle traversait la cuisine en quelques enjambées.

En l'entendant, Jan hésita, suffisamment longtemps pour permettre à Tony de s'écarter de la trajectoire du couteau. Elle regarda Carol, puis se tourna vers Tony pour lui décocher un regard de haine. Une seconde que Carol mit à profit pour franchir les derniers pas qui les séparaient.

Elles roulèrent toutes les deux sur le sol. Ne sachant pas où était le couteau, Carol chercha à tâtons une prise pour plaquer le poignet de Jan au sol.

« Laissez-moi ! cria Jan. Vous me faites mal !

— Lâchez le couteau ! brailla en retour Carol, le visage à quelques centimètres de l'autre.

— C'est déjà fait. » Les mots étaient presque un hurlement. « Enlevez-vous de là. » Son corps se cabrait sous Carol. Puis, soudain, Tony fut à côté d'elles, appuyant sur les épaules de Jan avec ses genoux. Du sang dégoulinait d'une de ses mains, qu'il pressait contre sa poitrine.

« Le couteau est par terre, Carol », dit-il.

Carol se laissa aller en arrière, haletant, son poids immobilisant le bas du corps de Jan. « Vous commettez une grossière erreur, marmonna celle-ci d'une voix entrecoupée.

— Je ne pense pas. Jan Shields, je vous arrête pour présomption d'homicide avec préméditation...

— Vous ne comprenez donc pas ?

— Gardez ça pour la salle d'interrogatoire. Vous n'avez pas besoin de dire quoi que ce soit...

— Carol, écoutez-moi, dit Jan, mobilisant toutes ses ressources pour conférer à sa voix une note d'autorité confiante. La victime, ici, c'est moi. Vous devez m'écouter. »

Don Merrick n'avait pas souvenir d'avoir jamais eu aussi froid de sa vie. Il avait dépassé le stade des frissons pour entrer dans une sorte de transe, le corps engourdi et lourd. Et toujours aucune trace de Nick Sanders.

Il avait atteint Achmelvich en début de soirée, au bout d'une route à une voie qui surplombait la forme effilée d'un lac. Les arbres que l'on croisait de temps à autre étaient pliés en deux, signe de la force et de la direction du vent dominant.

C'était tout juste un lieu-dit, pensa-t-il. Il y avait l'auberge de jeunesse, fermée pour l'hiver, et une poignée de petites maisons basses blotties le long d'une crête s'avançant dans la mer. Une seule laissait voir de la lumière. Il songea à aller demander son chemin, puis se dit qu'il ne devait pas être si difficile de trouver ce Château de l'Ermite.

Il se trompait, naturellement. Il avait mis près d'une heure à escalader les rochers, pas du tout chaussé pour la circonstance, trébuchant sur des cailloux, et à deux doigts, à un moment donné, de basculer dans la mer. Il était presque passé devant sans s'en rendre compte lorsqu'il finit par l'apercevoir.

Épuisé, transi de froid et meurtri, il promena sa torche sur le petit édifice en béton niché dans un creux entre les rochers. C'était un cube grisâtre d'à peine deux mètres cinquante de haut avec une minuscule cheminée inclinée au-dessus du toit. Il y avait une embrasure de porte, mais pas de porte. Elle donnait sur un étroit passage en courbe, destiné apparemment à protéger du vent et de la pluie. Lequel menait à une minuscule cellule de deux mètres de large tout au plus. D'un côté, un banc en ciment ayant la forme et la taille d'un lit d'une place. De l'autre, une cheminée. Et c'était tout. Aucun endroit où se cacher, aucun endroit où faire quoi que ce soit. Il ne pouvait pas s'imaginer passant un seul jour ici, sans parler d'une année entière.

Il retourna dehors et promena sa torche autour de lui. Pas d'autre solution qu'attendre. Il patienterait jusqu'à dix heures, décida-t-il, puis il ficherait le camp. Si Nick Sanders venait après ça, il n'irait nulle part avant le matin. Si, bien sûr, il venait.

Non loin de là, Merrick trouva un espace abrité entre les rochers et s'accroupit. Un peu plus tôt, il était tombé sur une station d'essence où il avait pu acheter une torche en caoutchouc, quelques boîtes de Coca-Cola, des paquets de biscuits et de chips. Il avait également fait l'acquisition d'un hideux pull-over tricoté à la main dont il espérait qu'il le protégerait du froid. Ça n'avait pas l'air d'aider beaucoup.

Le bruit de la mer battant les rochers avait un effet hypnotique. Par moments, il se sentait glisser dans le sommeil, ne se réveillant que lorsque son corps bougeait et se heurtait à un autre morceau de roche. Des images de Lindy et de ses fils flottaient confusément dans sa tête. S'il était ici, c'était à cause d'eux. Quelque part dans un coin de sa cervelle, il savait que c'étaient eux, en grande partie, la raison de sa détermination à faire traduire en justice l'assassin de Tim et de Guy. Il avait l'impression que ce serait une sorte de talisman, une manière d'empêcher qu'on lui prenne ses propres enfants. De quoi soulager sa culpabilité d'avoir abandonné Paula. Du reste, il y avait des dizaines de gens qui s'efforçaient de retrouver Paula, et il était le seul à se soucier de Tim et de Guy, au point de prendre le risque de suivre une piste aussi ténue.

Il était juste sept heures lorsqu'il distingua un autre son au loin, un timbre différent du va-et-vient de la mer. Pas de doute. Il s'agissait d'une voiture. Il changea de position, tâchant de dégourdir ses membres gelés. Soit c'était un occupant d'une des maisons rentrant après une journée à faire Dieu sait quoi au fond de cette maudite cambrousse. Soit c'était Nick Sanders allant se terrer là où il croyait être en sécurité.

Les minutes s'écoulèrent, aussi lentes que des heures. Puis une lumière apparut derrière les rochers. Elle devint plus brillante en contournant un monticule, se transformant en une grosse torche tenue d'une main ferme. Merrick se baissa davantage tout en sachant qu'il avait peu de chance d'être vu contre la masse noire des rochers.

La torche pivota, illumina le Château de l'Ermite. Tout d'abord Merrick ne put distinguer la personne derrière le faisceau lumineux. Mais, comme la lumière disparaissait dans l'étroit passage, il aperçut une forme, un grand sac sur le dos. La taille et la silhouette, pour autant qu'il pût en juger, correspondaient *grosso modo* à la description de Nick Sanders.

Merrick compta jusqu'à cent avant de se lever. Il lui fallut quelques minutes pour avoir l'impression que ses jambes étaient capables de le porter. Il utilisa ce laps de temps pour vérifier que ses menottes étaient prêtes, sa main serrant fermement la lampe de poche. Puis, au milieu de l'obscurité, il se fraya un chemin à travers les rochers et s'engagea dans le passage. Tandis qu'il marchait le plus silencieusement possible, il percevait des bruits d'activité. Cliquetis de boîtes de conserve. Bruissements de sacs en plastique. Puis il atteignit la chambre et abaissa son regard sur l'homme accroupi près du banc en ciment, éclairé par la lumière d'une torche en forme de lanterne. Il n'y avait pas d'erreur. C'était bien l'individu dont la photographie était épinglée au panneau de la salle de la brigade.

Un sourire de satisfaction envahit lentement le visage de Merrick. « Nick Sanders, je vous arrête sur présomption de meurtre », dit-il, savourant chaque mot.

Il se relâcha trop tôt. Sanders se redressa comme un ressort, percutant Merrick, qui s'effondra. Il essaya de l'éviter pour filer dans le tunnel, mais il n'y avait pas assez d'espace. Merrick l'attrapa par la jambe et lui fit perdre l'équilibre. Sanders s'écrasa contre le mur, trébucha, tomba à la renverse et se cogna le crâne contre le banc.

Il poussa un grognement puis demeura inerte. Merrick se hissa sur ses pieds et se pencha sur lui. Il respirait encore, au grand regret de Merrick, qui le tourna sur le côté sans se soucier de la première règle en matière de blessure à la tête. Il vit, non sans plaisir, qu'il avait une longue bosse au front. Détournant les yeux, il chercha les menottes. Soudain, Sanders se releva d'un bond, empoigna la lourde torche et la balança de toutes ses forces à la figure de Merrick. Elle l'atteignit à la tempe et, aussitôt, tout devint rouge puis noir.

Carol regarda fixement Jan Shields, de l'incrédulité sur son visage. « Vous, la victime ? De la foutaise ! Où est Paula ? »

La voix de Jan prit un timbre chaud, plus grave. « Je n'en ai pas la moindre idée, Carol. Pourquoi ne demandez-vous pas au docteur Hill ? Je le répète, la victime ici, c'est moi. Je suis rentrée pour m'apercevoir qu'il s'était introduit chez moi par effraction. Je l'ai trouvé en train de taper quelque chose dans mon ordinateur. J'ai pris un couteau de cuisine pour me défendre. J'ignore depuis combien de temps il est là et ce qu'il a pu dissimuler dans l'appartement.

— Pas mal, Jan, dit Tony d'un ton crispé. Carol, il y a une liaison webcam. Elle l'a enregistrée dans ses favoris. C'est Paula. Elle est encore en vie.

— Est-ce que ça dit où elle est ? »

Il secoua la tête. « Peut-être que Stacey pourrait dénicher quelque chose. »

Jan continua comme si de rien n'était. « Je vous le répète, Carol, je l'ai trouvé chez moi. Je ne sais absolument pas de quoi il parle.

— Fermez-la », répliqua férocement Carol. Elle changea de position pour pouvoir atteindre son portable. Elle composa le numéro de Kevin. « Kevin, venez tout de suite. La porte de derrière. Amenez Stacey avec vous. Demandez une ambulance, une équipe de scène de crime et des renforts.

— Vous allez vous couvrir de ridicule, Carol, reprit Jan, un sourire de pitié aux lèvres. Un officier de police respecté, connu pour son courage et son travail avec le FBI, se défendant contre un intrus qu'elle a surpris chez elle, un intrus cherchant à la faire accuser de meurtre simplement pour protéger la réputation chancelante de la femme qu'il aime... Voilà qui fera un excellent effet devant un tribunal, vous ne croyez pas ? »

Carol aurait voulu pouvoir se boucher les oreilles et arrêter le poison insidieux s'échappant de la bouche de Jan Shields. « Je vous le redis, gardez ça pour la salle d'interrogatoire. J'espère que vous avez un peu d'argent de côté. Bronwen Scott n'est pas bon marché. »

Jan eut un petit rire. « Oh, je crois pouvoir m'offrir quelques heures de son temps. Il n'en faudra pas plus pour que M. Brandon comprenne qu'il ne s'agit que d'un tissu de mensonges inventés de toutes pièces. Et qui en est responsable. »

Carol fut dispensée d'en écouter davantage par l'arrivée précipitée de Kevin et de Stacey. « Passez-lui les menottes et informez-la de ses droits, Kevin. Je me suis arrêtée à la « présomption de tentative de meurtre ». À moins que vous n'ayez envie d'ajouter les coups et blessures pour faire bonne mesure. Tony, tu peux t'écarter à présent. » Elle attendit qu'il fût libéré et Jan encadrée par les deux autres pour se mettre debout.

« Je suis désolée que vous soyez obligés de participer à cette comédie, les gars, déclara Jan d'un ton d'excuse. Je n'arrête pas de répéter à Carol que la victime dans cette histoire, c'est moi, mais elle doit avoir ses raisons pour préférer croire Tony, n'est-ce pas ? » En même temps, elle regardait Carol avec un sourire narquois.

« Ôtez-la de ma vue, dit Carol en s'approchant de Tony. Dès que les agents seront là, je veux qu'on la ramène à l'hôtel de police et qu'on la garde au frais jusqu'à ce que je sois prête à lui parler. » Elle vit sa pâleur et poussa une chaise vers lui. Il s'y affala, une main contre son pull imbibé de sang. « C'est grave ? demanda-t-elle.

— Ça fait un mal de chien. Ça n'arrête pas de saigner. » De la sueur perlait à son front. Carol se rua dans la cuisine, décrocha deux torchons. Elle les replia pour en faire des compresses, qu'il appuya sur la longue entaille qui lui zébrait la main.

Après des minutes interminables, des lumières bleues clignotantes balayèrent la fenêtre de devant. « C'est l'ambulance, déclara Carol. Viens, lève-toi. »

Tandis que les infirmiers chargeaient Tony dans le véhicule, Kevin escorta Jan à l'arrière de la voiture de police. Stacey était sur le point de grimper avec eux quand Carol l'appela. « J'ai encore besoin de vous à l'intérieur. » Stacey la suivit dans la maison. « Il y a un ordinateur portable connecté à une webcam avec des images en direct de Paula. J'ai besoin que vous me trouviez le maximum d'indications, Stacey. »

La jeune femme hocha la tête. « Ce serait mieux si je le rapportais au poste. J'aurais tous mes programmes sous la main.

— Très bien. Mais faites vite. Paula est toujours en vie. Manifestement, Jan n'a pas l'intention de nous la livrer. Il faut tout faire pour la retrouver avant que les choses ne changent », expliqua Carol d'un ton lugubre. Elle regarda Stacey emballer l'ordinateur, ses pensées se bousculant dans sa tête. Elle ne se souvenait pas d'avoir jamais affronté une fin de partie aussi compliquée. Mais, au lieu d'avoir le trac, elle ressentait une sorte d'ivresse. À l'évidence, elle était redevenue elle-même. « Et Stacey... une fois rentrée, pouvez-vous appeler Merrick sur son portable et lui dire que j'ai besoin de lui ici. Je vais à l'hôpital prendre la déposition de Tony. Je veux que Don dirige la perquisition. »

Un quart d'heure plus tard, elle s'adressait à une équipe technique et scientifique, ainsi qu'à plusieurs inspecteurs : « Ce que nous cherchons, c'est l'endroit où est Paula. Il y a certainement des indices : carnet de quittances de loyer, notes d'électricité, que sais-je. Vous devez faire preuve de rapidité, tout en prenant bien soin d'être inattaquables. Je n'ai pas besoin de vous dire combien cette perquisition est vitale. Faites ce que vous avez à faire. Arrachez la moquette, éventrez les coussins si nécessaire. Je me moque que vous laissiez la maison comme un champ de bataille, mais trouvez-moi Paula. »

Elle se détourna, dit quelques mots à l'officier supérieur présent. « Je file à l'hôpital recueillir le témoignage du docteur Hill avant d'interroger Shields. Appelez-moi dès que vous aurez du nouveau. Mon téléphone sera allumé. Tant pis pour leurs fichus moniteurs cardiaques. » S'immobilisant sur le seuil, elle lança un dernier regard assuré à l'équipe. « Je sais que je peux compter sur chacun d'entre vous. Et Paula aussi. »

Tony était assis au bord du lit d'examen, un gobelet en polystyrène contenant un liquide vaguement brunâtre dans sa main gauche. Il avait attendu moins de dix minutes avant d'être examiné par le personnel médical de l'hôpital de Bradfield. À cause de la quantité de sang sur son pull, pensa-t-il. Depuis, il avait eu droit à une anesthésie locale, huit points de suture et un diagnostic prudent selon lequel il n'avait probablement pas de dommage irréversible à la main.

Les rideaux entourant son box bougèrent et le visage familier de Carol apparut dans l'entrebâillement. « Salut. » Elle se glissa à l'intérieur, referma les rideaux derrière elle. « Eh bien, comment ça va ?

— Je m'en tirerai. »

Carol se jucha sur le lit à côté de lui. « Il faut que je prenne ta déposition. »

Il lui adressa un sourire fatigué et maussade. « Que veux-tu savoir ?

— Ce qui s'est passé entre Jan et toi. Le début – comment tu es arrivé là, quelle idée tu avais bien pu te fourrer dans le crâne – peut attendre plus tard. Mais j'ai besoin de connaître la suite.

— Je ne voyais pas de moyen de te convaincre autrement que par une preuve tangible. Erreur de ma part. » Il but une gorgée de sa tasse. Du thé, se dit-il, encore qu'il n'aurait pas hasardé de pari là-dessus. « À l'intérieur d'une boîte cachée dans son armoire, j'ai trouvé une liasse de photos et des DVD-ROM. Des photos des victimes avant qu'on les découvre. Vraisemblablement prises par Carl Mackenzie.

— Tu es au courant pour Carl ? »

Il acquiesça. « Jan m'a raconté le plus gros. » Il continua l'histoire jusqu'au moment où il s'était retourné.

« Elle m'est tombée dessus. Je m'y attendais. J'ai fait en sorte qu'elle n'ait plus l'impression de dominer, que la situation lui échappe. C'était ma seule chance de trouver une faille qui me permette de sortir de là vivant. » Il sourit. « Et c'est alors que tu es arrivée.

— Elle n'a pas vraiment avoué ? »

Il secoua la tête. « Non. Désolé. Elle suivait déjà la tactique dont elle s'est servie avec toi.

— Ça ne fait rien. On finira bien par la coincer.

— Et Paula ? demanda Tony.

— On cherche. On va la retrouver. » À son visage et à sa voix, il sentait qu'elle avait repris confiance.

En dépit de ses craintes au sujet de Paula, il ne put s'empêcher de se réjouir.

Nick Sanders donna un coup de pied dans le corps inerte. Ce pauvre idiot lui avait bousillé son plan. Il avait pourtant tout mis au point. Il se planquerait pendant une semaine ou deux, le temps que l'effervescence retombe et que sa barbe ait poussé. Puis il prendrait le ferry pour Larne, gagnerait l'Eire en voiture et disparaîtrait. Et voilà que tout s'était effondré à cause de ce maudit flic. À présent, il lui faudrait se terrer dans un refuge à la limite des neiges éternelles, sans pouvoir se risquer dans les zones habitées. Un tueur d'enfants ferait les gros titres pendant une semaine, estimait-il, mais un tueur de flic deviendrait l'ennemi public numéro un tant qu'on ne l'aurait pas attrapé. Et ce n'était pas du tout dans ses intentions.

Il refit son sac à dos, essuya le sang de sa torche sur le pull de Don Merrick puis repartit vers l'endroit où il avait laissé la voiture. Elle se trouvait au bout de l'étroit chemin goudronné descendant au hameau d'Achmelvich, cachée entre la dernière maison et le promontoire rocheux. Les nuages bas privaient le paysage de lumière, et Sanders devait se servir de sa lampe électrique pour ne pas se casser une jambe contre la roche en dents de scie.

Finalement, il déboucha sur le petit sentier entre les blocs de pierre, l'haleine blanche dans l'air glacé, le dos en sueur. Il se mit à courir. Il n'était plus qu'à quelques mètres de sa voiture quand, s'allumant à plein, deux phares l'éblouirent, sa haute silhouette se profilant sur la ligne d'horizon accidentée.

Une voix puissante à l'accent du Nord franchit la courte distance entre eux. « Police. Nous aimerions vous dire un mot. »

Sanders ne marqua pas de temps d'arrêt. Prenant ses jambes à son cou, il remonta le sentier en direction de la mer. Des pas lourds résonnèrent derrière lui et il s'affola. Quittant le sentier, il se mit à escalader les blocs. Il avait à peine parcouru une dizaine de mètres que deux torches puissantes éclairèrent les rochers autour de lui, finirent par le localiser. Il continua résolument, mais ses poursuivants avaient l'avantage d'être reposés et de savoir où ils allaient.

Ce fut terminé en quelques minutes. Deux solides gaillards hissèrent Sanders sur ses pieds, le menottèrent puis, tantôt le traînant et tantôt le portant, lui firent redescendre le sentier où leur véhicule était garé. « Qu'est-ce que tout ça signifie ? fanfaronna Sanders en chemin.

— C'est vous qui allez nous le dire, monsieur. D'habitude, les gens qui n'ont rien à se reprocher ne fuient pas la police, répondit l'officier le plus âgé.

— J'ai eu peur. Je ne pouvais pas savoir si vous étiez vraiment de la police. Vous auriez pu vouloir me dévaliser.

— Mais oui, c'est ça. » Une fois à la voiture, ils le poussèrent sur le siège arrière, mirent la lumière intérieure. « Une jolie bosse que vous avez là, fit observer l'officier. Encore que ce soit un peu juste comme déguisement, monsieur Sanders. On vous attendait. Mais on pensait que vous iriez vers le Château de l'Ermite, pas que vous en reviendriez en courant à toutes jambes. »

Sanders ne dit rien, en bonne partie parce qu'il ne trouvait rien à dire. Une larme, une seule, trembla au coin d'une de ses paupières puis coula lentement le long de sa joue.

L'officier le plus âgé fit un signe de tête. « Bon. Le constable Mackie va rester avec vous pendant que je vais jeter un petit coup d'œil du côté de la mer. Je ne serai pas long. »

L'hôpital avait laissé partir Tony en croyant, à tort, qu'il rentrerait directement se coucher. Au lieu de ça, il pria le chauffeur de taxi de le conduire au poste de police. Il était fatigué et il avait mal, mais il y avait encore du pain sur la planche. Il savait que la seule chose pratique qu'il puisse faire pour aider Paula, c'était de conseiller Carol sur les techniques d'interrogatoire susceptibles de percer les défenses de Jan Shields. Rentrer était donc hors de question.

Il trouva Carol en grande discussion avec John Brandon. Jan Shields ne voulait pas d'avocat. Elle refusait également de dire quoi que ce soit dans le cadre d'un interrogatoire officiel. Curieusement, Brandon parut soulagé en apercevant Tony. « Comment allez-vous ? demanda-t-il avec une expression à la fois soucieuse et débonnaire.

— Monsieur..., dit Carol en guise de mise en garde.

— Je sais, Carol, je sais. Mais laissez-moi au moins lui en parler.

— Monsieur, le docteur Hill a vécu ce soir une expérience traumatisante. Il a été attaqué, blessé, il est fatigué et probablement bourré de calmants, dit-elle plaintivement.

— Seulement des anesthésiques locaux, corrigea Tony. J'ai refusé les calmants. Je pensais avoir besoin de tous mes esprits si on me questionnait au sujet des preuves que je lui aurais soi-disant collées sur le dos et de la violation de domicile. »

Carol leva les yeux vers le plafond. « Ce n'est ni le lieu ni le moment, marmonna-t-elle.

— Tony, nous nous trouvons devant une situation tout à fait inhabituelle, expliqua Brandon. Comme vous le savez, Jan Shields est sous les verrous. Elle ne veut parler à personne d'autre qu'à vous. Elle acceptera un interrogatoire enregistré, mais seulement si c'est vous qui le menez. Autrement, elle n'ouvrira pas la bouche.

— Est-ce que ce serait recevable en justice ? » demanda Tony.

Brandon haussa les épaules. « Je l'ignore. C'est l'affaire des hommes de loi. Pour ma part, la seule chose qui m'intéresse, c'est de récupérer Paula McIntyre vivante. Si Carol a raison, Shields sait où elle est. Je suis prêt à prendre le risque de perdre le fruit de votre interrogatoire si cela permet d'arriver jusqu'à Paula. Qu'en dites-vous ?

— À mon avis, elle veut seulement te faire marcher, Tony, intervint Carol.

— Tu as probablement raison, admit-il. Mais John également. S'il y a la moindre chance de sauver Paula, on ne peut pas la laisser passer. »

Tony jeta un dernier coup d'œil aux notes de Sam Evans concernant sa conversation avec Honey, avala une goulée d'air et pénétra dans la salle. Jan Shields était assise à la table, l'air aussi détendue que si c'était elle qui allait diriger l'interrogatoire. Elle ne le quitta pas des yeux pendant qu'il traversait la pièce. « C'est gentil à vous d'être venu, docteur Hill. J'imagine que nos positions ne tarderont pas à s'inverser, du moins dès que nous aurons pu convaincre un enquêteur autre que l'inspecteur principal Jordan de se pencher sur les faits. Je ne veux pas dire par là que vous êtes tous les deux de mèche. Non, je pense que vous n'avez pas agi de votre propre initiative. Néanmoins, vous l'avez fait pour elle, et je suis sûre qu'à présent, elle se sent obligée de vous soutenir.

— Vous feriez aussi bien de garder ça pour le magnétophone », dit-il avec amabilité en pressant les deux boutons comme on le lui avait indiqué. Il récita la date, l'heure et le nom des présents. « Pour l'enregistrement, pourriez-vous préciser les circonstances de cet interrogatoire ?

— Certainement. J'ai renoncé à ce stade à mon droit d'être assistée par un avocat. J'ai refusé de communiquer avec quelque officier de police que ce soit et demandé à vous parler, docteur Hill. La raison en est que je tenais à confronter moi-même l'homme qui est entré dans mon domicile par effraction et qui y a dissimulé des preuves tendant à m'incriminer.

— Je ne crois pas avoir jamais rencontré quelqu'un ayant un tel goût du pouvoir, dit Tony sur le ton de la conversation. Cela a commencé quand ? À quel moment avez-vous eu le sentiment que le destin vous avait distribué de mauvaises cartes ? Qu'est-ce qui vous a amenée à penser que le pouvoir ne se donne pas et qu'il faut le prendre par la force ? Comment avez-vous compris que vous étiez capable de mettre les autres à nu et de leur voler leur volonté ? Où avez-vous appris les techniques d'hypnose dont vous vous êtes servie avec Carl Mackenzie et Derek Tyler ? Croyez-moi, cela risque d'être dur pour vous à partir de maintenant, Jan. Parce que c'est comme une drogue, n'est-ce pas ? Vous ne pouvez pas vous en passer. Même en ce moment, alors que vous savez au fond de vous-même que tout est fini, vous avez besoin de jouer à des jeux de pouvoir.

— C'est vous dont la carrière est finie, docteur Hill. Vous vous êtes introduit illégalement chez moi. »

Tony secoua la tête. « J'avais le trousseau de clés que vous m'aviez prêté.

— Pourquoi vous aurais-je prêté mes clés ?

— Je voulais vous emprunter vos vidéos de *NYPD Blue* et vous ne saviez pas à quelle heure vous auriez terminé votre travail. » Il se recula sur son siège. « À toute fable que vous inventez, il m'est possible d'en opposer une autre. Mais je possède une arme contre laquelle vos mensonges ne peuvent rien, et c'est la vérité.

— Je ne pense pas. » Elle sourit.

« Voyons cela, voulez-vous ? Commençons par vos sévices sexuels sur des prostituées. »

Il lui sembla détecter un bref embarras, mais c'était passé avant qu'il puisse en être sûr. « Vous devez me confondre avec quelqu'un d'autre. Je ne paie pas pour avoir des relations sexuelles.

— Je n'ai pas dit que vous payiez. Nous avons le témoignage d'une jeune femme affirmant que vous l'avez contrainte à des relations brutales en la menaçant d'arrestation si elle refusait de coopérer. »

Jan se mit à rire, un gloussement ravi. « Surgi comme par enchantement ce soir, n'est-ce pas ? Docteur Hill, un des risques perpétuels quand on travaille aux Mœurs, ce sont les calomnies. Je pourrais vous citer quantité de femmes avec qui j'ai eu des relations consensuelles, non violentes. Je n'ai pas besoin de menacer des tapineuses pour m'envoyer en l'air. Il me semble qu'aucun tribunal ne mettrait en doute la parole d'un flic à la carrière irréprochable contre celle de quelque putain droguée.

— Ce n'est pas un risque que je voudrais courir, dit Tony d'un air suave et décontracté. Passons aux indices matériels que j'ai découverts chez vous. Pas seulement l'ordinateur, Jan. J'ai trouvé votre cachette. Les photographies, les CD-ROM. Il doit y avoir vos empreintes dessus. »

Elle poussa un soupir et regarda la table. « Vous avez raison sur ce point, docteur Hill. Peut-être ferais-je mieux de me soulager la conscience tout de suite. Oui, je possède le matériel auquel vous faites allusion. Mais la seule chose dont on puisse m'accuser, c'est d'avoir dissimulé des preuves. Ce matériel est arrivé anonymement chez moi par la poste. Peut-être avez-vous une idée de sa provenance ? Je sais que j'aurais dû en parler, mais... » Elle écarta les mains en un geste désarmant. « Que puis-je dire ? Je n'en suis pas fière. Je voulais me faire un nom. Je voulais résoudre ces crimes moi-même. Certes, j'aurais dû les remettre à l'inspecteur principal Jordan. Mais je voulais la gloire pour moi. » Elle leva la tête et croisa son regard. Elle le gratifia de son sourire pétillant de chérubin. « Je suis désolée, c'est tout ce que je peux dire. »

Tony ne put s'empêcher de l'admirer. Il n'avait jamais vu quelqu'un d'aussi sûr de soi en surface. Il avait interrogé plus que son content de psychopathes, mais il n'avait jamais rencontré une telle maîtrise. « Je dois dire que je ne sais pas comment vous avez fait. Cela a dû être une sacrée gageure d'arriver à ce que Tyler et Mackenzie exécutent vos ordres avec une pareille précision. J'ai connu des hypnothérapeutes de talent, mais je ne pense pas qu'aucun d'entre eux aurait été capable d'exercer ce niveau de contrôle de l'esprit et des pulsions. »

Elle secoua la tête avec compassion. « J'ignore complètement de quoi vous parlez.

— Vraiment ? Je me serais attendu à ce que vous ayez envie de partager le secret de vos exploits. Vous pourriez gagner beaucoup d'argent en apprenant à des gens comme moi la manière d'acquérir la totale maîtrise d'un autre être humain. Même s'il s'agit de piètres spécimens comme Carl et Derek. » Rien. Pas un battement de paupières. Il changea de tactique. « Quel dommage que Carl Mackenzie soit mort. Je suis sûr qu'il aurait eu des choses passionnantes à nous raconter.

— Je le pense aussi. Et je suis encore plus désolée que vous de sa disparition, j'imagine, car il aurait certainement pu me disculper. Si quelqu'un ordonnait ces meurtres – ce dont je ne suis pas convaincue, soit dit en passant –, Mackenzie aurait été à même de vous assurer que ce n'était pas moi.

— Pas bête, Jan. Mais il y a encore une personne qui pourrait nous tranquilliser sur ce point. Une fois qu'il aura compris que sa voix n'est pas la créature toute-puissante qu'elle prétend être, une fois qu'il saura que vous êtes en état d'arrestation, Derek Tyler parlera. Derek est bien vivant, et il parlera, je vous le garantis. »

Cette fois, son sourire se fit cruel, son regard se teinta d'un humour féroce. « Je n'en jurerais pas. Ni de ça ni du reste. »

Tony eut un serrement de cœur. L'image de Jan adossée au mur à Bradfield Moore lui revint brusquement. Depuis combien de temps était-elle là à attendre ? S'était-elle trouvée dans les parages de Derek Tyler ? Avait-elle eu la possibilité de réactiver quelque suggestion restée longtemps enfouie ?

« Qu'est-ce qu'il y a, doc ? demanda Jan, se délectant de la confusion qu'elle lisait sur son visage. Vous vous êtes souvenu de quelque chose ? »

Tony se leva d'un bond et courut vers la porte. Au même moment, Carol émergeait de la pièce d'observation. Ils se rencontrèrent dans le couloir. « Elle est venue me chercher à Bradfield Moor », dit-il d'une voix fébrile. Il chercha son téléphone, composa d'une main le numéro de l'hôpital. « Ici le docteur Hill. J'ai besoin de parler à l'infirmier de garde. » Il se tourna vers Carol en attendant d'avoir la communication. « Il faut que tu files là-bas. Ramène Derek Tyler ici. Que quelqu'un reste avec lui vingt-quatre heures sur vingt-quatre jusqu'à ce que j'aie pu le persuader de faire une déposition. On ne doit pas le laisser seul. Elle l'aura programmé pour qu'il s'autodétruise. » Il reporta son attention sur le téléphone. « Vincent ? C'est Tony Hill. C'est très important. Comment était Derek aujourd'hui ?

— C'est drôle que vous me posiez cette question, Doc. Il paraissait rayonnant, presque joyeux. Silencieux comme toujours, mais un peu plus animé en quelque sorte.

— Quand est-on allé le voir pour la dernière fois ?

— Au moment de l'extinction des lumières, je suppose. Il n'y avait pas de raison d'y retourner. »

Bon Dieu ! « Vincent, pouvez-vous me rendre un service. Vous serait-il possible d'aller vérifier par vous-même ? Immédiatement ? »

L'infirmier semblait médusé. « Bien sûr, mais...

— Et, Vincent, rappelez-moi dès que ce sera fait. » Il mit fin à l'appel. « Tu es toujours là, Carol ? Nous devons absolument récupérer Tyler avant qu'il ne soit trop tard. J'ai besoin de lui parler.

— Il ne vaudrait pas mieux que tu l'interroges là-bas ? »

Il secoua la tête. « La surveillance en cas de risque de suicide veut dire un coup d'œil toutes les quinze minutes. Mais toi, tu peux mettre quelqu'un avec lui en permanence. C'est ce dont nous avons besoin si nous voulons le garder en vie. Carol, tu dois me faire confiance. »

Elle hésita l'espace d'une seconde. « D'accord, j'y vais. » Elle descendit le couloir à toute vitesse et Tony entra dans la pièce d'observation. À travers la glace sans tain, il contempla une Jan Shields apparemment impassible. Son arrogance était monumentale. Alors même qu'elle savait que son surnom revenait sans cesse dans l'enquête, elle n'avait pas pris le large. Elle avait continué tranquillement, faisant disparaître chaque problème potentiel avant qu'il ne puisse lui causer des ennuis. Le plus effrayant, c'est qu'elle avait presque réussi à le convaincre de son invulnérabilité. Elle semblait avoir une réponse plausible à tout. Elle était capable d'enjôler un jury au point qu'il la croie. Ou, en tout cas, qu'il lui pardonne.

Tandis que le temps s'écoulait, Tony était sur des charbons ardents. Plus l'attente se prolongeait et plus il craignait le pire. Quatre à cinq minutes entre le poste des infirmiers et la chambre de Tyler. Une minute pour jeter un coup d'œil puis le trajet de retour. Dix minutes, pas plus. C'est ce qu'il faudrait à Vincent pour le rappeler si tout allait bien.

Les dix minutes devinrent quinze minutes, puis vingt. Lorsque le téléphone sonna enfin, Tony faillit le laisser tomber dans sa hâte à le saisir de la main gauche. « Allô ? Vincent ?

— C'est moi », dit Carol. Ces deux mots suffirent à le renseigner.

« Merde !

— Je suis arrivée il y a cinq minutes. C'est le bazar total. Ils viennent de découvrir Derek Tyler mort dans sa chambre. Apparemment, il a avalé sa langue.

— Je n'y crois pas, grogna Tony.

— Tu peux me croire, dit Carol d'un ton lugubre. Cette affaire est en train de tourner en eau de boudin et nous n'avons pas fait un pas de plus pour retrouver Paula. J'en pleurerais.

— Tu n'es pas la seule.

— Je te verrai au poste. Ne reparle pas à Jan avant que je sois rentrée, d'accord ?

— Oui. Il faut que nous sachions où nous allons avec ça. Si tant est qu'il y ait encore quelque part où aller. »

Le poste de police que Stacey avait réintégré quelques heures plus tôt ne présentait guère de ressemblance avec celui qu'elle avait quitté. Rien ne circule plus vite que les mauvaises nouvelles dans une machine fonctionnant à l'information comme la police. Pendant des jours, l'enlèvement de Paula McIntyre avait alimenté les conversations et l'ambiance, en même temps qu'un mélange d'indignation, de remords et de critique. Mais la nouvelle de l'apparente trahison de Jan Shields avait flanqué un choc à la police de Bradfield, provoquant quelque chose de comparable au moment qui suit une explosion, quand l'épicentre a été vidé d'air et de bruit. Les couloirs étaient silencieux, les mouvements feutrés, les visages furieux et déconcertés. En entrant dans la salle de la Brigade criminelle, Stacey avait senti des regards hostiles fixés sur elle, comme si d'avoir assisté à l'événement la rendait responsable de ce coup brutal porté à l'amour-propre de la police. Déjà elle savait qu'on s'était mis à réécrire l'histoire ; certains cherchant des façons d'innocenter Shields ; d'autres, qui avaient été de proches collègues, prenant leurs distances avec elle ; d'autres encore prétendant avoir toujours su que c'était un flic pourri. Les retombées risquaient d'être sinistres et douloureuses.

De retour à son bureau, Stacey avala sans eau deux gélules de paracétamol et se concentra. Il ne lui fallut pas longtemps pour constater que retracer l'emplacement de la webcam à partir de l'image sur l'écran demanderait du travail. Cela lui retournait l'estomac de voir sa collègue exposée comme ça, et elle promit mentalement à Paula de faire disparaître à jamais ces images de tous les ordinateurs qu'elles avaient contaminés, une fois celle-ci saine et sauve. Il n'était pas question que des ordures s'en emparent. Paula ne finirait pas comme un divertissement de fin de soirée pour des salauds de flics des Mœurs. Ni qui que ce soit d'autre.

Un des membres de l'équipe informatique avait entrepris d'éplucher systématiquement les fichiers facilement accessibles sur le disque dur de l'ordinateur portable. Jusque-là, il n'avait rien découvert, si ce n'est du porno hard en quantité accablante.

Stacey n'était pas intéressée par le visible. Elle savait qu'une criminelle aussi organisée que Jan Shields n'aurait pas laissé des informations cruciales en évidence. Elle aurait supprimé tout ce qui était compromettant. Ayant participé aux enquêtes sur les pédophiles, elle avait probablement appris comment nettoyer un disque dur.

Ce qui ne voulait pas dire qu'il ne restait pas quelque chose, et Stacey était bien décidée à le trouver. Au bout d'une heure d'intenses recherches, elle était parvenue à isoler trois fragments seulement de fichiers épars. À première vue, cela avait l'air de charabia. Mais elle ne manquait pas d'outils. Elle ne mit pas longtemps à traduire le fouillis de signes en lambeaux de mots et d'expressions.

Le premier fragment ne contenait rien d'intéressant. On aurait dit les restes d'une pièce jointe, probablement une de ces blagues parmi les milliers qui font le tour de la planète, étant donné les textes amputés : « ... mins mènent au rhum », « et la caravane passe ».

Le second fragment embrasa Stacey comme un verre de vodka. « ... loyer à l'avan... sement comptant... bre meublée située ! %... tron Lane, Temp... rl Macke... » Tandis que l'imprimante se mettait en marche avec des halètements sonores, elle courut le long du couloir jusqu'à la salle des opérations, où une immense carte de Temple Fields était accrochée au mur. Elle chercha les noms avec son doigt. Là. Citron Lane. La ruelle derrière la rue où Paula avait disparu.

Au comble de l'excitation, elle retourna en hâte à son bureau. Les signes « ! » et « % » étaient des versions modifiées de 1 et 5. Elle avait trouvé !

La tête penchée sur le volant, Carol sentit la tension dans ses muscles gagner ses épaules en une série de crampes. Le cas Jan Shields la dépassait. Jusqu'où était-elle capable de nier les faits ? Visiblement, elle avait employé toute son expérience à se forger un assortiment parfait d'alibis et d'explications pour chaque facette de son activité criminelle. Carol avait l'habitude des fanfaronnades des délinquants arrêtés, mais cet univers de la crédibilité travestie était d'un autre ordre.

Toutes choses dont elle pouvait fort bien s'arranger si seulement elle parvenait à ramener Paula. Mais cette perspective ne semblait pas moins improbable à présent que depuis son enlèvement.

Avec lassitude, elle se redressa et mit le moteur en marche. Subitement, son téléphone sonna. « Carol Jordan, dit-elle pesamment.

— C'est Stacey, fit la voix. Je pense que j'ai trouvé.

— Trouvé quoi ? » Carol ne voulait pas se laisser aller à y croire.

« Où est Paula : une chambre meublée au 15, Citron Lane, à Temple Fields. Louée au nom de Carl Mackenzie. On a fouillé la maison cette nuit, mais c'était le sergent Shields qui dirigeait l'équipe de recherches et qui a donné le signal de laisser tomber. »

Carol sentit l'émotion lui serrer la gorge. « Merci, Stacey, réussit-elle à dire. Je me charge du reste. » Elle coupa l'appel et fit le numéro de Merrick. Pas de réponse. Où diable pouvait-il être ? Elle n'avait pas le temps de lui courir après, mais elle lui botterait les fesses lorsqu'il finirait par réapparaître. Tout en maudissant Merrick à voix basse, elle essaya le numéro de Kevin. Il répondit à la seconde sonnerie. « Kevin ? 15, Citron Lane, à Temple Fields. Rejoignez-moi là-bas. Prenez une équipe avec vous. N'entrez pas, je répète, n'entrez pas avant que je sois sur place. Est-ce clair ? » Elle raccrocha, passa la première et saisit le micro de sa radio d'une main.

« Inspecteur principal Jordan au standard. Envoyez une ambulance au 15, Citron Lane, à Temple Fields. Je répète, envoyez une ambulance au 15, Citron Lane, à Temple Fields. Terminé. »

La radio accusa réception du message en grésillant. « Et j'ai aussi besoin de quelqu'un avec une pince coupante, ajouta-t-elle après coup.

— Vous avez bien dit une pince coupante ? demanda l'opérateur radio.

— Oui. Pour sectionner des menottes. »

La chambre était au troisième étage. Comme l'avait déclaré Stacey, Jan Shields avait donné l'ordre de mettre fin aux recherches dans le bâtiment derrière la petite porte dans le mur. Même si elle n'avait pas trouvé le moyen de s'annexer ce périmètre, les policiers auraient pu facilement passer à côté dans le feu de l'action. À un moment donné, quelqu'un avait fait installer une double porte. Celle du palier ne révélait qu'un placard peu profond aux étagères poussiéreuses. Il fallait y regarder de plus près pour découvrir, dissimulés sous une étagère, un trou de serrure et une poignée en retrait. L'immeuble figurait sur la liste des biens dont les propriétaires n'avaient pas encore été questionnés sur leurs locataires. Un jour de plus et on aurait fait le lien avec Carl Mackenzie.

Kevin Matthews et Sam Evans se jetèrent contre la porte intérieure. Elle se fracassa dans un nuage d'éclats de bois et de poussière. Carol passa à travers l'ouverture et pénétra à leur tête, le cœur au bord des lèvres. Tout d'abord, elle crut qu'ils étaient arrivés trop tard. Paula gisait inanimée sur le lit, les yeux fermés. La pièce puait la sueur et la pisse. « Enlevez-lui ses menottes », ordonna-t-elle, saisissant la couverture par un coin et la tirant d'un coup sec pour couvrir la nudité de Paula. Evans se précipita, la pince coupante à la main.

« Nom de Dieu, Paula », gémit-il en s'attaquant à la chaîne des menottes.

Les ambulanciers débarquèrent, réclamant de la place pour pouvoir faire leur travail. Carol se pencha sur Paula et lui caressa la tête. En sentant la peau chaude et fiévreuse, son cœur fit un bond. Elle se recula pour laisser œuvrer les infirmiers juste au moment où le métal de la seconde paire de menottes cédait sous les efforts d'Evans.

« Eh alors ? demanda-t-elle avec anxiété tandis qu'ils commençaient leurs examens.

— Elle est en vie. Mais très faible, répondit l'un d'entre eux sans lever la tête.

— Vous avez intérêt à ce qu'elle ne meure pas », dit Carol avant de battre en retraite vers le palier.

Elle prit son téléphone et appela Tony. Il répondit aussitôt. « Tony, on l'a retrouvée ! On a retrouvé Paula !

— Vivante ?

— Oui, vivante.

— Dieu merci », soupira-t-il.

Comme elle abaissait le téléphone, elle fut entourée par des détectives ravis, se congratulant mutuellement. L'euphorie était telle que personne, pas même Carol, ne nota le visage qui manquait. Ils faisaient un tel raffut qu'elle faillit ne pas entendre la sonnerie de son portable. Pour échapper au vacarme, elle regagna la pièce où l'on chargeait Paula sur une civière.

La voix à l'autre bout du fil lui était inconnue. « C'est l'inspecteur principal Jordan ?

— Elle-même. Qui est à l'appareil ?

— Inspecteur Macgregor. Je suis à Achmelvich, expliqua-t-il d'une voix bourrue et grave.

— Vous avez épinglé Nick Sanders ? » Carol osait à peine l'espérer. Mais, à part une arrestation importante, elle ne voyait pas d'autre explication à la présence d'un policier du rang de Macgregor dans un hameau à cette heure tardive. C'était presque trop beau pour être vrai. Ils avaient retrouvé Paula, ils avaient mis Jan en état d'arrestation et voilà qu'ils avaient capturé l'homme qui avait violé et assassiné Tim Golding et Guy Lefevre.

Il y eut un temps d'arrêt. Puis Macgregor répondit, d'une voix pleine de réserve. « Oui. Nous détenons effectivement Sanders.

— Il y a un problème ? » demanda-t-elle, s'effaçant pour laisser les ambulanciers emporter leur fardeau. Avançant la main, elle effleura le bras de Paula au passage.

« Avez-vous un inspecteur du nom de Merrick dans votre équipe ? »

Un horrible soupçon se forma dans l'esprit de Carol. « Qu'est-il arrivé ?

— Je suis vraiment désolé. Ce n'est jamais facile à dire : l'inspecteur Merrick est mort, madame. »

Carol sentit ses jambes se dérober sous elle. Adossée au mur, elle se laissa glisser à terre. C'était trop à assumer, en plus de tout ce qui s'était produit au cours des dernières heures. « Non, murmura-t-elle. C'est impossible. Il est censé être ici. En train de dormir. Dans un motel. C'est impossible.

— Je ne pense pas qu'il y ait le moindre doute, madame. Il ressemble comme deux gouttes d'eau à la photo de la carte d'identité qu'il avait sur lui. Apparemment, il surveillait l'endroit, attendant Sanders. Ils se sont bagarrés et il a reçu un mauvais coup. Nous devrions avoir davantage de détails dans la matinée. Je suis désolé, madame, vraiment désolé. »

Carol termina l'appel et laissa le téléphone retomber dans sa poche. Elle enfouit son visage dans ses mains. Puis elle se força à se relever. Elle aurait tout le temps de s'affliger plus tard. Pour le moment, elle avait des responsabilités.

Elle marcha lentement vers la porte, posant avec précaution un pied devant l'autre tel un ivrogne. Elle inspira à fond en frissonnant, puis commença, d'une voix aussi claire et ferme que possible : « J'ai de mauvaises nouvelles... »

Tony était toujours près du miroir sans tain. Il savait qu'il aurait dû exulter à l'annonce de la libération de Paula, mais la seule chose qu'il ressentait, c'était le goût amer de l'échec. Il avait fini par tomber sur un adversaire à sa taille : une criminelle capable de lui résister apparemment sans effort. Les techniques qu'elle avait élaborées pour contrôler l'esprit d'autrui lui avaient donné la capacité de contrôler ses propres réactions à un degré remarquable. Peut-être à la longue parviendrait-il à faire tomber ses défenses. Mais il craignait qu'on ne lui en laisse pas le temps. Si l'affaire arrivait jamais devant un tribunal, elle se montrerait charmante, persuasive, et serait probablement déclarée innocente. Si elle perdait, elle finirait sans doute dans un hôpital psychiatrique de haute sécurité, mais à bonne distance de là où il exercerait ; ça, il pouvait le certifier.

Que Paula en ait réchappé était un énorme soulagement, bien sûr. Sur le plan humain, c'était la meilleure issue possible. Mais cela ne suffisait pas à compenser le désespoir qu'il éprouvait au spectacle de la suffisance de Jan Shields.

Il n'avait aucune idée du temps qui s'était écoulé quand il entendit frapper à la porte. Il traversa la pièce pour ouvrir. Un agent en uniforme se tenait, l'air hésitant, sur le seuil. « Pardon de vous déranger, docteur Hill, mais ceci vient d'arriver pour vous. » Il fourra brusquement une petite enveloppe brune sous le nez de Tony. « C'est un des infirmiers de Bradfield Moor qui l'a apportée.

— Merci », répondit Tony. Il referma la porte et examina l'enveloppe. Son nom était marqué devant en gros caractères bâtons. L'écriture ne lui disait rien. Il déchira le rabat et sortit une mince feuille de papier à lettre bon marché. Les mêmes caractères bâtons couvraient la moitié de la page. Au-dessous, une signature maladroite où l'on pouvait lire : DEREK TYLER.

Tony pouvait à peine en croire ses yeux.

CHER DOCTEUR HILL. LE SERGENT JAN SHIELDS EST LE CREEPER. C'EST ELLE QUI M'A FORCÉ. ELLE M'A FAIT DES CASSETTES. ELLES SONT CACHÉES SOUS LE TOIT,

DERRIÈRE LA CITERNE, AU 7 ROMNEY WALK, OÙ JE LOUAIS UN MEUBLÉ. JE NE REGRETTE PAS CE QUE NOUS AVONS FAIT, MAIS JE NE VEUX PAS ÊTRE SEUL À PORTER LE CHAPEAU.

Il n'y a rien de plus poignant que l'enterrement en grande pompe d'un policier. Des dizaines d'officiers en uniforme de parade, amis et parents en deuil emportés par la vague officielle des adieux d'une institution, et toute la munificence que peut déployer l'Église d'Angleterre. Carol était entourée de son équipe, le regard fixe, le menton rentré, le képi sous le bras. John Brandon lut l'éloge que Carol avait rédigé pour honorer la mémoire de Don Merrick tandis que les enfants de celui-ci se cramponnaient à leur mère, seule touche d'intimité dans cette scène extraordinaire.

Tony se tenait un peu à l'écart, ne perdant jamais Carol de vue très longtemps, et, près d'elle, une Paula nerveuse, aux yeux caves. Lorsqu'il avait montré à Carol le mot de Tyler, elle avait foncé comme une furie jusqu'à l'immeuble au rez-de-chaussée duquel il avait occupé une chambre meublée. Tout le chagrin et la rage que lui avait causés la mort de Merrick s'étaient concentrés dans la volonté absolue de coincer Jan Shields.

Les cassettes étaient toujours là, trois étages au-dessus, nichées entre la citerne et l'angle du toit. Et leur message à faire froid dans le dos était irrécusable, imparable. La seule personne à ne pas reconnaître les faits était Jan Shields. Mais cela n'avait plus d'importance. Aucun jury ne la relaxerait à présent. Tony ressentit un élan de pitié pour l'établissement qui aurait la malchance de l'accueillir comme détenue.

Ces dernières semaines avaient été pour Carol un baptême du feu, pensa-t-il. À plusieurs reprises, il avait bien cru qu'elle ne s'en sortirait pas. Mais elle avait prouvé qu'il avait tort et, pour une fois, il était content de s'être trompé.

Brandon atteignit la fin de son éloge et inclina la tête. Le salut des vingt et un fusils crépita dans le cimetière. Carol se détourna pour croiser le regard de Tony. Un signe de tête minuscule, imperceptible, fut échangé. Étonnant, songea-t-il, comme on avait besoin de peu de chose pour survivre.

Remerciements

Comme d'habitude, j'ai une dette de reconnaissance à l'égard de tous ceux qui ont généreusement donné de leur temps et de leur savoir pour me maintenir dans les limites de l'exactitude. Je remercie les Greenfield Girls pour avoir permis à la narration de se lâcher ; Angus Marshall pour ses conseils sur les aspects forensiques de l'informatique ; le professeur Ray Murray pour son aide dans le domaine de la géologie ; le professeur Sue Black pour les problèmes de pathologie ; Brigid Baillie pour les procédures légales ; et Kathy Wilkes, aujourd'hui disparue, pour m'avoir initiée à la question corps/esprit.

Pour leur éternel soutien, Julia Wisdom et Anne O'Brien chez HarperCollins ; Jane, Broo, Anna, Claire et Terry chez Gregory & Company ; Trina Furre de Riverdale ; et Sandra, Ken et Robson chez Coastal.

Si vous aimez l'univers noir et
saisissant de **Val McDermid**,
retrouvez **Tony Hill** et **Carol Jordan** dans
leurs précédentes enquêtes.
Ensemble, ils affrontent les serials killers les
plus dangereux.

Le chant des sirènes

« *On se souvient toujours de la première fois. N'est-ce pas ce qu'on dit à propos du sexe ? Et c'est tellement plus vrai du meurtre !* »

Face à celui que la police appelle le Tueur Homo, féru de supplices anciens, Carol Jordan, enquêtrice, et Tony Hill, psychiatre chargé de dessiner le portrait mental de l'assassin. Mais se frayer un chemin dans la tête de ceux qui tuent, n'est-ce pas aller à la rencontre de ses propres gouffres ?

JL 8392

Si vous aimez l'univers noir et saisissant de **Val McDermid**, retrouvez **Tony Hill** et **Carol Jordan** dans leurs précédentes enquêtes.
Ensemble, ils affrontent les serials killers les plus dangereux.

La fureur dans le sang

Comment imaginer que l'animateur de télévision le plus populaire de Grande-Bretagne puisse être mêlé à des disparitions d'adolescentes ?

L'inspecteur Shaz Bowman en est pourtant convaincue. Ni Tony Hill ni Carol Jordan ne se doutent que l'intuition de Shaz va les mener au-delà même de la terreur.

JL 8391

Si vous aimez l'univers noir et saisissant de **Val McDermid**, retrouvez **Tony Hill** et **Carol Jordan** dans leurs précédentes enquêtes.
Ensemble, ils affrontent les serials killers les plus dangereux.

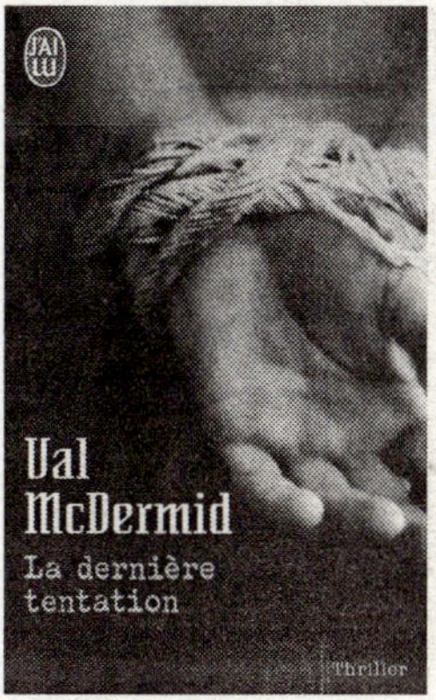

La dernière tentation

Hanté par le souvenir d'humiliations subies durant son enfance, un marinier sillonne les canaux d'Europe du Nord en quête d'une impossible revanche qui le conduit au meurtre. Carol Jordan saisit l'occasion pour reprendre contact avec Tony Hill et le persuader de sortir de sa retraite...

JL 7409

8672

Composition PCA à Rezé
Achevé d'imprimer en France (La Flèche)
par Brodard et Taupin
le 5 mai 2008. 46240
Dépôt légal mai 2008. EAN 9782290004265

Éditions J'ai lu
87, quai Panhard-et-Levassor, 75013 Paris
Diffusion France et étranger : Flammarion